KB270330

^{the}
Map of Time

시간의 지도

the Map of Time

시간의 지도

펠릭스 J. 팔마 지음
변선희 옮김

살림

제1부

안녕하십니까, 친애하는 독자 여러분,
팸플릿이 선사하는 감격에 빠져 보십시오.
꿈에서도 보지 못한 모험을 경험하게 될 것입니다!

*

보통 사람들처럼 시간이 모든 생명체를 가장 음침한
죽음의 강가로 끌고 간다고 믿습니까?
이 팸플릿에 나오는 타임머신의 힘을 경험해 보세요.
과거를 다시 돌이킬 수 있고 여러분이 걸어온 발자국 위를
다시 걸을 수 있다는 사실을 깨닫게 될 것입니다.

*

감격과 놀라움이 가득합니다.

앤드류 해링턴은 여러 차례 죽음을 생각했었다. 하지만 아버지의 거실 진열장에 보관된 많은 권총 가운데 하나를 선택할 일만큼은 생기지 않기를 바랐다. 그는 늘 선택을 잘하지 못했다. 사실 돌이켜보면 자신의 삶은 잘못된 선택들의 연속이었다. 그중 마지막 선택이 그의 미래에 암울한 그림자를 드리웠다. 하지만 그다지 모범적이지 못한 광기에 가까운 삶을 이제 마감할 때가 되었다. 그는 이번만큼은 올바른 선택을 했다고 믿었는데, 그것은 그가 어떤 것도 선택하지 않기로 했기 때문이다. 앞으로는 더 이상 실수할 일이 없을 것이다. 그에게 더 이상 미래란 없기 때문이다. 깊이 생각하지 않고 무기 가운데 하나를 오른쪽 이마에 겨냥하면서 미래의 베일을 벗길 것이다. 다른 방법이 없어 보였다. 과거를 없애려고 그토록 애썼는데, 미래를 없애 버리는 것만이 유일한 해결책이었다.

진열장에 들어 있는 물건들을 살펴보았다. 아버지가 전장에서 돌아올 때마다 하나씩 늘어난 죽음의 소장품들. 그의 아버지는 그 무기들에 깊은 애착을 가졌다. 앤드류는 아버지가 그것들을 수집하는 이유가 단순히 향수 때문만은 아니라고 생각했다. 인간의 생명을 비정상적으로 끝내기 위해 오랫동안 고안되어 온 다양한 무기들을 바라보는 것에 아버지는 매력을 느꼈을 것이다. 그 무기들을 숭배하는 아버지와는 대조적으로, 앤드류의 눈빛은 유순하다 못해 무기력해 보이기까지 했다. 그는 손에 천둥 같은 경련을 일으키고 서로가 불쾌하게 몸을 맞대고 싸우는 것을 면하게 해 주는 그 집기들을 무덤덤하게 바라보았다. 앤드류는 그 무기들 가운데 어떤 죽음이 매복한 짐승처럼 도사리고 있을지 생각해 보았다. 그의 아버지는 두개골을 쪼개는 데 어떤 것을 추천해 줄 것인가? 총을 쏘려 할 때마다 화약, 탄약 같은 것을 집어넣어야만 불똥이 튀는 전장총들, 탄창에 장전을 해야만 하는 그런 방식들은 고상하지만 오래 견뎌야 하는 지루한 죽음을 선사할 것이다. 그는 벨벳 안감을 댄 호화로운 나무상자에 들어 있는 현대적인 권총이 선사하는 신속한 죽음을 더 선호했다. 잠시 다루기 쉽고 효과적인 콜트 싱글 액션을 생각했으나, 그것이 《서부의 무법자》에서 버팔로 빌이 높이 치켜든 권총이라는 사실을 떠올리고 생각을 바꾸었다. 연극에서는 타지 출신의 인디언 몇 명과 아편에 취한 것처럼 신경이 둔한 십여 마리의 들소를 이용해서 대양 너머 땅을 건너는 것처럼 꾸몄다. 자신의 죽음을 일종의 모험처럼 만들고 싶은 생각은 없었다. 제시 제임스에게 죽음을 선사한 아름다운 스미스 & 웨슨도 제외했다. 또한 웨블리 권총도 배제했다. 그것은 식민 전쟁에서 건장한 원주민들을 통제하기 위해서 고안된 것으로 자신에게는 지나치게 무거워 보였다. 그때 돌아가는 통을 가진 페퍼박스를 보았다. 그것은 아버지가 가장 아끼는 무기다. 하지만 아버지의 사랑을 받는 그 우스꽝스러운 무기가 총알을 확실하게 발사할 수 있을지 의심스러웠다. 마침내 1870년에 제조된 자개 손잡이가 달린 우아한 콜트로 결정했다. 그것은 섬세하게 애무하는 연인처럼 그의 생명을 취할 것이다.

그는 거만한 미소를 지으며 진열장에서 그 권총을 꺼냈다. 그리고 자신이 권총을 만지지 못하도록 금지한 아버지를 떠올렸다. 하지만 지금 그 고매하신 윌리엄 해링턴은 아마도 이탈리아에서 감시의 눈초리로 트레비 분수를 겁주고 있을 것이다. 그가 자살하려고 결심한 날에 부모님이 유럽 여행을 떠나기로 한 것도 유쾌한 우연의 일치다. 양친 중 누군가가 그의 동작에 숨겨진 진실한 메시지를 알아차릴 수도 있다고 생각했지만, 지금까지처럼 그는 혼자서 죽기를 원했다. 그의 아버지는 자기 허락도 없이 자살한 아들을 발견하고 불쾌하게 얼굴을 찡그리는 것으로 끝날 것이다.

탄약이 들어 있는 상자를 열고 권총의 통에 여섯 발의 총알을 집어넣었다. 하나면 충분하다고 생각했으나 무슨 일이 생길지 알 수 없는 노릇이다. 자살 시도는 처음이기 때문이다. 그런 다음 산책 도중 먹으려고 챙겨 가는 과일처럼, 총을 천으로 감싼 후 프록코트의 주머니에 넣었다. 확고하고 도전적인 태도를 보여 주려고 진열장은 열어 두었다. 그런 용기를 전에 보여 주었더라면, 제때에 아버지에게 용기 있게 맞섰을 것이고, 그러면 그녀는 아직도 살아 있었을 것이다. 하지만 자신이 용기를 내 행동을 취했을 때는 이미 때가 늦었다. 그 일을 미룬 데 대한 값을 치르면서 8년의 세월을 낭비했다. 8년의 기나긴 시간 동안 고통은 더 커져만 갔고, 해로운 덩굴손처럼 내부에서 자라난 그 고통은 그의 영혼을 갉아먹었다. 사촌 찰스의 노력에도 불구하고, 다른 여성의 육체를 탐닉했음에도 불구하고 마리의 죽음에 대한 고통은 사라지지 않았다. 하지만 오늘 밤 모든 것을 끝낼 것이다. 스물여섯 살은 죽기에 아름다운 나이다. 그런 생각을 하면서 주머니의 물체를 만족스럽게 더듬었다. 이제 무기를 확보했다. 단지 의식을 거행할 적당한 장소만 남았다. 그리고 그 일을 실행할 수 있는 유일한 장소도 알고 있다.

주머니에서 느껴지는 권총의 무게에 부적이 있는 것 같은 안전한 기분이 들었다. 그는 저택의 거대한 계단을 내려갔다. 이 저택은 하이드파크 서쪽 입구에서 매우 가까운 호화로운 켄싱턴 고어에 위치하고 있다. 거의 30년 동안 그의 보금자리였던 주택의 벽들에게 이별의 눈길을 주지 않으려고 했지만, 갑작스런 충동이 일어 현관 입구에 걸려 있는 초상화 앞에서 발길을 멈추었다. 그의 아버지가 몸에 꼭 맞는 보병대의 낡은 군복을 입고 거만하고 당당하게 서 있었다. 아버지는 젊은 시절 크림 전쟁에서 싸우다가 러시아 군인의 총검에 근육이 파열되는 바람에 다리를 절게 되어 걸을 때마다 뒤뚱거렸다. 윌리엄 해링턴은 세상이 오래전에 파괴된 실패한 작품인 것처럼 세상에 대해 조롱조의 비난의 시선을 보냈다. 포위당한 세바스토폴 앞에서 벌어진 전투에서, 안개의 베일에 가려 아무도 그 총검의 끝을 보지 못하게 만든 이가 누구란 말인가? 한 여성이 영국의 운명을 이끌어가도록 결정한 이는 누구인가? 정말 동쪽이 태양이 떠오르기에 가장 좋은 방향인가? 아버지가 눈매에 투박한 적개심을 품지 않은 모습을 본 적이 없었다. 그래서 아버지는 원래 그런 적개심을 갖고 태어났는지, 아니면 크림 전쟁에서 사나운 오스만 제국에게 감염된 것인지 알 수 없었다. 분명한 것은 전쟁터에서 돌아왔을 때 미래가 불투명한 그의 앞에 펼쳐진 운명이 평안하다고 할 수밖에 없음에도 불구하고 적개심은 천연두 자국처럼 그의 표정에서 사라지지 않았다는 것이다. 그가 현재 위치까지 도달했다면 지팡이를 들고 다니는 것이 무엇이 그렇게 중요하겠는가? 악마들과 협정을 맺지 않고도, 콧수염이 촘촘하고 깔끔한 인상을 한 초상화 속의 그 남자가 하룻밤 사이에 런던에서 가장 부유한 신사로 변했다. 지금 가지고 있는 것 중 그 어느 것도 그가 저 머나먼 전장에서 총검을 가지고 헤맬 때 소유하리라고는 꿈도 꾸지 못한 것들이다. 하지만 그가 어떻게 그것을 얻게 되었는지는 가문의 극비 가운데 하나라서 앤드류에게도 완전한 수수께끼였다.

이제 청년이 현관 입구의 옷장에 보관된 모자와 외투 중에서 선택을 해야 할 지루한 순간이 다가온다. 죽음을 위해서도 외모는 가꿀 필요가 있기 때문이다. 앤드류가 어떤 사람인지 안다면 그가 무엇을 고를지 설명하는 것은 몇 분이나 걸리는 지루한 작업이지만, 굳이 자세히 설명할 필요는 없다.

그래서 방금 시작된 이 소설에 그가 참여하는 것을 환영하는 기회로 삼고, 오랜 생각 끝에 바로 이 순간으로 이 책을 시작하기로 했다. 그것은 마치 서로 경쟁을 벌이는 여러 가지 가능성 중에서 이런 시작을 선택하는 것과 같다. 이 이야기를 다 마쳤을 때에도 이 책을 계속 읽고 있는 독자 여러분 중에는, 아마도 내가 실패에서 실을 뽑기 시작하는 선택의 순간에 길을 잃었다고 생각하는 사람이 있을 수도 있다. 글의 순서로 볼 때, 어쩌면 여러분은 해거티 양의 이야기부터 시작하는 것이 더 나을 거라고 주장할지도 모른다. 그러나 처음부터 시작할 수 없는 이야기들이 있다. 해거티 양의 이야기가 바로 그중 하나다.

그래서 지금은 해거티 양에 대해서는 잠시 잊고, 내가 그녀의 이름을 언급했다는 사실도 잊고, 앤드류의 이야기부터 시작한다. 그는 이미 외투와 모자를 잘 갖추어 입고 겨울의 혹독한 추위로부터 손을 보호하기 위해 두꺼운 장갑까지 끼고서 대저택을 나서려는 중이다. 밖으로 나오자 청년은 정원으로 이어지는 돌계단이 시작되는 곳에서 멈추었다. 계단은 그의 발치에서 대리석의 물결처럼 흩어져 있었다. 그곳에서 그는 문득 자신이 성장한 세계를 살펴보았다. 일이 순조롭게 진행된다면 다시는 그것들을 볼 수 없다는 생각이 들었다. 해링턴의 저택 위로 베일을 씌운 한가로운 부드러움을 드리우며 밤이 찾아왔다. 광택 없는 하얀 보름달이 하늘을 지배하며 집 주변의 잘 가꾸어진 정원 위로 우윳빛 광채를 비추었다. 정원의 대부분은 화단, 울타리와 분수들로 이루어졌으며, 분수 몇 개는 인어, 임야와 농목의 신과 그것과 유사한 장엄한 조각들로 장식되었다. 수십 개나 되는 이러한 장식들은 호화스럽고 쓸모없는 것들을 쌓아 두는 것으로 자신의 힘을 과시하려 한 그의 아버지의 세련되지 못한 정신세계를 보여 주는 듯했다. 많이 늘어놓긴 했지만 최소한 분수만큼은 용서할 수 있었다. 물이 부글부글 끓어오르는 소리는 마치 속삭이는 자장가 소리 같아서 절로 눈이 감기고 모든 것을 잊어버리게 만들기 때문이다. 저 멀리 완벽하게 다듬어진 드넓은 잔디가 비상하는 백조처럼 섬세하게 펼쳐지고, 그의 어머니가 대부분의 시간을 보내는 거대한 비닐하우스에는 식민지에서 가져온 씨앗에서 나온 꽃들이 만발해 있다.

앤드류는 잠시 달을 바라보고 쥘 베른이나 시라노 드 베르주라크가 쓴 것처럼 언젠가 인간이 달에 갈 수 있을지 궁금했다. 비행선이나 대포에서 쏘아올린 로켓을 이용하든, 가스코뉴 검객의 작품에 나오는 주인공처럼 이슬이 가득한 십여 개의 병에 몸을 묶어 증발하면서 하늘로 올라가든, 만일 인간이 진주 빛 달표면에 도착한다면 그곳에서 무엇을 발견할까? 시인 아리오스토는 이성을 잃어버린 사람들의 이성을 간직하기 위해 달을 거품이 가득한 창고로 변모시켰다. 그러나 앤드류는 달을 고상한 영혼의 소유자들이 이 세상을 떠난 뒤 이민을 가는 곳이라고 상상했던 플루타르코스의 제안이 더 마음에 들었다. 플루타르코스처럼 앤드류도 달 위에 죽은 자들이 집을 가지고 있을 거라고 생각했다. 달에서 사람들이 조화를 이루며 천사 군대가 지은 상아궁전이나 동굴 속에서 살아가는 거라고 상상하는 게 좋았다. 죽은 자들은 살아 있는 자들이 삶을 멈춘 바로 그곳에서부터 그들과 함께 다시 살아가기 위해 기다리고 있는 거라고 생각했다. 때때로 그 동굴들 중 하나에 마리가 살고 있을 거라고 생각했다. 살아가는 동안 그녀에게 일어난 모든 일을 잊고 죽음이 삶보다 더 나은 것을 제공해 준 것에 만족해하면서. 하얀 빛 속에서 여전히 아름다운 마리는 인내심을 가지고 그를 기다리고 있을 것이다. 어서 그가 총으로 자신의 머리를 쏘아서 그녀 옆의 침대 빈자리를 차지하러 오기를.

앤드류는 돌계단 밑에서 그를 기다리고 있는 마부 해롤드를 보고 달에서 눈을 뗐다. 마부는 그가 지시한 대로 마차 한 대를 준비시켜 놓은 상태였다. 그가 계단을 내려오는 것을 보고 마부는 마차의 문을 서둘러 열어 주었다. 나이가 지긋한 해롤드의 활력은 항상 앤드류를 즐겁게 해 주었다. 그런 힘이 예순 살쯤 된 사람에게는 어울리지 않다고 여겼으나 마부는 늘 능름한 모습을 유지했다.

"밀러스 코트로." 청년이 말했다.

목적지를 들은 해롤드는 어리둥절한 것 같았다.

"하지만, 도련님, 거기는……"

"무슨 문제라도 있나, 해롤드?" 앤드류가 그의 말을 막았다.

마부는 바보처럼 입을 반쯤 벌린 채 잠시 동안 그를 바라보다가 덧붙였다.

"아무것도 아닙니다, 도련님."

앤드류는 대화를 마무리하면서 고개를 끄덕였다. 마차에 올라타 붉은 벨벳으로 커버를 씌운 자신의 자리에 앉았다. 창문 유리에 비친 자신의 얼굴을 보고 우울하게 한숨을 내쉬었다. 저 창백한 얼굴이 나란 말인가? 자신도 모르게 인생을 허비하는 얼굴로 보였다. 마치 실밥이 뜯어진 베갯잇 사이로 솜이 다 삐져나온 것 같았다. 어느 정도 맞는 말이다. 원래 타고난 균형 잡히고 아름다운 얼굴을 유지하고는 있지만, 이제는 속이 텅 빈 계란 껍질 같았다. 자옥한 잿더미에 조각을 해놓은 것처럼 흐릿했다. 그의 영혼을 검은 구름으로 뒤덮은 고통은 외모에도 상처를 입힌 것 같았다. 이 겉늙은 청년이 자신이라는 사실이 믿기지 않았다. 광대뼈는 움푹 들어갔고 표정에는 힘이 없었으며 수염은 다듬어지지 않은 채 제멋대로였다. 고통은 그를 젊음의 꽃도 피워 보지 못하고 시들어 버린 우울한 사람으로 만들어 버렸다. 다행히 해롤드가 마음을 가다듬고 마부석에 앉은 후 곧 마차가 흔들거렸다. 그제서야 앤드류는 밤의 화폭 위에 수채화 물감으로 그린 것 같은 얼굴에서 관심을 돌릴 수 있었다. 자기 인생의 불행한 연극의 마지막 장이 이제 막 시작되려는 참이었다. 상세한 내용을 하나라도 놓치지 않으려면 주의를 기울여야 했다. 그의 머리 위로 채찍을 내려치는 소리가 울렸다. 그는 주머니에 들어 있는 불룩 튀어나온 물건을 만지작거리면서 부드럽게 흔들리는 마차에 몸을 맡겼다.

저택을 출발한 마차는 켄싱턴 브리지를 지나 나무가 울창한 하이드파크를 지나갔다. 앤드류는 창문 너머 도시를 바라보면서 30분쯤이면 이스트엔드에 도착할 거라고 예상했다. 자신이 어디에 있는지 혼란스럽기도 했지만, 도시를 질주하는 것은 늘 그를 매료시켰다. 단번에 세계에서 가장 커다란 도시, 그가 사랑하는 런던의 모든 모습을 볼 수 있었기 때문이다. 런던은 캐나다, 인도, 호주와 아프리카 대부분을 끌어안고 촉수로 지구 표면의 5분의 1을 부둥켜안은 굶주린 크라켄의 머리 같았다. 마차가 서쪽으로 진입하자 신선한 밀림 같던 분위기가 피커딜리 서커스의 도시 경관으로 바뀌었다. 작은 광장 한가운데에는 금지된 사랑의 복수자인 안테로스 신의 동상이 있었다. 마차가 플릿 스트리트를 지나자 세인트 폴 성당을 포위하는 듯한 중산층의 작은 집들이 눈에 띄기 시작했다. 영국은행을 지나자 빈민 구역이 나타났다. 웨스트엔드의 이웃 주민들은 잡지 「펀치」의 풍자적인 기사를 통해서 그곳의 가난에 대해서 알고 있었다. 가난은 공기조차도 감염시킨 것 같았다. 그 공기는 템스 강에서 나오는 고약한 냄새 때문에 들이마시기조차 불쾌했다.

앤드류는 8년 동안 그 길을 지나가지 않았으나 늘 언젠가 그곳을 지나갈 것이고 그것이 마지막이 되리라는 확신을 갖고 있었다. 그 길이 낯설지가 않았다. 그래서 화이트채플로 진입하는 항구인 알드게이트에 가까워지자 불쾌감이 엄습하기 시작했다. 그 지역 안으로 들어서자 조심스레 마차의 창문에 고개를 기대고 과거에 경험한 수치스러움을 느꼈다. 다른 세상에 사는 곤충학자가 냉정한 시선으로 관찰대상을 샅샅이 조사할 때의 느낌을 피할 수가 없었다. 세월이 흐르면서 비록 그의 거부감이, 쓰레기를 버리는 고물집적소에 거주하는 도시 밑바닥 영혼들에 대한 어쩔 수 없는 자비심으로 변했지만. 그는 아직도 그들에 대한 자비심을 느끼는 것 같았다. 확인한 바로는 런던에서 가장 가난한 이 지역은 8년간 별로 변한 것 같지 않았다. 노점과 짐수레가 가득한 음산하고 소란한 거리를 지나는 동안 앤드류는 생각에 잠겼다. 가난은 항상 부가 튕겨 오르면서 생기는 것 같았다. 그 거리에 크라이스트처치의 불길한 그림자 아래서 자신들의 삶을 풀어가는 가엾은 수많은 인생들이 우글거리고 있다. 찬란한 런던의 호화로움 뒤에 그러한 지옥 같은 장소가 숨겨져 있다는 것을 처음으로 발견했을 때 그는 적잖이 놀랐었다. 거기서는 여왕의 축복으로도 인간이 괴물로 추락하는 걸 막을 수 없고, 세월은 그들의 순진함도 사라지게 했다. 사치스러운 지역의 시민들이 파라핀으로 이중 덮개를 한 축음기 판지의 원통에서 개가 짓는 소리를 녹음하면서 즐거워하고, 부인들은 마취제에 취해 혼미한 상태에서 아이들을 낳고, 반짝이는 로버트슨의 전기램프 아래서 전화기로 이야기를 할 때, 화이트채플은 가난에 빠지고 부패한 껍질에 갇혀서 그 모든 것과는 동떨어진 삶을 살아가고 있었다. 이제 그는 과학이 발달하면서 변해 가는 런던에서 어떤 것을 확인해도 놀라지 않게 되었다. 주변을 한번 둘러보는 것만으로도 그 안으로 들어가는 것이 벌집에 손을 집어넣는 것과 다르지 않다는 것을 알 수 있다. 주점에서는 논쟁이 벌어지고 있었고 좁고 깊은 골목 안에서는 고함소리가 들려왔고 바닥에는 술에 취한 사람들이 쓰러져 있었다. 어린아이들은 패거리를 지어 술 취해 쓰러진 이들의 신발을 훔치고 있었다. 모퉁이마다 자리를 잡고 있는 싸움꾼이나 하는 남자들과 그의 시선이 마주쳤다. 그들은 악과 범죄의 온상인 그 제국의 왕들이었다.

마차의 화려함에 이끌려서 창녀들은 치마를 걷어 올리고 앞가슴을 부풀리며 그에게 호색적인 제안을 했다. 앤드류는 움집의 그 슬픈 광경을 보면서 가슴이 움찔하는 것을 느꼈다. 대부분 더럽고 나약해 보이는 그녀들의 육체는 그들이 매일 겪어 내야 하는 고객들과의 거래를 반영하고 있었다. 젊고 아름다운 여성들도 그 지역이 내뿜는 그 황량한 기운에서 벗어날 수 없었다. 그는 자신이 그 고통받는 여자들 중 하나를 구해 줄 수 있고, 창조주가 그녀에게 부여해 준 것보다 더 나은 운명을 제공해 줄 수 있다는 생각을 하면서 잠시 고민에 빠졌으나 그냥 지나쳐 갔다. 마차가 텐 벨즈 옆을 지날 때 그의 슬픔은 더 커졌다. 마차는 어느덧 삐걱거리는 멜로디를 울리며 크리스핀 스트리트를 지나 도싯 스트리트까지 가서 브리타니아 술집 앞을 지나고 있었다. 그곳은 마리와 처음으로 대화를 나눈 곳이다. 그 거리가 종착지였다. 해롤드는 밀러스 코트 아파트의 입구인 돌로 된 아치 앞에 마차를 세우고 문을 열어 주려고 마부석에서 내렸다. 앤드류는 현기증을 느끼면서 마차에서 내려 주변을 둘러보았다. 다리가 후들거렸다. 모든 것이 기억 속의 모습 그대로였고 심지어 아파트 주인인 맥카시가 마당 입구에 차린 때가 낀 유리 가게도 그대로였다. 화이트채플에서 세월이 흘렀음을 보여 줄 만한 것은 아무것도 없었다. 도시를 방문하는 주요 인물들과 주교들이 그곳을 피해 간 것처럼 세월도 그 지역을 피해 갔다는 것을 알 수 있었다.

"이제 돌아가도 되네, 해롤드." 그의 옆에 잠자코 있는 마부에게 명령했다.

"언제 모시러 올까요, 도련님?" 노인이 물었다.

앤드류는 어떻게 대답을 할지 몰라 그를 바라보았다. 모시러 온다고? 불길한 웃음을 터트리고 싶었다. 그를 데리러 올 마차는 골든 레인의 장의 마차밖에 없다. 8년 전에 자신이 사랑하던 마리의 유해를 수거해 갔던 바로 그 장의 마차.

"나를 이곳에 데려다 준 사실을 잊어버리게." 이렇게 대답했다.

앤드류의 진지한 표정을 본 마부의 얼굴이 어두워졌다. 그러자 앤드류의 기분도 가라앉았다. 자신이 그곳에서 무엇을 할지 해롤드가 눈치를 챈 건가? 그것을 확인할 방법은 없었다. 한 번도 마부나 다른 하인들이 얼마나 지혜로운지 생각해 본 적이 없었다. 기껏해야 어릴 적부터 자신들이 그렇게 즐겁게 수영하는 기류를 거슬러서 수영해야만 했던 사람들이 어느 정도 영특한 면이 있다고만 생각했다. 하지만 이제는 늙은 해롤드의 행동에서, 자신이 하고자 하는 바를 놀라울 정도로 정확하게 추리했을 경우에만 느낄 수 있는 불안감을 어슴푸레 엿볼 수 있었다. 두 사람의 시선이 보통 때와는 다르게 교차되는 그 짧은 순간에, 앤드류가 발견한 건 해롤드의 분석능력뿐만이 아니었다. 앤드류는 한 번도 의심해 보지 못한 무언가를 인식했는데, 그것은 하인이 자기 주인에게 느끼는 애정이었다. 그에게 있어 하인들은, 자기에게 주어진 의무를 다하며 방을 왔다 갔다 하는 그림자 같은 존재일 뿐이었다. 쟁반에 잔을 놓을 때나 벽난로에 불을 켤 때만 하인들에게 관심을 두었을 뿐인데 그 환영 같은 존재들은 자기 주인들의 운명에 대해 염려를 할 수도 있고 실제로 염려를 했다. 앤드류는 얼굴 없는 그 모든 사람들에게 전혀 관심이 없었다. 그의 어머니는 별것도 아닌 일로 하녀들을 해고했다. 여자 요리사들은 오래된 의식에 따르듯이 마구간의 하인들과 어울리다 임신이 되기도 했다. 집사들은 자신의 집과 비슷한 수준의 다른 저택을 향해 추천장을 가지고 떠나곤 했다. 그들은 그저 변화하는 일상의 일부였을 따름이다.

“잘 알겠습니다, 도련님.” 해롤드가 작은 소리로 말했다.

앤드류는 그 말로 마부가 그와 영원히 작별을 고하고 있다고 받아들였다. 그것이 그 노인이 그에게 작별할 수 있는 유일한 방법이었다. 그를 안아 주는 것은 그가 감당할 준비가 되어 있지 않은 위험한 상황을 만들 것이다. 앤드류는 떨리는 마음으로 몸집이 크고 자신의 나이보다 세 배는 더 많은 결단력이 있는 마부를 바라보았다. 그에게 두 사람이 난파를 당해 무인도에 고립될 경우 주인의 역할을 하도록 맡겨야 했다. 그는 마차에 올라 말에게 채찍을 휘두르면서 런던의 도로 위로 더러운 거품처럼 번지는 안개 속으로 들어갔다. 말발굽 소리가 멀리 사라져 갔다. 자신의 부모나 사촌인 찰스가 아닌 마부가, 자기가 자살하기 전에 유일하게 작별인사를 나눈 사람이라는 사실이 이상했다. 하지만 인생이란 그렇게 변덕스러운 면을 가지고 있지 않은가.

도싯 스트리트를 지나면서 말들에게 채찍질을 하는 동안 해롤드 바커는 비슷한 생각을 하며, 3페니 정도밖에 값어치가 나가지 않는 인생들로 가득한 그 저주스런 지역의 출구를 찾고 있었다. 해롤드의 아버지는 그가 마부석에 올라갈 만한 나이가 되었을 때부터 그를 마부로 일하게 했다. 그렇게 하지 않았더라면 해롤드 역시 런던의 그 부패한 작은 지역에서 살아가는 불행한 유목민 가운데 한 사람으로 전락하고 말았을 것이다. 그렇다. 그 늙은 술꾼이자 무뚝뚝한 아버지가 그가 어릴 때부터 마부석에 앉게 해 주었기 때문에, 결국 그는 유명한 윌리엄 해링턴의 마구간까지 가게 되었다. 그리고 그는 윌리엄 해링턴을 위해서 반평생을 섬겼다. 평온한 세월이었다. 그건 인정해야 한다. 주인들이 잠이 들고 일에서 해방된 새벽녘에 자신의 삶을 회고해 보면 그의 삶은 비교적 평온한 세월이었다. 아내를 맞이했고, 건강하고 강한 사내아이 둘을 낳았으며, 아들 중 하나는 해링턴 씨의 정원사로 고용되었다. 자신의 운명이라고 생각했던 것과는 다른 운명을 개척할 수 있었던 것은 행운이었다. 이제 거리에 보이는 그 불행한 인간들과 어느 정도 거리를 두고 동정심을 가지고 그들을 바라볼 수 있는 것도 바로 그 덕분이었다. 해롤드는 8년 전 그 무서운 가을에 자기 주인을 실어 나르기 위해 원치 않게 자주 화이트채플로 와야만 했다. 신의 손에서 잊힌 거리에서 어떤 일이 일어났는지에 대해서는 신문에서도 읽었다. 그러나 무엇보다도 주인의 눈에 비친 장면을 통해서 그것을 볼 수 있었다. 이제 젊은 해링턴이 그 일을 절대 극복하지 못했다는 사실을 알았다. 자신이 뼈마디가 얼 정도로 차가운 마차에서 기다리는 동안, 주인은 사촌 찰리와 함께 술집과 사창가를 미친 듯이 드나들었다. 그러나 그의 눈 속에 가득한 공포를 물리치는 데는 그런 쾌락이 아무 소용없었던 것이다. 그날 밤 그는 무적으로 보이는 적에게 항복할 준비를 한 것 같았다. 아마도 그의 주머니에 볼록 튀어나온 것은 무기가 아닐까? 하지만 자신이 무엇을 할 수 있을까? 다시 돌아가서 그를 막아야 하나? 하인이 자기 주인의 운명을 바꿀 수 있을까? 그는 고개를 저었다. 지나친 상상이리라. 청년은 단지 환영들로 가득한 그 방에서 밤을 지내고 싶은 것이라고, 주머니의 무기는 안전을 위한 것뿐일 거라고 생각했다.

마부는 안개 속을 빠져나오면서 반대 방향에서 다가오는 낯익은 마차를 보며 고통스런 생각을 멈추었다. 윈슬로우 가문의 마차였다. 만일 그의 시력이 틀리지 않다면 마부석에서 외투를 감싸고 있는 사람은 에드워드 러쉬일 것이다. 자신을 알고 있는 마부 가운데 한 명으로 마차의 속도를 줄이는 것으로 보아서 러쉬가 틀림없었다. 해롤드는 동료에게 고개를 조용히 숙이며 인사를 했다. 그리고 시선을 마차에 탄 사람에게 향했다. 잠시 동안 그와 청년 찰리 윈슬로우가 심각한 표정으로 서로를 빤히 바라보았다. 아무 말도 하지 않았고 그럴 필요도 없었다.

"더 빨리, 에드워드." 찰리 윈슬로우가 그의 마부에게 명령하면서 지팡이의 손잡이로 마차의 지붕을 두 번 똑똑 쳤다.

해롤드는 안심하고 마차가 밀러스 코트 아파트 방향을 향해 안개 속으로 사라지는 것을 지켜보았다. 이제 자신이 개입할 필요가 없었다. 청년 윈슬로우가 제시간에 도착하기만을 바랐다. 그는 남아서 모든 것이 어떻게 끝나는지 지켜보고 싶었으나, 이미 죽은 사람의 명령일지라도 완수해야 할 명령이 있었다. 이 말을 다시 반복하는 것이 유감스럽지만, 그는 다시 말에게 박차를 가하며 3페니밖에 나가지 않는 인생들로 가득한 그 저주스런 지역의 출구를 찾았다. 이 말이 그 지역의 특징을 매우 적절하게 요약해 주는 구절임을 인정해야 한다. 마부에게 그 지역에 대한 더 복잡한 평가를 해 달라고 기대할 수는 없다. 하지만 마부에 대해 별 관심이 없다 해도, 모든 인생처럼 그에 대해서도 이야기할 만한 내용은 있다. 하지만 그는 이 이야기에서 중요한 인물이 아니다. 아마도 다른 사람들이 그의 이야기를 할 것이고, 모든 소설에서 요구되는 감동을 선사할 만큼 충분한 자료를 발견할 것이다. 그가 그의 아내 레베카를 처음 만난 순간, 즉 낯을 가리는 사람이 정신이 몽롱해진 에피소드와 경험을 떠올리고는 있지만 그런 얘기는 지금 우리의 목적이 아니다.

　그래서 해롤드를 이대로 놔둘 것이다. 이 이야기의 어느 순간에 그가 다시 등장할지에 대해서는 아무런 말도 할 수 없다. 이 이야기에 등장하는 사람들이 너무 많아서 한 사람이 오랫동안 머물 수 없기 때문이다. 이제 우리는 다시 앤드류에게 돌아간다.

　그는 지금 밀러스 코트 아파트의 현관 아치를 지나서 벽이 하얗게 칠해진 복도로 들어갔다. 13호실을 간신히 찾은 후 열쇠를 찾으려고 프록코트의 주머니를 뒤적인다. 방금 전에 어둠 속을 헤매면서 방을 찾아 문 앞에 멈추었을 때 창문을 통해서 그를 본 사람들은 그가 엉뚱한 행동을 한다는 생각을 했을 것이다. 하지만 앤드류에게는 그 방은 죽을 곳도 없는 사람들이 숨어 있는 비천한 소굴 이상의 의미가 있었다. 그곳에서 그 불길한 사건이 일어난 이후 다시 돌아가지는 않았지만 돈을 지불해 가며 그곳을 자신의 머릿속에 남아 있는 그대로 보존했다. 최근 8년 동안 매달 하인을 보내서 방값을 지불하면서 아무도 그곳에서 살지 못하게 했다. 그것은 언젠가 돌아가기로 결심했을 때 마리가 아닌 다른 사람의 흔적을 그곳에서 발견하고 싶지 않았기 때문이다. 방세는 그에게 별로 큰 금액이 아니었다. 그곳의 주인인 맥카시 씨는 타락한 게 분명한, 돈 많은 어떤 신사가 무한정 그 허드레 방을 빌리는 것을 매우 반가워했다. 그 방 안에서 살인사건이 일어난 뒤 그곳에서 잠을 잘 엄두를 내는 사람들이 있을지 확신이 서질 않았기 때문이다. 앤드류는 항상 마음 깊은 곳에서부터 알고 있었다. 자신이 다시 그 방으로 돌아갈 것을. 그리고 자신이 앞으로 행할 의식은 다른 곳이 아닌 바로 그곳에서 이루어져야 함을.

　그는 문을 열고 우수 어린 눈길로 방을 훑어보았다. 자그마한 방이었다. 벽의 칠이 벗겨져서 쓰레기장을 방불케 하는 방에는 가구들이 쓸쓸하게 놓여 있었다. 그나마 닳아빠진 침대, 거무스레한 거울, 목재로 된 수수한 큰 궤, 지저분한 벽난로와 파리만 앉아도 무너질 것 같은 의자 두 개가 전부였다. 그는 그곳에서 자신이 한때 생활했다는 사실이 놀라웠다. 하지만 해링턴 저택의 호화로운 저택보다 그곳에서 더 행복하지 않았던가? 그랬다. 어디에선가 읽었듯이 천국은 사람마다 다른 곳에 있으며 그의 천국은 분명히 그곳에 있었다. 강과 계곡으로 이루어진 지도가 아닌 키스와 애무로 이루어진 그곳.

어느 누구도 문 왼편에 있는 깨어진 창문을 수리하지 않았다는 사실을 깨닫자 목덜미가 서늘했다. 무엇 때문에 고치겠는가. 맥카시는 필요 이상의 일은 하지 않고 최대한도로 몸을 사리는 그런 부류에 속했다. 앤드류가 그에게 창문을 다시 끼워 넣지 않은 것을 비난하면 그는 모든 것을 있는 그대로 보존하려고 했다고 둘러댈 것이다. 창문까지 포함해서 모두 그가 빌린 것이기 때문이다. 앤드류는 한숨을 내쉬었다. 그 구멍을 막을 만한 것을 하나도 갖고 있지 않아서 외투를 입고 모자를 쓴 채 죽음을 택하기로 마음먹었다. 의자에 앉아서 주머니에서 무기를 꺼내 천을 천천히 벗겼는데 마치 의식을 주재하는 것 같았다. 콜트 권총은 더러운 창문으로 희미하게 들어오는 달빛을 받아 반짝거렸다.

그는 무기를 마치 자기 무릎에 쪼그리고 앉은 고양이처럼 쓰다듬으며 다시 마리의 미소를 떠올렸다. 그녀를 처음 만날 때처럼 그녀에 대한 기억이 생생하게 지속되는 것이 앤드류에게는 늘 놀라웠다. 모든 것이 너무 또렷하게 기억났다. 마치 그 기억 속에 8년이라는 세월이 끼어들지 않은 것 같았다. 때로는 그러한 기억들이 심지어 실제보다 더 아름답게 여겨졌다. 어떠한 신기한 연금술이 원본보다 그러한 복사본을 더 훌륭하게 보이게 할 수 있을까? 대답은 명백했다. 시간의 흐름은 현재 솟아오르는 감정을 과거라고 부르는 이미 지나가고 변함이 없는 화폭으로 변모시켰고, 인간이 항상 자유로운 붓놀림으로 그림을 그리던 화폭의 그림은 전체를 감상하기 위해 충분히 거리를 두고 바라볼 때만 의미를 갖는다.

그들의 시선이 처음 마주쳤을 때 그녀는 그의 앞에 있지 않았다. 앤드류는 그녀를 직접 보지 않고도 마리와 사랑에 빠졌다. 그 사건은 자연사박물관 앞의 퀸스게이트에 있는 사촌의 저택에서 일어났다. 그곳은 앤드류가 거의 제2의 집처럼 여기는 곳이다. 동갑인 사촌과 함께 자라서 때로는 유모들조차도 누가 주인의 아들인지 혼동할 정도였다. 부유한 환경 속에서 자란 그들이 가난과 불행을 겪지 않고 인생의 순탄한 면만을 경험해 왔음은 쉽게 예상할 수 있다. 그래서 그들은 인생을 계속되는 파티로 여겼다. 그리고 그들의 파티에서는 모든 것이 허용되었다. 유년기에 장난감을 서로 나누어 가지다가 청소년기에는 사귀는 여자도 서로 교환하게 되었고, 그 문제에 대해 서로 머리를 맞대고 그들에게 주어진 면책권을 누리면서 그 권한이 어느 정도까지 허용되는지 경계선을 정하는 다양한 전략을 세웠다. 두 사람 다 상상력이 풍부하고 엉뚱했으며 약간 퇴폐적인 장난을 즐기는 면모까지 비슷했다. 그 결과 사람들은 몇 년 동안 그들을 동일인물로 보지 않을 수 없었다. 그 이유는 그들이 서로 닮아 보이는 쌍둥이들의 특성을 가지고 있기 때문이기도 하지만, 인생을 대하는 오만한 태도 때문이기도 했으며, 외모가 비슷하기 때문이기도 했다. 두 사람은 체스 게임의 말처럼 늘씬하고 활기가 넘쳤으며 질책에 대해 면역력이 강한 천사장들처럼 섬세한 아름다움을 지니고 있었다. 특히 케임브리지에서 공부하는 동안 여성에게 그러한 면모를 확실히 보여 주었는데, 그들은 여자를 정복하는 데 있어서 어느 누구도 깨지 못한 기록을 세웠다. 그들이 동일한 양복점과 모자점을 드나들었다는 사실은, 그들이 닮았다는 것을 증명해 주는데, 그러한 동질성이 영원히 지속될 것 같았다. 하지만 마치 신이 창의성 부족을 수정하기라도 하듯이 아무런 예고도 없이 머리가 두 개 달리고 미친 사람 같은 그 생명체는 갑자기 서로 다른 두 조각으로 나뉘었다. 앤드류는 과묵하고 신중한 청년이 된 반면, 찰리는 청소년기의 가벼운 성격을 완성해 가고 있었다. 그렇다 해도 그들의 돈독한 우정은 깨지지 않았다. 두 사람의 성격이 갑자기 달라졌지만 그들은 서로에게 거리감을 느끼기보다는 서로의 단점을 보완해 주었다. 거침없고 유쾌한 찰리는 사촌의 우아한 우울함에서 자신과 대조적인 면을 발견했고, 인생을 즐기는 그의 낙천적인 면은 사촌에게 만족감을 준다는 사실을 발견했다. 찰리는 앤드류가 인생에서 다양한 의미를 추출하려 애를 쓰고 실망하고 깨우치려 노력하면서 여기저기 돌아다니는 것을 한가로이 관찰했다. 앤드류는 그 나름대로 사촌이 낙천적인 청년으로 변해서 세상을 살아가는 모습을 즐겁게 바라보았다. 그의 행동과 생각 일면에서는 자신의 영혼처럼 뭔가 만족하지 못하는 영혼이 엿보이기는 했지만, 겉으로 보기에 찰리는 자신이 가진 것을 포기할 의사가 전혀 없어 보였다. 아니, 찰리는 즐기기 위한 의미를 찾으려고 열정적으로 살았다. 반면 앤드류는 자신의 손에서 시들어 가는 장미를 바라보면서 길가 모퉁이에서 며칠 동안 앉아 있을 수 있었다.

모든 일이 일어난 8월, 두 사람은 열여덟 살이었다. 두 사람 다 아직 철이

들지는 않았지만 그러한 한가로운 인생이 더 이상 지속될 수 없다는 것을 감지할 수 있었다. 그들의 비생산적이고 게으른 생활에 지친 부모들이 가문의 기업에 그들을 위한 자리를 마련해 줄 거라고 예상했다. 그렇다 해도 당분간은 그런 생활을 좀 더 연장할 수 있다는 생각에 즐거워했다. 찰리는 이미 작은 직책을 맡아서 오전에 가끔 사무실을 방문하기 시작했다. 그러나 앤드류는 자신의 삶이 더 지루해져서 가족들의 사업에 참여하는 것이 징벌이기보다는 휴식처럼 느껴질 때까지 기다리고 싶었다. 어찌되었든 유명한 윌리엄 해링턴은 둘째 아들이 몇 년 후 거의 잃어버린 양처럼 방황할 정도로 내버려 둔다. 어떤 경우라도 자신의 시야에서 아들이 너무 멀리 떨어지지 않도록만 주의를 기울이면서 말이다. 하지만 앤드류는 이미 그의 시야에서 멀어졌다. 너무 많이 가 버렸다. 이제 더 멀리 떨어져서 완전히 사라질 정도가 되었다. 다시 돌아올 수 있는 가능성도 모두 사라져 버렸다.

하지만 우리는 극적인 상황에 빠져서는 안 되며 이야기를 계속해야 한다. 앤드류는 그날 오후 사촌 찰리와 매력적인 켈러 자매들과 함께 일요일에 피크닉을 가기 위해 계획을 세우러 윈슬로우 가문의 저택으로 갔다. 평소대로 그녀들을 서펜타인, 하이드파크에 꽃이 만발한 작은 초원으로 데려가려고 했다. 그곳에서 비밀스런 사랑을 나눌 작정이었다. 하지만 찰리가 아직 잠을 자고 있는 바람에 집사는 앤드류를 도서관으로 안내했다. 앤드류는 사촌이 일어날 때까지 그곳에서 기다리는 것을 편안해했다. 그는 책들로 둘러싸인 그곳에 앉아 있는 것을 좋아했다. 그 책들은 빛이 나는 그곳을 강하고 특이한 향기로 가득 채웠다. 그의 아버지는 자기 집에 고상한 도서관을 갖추고 있는 것을 자랑했지만, 사촌의 도서관에서는 정치와 지루한 규율에 대한 어두운 책들만 있는 게 아니었다. 그곳에서는 고전과 베른에서 살가리에 이르는 작가들의 모험 소설도 있었는데 그것이 앤드류가 가장 좋아하는 장르였다. 거기서 많은 사람들이 가볍다고 비난하기도 하는 기이한 문학의 한 예를 볼 수 있었다. 허황되다고 비난을 받든 큰 호응을 받든 그 작품들은 아무런 편견 없는 작가들의 상상력을 보여 주었다. 감수성이 강한 모든 독자들처럼 찰리는 호메로스의 『오디세이』와 『일리아드』를 좋아했다. 하지만 그는 ♪「쥐들의 전쟁」의 허황된 내용에 몰두할 때 가장 큰 즐거움을 누린다. 이 작품은 장님 시인이 자신을 패러디해서 쥐와 개구리가 벌이는 전쟁을 서사적으로 표현한 것이다. 앤드류는 사촌이 자기에게 빌려 준 것과 비슷한 종류의 책들이 기억났다. 사모사타의 ♪루키아누스의 『진실된 이야기』는 날아가는 배를 타고 하는 멋진 여행을 요약해 놓은 것으로, 주인공은 이 배를 타고 태양에 도착하고 거대한 고래의 내장을 통과한다. 유성 간의 여행을 다룬 첫 번째 소설로 도밍고 곤살레스라는 스페인 사람이 야생 거위 무리가 밀어 주는 기계를 타고 달을 여행하는 내용인 프랜시스 고드윈의 『달세계의 인간』도 있다. 앤드류에게 그러한 상상력은 어떠한 흔적도 남기지 않는 축제 때의 폭죽 같은 공포발사의 예포 정도로밖에 보이지 않았다. 이해를 했건 이해를 했다고 믿건, 사촌은 그것들에 지나치게 몰두했기 때문이다. 어떤 면에서 대부분의 사람들이 거부하는 그러한 문학은 찰리의 영혼에 균형을 이루어 주며, 앤드류처럼 지나치게 진지하고 우울한 분위기에 빠져드는 것을 막아 주는 평형추 역할을 했다. 앤드류는 세계를 바라볼 때마다 그러한 조소적인 분위기에 물들지 못했다. 그에게는 모든 것이 고통스러울 정도로 심오해 보였다. 그러한 지나친 엄숙함은 그로 하여금 가장 사소한 행위에까지 인생의 덧없음을 느끼게 했다.

그날 오후, 앤드류는 어떠한 책이든 고를 시간이 없었다. 도서관 방향에 있는 거실을 지나가지도 않았는데 그가 평생 본 여성 중에 가장 사랑스러운 여자가 그의 발걸음을 멈추었기 때문이다. 당황해서 그녀를 바라보았을 때 잠시 시간이 멈추면서 느리게 가는 듯한 느낌을 받았다. 좀 더 가까이에

♪일리아드의 코믹한 서사시.

♪2세기 사모사타 출신의 그리스 풍자작가 루키아누스를 말하는 듯하다. 신화와 현실을 풍자한 작품을 많이 썼으며, 프랑수아 라블레, 조너선 스위프트, 헨리 필딩, 시라노 드 베르주라크, 볼테르, 자코모 레오파르디 같은 작가들에게도 영향을 미쳤으며, 궁극적으로 유럽 풍자 문학 발전에 크게 이바지했다.

서 보려고 천천히 초상화로 다가갔다. 여성은 검은색 벨벳 모자를 쓰고 목에는 꽃무늬가 있는 머플러를 두르고 있었다. 아마도 세속적인 아름다움의 기준에 따르면 그녀가 그다지 아름답지 않다는 사실을 인정해야 했다. 그녀의 코는 얼굴에 비해서 지나치게 크고 미간은 무척 좁고 붉은 빛의 머리카락은 약간 상해 있었다. 하지만 그 낯선 여성은 부인할 수 없는 묘한 매력을 갖고 있었다. 앤드류는 그의 마음을 사로잡는 그녀의 매력이 무엇인지 알지 못했다. 아마도 연약한 모습과 눈매에서 풍기는 힘 사이의 대조적인 면 때문일 것이다. 그가 정복한 다른 여성들에게서는 사납고 결의에 차 있으면서도 부드럽고 순진한 면도 함께 갖춘 그런 시선을 전혀 발견하지 못했다. 마치 그녀는 매일 세상의 가장 사악한 면을 마주 대하는 의무를 지고 있는 것 같은 표정이었다. 반면 가장 아름다운 현실에 자리를 내어주는 어둠 속의 침대에서는 지금의 모습은 곧 소멸해 버릴 환영, 신기루일 뿐이라고 믿는 것 같은 표정이었다. 그녀에게 남은 유일한 것이 희망이기에, 아름다운 현실을 차지할 수 없다는 것을 부인하고 싶어 하는 무언가를 열망하는 사람의 시선.

"매력적인 여성이지, 안 그래?" 찰리가 그의 등 뒤에서 말했다.

앤드류는 소스라치게 놀랐다. 초상화에 너무 몰두한 나머지 그가 들어오는 것도 몰랐다. 앤드류는 사촌이 술병이 놓인 바퀴가 달린 테이블로 다가오는 동안 그렇다고 대답했다. 초상화가 그에게 어떠한 감흥을 일으키는지 정확하게 정의할 수 없었다. 적절한 비유는 아니겠지만, 그녀를 보호해 주고 싶은 욕망과 고양이들이 그에게 일으키는 감탄의 기분이 뒤섞여 있었다.

"아버지 생일 때 내가 선물해 드린 거야." 찰리는 브랜디를 따르면서 설명했다. "저기 걸린 지 며칠 안 됐어."

"누군데?" 앤드류가 물었다. "레이디 홀란드나 브라우톤 경의 파티에서 한 번도 본 적이 없는 걸."

"그런 파티에서!" 찰리가 웃었다. "이 그림을 그린 사람이 재주가 많다는 생각이 들기 시작하는 걸. 자네도 속아넘어가다니."

"그게 무슨 뜻이야?" 앤드류는 사촌이 건네주는 잔을 받으면서 물었다.

"아버지에게 이 그림을 선물한 게 예술적으로 훌륭하기 때문이라고 믿나? 이 그림이 내가 좋아할 만한 그림 같은가?" 찰리는 그의 팔을 끌고 초상화에 더 가까이 끌고 갔다. "잘 봐. 붓을 놀린 흔적을 봐. 화가로서의 재능이 전혀 보이지 않아. 이것을 그린 사람은 에드가 드가의 익살스런 제자야. 파리 사람은 부드러우면서도 지나칠 정도로 우울하지."

앤드류는 사촌과 논쟁할 정도로 그림에 대해 충분히 아는 바가 없었다. 그의 유일한 관심은 모델이 누군지 아는 것뿐이었다. 그래서 동의한다고 둘러댔다. 즉, 그 화가는 그림을 그리는 일보다 자전거를 고치는 일이 더 적합하다는 것이다. 찰리는 사촌이 자신이 회화적인 지식을 전개할 수 있는 그림에 대해 논쟁하기를 거부하자 미소를 짓고 이렇게 말했다.

"사랑하는 사촌이여, 나는 다른 이유 때문에 이것을 아버지에게 선물했다네."

찰리는 숨을 길게 들이마시고 잠시 그림을 관찰하고 기분 좋게 고개를 저었다.

"그 이유가 무엇인가, 찰리?" 마침내 앤드류가 물었다.

"서민들이 불행한 존재라도 되는 것처럼 증오하는 아버지가 자기 도서관에 저속한 창녀의 초상화를 걸어놓은 것을 알고 내가 느끼는 비밀스런 희열 때문이지."

그의 대답은 앤드류를 놀라게 했다.

"창녀라고?" 간신히 물어보았다.

"그래." 찰리가 얼굴에 만족스러운 미소를 머금고 대답했다. "루셀 스퀘어 매춘굴의 창녀도 아니고 빈센트 스트리트의 공원에서 서성거리는 창녀도 아닌 화이트채플의 더럽고 고약한 냄새가 나는 창녀지. 세상의 불행한 사람들이 단돈 3페니로 그녀의 더러운 성기에 자신들의 불행을 배출하지."

앤드류는 사촌의 말을 참고 견디려고 노력하면서 브랜디를 한 모금 마셨다. 찰리의 말은 충격 그 자체였다. 초상화를 보는 모든 사람들에게 그것은 분명히 부인할 수 없는 충격일 것이다. 또한 그 사실은 그에게 커다란 실망감도 느끼게 해 주었다. 그는 초상화에 다시 눈길을 돌렸다. 그리고 자신이 무엇 때문에 불쾌해하는지 원인을 찾으려 했다. 이제 그녀의 눈매에 열정과 절망이 공존하는 이유도 이해할 수 있었고 그녀를 더 잘 파악할 수도 있었다. 하지만 앤드류는 자신이 훨씬 더 이기적인 이유로 실망했음을 부인할 수 없었다. 그녀는 자신의 세계에 속하지 않았다. 그것은 그녀를 만날 수 없다는 의미였다.

"브루스 드리스콜 덕분에 사게 되었지." 찰리가 다시 브랜디 두 잔을 따르면서 설명했다. "브루스 기억하지?"

앤드류는 시큰둥하게 대답했다. 사촌의 친구인 브루스는 지루함을 달래려고 예술품을 수집하고 으스대는 한가로운 청년으로, 기회가 있을 때마다 그림에 대한 지식으로 두 사람을 이겨 보려고 했다.

"그 친구가 뒷골목을 쑤셔 대기를 좋아하는 사실은 자네도 알지?" 사촌이 그에게 브랜디 잔을 건네주면서 말했다. "그를 최근에 보았는데 어떤 화가에 대해 얘기하더라고. 그의 그림을 시장통에서 발견했다는 거야. 월터 식커트라는 사람인데 영국의 새로운 예술협회의 창시자지. 클리블랜드 스트리트에 그의 스튜디오가 있고 이스트엔드의 창녀들을 마치 귀부인처럼 그리는 일을 하지. 내가 그를 찾아갔을 때 그의 마지막 그림을 사지 않을 수 없었어."

"자네에게 그녀에 대한 얘기를 했나?" 앤드류는 별 관심이 없는 척 물었다.

"창녀에 대해서? 그녀의 이름만 말했지. 마리 재닛이라고 했어."

'마리 재닛.' 앤드류는 중얼거렸다. 이름이 그녀가 쓰고 있는 모자처럼 우스꽝스러웠다.

"화이트채플의 창녀." 여전히 놀라움에 사로잡혀 속삭였다.

"화이트채플의 창녀, 맞아. 우리 아버지가 자기 도서관에 이 그림을 걸어 놓다니!" 찰리는 승리에 벅찬 듯 기분 좋은 동작으로 양팔을 과장되게 벌리면서 외쳤다. "정말 기발한 아이디어 아니야?"

그러고 나서 찰리는 팔을 앤드류의 어깨에 얹고 다른 이야기로 화제를 돌리면서 그를 거실로 데려갔다. 앤드류는 당황한 모습을 들키지 않으려고 애를 썼지만, 매력적인 켈러 자매를 함정에 빠뜨릴 계획을 세우는 동안에도 초상화 속의 소녀를 계속해서 생각했다.

그날 밤, 앤드류는 잠을 이룰 수 없었다. 그림 속 여자는 지금 어디에 있을까? 무엇을 하고 있을까? 하지만 네 번째 아니면 다섯 번째 질문에서 마치 그녀를 실제로 알고 있는 것처럼, 존재하지도 않는 친밀감을 누리듯이 그녀의 이름을 부르면서 생각하기 시작했다. 하지만 아무리 돈이 많아도 자신은 얻을 수 없는 것을 단 돈 몇 페니로 그녀를 차지할 수 있는, 구걸을 일삼는 사람들에 대해 질투심을 느끼기 시작했을 때에는 정신이 약간 이상하다는 생각도 했다. 그런데 그녀는 정말 자신이 닿을 수 없는 곳에 있나? 사실 자신의 조건으로나 신체적인 면으로 볼 때 자신이야말로 다른 누구보다도 쉽게 그녀를 자신의 여자로 만들 수 있었다. 그것도 평생 동안. 문제는 그녀를 찾는 것이다. 앤드류는 화이트채플에 가 본 적이 없다. 얘기를 많이 듣기는 했어도 그곳은 찾아갈 만한 곳은 아니다. 특히 그와 같은 계층에 속한 사람에게는 더욱 그렇다. 혼자서 그곳을 찾아가는 것은 바람직하지 못하지만, 찰리와는 더더욱 같이 갈 수가 없다. 찰리는 매력적인 켈러 자매들이 속치마 속에 감추고 있는 달콤함이나 웨스트엔드의 가장 점잖은 신사들 절반이 드나드는 첼시의 향수 냄새 짙게 풍기는 창녀들의 집보다 그 창녀의 지저분한 성기를 더 원하는 것을 이해하지 못했다. 앤드류가 간절히 설명하면 아마도 이해할지도 모른다. 심지어 재미삼아 그와 동행해 줄 수도 있을 것이다. 하지만 자신의 감정이 일시적인 변덕이라고 하기에는 너무 강렬했다. 아니면 정말 변덕일지도 모른다. 그녀를 자신의 품 안에 안아 보지 않는 한 그녀에게 무엇을 바라는지 영 알 도리가 없을 것이다. 실제로 그녀를 만나는 것이 그렇게 어려울까? 자문해 보았다. 3일 동안 밤을 꼬박 새운 다음 전략을 짰다.

시든햄으로 옮겨진 수정궁은 제국의 산업 최대 규모의 유리와 강철로 만들어졌으며, 오르간 연주, 어린이 발레, 복화술사 그룹 등 즐길 거리가 넘쳐났고 훌륭한 정원의 쾌적한 공간에서는 간식을 먹을 수도 있었다. 이 정원에는 서섹스 월드에서 발견된 화석을 바탕으로 만든 공룡, 금룡과 고생물 무리가 있다. 그리고 항상 방문객들에게 '공포의 방'을 체험하게 해 주는 마담 투소의 밀랍 박물관에서는 마리 앙투아네트가 교수형을 당한 기요틴과 함께 소개되고, 영국을 피로 물들인 정신이상자, 도살자와 독살자들의 혈통들 또한 소개된다. 앤드류 해링턴은 도시에서 풍기는 축제 분위기에 어울리지 않게 하인이 빌려 준 값싸고 수수한 옷으로 위장하고 자기 모습을 거울에 비춰 보았다. 낡은 재킷과 닳아빠진 바지를 입고 은빛 머리카락은 체크무늬 모자로 가리면서 모자를 눈썹까지 푹 눌러쓴 자신의 모습을 보고 익살스러운 미소를 짓지 않을 수 없었다. 그렇게 꾸민 그를 본 사람은 누구든지 가난뱅이거나 구두 만드는 사람 아니면 이발사라고 생각했을 것이다. 그런 모습을 하고 놀란 표정을 짓는 해롤드에게 화이트채플로 데려다 달라고 했다. 출발하기 전에 비밀을 지켜 달라고 부탁했다. 자신이 런던의 슬럼가로 가는 것을 그의 아버지, 어머니, 자기 형 앤서니나 사촌 찰리도 알아서는 안 된다고 했다. 그 어느 누구도.

앤드류는 관심을 끌지 않기 위해서 호화스러운 마차를 리든홀에 세운 후 커머셜 스트리트까지 혼자서 걸어갔다. 그리고 천천히 그 냄새나는 거리를 한참 걸어간 뒤 용기를 내어 화이트채플을 구성하는 좁은 골목들이 빼곡한 곳으로 들어갔다. 10분 정도 걸어가자 십여 명의 창녀들이 안개 속에서 나와 단 돈 몇 페니에 몸을 판다고 제안했다. 하지만 어느 누구도 초상화에서 본 여자가 아니었다. 그들이 몸에 해초를 칭칭 감고 있었다면 뱃머리의 시들고 더러운 장식으로 혼동했을 것이다. 그는 그들을 친절하게 물리치면서 계속 걸어갔다. 더 나은 생계수단이 없이 추위에 움츠러든 그 허수아비들에 대해 그는 무한한 동정심을 느꼈다. 치아가 빠진 입으로 지어 보이는 그녀들의 음탕한 미소는 욕구를 자극하기는커녕 오히려 혐오감만 불러일으켰다. 마리도 그림 속 천사 같은 모습과 달리 현실에서는 저러한 모습을 하고 있을까?

그녀를 거리에서 우연히 만나기는 어렵다는 사실을 곧 깨달았다. 아마도 그녀에 대해서 직접 물어보는 것이 더 찾기 쉬울 것이다. 자신이 위장을 썩 잘했다는 사실을 확인하고 텐 벨즈로 들어가기로 했다. 이곳은 푸르니에 스트리트와 커머셜 스트리트의 모퉁이에 있는 손님이 많은 술집이었다. 유령 같은 크라이스트처치 바로 앞에 있는 술집 밖에서 큰 창문들을 들여다보며, 그는 그곳이 창녀들이 손님을 찾기 위해서 가는 장소라는 결론을 내렸다. 그가 카운터에 도착하자마자 창녀 두 명이 그에게로 다가왔다. 유쾌한 척하면서 앤드류는 가능한 친절하게 그들의 제안을 거절하고는, 흑맥주 한 잔씩을 그들에게 대접하며 자신은 마리 재닛이라는 이름의 여자를 찾고 있다고 했다. 그러자 그중 한 명이 모욕당했다는 듯이 곧장 일어나 가 버렸다. 아마도 어떠한 서비스도 해 줄 수 없는 사람과 시간을 낭비하는 것이 싫어서였을 것이다. 키가 더 큰 다른 창녀는 자리를 뜨지 않고 그의 초대에 감사히 응했다.

"아마도 마리 켈리 같네요. 그 빌어먹을 아일랜드 여자는 손님들이 가장 많이 찾지요. 아마도 지금쯤 브리타니아에서 여러 사람 주변을 서성이고 있을 겁니다. 거기는 우리가 잠잘 곳을 구하고, 이 비참한 인생을 잊어버리기 위해서 취할 만큼의 돈이 생기면 가서 쉬는 곳이에요." 불쾌하기보다는 아이러니하게 말했다.

"그 술집이 어디 있습니까?" 앤드류가 물었다.

"여기 옆에요. 크리스핀과 도싯 스트리트 모퉁이에 있어요."

앤드류는 정보에 대한 보답으로 그녀에게 4실링을 주었다.

"방을 하나 구하세요." 앤드류는 따뜻한 미소를 지으면서 그녀에게 말했다. "오늘 밤은 거리에서 지내기에는 너무 춥군요."

"오, 감사합니다. 정말 친절한 분이로군요." 창녀는 진심으로 고마워하면서 대답했다.

앤드류는 예의바르게 모자를 만지면서 작별인사를 했다.

"마리 켈리가 당신 요구를 들어주지 않으면 저를 찾아오세요." 이가 빠져 볼품없는 미소를 더 볼품없게 만드는 애교를 부리면서 그녀가 소리쳤다.
"내 이름은 리즈, 리즈 스트라이드예요, 잊지 마세요!"

브리타니아를 찾는 건 그다지 힘들지 않았다. 그곳은 마치 큰 창문들이 있는 소박한 동굴 같았다. 기름등잔을 많이 켜 놓는데도 담배 연기 때문에 짙은 어두움이 깔린 공간 안쪽에는 기다란 카운터가 있고 왼쪽으로는 예약이 표시된 장소 두 곳에 나무 탁자가 빼곡하게 넓은 자리를 차지하고 있었다. 톱밥이 깔려 있는 바닥 위로 소란한 고객들이 모여 있었다. 점원들은 때 묻은 앞치마를 두르고 맥주가 가득 든 놋쇠 술통을 들고 곡예사들처럼 탁자 사이를 돌아다녔다. 한쪽 모퉁이에는 분위기를 북돋기 원하는 사람들을 위해서 때가 묻은 건반을 드러낸 낡은 피아노가 놓여 있었다. 앤드류는 카운터로 갔다. 그 위에는 포도주 항아리, 기름등잔과 돌덩이처럼 커다란 조각으로 자른 치즈 접시들이 놓여 있었다. 그는 기름등잔불에 담배를 붙이고 맥주 한 잔을 주문했다. 그리고 조심스럽게 카운터에 몸을 기댄 채 부엌에서 나오는 뜨거운 소시지의 강한 냄새에 코를 찡그리면서 사람들을 살펴보았다. 그가 들은 것처럼 그곳의 분위기는 텐 벨즈보다 훨씬 조용했다. 대부분의 탁자는 휴가를 나온 선원들과 앤드류처럼 수수하게 옷을 입은 마을 사람들이 차지하고 있었다. 또한 술에 취하려고 기를 쓰는 창녀 무리도 눈에 띄었다. 그는 맥주를 천천히 마시면서 마리 켈리를 찾아보았으나 어느 누구도 초상화와 닮지 않았다. 세 잔째를 마실 때는 의기소침해지기까지 했다. 그녀의 환영을 쫓으면서 자신이 그곳에서 무엇을 하는지 자문해 보았다.

막 자리를 뜨려고 할 때 그녀가 술집의 문을 열고 들어왔다. 단번에 그녀를 알아볼 수 있었다. 초상화의 소녀였다. 우아한 움직임 때문에 훨씬 더 아름다워 보였지만 의심의 여지가 없었다. 피곤해 보였으나 그림에서 느낀 것처럼 힘차게 걸어왔다. 대부분의 손님들은 그녀의 등장에 무관심했다. 어떻게 아무도 술집에서 방금 일어난 작은 기적에 대해 반응하지 않을 수 있느지 그는 의아했다. 아무도 관심을 갖지 않자 자신만이 기적을 발견한 유일한 증인이라는 느낌이 들었다. 어릴 때 바람이 눈에 보이지 않는 손가락으로 나뭇잎을 집는 것을 보았을 때가 기억났다. 그 보이지 않는 손은 빠른 속도로 지나가는 마차바퀴가 나뭇잎의 춤을 엉망으로 만들어 버리기 전에 나뭇잎이 팽이처럼 물웅덩이의 표면에 발끝으로 서서 춤을 추도록 만들었다. 앤드류는 자연이 한 사람의 관객 앞에서 요술 쇼를 하기 위해 단합했다는 인상을 받았다. 그때 이후로 우주는 인류가 자연을 경외하도록 하기 위해 화산을 폭발시키기도 하지만 선택받은 소수의 사람들과 소통할 때는 특별한 애정을 보여 준다는 것을 확신했다. 이렇게 선택받은 사람들은 그와 마찬가지로 현실이 숨겨진 그림이 그려진 접힌 종이 같다고 생각한다. 그는 놀라서 마치 마리 켈리가 자기를 알아본 것처럼 자기가 있는 곳으로 다가오는 것을 보았다. 가슴이 터질 것 같았다. 그러나 그녀가 카운터에 팔꿈치를 기대고 그에게 신경도 쓰지 않고 맥주 한 잔을 주문하자 안정이 되었다.

“오늘 밤은 어때, 마리?” 술집 여주인이 물었다.

“불평할 정도는 아니에요, 린저 부인.”

앤드류는 거의 기절할 뻔했다. 바로 그곳, 자기 옆에 그녀가 있었다. 실감이 나지 않았지만 분명한 사실이었다. 방금 그녀의 목소리를 들었다. 피곤해 보이고 약간 쉬기는 했으나 아름다운 목소리였다. 만일 공기에 떠다니는 담배와 소시지 냄새를 무시하고 집중한다면, 아마도 그녀의 냄새도 맡을 수 있을 것이다. 마리 켈리의 냄새를 맡았다. 앤드류는 홀딱 반해서 존경스럽게 그녀를 바라보았다. 그녀의 동작 하나하나에서 이미 그림을 통해 알고 있는 모습을 확인했다. 뱃속에 분노를 품고 있는 바다처럼 그녀의 연약한 육체는 자연의 힘을 간직하고 있는 듯했다.

술집 여주인이 맥주를 카운터 위에 올려놓자 앤드류는 놓쳐서는 안 될 기회가 찾아왔다는 것을 알았다. 주머니에서 서둘러 돈을 꺼내 맥주 값을 지불했다.

"제가 한 잔 사지요, 아가씨." 그가 말했다.

갑작스럽기는 하지만 신사다운 그의 동작에 마리 켈리가 감격스런 표정을 지었다. 그녀의 시선을 받자 앤드류는 몸이 굳어 버렸다. 그림이 그에게 미리 암시했듯이 소녀의 눈매는 아름다웠지만 고통이라는 막에 묻혀 있는 것 같았다. 그녀는 누군가 하수구 통으로 사용하기로 결정한 양귀비꽃이 만발한 초원과 비교할 수 있었다. 하지만 그녀에게서는 분명히 빛이 넘치는 것 같았다. 그러한 짧은 시선의 마주침이 자신에게처럼 그녀에게도 강한 인상을 남기기를 바랐다. 낭만적인 영혼을 가진 독자에게는 사과를 하고 싶다. 왜냐하면 아무리 간절해도 단 한 번의 시선으로는 표현할 수 없는 것들이 있기 때문이다. 앤드류가 어떻게 그 순간에 자신을 사로잡은 거의 신비에 가까운 감정을 그녀에게도 느끼게 할 수 있고, 그녀의 눈만을 보고 평생 동안 자신도 모르게 그녀를 찾고 있었다는 것을 설명할 수 있을까? 마리 켈리가 지금까지 살아온 삶은 세상의 섬세함을 느끼기 위해서 특별히 준비된 것이 아니기에 그 첫 번째 영혼의 교류가 실패로 끝난다 해도 이상할 것이 없다. 앤드류는 분명히 최선을 다했으나 소녀는 그의 열렬한 시선을 다른 사람들이 매일 밤 그녀에게 보내는 시선 정도로 해석했다.

"고마워요." 그녀는 무기력함 때문에 간신히 미소를 지으며 그에게 대답했다.

앤드류는 고개를 끄덕이면서 매우 중요해 보이는 그녀의 동작을 가볍게 받아들이는 척했다. 자신의 계획이 아무리 꼼꼼하다 해도 그녀를 만났을 때 대화를 어떻게 시작할지 아무런 준비도 하지 않았음을 깨달았다. 그녀에게 무슨 말을 할 수 있는가? 게다가 창녀에게 무슨 말을 할 수 있을까? 더 정확히 말하자면 화이트채플의 창녀에게 말이다. 첼시의 창녀들과는 말을 많이 할 필요가 없었다. 단지 체위에 대해서나 방의 불빛의 강도 정도였다. 매력적인 켈러 자매들과 그들의 여자 친구들, 정치나 다윈의 이론에 대해 대화를 나누면서 당황해할 필요가 없는 여성들과도 단지 파리의 유행이

나 식물의 진부함에 대해 얘기하는 게 전부였다. 최근 들어서는 강신술에 대해 얘기를 했는데, 이것은 대다수의 사람들이 몰두하는 최신 유행의 오락거리였다. 하지만 그러한 주제 중 그 어느 것도 그녀와 나누기에는 적당해 보이지 않았다. 그녀를 따르는 많은 부자 청혼자 중에 누구와 결혼하게 될지 알려 주기 위해 영혼을 부르는 것도 그녀와는 상관이 없을 것이다. 그래서 그는 무아지경에 빠져서 그녀를 바라보기만 했다. 다행히 마리 켈리가 얼음장 같은 침묵을 깨는 효과적인 방법을 알고 있었다.

"당신이 무엇을 원하는지 알아요. 비록 수줍어서 말을 못하지만 말이에요." 그녀는 미소를 지으며 말했고 손으로 그의 손을 살짝 만졌다. 그러자 그의 온몸이 전율을 느꼈다. "3페니만 지불하시면 당신의 꿈을 이루어 드릴 수 있어요. 적어도 오늘 밤만은요."

앤드류는 감격해서 그녀를 바라보았다. 그럴 만한 이유가 충분했다. 그녀는 최근 며칠 밤 동안 그의 유일한 꿈이었고 그의 가장 시급한 욕망이었다. 믿기지 않지만 이제 드디어 그녀를 소유할 수 있다. 그녀의 몸을 만질 수 있다. 누추한 그녀의 옷 속에 숨겨진 날씬한 몸을 만지고, 그녀가 보는 앞에서 그 자신이 길들이기 어려울 정도로 거칠고 조정하기 힘든 정열을 발산하는 (오르가슴을 느끼는) 순간에 그녀의 입에서 깊은 신음 소리가 나오는 것을 상상만 해도 온몸에 흥분이 끓어올랐다. 하지만 그러한 전율은 곧이어 깊은 슬픔으로 변하기 시작했다. 그 길 잃은 천사가 부당하게 아무런 보호를 받지 못한다는 사실과 어느 누구도 불평 한마디 할 수 없는 좁은 골목에서 명예를 실추당하면서 누구든지 쉽게 그녀를 멋대로 주무를 수 있다는 사실을 확인했기 때문이다. 그것을 위해서 저 특별한 인간은 창조되었나? 간신히 기어 나오는 목소리로 그녀의 제안을 받아들여야 했다. 자신의 의도가 다른 고객들과 동일한 것처럼 받아들여지고, 자신은 다른 사람들이 하던 대로 따라해야 한다는 사실이 마음 아팠다. 그가 승낙하자 마리 켈리는 앤드류에게 기계적으로 보이는 미소를 열정적으로 지으며 술집을 나가자고 고개를 끄덕이면서 신호를 보냈다.

앤드류는 창녀의 뒤를 그런 식으로 걸어가는 것이 이상하다고 느꼈다. 마리 켈리가 그녀의 사타구니 사이로 그의 성기를 집어넣도록 하기 위해 가는 게 아니라 교수대로 데려가기라도 하는 것처럼 그녀의 뒤에서 종종걸음으로 따라갔다. 하지만 그녀와 다른 방법으로 만날 수도 있을까? 사촌의 그림을 본 이후로 방향을 알 수 없는 이상한 영역으로 더 깊이 들어갔다. 지나치는 황량한 좁은 길들은 모두 낯설고 위험해 보였다. 창녀의 뚜쟁이가 계획하고 쳐 놓은 함정 속으로 들어가는 것은 아닐까? 자신이 소리를 지르면 마부인 해롤드가 들을 수 있을지, 만일 그럴 경우 자신을 구하러 달려올지, 아니면 최근 들어 자신을 냉담하게 대한 주인에게 복수할 기회를 삼지는 않을지 자문해 보았다. 모퉁이 한쪽에 꺼져 가는 기름 가로등 하나로 간신히 불을 밝힌 초벽이 칠해진 핸버리 스트리트를 지났다. 마리 켈리는 깜깜한 어둠 속으로 연결되는 좁은 통로로 그를 안내했다. 앤드류는 그곳에서 죽을지도 모른다는 생각을 하면서 그녀를 따라갔다. 자신보다 거구의 악당들이 그를 때리고 양말까지 빼앗고 피투성이가 된 몸에 침을 뱉을 거라는 생각마저 들었다. 그렇게 그들은 그 지역을 통과했다. 그의 황당한 모험은 그러한 결말을 맞을 만했다. 하지만 가슴속에 두려움이 몰려올 시간도 없이 그들은 바로 뒷마당으로 들어갔다. 지저분하고 물웅덩이가 있는 그곳에는 놀랍게도 아무도 없었다. 앤드류는 걱정스런 눈길로 주변을 둘러보았다. 사실이다. 이상하게도 악취를 풍기는 그 좁은 장소에 그들만이 있었다. 그들이 방금 빠져나온 세계는 머나먼 성당의 종소리를 배경으로 점점 작아지는 속삭임 같았다. 발치에 실연당한 연인이 바닥에 버린 구겨진 편지처럼 달이 웅덩이를 비췄다.

"여기서는 아무도 우리를 방해하지 않을 거예요." 마리 켈리가 담벼락에 기대어 그를 끌어당기면서 그의 마음을 진정시켜 주었다.

앤드류가 상황을 파악하기도 전에 창녀는 그의 바지의 지퍼를 내리고 성
기를 꺼냈다. 첼시의 창녀들이 그에게 해 주던 자극을 주는 예식 같은 것도
없이 놀라울 정도로 자연스럽게 행동했다. 그녀가 너무나 태연하게 걷어올
린 치마 밑으로 그의 성기를 집어넣었다. 그에게는 신비스러운 순간이지만
그녀에게는 일상적인 일에 불과한 것 같았다.

"이제 안으로 들어왔어요." 그에게 말했다.

'안이라고?' 창녀가 거짓말을 하고 있다는 것을 알 정도로 앤드류는 경
험이 많았다. 그녀는 자신의 사타구니 사이에 그의 성기를 집어넣고 짓누르
고 있을 뿐이었다. 그것은 창녀들이 하는 일반적인 전략일 거란 생각이 들
었다. 운이 좋으면 고객이 알아차리지 못하거나 술에 너무 많이 취해서 모
를 수도 있을 것이다. 그런 방법으로 삽입을 피하고 매일 겪어야 하는 의무
적인 성급한 삽입의 횟수를 줄이면 정액이 넘쳐서 골치 아프게 임신이 되
는 상황도 피할 수 있을 테니까. 앤드류는 의무적으로 팬터마임에 참여해
야 한다고 마음먹고 힘차게 성기를 밀기 시작했는데 사실상 그에게는 그것
으로 충분했다. 그런 위장된 행동이 지속되는 동안, 자신의 발기한 성기를
그녀의 사타구니의 비단결 같은 피부에 문지르며 그녀의 몸과 자신의 몸이
접촉하는 것을 느끼는 것으로 충분했다. 만일 그 거짓 삽입이 그녀와의 사
회적 지위로 인한 거리감을 뛰어넘게 해 주고 연인들만이 느낄 수 있는 친
밀감을 갖게 해 준다면 모든 것이 속임수라고 한들 무엇이 중요하겠는가.
자신의 귀에 그녀의 호흡의 따스한 입김을 음미하고, 그녀의 목 안에서 나
오는 숨겨진 냄새를 맡보고, 그녀의 몸이 자신의 몸과 하나가 된 것처럼 느
낄 정도로 포옹할 수 있는 것은, 3페니 이상의 귀중한 가치가 있을 것이다.
그는 조급하게 그녀의 속치마 사이에 사정을 해 버렸을 때에도 정상적인 관
계를 가질 때와 같은 효과를 맛보았다. 오래 참지 못한 것을 부끄러워하며
묵묵히 사정을 마무리하면서 다 비워 내고 엄숙한 순간의 포획물인 그녀가
초조해서 몸을 뒤척일 때까지 그녀를 계속해서 밀었다. 그리고 무안해하면

서 그녀에게서 떨어졌다. 기분이 별로 좋지 않은 그는 신경도 쓰지 않고 창녀는 치마를 반듯이 내리고 돈을 달라고 손을 내밀었다. 앤드류는 약속한 금액을 지불하고 옷매무새를 가다듬었다. 그의 주머니에는 그녀를 밤새도록 살 만큼의 돈이 있었으나 자기 방 은밀한 침대에서 방금 경험한 것을 음미하기로 하고 다음날 만날 약속을 하기로 했다.

"내 이름은 앤드류요." 흥분해서 격앙된 목소리로 자신을 소개했다. 그녀는 즐거워하며 눈썹을 치켜떴다. "내일 당신을 다시 만나고 싶소."

"좋아요. 제가 어디에 있는지 알죠?" 그녀가 그를 데려온 어두운 통로로 다시 안내하면서 말했다.

그들이 큰 길로 다시 나오는 동안 앤드류는 그녀의 사타구니에 사정도 했으니, 이제 그녀의 어깨에 손을 얹어도 되는지 자문해 보았다. 그렇게 하려고 손을 얹으려는 순간 좁은 통로를 통해 반대편에서 거침없이 걸어오는 한 쌍의 남녀와 마주쳤다. 앤드류는 작은 소리로 부딪힌 사람에게 사과를 했는데, 상대는 작은 골목의 암흑 속에서 튀어나온 그림자에 불과했지만 몸집은 매우 건장해 보였다. 창녀와 부둥켜안고 오고 있었는데 마리 켈리가 그녀에게 유쾌하게 인사를 건넸다.

"네 마음대로 써도 돼, 애니." 그들이 방금 있었던 뒤뜰을 언급하는 것이었다.

애니는 어색한 폭소를 터뜨리면서 마리에게 고맙다는 표시를 했고 자기 고객을 막다른 골목 쪽으로 이끌었다. 앤드류는 그들이 비틀거리며 짙은 어둠 속으로 사라지는 것을 바라보았다. 저 거구의 남자는 과연 그녀가 그의 성기를 사타구니에 집어넣는 것으로 만족할까? 앤드류는 그 남자가 거대한 몸집으로 그녀를 밀치는 모습을 보면서 생각했다.

"조용한 곳이라고 말씀드렸죠." 마리 켈리는 핸버리 스트리트로 나오자 냉담하게 말했다.

두 사람은 브리타니아의 입구에서 간단한 작별인사를 주고받았다. 함께 몸을 맞댄 후에도 냉담한 그녀 때문에 앤드류는 약간 의기소침해졌다. 그는 마차를 찾기 위해 을씨년스러운 작은 골목들에서 방향을 잡으려고 했다. 제대로 된 방향을 찾기까지 30분이 걸렸다. 마차에 올라타며 해롤드의 시선을 피했다.

"집으로 갈까요, 도련님?" 마부가 딴전을 피우면서 물었다.

그 다음날 앤드류는 지난밤처럼 경험 없는 촌스럽고 겁먹은 사람이 아닌 자신감이 넘치는 사람처럼 행동하기로 했다. 초조한 모습은 잊어버리고 환경에 적응할 수 있다는 자신감을 보여 줄 것이다. 자신과 같은 계층의 여성들을 홀리게 하는 미소와 애정이 넘치는 매력적인 모습을 그녀에게 보여 주고 싶었다.

그는 한 귀퉁이의 탁자에 앉아서 맥주잔을 앞에 놓고 힘없이 머리를 흔들어 대는 마리 켈리를 발견했다. 슬픔에 잠긴 그녀의 모습을 보고 당황스러웠다. 그러나 새로운 계획을 생각해 낼 수가 없어서 계획대로 밀고 나가기로 했다. 카운터에서 맥주를 주문하고 그녀가 있는 탁자에 앉아, 비탄에 잠긴 그녀의 찡그린 얼굴을 바꿔 줄 수 있는 좋은 방법을 알고 있다며 최대한 쾌활하게 말했다. 그 말을 듣고 마리 켈리가 그를 바라보는 시선은 그가 염려하던 바를 확인시켜 주었다. 그 상황에서 가장 어울리지 않는 코멘트라는 표정이었다. 그러한 반응을 보자 앤드류는 그녀가 자기를 성가신 모기를 쫓듯이 손짓하며 당장 꺼지라는 말을 할 거라고 예상했다. 그러나 그녀는 감정을 억제하고 그를 잠시 흥미롭게 바라보았다. 자신의 고민을 털어놓을 수 있는 다른 사람들처럼 좋은 사람이라는 생각이 들 때까지. 그녀는 목을 가다듬으려는 듯 한 잔을 들이키고 소매로 입을 훔치고 자기 친구 애니, 핸버리 스트리트에서 마주친 그 여자가 그날 아침 자신들이 있었던 바로 그 마당에서 살해된 채 발견되었다고 전해 주었다. 가엾은 그녀는 목이 거의 다 잘릴 정도로 상처가 벌어져 있었고, 창자는 밖으로 튀어나와 있었으며, 자궁도 적출되었다. 앤드류는 "애석한 일이군요."라고 중얼거렸다. 그는 살인자의 행위에 대한 상세한 설명을 들으며 범죄가 일어나기 바로 전에 그와 마주친 사실에 대해 놀라워했다. 그 고객은 일반적인 서비스로는 만족하지 않았던 게 분명했다. 하지만 마리 켈리는 다른 일을 더 걱정했다. 그녀의 말에 의하면, 애니는 한 달 사이 화이트채플에서 살해당한 세 번째 창녀였다. 8월 31일 폴리 니콜리스의 목이 잘린 채 에식스의 부두 앞 벅스 로드에서 발견되었고, 같은 달 7일에는 마사 타브람이 주머니칼로 잔인하게 난도질당한 채 한 여관 계단에 버려져 있었다. 마리 켈리에 의하면 범인들은 올드 니콜 거리의 패거리들인데 창녀들에게 갈취를 일삼는 사람들이었다.

"그 개자식들은 우리가 자기들을 위해 일할 때까지 멈추지 않을 거예요." 마리는 이 사이로 침을 뱉으며 말했다.

그런 사건에 앤드류는 충격을 받았으나, 그곳이 화이트채플이라는 점을 감안하면 별로 이상할 것도 없었다. 그곳은 런던이 등을 돌린 곪아터진 퇴비장 같은 곳으로, 독일인, 유대인, 프랑스 이민자를 포함해서 천여 명의 창녀들이 우글거렸다. 칼로 찌르는 범죄는 다반사로 일어났다. 눈에서 흘러내리는 눈물을 닦고 잠시 기도를 하듯 침묵에 잠겼던 마리 켈리는 놀랍게도 갑자기 무기력함에서 빠져나와 앤드류의 손을 잡고 음탕하게 미소를 지었다. 인생은 계속된다. 무슨 일이 일어나든지 인생은 계속된다. 이것이 그녀가 말하려던 것일까? 마리 켈리는 어찌되었든 살해당하지 않았고 잠자리를 구하기 위한 돈을 벌기 위해서는 냄새가 고약한 그 지역을 돌아다니며 계속 살아가야 한다. 앤드류는 안타까운 마음으로 손톱을 잘 다듬지 않은 손, 낡은 장갑을 낀 손, 지금은 자신의 손 위에 얹혀 있는 손을 바라보았다. 그도 가면을 바꾸기 위한 시간이 필요했다. 마치 무대로 나가기 전에 연극 배우가 다른 사람으로 변하기 위해 분장실에서 집중하는 몇 분이 필요하듯이 말이다. 어찌되었든 그에게도 인생은 계속되어야 한다. 창녀의 살인사건은 세상을 멈추게 하지 못했다. 그래서 자신의 계획을 진행할 준비를 하고 여자의 손을 부드럽게 어루만졌다. 습기 찬 유리를 닦는 사람처럼 그는 신사다운 미소로 그녀를 슬픔의 베일에서 자유롭게 해 주며 처음으로 그녀의 눈을 바라보고 말했다.

"나는 당신을 밤새도록 살 만한 충분한 돈이 있소. 하지만 추운 뜰에서 하는 속임수는 원치 않소."

그 말은 들은 마리 켈리가 놀랐는지 순간 긴장했다. 그러나 앤드류는 미소를 지으며 그녀의 마음을 안정시켜 주었다.

"밀러스 코트에 방을 하나 얻었는데, 당신 마음에 들지는 모르겠어요." 그녀가 애교를 부리면서 대답했다.

"마음에 들 거라고 확신해요." 마침내 자유로운 대화가 진행되고 자신이 완전히 우위를 차지한 것에 대해 기뻐하면서 앤드류가 말했다.

"그 전에 건달인 제 남편을 내쫓아야 해요." 그녀가 말했다. "그는 집에 일거리를 가져오는 것을 싫어하거든요."

앤드류는 그녀를 처음 만난 날처럼 충격적으로 그 말을 받아들였다. 실망한 모습을 보이지 않으려고 애썼다.

"하지만 당신 돈이 그를 설득할 수 있다고 확신해요." 그녀는 그의 반응에 즐거워하면서 말했다.

지금 앤드류가 앉아 있는 비천한 작은 방이 천국 그 자체가 된 데에는 그런 사연이 있었다. 그날 밤 그들을 둘러싼 모든 것이 바뀌었다. 앤드류는 존중하는 마음으로 그녀를 사랑했다. 벌거벗은 채 반듯이 누워 있는 그녀의 몸을 애정을 듬뿍 담아서 애무했다. 마리 켈리는 자신의 영혼을 지키기 위해 만든 두꺼운 갑옷이 깨지는 것을 느꼈다. 그 갑옷은 그녀에게 해를 줄 수 없는 저 밖 문 뒤에 있는, 그녀의 피부에 어떤 것도 침투하지 못하도록 하는 차가운 서리의 막이었다. 앤드류가 그녀의 몸에 천연두처럼 자국을 남기는 달콤한 입맞춤을 해 나갈수록 기계적이던 그녀의 애무도 자연스러워지는 것이 놀라웠다. 곧이어 자신이 그저 침대에 누워 있는 창녀가 아니라 언제나 그런 부드러움을 갈망해 온 사람이라는 사실을 발견했다. 앤드류 역시 사랑을 나누는 행위가 진짜 마리 켈리를 해방시켜 주는 것임을 느꼈다. 그것은 마치 연극의 마술사들이 손발이 묶인 아름다운 조수를 물탱크에 잠기도록 한 뒤 다시 건지는 행동 같았다. 아니면 그의 방향감각이 너무 훌륭해서 미로에서 길을 잃는 다른 고객들과는 달리, 아무도 도달하지 못한, 그녀의 진짜 모습이 존재하는 비밀스런 공간까지 도달하는 것 같았다. 두 사람은 동일하게 타오르는 불길을 느꼈다. 그 불이 꺼지자 마리 켈리는 꿈을 꾸듯 천장을 바라보며 파리에서 지낸 봄에 대해 이야기하기 시작했다. 거기서 이삼 년 전에 예술가들을 위한 모델로 일을 했고, 래트크리프 하이웨이의 게일즈에서 보낸 유아기에 대해서도 이야기했다. 앤드류는 전에는 한 번도 느껴 보지 못한, 가슴에 불타고 있는 감정이 사랑이라는 것을 깨달았다. 왜냐하면 시인들이 읊은 그 모든 것을 차례로 경험하고 있기 때문이다. 마리 켈리는 피튜니아와 글라디올러스가 파리의 광장들을 에워싼 모습을 설명했다. 그녀가 런던으로 돌아온 후 모난 세상을 부드럽게 해 주는 머나먼 향기를 보존하기 위해 사람들에게 자기 이름을 프랑스어로 불러 달라고 요청했다는 이야기도 해 주었다. 과거를 회상할 때의 꿈꾸는 듯한 그녀의 어조는 그의 마음을 뭉클하게 했다. 템스 강이 불어나면 래트크리프 하이웨이 다리에 해적들이 익사할 때까지 묶어 놓은 장면을 상세히 설명할 때의 비탄에 젖은 어조도 그를 감동시켰다. 그것이 마리 켈리였다. 달콤하고 쌉쌀한 피부의 대조, 잘못 들어선 길, 신이 거부한 존재. 그녀의 방세를 평생 내줄 수도 있는 그에게 그녀는 직업이 무엇이냐고 물었다. 앤드류는 위험을 감수하고 진실을 말하려고 했다. 사랑의 싹은 진실 속에서 이루어지든지 아니면 아예 이루어지지 말아야 하기 때문이다. 하지만 또한 진실은 그를 매료시킨 그녀의 초상화 덕분에 그가 황당한 세계로 들어가고 자신이 사는 세상과는 완전히 다른 곳에서 그녀를 찾았다는 것이다. 그것은 소설에 나오는 불가능한 사랑처럼 아름답고 특별해 보였다. 그들의 육체가 다시 서로를 갈망할 때 그녀와 사랑에 빠지는 것은 절대로 미친 짓이 아니라 그의 인생에서 가장 옳은 행동이라는 생각이 들었다. 입술에 그녀의 피부 온기를 간직한 채 그녀를 혼자 남겨두고 방을 나설 때 추위에 떨면서 벽에 기대어 그녀를 기다리고 있는 그녀의 남편 조를 바라보지 않으려고 애썼다.

해롤드가 그를 집으로 데려다 주었을 때는 이미 날이 밝아오고 있었다. 비록 마리 켈리와 보낸 생생한 순간을 즐기기 위해서지만 침대에 들어가기에는 여전히 흥분이 가라앉지 않았다. 앤드류는 마구간으로 가서 말에 올라탔다. 새벽에 말을 타기 위해 하이드파크에 온 지 꽤 오랜 시간이 지났을 무렵 날이 밝아왔다. 그는 이른 아침을 좋아했다. 풀 위에 이슬이 내려 촉촉하고, 세상은 아직 사람들에 의해 짓밟히지 않은 새벽녘의 시간이 그는 좋았다. 그 기회를 이용하지 않는 것은 어리석었다. 잠시 후 앤드류는 말을 타고 해링턴 저택 앞에 펼쳐진 숲을 달리고 있었다. 혼자 웃으며 승리를 자축하는 군인처럼 허공을 향해 가끔 즐거운 비명을 질렀다. 왜냐하면 마리 켈리와 작별할 때 그녀가 보여 준, 자신의 눈길과 동일한 사랑이 가득한 시선을 기억하면 기분이 좋았기 때문이다. 깨닫지 못했을지는 몰라도 그녀는 그의 눈빛에서 그가 그녀를 수년간 찾아다닌 것을 읽은 것 같았다. 아마도 지금이야말로 좀 전에 내가 했던 부정적인 언급에 대해 사과하고, 시선으로 표현하지 못할 것이 없다는 점을 인정할 절호의 기회일 것이다. 시선은 모든 것을 담을 수 있는 밑이 없는 우물과도 같다. 그래서 앤드류는 야성적인 흥분에 사로잡히고, 활기와 열정이 충만해서 말을 탔는데 생전처음 행복이라는 것을 만끽한 것 같았다. 그토록 지독한 사랑에 빠진 피해자가 되자, 우주의 모든 것이 빛을 발하는 것 같았다. 낙엽이 무성한 오솔길, 돌, 관목, 나무와 그 가지 사이로 빠르게 뛰어다니는 다람쥐조차도 그 안에서부터 빛을 발하는 것 같았다. 하지만 앤드류가 멋지다고 여기는 희미한 빛이 감도는 광활한 공원을 묘사하느라 지체하지는 않을 테니 걱정 말기를. 그것은 내가 좋아하는 일도 아니고 사실과도 다르기 때문이다. 그의 시선의 변화에도 불구하고 분명히 앤드류가 지나치는 풍경은, 마음대로 돌아다니는 다람쥐를 포함해서 예전과 달라진 게 전혀 없었다.

앤드류는 강렬하고 행복하게 한 시간 이상 말을 달리고 난 뒤 마리 켈리의 비천한 침대로 돌아가려면 거의 하루가 남았다는 것을 깨달았다. 그래서 조급한 마음을 달래 줄 만한 일을 찾아야만 했다. 마음이 조급해지면 오히려 시간이 빨리 가지 않고 더 천천히 간다고 생각했기 때문이다. 사촌과 늘 행복을 함께했던 습관에 따라 찰스를 방문하기로 했지만, 이번만큼은 그에게 아무 말도 하지 않기로 했다. 아마도 모든 것이 좋아 보이는 현재의 자기 마음에 대해 사촌이 어떤 반응을 보일지 궁금하기도 했고, 찰리도 공원의 다람쥐들처럼 빛이 날지 확인하고 싶은 마음도 있었을 것이다.

원슬로우 가문의 식당에서 찰스의 아침식사가 준비되는 동안, 정작 찰리는 아직 침대에서 게으름을 피우고 있었다. 커다란 창문 옆에 거대한 탁자가 있고 하인들은 십여 개의 접시에 빵, 과자, 잼을 담고 오렌지주스와 우유가 가득 담긴 병들을 준비하고 있었다. 대부분의 음식은 버려질 것이다. 여러 사람을 위한 식사 같지만 분명 그의 사촌만을 위한 식탁인 데다가, 아침에는 입맛이 없는 찰리가 이 화려한 식탁에서 먹을 건 파스타 약간뿐이기 때문이다. 앤드류는 그렇게 성대한 식탁을 보고 갑자기 우려하는 자신이 이상하다는 생각이 들었다. 자기 집에서도 수년 동안 별로 먹는 사람도 없는데 풍성하게 차리는 것을 보아 왔기 때문이다. 그리고 그러한 갑작스런 반응은 화이트채플에 다녀온 뒤 그에게 일어나는 첫 번째 현상이라는 것을 알아차렸다. 그 지역은 자기 사촌이 마지못해 씹어 먹을 과자 부스러기 때문에 서로를 죽일 수도 있는 사람들이 모여 있는 곳이기 때문이다. 그 모든 것이 사랑에 대한 감정과 마찬가지로 그에게 사회적인 의식을 일깨워 준 것인가? 감정에 대해서는 의심할 바가 전혀 없지만 사회적 의식에 대해서는 그다지 신빙성이 없다. 앤드류는 자신의 내면을 가꾸느라 바깥세계에서 일어나고 있는 일에는 거의 무관심한 부류에 속했기 때문이다. 그는 수수께끼를 풀고 자신의 이성과 감정을 조사하는 데 전념했다. 자신의 영혼이 만족스러운 고운 음색을 낼 때까지 정련하느라 세월을 보내고 있었다. 그의 사고방식이 변덕스럽게 계속 변해서 어항 속의 물고기들을 정렬시키는 일처럼 그 일이 불가능해 보이기도 했다. 하지만 이 일을 잘하지 못하면 세상에서 일어나는 일을 감당할 수 없기에, 우선은 그의 마음을 정돈하는 게 중요했다. 어찌되었든, 드러난 단순한 사실을 통해 지금까지 그를 사로잡고 있는 알 수 없는 집착에 대해 자신이 어떻게 반응할지 관찰하는 것도 흥미로울 거라고 생각했다. 어쩌면 이런 새로운 걱정거리에 대한 반응으로 앞에서 언급한 수수께끼, 즉 앤드류 해링턴의 정체는 무엇인가에 대한 해답을 발견할지도 모른다.

앤드류는 과일접시에서 사과 한 개를 집어 들고 팔걸이의자에 앉아 사촌이 잠에서 깨어나기를 기다렸다. 그리고 발받침 위에 흙이 묻은 승마화를 얹은 채 미소를 지으며 사과를 깨물었다. 마리 켈리의 키스와, 두 사람이 오랫동안 애정에 굶주린 것을 보상받기 위해 취한 달콤하고 정열적인 동작을 생각하며 식탁 위에 놓인 신문을 바라보았다. 「스타」지의 조간신문이었는데 큼지막한 제목으로 화이트채플의 창녀 애니 채프먼의 살인사건이 실렸다. 그 기사는 창녀의 몸에서 적출당한 장기에 대해 상세히 기록하고 있었다. 마리 켈리가 말해 준 자궁 외에 방광과 질도 적출되었다. 기사는 그녀가 손가락에 끼었던 두 개의 반지가 사라졌음을 강조했다. 경찰은 살인자에 대해 어떠한 단서도 갖고 있지 않았지만 이스트엔드의 창녀들을 조사한 결과, 한 용의자의 이름이 수사선상에 올랐다. '가죽 앞치마'라는 별명을 가진 유대인 구두 제조공인데 칼을 이용해 창녀들에게 돈을 훔치곤 한 사람이었다. 기사에는 경찰이 등잔으로 피를 흘리고 인도에 쓰러져 있는 한 여성의 몸을 비추고 있는 섬뜩한 삽화도 실렸다. 앤드류는 고개를 저었다. 자신의 천국이 바로 지옥 그 자체에 둘러싸여 있다는 사실과 자신이 사랑하는 여인이 악마들의 지역에 갇힌 천사라는 사실을 깨달았다. 그는 지금까지 화이트채플에서 일어난 범죄를 다룬 세 페이지의 기사를 꼼꼼하게 읽으며 그 호화로운 식탁의 모든 것과는 자신이 어울리지 않는 것처럼 느껴졌다. 그 식당은 인간이 저지를 수 있는 더러운 행동과 일탈이 하인들이 걸어 다닐 때 일으키는 먼지만큼이나 대수롭지 않게 여겨지는 곳이다. 앤드류는 마리 켈리에게 범인으로 생각되는 갈취를 일삼는 무리들에게 주라고 돈을 많이 줄까 하는 생각도 해 보았지만 기사를 보니 그런 상황이 아니었다. 피해자의 시신에서 정확하게 적출된 장기를 감안하면 살해용의자가 외과 지식을 갖고 있다는 점을 추정할 수 있었고, 이 사실은 의사라는 직업을 가진 대부분의 사람들이 용의자가 될 수 있다는 뜻이다. 하지만 경찰은 모피 제조자, 요리사, 이발사와 칼을 사용하는 직업을 가진 모든 사람을 조사대상에 포함시켰다. 또한 살인자의 얼굴이 빅토리아 여왕이 자주 가는 점쟁이의 꿈에 나타났다는 내용도 있었다. 앤드류는 한숨을 내쉬었다. 점쟁이는 자기보다 살인자에 대해 더 잘 알고 있다고 하지만 앤드류는 범인이 범죄를 저지르기 바로 전에 그와 마주친 적이 있다.

"언제부터 나라 일에 신경을 썼나, 사촌?" 찰스가 그의 등 뒤에서 흐뭇한 듯 물었다. "아, 자네가 관심을 갖는 것이 그 시끄러운 기사로군, 그래."

"안녕, 찰스." 앤드류는 마치 지루해서 들춰보았다는 듯이 신문을 식탁에 내려놓으며 인사를 했다.

"그 불쌍한 창녀들이 살해당한 사건에 시민들은 대단한 관심을 갖고 있지." 사촌이 과일접시에서 반짝이는 포도송이를 집어 그의 앞에 앉으면서 말했다. "자네에게 고백하지만 나도 역시 그 불쾌한 사건의 중요성을 인식하고 있지. 런던경찰청의 최고 수사관인 프레드 애벌린이 조사를 맡았다네. 수도 경찰에게 큰 사건인 셈이지."

앤드류는 커다란 창문을 통해 미풍이 구름을 흐트러뜨리는 장면을 바라보면서 건성으로 동의하는 척했다. 사촌의 관심을 끌지 않기 위해서 그 일에 별로 관심이 없는 척하려고 했지만 사실은 연인이 사는 지역에서만 일어나는 그 범죄에 대해 자세히 알고 싶은 마음이 굴뚝같았다. 만일 찰스에게 지난밤 화이트채플의 어두운 골목에서 그 잔인한 살인자와 마주쳤다는 말을 하면 어떤 표정을 지을까? 안타까운 점은 그가 악마의 냄새가 나는 몸집이 큰 작자라는 것 외에는 아무 말도 할 수 없다는 것이다.

"어찌되었든, 런던경찰청의 개입에도 불구하고 현재로는 정말 웃기는 용의자들만 있지." 사촌은 포도송이에서 포도를 떼어내 손가락으로 장난을 치면서 말했다. "우리가 지난주에 본 버팔로 빌 공연에 출연 중인 인디언 가운데 한 명을 의심하고, 심지어 《지킬박사와 하이드》 역할을 맡고 있는 배우 리처드 맨스필드를 의심한다는 사실 알고 있나? 그 작품은 한번 보라고 추천해 주고 싶어. 맨스필드가 무대에서 변신하는 걸 보면 정말 소름 끼친다니까."

앤드류는 먹다 남긴 사과를 식탁에 내려놓으며 그 작품을 보러 가겠노라고 약속했다.

"결론적으로," 찰스는 사건을 요약하려는 듯했다. "화이트채플의 가엾은 인생들은 거리를 순찰하려고 자경단까지 만들었지. 런던이 너무 빨리 팽창해서 경찰력이 모든 사건을 다 다룰 수가 없어. 모든 사람들이 이 빌어먹을 도시에 살고 싶어 하기 때문에 생기는 일이야. 더 나은 생활을 하고 싶어 하는 사람들이 머나먼 영지에서 밀려드는데, 지하실이나 환기가 안 되는 작은 장소라도 임대하려면 막대한 돈을 지불해야 해. 그 돈을 마련하려고 티푸스에 걸려 가면서 공장 같은 곳에서 착취를 당하거나 범죄에 빠지는 거야. 사실 그런 행위를 저질러도 처벌을 받지 않는 것에 비하면, 살인과 강도 사건 발생률은 지극히 낮은 셈이야. 만일 범죄자들이 조직 같은 것을 만들었다면 런던은 이미 그들 세상이지. 여왕이 대중봉기를 두려워하는 것도 이해할 만해. 우리 이웃인 프랑스인들이 겪은 그런 혁명이 일어나면 여왕의 목은 물론이고 모든 가족들의 목이 단두대에서 날아갈 판이야. 여왕의 제국은 외관만 화려하고 속은 텅 빈 건물 같아서 붕괴를 막으려 하면 할수록 더 많은 버팀목이 필요하지. 우리의 양과 소들은 아르헨티나에서 기르고, 차는 중국에서 재배하고, 우리가 마시는 포도주는 스페인과 프랑스에서 들여와. 말해 보게, 사촌. 범죄 외에 진정으로 우리 것이라고 할 만한 게 뭐가 있는지. 조직된 폭동을 일으키면 범죄자들이 나라를 차지할 수 있어, 앤드류. 다행히 악한 사람들은 상식이 별로 없지만."

앤드류는 사촌이 그다지 진지하게 여기지 않는 척하면서 그런 식으로 별 의욕 없이 늘어놓는 여담을 좋아했다. 마음속에서는 그의 모순적인 영혼이 부러웠다. 서로 조화가 되지 않는 무수한 작은 방들로 나뉜 집을 상기시켰는데, 한 방에서 일어나는 일이 다른 방들에 전혀 반향을 일으키지 않는 것과 같다. 그래서 사촌은 세상의 가장 고름이 많은 상처를 보고도 즉시 잊어버릴 수 있는 능력이 있었다. 반면 그는 그런 능력이 없었다. 간단한 예를 들면, 도살장과 불구자들의 병원을 방문한 뒤에는 소화가 잘 안 되었다. 달팽이와 비슷하게 만들어진 앤드류의 마음은 모든 것이 사라졌다가 다시 반사되었다. 그것은 그들의 차이점이자 서로의 보완점이었다. 찰스는 추리를 잘하고 그는 잘 느꼈다.

"분명한 사실은 이러한 야만적인 범죄 때문에 화이트채플이 밤을 지내기에는 별로 추천할 만한 장소가 아니라는 거지." 찰스가 자세를 바꿔 식탁 위에 기대고 그를 의미심장하게 바라보면서 판결을 내렸다. "더더군다나 창녀하고는 말이지."

앤드류는 놀라운 표정을 감추지 못하고 그를 쳐다보았다.

"알고 있었어?" 물었다.

사촌은 미소를 지었다.

"하인들이 말을 해, 앤드류. 우리의 가장 은밀한 비밀들이 우리가 밟는 사치스런 땅 밑에서 지하수처럼 흘러다닌다고." 상징적으로 카펫을 발로 차면서 말했다.

앤드류는 한숨을 내쉬었다. 사촌은 이유가 있어서 신문을 그 자리에 두었던 것이다. 사실은 아마 잠도 자지 않았을 것이다. 찰스는 그런 종류의 게임을 즐겼다. 그는 자신이 올 거라고 확신했을 것이다. 커다란 식당을 구분하는 많은 병풍 뒤에 숨어서 분별력 없는 사촌이 함정에 빠지기를 기다렸을 것이다. 그것을 상상하는 건 그리 어렵지 않았다.

"아버지가 모르셨으면 좋겠어, 찰스." 그에게 부탁했다.

"걱정 마, 사촌. 그 일이 가족에게 미칠 파장을 알고 있어. 그런데 말해 보게. 정말 그 소녀를 사랑하나, 아니면 그냥 지나가는 변덕인가?"

앤드류는 침묵을 지켰다. 무슨 말을 한단 말인가?

"대답할 필요 없네." 사촌이 체념한 투로 말했다. "두 가지 질문을 모두 다 이해하지 못할까 봐 걱정이네. 단지 자네가 무슨 일을 하고 있는지만 알기 바랄 뿐이야."

앤드류는 의심할 바 없이 자신이 무슨 일을 하는지 몰랐다. 하지만 그 일을 멈출 수는 없었다. 매일 밤 불빛에 이끌리는 나방처럼 밀러스 코트의 비루한 작은 방으로 가서 마리 켈리라는 통제가 되지 않는 화염에 자신의 몸을 불살랐다. 그들은 억제할 수 없는 열정에 사로잡혀서 밤새도록 사랑을 나누었다. 마치 식사를 하는 동안 독약을 섭취해서 그들에게 남은 삶이 얼마나 될지 모르는 사람처럼, 또는 그들을 둘러싼 세상이 페스트의 발병으로 갑작스럽게 스러져 가고 있는 것처럼 그렇게 열정을 불태웠다. 곧 앤드류는 많은 돈을 그녀의 탁자 위에 쏟아 부으면 두 사람이 새벽을 맞도록 부드럽게 사랑을 불태울 수 있다는 걸 알았다. 그의 돈은 그들의 환상을 지켜 주었을 뿐만 아니라, 심지어 마리 켈리의 남편인 조를 멀리 떨어뜨려 놓는 효과도 발휘했다. 앤드류는 가능하면 수수한 옷을 입고 그녀와 함께 얽히고 설킨 미로 같은 화이트채플의 진흙투성이 거리를 돌아다니는 동안만큼은 그를 잊어버리려고 했다. 평온하고 기분 좋은 산책이었다. 마리의 동료들과 아는 사람들, 전쟁터와 같은 곳에서 고통받는 무리들, 매일 아침 오로지 동물적인 생존본능에 따라 혹독한 세상과 맞서기 위해서 침대에서 일어나는 가난한 영혼들을 많이 만났다. 시간이 흐르면서 앤드류는 그곳의 사람들이 자신을 그들의 세계와는 어울리지 않는 이국적인 꽃처럼 부러워하는 것을 느꼈다. 자신이 살아온 호화스런 카펫이 깔린 영지보다 그곳에서의 삶이 더 현실적이고 더 인간적이고 공감이 간다는 확신이 들기 시작했다.

때때로 밤에 그 지역에서 시간을 보내는 돈 많은 청년들 무리에게 들키지 않기 위해 모자를 눈썹까지 꾹 눌러 써야만 했다. 그들은 멋진 마차를 타고 와서 정복자처럼 거만하고 무례하게 왁자지껄 떠들고 돌아다니며, 비천한 사창굴을 찾아 아무런 벌도 받지 않고 본능적인 욕구를 해소했다. 앤드류가 웨스트엔드의 흡연실에서 자주 들은 소문에 의하면 오로지 돈과 상상력의 한계만 있을 뿐 화이트채플의 불쌍한 창녀들과는 무엇이든 할 수 있었다. 그 청년 무리들의 소란한 거동을 훔쳐보면서 앤드류는 갑작스런 보호본능이 엄습하는 것을 느꼈다. 무의식적으로 화이트채플을 자신이 지켜주어야 할 영역으로 보기 시작했다. 하지만 그러한 야만스런 침입에 그가 할 수 있는 건 별로 없었다. 그의 보살핌으로 그의 연인은 삶의 시련으로 빼앗긴 활력을 회복하는 듯, 나날이 더 아름다워 보였다. 그는 그저 그녀의 품에 안겨서 압도하는 그 고통과 무기력함을 잊어버리려고 노력할 뿐이었다.

하지만 모두가 알다시피, 뱀이 없는 낙원은 존재하지 않는다. 연인과 지내는 순간이 달콤할수록, 그 순간은 늘 부족하고 갈망은 더 깊어졌다. 그러나 지금 마리 켈리에게서 얻을 수 있는 것이 그가 차지할 수 있는 전부라는 사실을 깨달았을 때 앤드류의 기분은 말할 수 없이 착잡했다. 화이트채플 밖으로 끌고 나올 수 없는 사랑은 아무리 강렬해도 돌발적이고 허망하기 때문이다. 거리에서 흥분한 사람들이 가죽 앞치마라는 별명의 유대인 구두 제조공에게 린치를 가하는 동안 앤드류는 마리 켈리의 몸에다 자신의 분노와 두려움을 발산했다. 그러면서 그는 그녀의 욕구가 그토록 격정적인 이유가, 두 사람의 무모한 사랑이 시작된 것과 그들이 할 수 있는 일이라곤 가시가 주는 고통을 애써 무시하면서 그 뜻밖의 행복이라는 장미를 탐욕스럽게 움켜잡는 것뿐임을 그녀도 역시 깨달았기 때문인지 궁금했다. 아니면 반대로 우주의 진로를 바꿀지라도 소멸될 수밖에 없는 그 사랑을 구할 준비가 되어 있다고 말하려는 그녀만의 방식일까? 하지만 그렇다면 자신도 그 정도의 힘을 갖고 있을까? 이미 패한 것처럼 보이는 전쟁을 시작할 만한 믿음이 있는가? 그런 믿음을 가지려고 해도 앤드류는 세련된 여성들의 세계에서 마리 켈리가 살아가는 것을 상상할 수 없었다. 이 여성들이 살아가는 유일한 목적은 가정을 아이들로 채움으로써 자신들의 생산성이 우수하다는 사실을 보여 주고, 사랑하는 남편의 친구들을 피아노 실력으로 즐겁게 해 주는 것이었다. 마리 켈리가 그러한 역할을 수행할 수 있을까? 그녀를 질식시키려는 사회의 거부반응을 꿋꿋이 이겨 내려고 노력할 것인가, 아니면 온실을 벗어난 이국적인 꽃처럼 죽어 갈 것인가?

창녀들이 살해당한 사건을 계속해서 다루는 신문들 덕택에 그는 은밀한 두려움에서 벗어나기가 힘들었다. 어느 날 아침, 식사를 하며 살인자가 대담하게 신문사에 보낸 편지의 복사본을 보았다. 그는 편지에 자신은 쉽게 잡히지 않을 것이고 화이트채플의 여자들에게 자신의 아름다운 칼을 시험하면서 계속 살인을 저지를 것이라고 장담했다. 붉은 잉크로 쓰인 편지에는 잭 더 리퍼라는 서명이 있었다. 앤드류는 지금까지 알려진 '화이트채플의 살인자'라는 별로 독창적이지 않은 별명보다 이 거창한 이름이 훨씬 더 불안을 조장한다는 사실을 인정해야 했다. 모든 언론이 그 소식을 다루었는데, 덕분에 싸구려 통속 소설의 악당인 스프링 힐드 잭이 여성들에게 피해를 입힌 방식을 연상시켰다. 가는 곳마다 그 소식을 들을 수 있었다. 너무 빨리 모든 사람들이 그의 이름을 받아들이고 흥분한 어조로 그 단어를 말하는 통에, 잔인한 살인자가 날이 잘 선 칼을 들고 돌아다니며 화이트채플의 슬픈 영혼들을 약탈하는 것이 마치 감동적이고 흥미롭기까지 했다. 그 외에도 불안을 조성하는 그 편지 덕분에 런던경찰청의 사무실은 갑자기 그와 유사한 편지들로 넘쳐났다. 살인자라고 자처하는 자들이 경찰을 조롱하고, 어린아이처럼 자신의 범죄에 대해 자랑을 늘어놓고 위협했다. 자신을 살인자라고 느끼면서 삶에 흥미를 돋우기를 원하는 사람들과, 자신들의 영혼에 잠재된 새디스트적인 본능을 다행히 한 번도 표출하지 않았지만, 그런 병적인 충동으로 오염된 인간들로 가득한 것 같았다. 이들은 경찰조사를 훼방했을 뿐만 아니라, 본의 아니게 핸버리 스트리트의 통로에서 마주치는 비천한 사람들을 인간에게 가장 무서운 공포를 자아내는 괴물 같은 존재로 변모시켰다. 통제할 수 없을 정도로 많은 사람들이 자신들이 잔인한 범죄를 저지른 범인이라고 하자 진짜 범인은 보란 듯이 9월 30일 밤 더필드 마당의 제재소에서 스웨덴 여성 엘리자베스 스트라이드를 죽였다. 그녀는 앤드류가 마리의 흔적을 쫓아 그 구역을 처음 방문했을 때 도움을 주었던 창녀였다. 그리고 한 시간도 채 못 되어 범인은 마이터 스퀘어에서 캐서린 에도우즈를 죽였다. 그녀의 음부에서 갈비뼈까지 대쪽을 쪼개듯이 갈라서 왼쪽 신장과 내장 일부를 적출했고 코까지 베어 갔다.

　그렇게 해서 추운 10월이 시작되었다. 운명적인 체념의 분위기가 화이트채플의 불행한 주민들을 지배했다. 런던경찰청의 노력에도 불구하고 그들은 어느 때보다도 더 자신들이 버림받았음을 절감했다. 창녀들의 눈에서는 체념을 읽을 수 있었고, 그들의 혹독한 운명에 이상할 정도로 복종하는 듯했다. 인생은 길고 강렬한 기다림으로 변했다. 앤드류는 마리 켈리의 떨리는

<hr>

♪1800년대 런던 사람들을 공포에 떨게 한 괴물로, 발에 용수철을 단 듯이 엄청난 높이로 뛰어올랐다고 한다.

몸을 꼭 안아주고 걱정하지 말라며 달콤하게 속삭여 주었다. 경찰이 잭 더 리퍼를 체포할 때까지 날카로운 무기를 가진 범인이 활개치는 뒤뜰 좁은 골목의 수렵지에서 멀리 떨어져 있으면 괜찮다고 위로했다. 하지만 그의 위로는 두려움에 떠는 마리 켈리에게 아무 소용도 없었다. 심지어 그녀는 다른 창녀들이 불안한 거리로 나가지 않도록 밀러스 코트의 작은 방에 잠을 자게 해 주었는데 이 일로 조와 크게 다투기도 했다. 그는 다투는 중에 유리창 하나를 깼다. 다음날 앤드류는 그녀에게 추위가 스며드는 구멍을 막으라고 돈을 주었다. 하지만 그녀는 무심하게 탁자에 돈을 두고는 자신을 취하라며 침대에 드러누웠다. 그러나 그녀가 그에게 줄 수 있는 건 단지 그녀의 차가운 몸과 최근 들어 사라진 적이 없는 고통스럽고 체념에 젖은 눈길뿐이었다. 그는 그녀의 눈길에서 너무 늦기 전에 자기를 그곳에서 꺼내 달라는 절망적인 무언의 구호요청을 읽을 수 있었다.

앤드류는 마치 하나의 눈길에 모든 것이 담길 수 있다는 사실을 갑자기 잊어버린 것처럼 그녀의 명백한 요구를 모른 척했다. 그는 자신이 우주의 흐름을 바꿀 수는 없다는 것을 알았다. 그가 하기에는 너무 엄청난 작업이기 때문이다. 그것은 아버지와의 대치를 의미했다. 아마도 마리가 고객을 찾으러 나가기 시작한 것은 그의 비겁함에 대한 무언의 반항이었을 것이다. 그녀는 브리타니아에서 동료들과 술에 취해 밤을 지새우기도 했다. 그 술집에서 창녀들은 무능력한 경찰과 최근 화이트채플 치안위원회의 의장을 자청한 사회주의자 조지 러스크에게 사람의 신장이 들어 있는 상자를 보내면서 계속 그들을 조롱하는 지옥의 그 괴물을 저주했다. 앤드류는 용기가 없는 자신에게 화가 났다. 매일 밤 술에 취한 그녀가 작은 방으로 돌아오는 것을 지켜보았다. 그는 바닥에 쓰러져 개처럼 벽난로의 온기 옆에 쭈그리기 직전의 그녀를 안아 침대에 눕히면서, 그녀가 칼에 찔리지 않고 돌아온 것만도 다행이라고 생각했다. 하지만 아무리 살인자가 몇 주 동안 더 이상 살인을 저지르지 않고, 80명 이상의 경찰이 그 지역을 순찰하고 있다 해도 그런 식으로 그녀가 계속 돌아다니게 할 수는 없었다. 그는 자신만이 그것을 막을 수 있다는 것을 알았다. 그래서 내장이 적출당한 시체들 때문에 어둠 속에 앉아서 두려움에 떠는 연인을 위해 앤드류는 다음날 아버지에게 정면으로 도전하겠다고 굳게 다짐하곤 했다. 하지만 다음날이 오면 그는 아버지의 사무실에 들어갈 용기를 내지 못하고 주변만을 배회했다. 날이 저물면 고개를 숙이고 수치심을 느끼며 연인의 무언의 질책을 받기 위해 때로 술병을 들고 다시 마리 켈리의 작은 방으로 돌아오곤 했다. 앤드류는 그때 그가 그녀와 결합하기 위해 흥분해서 그녀에게 했던 말들을 전부 기억했다. 그가 얼마나 그녀를 기다려 왔는지, 18년, 100년, 500년 전부터 기다렸는지도 모른다고 했다. 그는 다시 태어난다 해도 쌍둥이 같은 그들의 영혼은 시간의 미로에서 처음부터 만날 운명이었고 어떻게 해서든 그녀를 찾아냈을 거라고 확신했다. 그러나 지금과 같은 상황에서는 그러한 말이 마리 켈리에게는 그저 그의 동물적인 본능을 세련된 낭만으로 포장하려는 시도처럼 여겨질 거라고 생각했다. 아니면 더 나쁘게는, 비참한 세상을 경험하는 관광여행 같은 것에 느끼는 흥분을 감추려고 그럴듯한 말을 한다고 생각할 것이다. "앤드류, 당신의 사랑은 어디 있어요?" 몇 시간 후면 술에 취해 돌아올 그녀가 비틀거리면서 브리타니아 방향으로 사라지기 전에 그녀는 놀란 아프리카산 영양 같은 눈으로 그에게 이렇게 말하는 것 같았다.

11월 7일 추위가 매서운 밤, 그녀가 다시 술집으로 사라지는 것을 보았을 때 앤드류의 마음속에서 무슨 일인가가 일어났다. 그것이 술의 힘이었든, 적당량의 술이 사람들의 머리를 명료하게 만들어 주었든지, 아니면 저절로 명료한 깨달음을 얻을 정도로 충분한 시간이 흘렀기 때문인지는 몰라도, 앤드류는 분명한 사실을 깨달았다. 마리 켈리가 없다면 자신의 삶이 더 이상 의미가 없다는 것을. 그래서 그녀와 함께할 미래를 위해 투쟁한다 해도 아무것도 잃을 게 없다는 것을. 갑작스럽게 솟아난 용기에 그를 숨막히게 했던 마른 나뭇잎들이 갑자기 사라지는 것 같은 해방감을 느꼈다. 그는 쾅 소리를 내면서 문을 세차게 닫고 성큼성큼 걸어서 해롤드가 기다리는 곳으로 갔다. 해롤드는 언제나처럼 마차의 마부석에서 부엉이처럼 움츠리고 주인이 향락의 밤을 보내는 동안 코냑 한 병으로 추위를 쫓으면서 시간을 보내고 있었다.

그날 밤 앤드류의 아버지는 작은 아들이 창녀와 사랑에 빠졌다는 사실을 알게 될 것이다.

이 이야기를 시작할 때 내가 뭘 약속했는지에 대해서는 나도 잘 알고 있다. 난 이야기 속에 경이로운 타임머신이 등장하고 심지어 모험소설이라면 반드시 나오는 용감한 탐험가와 사나운 원주민도 등장할 거라고 약속했다. 하지만 그 모든 것은 다 제때에 다루어질 것이다. 시합을 시작하기도 전에 장기판에 말을 미리 놓을 필요가 있는가? 그러니 서두르지 않지만 확실하게 장기판을 가지고 놀 수 있게 해 주시길 바란다. 다시 청년 앤드류에게 돌아가자. 그는 해링턴 저택까지 가는 긴 시간 동안 머리를 더 맑게 할 여유가 있었지만 그러는 대신 주머니에 넣어둔 술을 다 마시면서 정신이 혼미해지도록 방치했다. 사실 건전한 판단력과 논리적 사고력 따위는 아버지와 담판을 짓는 데 아무런 도움도 되지 않을 것이다. 그 문제에 관한 한 교양 있는 대화를 나누기란 불가능했다. 가장 좋은 방법은 되도록 완전히 둔감해지는 것이다. 단, 말을 할 때 혀가 꼬부라지지 않을 정도로만 정신을 차리고 있으면 된다. 입고 있던 옷을 벗고 의자에 항상 조심스레 놓아둔 우아한 옷으로 갈아입을 필요도 없었다. 그날 밤에는 더 이상 어떤 비밀도 숨길 필요가 없었다. 마차가 저택에 도착하자 앤드류는 마차에서 내린 후 해롤드에게 꼼짝하지 말라고 지시한 후 집 안으로 뛰어들어갔다. 더러운 옷을 입고 계단을 올라가는 그를 보고 마부는 당황스런 표정으로 고개를 끄덕이며, 해링턴 씨의 고함 소리가 그곳까지 들릴지 궁금해했다.

그날 밤 아버지가 기업인들과 모임을 갖는다는 사실을 잊어버린 앤드류는 비틀거리며 도서관으로 들어갔는데, 십여 명의 사람들이 놀란 표정으로 그를 바라보고 있었다. 그가 기대한 상황은 아니었지만 몸속에 알코올이 많이 들어 있어서인지 두려움은 느껴지지 않았다. 옷을 잘 차려입은 사람들 중에서 아버지를 찾다가 벽난로 옆에서 형 앤서니와 함께 있는 그를 발견했다. 한 손에 술잔과 다른 손에는 여송연을 들고 있던 두 사람은 아주 놀란 표정으로 그를 머리에서 발끝까지 훑어보았다. 의상은 그다지 중요하지 않았다. 곧 알게 될 소식에 비하면 옷 같은 건 아무것도 아니에요. 청중이 있다는 사실에 기쁨을 느낀 앤드류는 생각했다. 희생할 각오를 했기에, 서재에서 아버지와 단 둘이 만나는 것보다 증인들에게 둘러싸인 편이 훨씬 더 나았다. 앤드류는 사람들이 뚫어지게 바라보는 가운데 목소리를 가다듬고 큰 소리로 말했다.

"아버지, 저는 사랑에 빠졌습니다. 그 사실을 알려드리려고 왔습니다."

당황한 손님의 기침 소리 외에 침묵만이 감돌았다.

"앤드류, 지금은 그런 말을 할 때가 아닌 것……" 눈에 확연히 보일 정도로 화가 난 그의 아버지가 말을 하기 시작했으나 앤드류는 돌발적인 행동을 하면서 그의 말을 가로막았다.

"분명히 말씀드리는데, 지금이나 나중이나 적당하지 않기는 마찬가지예요." 그는 물불을 가리지 않는 지금의 행동이 바닥에 뒹구는 것으로 끝나지 않도록 몸의 균형을 잡으려고 노력했다.

불쾌한 표정으로 얼굴을 찡그린 그의 아버지는 입을 꾹 다물고 있었다.

앤드류는 마음을 가다듬었다. 자신의 삶을 영원히 파괴할 순간이 왔다.

"제 마음을 사로잡은 여성은…… 마리 켈리라는 화이트채플의 창녀입니다."

그 말을 하고 주위 사람들에게 도전적인 미소를 던졌다. 놀라서 찡그리는 사람, 머리에 손을 얹는 사람, 호들갑스럽게 감정을 표시하는 사람들도 있었으나 말을 하는 사람은 아무도 없었다. 모두들 두 명의 등장인물이 나오는 드라마틱한 작품을 보고 있다는 사실을 알았다. 이제 말을 해야 할 사람은 윌리엄 해링턴이었다. 일제히 집주인을 바라보았다. 그의 아버지는 카펫의 무늬에 눈을 고정하고 고개를 흔들었다. 절제되지 않은 목에서는 쉰 신음 소리가 나오고 있었다. 그는 갑자기 술맛이 떨어진 듯 벽난로 선반 위에 술잔을 더듬거리면서 내려놓았다.

"신사 여러분, 제가 여러 차례 들은 내용과는 반대로," 앤드류는 자기 아버지의 마음속에 응어리지기 시작하는 분노를 무시하고 말을 이었다. "창녀들은 좋아서 그런 일을 하는 게 아닙니다. 여러분에게 단언하건대 그 여자들도 모두 고상한 직업을 갖기를 원하지만 다른 방도가 없어서 그 일을 하는 겁니다. 제 말을 믿어 주세요. 저는 제가 무슨 말을 하는지 알고 있습니다." 아버지의 동료들은 입을 벌리지 않고도 노련하게 놀라움을 드러내고 있었다. "저는 최근 몇 주 동안 그녀들과 많은 시간을 보냈습니다. 아침에 말이 물을 마시는 곳에서 몸을 씻는 그들을 보았고 잘잘 곳을 구하지 못하면 몸을 밧줄로 묶고 앉아서 자는 광경도 보았습니다."

창녀들을 감싸는 말을 할수록 그는 마리 켈리에 대한 자신의 감정이 생각보다 훨씬 깊다는 사실을 깨달았다. 야만적인 열정에 몸을 맡기는 것은 실리적이지 못하다고 생각하며 격정과는 거리가 먼, 무미건조하고 틀에 박힌 삶을 살아가는 주변 사람들을 그는 딱한 눈빛으로 바라보았다. 그는 이성을 잃는 것이 무엇이고, 열정에 불타오르는 것이 무엇인지 그들에게 설명할 수 있다. 사랑이 어떠한 것인지에 대해서도 설명할 수 있다. 그것은 그가 과일을 자르듯 사랑을 속속들이 해부해 보았고, 시간을 잘게 쪼개는 시계의 톱니바퀴 장치를 관찰하듯 그 속을 다 들여다보았기 때문이다. 하지만 앤드류는 아무 말도 할 수 없었다. 그 순간에 분노의 신음을 내뱉은 그의 아버지가 지팡이로 카펫을 치면서 힘겹게 성큼성큼 홀을 가로질러 와서는 그의 뺨을 세게 갈겼기 때문이다. 충격을 받은 앤드류는 뒤로 몇 걸음 물러났다. 무슨 일이 벌어졌는지 이해했을 때, 그는 아픈 뺨을 어루만지며 다시 도전적인 미소를 지으려 했다. 영원처럼 느껴졌던 짧은 순간, 아버지와 아들은 홀의 중앙에서 서로 뚫어지게 쳐다보았다. 마침내 아버지가 먼저 입을 열었다.

"오늘 밤부터 너는 내 아들이 아니다."

앤드류는 얼굴에 아무런 표정도 짓지 않으려고 노력했다.

"마음대로 하세요." 냉정하게 말했다. 그리고 다른 사람들을 향해 예의를 갖추어 작별인사를 했다. "신사 여러분, 실례지만 저는 이곳에서 영원히 사라져야 합니다."

그는 최대한 오만하게 몸을 돌려서 그 자리를 떠났다. 차가운 밤공기가 답답한 가슴을 식혀 주었다. 계단을 내려가며 마음속으로 넘어지지 말자고 다짐했다. 예상치 못한 관객들과 세게 뺨을 맞은 것, 아버지의 반응 모두 잊어버리자고 생각했다. 모욕을 당한 아버지는 그의 상속권을 박탈했다. 런던에서 가장 부유한 기업인들 절반이 보는 앞에서 일말의 후회도 없이 자기 자식에게 분노를 폭발시켰다. 이제 그에게는 마리 켈리를 향한 사랑 외에는 아무것도 가진 게 없었다. 재앙과도 같았던 아버지와의 만남 이전에는 자기 이야기에 감동을 받은 아버지가 어쩌면 양보를 해 줄지도 모른다고, 심지어 그녀를 데려오라고 허락해 줄지도 모른다는 일말의 희망을 품기도 했다. 그러면 화이트채플을 배회하는 괴물에게서 그녀를 가능한 멀리 떨어진 안전한 곳에 데려올 수도 있다고 생각했다. 하지만 이제는 자신의 힘으로 살아가야 한다는 점이 분명해졌다. 마차에 올라탄 그는 해롤드에게 밀러스 코트

로 돌아가자고 했다. 마차 주변을 돌면서 그 드라마의 결말을 기다리고 있
던 마부는 마부석에 올라탄 뒤 집 안에서 무슨 일이 벌어졌는지 상상하면
서 말에게 채찍질을 했다. 마부는 안에서 일어난 일을 종합하여 놀라울 정
도로 정확하게 장면을 재구성했다.

마차가 늘 서는 곳에 도착했을 때 마차에서 내린 앤드류는 마리 켈리를
안아주고 그녀를 얼마나 사랑하는지 말하려고 도싯 스트리트를 향해 달렸
다. 그녀를 위해서 그는 모든 것을 버렸다. 그렇지만 후회는 없었다. 단지 자
신의 운명에 대해 약간의 불안감만 느꼈을 뿐. 하지만 개척해 나갈 것이다.
찰스를 의지할 수 있다는 사실은 분명했다. 그의 사촌은 그들이 자립해서
살 수 있는 제대로 된 직장을 구할 때까지만이라도 복스홀이나 워릭 스트
리트에서 집을 구할 정도의 돈을 빌려 줄 것이다. 마리 켈리는 양장점에서
일할 수 있겠지만, 그는 과연 무슨 일을 할 수 있을까? 그건 중요하지 않았
다. 건장하고 용모 단정한 청년이니 뭐든 할 수 있을 것이다. 중요한 것은 아
버지와 담판을 지었다는 것이다. 결과는 중요하지 않다. 무언으로 마리 켈
리는 그에게 화이트채플에서 꺼내 달라고 도움을 요청했고, 그는 이제 도움
의 손길이 있든 없든 그 일을 할 것이다. 그들은 그 저주받은 지역, 지옥 같
은 그 지역을 떠날 것이다.

밀러스 코트의 아치 앞에 숨을 헐떡거리며 멈추었을 때 시계를 보았다.
새벽 다섯 시, 마리 켈리는 벌써 방에 돌아왔을 것이다. 아마도 그 자신처
럼 그녀도 술에 취해 있을 것이다. 앤드류는 알코올 기운에 다윈의 원숭이
무리처럼 행동하고 신음하며 서로를 탐닉하는 그들의 모습을 떠올렸다. 그
는 어린아이처럼 흥분해서 아파트 안으로 들어갔다. 13호실 문은 잠겨 있
었다. 주먹으로 여러 차례 두드렸으나 대답이 없었다. 마리가 잠에 빠져든
게 분명하지만 문제 없다. 앤드류는 창틀에 붙어 있는 유리에 베이지 않으

려고 주의를 기울이며 창문 구멍으로 손을 집어넣어 마리 켈리가 열쇠를 잃어버렸을 때 하던 것처럼 문을 열었다.

"마리, 나 왔소." 문을 열면서 말했다. "앤드류요."

이 시점에서 잠시 숨 돌리는 것에 대해 양해를 구하고 싶다. 다음에 일어난 일은 이야기 전개가 어렵다는 것을 알리고자 하는 바이다. 겨우 몇 초 동안의 일이지만 앤드류가 경험한 감정적 증폭이 너무나 엄청났기 때문이다. 시간은 유연하고 시계는 아코디언처럼 늘어났다 줄어들었다 하는 능력이 있다는 것을 고려해 주기 바란다. 화장실 문이 어느 방향에 있느냐에 따라 실생활에서 자신이 있는 곳이 결정된다는 사실을 자주 경험을 했을 거라고 확신한다. 앤드류의 경우 머릿속에서 몇 초의 시간이 영원처럼 연장이 되었다. 바로 그런 관점으로 사건을 설명하려고 하니, 사건과 시간이 서로 맞지 않는 것에 대해 나의 서술능력이 부족하기 때문이라고 탓하지 말기 바란다.

앤드류는 문을 열고 방 안으로 첫발을 내디뎠을 때 눈앞에 펼쳐진 상황을 이해하지 못했다. 아니, 정확히 말해 자신이 본 것을 인정하지 않으려 했다. 영원처럼 느껴지는 그 짧은 시간 동안 아직 작동하고 있는 그의 머릿속 한 귀퉁이에서 그가 본 그 장면이 자신을 죽음에 이르게 할 거라는 확신이 움트기 시작했다. 왜냐하면 어느 누구도 그러한 것을 목격하고 살아 있을 수가 없기 때문이다. 적어도 온전히 살아 있을 수는 없다. 그의 앞에 놓인 것은, 단도직입적으로 얘기하자면, 마리 켈리였다. 하지만 그에게는 더 이상 그녀가 아니었다. 피가 낭자한 시트와 베개가 놓인 침대 위에 누워 있는 사람이 마리 켈리라는 사실을 받아들이기 힘들었기 때문이다. 앤드류가 그 방에서 본 것은 예전에 그가 봤던 어떤 장면과도 비교할 수 없었다. 대부분의 인간들은 잘게 잘려진 인간의 몸을 본 적이 없기 때문이다. 야외에서 값비싼 모자를 쓰고 파티를 즐기는 그의 삶에서는 상상조차 할 수 없는 일이었다. 정교하게 토막 난 시신 앞에 있다는 사실을 마침내 머리로 받아들였을 때 그는 그에 걸맞은 혐오감조차 느낄 수 없었다. 그 사실을 받아들이자, 앤드류는 무시무시한 추론을 계속하지 않을 수 없었다. 어쩔 수 없는 결론은 그 훼손된 시신이 자신의 연인이라는 것이다. 범인은 잭 더 리퍼. 그의 소행일 수밖에 없다. 얼굴의 피부는 칼로 난도질을 해놓아서 알아볼 수 없을 정도였다. 그러나 아무리 심하게 훼손되었다고 할지라도 그 시신이 마리 켈리라는 사실은 부정할 수 없었다. 도저히 사실이라고 받아들이기 힘든 방식임은 말할 것도 없고, 너무나 간단하게 처리되어 있었지만, 크기나 외관 면에서, 무엇보다도 시신이 놓인 장소로 보건대 절단된 그 시신은 그녀일 수밖에 없었다. 순간 그에게 고통이 밀려왔다. 당연히 끔찍하고 잔인한 고통이다. 하지만 그 모든 고통은 나중에 그가 겪게 될 극심한 고통의 희미한 증상에 불과했다. 그것은 충격으로 거의 얼어붙어서 무덤덤해진 감정이 어느 정도는 그의 정신을 보호하는 역할을 했기 때문이다.

사랑하는 이의 시신이 앞에 있다는 사실을 확인하자 공포심보다는 애정으로 그녀를 보살펴야겠다는 감정이 솟아올랐다. 그러나 혐오감을 갖지 않고 시신을 바라보기란 불가능했다. 얼굴은 피부가 벗겨진 데다, 갈기갈기 찢어진 피부 사이로 두개골이 보였다. 하지만 그 두개골은 그가 마지막으로 열정적인 키스를 하던 곳이 아닌가? 그렇다면 어떻게 그것을 거부할 것인가? 수많은 밤을 경애심을 가지고 애무하던 그 육체도 마찬가지였다. 하지만 난도질당하고 반쯤 피부가 벗겨진 그녀의 모습은 구역질이 날 정도였다. 그의 반응이 의미하는 바는 분명했다. 어떤 면에서 시신이 살아 있던 그녀와 동일한 물질로 되어 있을지라도 이미 그것은 마리 켈리가 아니었다. 그녀의 내부가 어떤지 파헤치고 싶은 리퍼의 열망은 그녀에게서 인간성을 박탈했을 뿐만 아니라 그녀를 단순한 고깃덩어리로 만들어 버렸다. 이러한 생각을 하자 공포와 흥미가 묘하게 뒤섞여서 구체적인 것들에 집중할 수 있었다. 그의 발 사이에 있는 밤색 덩어리는 아마도 간일 것이다. 원래 자리에서 멀리 떨어진 곳에서 길을 잃은 탁자 위에 놓인 가슴은, 자줏빛 젖꼭지가 없었다면 부드러운 튀김 과자로 보였을 것이다. 모든 것이 살인자가 얼마나 놀라울 정도로 침착하게 일을 진행했는지를 신중하게 보여 주는 것 같았다. 이제야 신경을 쓰게 된 방의 온기는 그 개자식이 방을 따뜻하게 한 후 일을 하려고 벽난로의 불까지 켜 놓았음을 짐작하게 했다.

앤드류는 눈을 감았다. 이미 볼 만큼 다 보았기 때문이다. 그 방의 장면은 인간에 대한 잔인함과 냉담함을 단적으로 보여 주었을 뿐만 아니라, 충분한 기회와 상상력과 예리한 칼을 가진 인간이 동류 인간에게 얼마나 잔혹한 짓을 할 수 있는지를 알려 주었다. 살인자는 처참하고 잔인한 해부학에 대한 지식을 보여 주었다. 앤드류는 난생처음으로 삶은, 그러니까 진짜 삶은 그들이 날마다 시간을 보내는 방식과는 상관이 없다는 것을 깨달았다. 누구의 입술에 키스를 하는지, 어떤 메달을 따고, 어떤 신발을 수선하는지 여부와는 하등 상관이 없다. 진짜 삶은 우리의 내부에서 조용히 일어나고, 지하의 강처럼 흐르고, 외과의나 병리학자, 혹은 잔인한 살인자들만이 알고 있는 비밀스러운 기적과 같은 것이다. 왜냐하면 그들만이 궁극적으로는 빅토리아 여왕이나 가장 비천한 거지나 별 다름 없다는 사실을 알고 있기 때문이다. 즉, 모든 사람은 뼈와 기관과 조직들의 복합한 구조로 이루어지고 호흡은 신이 부여해 준 것이라는 사실을.

이것이 앤드류가 마리 켈리의 시신 앞에 머문 짧은 순간에 경험한 구체적인 내용이다. 그에게는 마치 몇 시간 동안 바라본 것 같은 느낌을 주기는 하지만. 마침내 그를 압도하는 고통과 혐오감 사이에 죄의식이 파고들었다. 그 죽음에 대해 자신도 책임이 있다고 느꼈기 때문이다. 그녀를 구할 수도 있었지만 그는 늦게 도착했다. 그것은 비겁함의 대가였다. 자신의 연인이 그토록 참혹하게 난도질당하는 모습을 상상하며 분노와 무력감에 사로잡혀 고함을 질렀다. 갑자기 그 범죄와 자신이 결부될 수도 있다는 생각이 들었다. 누군가에게 들키기 전에 그 자리를 떠나야 한다는 걸 깨달았다. 심지어 살인자가 어딘가에 숨어서 자신의 범죄행위에 탄복하며 그 주변을 배회할 수도 있고, 피해자를 더 늘릴 생각을 하고 있을지도 모른다. 그는 감히 마리 켈리를 만질 용기를 내지 못한 채 작별의 눈길을 보내며 떨어지지 않는 발 길을 떼어 그 자리를 떠났다.

모든 것을 자신이 발견한 상태 그대로 두고 정신이 딴 데 팔린 사람처럼 방문을 닫았다. 아파트의 출구를 찾았으나 갑작스럽게 현기증이 밀려들었다. 간신히 돌로 만들어진 출구의 아치까지 갈 수 있었다. 거기서 반쯤 무릎을 꿇고 격렬하게 구역질을 했다. 그날 밤 마신 알코올과 얼마 되지 않는 속에 있는 것을 다 토한 다음, 벽에 등을 기댔다. 몸이 떨리고 얼음장같이 차가웠으며 기운이 없었다. 그런 자세로 13호실을 바라보았다. 그토록 행복을 누렸던 천국이었는데 이제는 연인의 토막 난 육체를 숨기고 있는 장소일 뿐이었다. 쓰러지지 않고 걸을 정도로 현기증이 가라앉은 것을 확인하고 간신히 발걸음을 떼어 도싯 스트리트로 비틀거리면서 나왔다.

감당할 수 없을 정도로 큰 충격이었다. 앤드류는 신음 소리를 내고 흐느끼면서 이리저리 헤매기 시작했다. 마차를 찾을 생각도 하지 않았다. 이제 가족들에게 환영받지 못한다는 사실을 알고 있으니 해롤드에게 어디로 가라고 지시할 만한 목적지도 떠오르지 않았다. 오로지 발길 닿는 곳을 따라 좁은 골목들을 여기저기 헤매 다녔다. 화이트채플을 벗어났다는 생각이 들자 적막한 골목을 찾아 쓰레기 상자 더미 사이에 털썩 주저앉아 부들부들 떨었다. 거기서 태아처럼 쪼그리고 앉아서 날이 새기를 기다렸다. 앞에서도 말했지만, 충격이 잦아들기 시작하자 고통은 더 격렬해졌다. 육신에 고통을 유발할 정도로 비통함이 극심했다. 갑자기 온몸을 바늘로 찌르는 것 같은 통증을 느꼈다. 자신으로부터 탈출하고 싶었다. 통증에서 벗어나기를 원했지만 그는 상처 입은 그 육체에 그대로 갇혀 있었다. 두려웠다. 그러한 고통을 느끼며 평생을 살아야 하는지 궁금했다. 어디선가 죽은 자들의 눈에는 그들이 마지막으로 본 이미지가 새겨져 있다는 글을 읽었다. 마리 켈리의 눈동자에 리퍼의 야만적인 미소가 그려져 있을까? 알 수 없었다. 하지만 만약 그 말이 맞다 해도 자신만은 다를 것이라는 사실을 확신할 수 있었다. 앞으로 그가 죽기 전에 무엇을 보든 그의 눈에는 마리 켈리의 훼손된 얼굴이 새겨져 있을 것이기 때문이다.

고통에 굴복하는 것 외에 다른 어떤 것을 할 의지도 힘도 없이, 앤드류는 그저 시간이 흘러가도록 했다. 때로 양손에 파묻었던 고개를 들고, 이미 벌어져 버렸고 이제는 바꿀 수도 없는 그 모든 일에 대해 그의 비통함을 세상에 알리려는 듯 분노에 찬 비명을 질렀다. 그를 따라오며 골목 입구에서 칼을 가지고 그를 기다릴지도 모르는 리퍼를 향해 횡설수설 욕지거리를 내뱉기도 했다. 그러고 나서는 자신의 두려움을 비웃었다. 하지만 대부분은 주변은 아랑곳하지 않고 가엾게 흐느껴 울어 댔다.

어두움이 유유히 밀려나고 새벽이 다가오자, 정신이 약간 들었다. 삶의 소음이 골목 입구에서부터 들려오기 시작했다. 그는 가까스로 자리에서 일어나 추위에 떨며 자기 하인의 누추한 재킷을 푹 뒤집어쓰고 거리로 나갔다. 놀랍게도 거리는 생기가 넘쳐흘렀다.

건물 정면에 걸린 깃발들이 보였다. 오늘이 런던 시장의 취임식 날임을 깨달았다. 가능한 똑바로 걸으려고 애쓰면서 사람들 속에 섞였다. 지저분한 옷을 입었지만 다른 거지들보다 더 관심을 끌지는 않았다. 어느 곳에 있는지 몰랐지만 그건 별로 중요하지 않았다. 어디로 갈지, 무엇을 할지 몰랐기 때문이다. 가다가 가장 처음 마주치는 주점으로 들어갈 것이다. 새 시장인 제임스 화이트헤드의 마차 행렬을 보려고 법원까지 가득 밀려든 인파에 떠밀려 가는 것보다는 그게 더 나을 듯했다. 알코올은 뼛속 깊이 파고드는 추위를 몰아내고 더 이상 위험스러운 상황을 인식하지 못할 정도로 사고를 혼란시킬 것이다. 술집 안은 반쯤 비어 있었다. 부엌에서부터 풍겨오는 베이컨과 소시지의 강한 냄새가 뱃속을 요동치게 했다. 스토브에서 멀리 떨어진 외진 곳에 자리를 잡고 와인 한 병을 주문했다. 불신 어린 웨이터의 표정에 테이블 위에 한 줌의 파운드를 내려놓아야 했다. 기다리는 동안 주변 사람들을 관찰했다. 거리의 소란 따위는 아랑곳하지 않는 손님이 둘 있었다. 그 중 하나와 눈이 마주쳤을 때 앤드류는 극심한 공포심을 느꼈다. 잭 더 리퍼일까? 그곳까지 그를 따라왔을까? 다른 사람들에게 위협을 주기에는 체구가 작다는 것을 확인한 후에야 안심했다. 하지만 술병을 집으려 할 때 심장이 떨렸다. 이제 인간이 어떤 짓을 저지를 수 있는지를 알게 되었다. 어떠한 사람도, 심지어 조용하게 술을 마시고 있는 작은 체구의 사람도 예사롭게 보이지 않았다. 아마도 시스티나 성당의 그림을 그릴 정도의 능력은 없을지 몰라도, 한 사람의 배를 가른 뒤 그 내장을 시신 주위에 늘어놓는 사람이 아니라고 어떻게 확신하겠는가? 큰 창문을 내다보았다. 사람들은 오고 가며 별다른 변화 없이 살아간다. 그들은 세상이 변했다는 것을, 이미 사람이 살 만한 곳이 아니라는 것을 확인하기 위해 왜 멈추지 않는가? 긴 한숨을 내쉬었다. 세상은 그에게만 변했다. 의자에 기대 술에 취하기로 마음먹었다. 나머지는 나중에 생각할 것이다. 돈이 얼마나 남았는지 보았다. 누추한 술집의 남아 있는 술을 다 마실 수 있을 정도로 충분한 돈이 있다는 계산이 나와서 당분간 다른 생각은 하지 않기로 했다. 의자에 기대서 자신의 머리에 떠오르는 생각을 모두 지워 버리려 애썼다. 앤드류는 시간은 자신과는 상관이 없다는 듯이 매순간 무감각해지고 무의식의 벼랑 끝으로 점점 더 다가갔다. 하지만 신문판매원의 외치는 소리에 반응을 못할 정도로 멍한 상태는 아니었다.

"「스타」 신문! 특별판이요! 잭 더 리퍼가 잡혔어요!"

앤드류는 벌떡 일어났다. 잭 더 리퍼가 잡혔다고? 믿을 수가 없었다. 더 자세히 보려고 창문으로 다가가 거리를 살피자 한 소년이 모퉁이에 버티고 서서 신문을 팔고 있었다. 그를 급히 불러 창문 너머로 신문을 하나 샀다. 떨리는 손으로 테이블 위의 병들을 옆으로 치우고 신문을 펼쳤다. 잘못 들은 게 아니었다. '잭 더 리퍼 체포되다!' 신문 제목이었다. 술에 취한 상태라 기사를 빨리 제대로 읽기가 힘들었으나 인내심을 가지고 눈을 껌벅거리면서 간신히 읽었다. 기사에 의하면 전날 밤 잭 더 리퍼는 마지막 범죄를 저질렀다. 피해자는 웨일스 출신의 창녀, 마리 재닛 켈리로 도싯 스트리트 26번지 밀러스 코트 셋방에서 발견되었다. 앤드류는 다음 장을 들춰보았다. 거기에는 살인자가 저지른 끔찍한 토막 살인에 대해 자세하게 설명되어 있었고, 곧이어 그를 체포하게 된 과정이 나왔다. 신문은 이스트엔드를 네 달 동안 공포에 떨게 만든 살인자는 잔인한 범죄를 저지른 뒤 한 시간만에 조지 러스크와 그의 부하들에 의해 체포되었다고 전했다. 익명의 한 목격자가 마리 켈리의 비명 소리를 듣고 치안위원회에 신고했다. 불행하게도 그들은 밀러스 코트에 너무 늦게 도착했지만 미들섹스 스트리트로 도망가던 잭 더 리퍼를 포위할 수 있었다. 처음에 살인자는 모든 사실을 부인했으나 수색을 하던 경찰이 그의 주머니에서 아직 온기가 남아 있는 피해자의 심장을 발견하자 모든 사실을 털어놓았다. 범인의 이름은 브라이언 리즈이고 상선에서 요리사로 일했는데, 이 배는 7월에 바베이도스에서 출발해 런던 항에 기착한 이후, 다음 주에 카리브해로 출발할 예정이었다. 담당 형사인 프레데릭 애벌린이 심문하자 리즈는 혐의를 받고 있는 다섯 건의 범죄가 모두 자신의 소행이라고 자백했다. 길거리에서 살인하는 것이 피곤했는데 마지막 범죄는 방 안에서 따뜻한 불을 피워 놓고 할 수 있어서 만족스러웠다는 말도 했다. "술에 취한 그 창녀를 본 순간 따라가야겠다는 생각이 들었어요." 자기 어머니도 죽였다고 자백한 살인자는 흡족해하며 이 말을 했다. 다른 피해자들처럼 창녀였던 그의 어머니 역시, 그가 칼을 다룰 만한 힘이 생기자마자 죽였다고 말했다. 이러한 이야기는 그가 어떤 짓을 저질렀는지는 설명해 줄 수 있었지만 아직 확인된 바는 아니었다. 기사에는 살인자의 사진도 실려 있었다. 앤드류는 마침내 핸버리 스트리트의 어두운 통로에서 마주친 작자의 얼굴을 볼 수 있었다. 몸집이 약간 크고 구레나룻이 곱슬곱슬

하고 콧수염이 많아서 윗입술을 덮고 있는 평범한 사람이었다. 사진을 찍자 화가 난 듯 얼굴을 찡그렸다. 앤드류는 그 인간이 정직한 빵집 주인도 될 수 있고 잔인한 살인자도 될 수 있다는 사실을 인정해야만 했다. 확실한 것은 런던 주민들이 상상했던 괴물 같은 모습과는 거리가 멀다는 것이다. 그 다음 페이지에는 그 사건과 관련된 다른 기사가 있었다. 그 일을 처리하는 경찰의 무능력에 책임을 느껴 찰스 워렌 경이 사임했다는 것과 화물선에서 일하는 리즈의 동료들이 놀라 진술한 내용도 있었다. 하지만 이제 알고 싶은 것을 모두 확인한 앤드류는 첫 페이지로 돌아왔다. 마치 일종의 안무를 따라가듯이 살인자가 작은 방을 나가고 러스크가 지휘하는 경찰이 도착하기 전에 자신이 마리 켈리의 방에 도착했음을 알 수 있었다. 그곳을 빠져나오는 데 몇 분을 지체했는데, 마리 켈리의 시신 앞에서 치안위원회에 발견되었더라면 무슨 일이 벌어졌을지 상상도 하기 싫었다. 어찌되었든 운이 좋았다. 첫 페이지를 찢어서 접은 뒤 재킷 주머니에 집어넣었다. 마음은 치유될 수 없을 정도로 상처를 입었지만 적어도 분노한 무리에게 매를 맞지 않은 것을 자축하기 위해 술 한 병을 더 시켰다.

8년 뒤 앤드류는 주머니에서 기사 조각을 다시 꺼냈다. 시간은 그에게 그랬던 것처럼 종이도 누렇게 변색시켰다. 벌을 받듯이 마리 켈리가 잔혹하게 조각난 모습을 떠올리면서 얼마나 많이 읽었던가? 그렇게 세월이 흐르는 동안 그것 외에 다른 것은 기억하지 못했다. 사건을 목격한 뒤 그는 무엇을 했을까? 말하기가 쉽지 않다. 해롤드가 주변의 술집을 돌아다니며 그곳에서 정신을 잃고 있는 그를 발견하고 집으로 데려갔다는 사실을 어렴풋이 기억했다. 집에서 며칠 동안 고열에 시달리며 앓았다. 헛소리를 하고 침대에 누운 마리 켈리의 시신이 나오는 악몽을 꾸었다. 그녀의 내장이 해독이 불가능한 방식으로 여기저기 흩어져 있거나, 리즈가 보는 앞에서 커다란 칼로 자신이 그녀의 내장을 꺼내고 있었다. 고열 때문에 정신이 몽롱해져 있다가 가끔 정신이 들면 자신이 했던 모진 행동을 사과하며 침대맡에 꼿꼿하게 앉아 있는 아버지를 알아보았다. 아무것도 허락해 줄 것이 없는 지금 사과를 하는 것은 쉬웠다. 그가 할 수 있는 건 가식적인 비통함을 내비치는 가족들의 연극에 동참하는 것뿐이다. 심지어 해롤드조차 그를 위로하려고 노력했다. 앤드류는 격앙된 손동작으로 아버지를 쫓아냈는데, 자부심 강한 윌리엄 해링턴은 좋은 거래를 성사시키기라도 한 듯 방을 나가면서 만족스러운 미소를 지었다. 그것을 보며 아버지가 자신의 행동을 일종의 용서로 여긴 것 같아서 앤드류는 더 화가 났다. 양심의 가책에서 벗어나기를 원한 윌리엄 해링턴에게 앤드류가 원하든 원치 않던 그걸 준 셈이었다. 이제 아버지는 그 일을 잊어버리고 사업을 계속할 수 있을 것이다. 앤드류에게는 아버지와 화해하는 것이 별로 중요한 일이 아니었고 아직은 그럴 수 있을 것 같지도 않았다.

고열에 오래 시달리느라 마리 켈리의 장례식에는 참석하지 못했지만 그 살인자가 처형받을 때에는 갈 수 있었다. 그의 뇌의 굳은살이나 주름에, 태어날 때부터 앞으로 저지를 범죄가 적혀 있을 거라면서 괴물 같은 리즈의 정신은 과학적으로 연구할 만한 가치가 있는 소중한 보물이라고 주장하는 일부 의사들의 저항에도 불구하고, 잭 더 리퍼는 원즈워스 감옥에서 교수형을 당했다. 거의 몽롱한 상태에서 참석한 앤드류는 마리 켈리나 그녀의 동료들의 삶을 돌려주지 못한 채 사형집행인이 리즈의 생명을 끊는 장면을 목격했다. 세상 일은 그런 식이다. 창조주는 교환에 대해서는 아무것도 모르고 보복만 알고 있다. 기껏해야, 세상의 어디에선가 한 신생아가 교수대의 밧줄이 잭 더 리퍼의 숨을 끊는 순간 태어날 것이다. 아마도 그래서 많은 사람들이 창조주의 능력을 의심하기 시작하고 심지어 신이 세상을 창조한 장본인인지에 대해서도 의심하기 시작했을 것이다. 바로 그날 오후 윈슬로우 가문의 도서관에 걸려 있던 마리 켈리의 초상화에 등잔불이 튀면서 불에 탔다. 제 시간에 도착해서 화재를 진압한 그의 사촌이 설명해 주었다.

앤드류는 찰스에게 고마워했으나 모든 일이 시작된 원인을 제거한다고 사건이 그렇게 말끔하게 정리되는 것은 아니었다. 아니, 그것은 지워질 수조차 없다. 너그러운 아버지 덕택에 앤드류는 예전의 삶으로 돌아갔으나 또다시 그의 아버지와 형이 비축하고 있는 거대한 재산의 상속인이 되는 것에는 별로 관심이 없었다. 그 모든 돈으로도 내면의 상처를 치유할 수는 없었다. 폴란드 스트리트의 아편 피우는 장소에서 돈을 써버리는 경우 어느 정도 아픔이 둔해진다는 사실을 발견했지만. 술을 많이 마셔서 알코올에는 면역이 생겼으나 아편은 망각에 더 효과적이고 유용했다. 고대 그리스인들이 이미 여러 가지 고통에 아편을 사용한 데에는 그만한 이유가 있었던 것이다. 앤드류는 아편 피우는 장소에서 시간을 때우기 시작했다. 이국적인 커튼으로 칸막이를 한 장소에 놓인 무수히 많은 수백 개의 쿠션 중 한 곳에 기댄 체 파이프를 빨았다. 파리의 배설물로 얼룩진 거울로 둘러싸인 방에서는 가스등이 비추는 희미한 빛 때문에 모든 사물이 흐릿해 보였는데, 앤드류는 그 끝없는 꿈의 미로 속에서 고통을 잊으려 했다. 해롤드와 그의 사촌이 커튼을 걷고 그를 거기서 끄집어낼 때까지 깡마른 말레이 사람이 그의 파이프를 계속 채워 주었다. 찰스가 중독의 위험에 대해 경고하자, 그는 콜리지가 충치의 고통을 완화하기 위해서 아편을 사용했다면, 찢어진 가슴의 혹독한 고통을 견디기 위해 자신도 그것을 사용할 수 있다고 답변했다. 늘 그렇듯이 사촌이 옳았다. 앤드류는 아편 피우는 곳에 발걸음을 끊었지만 한동안 아편제의 양귀비를 비밀리에 병에 넣어 돌아다녀야만 했다.

고통이 완전히 사라지기까지 이삼 년이 걸렸는데, 이제는 고통보다 더 큰 문제가 생겼다. 공허함, 무기력과 무감각함. 이러한 것들이 그의 삶을 앗아갔고 삶의 의욕을 빼앗아갔다. 현실과 소통하는 통로를 차단해서 그의 눈이 멀고 귀가 먹게 했으며 아무 일도 일어나지 않는 우주의 한 구석으로 그를 몰아붙였다. 그는 무기력하게 살아가는 우울한 로봇 같은 존재로 변했다. 삶, 진짜 삶은 그가 매일 살아가는 방식과는 아무 상관없었다. 그것은 자신이 원하든 원치 않든 간에 그의 내부에서 비밀스런 기적처럼 조용히 일어났기 때문이다. 간단히 말해, 그는 낮에는 방에서 꼼짝하지 않고 지내다가 밤에는 산 자들의 사건에는 전혀 관심이 없는 환영처럼 하이드파크를 배회하는 방황하는 영혼이었다. 심지어 꽃이 피어나는 것도 그에게는 경솔하고 별다른 목표가 없는 행위였다. 그동안 빅토리아인지 매들린인지 기억이 나지 않지만 켈러 자매 중 한 사람과 결혼한 그의 사촌은 엘리스탄 스트리트에 우아한 집을 장만했다. 그래도 찰스는 앤드류를 거의 매일 방문했고 가끔씩 자주 가던 사창굴에 그를 끌고 가기도 했다. 찰스는 방금 도착한 소녀들 가운데 하나가 가랑이 사이에 충분한 불을 피워 자기 사촌의 마비된 영혼에 다시 불을 지피기를 원했다. 하지만 아무것도 소용이 없었다. 그 어느 것도 앤드류가 머물러 있으려고 고집 피우는 우물에서 그를 건져낼 수 없었다. 찰스의 눈에는—만일 독자 여러분이 극적인 사건에 이어지는 단락에서 관점을 바꾸는 것을 허락해 준다면 찰스의 관점으로 서술하려 한다—사촌의 모습이 피해자의 역을 맡은 사람의 체념하는 모습처럼 보였다. 어찌되었든 세상은 창조주의 잔인함과 끔찍한 운명을 만들어 내는 능력에 대한 증거로 순교자들을 필요로 한다. 심지어 그의 사촌은 자신에게 일어난 일을 자기 영혼을 탐험하고, 영혼의 가장 황량하고 어두운 곳에서 모험을 하는 기회로 삼을지도 모른다. 얼마나 많은 사람들이 순수한 고통을 체험하지 않고 세상을 살아갈까? 앤드류는 가장 완전한 행복과 가장 잔혹한 고뇌를 느꼈다. 그의 영혼을 소진했다. 다르게 말하면 영혼의 밑바닥까지 완전히 소모했다. 이제 그는 바늘방석 위에 앉아 고통을 편안하게 즐기는 고행승처럼 무언지도 모르는 것을 기다리는 것 같았다. 아마도 연극이 끝났다는 것을 알려 주는 박수 소리일 것이다. 찰스는 그의 사촌이 아직 살아 있는 이유가, 최대한 고통을 완전하게 경험해야 한다는 강박 때문일 거라고 생각했다. 고통을 연구하기 위해서건 속죄를 하기 위해서건, 그것은 중요하지 않았다. 일단 그가 다 완수했다고 믿으면 경의를 표하고 무대를 완전히 떠날 것이다. 그래서 해링턴 저택에 갈 때마다 어느 곳에선가 기운 없이 쓰러져 있기는 하지만 살아 있는 자처럼 숨을 쉬고 있는 그를 발견하고는 안도의 한숨을 내쉬었다. 그리고 빈손으로 집에 돌아오면서 그를 위해서 무슨 일을 하든 소용이 없음을 절감했다. 그림 하나 구입하는 것으로 인생이 그토록 드라마틱하게 변할 수 있다니 삶이란 게 얼마나 이상하고 깨어지기 쉽고 예측하기 힘든 것인가? 더 늦기 전에 사촌의 인생의 방향을 돌릴 수 있을까? 암담했다. 확실한 점은, 앤드류의 전반적인 무관심에 대해서 그라도 어떤 시도를 하지 않는다면 다른 어느 누구도 그 일을 하려 들지 않을 거라는 것이다.

앤드류는 도싯 스트리트의 작은 방에서 신문조각을 다시 펴서 기도문이라도 되듯이 마리 켈리의 토막 난 신체의 목록을 마지막으로 읽었다. 그리고 다시 신문을 접어 외투 주머니에 간직했다. 침대를 바라보았다. 그곳에는 8년 전에 일어난 사건의 흔적이 하나도 남아 있지 않았다. 하지만 그것만이 유일하게 바뀐 점이고 그 나머지는 변함없었다. 검게 찌든 거울, 그 속에 범죄가 사라지지 않고 간직되어 있을 것이다. 마리 켈리의 향수병, 그녀의 옷이 담긴 큰 궤, 잭 더 리퍼가 시신을 더 편안한 분위기에서 토막 내려고 켜 놓은 벽난로의 재도 그대로였다. 목숨을 끊기에 그보다 더 나은 장소는 없었다. 권총부리를 턱 밑에 대고 손가락을 방아쇠로 가져갔다. 그 방의 벽들이 다시 피로 얼룩질 것이다. 머나먼 달에서 그의 영혼은 마침내 마리 켈리가 그를 위해 남겨둔 침대의 빈자리를 차지할 것이다.

권총의 관으로 턱 아래를 찌르고 손가락을 방아쇠의 구부러진 부분에 올려놓고는 앤드류는 여기까지 온 것이 참 이상하다고 생각했다. 자신은 살아오는 동안 다른 사람들과 비슷한 생각을 가졌었다. 죽음을 두려워하고, 아플 때마다 죽을지도 모른다고 상상하고, 자기 주변을 둘러싼 위험한 환경들, 즉 칼날과 깨어지기 쉬운 얼음판, 광폭한 말 위에서, 창조의 왕이라고 자랑하는 존재들의 연약함을 조롱하며 죽음이 잠복해 있음을 느꼈다. 죽음에 대한 그 모든 고뇌와 생각을 마침내 이제 다 포용할 것이라고 스스로에게 말했다. 하지만 인생이란 그런 것이었다. 삶이란 끝나기를 원하는 무익하고 보람이 없는 훈련일 뿐임을 깨닫는 것으로 충분했다. 그리고 그 바람은 단 한 가지 방법으로 이루어질 수 있다. 그를 불안하게 하는 모호한 두려움은 형이상학적인 것이 아니었다. 죽는다는 것 자체는 전혀 두렵지 않았다. 왜냐하면 죽음에 대한 두려움은, 항상 우주는 우리와 함께 죽지 않고 계속해서 제 길을 간다는 것을 확실히 아는 것에서 비롯된다. 죽음이 성경에 나오는 장소로 가는 과정이든 아무것도 없는 곳에 사악하게 기대 놓은 판자이든 상관없다. 그것은 마치 진드기를 잡아 준 다음에도 개는 계속 살아가는 것과 마찬가지다. 일반적으로 방아쇠를 당기는 것은, 다음번에 더 나은 카드가 걸릴 가능성을 배제하고 시합을 포기하는 것이다. 하지만 앤드류는 더 나은 카드가 걸린다는 확신이 없었다. 믿음을 상실했다. 운명이 그가 당한 고통에 대해 보상을 해 주리라는 것을 믿지 않았다. 무엇보다도 그러한 보상이 존재하지 않는다고 믿었기 때문이다. 그는 훨씬 더 평범한 것 때문에 두려움을 느꼈다. 총알이 그의 턱뼈를 박살낼 때 느끼게 될 통증 같은 두려움이랄까. 유쾌한 기분은 아닐 것이다. 그것은 분명한 사실일 테지만, 그 또한 자기 계획의 일부이기에 받아들여야 했다. 손가락이 방아쇠 위에서 누르는 무게감을 느꼈다. 그리고 자신의 불행한 인생에 종지부를 찍을 준비를 하고 이를 악물었다.

바로 그 순간에 문 두드리는 소리가 났다. 앤드류는 놀라서 눈을 크게 떴다. 누가 온 걸까? 맥카시 씨가 그가 온 것을 보고 창문을 고칠 돈을 달라고 온 걸까? 소리가 점점 더 커졌다. 빌어먹을 고리대금업자. 만일 창문의 구멍을 통해 그에게 총부리를 겨냥할 용기가 있다면 당장에 총을 쏘았을 것이다. 이런 절박한 순간에 이웃에게, 그것도 맥카시 같은 사람에게 총을 쏘지 말라는 우스운 규칙을 지키는 게 뭐가 중요한가?

"앤드류, 여기 있는 거 다 알아, 문 열어."

앤드류는 찰스의 목소리를 알아듣고 불쾌감에 얼굴을 찡그렸다. 찰스, 언제나 그렇듯이 찰스였다. 그가 어디를 가든 따라다니고 감시하는. 차라리 맥카시가 더 나았을 것이다. 찰스에게는 총을 쏠 수가 없다. 그런데 자신을 어떻게 찾아냈을까? 만일 그가 이미 자살했더라도 사촌은 단념하지 않았을까?

"꺼져, 찰스. 할 일이 있단 말이야." 그에게 소리를 질렀다.

"그러지 마, 앤드류! 마리를 살릴 방법을 찾았어!"

그녀를 살린다고? 앤드류는 쓸쓸하게 웃었다. 쓸쓸한 기분을 자아낼 뿐이었지만 사촌이 발명에 재주가 있다는 사실은 인정했다.

"마리는 이미 죽었어." 그가 소리 질렀다. "8년 전에 이 불행한 방에서 살해당했다고. 그녀를 구할 수 있었는데 나는 하지 않았어. 그런데 이제 와서 어떻게 그녀를 구해, 찰리. 시간여행을 하면서?"

"바로 그거야." 사촌이 대답하고 무언가를 방문 밑으로 밀어넣었다.

앤드류는 호기심에 바라보았다. 팸플릿 같았다.

"그걸 읽어 봐, 앤드류." 사촌이 창문의 구멍으로 간청했다. "제발, 읽어 보라니까."

앤드류는 우스꽝스럽게 총으로 턱을 누르고 있는 장면을 사촌에게 들켜서 부끄러움을 느꼈다. 아마도 그것은 총을 쏘기에 그곳은 적합하지 않은 곳이기 때문이다. 그가 그냥 가 버리지 않을 것을 알고 무기를 내려놓으며, 불쾌하게 한숨을 내쉬었다. 총을 침대에 놓고 종잇장을 집으려고 일어났다.

"알았어, 찰스. 자네가 이겼어." 투덜거렸다. "무엇인지 한번 보지."

바닥에서 종이를 집어 살펴보았다. 빛바랜 하늘색 종이에 쓰인 8음절 8행시 같았다. 그다지 신빙성이 없는 내용이었다. 머레이 시간여행사라는 곳의 전단지였는데 시간여행을 한다는 내용이다.

공간여행이 지루합니까? 이제 시간을 통해서 4차원의 세계로 여행할 수 있습니다. 2000년대로 여행을 떠나실 수 있습니다. 여러분의 손자들만이 볼 수 있는 미래 시대의 증인이 되어 보십시오. 단돈 백 파운드만 있으면 2000년에서 세 시간을 보낼 수 있습니다. 세상의 운명을 바꿀 로봇과 인간의 전쟁을 직접 관람할 기회를 잡으십시오.

강력한 두 군대 사이에 벌어지는 격렬한 전쟁을 보여 주는 그림이 글과 함께 있었다. 그럴싸하게 파괴된 건물, 돌 부스러기들이 쌓인 평야가 있고,

그 앞에 양쪽 군대가 자리 잡고 있었다. 한쪽은 분명히 인간이고 다른 쪽은 금속으로 만든 이상한 형상을 하고 있었다. 그림은 그 이상은 알아볼 수 없을 정도로 지나치게 단순했다.

도대체 이게 뭐지? 그것을 본 앤드류는 방문을 열어 줄 수밖에 없었다. 찰스가 들어와 문을 닫았다. 추워서 손을 비볐으나 사촌의 자살을 막았다는 것에 대한 만족감에 환한 미소를 지었다. 적어도 잠시 동안 만이라도. 그는 가장 먼저 침대 위에 놓여 있는 권총을 치워 버렸다.

"내가 여기 있는 줄 어떻게 알았어?" 사촌이 재빨리 무기를 높이 들고 거울 앞에서 포즈를 취하는 동안 앤드류가 물었다.

"실망이야, 사촌." 찰스가 손을 오므리고 총알을 담아 외투 주머니에 넣었다. "자네 아버지의 진열장 문은 열려 있고 권총이 하나 없어졌는데 오늘은 11월 7일이야. 자네가 여기 말고 어디에 갈 수 있겠어? 길에 빵조각을 떨어뜨리는 거 말고 다 알려 준 셈이지."

"그렇지." 앤드류는 그의 말을 인정하면서 말했다. 자신의 자취를 감추려고 특별히 노력하지 않았다.

찰스는 권총을 빙빙 돌려 관을 잡고 사촌에게 건네주었다.

"자. 이제 원하는 만큼 총을 쏠 수 있어."

앤드류는 화가 나서 그것을 받아 그 불편한 물건을 가능한 빨리 무대에서 사라지게 하려고 주머니에 집어넣었다. 다음 기회에 시도해야지 다른 방도가 없었다. 찰스는 그에게 설명을 기다리면서 비난의 조롱 섞인 찡그린 얼굴을 했다. 하지만 앤드류는 자살이 자신의 문제에 대한 유일한 해결책이라는 점을 설득시킬 만한 힘이 없었다. 그의 사촌이 설교를 하려 들기 전에 광고지에 관심을 보이면서 그 상황을 피하고 싶었다.

"그런데 이건 뭐야? 농담 아니야?" 종이를 흔들어 대면서 물었다. "어디서 인쇄했어?"

찰스는 고개를 저었다.

"절대 농담 아니야. 머레이 시간여행사가 정말 있어. 소호에 있는 그릭 스트리트에 사무실이 있어. 광고에 나온 것처럼 시간여행을 시켜 주는 곳이지."

"하지만, 시간여행이 가능해……?" 앤드류가 못 믿겠다는 듯 말을 더듬었다.

"가능하다고 믿어." 찰스는 농담의 기미가 전혀 없이 대답했다. "내가 이미 했는걸."

그들은 잠시 말없이 바라보았다.

"못 믿겠는걸." 마침내 앤드류가 대답했다. 사촌의 심각한 표정에서 그가 지금 거짓말을 한다는 것을 알려 줄 만한 동작을 기대했지만 그는 어깨만 움찔할 뿐이었다.

"거짓말이 아니야." 그에게 장담했다. "매들린과 내가 지난주 2000년으로 여행을 했어."

앤드류는 너털웃음을 웃었지만 진지한 사촌의 표정에 곧 웃음을 멈추었다.

"농담 아니야, 정말?"

"아니라니까." 찰스가 대답했다. "그렇게 큰 가치가 있는 여행은 아니지. 2000년은 지저분하고 추운 곳인데 인간이 기계와 전쟁을 하고 있어. 하지만 자네가 직접 보지 않으면 사람들이 다 아는 오페라를 자네만 못 본 거나 마찬가지야."

앤드류는 놀라는 표정을 지으며 그의 말을 들었다.

"귀중한 경험이지." 사촌이 덧붙였다. "그것이 뭘 의미하는지 잘 생각해 봐. 아주 신나는 일이라고. 매들린도 자기 친구들에게 그 여행을 추천했어. 군인들의 군화에 홀딱 반해서 말이야. 파리에서 사다 달라고 부탁했지만 그것들을 찾을 수가 없어. 아직은 너무 이른 것 같아."

앤드류는 미래로의 여행을 약속하는 팸플릿을 다시 읽었다.

“그래도 믿지 못하겠는걸…….” 그가 더듬거렸다.

“이해하네, 앤드류. 충분히 이해해. 하지만 자네가 환영처럼 하이드파크를 방황하는 동안 세상은 계속 돌아가고 있어, 알겠어? 자네가 신경을 쓰지 않는 동안 시간도 흘러가고. 내 말을 믿어. 이상하게 보이겠지만 말이야. 최근 사교계에서는 시간여행 말고 다른 얘기는 하지도 않아. 지난봄에 이 모든 것을 부추긴 소설이 출간된 이후 훌륭한 토론거리가 되었지.”

“소설이라고?” 앤드류는 갈수록 더 당혹해하면서 물었다.

“맞아. H. G. 웰스의 『타임머신』이야. 자네에게 빌려 준 책들 가운데 있어. 안 읽어 봤어?”

앤드류에게 삶의 활력을 불어넣기 위해 술집과 사창굴을 데리고 다니려 해도 거부하고 집에 틀어박혀 있자 찰스는 그를 방문할 때마다 책을 갖다 주었다. 일반적으로 알려지지 않은 작가들의 최근 작품들이었고, 세기를 강타하던 과학적인 발전에 영감을 받은 것들로, 이들은 가장 어려운 기적을 실현할 기계에 대해 다루었다. 영국 출판사들이 번역한 쥘 베른의 ‘별난 여행’ 시리즈가 대표적인 이 ‘과학의 로망스’는 급속도로 퍼져 과학을 통해서 설명하려고 하는 모든 판타지 소설을 묘사하는 데 사용되었다. 찰스에 의하면 이 과학 소설들은 ♪베르주라크와 사모사타의 작품들이 조명한 방식을 취해서, 환영이 꽉 들어찬 고성의 오래된 이야기들과 접목시켰다. 앤드류는 그러한 소설에 많이 등장하는 황당한 기구 중 일부를 기억했다. 악몽을 방지하는 투구, 나쁜 꿈을 빨아들여서 즐거운 것으로 바꾸는 작은 증기 기구에 연결되어 작동하는 헬멧 등이다. 하지만 무엇보다도 잊지 못할 기구는 유대인 과학자가 발명한 물건을 커지게 하는 기계로, 그는 그것을 곤충에 사용했다. 비행선 크기의 파리 떼에 의해 런던이 공격당하는 그림은 익살스러우면서도 공포감을 준다. 커진 곤충들이 앉자 탑들이 무너지고 건물

♪17세기 프랑스의 극작가이자 풍자작가로 정치적 풍자와 과학적 공상을 결합한 작품을 써서 후대 작가들에게 많은 영향을 끼쳤다.

이 납작해졌다. 예전 같으면 그러한 책들을 탐욕스럽게 읽었을 것이다. 그러나 비탄이 너무 깊어 삶에 대한 집요한 무관심에서 빠져나와 소설의 세계로 몰입할 수가 없었다. 어떠한 종류의 향료도 원치 않고, 허무의 심연만을 직접 보기 원하는 앤드류를 문학의 비밀스런 매력에 빠지게 하는 일은 불가능해 보였다. 앤드류는 사촌이 언급한 웰스의 책이 큰 궤 속에 한 번도 들춰보지 않은 유사한 소설 밑에 깔린 채 있을 거라고 생각했다.

사촌의 공허한 표정을 본 찰스는 연극조로 과장되게 고개를 저었다. 앤드류에게 의자에 앉으라고 손짓하고 자신은 다른 의자에 앉았다. 신도의 고해성사를 들어주려는 신부처럼 고개를 약간 앞으로 수그리고 영국을 들끓게 한 소설의 줄거리를 요약해 주기 시작했다. 앤드류는 그의 말을 회의적으로 들었다. 제목에서 예상할 수 있듯이 타임머신을 발명한 과학자가 주인공으로 등장하는데, 그는 그 기계로 2세기를 지나서 시간여행을 했다. 자기가 만든 기구의 조종간을 간단하게 조종해서 빠른 속도로 미래로 날아간 발명가는 자기 주위에서 달팽이들이 놀라서 토끼처럼 뛰어가는 것과 나무들이 분수처럼 땅에서 솟아나오는 것, 눈 깜짝할 사이에 밤낮이 바뀌는 하늘에서 별들이 돌고 있는 것을 보았다. 이 야성적이고 신기한 여행에서 그는 대립된 인종으로 나뉜 802,701년의 사회를 목격한다. 아름답고 무익한 엘로이 족과, 지하에서 살면서 엘로이 족을 가축처럼 키우고 먹인 후 그들을 잡아먹는 괴물 같은 몰록 인들로 나뉜 것이다. 그 말에 앤드류는 메스껍다는 듯 얼굴을 찡그리며 사촌에게 미소를 지었다. 그러자 사촌은 줄거리 자체는 그렇게 중요한 게 아니며 그 당시 사회에 대해 유치한 풍자를 하기 위한 변명에 불과하다고 말했다. 영국인들의 마음을 흔들어 놓은 것은 웰스가 시간을 4차원으로 다루면서 그것을 통해서 여행할 수 있는 일종의 놀라운 터널로 변모시켰다는 것이다.

"사물이 3차원 속에 있다는 건 모두가 알고 있지." 찰스가 모자를 집어 곡예사처럼 양손 사이에서 돌리면서 설명했다. "높이, 길이, 넓이. 하지만 그

사물이 존재하기 위해서는, 그러니까 이 모자가 우리가 처한 이 현실의 일부가 되기 위해서는 한 가지가 더 있어야 해. 바로 시간이야. 우리가 이 모자를 볼 수 있는 것은 이게 공간뿐만 아니라 시간을 차지하고 있기 때문이야. 그래서 우리 눈에서 사라지지 않는 거야. 즉, 우리는 4차원의 우주에 살고 있다고 볼 수 있지. 만일 시간을 또 하나의 차원으로 간주한다면, 우리가 그 차원을 돌아다니는 것을 방해할 게 뭐가 있겠어? 사실 우리가 하고 있는 게 그거야. 이 모자처럼, 자네나 나는 시간에서 단 일 초도 벗어나지 않고 죽음을 향해 가차 없이 걸어가면서 지루하게 일직선으로 나아가고 있지. 웰스가 자기 책에서 제기하는 의문이 이거야. 왜 우리는 이 여행을 더 빠르게 하거나, 과거라고 부르는 곳의 시간을 되돌려 반대 방향으로 갈 수 없냐는 것이지. 만일 시간이 공간적인 차원과 비슷하다면 왜 우리가 다른 세 개의 차원에서 하듯이 거기서 자유롭게 움직이지 못할까?”

자신의 설명에 만족해서 찰스는 모자를 다시 침대 위에 내려놓았다. 그리고 앤드류가 자기가 방금 말한 것에 수긍할 시간을 주면서 앤드류의 표정을 살폈다.

“고백하자면 그 소설을 처음 읽었을 때 환상에 불과한 생각을 믿을 만하게 만드는 아주 기발한 방법이라는 생각이 들었지.” 그는 말을 멈추었고 잠시 침묵이 흘렀다. “하지만 과학이 그것을 수용하리라는 기대는 하지 않았어. 책은 폭발적인 성공을 거두었네. 앤드류, 모든 사람들이 그 책에 대해서 이야기를 해. 클럽에서, 모임에서, 대학에서, 공장의 휴식시간에도 다른 이야기는 하지 않아. 이제 더 이상 미국의 위기가 영국에 어떤 영향을 줄지, 워터하우스의 그림이나 오스카 와일드의 연극작품에 대해서도 이야기하지 않아. 이제 사람들은 시간여행이 가능한지 아닌지에 대해서 토론을 벌이지. 여성들까지도 이 주제에 이끌려서 여성해방 모임을 중단했어. 미래의 세계가 어떻게 될지 상상해 보고 다른 식으로 전개되었어야 할 과거의 사건들에 대해 논쟁하는 게 영국의 최고 화두가 되었고 티타임의 흥을 돋우는 가장 효과적인 방법이 되었어. 당연히 별다른 소득이 없는 토론이었지. 과학자들의 모임 외에는 절대 명확한 결론에 도달할 수 없으니까. 하여튼 과학자들의 모임에서는 더 열띤 논쟁이 벌어졌지. 이 논쟁이 어떤 방향으로 나갈지에 대해 연일 신문에서 보도하고 있어. 하지만 어떤 논쟁에서도 부인할 수 없는 건 웰스의 소설이 스파크를 일으키고 사회에 미래를 여행하고 싶다는 열망과 연약하고 죽을 수밖에 없는 우리 육체가 허용하는 것 이상 나가려는 열망을 일깨워 주었지. 모든 사람들이 미래로 여행을 하고 싶어 해. 2000년이 가장 논리적인 목표고 모두가 가 보고 싶어 하는 연도지. 왜냐하면 1세기라는 시간은 발명할 것들을 모두 발명할 수 있는 충분한 시간이니까. 세상은 놀라울 정도로 변해 있는 신비로운 장소가 될 테고, 심지어 더 나은 곳이 되어 있을 거야.

결과적으로 이 모든 건 무해한 오락거리이자 순진한 욕망에 불과하지. 하지만 지난 10월 머레이 시간여행사가 문을 열었을 때 더 이상 순진한 꿈이 아니게 된 거야. 머레이 여행사는 별 내용도 없이 겉만 요란하게 신문과 거리마다 포스터에 광고를 했어. 길리엄 머레이는 우리의 꿈을 실현시켰어. 우리를 2000년으로 데려갔지. 표 값이 비싸긴 해도 여행사 건물 앞에 길게 줄이 늘어섰어. 항상 시간여행은 불가능하다고 주장하던 사람들이 꿈에 부푼 어린아이처럼 문 앞에서 기다리는 모습을 보았다네. 그런 기회를 놓치고 싶은 사람은 없을 테니까. 매들린과 나는 첫 번째 여행에서는 표를 구하지 못했지만 두 번째에는 기회를 잡았지. 그리고 미래로 여행을 했어, 앤드류. 자네가 보고 있는 이 자리에서 지금부터 105년 미래의 시간을 경험하고 돌아왔어. 이 외투에는 아직도 그곳의 재의 얼룩이 남아 있고 미래의 전쟁 냄새도 생생하게 기억 나. 심지어 나는 아무도 보지 않을 때 바닥에서 돌 부스러기 하나를 주웠지. 우리는 그 돌을 거실 진열장에 넣어두었어. 아마 지금은 말짱한 런던의 어느 건물을 구성하고 있는 조각일 거야."

앤드류는 파도의 소용돌이에 갇힌 배에 올라탄 것 같았다. 시간여행을 할 수 있다는 사실이 믿기지 않았다. 인간이 그가 태어난 시대와 그 심장과 육체가 살아가는 정해진 영역만을 보도록 되어 있는 게 아니라, 다른 시대, 자신에게 속하지 않은 순간을 방문할 수 있다니, 자신의 죽음을 뛰어넘어 후손들의 혼란스러운 세계를 방문하고 미래의 성지를 더럽히고 꿈이나 상상 속에서만 가능했던 곳에 도달할 수 있다니. 몇 년 만에 처음으로 그의 마음속에 호기심이 일어났다. 무감각의 울타리를 넘어서 존재하는 세계의 무엇인가가 그의 흥미를 일깨웠다. 하지만 그 호기심이 활활 타오르기 전에 그 약한 불을 빨리 꺼야만 했다. 그는 상중이었다. 가슴속에 쓸모없는 심장, 감각이 마비된 영혼, 감정이 없는 존재, 느껴야 할 모든 것을 이미 느낀 인간의 전형적인 표본이었다. 그에게는 넓은 세상에서 살아가야 할 어떠한 이유도 존재하지 않았다. 마리가 없이는 아무것도 존재할 수 없었다.

"놀라운 걸, 찰스." 자연에 대한 그러한 반항에 대해 무관심한 척하면서 불쾌하게 말했다. "하지만 이것이 마리와 무슨 상관이지?"

"모르겠어?" 찰스가 놀랍다는 듯 대답했다. "그 사장은 미래로 여행을 할 수 있어. 만일 자네가 돈을 충분히 주면 과거로 개인 여행을 떠나게 할 수도 있을 거야. 그러면 자네가 총을 쏘고 싶은 사람을 만나게 될 테고."

앤드류는 겸연쩍게 입을 벌렸다.

"잭 더 리퍼?" 앤드류는 가는 소리로 물었다.

"그래." 찰스가 대답했다. "과거로 여행하면 마리를 구할 수 있을 거야."

앤드류는 넘어지지 않으려고 의자를 꽉 잡았다. 그것이 가능할까? 과거로, 1888년도 11월 7일 밤으로 돌아가서 마리를 구할 수 있을까? 놀라움을 숨기려고 애쓰면서 자문했다. 그러한 일이 일어날 가능성이 존재한다는 생각에, 단지 시간을 되돌릴 수 있다는 기적 때문이 아니라, 그녀가 아직 살아 있는 시대로 돌아갈 수 있다는 생각 때문에 현기증이 났다. 그녀의 온전한 몸을 다시 안을 수 있다니. 하지만 그의 마음을 움직인 건 무엇보다도, 그녀를 살리고 그의 잘못을 바로잡고 몇 년 동안 돌이킬 수 없는 일이라고 인정해야만 했던 일을 바꿀 수 있는 기회가 주어진다는 것이었다. 그가 항상 창조주에게 간구해 온 것이 아닌가. 그는 잘못된 대상에게 기도를 해 온 것이다. 그는 과학의 시대를 살고 있었다.

"한번 시도해 본다 해도 잃을 게 없어, 앤드류." 사촌이 말했다. "자 어때?" 앤드류는 잠시 바닥을 내려다보았다. 자신이 경험하고 있는 감정의 소용돌이를 정돈하려고 했다. 그것이 정말로 가능할 거라고는 믿지 않지만 만약 그게 사실이라면 시도해 보지 않을 이유가 없지 않은가? 자신이 항상 원하던 것이고 8년 동안 기다려 온 기회다. 그는 고개를 들어 사촌을 바라보았다.

"좋아." 목쉰 소리로 작게 말했다.

"잘 생각했어, 앤드류." 찰스가 그의 어깨를 두드리면서 축하해 주었다. "잘 생각했어."

앤드류는 별로 확신이 없는 미소를 지으며 그 모든 것을 소화하려고 애쓰면서 다시 신발을 바라보았다. 과거에 잘 알던 곳으로, 자신이 이미 경험했던 순간으로, 자신의 기억 속으로 여행을 떠날 것이다.

"좋아." 찰스가 주머니 시계를 보면서 말했다. "이제 저녁을 좀 먹지. 속이 빈 채로 과거를 여행하는 것은 바람직하지 않으니까."

두 사람은 작은 방을 나와 현관 아치 옆에서 기다리던 찰스의 마차로 갔다. 그날 밤, 마치 보통 때처럼, 두 사람은 늘 하던 코스를 따랐다. 찰스가 좋아하는 육류과자가 나오는 카페 로얄에서 저녁식사를 하고, 마담 노렐의 창녀집에 가서 정열을 발산했다. 찰스는 그곳에서 다른 사람들의 손을 거치기 전의 새로 들어온 창녀들을 경험하기를 좋아했다. 마무리는 클라리지에 있는 술집에서 가졌는데, 찰스는 그 집이 다른 집보다 샴페인이 훌륭하다고 평가했다. 그들은 그곳에서 새벽이 될 때까지 술을 마셨다. 알코올이 그들의 정신을 혼탁하게 하기 전에 찰스는 크로노틸루스라는 거대한 열차를 타고 2000년으로 여행을 떠났다고 설명해 주었다. 증기 엔진으로 움직이는 이 열차가 몇 세기를 거쳐 나아갔다고 하는데, 앤드류는 미래에 대해 관심을 가질 여유가 없었다. 그의 머리는 그 반대, 어떻게 하면 과거로 여행할 수 있는지로 가득 차 있었다. 사촌은 거기서 잭 더 리퍼에 대항해 마리를 구할 수 있다고 했다. 앤드류는 지난 8년간 그 괴물에 대한 격렬한 분노를 쌓아 왔다. 이제 분노를 발산할 기회를 얻게 될 것이다. 이미 처형된 사람을 위협하는 것과 실제로 그와 대결하는 것은 분명 다른 차원의 문제지만, 머레이가 그를 위해 이런 대결까지도 구상해 줄 것이다. 핸버리 스트리트에서 마주친 남자의 건장한 체구를 떠올리면서 주머니에 있는 권총을 쥐었다. 아직 한 번도 다른 사람에게 총을 쏜 적은 없었지만 빈병, 비둘기와 토끼를 가지고 연습했기에 자신 있다고 스스로에게 되뇌었다. 침착함만 유지하면 모든 게 잘될 것이다. 심장이나 머리를 침착하게 겨누고 서두르지 않고 총을 발사해서 잭 더 리퍼가 두 번째 죽음을 맞이하는 장면을 목격할 것이다. 그렇다, 그게 그가 할 일이다. 우주란 기계의 풀린 나사를 조여 기능을 개선시키는 것처럼, 잭 더 리퍼가 죽음을 맞게 되는 이번에야말로 마리 켈리가 다시 살아날 유일한 기회다.

이른 아침이지만 소호에는 활력이 넘쳤다. 찰스와 앤드류는 그 거리를 가득 채운 인파 사이를 뚫고 가야만 했다. 인파 중에는 반구 모양의 높이가 낮은 모자를 쓴 남자들, 깃털과 심지어 이상한 인조새 모양으로 장식된 모자를 쓴 여자들도 있었다. 팔짱을 낀 남녀들은 가게를 드나들며 인도를 걸어 다니거나 도로를 건너려고 기다리고 있었다. 도로에는 용암의 기류처럼 호화로운 마차, 인력거 형의 마차, 이층 열차와 술통, 과일과 텐트 천 밑에 숨겨 둔, 공동묘지에서 훔쳐온 시신일지도 모르는 수상한 꾸러미들을 실은 마차들이 지나갔다. 모퉁이에는 지저분하고 누더기를 걸친 이류화가와 배우와 곡예사들이 지나가는 후원자의 관심을 끌려고 신통찮은 재주를 보여주고 있었다. 찰스는 아침식사를 할 때부터 계속 연설을 늘어놓았지만, 앤드류는 포장도로에 부딪히는 마차 바퀴 소리가 일으키는 날카로운 소음 때문에 잘 들을 수가 없었다. 거기에 행상인과 예술가 지망생들이 외치는 소리까지 가세했다. 앤드류는 나른한 아침 시간에 사촌이 이끄는 대로 따라

다닐 뿐이었다. 향기로운 바구니를 들고 사람들의 무리 사이를 걸어가는 오 랑캐꽃을 파는 소녀들과 마주칠 때 나는 달콤한 공기만이 그를 나른함에 서 빠져나오게 해 주었다.

그릭 스트리트로 진입하자마자 머레이 시간여행사가 위치한 수수한 건 물이 눈에 띄었다. 오래된 극장인데 새 주인이 리모델링을 하면서 신고전 주의풍의 건물 외관을 시간을 암시하는 다양한 장식품으로 바꾸어 버렸 다. 입구에는 기둥으로 둘러싸인 작은 돌계단이 있는데 이 계단을 지나 세 공한 목재로 된 우아한 현관을 통해 실내로 들어가게 되어 있었다. 이 목재 에는 크로노스가 황도대의 바퀴를 돌리는 조각이 장식된 박공벽이 씌워져 있었다. 기다란 수염이 가슴까지 흘러내려 거의 배꼽까지 닿을 정도인 시간 의 신은 을씨년스러운 노인으로 표현되어, 모래시계를 조각한 무늬로 둘러 싸여 있었는데, 이 모티브는 이층의 큰 창문들 위의 아치에도 반복되어 나 왔다. 바람막이 파풍과 문미 사이에 있는 분홍색 대리석에 새겨진 웅장한 글씨는 화려한 그 장소에 머레이 시간여행사의 사무실이 있다는 것을 알려 주었다.

찰스와 앤드류는 특이한 이 건물 앞을 사람들이 피해 다닌다는 사실을 알아차렸는데, 입구에 도착하자마자 그 이유를 알 수 있었다. 메스꺼운 냄 새에 저절로 인상이 찌푸려졌다. 인적이 드문 곳으로 가서 방금 먹은 아침 을 다 토하고 싶을 지경이었다. 손수건으로 얼굴을 가리고 솔과 비눗물이 들어 있는 통을 든 채 두 명의 작업자가 정면에 묻어 있는 오염을 제거하고 있었다. 뻣뻣한 솔이 닿자 무언지 모를 우중충한 물질이 인도로 떨어지면서 거무스름하고 혐오스러운 점액이 되었다.

"불편을 끼쳐 드려서 죄송합니다." 얼굴의 수건을 벗으며 인부 중 하나가 사과했다. "어떤 빌어먹을 인간이 소똥으로 범벅을 해놓았지만 곧 깨끗해질 겁니다."

찰스와 앤드류는 의심스런 눈초리를 주고받은 뒤 손수건을 꺼내 들치기들처럼 얼굴을 가리고 재빨리 현관을 지나갔다. 현관 입구에는 장미와 글라디올러스를 꽂아 놓은 장식용 꽃병들이 놓여 있었다. 그곳 역시 건물 정면처럼 시간에 대한 그림이 지나치게 많이 걸려 있어 질식할 것 같은 답답한 느낌을 주었다. 중앙에는 거대한 주춧돌로 된 금속 조각이 자리 잡고 있는데, 그 주춧돌 위로 거미다리 같은 팔들이 나와 거대한 모래시계를 떠받들고 천장을 향해 있다. 그 안의 내용물은 모래가 아니라 한 반구에서 다른 반구로 흘러내리는 푸르스름한 톱밥 같은 것이었는데, 등잔불 때문에 희미하게 무지개 빛깔을 띠기도 했다. 보이지 않는 무수한 톱니바퀴 덕분에 내용물 전체가 아래 용기로 다 옮겨지면 팔들이 시계를 돌리는 역할을 했고, 시간은 절대 멈추지 않는다는 말처럼 가짜 모래는 멈추지 않고 흘러내렸다. 입구를 차지한 거대한 조각 덕분에 다른 기구들도 방문객의 관심을 끌었다. 그 조각보다 멋지지는 않았지만 훨씬 고상했다. 손잡이가 잔뜩 있는 작은 탁상시계와 그 거대한 방의 뒤쪽에 조용히 자리 잡고 있는 톱니바퀴처럼, 그 기구들은 오랜 세기 전에 만들어졌으며, 주춧돌에 씌어 있는 금속글씨에 따르면 금속시계를 만들기 위한 시도였다. 눈에 띄는 그런 자질구레한 장신구 외에도 벽에는 인어와 아기 천사를 장식한 전통적인 네덜란드의 의자시계에서부터 초침 시계추가 달린 오스트리아-헝가리 시계에 이르기까지 수백 개의 벽시계가 있었다. 여기저기서 끊임없이 들려오는 시계 소리가 그 공간을 가득 채웠다. 아마도 그 건물에서 일하는 사람들에게 그 소리는 삶의 반주가 되어 버려서 그러한 위로를 받지 못하는 일요일에는 틀림없이 버려진 것 같은 허전함을 느낄 것이다.

그들이 홀에서 방황하는 것을 본 한 여성이 모퉁이에 앉아 있다가 그들을 맞으러 나왔다. 그녀는 시계의 일률적인 소리에 박자를 맞추어서 고양이처럼 우아하게 걸었다. 정중하게 인사를 한 후 2000년으로 떠나는 3차 원정대에 아직 자리가 남아 있으니 원한다면 예약할 수 있다고 열정적으로 설명했다. 찰스는 매력적인 미소를 지으며 그 초대를 거절하고 길리엄 머레이를 만나러 왔다고 말했다. 젊은 여성은 잠시 머뭇거리다가 머레이 씨가 건물 안에 있고 몹시 바쁘지만 그들을 맞이할 거라고 말했다. 찰스가 감사의 표시로 그녀에게 미소를 지어 보였다. 그의 가지런한 치아에서 눈을 뗀 젊은 여성은 방향을 바꾸어 그들에게 따라오라고 했다. 그곳의 맨 끝에 있는 대리석 계단이 이층 사무실로 연결되어 있었다. 찰스와 앤드류는 여성을 따라가면서 미래의 다양한 전쟁 장면을 보여 주는 태피스트리가 길게 걸린 복도를 지나갔다. 다른 곳과 마찬가지로 복도에도 많은 시계들이 벽에 걸려 있거나 가구 위에 놓여 있었는데, 어디에서나 째깍거리는 소리가 들렸다. 머레이의 사무실로 연결된 위압적인 문 앞에 도착하자 그녀는 그들에게 밖에서 기다리라고 말했다. 그러나 찰스는 그녀의 말을 무시하고 사촌을 끌고 그녀를 따라 방으로 들어갔다.

그 방의 엄청난 크기에 앤드류는 깜짝 놀랐다. 무질서하게 놓여 있는 가구들과 벽을 뒤덮고 있는 수많은 지도들은, 그곳이 마치 전쟁을 지휘하는 육군 소장들이 있는 진영 내부 같은 인상을 주었다. 그들은 개와 놀면서 카펫 위에 길게 누워 있는 길리엄 머레이를 찾기 위해 여러 차례 두리번거려야만 했다.

"안녕하세요, 머레이 씨." 찰스가 비서를 지나치면서 인사했다. "나는 찰스 윈슬로우고 이 사람은 사촌 앤드류 해링턴입니다. 바쁘지 않다면 당신과 이야기를 나누고 싶소만."

몸집이 큰 길리엄 머레이는 엷은 자줏빛 옷을 입고 있었는데 찰스의 소개에 깍듯하게 인사하며 미소로 답했다. 하지만 그 미소는 옷소매에 숨겨 놓은 카드를 곧 꺼내려는 사람처럼 음흉했다.

"이렇게 훌륭한 두 신사 분을 맞이하는 거라면 언제든지 시간을 내야겠죠." 카펫에서 일어나면서 그가 말했다.

그가 일어나자 몸이 커지는 마법에라도 걸린 것처럼 거대해 보였다. 그는 모든 면에서 보통 사람들의 두 배였다. 황소의 뿔을 잡아 굴복시킬 만한 손

에서부터 미노타우로스 같은 얼굴에 이르기까지 규모가 컸다. 하지만 그의
놀라운 체격에도 불구하고 이 사업가는 동작이 둔하지 않고 놀라울 정도
로 감성적인 기민함도 갖고 있었다. 금발의 머리카락은 깔끔하게 뒤로 빗어
넘기고 크고 푸른 눈에서는 야심차고 오만한 영혼임을 암시하는 강렬한 불
꽃이 튀었다. 그 불꽃은 살이 통통한 입술이 자아내는 친절한 미소로 희석
시킬 수 있었다.

거인은 그들에게 홀 끝에 있는 책상까지 따라오라고 손짓했다. 그리고
수많은 지구본, 책과 공책들이 여기저기 흩어진 책상들 사이를 뚫고 탐험
하듯이 간신히 통로를 만들면서 그들을 안내했다. 그곳에도 시계들이 있었
다. 벽시계들과 책장 선반들에 놓인 시계 외에도 휴대용 그림자 시계, 해시
계, 물시계와 시간의 진행을 보여 주는 다른 기구들이 놓인 거대한 진열장
이 있었다. 이 모든 것들은 붙잡을 수 없고 절대적이며 신비롭고 어떤 것에
도 굴하지 않는 시간을 잡아 보려는 인간의 헛된 시도들이 어리석다는 것
을 보여 주려는 길리엄만의 영리한 방식처럼 느껴졌다. 머레이는 자신이 수
집한 화려한 색깔의 시계들을 통해서 시계로 인간이 누릴 수 있는 유익은
한 가지뿐이라는 사실을 상기시키고자 하는 것 같았다. 시계에서 시간의
형이상학적 본질을 제거함으로써, 시계라는 것은 단순히 약속 시간에 늦지
않게 도와주는 평범한 도구라는 것이다.

찰스와 앤드류는 책상 앞에 마련된 편안한 자코뱅풍의 안락의자에 앉
았다. 구근 모양의 장엄한 다리가 달린 책상 뒤에 머레이가 앉아 있고 그의
등 뒤로 거대한 창문이 있었다. 색이 칠해진 유리의 창문으로 쏟아지는 빛
때문에 사무실은 마치 야외처럼 환하게 느껴졌다. 앤드류는 이 사업가가
자신만의 태양을 소유하고 있고 그 이외 세상은 서글픈 아침에 빠져 있다
는 생각이 들었다.

"출입구의 불쾌한 냄새를 양해해 주시기 바랍니다." 길리엄이 불쾌한 듯
찡그린 표정으로 서둘러서 사과를 했다. "누군가 정면에 배설물을 칠한 것

이 벌써 두 번째입니다. 아마도 우리 회사가 잘나가는 것을 그렇게 혐오스런 방법으로 방해하려는 조직의 소행일 겁니다." 안타깝다는 듯 어깨를 움츠리면서 추측했다. 그 사건 때문에 당황스럽다는 것을 강조하는 것 같았다. "보시다시피 모든 사람이 시간여행이 유익하다고 생각하지는 않지요. 그럼에도 불구하고 웰스 씨의 놀라운 책이 출간된 이후로는 우리 사회 자체가 시간여행을 요구하지요. 이런 야만적인 행동에서 다른 어떤 설명도 도출할 수 없어요. 범인들이 뭘 요구하는지 단서도 하나 남기지 않았으니까요. 단지 우리 건물 정면만 더럽힐 뿐이에요."

길리엄 머레이는 이 말을 한 뒤 허공을 바라보았다. 잠시 생각에 잠겨 있다가 자신이 어디에 있는지 갑자기 기억이 난 것처럼 의자에서 일어나 손님들을 바라보았다.

"이제 말씀해 보시지요. 무엇을 도와드릴까요?"

"1888년으로 떠나는 개인 여행을 조직해 주셨으면 좋겠습니다, 머레이 씨." 앤드류는 말할 기회를 초조하게 기다리고 있었다는 듯 서둘러 대답했다.

"그 공포의 가을로 말인가요?" 머레이가 놀라서 물었다.

"네, 정확히 11월 7일 밤으로요."

길리엄은 그를 잠자코 몇 초 동안 물끄러미 바라보았다. 마침내 실망감을 감추지 않고 책상 서랍을 열어 끈으로 묶인 종이 묶음을 꺼냈다. 불쾌한 듯 책상 위에 그것을 내려놓는 그는 마치 묵묵히 견뎌야 하는 짐을 보여 주는 것 같았다.

"이게 무언지 아시오, 해링턴 씨?" 그가 한숨을 내쉬었다. "우리가 매일 받는 사람들의 편지와 요구사항이지요. 바빌로니아의 정원을 산책하게 데려다 달라는 사람도 있고 클레오파트라, 갈릴레오나 플라톤을 만나고 싶다는 사람, 자신들의 눈으로 직접 워털루 전쟁, 피라미드 건축, 그리스도의 십자가를 보고 싶다는 사람들도 있지요. 모두 자신들이 좋아하는 역사적인 순간으로 여행하고 싶어 합니다. 마치 자신의 마부에게 어디로 가자고 명령을 하듯이 말이지요. 그들은 과거를 마음대로 할 수 있다고 믿고 있지요. 당신은 1888년으로 여행을 가고 싶어 하는군요. 당신도 이런 요청을 하는 사람들처럼 그럴 만한 이유가 있겠지만 당신의 청을 들어드릴 수는 없습니다."

"머레이 씨, 단지 8년 전으로 가면 됩니다." 앤드류가 대답했다. "돈이라면 얼마든지 지불할 수 있습니다."

머레이는 씁쓸하게 웃었다.

"시간대나 돈이 문제가 아닙니다. 그런 문제라면, 해링턴 씨, 우리가 합의에 도달할 수 있다는 것을 분명히 확신합니다. 문제는 그러니까, 기술적인 부분이지요. 과거든 미래든 우리 마음대로 여행을 할 수 없습니다."

"그 말은 단지 2000년으로만 시간여행을 할 수 있다는 말인가요?" 찰스가 실망해서 외쳤다.

"그렇지요, 윈슬로우 씨." 머레이가 찰스를 향해 슬픈 표정을 지으며 안타까워했다. "앞으로 우리의 상품을 확대하기를 바라지만, 지금은 광고에서 보셨다시피, 우리가 제공하는 유일한 도착지는 2000년 5월 20일입니다. 정확하게 사악한 솔로몬이 지휘하는 로봇들과 용감한 섀클리턴 대장이 이끄는 인간의 군대가 마지막 전투를 벌이는 날이지요. 감동적인 목적지라고 생각하지 않으십니까, 윈슬로우 씨?" 그는 자신이 원정대 사람들의 얼굴을 쉽게 잊어버리지 않는다는 사실을 보여 주면서 딴전을 피우며 물었다.

"물론이지요, 머레이 씨." 찰스가 잠시 주저한 뒤 대답했다. "정말 감동적이었지요. 단지 제 생각은……."

"아, 물론 저도 알고 있습니다. 시간의 기류의 어느 방향으로든 여행을 할 수 있다고 생각하시는 거지요." 사장이 말을 가로챘다. "그렇지만 쉽지가 않아요. 과거는 우리의 능력 밖이라는 생각이 듭니다."

이 말을 하고 머레이는 자신의 말이 그들에게 얼마나 큰 실망을 끼쳤나 가늠해 보면서 비통하게 그들을 바라보았다.

"문제는 신사 여러분," 의자에 기대면서 그가 한숨을 내쉬었다. "우리는 웰스의 주인공처럼 시간의 기류를 여행하는 게 아니라 그 밖의 것을 통해서 여행을 한다는 겁니다. 말하자면 시간 밖의 시간을 여행한다는 뜻이지요. 그 외곽을 여행하는 거지요.”

그는 말을 멈추고 눈도 깜짝하지 않고 고양이를 보듯 침착하게 그들을 바라보았다.

“무슨 말씀이신지 모르겠군요.” 마침내 찰스가 말했다.

길리엄 머레이는 그런 대답을 기대했다는 듯 고개를 끄덕였다.

“간단한 예를 하나 들죠. 우리는 한 건물에서 여러 방을 지나가며 그 안을 돌아다닐 수 있어요. 하지만 지붕을 따라서 걸어 다닐 수도 있지요, 그렇지 않습니까?”

찰스와 앤드류는 머레이가 그들을 어리석은 어린아이 취급하는 것 같아서 무뚝뚝하게 고개를 끄덕였다.

“비록 그렇게 보일지라도,” 사장은 말을 이었다. “저는 웰스 씨의 책에 고무되어 시간여행의 가능성을 조사한 게 아닙니다. 웰스의 책을 읽으셨다면 그가 과학자들에게 한 가지 길을 제시하면서 과학세계에 도전했다는 것 정도는 아시겠지요. 동료 작가인 베른과는 달리, 자기 발명품에 대해 실제적인 설명은 전혀 하지 않고도, 놀라운 상상력을 이용해 그 기계를 설명하는 방식을 택했지요. 소설이라는 완벽하게 타당한 방식으로 말이에요. 과학이 그러한 기구가 현실성 있다는 것을 보여 주지 못하면 그의 기계는 장난감에 불과하지요. 과학이 언젠가 그 일을 해낼까요? 저는 그렇게 믿고 싶습니다. 금세기를 통해서 우리 과학자들이 이룩한 업적은 매우 낙관적이지요. 여러분도 우리가 특별한 시대에 살고 있다는 사실에 동의하실 겁니다. 인간이 매일 신에게 도전하는 시대지요. 최근 몇 년 동안 과학이 경이로운 것들을 얼마나 많이 제공했습니까? 전자계산기, 타자기나 엘리베이터 같은 많은 발명품들이 우리 삶을 편리하게 만들어 주었습니다. 하지만 다른 것들은 우리가 강하다는 느낌을 주지요. 그것들이 불가능한 것의 한계를 무너뜨리기 때문이지요. 오늘날 우리는 기관차 덕분에 땅을 단 한 발자국도 밟지 않고 장거리 여행을 할 수 있습니다. 곧 우리나라도 직접 가지 않고서도 우리 목소리를 정반대편으로 보낼 수 있을 거예요. 미국사람들은 전화라는 걸 통해서 이미 그렇게 하고 있지요. 항상 발전하는 기술에 반대하는 사람들이 있습니다. 그들은 인간이 한계를 넘어서는 것을 신성모독이라고 여기지요. 저는 과학이 인간을 고상하게 만들어 주고, 자연에 대한 인간의 지배력을 재확인해 준다고 믿습니다. 교육이나 도덕이 우리의 근본적인 야만성을 억제하는 데 도움을 주는 것처럼요. 예를 들어 이 크로노미터(정밀시계)를 보십시오."

그가 책상 한쪽에 있는 나무 상자를 집으면서 말했다. "오늘날 대량으로 생산되고 지구상의 모든 배에 하나씩 구비되어 있지요. 크로노미터가 항상 이곳에 있었던 거처럼 보이지만 이걸 늘 가지고 항해한 것은 아니었지요. 영국 해군본부는 바다에서 항해하는 시간을 정확하게 재는 기구를 고안하는 사람에게 2만 파운드의 상금을 내걸었지요. 어떠한 시계공도 배의 흔들림에도 요동치지 않고 견딜 만큼 견고한 시계를 만들지 못했기 때문이지요. 그 대회에서 존 해리슨이라는 사람이 승리했는데, 그는 난해한 과학 문제를 해결하는 일에 무려 40년을 헌신했어요. 그는 거의 팔십이 되어서야 상금을 받았지요. 대단하지 않습니까? 모든 발명품의 중심에는, 문제를 해결하고 인간 그 자신보다 오래 남아 세계의 일부가 될 기구를 만드는 데 헌신한 인간의 노력이 숨 쉬고 있지요. 나무에 열리는 과일을 따먹거나 비가 오기를 기다리며 북을 치는 것에 만족하지 않고 지혜를 이용해서 신이 창조한 세상에서 단순한 기생체로 살아가는 것을 넘어서기로 결심한 사람들이 있는 한, 과학은 절대 죽지 않을 겁니다. 얼마 안 있어 날개 달린 마차가 발명되어 새처럼 날아다니고, 모든 사람들이 웰스가 상상한 것처럼 기계로 자신이 원하는 시간의 지점으로 여행할 수 있으리라는 점을 의심하지 않는 것도 그 때문입니다. 미래의 인간들은 주중에는 은행에서 일하고 일요일에는 아름다운 ♪네페르티티와 사랑을 나누거나 한니발이 로마를 정복할 수 있도록 도움을 줄 수 있을 겁니다. 그런 발명품이 어떻게 우리 사회를 변화시킬 수 있을지 상상이 되십니까?” 길리엄은 즐거운 듯 잠시 그들의 표정을 살펴본 후 진주 조개나 약혼반지처럼 보이는 물건이 들어 있는, 뚜껑이 열린 작은 상자를 다시 책상 위에 놓았다. 그리고 덧붙였다. “하지만 현재 과학이 그러한 꿈을 현실로 만들 방법을 찾느라 바쁠 동안, 우리는 시간여행을 할 수 있는 다른 방법이 있습니다. 불행히도 목적지를 선택할 수는 없지만 말입니다.”

“무슨 말씀이신가요?” 앤드류가 물었다.

“마술을 말하는 겁니다.” 길리엄이 우렁찬 목소리로 말했다.

“마술이라고요?” 앤드류가 얼이 빠져 물었다.

“네, 마술이요.” 길리엄이 대답을 하는 동시에 허공에 대고 손가락을 신비스럽게 흔들어 대고 굴뚝으로 몰아치는 바람 소리를 흉내 냈다. “하지만 극장에서 불 수 있거나 ♪황금새벽회의 광대들이 자랑삼아 하는 속임수가 아니지요. 진짜 마술을 말하는 겁니다. 마술을 믿습니까, 신사 양반들?”

앤드류와 찰리는 대화가 진행되는 방향에 대해 약간 혼란스러워서 우물거렸으나 길리엄은 답변을 들으려 하지도 않았다.

“당연히 아니겠지요.” 그가 안타까워하며 말했다. “그래서 가능한 그 말을 꺼내지 않으려고 합니다. 많은 고객들이 우리가 과학을 통해 미래로 여행한다고 생각하기를 바라지요. 모든 사람들이 과학을 믿어요. 오늘날 사람들은 마술보다 과학을 더 신뢰해요. 현대 시대에 살고 있으니까 당연한 일이이지요. 하지만 마법은 존재합니다. 저는 그것을 확신합니다.”

그러고 나서 그가 갑자기 자리에서 일어나 날카롭게 휘파람을 부는 바

♪클레오파트라, 아낙수나문과 더불어 고대 이집트 3대 미인으로 꼽힌다.
♪19세기 말 영국에서 만들어진 신비주의 교단으로, 합리론의 세기에 어둠의 세력으로서 뿌리를 뻗친 근대적 마술결사의 대표적 예다.

람에 앤드류와 찰스는 깜짝 놀랐다. 계속 카펫에 누워 있던 개가 즉시 일어나 주인을 향해 경쾌하게 다가갔다.

"신사 양반들, 에테르노(영원하다는 뜻-옮긴이)를 소개합니다." 흥분한 개가 그의 주변을 도는 동안 말했다. "개를 좋아하십니까? 겁내지 말고 쓰다듬어 주세요."

길리엄이 이야기를 계속하려면 지켜야 할 요구사항이라도 되듯 찰스와 앤드류는 일어나서 부드럽고 잘 다듬어진 털을 가진 골든 리트리버의 등을 손으로 쓰다듬었다.

"신사 분들," 그때 머레이가 말했다. "여러분은 기적을 어루만지고 있다는 사실을 기억하시기 바랍니다. 왜냐하면 방금 말씀드렸다시피 마법은 존재합니다. 심지어 만질 수도 있어요. 에테르노의 나이가 몇 살이라고 생각하십니까?"

찰스는 자신의 농장에 개들이 여러 마리 있어서 어릴 적부터 개들에 익숙했다. 그래서 별로 어렵지 않은 질문이었다. 개의 치아를 살펴본 후 자신 있게 대답했다.

"한 살, 많아야 두 살이겠지요."

"맞습니다." 길리엄이 무릎을 꿇고 동물의 목덜미를 부드럽게 긁어 주면서 대답했다. "너는 한 살처럼 보여, 그렇지? 그게 실제 시간에서의 네 나이지."

앤드류는 그동안 사촌이 이 모든 것에 대해 어떻게 생각하는지 초조해하며 그의 눈초리를 바라보았다. 찰스는 편안한 미소로 그의 마음을 진정시켰다.

"이미 말씀드렸다시피," 머레이는 일어나면서 말을 이었다. "저는 웰스의 책에 기초해서 이 회사를 만든 게 아닙니다. 순전히 우연의 일치입니다. 물론 웰스가 사람들의 잠재된 욕망을 일깨웠기 때문에 회사가 경제적으로 많은 이익을 얻을 수 있었다는 사실을 부인하지는 않겠습니다. 시간여행이 그토록 매력적인 이유가 무엇인지 아십니까? 모든 사람에게 그 여행을 실현시키고 싶은 욕망이 있기 때문이지요. 시간여행을 하는 것은 인간의 꿈 가운데 하나입니다. 하지만 웰스의 책을 읽기 전에 여러분은 그런 생각이나 했습니까? 그렇지 않을 거라고 생각합니다. 저도 마찬가지라는 말씀을 드립니다. 웰스는 어떤 면에서 추상적인 욕구를 구체화시켰고, 인간에게 항상 내재되어 있던 욕망을 말로 표현한 거지요.”

머레이는 카펫에서 묻은 먼지를 털고 난 뒤 가구에 먼지가 내려앉듯이 자신의 평가를 방문객들도 공감해 주기를 바라며 잠시 말을 멈추었다. 그리고 말을 이었다.

“이 회사를 만들기 전에 저는 아버지와 함께 일했지요. 우리는 탐험대를 재정적으로 후원했어요. 지구상의 가장 외진 곳에 탐험가들을 보내는 수백 개의 회사 중 하나였지요. 이 탐험대의 임무는 과학 잡지에 인종적 지식이나 고고학적인 지식을 싣거나 창조주의 야생동물이나 식물로 진열장을 채우기를 바라는 과학박물관을 위해 희귀한 곤충이나 꽃들을 수집하는 것이지요. 하지만 사업 외에도 우리가 살고 있는 세계에 대해 정확한 지식을 갖고 싶은 욕구가 생겼어요. 이를테면 공간적인 호기심 같은 거지요. 하지만 어떤 운명이 기다리고 있는지는 아무도 모르는 거잖아요, 안 그런가요?”

길리엄은 대답을 기다리지 않고 자기를 따라오라는 시늉을 했다. 작은 책상들과 지구본들을 간신히 지나자 그 뒤를 에테르노가 졸졸 따라갔고, 길리엄은 그들을 한쪽 벽으로 데려갔다. 그 벽은 지도, 지리에 대한 논문, 천문학에 대한 연구자료와 미지의 탐험에 대한 수많은 작품들이 진열된 선반들이 있는 벽들과는 달리, 연대기별로 그려진 많은 지도들이 차지하고 있었다. 프톨레마이오스의 연구에서 영감을 받은 르네상스 시대의 지도를 복제한 몇몇 지도로 시작되었다. 거기서는 세상이 다리가 잘린 곤충들처럼 짤록해 보였고 무정형의 유럽 정도로 축소되었다. 그다음은 독일 지리학자 마르틴 발트제뮐러의 지도로 이어지는데 거기서는 아메리카가 아시아

대륙에서 분리되어 있었다. 그리고 ♪아브라함 오르텔리우스와 ♫헤르하르뒤스 메르카토르의 지도로 마무리되는데, 이 지도들은 이 시대 세상과 비슷한 크기로 묘사되어 있었다. 머레이가 안내하는 대로 연대기적인 순서를 따라 왼쪽에서 오른쪽으로 가는 그들은, 마치 꽃이 피어나거나 고양이가 기지개를 켜는 것 같은 인상을 받았다. 항해자들과 탐험가들이 경계를 넓혀 감에 따라 세상이 말 그대로 그들의 눈앞에서 더 커지고 펼쳐지며 갈수록 더 넓게 변해 갔기 때문이다. 앤드류는 이삼 세기 전만 해도 어느 누구도 세상이 대서양의 반대편으로 이어질 거라고는 생각도 못했고, 위험한 여행을 통해 괴물들이 살았던 지역을 탐험한 사람들의 집요함과 행운에 의해 세상의 진짜 크기가 밝혀졌다는 사실이 놀라웠다. 하지만 다른 한편으로는 세상이 더 이상 비밀이 아니라는 점이 아쉬웠다. 최근 지도에는 땅과 대양만이 있을 뿐이었다. 공식적으로 알려진 세계, 그 자체의 크기로만 경계가 지어진 세계에 해안선을 그리는 일만이 남아 있는 것이다. 머레이는 지도 수집의 마지막을 장식하는 거대한 지도 앞으로 그들을 안내했다.

"신사 여러분, 여러분은 영국에서 볼 수 있는 가장 정확한 지도 앞에 서 계십니다." 길리엄은 자부심을 숨기지 못한 채 말했다. "보시다시피 저는 새로운 자료를 계속해서 업데이트합니다. 세상의 알려지지 않은 부분이 알려지면 저는 지도를 다시 그리라고 시키고 전의 것을 태워 버리지요. 거기에는 상징적인 의미가 있습니다. 그것을 통해 지구에 대한 예전의 부정확한 생각을 지우는 것이지요. 여기 보이는 많은 탐험대들이 우리 기금 덕택에 활동할 수 있었지요."

다양한 색으로 선이 더덕더덕 칠해진 지도는 시야를 어지럽혔다. 길리엄의 설명에 의하면 그것은 현재까지 인간이 실시한 모든 탐험을 대변해 주

♪독일의 지도학자로 신대륙에 처음으로 아메리카라는 이름을 붙인 사람이다.

♫16세기 벨기에의 제도가이며 지리학자. 여러 지도를 수집하고 표현을 통일해 70장의 지도를 53페이지로 엮은 『세계의 무대』라는 지도책을 출간했다.

♬16세기 네덜란드의 지리학자. 근대 지도학의 시조로 일컬어진다.

는 것으로, 그 변천 과정이 그림의 왼쪽 여백에 적혀 있었다. 그러나 지도를 한 번 얼핏 쳐다보는 것만으로도 각 여행의 복잡한 여정이 의미 없이 지나치게 상세하게 묘사되어 있다는 것을 알 수 있었다. 모든 탐험 여정을 다 보여 주려는 욕심 때문에 선들이 복잡하게 연결되어 있어서 하나의 여정을 정확하게 안다는 것은 거의 불가능했다. 마르코 폴로처럼 가장 오래된 탐험(인도, 중국, 중앙아시아와 말레이시아 제도를 통과하는 금빛 선으로 그려져 있었다)에서부터 시작되는데, 베이징에서부터, 빙하로 뒤덮인 험준한 산들이 있는 카라코람 산맥을 넘어서 파키스탄에 이르는 장대한 탐험을 감행한, 가장 최근에 실시된 ♪프랜시스 영허즈번드 경의 탐험도 그려져 있었다. 그런 혼란스러운 선들이 육지에만 많이 표시된 것도 아니다. 육지에서부터 비롯된 어떤 선들은 북극해를 경유해 중국으로 가는 지름길을 발견하려다 대서양이나 에러버스 산(남극 대륙의 로스 섬에 있는 산)와 테러 산(로스 섬에 있는 산)을 지나던 콜럼버스의 범선 같은 전설적인 배들이 만들어 내는 파도 거품을 모방하기도 했다. 현실에서 배들이 만들어 내는 듯한 두 개의 빛의 꼬리는 랭커스터 해협, 북서 통로의 가상의 문을 넘어가면서 갑자기 사라졌다.

그러한 복잡한 선들을 전혀 이해할 수 없었던 앤드류는, 악어와 긴팔원숭이가 넘쳐나는 무더운 지상낙원 보루네오 섬을 지나 동남아시아로 이어지는 파란 선을 따라가기로 결심했다. 이 선은 제임스 브룩 경의 구불구불한 탐험 여정과 이어졌다. 사라와크의 표범이라는 별명을 가진 제임스 브룩은 앤드류가 읽은 ♪산도칸 소설 속에서 잔인한 해적 소탕자로 나온 탐험가라 익숙했다. 하지만 길리엄은 지도에서 가장 복잡한 아프리카 대륙을 자세히 보라고 요청했다. 그 지역은 신비로운 나일 강의 근원을 발견하려고 노력하던 탐험대들이 많이 있었다. 네덜란드 출신의 여류 탐험가 알렉신 틴네,

---

♪영국의 육군장교, 탐험가. 인도 북부 티베트를 주로 기행하며 지리학적 연구에 공헌했다.
♪이탈리아의 모험 소설가로 유명한 에밀리오 살가리의 『산도칸, 몸브라첸의 호랑이들』에 나오는 주인공으로 말레이의 작은 왕국에서 제임스 브룩에 대항한 왕족 출신의 해적이다.

베이커 부부, 버턴과 스피크, 가장 유명한 리빙스턴과 스탠리를 비롯한 많은 탐험가들의 여정이 얽히고설켜 있었지만, 아프리카가 갈대풀로 만든 헬멧 모자를 쓴 용맹스러운 사람들의 마음을 사로잡았다는 것밖에는 아무것도 보여 주지 못했다.

"우리가 시간여행을 발견하게 된 건 정확히 20년 전 일이에요." 길리엄이 회상하듯 말했다.

마치 그 이야기를 이미 여러 차례 들었다는 듯이 에테르노는 자기 주인의 발치에 기댔다. 찰스는 그토록 기대하던 이야기가 시작되자 만족스럽게 미소를 지었고 앤드류는 마리 켈리를 살릴 가능성이 있는지 알아보기 위해 많은 시간을 참아야 한다는 것을 알고 실망해서 얼굴을 찡그렸다.

이 시점에서 내가 이야기로 약간의 곡예를 부려도 이해해 주기 바란다. 나는 길리엄 머레이가 찰스와 앤드류에게 해 준 이야기를 마치 모험소설에서 발췌한 내용처럼 일인칭이 아닌 삼인칭으로 이야기할 것이다. 그당시, 19세기 하반기 초에는, 프톨레마이오스가 달의 산에 배치한 신비로운 나일 강의 근원과 아프리카 중심에 장엄하게 솟아오른 산맥을 발견하는 것이야말로 야심만만한 탐험단체들의 중요한 목표였다. 그럼에도 불구하고 현대 탐험가들은 헤로도토스나 네로를 비롯해 그것들을 찾느라고 헛수고한 역사 속의 다른 사람들보다 운이 좋지는 않은 것 같았다. 리처드 버튼과 존 스피크의 탐험은 두 사람이 서로를 미워하게 된 것으로 끝났고, 데이비드 리빙스턴의 탐험 역시 희망의 빛을 주지 못했다. 리빙스턴은 우지지에서 헨리 스탠리에게 발견되었을 당시 이질을 앓고 있었다. 스탠리와 도시로돌아오기를 거부하고 탕가니카 호수로 새로운 탐험을 떠난 그는, 결국 고열로 완전히 기진맥진해서 들것에 실려 돌아와야만 했다. 치탐보에서 사망한 이 스코틀랜드 탐험가의 마지막 여행은 아프리카 나무 몸통에 방부처리한 미라 상태로 운반된 것이었다. 사람들이 그의 시신을 잔지바르 섬을 경유해 본국인 영국으로 송환하기까지 아홉 달이 걸렸다. 1878년에 웨스트민스터 사원에서 국장으로 장례가 치러졌다. 논란의 여지가 없는 그의 업적에도 불구하고 나일 강의 근원지는 여전히 베일에 싸여 있고, 왕립지리협회로부터 별로 중요하지 않은 과학박물관에 이르기까지 모든 사람들이 그 위치를 발견하는 영광을 차지하고 싶어 했다. 머레이 가문도 예외가 아니었다. 그래서 「뉴욕헤럴드」와 「런던 데일리 텔레그라프」가 스탠리의 새로운 탐험을 후원할 때 그들도 역시 훌륭한 탐험가들 중 한 사람을 아프리카 대륙으로 보냈다.

그의 이름은 올리버 트레망콰이로, 히말라야에서 여러 차례 성공적인 탐험을 마친 경험이 있는 그는 베테랑 사냥꾼이기도 했다. 그의 총에 쓰러진 짐승들 중에는 인도산 호랑이에서부터 발칸의 곰, 실론의 코끼리도 있었다. 또한 매우 독실한 기독교 신자인 그는 선교사로 활동한 적은 없지만 마주치는 인디언들에게 기회가 있을 때마다 복음을 전하려고 노력했는데, 마치 무기상처럼 자신이 믿는 신의 장점을 열거하곤 했다. 새로운 임무에 열정을 바친 트레망콰이는 짐꾼들과 식료품을 구한 다음 잔지바르를 떠났다. 하지만 대륙으로 들어간 지 며칠 되지 않아서 그와의 소식이 끊겨 버렸다. 아무런 소식도 듣지 못한 채 몇 주가 지루하게 지나갔다. 탐험가에게 무슨 일이 일어난 것일까? 머레이 가 사람들은 실종된 그를 포기해야 한다는 사실에 큰 슬픔을 느꼈다. 그들에게는 그를 찾으러 갈 만한 스탠리 같은 탐험가가 없었기 때문이다.

10개월이 지났을 때 트레망콰이가 사무실에 불쑥 나타났다. 겨우 부인을 설득해 장례식을 치른 후 며칠이 지났을 때였다. 마치 유령이라도 나타난 것처럼 그의 등장은 엄청난 소동을 일으켰다. 배짝 말라서 눈은 몽롱했고, 지저분하고 악취가 풍기는 몸은 몇 달 동안 목욕을 하지 않은 것 같았다. 비참한 허수아비 같은 몰골은 그의 탐험이 거의 재앙 수준이었다는 사실을 암시했다. 밀림에 들어서자마자 그는 매복한 소말리아 부족의 함정에 빠졌다. 트레망콰이는 덤불 속에서 엿보는 고양이 같은 은밀한 그림자들을 향해 총을 겨냥할 새도 없이 등에 화살을 맞았다. 문명의 세계에서 멀리 떨어진 밀림 속에서의 탐험은 잔혹한 대학살로 이어졌다. 공격자들은 탐험대의 다른 사람들처럼 그를 죽이려 했으나 트레망콰이는 살아가면서 강인해지는 법을 배웠다. 야만인들이 그를 죽이는 건 쉽지 않았다. 소총을 목발 삼고 몸에는 화살이 박힌 채로 고열에 시달리며 몇 주 동안 비참하게 밀림을 헤매다가, 마침내 울타리에 둘러싸인 작은 인디언 마을에 도착했다. 그는 파도에 밀려온 쓰레기처럼 기진맥진해서 흙 담의 좁은 입구 앞에서 쓰러졌다.

며칠 뒤 그는 짚으로 만들어진 불편한 매트리스 위에서 완전히 벌거벗겨진 채로 깨어났다. 그를 괴롭힌 수많은 상처 위에는 끔찍해 보이는 고약이 발라져 있었다. 그에게 끈적거리는 초록색 붕대를 갈아주는 소녀는 그가 모르는 부족 사람 같았다. 길쭉하고 유연한 몸에, 굉장히 작은 엉덩이에, 거의 판자처럼 납작한 가슴을 갖고 있었다. 그는 곧 남자들도 그녀와 비슷하게 왜소한 체격을 갖고 있다는 사실을 발견했다. 근육도 별로 드러나지 않고 그 밑의 골격도 가느다랄 거라는 인상을 주었다. 트레망콰이는 그들이 어떤 부족인지도 모르고 그들에게 세례를 주기로 결심했다. 그들의 몸이 가늘고 갈대처럼 유연해서 갈대 사람이라고 불렀다. 트레망콰이는 총쏘기는 명수지만 상상력은 형편없었다. 그들의 작은 체격과 아름다운 인형 같은 얼굴에 가득한 크고 검은 눈동자에 깜짝 놀랐지만, 놀랄 일은 그것으로 그치지 않았다. 회복하면서 더 놀라운 일들을 많이 발견했다. 가장 멀리 떨어진 외딴 곳의 방언까지 익숙한 그였지만 그들이 사용하는 언어는 도저히 흉내내는 것조차 불가능했다. 또한 그들은 거의 똑같은 나이처럼 보였고, 이 야만인들이 사는 본거지는 마치 따로 있는 것 같았다. 삶에서 필요한 유일한 행동, 숨쉬기를 제외하고는 전혀 아무것도 하지 않는 것처럼 마을에는 일용품이 눈에 띄지 않았다. 하지만 다른 어떤 것보다 트레망콰이의 머릿속을 맴도는 의문은, 그들이 도대체 어떻게 이웃 종족의 집요한 괴롭힘을 당하고도 생존할 수 있었을까, 하는 점이었다. 그들은 숫자도 매우 적었고 강해 보이지도, 사나워 보이지도 않았으며, 그 마을에 있을 법한 유일한 무기는 그가 가져온 소총이 전부였다.

어느 날 저녁, 드디어 그들이 어떻게 살아남았는지 이해하게 되었다. 보초 중 한 명이 사나운 마사이족이 마을을 포위했다고 알렸다. 그를 치료해 주는 소녀와 함께 묵고 있던 오두막에서 그는 자신의 구원자들이 이상하게 문짝이 없는 좁은 입구의 앞마당 한가운데 모여 있는 것을 보았다. 그들은 자신을 희생제물로 바치기라도 하는 것처럼 나란히 손을 잡고 요란한 찬미가를 부르기 시작했다. 놀라움이 가라앉자 트레망콰이는 소총을 쥐고 그를 보살펴 주는 이들을 최대한 지켜 주기 위해 창가로 몸을 끌고 갔다. 횃불은 거의 없었지만 달빛이 매우 밝아서 그처럼 경험이 풍부한 사냥꾼이라면 과녁을 명중시킬 수 있을 것이다. 마사이족 몇 명만 명중시킬 수 있다면 그들은 총을 가진 백인이 그 마을을 보호하고 있다고 믿고 후퇴할 것이다. 그러기를 바라면서 문을 향해 총을 겨누었다. 그러나 놀랍게도 소녀는 그의 무기를 가만히 내려놓으며 그가 나설 필요가 없다는 무언의 표현을 했다. 그는 항의하려고 했지만 소녀의 진지한 눈길에 어쩔 수 없이 그녀의 말을 따랐다. 마사이족들이 사납게 습격할 준비를 갖추고 왁자지껄하게 문으로 들어오는 모습과 그를 보살펴 준 마을사람들이 귀에 거슬리는 그 찬미가를 계속해서 부르면서 창이 날아오기를 기다리는 놀랍고 당혹스러운 모습을 창문을 통해 바라보았다. 탐험가는 용인된 대량학살의 증인이 될 준비를 했다. 그때 뭔가 이상한 일이 벌어졌다. 트레망콰이는 자기 입에서 나오기는 해도 그 말이 도저히 믿기지 않는다는 듯 떨리는 목소리로 그 일을 설명했다. 공기가 깨어졌다. 이보다 더 나은 표현을 생각해 낼 수 없었다. 마치 벽지의 조각이 찢어져 그 밑에 있는 벽이 보이는 것 같았다. 차이점은 그 밑에

벽이 있는 게 아니라 다른 세상이 있다는 것이다. 그의 위치 때문에 처음에는 잘 볼 수 없었지만 그곳으로부터 그를 둘러싼 어두움을 비추는 희미한 광채가 나왔다. 그는 놀라서 앞장서던 마사이족들이 자신들과 피해자들 사이에 갑자기 생긴 구멍에 빠지며 현실에서, 즉 그가 있는 세계에서 공중으로 증발하듯이 사라지는 것을 목격했다. 자신의 형제들이 그 안으로 삼켜지는 것을 목격한 나머지 마사이족들은 놀라서 도망갔다. 탐험가는 방금 목격한 사건 때문에 놀라서 천천히 고개를 흔들었다. 이제야 그 마을이 이웃 부족들의 공격에도 살아남을 수 있었던 이유를 이해했다.

비틀거리면서 오두막에서 나온 그는 주민들의 찬미가가 현실세계의 조직에 뚫어 놓은 구멍으로 다가갔다. 그 앞에 서서 커튼처럼 물결치는 구멍을 관찰했다. 구멍은 생각보다 더 컸다. 땅으로부터 나와서 그의 키를 훌쩍 넘겼는데 달구지가 어렵지 않게 통과할 수 있는 넓이였다. 그 가장자리는 파도가 해변에 자아내는 풍경과 같은 모습을 남겼다. 트레망콰이는 마치 창문을 보듯 그 구멍을 바라보았다. 반대편에는 전혀 다른 세계가 있었는데, 붉은 돌의 평원에 강한 바람이 불면서 모래를 쓸어갔다. 멀리 공기 중에 넘치는 자욱한 먼지로 탁해진 을씨년스러운 산들이 보였다. 상황을 제대로 볼 수 없는 당황한 마사이족은 그 세상에서 비틀거리며, 들고 있던 창으로 서로를 향해 달려들었다. 서 있던 사람들이 하나 둘 줄어들었다. 트레망콰이는 그 이상야릇한 죽음의 춤을 황홀하게 바라보았다. 딴세상에서 불어오는 바람에 자신의 머리카락이 휘날리고 콧구멍에 이상한 먼지가 가득한 것도 느낄 수 있었다.

아직 마당 한가운데 모여 있는 갈대 사람들이 그 끔찍한 찬미가를 다시 부르자 구멍은 어리둥절한 그의 눈앞에서 천천히 닫히기 시작하더니 급기야 완전히 사라졌다. 탐험가는 구멍을 찢어 버린 공기를 바보처럼 손으로 휘둘러보았다. 마치 아무 일도 일어나지 않는 것처럼 마을 사람들은 각자 여기저기로 흩어졌다. 그러나 트레망콰이가 알고 있던 세상은 이제 사라졌다. 이제 그에게는 단지 두 가지 선택만 남아 있었다. 하나는 지금까지 그가 유일하다고 믿어 왔던 그 세상이 사실은 존재하는 다른 많은 세상 가운데 하나였다는 것이다. 마치 책의 페이지들처럼 여러 장의 책장이 위에 겹쳐져 있어서, 그 페이지들을 관통하는 통로를 만들려면 책 등에 단도를 한 번만 힘주어 찌르면 되는 것이다. 다른 하나는 더 간단하다. 미쳐 버리는 것이다.

그날 밤 탐험가는 잠을 이룰 수가 없었다. 누군들 잘 수 있겠는가. 눈을 크게 뜨고 몸은 잔뜩 긴장한 채 어둠 속에서 들리는 세미한 소리에도 귀를 기울이며 짚방석에 누워 있었다. 마법사들의 마을에서 그의 소총이나 신이 제어할 수 없는 사람들과 함께 있다는 사실이, 그를 극도의 두려움에 휩싸이게 했다. 현기증을 일으키지 않고 발자국을 뗄 수 있게 되자 갈대 사람들의 마을에서 도망을 쳤다. 잔지바르 항구로 돌아오기까지 여러 주일이 걸렸다. 거기서 런던으로 출발하는 배에 몰래 숨어들 때까지 비참한 생활을 했다. 그리고 10개월이 지난 뒤 돌아왔지만 그 경험은 그를 변화시켰고, 그 변화는 그를 보기만 해도 충분히 알 수 있었다. 세바스찬 머레이는 단 한 마디도 믿지 않을 끔찍한 모험이었다. 머레이는 자신의 베테랑 탐험가가 실종된 기간 동안 그에게 무슨 일이 일어났는지 몰라도, 갈대 사람들과 공중에 생긴 갈라진 틈 같은 황당한 이야기는 절대 믿을 수 없다고 생각했다. 그것은 미친 사람의 헛소리일 뿐이었다. 트레망콰이가 자신의 전 부인과 두 딸과 함께 정상적인 생활을 하는 것이 불가능하다는 사실이 드러나자 그런 의심은 더욱 짙어졌다. 트레망콰이의 부인에게는 아프리카가 돌려준 뭔가에 홀린 것 같은 사회부적응자와 사는 것보다, 죽은 남편의 무덤에 꽃이나 갖다놓으면서 그를 애도하며 사는 평온한 삶이 훨씬 더 좋았을 것이다. 그가 무기력과 발작 사이를 오가는 동안 평온하던 그의 가정은 뒤죽박죽으로 엉망이 되었다. 점점 미쳐가던 그는 때로 옷을 벗고 거리를 뛰어다니거나 창문에서 지나가는 행인들의 모자에 총을 쏘아서 마을의 평온을 계속해서 위협하기도 했다. 결국 정신질환자들을 위한 병원으로 옮겨졌다.

하지만 그는 완전히 버려진 것은 아니었다. 길리엄 머레이는 자신의 아버지 몰래 병원을 자주 방문했다. 그런 비참한 상황에 처한 가장 훌륭한 탐험가를 보면서 슬픔을 느꼈기 때문이기도 했지만, 그러한 환상적인 이야기를 들을 때 흥분되기도 했기 때문이다. 그 당시 겨우 스무 살이 된 그는 마치 인형극을 보러 가는 어린아이처럼 열정을 품고 탐험가를 방문했고, 트레망콰이는 그런 그를 실망시킨 적이 없었다. 엉성한 침대에 앉아서 벽의 습기 자국을 멍한 눈길로 바라보면서 길리엄이 부탁하면 트레망콰이는 곧 갈대 사람들의 이야기를 해 주었다. 그는 갈수록 새롭고 놀라운 내용들을 추가했고 자신의 환상을 풍부하게 해 주는 길리엄과 시간을 보내는 점을 만족스러워했다. 한동안 길리엄은 그의 정신이 돌아올 거라고 생각했지만, 트레망콰이는 4년 동안 갇혀 있다가 결국 자기 방에서 목을 매 자살했다. 그는 지저분한 메모지에 글을 남겼다. 내적고통 때문에 뒤틀린 건지, 아니면 평소 글씨체인지 일그러진 글씨로, 존재하는 다른 세상 가운데 하나로 떠난다고 아니러니하게 표현했다.

그 당시 아버지 회사에서 일을 하기 시작한 길리엄에게는 트레망콰이가 해 준 이야기가 전혀 미친 사람의 헛소리처럼 들리지 않았다. 아마도 그의 광기에 전염되는 것이 트레망콰이에게 베풀 수 있는 최고 경의의 표시라고 생각했는지, 길리엄은 아버지 모르게 존재하지 않는 갈대 사람들을 찾기 위해 두 명의 탐험가를 아프리카로 보냈다. 새뮤얼 코프먼과 포레스트 오스틴은 어리석고 허세를 부리며 술을 많이 마시는 사람들로, 그들이 시도한 탐험은 모두 실패로 끝이 났다. 하지만 그들은 그의 아버지가 아쉬워하지 않을 유일한 사람들이고, 허공에 다른 세상으로 연결되는 통로를 여는 노래하는 마법사 부족을 찾아서 검은 대륙으로 어깨를 움츠리며 떠날 유일한 사람들이었다. 또한 일을 잘하지 못하는 그들이야말로 불행한 올리버 트레망콰이를 기리는 자신의 소박한 답례로 갈대 사람들을 찾아나서는 별 소득도 없는 일을 맡길 만한 유일한 사람들이었다. 그래서 코프먼과 오스틴은 거의 비밀리에 영국을 떠났다. 그들 자신은 물론 길리엄조차 그들이 그 당시 가장 유명한 탐험가들이 될 것이라고는 전혀 짐작하지 못했다. 그들은 지시대로 아프리카에 발을 디디자마자 전보로 일의 진척에 관한 소식을 전했다. 길리엄은 전보를 대충 훑어보고 너그러운 미소를 지으며 책상 위 상자 안에 집어넣었다.

상황이 완전히 바뀐 건 석 달 뒤였다. 마침내 그들이 갈대 사람들을 발견했다는 전보를 받았다. 믿을 수가 없었다! 엉터리 같은 임무를 지운 것에 대해 약을 올리려고 농담을 하고 있는 걸까? 길리엄은 의아했다. 하지만 전보에는 상세한 내용이 적혀 있었고, 자신을 속이고 있다는 근거는 찾기 힘들었다. 또한 그가 기억하기로는, 그들이 써 보낸 내용이 올리버 트레망콰이가 얘기한 내용과 정확하게 일치했다. 길리엄은 트레망콰이나 그들이 진실을 얘기했다는 결론에 도달했다. 갈대 사람들은 실제로 존재했다. 그때부터 그 전보들은 길리엄 머레이가 매일 아침 일어나는 중요한 이유가 되었다. 설레며 전보가 오기를 기다리다 마침내 전보가 도착하면 사무실에서 읽고 또 읽었다. 그 놀라운 발견의 순간을 다른 사람들, 심지어 자기 아버지와도 공유하지 않으려고 문을 꼭 걸어 잠갔다.

전보에 의하면 그 마을을 찾은 다음에 코프먼과 오스틴은 별 어려움 없이 그들의 손님으로 인정받았다. 갈대 사람들은 실제로 모든 것에 순응하고 저항하는 법을 몰랐다. 또한 그들이 그곳에 찾아온 것에 대해서 큰 관심을 보이지도 않았다. 담담히 그들을 참아 주었다. 코프먼과 오스틴 역시 더 많은 것을 묻지 않았고, 자신들이 맡은 임무에서 가장 중요한 부분을 실행하면서 참을성을 가지고 마치 휴가라도 즐기듯 어려운 상황에 대처해 나갔다. 사실 그 야만인들을 발견하는 일이 어렵지, 그들이 다른 세계로 가는 통로를 열 수 있는지를 증명하는 일은 그에 비하면 견디기 쉬운 일이었다. 그들이 상황을 세밀하게 전하지는 않았지만 길리엄은 그들이 태양 아래 누워서 하루 종일 먼 곳을 바라보면서 탐험대에 딸려 보낸 위스키를 홀짝이며 시간을 죽이고 있으리라 상상했다. 믿기 어렵지만 그보다 더 나은 전략이 없었다. 왜냐하면 그들이 나른함에 빠져서 풀밭 위에서 옷을 벗은 채 계속 춤을 추고 다투자 갈대 사람들은 용연향 같은 액체가 일으키는 즐거운 흥분에 흥미를 느껴 그들에게 다가왔다. 위스키를 서로 나누어 마시자 그들 사이에 동료의식이 생겼고, 길리엄은 사무실에서 이 일을 자축했다. 왜냐하면 그것은 의심할 바 없이 미래의 공존으로 가는 첫 발걸음이기 때문이다. 그의 생각은 빗나가지 않았다. 그 기본적인 접촉이 상호 신뢰와 우정을 나누는 관계로까지 발전해서 그는 가장 좋은 스카치위스키를 여러 차례 보내 주어야 했다. 얼마 되지 않는 인디언들을 위해 그렇게 많은 위스키를 보낼 필요가 있었는지 스스로에게 물어보기도 했다.

어느 날 아침, 그는 드디어 고대하던 전보를 받았다. 거기에는 갈대 사람들이 코프먼과 오스틴에게 다른 세상으로 들어가는 구멍을 열어 주기 위해 마을 중심으로 그들을 안내했다는 내용이 적혀 있었다. 길리엄은 갈대 사람들이 두 사람에게 보내는 감사와 우정의 아름다운 표현이라고 생각했다. 탐험가들은 구멍과 그 틈을 통해서 보이는 분홍색 통로를 묘사할 때 5년 전 트레망콰이가 사용한 것과 거의 동일한 단어를 사용했다. 그 당시에는 그 이야기가 환상소설의 일부인 것처럼 잘 이해할 수 없었지만, 지금은 그 일이 실제로 일어나고 있음을 알았다. 그러자 갑자기 몸이 수축되고 숨이 막히는 기분이 들었다. 그것은 그가 문이 잠긴 작은 사무실에 있기 때문만은 아니었다. 이제는 자신의 우주가 유일하지 않다는 것을 알게 된 뒤, 그 우주의 벽 사이에서 억압을 받는 듯한 느낌이 든 것이다. 하지만 그러한 억압은 곧 끝날 거라고 생각했다. 그리고 몇 분 동안 불행했던 올리버 트레망콰이를 추억하며 시간을 보냈다. 트레망콰이의 강한 종교적 신념이 그가 목격한 모든 것을 받아들일 수 없게 가로막았고, 마침내 광기라는 고통스러운 길 외에는 다른 방도가 없게 만들었다고 생각했다. 다행히 어리석은 코프먼과 오스틴은 그보다 훨씬 단순한 사고를 갖고 있어서 그와 같은 비참한 운명에 빠지지 않았다. 길리엄은 전보를 읽고 또 읽었다. 갈대 사람들은 실제로 존재했다. 그뿐만 아니라 트레망콰이와는 반대로, 길리엄이 마법이 아니라 마력이라고 분류하고 싶은 무언가를 실행했다. 코프먼과 오스틴 앞에 이제 미지의 세계가 열릴 것이다. 그들은 분명히 그 탐험을 거부할 수 없을 것이다.

길리엄은 그들과 동행하지 못한 것을 한탄하면서 그들의 다음 전보들을 읽었다. 그들에게 자유를 허락해 준 갈대 사람들의 허락을 받아 다른 편의 세계로 잠시 동안 들어간 코프먼과 오스틴은 그곳의 특징에 대한 보고를 했다. 기본적으로 희미한 빛을 발하는 바위가 넓은 장밋빛 평원으로, 태양도 통과하지 못하는 짙은 안개가 항상 하늘 아래 자욱하게 깔려 있었다. 그래서 이상한 재질의 바위에서 나오는 빛이 그곳의 유일한 빛이었다. 풍경은 낮과 밤을 영원한 석양으로 용해시킨 희미한 불빛에 잠겨 있어서 자기 신발은 상세하게 볼 수 있지만 먼 곳은 보이지 않았다. 때때로 사나운 바람이 평원에 불어 닥치면 모래바람을 일으켜 아무것도 잘 볼 수 없었다. 그들은 곧 이상한 점을 발견했다. 일단 구멍을 통과하면 시계가 멈춘다는 것이다. 하지만 다시 현실로 돌아오면 신비스럽게도 잠들었던 장치들이 다시 기지개를 폈다. 마치 시계의 주인들이 다른 세계에 있는 동안에는 시간을 계산하지 않기로 결정한 것 같았다. 코프먼과 오스틴은 서로를 바라보고 바보처럼 어깨를 움찔하면서 그것을 상상했다.

갈대 사람들을 살펴보기 위해 구멍 옆에 만들어 놓은 야영지에서 하루 저녁을 지낸 뒤 그들은 또 다른 사실을 발견했다. 그들이 그 안에 있는 동안에는 더 이상 수염이 자라지 않아 면도를 할 필요가 없었다. 그리고 오스틴이 구멍을 통과하기 바로 직전에 팔에 상처를 입었는데, 구멍 속에서는 갑자기 피가 멈추어 밴드를 붙여야 한다는 사실도 잊어버릴 정도였다. 마을로 돌아온 후 다시 피가 났을 때에야 그는 상처를 입었던 사실을 기억할 수 있었다. 길리엄은 황홀해서 수첩에 그 놀라운 사건과 그들의 수염과 시계에 대한 일도 기록했다. 그 모든 것은 불가능하리라 생각했던 시간의 정지를 의미했다. 그는 코프먼과 오스틴이 무기와 식료품을 준비하며 평원의 단조로움을 깨는 유일한 풍경인 지평선에 환영처럼 보이는 을씨년스러운 산들을 향해 가는 동안, 사무실에서 음모를 꾸미기 시작했다.

그들은 시계가 소용이 없다는 사실을 확인하자 잠을 잔 밤의 일수를 계산해 시간을 측정하기로 했다. 그러나 곧 그 방법도 효과가 없다는 사실을 깨달았다. 때때로 갑자기 강한 바람이 불어 닥치면 밤새 텐트를 붙잡고 있어야 해서 잠을 제대로 못 잤기 때문이다. 그리고 반대로 음식을 먹거나 쉬어야 할 순간에는 그동안 쌓인 피로로 쓰러져서 잠이 들곤 했다. 시간이 얼마나 지났을지 가늠할 수 없는 시간이 흐른 뒤 고대하던 산에 도착했다는 것이 그들이 확실히 말할 수 있는 전부였다. 산은 평야에 있는 희미한 빛을 발하는 돌과 똑같은 돌로 만들어져 있었지만 썩고 금이 간 치아를 연상시키는 음산한 모습을 띠었다. 가파른 정상들은 자욱한 안개 사이에 솟아 있었다.

어떤 부분은 예전에 동굴이었던 듯 텅 빈 공간이 보였다. 다른 계획이 없었던 두 사람은 가장 가까운 산에 도달하기 위해 산비탈을 오르기로 했다. 그리 오래 걸리지 않았다. 작은 산의 정상을 정복하자 평원의 완전한 전망을 볼 수 있었다. 거리가 멀어지자 구멍은 지평선에서 빛나는 점으로 변했다. 그 빛은 그들이 돌아가야 할 길을 알려 주는 안내자 역할을 하며 그들을 기다리고 있었다. 갈대 사람들이 그 구멍 가까이 다가올지 모른다는 걱정은 하지 않았다. 남아 있던 위스키를 가져왔기 때문이다. 그때 지평선에서 가늘게 떨리는 빛나는 다른 점들을 보았다. 안개에 가려 선명하게 보이지는 않았지만 적어도 여섯 개는 되어 보였다. 다른 세계로 인도하는 새로운 구멍들일까? 자신들이 탐험하려는 바로 그 동굴에서 의문에 대한 답을 찾았다. 그 안으로 들어가자 누군가 생활한 흔적이 있었다. 사방에서 흔적이 발견되었다. 모닥불의 잔재, 그릇, 연장들과 다른 생필품들이다. 그것들은 트레망콰이가 갈대 사람들의 마을에는 없다고 생각한 물건들이다. 동굴 끝에서 좁고 어두운 장소를 발견했는데 그 벽은 그림으로 가득했다. 대부분이 갈대 사람들의 일상생활을 보여 주었다. 그림에 자주 나오는 길쭉한 나무 인형들로 판단해 보건대, 그들이 그림을 그린 장본인들이었다. 거기, 그 어두운 세상이야말로 그들이 생활하던 장소였다. 마을은 그저 지나가는 장소, 우연한 정착지, 다른 세계들에 분포되어 있는 많은 것 중에 하나였을 뿐이다.

그 들판을 무대로 한 그림들은 코프먼과 오스틴에게 별다른 의미를 주지 못했다. 단지 두 그림만이 그들의 관심을 끌었다. 벽 한쪽 전체를 채운 그 그림은 주변이 산으로 둘러싸여 있었다. 그들은 그 그림이 그 세계의 지도이거나, 적어도 부족이 탐험한 세계의 일부일 거라고 생각했다. 하지만 그들을 사로잡은 것은 그 투박한 지도가 어떤 구멍의 위치를 표시하고 있었다는 것이다. 만일 그들의 해석이 틀리지 않다면 지도는 구멍의 위치를 보여 주고 있었다. 지도는 해석하기가 무척 쉬웠다. 노란별은 구멍을 상징했고 그 옆에 그려진 그림은 그 안에 있는 것들을 설명하고 있었다. 그곳은 초가집에 둘러싸인 구멍으로부터 이어져 있었다. 그들이 그곳에 도착하기 위해 올라온 산 위에서 본 바로 그 구멍과 그들이 속한 세계의 반대편에 있는 마을이라는 사실을 추론할 수 있었다. 그것 외에 지도에는 네 개의 틈이 있는데 지평선에서 보이는 것보다 적었다. 그 구멍들은 어디로 이어질까? 그것을 그린 사람들이 게을러서인지, 아니면 지루해서인지 동굴에서 가장 가까운 구멍 안에 있는 것들만 그려 놓았다. 그중 하나는 다른 두 종족 사이에 일어난 일종의 전쟁을 보여 주고 있었다. 한쪽은 인간들 같았고 다른 쪽은 작은 사각형과 직사각형으로 되어 있었다. 나머지 그림들은 복잡한 암호 같아서 해석이 불가능했다. 코프먼과 오스틴이 확실히 말할 수 있는 것은 그 세계가 자신들이 지나온 구멍과 같은 것을 수십 개 가지고 있다는 것이었다. 하지만 그것들을 직접 통과해 보지 않는 한 어디로 가는지 결코 알 수가 없다. 왜냐하면 갈대 사람들이 갈겨서 써놓은 것들은 장님의 꿈처럼 무슨 뜻인지 도무지 알 수 없었기 때문이다.

그들이 관심을 가진 두 번째 그림은 정확히 반대편에 있었다. 거대한 동물처럼 보이는 것을 피해서 달아나는 한 무리의 갈대 사람들의 모습을 보여 주고 있었다. 짐승은 다리가 네 개에 몸집은 크고 용의 꼬리를 갖고 있으며 등은 가시로 덮여 있었다. 보기만 해도 공포심을 자아내는 그런 세계에 있다는 사실에 위축이 되어 그들은 서로를 바라보았다. 그들을 실제로 만난다면 어떨까? 그러한 것을 발견했음에도 불구하고 그들은 그곳을 더 탐험하고 싶었다. 만일 그런 짐승이 갈대 사람들이 꾸며낸 것이 아니고, 정말로 그런 짐승과 마주친다고 해도, 그것을 물리칠 소총과 탄약이 충분히 있었다. 그들은 또한 위스키도 소지했는데, 그 마법의 음료는 그들에게 부족한 용기를 갖게 해 주거나, 적어도 코끼리 크기의 짐승에게 공격당해 죽는다고 해도 그런 고난을 견디기 쉽게 만들어 줄 것이다. 더 무엇이 필요한가?

그래서 그들은 탐험을 계속하기로 하고 산에서 가장 가까이 있는 형상 중에 전쟁을 보여 주는 구멍을 향해 출발했다. 고달픈 여정이었다. 갑자기 모래태풍이 몰아쳤다. 두 자루의 반들거리는 은촛대처럼 죽지 않으려면 텐트를 치고 그 안에 꼼짝 않고 숨어 있어야 했다. 하지만 적어도 거대한 짐승과 마주치지는 않았다. 마침내 구멍에 도착하자 시간이 얼마나 흘렀는지 모를 정도로 피곤을 느꼈다. 구멍은 그들이 그 어스름한 지역을 향해 떠나던 곳과 크기나 특징 면에서 비슷했다. 다른 점이라면 구멍의 내부에 엉성한 오두막이 있는 마을이 아니라 파괴된 도시가 있다는 것뿐이었다. 온전한 건물이 하나도 없었지만 건물 형태가 낯설지는 않았다. 그들은 구멍 밖에서 진열장 안을 바라보는 사람처럼 잠시 폐허를 살펴보았다. 사람의 흔적이 있는지, 다른 특별한 점이 있는지 탐지했으나 철저하게 파괴된 그 도시의 고요를 흔들 만한 것은 아무것도 없었다. 어떤 종류의 전쟁이 그렇게 처참하게 도시를 파괴할 수 있을까? 코프먼과 오스틴은 마침내 위스키를 마시면서 무시무시한 장면 때문에 흐트러진 마음을 다잡아 용기를 끌어냈다. 갈대풀로 만든 모자를 깊숙이 눌러쓴 채 구멍의 반대편으로 용감하게 뛰었다. 곧이어 강하고 낯설지 않은 냄새를 감지해 냈다. 감격해서 바보스런 미소를 지으며 그 냄새의 정체를 깨달았다. 그것은 그들이 장밋빛 평원에 있는 동안 느끼지 못한 냄새, 바로 그들이 속한 세계의 냄새였다.

주변을 향해 총을 겨누고 돌 무더기 때문에 막힌 도로 사이를 조심스럽게 걸어가다가 황량한 풍경에 충격을 받아 발걸음을 멈추었다. 코프먼과 오스틴은 그들의 앞을 가로막는 새로운 장애물을 믿을 수 없는 눈으로 바라보았다. 그것은 빅벤과 같은 종루였다. 생선의 잘려나간 대가리처럼 종루는 도로 중간에 절반가량 부서진 채 뒹굴고 있었다. 시계의 거대한 구체는 체념한 듯 슬픈 표정으로 그들을 바라보는 것 같았다. 그것을 발견한 그들의 마음이 편하지 않았다. 이상하게 갑자기 마음이 짠해져서 무너져 버린 건물 하나하나에 다정한 시선을 보냈다. 돌 부스러기들로 이루어진 어중간한 지평선을 향수에 젖어 바라보는데, 그곳에서 폐허로 변해 버린 런던의 하늘을 흐리게 하는 어두운 연기가 새어 나왔다. 두 사람은 흐르는 눈물을 참을 수 없었다. 어디선가 소란한 소리가 들리지 않았더라면 사랑하는 도시의 잔해 앞에서 영원히 울며 멍하니 있었을 것이다. 그들을 방해한 소리는 금속으로 망치질을 하는 소리였다.

그들은 다시 총을 쏠 준비를 하고 큰 소리를 따라가다가 돌 무더기가 쌓인 작은 산까지 갔다. 소리를 내지 않고 반쯤 웅크린 채로 그곳으로 올라갔다. 그 즉석 관람석에서 금속성 소음의 정체를 알 수 있었다. 얼핏 보아 인간 같기도 한 금속으로 만들어진 이상한 형체들이 있었다. 이음매를 통해 뿜어져 나오는 연기로 보아 그들은 등에 달린 작은 증기 모터 같은 것 덕택에 움직이는 것 같았다. 그들의 관심을 끈 미치광이 같은 종소리는 무거운 금속으로 된 발이 바닥에 널려 있는 많은 금속들과 부딪힐 때마다 나는 소리었다. 놀란 탐험가들은 오스틴이 폐허 속에서 신문지 같은 것을 발견할 때까지 그것들의 정체를 알 수 없었다. 떨리는 손으로 신문을 펼쳤다. 바로 밑에 있는 것들의 사진이 나왔다. 로봇들의 군대가 멈추지 않고 전진한다는 제목으로, 독자들에게 용감한 데릭 새클리턴 대장이 이끄는 인간 군대에 대한 신뢰를 잃지 말라고 당부하는 내용이었다. 하지만 가장 놀라운 점은 신문의 날짜였다. 그 기사가 실린 신문의 날짜가 2000년 4월 3일이었다. 코프먼과 오스틴은 동시에 매우 천천히 고개를 좌우로 흔들었다. 달리 당혹감을 표현할 시간이 없었다. 대들보의 한 조각이 작은 산에서 떨어져 나가 수직으로 도로로 떨어지며 큰 소리를 내자 로봇들은 경계심을 갖는 것 같았다. 코프먼과 오스틴은 놀라서 서로 바라보며 먼지가 자욱한 곳에 발을 내디뎠다. 뒤도 돌아보지 않고 그들이 들어왔던 구멍을 향해 힘껏 달렸다. 별 문제 없이 구멍을 통과했으나 뛰는 것을 멈추지는 않았다. 다리가 더 이상 움직여지지 않을 때에야 멈추었다. 텐트를 치고 그 안에 들어가서 마음을 진정시키고 위스키를 마시며 좀 전에 본 장면을 이해해 보려고 했다. 그들은 마을로 돌아가서, 그들을 기다리는 길리엄 머레이에게 그곳에서 일어난 모든 일을 보고해야 할 순간이 다가왔음을 확신했다.

그러나 그들의 모험은 거기서 끝나지 않았다. 마을로 돌아오는 중에 그들이 잊고 있었던, 등에 가시가 곤두선 거대한 짐승에게 공격을 당했다. 그 짐승을 죽이는 일은 굉장히 어려웠다. 총알이 그 짐승의 비늘 등껍질을 맞고 튕겨 나와서 그것을 쫓아 버리기 위해 탄약을 거의 다 써야 했다. 마침내 그들이 짐승의 유일한 약점인 눈에 총을 쏘았을 때에야 그 짐승을 쫓아 버릴 수 있었다. 코프먼과 오스틴은 짐승에게서 벗어난 뒤에는 별다른 사건 없이 돌아오는 구멍에 도착했고, 런던에 그들이 발견한 것을 모두 알려 주기 위해 편지를 썼다.

그들의 소식을 듣자마자 길리엄 머레이는 아프리카로 출발했다. 갈대 사람들의 마을에서 두 사람을 만난 그는 부활한 그리스도의 창에 찔린 상처에 손가락을 집어넣은 도마가 놀란 것만큼이나 깜짝 놀랐다. 그리고 그들과 함께 폐허로 변해 버린 2000년도의 런던을 걸어 다녔다. 갈대 사람들과 몇 달을 지냈지만 그 기간이 정확히 얼마 동안이었는지 말하기가 힘들었다. 장밋빛 평원을 조사하고 탐험가들이 전해 준 모든 것의 진위를 확인하느라 긴 시간을 보냈기 때문이다. 그들이 전보에서 설명한 것처럼, 태양이 없는 그 어두운 세계에서는 시계가 멈추었고, 면도기도 필요 없었다. 전반적으로 시간의 흐름을 알려 줄 만한 표시가 전혀 없었다. 믿기지 않지만 그 안에서 지낸 순간들은 그들의 삶의 휴지를 의미하고, 죽음을 향한 가차 없는 여정을 늦춰 줄 수 있는 휴식이었다고 결론을 내렸다. 마을에 돌아온 길리엄은 자신이 데려간 강아지가 다른 강아지들에게 달려가는 걸 보고 이 일이 상상으로 만들어 낸 일이 아님을 확인했다. 길리엄은 평원을 조사하는 동안 면도할 필요가 없었지만 강아지인 에테르노는 그 세상을 괴롭히는 시간의 부재를 훨씬 더 확실하게 보여 주었다. 또한 그가 처음에 생각한 대로 구멍들이 다른 우주로 향하는 것이 아니라 자신이 속한 세계의 다른 시대로 이끈다는 결론을 내렸다. 장밋빛 평야는 시간의 흐름과 시간을 벗어나고, 인간과 식물, 그 이외 동물들의 삶이 벌어지는 장을 벗어났다. 평야에 사는 존재들, 트레망콰이가 갈대 사람들이라는 이름을 지어 준 그 생명체들은 그 평야를 따라 있는 구멍들을 열어서 시간의 흐름으로 들어가는 방법을 알고 있었다. 그 구멍들은 인간이 시간여행을 하고 한 시대에서 다른 시대로 지나가기 위해서 사용할 수 있는 균열들이었다. 그것의 의미를 깨달은 길리엄은 흥분과 두려움에 휩싸였다. 인류 역사상 가장 중요한 발견을 했다. 세상 밑에 있는 것, 현실의 뒤에 있는 것을 발견했다. 그는 4차원을 발견한 것이다.

인생은 얼마나 이상한 건지, 그는 생각했다. 나일 강의 근원을 찾으려 했는데 2000년대로 가는 비밀 통로를 찾았다. 하지만 위대한 발견은 모두 이런 식으로 이루어진다. 비글의 항해는 경제적이고 전략적인 이익 때문에 이루어진 것이 아닌가? 만일 방울새부리의 차이점을 그냥 지나치지 않은 민감한 젊은 박물학자가 배에 타고 있지 않았더라면 그들의 발견은 훨씬 더 미미했을 것이다. 그럼에도 불구하고 자연적인 선택의 역사가 세상을 개혁할 것이다. 그와 비슷하게 아주 우연히 그는 4차원을 발견했다.

하지만 세상과 공유할 수 없다면 무언가를 발견하는 게 무슨 소용이 있을까? 길리엄은 도시 사람들을 2000년으로 데려가서 미래가 어떤 모습으로 변해 있을지 직접 보여 주고 싶었다. 문제는 어떤 방법을 쓰냐는 것이었다. 배에 런던 사람들을 가득 태우고 갈대 사람들이 살고 있는 아프리카의 중심에 위치한 인디언 마을로 끌고 갈 수 있을까? 유일한 방법은 구멍을 런던으로 옮겨 가는 것이다. 할 수 있을까? 불투명했다. 하지만 시도해 본다해서 손해 볼 것은 없었다. 코프먼과 오스틴은 갈대 사람들을 보호하라고 남겨두고 자신은 런던으로 돌아와서 방 크기의 철로 된 상자를 만들라고 지시했다. 그리고 그 상자와 천 병의 위스키를 가지고 갈대 사람들의 세상에 대한 편견을 바꾸기 위해 그들의 마을로 돌아갔다. 만취한 갈대 사람들은 그에게 상자 속에서 마법의 찬미가를 불러 주었다. 상자 가운데서 구멍이 만들어지자 그들에게 나가라고 한 후 상자의 무거운 문을 닫았다. 세 사람은 위스키가 꼿꼿이 서 있던 마지막 갈대 사람을 쓰러뜨릴 때까지 기다렸다 돌아왔다. 돌아오는 여정은 몹시 고되었다. 잔지바르에 거대한 상자를 실은 후에야 길리엄은 안도의 한숨을 내쉴 수 있었다. 그러고 난 후에도 잠을 잘 수가 없었다. 항해 중에는 거의 갑판에만 머무르며 다른 여행객들을 짜증나게 만들고 비어 있는 것처럼 보이는 이상한 상자를 다정스레 바라보았다. 그 구멍을 훔칠 수도 있을까? 그런 궁금증이 그의 머리를 좀먹는 듯했고, 돌아오는 여정은 영원히 끝나지 않을 것처럼 길게 느껴졌다. 마침내 리버풀의 항구에 도착하자 돌아왔다는 사실이 믿기지 않았다. 사무실에 도착하자마자 아무도 몰래 상자를 열었다. 구멍은 그대로 있었다. 성공적으로 훔친 것이다. 다음 단계는 아버지에게 보여 주는 일이었다.

"도대체 이게 뭐냐?" 세바스찬 머레이가 상자 안에서 일렁거리는 구멍을 보고 소리쳤다.

"올리버 트레망콰이를 미치게 만든 거예요, 아버지." 길리엄이 자신이 좋아했던 탐험가를 회상하면서 대답했다. "그러니 조심하세요."

그의 아버지는 창백해졌다. 그래도 아들과 함께 구멍 속으로 들어가 미래를 여행했다. 폐허가 된 런던에서 인간들은 쥐처럼 숨어 있었다. 놀라움의 충격에서 진정되자, 두 사람은 그러한 발견을 세상에 알려야 한다는 데 동의했다. 그뿐 아니라 구멍을 사업으로 전환시키는 기막힌 방법을 구상했다. 2000년을 관람하고 싶어 하는 사람들을 데리고 가면 그 여행에 들어간 돈을 만회할 수 있을 뿐만 아니라 4차원 탐사에 필요한 자금을 확보할 수 있을 것이다. 그들은 가장 먼저 미래로 이끄는 구멍의 확실한 루트를 설계해서 위험을 없애고 감시지점을 만들고 30명이 탈 수 있는 열차가 문제없이 달릴 수 있도록 길을 고르는 작업을 진행했다. 안타깝게도 그의 아버지는 머레이 시간여행사가 문을 여는 것도 보지 못하고 세상을 떠났다. 하지만 길리엄은 적어도 그의 아버지가 자신의 죽음 너머에 있는 미래를 알게 되었다는 사실에 위안을 얻었다.

이야기를 다 마친 뒤 사업가는 침묵하며 자신을 찾아온 두 사람을 유심히 바라보았다. 앤드류는 그가 자신들의 반응을 기다린다고 생각했으나 무슨 말을 할지 몰랐다. 혼란스러웠다. 사업가의 이야기는 모험소설의 줄거리 그 이상이었다. 도저히 믿기 어려웠다. 그 장밋빛 평원은 르뮤엘 걸리버가 표류한 남태평양의 소인국 이야기처럼 믿기 어려웠다. 찰스의 얼굴에 관심이 고조된 미소가 번졌다. 앤드류는 사촌이 길리엄이 해 준 모든 이야기를 믿는다는 걸 느낄 수 있었다. 어찌되었든 찰스는 2000년으로 여행을 떠나 본 경험이 있다. 시간이 흐르지 않는 장밋빛 평원으로 열차를 타고 여행하는 것이 어려울 게 뭐 있겠는가?

"이제, 신사 여러분, 제가 특별히 신뢰하는 사람들에게만 보여 주는 것을 보여 드리겠소." 길리엄이 넓은 사무실을 따라가는 그 행운의 여행을 다시 시작하면서 말했다.

그의 주위를 맴도는 에테르노와 함께 그들은 다른 벽으로 향했다. 사진 몇 장이 그들을 기다리고 있었다. 아마도 또 다른 지도일 텐데, 붉은 비단 커튼 뒤에 숨겨져 있었다. 사진들이 4차원에서 찍힌 것들이라는 사실을 깨달은 앤드류는 깜짝 놀랐다. 어쩌면 사막에서 찍은 사진일 수도 있다. 왜냐하면 어떠한 사진기도 이 세상이든 다른 세상이든 그런 핑크빛 색조를 잡아낼 수 없기 때문이다. 상상력을 동원해서 희뿌옇게 보이는 모래 부분이 장밋빛이라고 생각했다. 대부분의 사진은 탐험의 평범한 순간을 담고 있었다. 길리엄, 코프먼과 오스틴이 텐트를 치는 모습, 휴식시간에 커피를 마시는 모습, 불을 피우는 모습, 짙은 안개 뒤에서 식별이 잘 안 되는 환영 같은 산 앞에서 포즈를 취하는 모습. 모든 것이 매우 평범했다. 단 한 장의 사진만이 앤드류에게 정말로 미지의 세계와 같은 느낌을 주었다. 코프먼과 오스틴이 한쪽으로 기운 모자를 쓰고 소총을 높이 들고 옛날이야기에 나오는 용의 거대한 머리에 장화 한쪽을 기대고 있는 사진이 있었는데, 이 용은 사냥의 전리품처럼 모래 위에 쓰러져 있었다. 앤드류는 정체불명의 꾸러미를 더 자세히 보려고 사진 위로 몸을 숙이려 했다. 바로 그때 삑삑거리는 불쾌한 소리가 들려 깜짝 놀랐다. 그의 옆에서 길리엄이 비단 막을 여는 금빛 끈을 잡아당기며 밑에 가려진 것을 드러내고 있었다.

"신사 여러분, 영국 어디를 가든 이것과 똑같은 지도는 발견하지 못할 거라고 확신합니다." 자신감에 차서 선언했다. "갈대 사람들의 동굴에서 발견된 그림을 정확하게 재현한 것으로 우리가 이후에 실시한 탐험으로 확대되었지요."

커튼이 드러낸 것은 지도라기보다는 상상력이 풍부한 어린아이가 그린 그림 같았다. 당연히 평야를 나타내는 분홍색이 주류를 이루는 가운데 중앙에는 산들이 있었다. 음영으로 표시한 산정상만이 지도의 지형적 특색은 아니었다. 그림의 오른쪽 모퉁이에 구불구불한 강줄기가 보이고 그 근처에 숲이나 초원을 의미하는 초록색 얼룩도 보였다. 앤드류는 그가 살고 있는 시대에나 볼 수 있는 그런 상징들이 4차원을 보여 주는 그림에 어울리지 않는다고 생각했다. 하지만 지도에서 두드러진 것은 평야에 흩어져 있는 금빛 점들이었다. 그것들은 분명히 구멍을 나타내고 있었다. 그들 중 두 개는 시간여행 열차가 따라가야 할 루트를 나타내는 가늘고 붉은색 선과 연결되어 있었는데, 하나는 2000년대로 들어가는 입구이고, 다른 하나는 지금 머레이가 소유한 상자 안에 있는 구멍 같았다.

"보시다시피, 많은 구멍이 있지요. 하지만 그것들이 어디로 가는지 아직 모릅니다. 어떤 것은 1888년 가을로 가는 구멍일까요? 그럴지도 모르지요." 길리엄이 앤드류를 의미심장하게 바라보면서 말했다. "코프먼과 오스틴은 2000년의 입구 근처에 있는 구멍으로 가려고 했지만 그 바로 앞 골짜기에서 풀을 뜯고 있는 짐승 떼를 어떻게 돌아가야 할지 방법을 찾지 못했지요."

앤드류와 찰스가 지도를 보는 동안 길리엄은 무릎을 꿇고 개를 어루만지기 시작했다.

"아, 4차원 세계는 어떤 비밀을 간직한 걸까요?" 공상가가 중얼거렸다. "제가 말할 수 있는 건, 시적으로 표현하자면 그곳에서는 초가 타지 않는다는 거예요. 에테르노는 한 살처럼 보이지만 4년 전에 태어났지요. 이 개가 그렇게 보이는 건 대부분의 시간을 세월이 흐르지 않는 평원에서 보냈기 때문일 거라고 생각합니다. 에테르노는 내가 아프리카에서 공부하는 동안 함께 지냈는데 우리가 런던에 도착한 뒤로 매일 밤, 구멍 속 내 옆에서 잠을 자거든요. 아무 이유 없이 이 개에게 그런 이름을 지어 준 게 아닙니다. 이 개가 나와 함께 지내는 동안 이름에 걸맞게 살 수 있도록 최선을 다할 겁니다."

앤드류는 개와 시선이 마주쳤을 때 소름이 끼쳤다.

"이 건물은 무엇을 상징합니까?" 찰스가 산 인근에 위치한 성의 모습을 가리키면서 물었다.

"아, 그거요." 길리엄이 불편해하면서 말했다. "여왕 폐하의 궁전이지요."

"4차원 세계에도 여왕 폐하의 궁전이 있다고요?"

"물론이지요, 윈슬로우 씨. 말하자면 우리 원정대에 베풀어 주신 많은 지원에 대한 감사의 선물이지요." 길리엄은 그들에게 더 많은 정보를 줄까 말까 주저하며 잠시 머뭇거렸다. 그리고 덧붙였다. "우리가 여왕 폐하와 수행원들을 위해 개별여행을 조직한 뒤 폐하께서 4차원 세계를 관장하는 특별법에 관심을 가지셨고, 에…… 평원에 저택을 하나 갖고 싶다는 뜻을 알려 왔지요. 일이 좀 한가해지면 온천에 가는 사람들처럼 휴식할 수 있는 별장 같은 거지요. 두세 달 동안 그곳을 방문하고 계신데 그것 때문에 이 세계로 돌아오시지 않을까 봐 걱정입니다." 그는 자신이 에테르노와 함께 비참한 야영지에서 지내는 동안 그런 양보를 한 것에 대해 얼마나 화가 났는지 감정을 숨기지 않고 말했다. "하지만 저는 상관없어요. 제가 원하는 한 가지는 나를 그냥 내버려 뒀으면 좋겠다는 겁니다. 대영제국은 달을 정복하고 싶어 해요. 그렇게 해 주기를 바라지만…… 하지만 미래는 내 거란 말입니다!"

길리엄은 커튼을 닫고 다시 탁자로 그들을 데려갔다. 그들에게 앉으라고 청하고 자신도 안락의자에 앉았다. 길리엄, 여왕과 시간을 벗어난 여왕의 별장에 함께 가는 행복한 신하들을 제외하고 인간들보다 더 오래 존재하게 될 에테르노가 그의 발치에 누웠다.

"좋소, 신사 양반. 왜 우리가 당신들을 인류 역사상 가장 치열한 전투밖에는 볼거리가 없는 2000년 5월로만 데려갈 수 있는지, 이제 질문에 답변을 했다고 봅니다." 자리에 앉은 뒤 아이러니하게 말했다.

앤드류는 숨을 몰아쉬었다. 그것은 그에게 아무런 흥밋거리도 되지 못하며 고통만 느끼게 해 줄 뿐이었다. 원 상태로 돌아온 것 같았다. 찰스가 방심한 틈을 타서 그는 다시 자살을 시도할 것이다. 언젠가는 잠이 들어야 한다.

"그렇다면 1888년으로 여행할 방법은 없나요?" 포기를 모르는 사촌이 질문을 했다.

"타임머신을 갖게 된다면 별 문제가 아니라고 봅니다." 길리엄이 어깨를 움츠리면서 대답했다.

"과학이 곧 방법을 찾아내리라고 믿어, 앤드류." 찰스가 무릎을 손바닥으로 치고 팔걸이의자에서 일어나면서 말했다.

"아마 벌써 발견했을지도 모르지요." 길리엄이 불쑥 말했다.

찰스가 그에게 향했다.

"무슨 뜻입니까?"

"음, 그저 그럴지도 모른다는 생각을 해 본 겁니다……." 사업가가 대답했다. "우리가 회사를 차렸을 때 이상한 고집을 피우며 이 사업에 반대하는 사람이 있었지요. 시간여행이 많은 위험을 내포한다면서 천천히 가는 것이 낫다고 했지요. 저는 항상 그가 타임머신을 갖고 있고, 대중에게 알리기 전에 실험을 하고 싶어 하는 게 아닐까 의심했지요. 아니면 아마도 자신만의 것으로 간직하며 시간의 유일한 주인이 되려고 하는지도 모르지요."

"누구 말씀이신지요?" 앤드류가 물었다.

길리엄이 만족스러운 미소를 지으며 의자에 기댔다.

"당연히 웰스 씨 얘기지요." 그가 대답했다.

"왜 그런 생각을 하게 되었습니까?" 찰스가 물었다. "웰스는 자기 책에서만 미래 여행에 대해 말하고 있어요. 과거로 여행할 가능성에 대해서는 언급도 하지 않아요."

"내 말이 바로 그 말입니다, 윈슬로우 씨. 인류 역사상 가장 중요한 발명품인 타임머신을 만들었다고 생각해 보세요. 그 엄청난 가능성 때문에 그 비밀을 간직할 수밖에 없겠지요. 그러지 않으면 이익을 위해서 무슨 짓이든 하려는 자들의 손에 들어갈 수도 있으니까요. 하지만 그런 엄청난 발견을 세상에 알리고 싶은 유혹을 견딜 수 있을까요? 소설이라면 그것이 단순한 허구가 아니라 진실이리라고는 아무도 상상도 못 할 테지요. 비밀을 전할 수 있는 유일한 도구가 될 수 있지요. 그렇게 생각하지 않으십니까? 아니면, 만일 허영심이 동기가 된다고 생각하지 않는다면 그가 추구하는 바가 그의 예고를 전혀 만족시키지 못한다는 점을 상상해 보십시오. 아마도 『타임머신』은 바다로 던져진 쪽지를 담고 있는 병일지도 몰라요. 그것을 해석할 줄 아는 누군가에게 구조되기를 바라는 거지요. 누가 알겠어요. 어찌되었든 웰스는 과거로의 여행이 어떤 결과를 변화시킬 수도 있다는 걸 예상했을 겁니다. 아마도 해링턴 씨가 하고 싶어 하는 그런 점 때문에 숨기고 싶었던 거겠지요."

앤드류는 무슨 죄라도 짓다가 들킨 듯이 놀랐다. 길리엄은 그에게 조롱하는 듯한 미소를 지어 보이고 책상서랍을 뒤졌다. 마침내 탁자 위에 1888년의 「사이언스 스쿨 저널」을 내려놓았다. 손으로 많이 만지고 구겨진 그 잡지에 "H. G. 웰스의 『크로닉 아르고호』"라는 제목이 쓰여 있었다. 그것을 앤드류에게 건네주며 희귀본이니 조심해서 다루어 달라고 당부했다.

"정확하게 8년 전에 세상을 정복하고 싶었던 젊은이가 런던에 막 도착했죠. 웰스는 『크로닉 아르고호』라는 제목의 소설을 연재하기 시작했어요. 이 작품의 주인공 모제스 니보기펠은 살인을 저지르기 위해 과거로 여행을 떠났죠. 아마도 웰스가 나중에 소설 아이디어를 다시 써먹기로 결심했을 때 과거로의 여행은 지나친 설정이라고 생각하고 그것을 제거했을 거예요. 독자들이 과거 여행이 가능하다고 생각하지 못하도록 하려는 것이었겠지요. 어쨌든 그는 미래 여행에만 집중하기로 했어요. 그 소설의 주인공은 니보기펠보다 훨씬 더 완벽해요. 아시다시피 주인공 이름은 언급도 안 되지요. 아마도 웰스는 그 작은 유혹을 거절하지 못했겠지요. 웰스는 이 작은 유혹에 저항하지 못했을 거예요."

앤드류와 찰스는 서로 바라보고 사업가를 보았다. 그는 수첩을 들고 무언가를 갈겨서 썼다.

"이것이 웰스 씨 주소입니다." 메모를 앤드류에게 건네주며 말했다. "내 생각이 맞는지 확인해 봐서 손해볼 건 없지요."

머레이 시간여행사 사무실을 나오자 현관 입구에 가득한 장미향이 코
끝을 간질였다. 거리로 나온 후 지나가는 마차를 불러서 올라타고 마부에
게 H. G. 웰스가 살고 있는 서리 영지의 워킹으로 가자고 지시했다. 길리엄
머레이의 이야기를 들은 후 앤드류 머레이는 깊은 침묵에 빠졌다. 찰스는
그가 무슨 우울한 생각을 하는지 몹시 궁금했다. 하지만 여행은 적어도 세
시간이 걸리니 굳이 그의 침묵을 서둘러서 깰 필요는 없다고 생각했다. 사
촌에게 생각을 정리하는 데 필요한 시간을 주고 싶었다. 그들은 오늘 벌써
엄청난 경험을 했고 아직도 그럴 만한 여지가 남아 있었다. 어찌되었든 앤
드류와의 사이에서 그런 종류의 침묵을 워낙 많이 겪어서 나름 느긋해지
는 법을 배웠다. 그래서 마차가 도시를 벗어나자 눈을 감고 마차의 흔들림
에 몸을 맡겼다.

그들에게는 침묵이 그다지 불편하지 않지만 마차를 타고 여행을 해 본
경험이 있는 독자들은 약간 불편하다는 생각이 들었을 것이다. 그래서 마차

의 삐걱거리는 소리에도 구애받지 않는 무거운 침묵의 특징과 성질에 대해 이야기하거나, 앤드류가 생각을 하며 잠시 시선을 고정하고 있는 말들의 뒷모습에 대해서도 묘사하지 않겠다. 그의 머릿속에서 어떤 생각을 하고 있는지에 대해서 어떤 식으로든 흥미롭게 말할 수가 없다. 시간여행 방법을 찾은 것 같기는 하지만 마리 켈리를 구할 가능성은 차츰 희박해지기 때문이다. 이 틈을 이용해 이 이야기의 시작 부분에서 마무리하지 못한 것을 이야기하려고 한다. 그 이야기는 나만이 해 줄 수 있다. 마차에 탄 사람들도 모르는 에피소드이기 때문이다. 두 청년의 아버지들인 윌리엄과 시드니의 빠른 신분상승에 대한 이야기다. 그것은 윌리엄 해링턴의 주도 하에 이루어진 일로, 운과 교묘한 솜씨가 복합적으로 작용했다. 비록 두 사람은 그 사실을 비밀에 부치기로 했지만 내게만큼은 숨길 수가 없다. 내가 원하지 않아도 나는 모든 것을 다 볼 수 있기 때문이다.

윌리엄 해링턴에 대한 인상을 솔직하게 털어놓을 수 있지만, 그건 그다지 중요하지 않다. 사실과 그다지 다르지 않은, 앤드류가 자기 아버지에 대해 가진 생각에 집중하자. 그에게 아버지는 기업계의 전사이자, 사업의 전장에서 가장 특별한 위업을 달성할 수 있는 유능한 사람이다. 그러나 서로 티격태격 싸우는 일상에서 벌어지는 전투에서는 이야기가 달라진다. 사실 그런 전투야말로 우리를 가장 인간답게 만들어 주는 것이며, 우리 안에 부드러운 성품이나 관용을 드러내게 해 주는데, 이미 앞에서 본 것처럼, 그는 인색한 면이 많은 사람이다. 윌리엄 해링턴은 자신에 대한 확신이 확고한 부류의 사람인데, 이것은 그의 장점이자 자칫 방심하면 지나친 교만으로 변해, 몰락의 원인이 되기도 한다. 결국 그는 물구나무를 서고 세상이 거꾸로 보인다고 불평하는 사람이나 태양이 그를 위해 존재한다고 믿는 부류의 사람이다. 이 정도면 그에 대해 충분한 설명이 되었을 것이다.

윌리엄 해링턴은 전쟁터를 떠나 기계가 지배하는 세계로 왔다. 하지만 곧 그렇게 많은 기계들이 모든 것을 대신해 줄 수는 없다는 사실을 깨달았다. 실례로, 하이드파크 안에 있는 수정궁의 투명한 고래만 해도 그렇다. 그 안에 수많은 기계 장치들이 있지만 그 유리만큼은 손으로 만들어졌다. 그런 식으로 해서는 그의 목표를 이룰 수 없을 것 같았다. 이제 갓 결혼한 부인의 옆에서 잠을 자던 날 밤, 세상 물정을 잘 모르던 스무 살 시절의 그는 부자가 되겠다는 목표를 세웠었다. 그의 부인은 성냥 제조업자의 딸로 마음이 여렸다. 그는 장인을 위해서 일을 하기 시작했다. 무미건조한 생활 속에서 덫에 걸린 듯한 답답함을 느끼며 잠을 이룰 수 없는 날들이 계속되었다. 이런 평범한 운명에 반기를 들어야 하지 않을까 자문했다. 그의 삶에서 가장 흥미로운 사건이 총검으로 절름발이가 되는 것이라면 왜 그의 어머니는 그를 세상에 태어나게 했을까? 그의 운명은 그저 알 수 없는 암호 같은 것뿐일까? 아니면 그는 역사가 될 수 있을까? 크림전쟁에서의 유감스러운 업적은 그가 티끌 같은 존재라고 말하는 것 같았지만, 그의 영혼은 그런 삶에 만족을 느낄 수 없었다. "내가 말할 수 있는 건 인생은 어차피 한 번 사는 거라는 거야." 그는 자신에게 말했다. "이번 생에서 하지 못하는 일은 다음 생에서도 마찬가지야."

그 다음날 아침, 그는 가내기업의 회계 일을 하며 인생을 허비하고 있는 동서 시드니를 불렀다. 영리하고 유능한 시드니에게 그 역시 좀 더 위대한 일을 하기 위한 운명을 타고났다고 부추겼다. 하지만 윌리엄이 그리는 사회적인 신분상승을 가능한 빨리 이루려면 성냥사업 같은 건 그만 잊어버리고 그들만의 사업을 시작해야 했다. 시드니가 모아 온 자금을 이용하면 쉽게 이룰 수 있을 것 같았다. 두 사람이 얼근하게 취했을 때 윌리엄은 동서에게 그의 지루한 삶을 재미로 가득하게 만들어 줄 작은 사업을 시작해 보자고 설득했고, 드디어 그의 돈을 사용해도 된다는 허락까지 받았다. 잃어버릴 건 별로 없고 얻을 건 많은 모험이었다. 중요한 것은 그들에게 빠른 시일 내에 많은 이익을 안겨 주는 사업을 물색하는 일이었다. 놀랍게도 시드니는 그의 말을 듣고 상상력이 풍부한 두뇌를 움직이기 시작했다. 다음 만남에서 시드니는 어떤 도면을 가지고 나타났다. 그는 그것들이 획기적인 발명품이 될 거라고 확신했다. 그것은 '미혼남의 보조자'라는 이름의 안락의자로, 포르노 문학작품을 읽기 좋아하는 사람들을 위해 고안되었는데, 저절로 페이지가 넘어가도록 하는 역학적인 독서대가 달려 있었다. 이 의자에 앉는 사람은 자기 손을 사용할 필요가 전혀 없었다. 시드니의 상세한 설계도에는 작은 세면대와 스펀지와 같은 여러 가지 부속장치들이 있어서 고객이 씻기 위해 따로 일어날 필요가 없도록 디자인되어 있었다. 시드니는 그 상품이 그들을 부자로 만들어 줄 거라고 확신했으나 윌리엄은 별로 믿음이 가지 않았다. 그의 동서는 자신의 필요를 다른 사람들도 필요로 한다고 착각했다는 생각이 들었다. 윌리엄은 시드니의 정교한 의자가 대영제국에 그다지 필요하지 않다는 것을 어렵사리 설득할 수 있었지만, 결국은 도움이 될 만한 고상한 아이디어 하나 없이 다시 원점으로 돌아갔다.

절망에 빠진 그들은 식민지에서 오는 상품에 눈을 돌리기 시작했다. 아직 들여오지 않은 물건이 무엇이 있을까? 관심 있게 주변을 둘러보았으나 부족한 것이 눈에 띄지 않았다. 여왕 폐하의 촉수는 이미 필요한 모든 것들을 세계 각국으로부터 수탈하고 있었다. 물론 부족한 게 분명 있을 텐데, 큰 소리로 그것을 지적하는 사람은 아무도 없었다.

그들은 어느 날 뉴욕의 번화가를 산책하다가 영감을 얻었다. 호텔로 돌아가 소금물 대야에 피곤한 발을 담그러 가야겠다고 준비하던 중, 그들은 진열장에 전시된 상품 하나를 발견했다. 유리 뒤에 수분을 함유한 50장 정도의 종이로 된 이상한 물건들이 쌓여 있었다. 뒤에는 '가예티 위생 용지'라고 씌어 있었다. 무엇에 쓰이는 물건일까? 진열장에 붙어 있는 지침서를 보고 그 용도를 알게 되었다. 얼굴을 붉히지 않고 가장 은밀한 부분에 능숙하게 상품을 대고 있는 손의 그림을 보여 주고 있었다. 가예티라는 사람이 옥수수대와 신문지를 이제 과거의 유물로 만들어 버려야겠다고 확고하게 결심한 것 같았다. 마음이 진정되자 윌리엄과 시드니는 서로 공모의 눈길을 주고받았다. 드디어 발견했다! 신문의 거친 촉감에 피해를 입은 영국 사람들의 항문이 하늘이 준 선물을 열렬하게 환영하리라는 사실은 불을 보듯 뻔했다. 한 묶음당 50센트면 부자가 되는 일은 식은 죽 먹기다. 그들은 런던의 주요 도로에 작은 가게를 장만하고 필요한 수량만큼 구입했다. 상품을 산더미같이 쌓아 놓고 유리에 정확한 사용법을 적은 표지판을 붙였다. 그리고 계산대 뒤에서 손님들이 그 신비로운 발명품을 집어 들기를 기다렸다. 하지만 개업일에 가게 문을 열고 들어오는 사람은 아무도 없었다. 그 다음날도 그리고 몇 주가 지나도록 손님이 한 명도 없었다.

윌리엄과 시드니는 석 달이 지나서야 패배를 인정했다. 부자가 되려는 그들의 꿈은 처참하게 산산조각이 났다. 평생 동안 시어스 백화점의 카탈로그를 구할 걱정을 하지 않아도 될 정도로 화장지만 잔뜩 남았다. 그럼에도 불구하고 세상에는 나름의 특별한 논리가 있었다. 그들이 참담한 사업을 접자마자 이 사업이 부흥하기 시작했다. 윌리엄과 시드니는 술집의 가장 은밀한 지역과 골목 입구에서, 또는 이른 아침 자신들의 집에서, 작은 목소리로 주위를 둘러보며 조심스런 태도로 신비스런 종이 상자를 주문하고 어둠 속으로 급히 사라지는 다양한 인물들의 기습을 받았다. 그 사업이 은밀하게 이루어져야 한다는 사실에 놀란 젊은 사업가들은 깊은 밤이 찾아오면 배달을 다녔다. 한 사람은 다리를 절고 다른 하나는 씩씩거리며 사람들의 시선을 피해 은밀하게 물건을 전달했다. 곧 그들의 당황스러운 상품을 가정집 문 앞에 놓아두기도 하고, 비밀스러운 나룻배가 지날 때에 맞추어 다리에서 던져 주기도 했다. 벤치 밑에서 파운드 다발과 교환하기 위해서 적막한 공원으로 들어가기도 했다. 저택의 창가에서 분홍방울새나 검은방울새처럼 휘파람을 불기도 했다. 런던의 모든 사람들이 이웃 모르게 신비스런 가예티 종이를 사용하고 싶어 했다. 윌리엄은 그 기회를 이용해 상품가격을 계속해서 인상했으나 대부분의 고객은 기꺼이 그 값을 지불했다.

몇 년이 지난 뒤 그들은 브롬프톤 가에 호화로운 두 채의 주택을 구입했고, 얼마 지나지 않아 켄싱턴으로 거처를 옮길 수 있었다. 사치스런 지팡이를 수집하는 것 외에도 윌리엄은 부동산을 늘리는 수완으로 성공을 평가했다. 전 재산을 내놓은 동서의 행동에 놀란 윌리엄은 그에게 퀸스게이트에 런던의 가장 훌륭한 전망을 누릴 수 있는 발코니가 딸린 좋은 집을 한 채 사 주었다. 시드니는 자신이 가진 것을 즐기기 시작하며 교구 목사가 그토록 강조하는 가정생활의 행복에 빠졌다. 자신의 집을 아이들, 책과 유망한 예술가들의 그림으로 채우고, 하인들을 고용했다. 그뿐만 아니라 서민에게 품던 반감을 경멸로 바꿀 정도로 완벽해졌고, 이제 서민들에게서 안전하다고 느꼈다. 간단히 말해, 그는 조용하게 그 모든 것이 고상하지 않은 화장지 사업을 바탕으로 유지되는 것에 개의치 않고 안락한 삶에 적응했다.

하지만 윌리엄은 달랐다. 욕심 많고 허영심 많은 그의 영혼은 그것에 만족할 수 없었다. 그는 대중의 박수와 세상 사람들의 존경을 얻고 싶었다. 런던의 주요인물들이 그가 마치 그들과 같은 부류인 듯 그를 여우 사냥에 초대해 주기를 바랐지만 아무리 그의 명함을 돌리면서 흡연실을 돌아다녀도 소용이 없었다. 그렇게 요지부동한 상황 앞에서 자신들의 멋진 항문을 그가 제공해 준 부드러운 종이로 닦으면서 그를 가장 비참하게 따돌리기로 합의한 부유한 왕당파 추종자들을 향해 그의 마음속에서 원망이 자리 잡았다. 그러한 적대감은 초대받은 참석자가 얼마 되지 않는 한 파티에서 폭발하고 말았다. 술에 취한 누군가가 기지를 발휘하고 싶었던지 그들에게 왕국의 공식청소부라는 직위를 부여했다. 첫 번째 폭소가 터지기 전, 시드니가 그를 말리기도 전에, 윌리엄 해링턴은 그 말을 한 뻔뻔스러운 멋쟁이에게 허리케인처럼 돌진해서 지팡이로 내리쳐 코뼈를 부러뜨리고 말았다.

그 파티는 그들의 인생에 큰 획을 그었다. 윌리엄 해링턴은 그 사건에서 씁쓸하지만 유익한 교훈을 얻었다. 모든 사람이 덕을 보고 그에게 많은 부를 가져다 준 위생종이가 그의 인생에는 영원히 오점으로 남을 거라는 사실이다. 그래서 증오심과 직관에 박차를 가해서 재산의 일부를 좀 덜 수치스러운 사업에 투자하기 시작했다. 막 시작한 철도사업이었는데 두세 달 만에 기관차 수리공장의 주식 대부분을 차지하게 되었다. 그다음 행보는 펠로우십이라는 선박회사를 인수하는 것이었다. 체질 개선에 성공한 그 회사는 항해 관련 사업에서 가장 높은 수익을 내게 되었다. 2년도 채 되지 않아서 시드니가 오케스트라의 지휘자처럼 차분한 지혜로 그의 작은 왕국들을 잘 운영해 나간 덕분에, 이제 더 이상 그의 이름은 화장지와 연결되지 않았고, 마지막 주문을 취소함으로써 런던 전체를 서글프고 조용한 비탄에 잠기게 했다. 1872년 봄, 애니슬리 홀은 자신의 뉴스테드 농장에서 그의 첫 번째 여우 사냥에 그를 초대했다. 그의 탁월한 업적에 찬사를 보낼 준비가 되어 있는 런던의 저명인사들이 대거 참석한 그 사냥에서 불행하게도 오래전 파티에서 그를 놀렸던 그 청년이 목숨을 잃었다. 언론은 그 젊은이가 사고로 엽총으로 자기 발을 쏘았다고 발표했다. 그 시각 윌리엄 해링턴은 군복의 먼지를 털어내고, 미소 지으며 자신의 초상화를 그려 달라고 주문했다. 마치 메달이 잔뜩 장식된 가슴받이를 뽐내며 자신의 저택에 들어오는 모든 사람들에게 인사라도 하듯이 그의 태도는 우아했다.

그것이 앤드류와 찰스의 부모들이 매우 조심스럽게 간직한 비밀이다. 가벼운 분위기의 이 이야기가 피곤한 여행의 흥을 돋우기에 적절하다고 판단했다. 하지만 이야기를 너무 빨리 끝낸 것은 아닌지 우려가 되기도 한다. 아직도 마차에 감도는 침묵은 앞으로 더 지속될 가능성이 있다. 찰스가 달군 부지깽이로 그를 깨우거나 끓는 기름을 끼얹거나 하지 않으면 앤드류는 몇 시간 동안이나 백일몽에 빠져 있을 것이다. 아쉽게도 그런 것은 평상시 찰스가 가지고 있지 않은 것들이다. 그러니 재미없는 마차 안의 장면들을 설명하는 것보다 그들이 향하는 웰스 씨의 집을 우리가 좀 더 앞서 가는 수밖에 없다. 일부는 앞서 설명한 부분에서 알 수 있겠지만 나는 마차의 느린 속도에 구애받지 않고 빛의 속도로 빠르게 달릴 수도 있다. 그래서 우리는

눈 깜짝할 사이에 워킹에 있는 정원이 딸린 3층짜리 소박한 집의 지붕에
도착했다. 집 앞을 빠르게 지나가는 린톤 행 기차 소리에 정원을 가득 메운
들장미나무와 자작나무의 여린 잎이 살짝 흔들렸다.

나는 곧 작가인 허버트 조지 웰스의 인생에 끼어들려고 선택한 순간이 적절치 못하다는 사실을 알아챘다. 그를 성가시지 않게 하기 위해서 간추리자면, 그저 전성기를 맞이한 유명한 작가가 마르고 창백한 청년이라는 말로 그의 신체적인 특징을 묘사할 수 있다. 하지만 이 이야기에 계속 등장하는 수많은 등장인물 중에 웰스는 아마도 가장 많이 나오는 사람일 것이다. 따라서 그의 모습을 좀 더 정확히 묘사해야 할 의무가 있다. 웰스는 놀라울 정도로 빼빼 마르고 시체처럼 피부가 창백했다. 그뿐 아니라, 유행하는 좁다랗고 끝이 올라가는 큼직한 콧수염을 길렀는데 어려 보이는 그의 얼굴에 비해 너무 커서 어울리지 않았다. 그 콧수염은 여성스런 입술 위에 정교하게 자리 잡고 있었다. 입술에 감도는 장난기 어린 미소가 아니라면, 푸른 눈과 어울린 입술의 표정은 거의 천사처럼 보였다. 결론적으로 웰스는 생글거리는 눈 뒤로 생생하고 명석한 지혜를 품고 있는 도자기 인형 같은 분위기를 갖고 있었다. 상세한 것을 알기 원하거나 상상력이 부족한 사람을 위

해서 좀 더 설명하자면, 체중이 50킬로그램이 조금 넘고, 신발은 260센티
미터를 신고, 왼쪽 가르마를 탄다. 그는 대개 상쾌한 향수를 뿌렸지만 오늘
은 발효된 땀 향기가 났다. 그것은 두세 시간 전에 그의 아내와 2인승 자전
거를 타고 동네를 돌아다녔기 때문이다. 음식이나 은신처를 따로 마련해 줄
필요도 없고, 보관하는 곳에서 벗어나는 일도 없는 이 자전거는 순식간에
이 부부의 마음을 사로잡았다. 그의 음경이 별로 크지 않다거나 남동쪽으
로 기울었다는 등의 생체 특징에 관련된 내용이나 은밀한 내용은 다루지
않기에 그에 대해 더 이상 덧붙일 게 많지 않다.

바로 이 순간, 그는 손에는 잡지를 든 채 글을 쓰곤 하던 식당 탁자에 앉
아 있었다. 그의 뻣뻣한 몸은 내면에 혼란스러운 싸움이 벌어지고 있음을
말해 주었다. 웰스는 오후의 태양이 정원의 나무에 비추어 만들어 내는 톱
니모양의 아름다운 그늘의 보호를 받는 것 말고 하는 일이 별로 없어 보이
지만, 그를 엄습하는 분노를 억제하려고 애를 쓰고 있었다. 깊은 숨을 한
번, 두 번, 세 번 내쉬며 평온을 간절히 소망했다. 하지만 진정이 되지 않았
다. 결국 아무 소용이 없자 읽던 잡지를 식당 문을 향해 집어 던졌다. 잡지
는 부상당한 비둘기처럼 기우뚱거리며 발치에서 몇 미터 거리에 떨어졌다.
웰스는 의자에서 안타깝게 그것을 바라보더니 다시 집으려고 일어서기 전
에 한숨을 내쉬며 고개를 저었다. 그는 교양 있는 사람에게 어울리지 않는
분노를 터트린 자신을 비난했다. 행운이 끝난 것을 아무렇지 않게 받아들
이는 것은 용기와 지성의 표시라는 것을 아는 사람이 할 만한 체념의 자세
로 잡지를 다시 탁자 위에 내려놓고 그 앞에 앉았다.

문제의 잡지는 「스피커」로, 그의 가장 최근 작품인 『모로박사의 섬』에 대
한 신랄한 비판이 실려 있었다. 또 다른 유명한 과학소설인 이 작품에는 그
가 즐겨 다루는 주제가 숨겨져 있었다. 바로 자신의 꿈 때문에 망한 몽상가
이야기다. 프랜딕이라는 소설의 주인공은 불행하게도 바다에 휩쓸려서 지
도에도 나오지 않는 섬에 도착했는데, 그곳은 다름 아닌 잔인한 동물실험

으로 영국에서 추방당한 미친 과학자의 영지였다. 그 잊힌 작은 섬에서 모로박사는 그의 지나친 광기의 결과로 만들어진 종족의 원시신과 같은 존재가 되었다. 이 종족은 그가 야생짐승을 인간으로 만들려고 하다가 생긴 괴물이었다. 작품은 다윈보다 한 발짝 더 나아가, 광기에 사로잡힌 박사가 자연적인 진화의 느린 속도를 빠르게 함으로써 삶을 변화시키려는 시도를 담고 있다. 또한 그가 즐겨 읽던 작가 조너선 스위프트 박사에 대한 개인적인 존경의 표시이기도 했다. 왜냐하면 프랜딕이 영국으로 돌아와서 세상에 자신이 도망쳐 나온 환영 같은 에덴에 대해 보고한 바에 의하면, 그곳은 걸리버가 후이넘의 나라에 대해 말한 에피소드를 주로 반영하고 있기 때문이다. 웰스는 그 작품에 대해 그다지 만족하지 않았지만, 작품의 다소 충격적인 이미지들이 경망스럽게 여기저기서 튀어나오면서 거의 발작을 일으킬 정도라, 어느 정도는 이미 비난의 화살을 맞을 준비를 하고 있었다. 아무리 준비를 했다 해도 현실은 충격적이었다. 첫 번째 공격은 놀랍게도 그의 아내로부터 시작되었다. 그녀는 과학자가 자신이 여자로 변화시키려고 했던 흉한 퓨마의 손에 죽은 것을 두고 여성주의 운동에 대한 비난이라고 간주했다. 제인이 어떻게 그런 생각을 할 수 있을까? 그리고 그에게 항상 호의적이었던 잡지 「세터데이 리뷰」에서 두 번째 공격을 당했다. 더 곤혹스러웠던 것은 그 불쾌한 기사를 쓴 사람이 피터 차머스 미첼이라는 사실이다. 왕립과학원에서 그의 동료였던 젊고 장래가 유망한 식물학자인 미첼은 지금까지 그들이 유지해 오던 우호적인 동료 간의 우의를 저버리고, 웰스의 책에는 사람들에게 충격을 주려는 의도만 있다고 공개적으로 비난했다. 「스피커」는 한층 더 나아가 작가를 퇴폐적이라고 비난했다. 동물에게 인간의 외모를 갖게 하는 실험을 성공한 사람의 다음 행로는 바로 이 그 동물과 성관계를 갖는 것이라고 암시했다. "웰스 씨에게 재능이 있다는 점은 의심할 바 없는 사실이지만 그는 그 재능을 수치스러운 일에 사용하고 있다."라고 비평가는 말했다. 웰스는 진정으로 왜곡되고 불결한 생각을 하고 있는 사람이 자신인지, 아니면 그런 비난을 하는 사람인지 궁금했다.

웰스는 그런 혹평들은 찻잔 속의 태풍처럼 불쾌하기는 해도 강도가 약해서 그의 사기만 꺾었을 뿐, 책의 항해를 방해하지 못한다는 점을 잘 알고 있었다. 그의 책을 퇴폐적인 판타지라고 트집을 잡는 것조차 책의 판매를 부추기며 다음 작품을 위한 길을 닦아 주었다. 그럼에도 불구하고 작가의 자존심에 입은 상처는 장기적으로 치명적인 결과를 가져왔다. 작가의 가장 강력한 무기이자, 그에게 힘을 불어넣는 것은 바로 직관이기 때문이다. 비평가들이 합세해서 그의 감각의 권위를 떨어뜨린다면, 능력이 있든 없든 작가는 겁이 많은 존재로 변해 지나치게 신중한 태도로 쓰게 된다. 이러한 불합리한 신중함은 그의 재능을 위축시키고 말 것이다. 신문과 문학 섹션에 비평을 하는 사람들은 안락한 망루에서 한 작품에 잔인하게 침을 뱉기 전에, 모든 작품은 일반적으로 노력과 꿈의 합금이고, 고독한 노력과 때로는 오랫동안 작가가 품은 꿈의 결실이라는 사실을 고려해야 한다. 의미를 부여하기에는 절망적인 시도에 불과한 작품이 아니라면 말이다. 하지만 그들은 그를 좌절시킬 수 없었다. 그에게는 바구니가 있기 때문이다.

부엌 선반에 있는 대나무 바구니를 바라보자, 즉시 맥 빠진 영혼이 도전적으로 다시 힘차게 솟아오르는 것을 느꼈다. 바구니가 그에게 일으킨 효과는 즉각적이었다. 그가 바구니를 결코 떼어놓지 않고 여기저기 가지고 다니는 바람에 주변사람들에게 의심을 사기도 했다. 웰스는 부적이나 마법의 물건을 한 번도 믿은 적이 없지만, 자신의 인생에 끼어든 특이한 방법과, 그 존재가 일으키기 시작한 여러 가지 사건들과 함께 바구니는 예외로 삼기로 했다. 그는 제인이 바구니에 과일을 담는 것을 눈여겨보았다. 그것은 화가 나기는커녕 즐거움을 선사했다. 자신의 아내가 그 바구니를 하찮은 집안일에 사용하면서 그 이용가치를 배가하고 그것의 마법적인 특성을 감추어 주었기 때문이다. 그것은 그에게 행운을 가져다주었을 뿐만 아니라 자신감을 불어넣어 주었다. 그러한 바구니를 만든 특별한 사람을 회상할 때마다 승리의 영혼과 일체가 되기도 했지만 그것은 또한 그저 바구니일 뿐이기도 했다.

마음이 좀 진정되자 웰스는 잡지를 덮었다. 어느 누구도 자신의 업적을 실추하지 못하게 할 것이다. 그는 그 성과들에 대해서 자랑스러워할 근거가 충분하다. 서른 살이고 풍파를 겪으며 고통스럽고 끝없는 투쟁의 시기를 보낸 다음 그의 삶은 마침내 성공을 거두었다. 그의 검은 모든 면에서 평생 겪어야 할 경험을 얻으면서 부드러워졌다. 이제 칼날을 갈고 사용하는 방법을 배우고, 필요하다면 때로 피를 묻힐 일만 남았다. 그가 할 수 있는 모든 일 중에 작가가 되는 것이 확실한 것 같았고, 이미 그렇게 되어 있었다. 그렇게 출간한 세 권의 소설이 그것을 증명했다. 작가. 좋아 보였다. 절대 그를 불쾌하게 하지 않는 직업이었다. 그것은 어린 시절부터 그가 교수라는 직업 다음으로 두 번째로 선택한 직업이었다. 교단에서 학생들의 의식을 일깨우는 일이 그의 꿈이었지만, 그 일은 글을 쓰면서도 할 수 있다. 아마도 그게 더 편리하고 훨씬 더 큰 영향을 끼칠 것이다.

작가. 좋아 보였다. 그렇다. 매우 좋아 보였다.

일단 진정이 되자 웰스는 문학에서 배운 통제력을 가지고 만족스러운 시선으로 주위를 둘러보았다. 소박한 집이었으나 이삼 년 전에는 그것을 구입하는 것도 불가능했다. 그 당시 그는 지역신문에 쓰는 기사와 맥 빠지는 강의로 겨우 하루하루 연명해 갔다. 그 바구니만이 낙담하지 않고 살아갈 힘을 주었다. 그 집을 그가 자란 브롬리에 있는 집과 비교하지 않을 수 없는데, 그 비참한 소굴에서는 파라핀 기름 냄새가 늘 진동했다. 그들과 함께 살아갈 수밖에 없는 바퀴벌레를 박멸하기 위해 아버지가 마룻바닥에 파라핀을 뿌리곤 했기 때문이다. 지하실에 위치한, 석탄화로가 있는 처참한 부엌의 기억에 섬뜩해졌다. 땅에 구멍만 파놓은 냄새나는 변소가 있던 뒤뜰도 생각났다. 파헤쳐진 좁은 길을 통해서 변소에 가곤 했는데, 그의 어머니는 오줌을 싸려고 뛰어갈 때마다 불편해 했다. 그녀가 오가는 것을 이웃 재단

사인 쿠퍼 씨의 하인들이 염탐한다고 의심했기 때문이다. 안쪽 담을 뒤덮은 덩굴손을 기억한다. 그는 무감각한 살인자처럼 도살을 한 뒤 아직 피가 흐르는 칼을 들고 팔뚝에 피를 묻힌 채 정원을 거니는 정육점 주인 코벨 씨를 지켜보려고 덩굴손을 타고 올라가기도 했다. 지붕 사이로 다가가면 멀리서 교구 성당과 이끼가 낀 비문이 있는 공동묘지가 보였다. 그 비문 뒤로 그의 누이 프랜시스의 어린 몸이 잠들어 있는데, 어머니는 차를 마시는 고요한 시간에 평판이 나쁜 이웃 문데이 씨가 딸을 독살했다고 주장했다.

그 불쾌한 은닉처가 작가가 되기 위한 최적의 환경이 될 거라고는 그 어느 누구도, 심지어 그조차도 상상할 수 없는 일이었지만, 실제로는 그렇게 작용했다. 꿈이 이루어지기까지는 인고의 세월이 걸렸지만 결국 그의 꿈은 만개했다. 정확하게 21년 3개월이란 시간이 걸렸다. 그의 계산에 의하면, 그랬다. 웰스가 미래의 전기 작가들을 위해 늘 지적하듯이, 그는 1874년 6월 5일을, 과격한 방법으로 그에게 천직이 계시된 날이라고 주장한다. 그날 그는 큰 사고를 당했는데, 그는 그 경험으로 시간을 정복할 엄청난 깨달음을 얻게 되었을 뿐만 아니라, 미래에서 중요한 것은 인간의 의지가 아니라 변덕스러운 운명이라는 사실을 확신하게 되었다. 종이접기 새가 어떻게 만들어지는지 알기 위해서 그것을 펼쳐 보는 사람처럼, 웰스도 자신의 현재의 삶을 분해함으로써 그의 삶을 구성하는 요소들이 어떻게 만들어졌는지 알 수 있었다. 사실 매순간을 지탱한 가계도를 거슬러 내려가는 것은 그의 취미 가운데 하나였다. 그러한 형이상학적 해부는 그에게 위로가 되었다. 그것은 세상이 거대한 소용돌이처럼 느껴질 때마다 수학의 버팀대로 세상을 고정하기 위해서 구구단표를 외울 때 느끼는 편안함을 주었다. 그런 식으로 그는 자신을 작가로 변모시킬 그 사건을 운명적인 불꽃이 튀는 시발점으로 설정했다. 그것은 처음에는 당황스러워 보일 수도 있었다. 발단이 된 것은 크리켓 경기장에서 여유 있고 효과적인 공격을 펼치는 아버지의 재능이었다. 전혀 상관없어 보이지만 어떤 줄을 조금만 잡아당겨도 도미노처럼 카펫 전체에 일련의 조각들이 쓰러지게 된다. 그의 아버지에게 그러한 치명적인 공격에 필요한 재능이 없었더라면 그는 마을의 크리켓 팀에 초대받지 못했을 것이다. 그리고 만일 그 팀에 들어가지 않았다면 오후에 집 근처의 술집 벨에서 동료들과 술을 마시며 지내지는 않았을 것이다. 만일 집의 아래층에서 아내와 함께 운영하던 작은 도자기 가게를 내팽개치면서 오후 시간을 술집에서 허비하지 않았더라면 술집 아들과 친하게 지낼 일도 없었을 것이다. 아버지가 그 건장한 젊은이와 우정을 나누지 않았다면, 어느 날 오후 그와 그의 자녀들이 크리켓 시합에 간 그 젊은 친구와 만날 일도 없었을 것이고 그랬더라면 어린 버티의 손을 잡고 공중으로 던질 기회도 없었을 것이고, 그랬더라면 손에서 버티를 놓칠 일도 없었을 것이다. 그랬더라면 여덟 살 난 버티 웰스가 미끄러져 맥주를 펼쳐놓은 노점의 바람을 막는 쐐기에 부딪히는 일도 없었을 것이다. 그랬더라면 그의 다리가 부러져 여름 내내 침대에서 지내는 일도 없었을 것이고, 그러한 상황에서 그가 할 수 있는 유일한 기분풀이인 독서에 빠져 지낼 일도 없었을 것이다. 그의 부모들은 독서를 건강에 해로운 여가활동이라고 생각했기 때문에, 그가 다치지 않았으면 디킨스나 스위프트, 워싱턴 어빙 같은 작가들의 글을 읽도록 허락하지도 않았을 것이다. 결국 이들은 웰스의 마음속에 하나의 씨앗을 심어주었고, 그 씨앗은 시간이 흘러 물도 많이 주지 않고 돌보지 않아도 싹이 텄다.

웰스는 때로 자신이 가진 것에 대해 감사하기 위해, 더 나아가 그 반짝이는 재능을 잃어버리지 않게 하기 위해서, 그 신비스런 일련의 사건들이 그를 문학이라는 팔에 떠밀지 않았더라면 자신은 어떻게 되었을까 자문해 본다. 대답은 언제나 동일하다. 그러한 이상한 사건들이 발생하지 않았다면 웰스는 지금 약국 같은 곳에서 따분한 일을 하고 있을 것이며, 삶의 그 하찮은 일이 다양한 면으로 기여한 바를 믿지 못했을 것이다. 계획이나 뚜렷한 목표가 없는 삶은 어떠할까? 절망적이고 어떤 것에도 만족하지 못하며 정처 없이 떠도는 삶보다 비참한 인생이 있을까? 그저 행운이 오기를 기다리고 늘 혼란스러운 결정을 내리는 무기력하고 의미 없는 존재, 남과 똑같은 삶을 살면서 단순한 이웃의 짧고 깨어지기 쉬우며 잡기 어려운 행복만을 열망하는 그런 존재로 살아가는 게 어떤 의미가 있을까? 다행스럽게도 크리켓에 대한 아버지의 재능이 그를 평범하고 예측 가능한 삶에서 건져내, 목적을 가진 누군가로, 바로 작가로 변화시켰다.

그럼에도 불구하고 거기까지 도달하는 것이 쉽지는 않았다. 마치 그가 자신의 소명을 엿보려고 하는 순간, 어떤 길로 가야 할지 깨닫는 바로 그 순간에, 피할 수 없는 요소처럼 그의 진로를 방해하는 바람이 불었다. 사납고 지칠 줄 모르는 그의 어머니라는 형태로 나타난 바람이었다. 사라 웰스는 마치 지구상에서 가장 불행한 존재가 되는 것과, 어린 버티와 그의 형들 프레드와 프랭크를 사회에서 쓸모 있는 사람들로 키우는 것만이 자신의 임무인 것처럼 행동했다. 그녀에게 점원이나 피륙상인, 다른 비슷한 서비스업에 종사하는 이타적인 영혼은 아틀라스처럼 세상의 무게를 홀로 지고 살아가는 지도자들이나 마찬가지였다. 웰스는 그 이상의 무엇인가 되려고 고집을 피우며 그녀를 계속 실망시켰지만, 이미 많은 부분에서 실망한 그녀에게는 그의 고집이 그다지 중요하다고 볼 수 없었다. 어린 버티는 태어나는 순간부터 어머니에게 실망을 주었다. 아홉 달 전에 그의 어머니가 혐오스러운 남편의 침실 문을 열고 들어간 것은 잃어버린 딸을 대신해서 딸을 하나 더 낳기를 원했기 때문이다.

시작부터 좋지 않았으니 웰스와 어머니의 관계가 원만하지 않으리라는 것은 당연하다. 웰스는 다리가 부러지는 바람에 즐거운 휴가를 보냈다. 이 휴가 기간은 아무도 요청하지 않았지만 마을 의사 때문에 연장되었다. 그가 뼈를 잘못 붙여서 다시 부러뜨려야 했기 때문이다. 이 휴가가 끝나자 어린 버티는 형들이 거쳐 간 브롬리 아카데미에 입학했다. 선생인 몰리 씨는 버티의 형들로부터는 아무런 결실도 거두지 못했다. 그럼에도 불구하고 그 소년은 같은 가지에 달린 꽃들의 향기가 똑같지 않다는 점을 빠른 시간 내에 보여 주었다. 몰리 씨는 너무나 똑똑한 웰스의 지성에 감탄해서 등록금을 내지 않은 사실도 눈감아 줄 정도였다. 그러나 선생님의 그런 호의도 그의 어머니가 그를 학교에서 끄집어내어 윈저에 있는 로저스와 데니어 피륙점에 견습생으로 보내는 것을 막지는 못했다. 그곳에서 오전 일곱 시 반부터 오후 여덟 시까지, 점심시간에 잠깐 쉬면서 빛이 들어오지 않는 좁은 지하실에서 두 달을 지낸 뒤, 웰스는 형들처럼 청년의 활기가 천천히 시들어갈까 봐 두려웠다. 형들에게서는 이제 쾌활함은 사라지고 예전의 결의에 찬모습도 보이지 않았다. 그래서 자신은 피륙점의 점원이 되기에는 맞지 않는 사람이라는 걸 보여 주기 위해 나름대로 최선을 다했다. 가급적이면 자주 몽상에 빠졌는데, 주인들은 주문을 혼동하고 하루의 대부분을 멍하니보내는 그 젊은이를 해고하지 않을 수 없었다. 어머니의 사촌 덕분에 워킹에서 학교를 운영하는 친척에게 보내진 그는 거기서 가르치는 일을 보조하는 동시에 본인의 학업도 마칠 수 있었다. 하지만 불행하게도 그의 꿈과 훨씬 더 잘 어울리는 그 일은 시작하자마자 끝이 났다. 학교 교장이 학업증명서를 위조해서 그 자리를 얻은 사기꾼임이 밝혀졌기 때문이다. 이제 어린아이 티를 벗어난 버티는 다시 어머니의 집착에 노출되었고, 그녀는 다시 그의 운명이 아닌 잘못된 길로 그를 인도했다.

열네 살이 되었을 때 웰스는 그를 약사로 훈련시키라는 지시를 받은 코웹 씨의 약국에서 견습생으로 일하기 시작했다. 그러나 그 소년이 그런 곳에서 시간을 허비하기에는 너무 특별하다는 것을 눈치챈 코웹 씨는 그를 미드허스트 중학교 교장인 호레이스 바이어트에게 맡겼다. 바이어트 교장은 그 학교에 학구적 명성을 떨쳐 줄 우수한 학생들을 찾아다니고 있었다. 웰스는 기본적으로 평범한 학생들로 구성된 그룹에서 단연 돋보였고, 즉시 바이어트의 관심을 끌었다. 이 교장은 그 유능한 소년에게 가장 좋은 교육을 시키기 위해 약사와 계획을 세웠다. 하지만 그의 어머니는 어린 버티를 파멸로 이끌려는 한가한 그 박애주의자들이 꾸민 음모를 곧 눈치채고 아들을 다시 다른 피류점으로 보냈다. 이번에는 사우스시였다. 거기서 웰스는 머리가 멍한 상태에서 2년을 보내면서 그가 바른길로 가려 할 때마다 그의 진로를 방해하는 사나운 바람이 부는 이유가 무엇인지 이해하려고 노력했다. 에드윈 하이드의 엠포리오 피류점에서의 생활은 지옥이나 다름이 없었다. 하루 열세 시간을 힘겹게 일하고 숨이 막힐 것 같은 움집에서 잠을 잤다. 직원들이 너무 다닥다닥 붙어서 잠을 자는 바람에 서로의 꿈도 혼동될 지경이었다.

몇 년 전에 무능력한 남편이 도자기 가게도 말아먹을 거라고 확신한 그의 어머니는 업파크 대저택에 가정부 자리를 얻었다. 그 집은 그녀가 젊었을 때 하녀로 일하던 하팅 다운의 언덕 뒤편 구석에 위치한 농장이었다. 웰스는 어머니에게 포로와 같은 자기 신세를 한탄하며 절망적이고 불평이 가득한 편지를 보냈는데 그를 존중하는 의미로 여기에 그 내용을 소개하지는 않겠다. 그는 어린아이처럼 떼를 쓰며 상상력을 발휘하여서 그를 거기서 꺼내 달라고 어머니를 설득하려 했으나 아무 소용이 없었다. 그가 그토록 바라던 미래가 손에서 미끄러져 사라지는 것을 본 웰스는 어머니의 결정이 잘못되었다는 사실을 일깨워 주려고 노력했다. 어머니가 노인이 되었을 때 그가 쥐꼬리만 한 월급을 받는다면 어떻게 그녀를 도와주겠냐고 물었다. 그가 하고 싶은 공부를 하면 높은 지위를 차지할 거라는 점도 지적했다. 어머니는 옹졸하고 우둔하다고 비난하고, 심지어 가족의 이름을 영원히 더럽히기 위해 자살을 할 거라고, 아니 그보다 더한 일도 하겠다고 협박하기도 했다. 하지만 그 어느 것도 그를 피류점의 정직한 점원으로 만들겠다는 어머니의 고집을 꺾지 못했다. 그러던 어느 날, 오래전 그의 영웅이었던 호레이스 바이어트 교장이 늘어난 학생 수를 감당하기 위해 그에게 선생자리를 제안했다. 첫 해에는 20파운드, 그다음 해에는 40파운드를 지불하기로 했다. 그때에야 드디어 그는 어머니의 집착에서 벗어날 수 있었다. 어머니에게 재빨리 금액을 알려 주자 그녀는 마지못해 피류점을 나와도 된다고 동의했다. 그녀도 결국 아들이 다른 길로 가지 못하도록 아무리 막아도 소용이 없다는 사실을 인정하게 되었다. 웰스는 자신을 구해 준 이의 명령에 깊이 감사하며 그의 기대를 충족시키려고 열심히 노력했다. 낮에는 어린 학생들을 가르치고 밤에는 교직공부를 끝마치기 위해서 생물학, 화학, 천문학과 과학의 모든 전공을 마음껏 공부했다. 그의 지대한 노력은 보답을 받아 사우스 켄싱턴의 왕립과학원에서 장학금을 받게 되었다. 거기서 다윈의 총아로 윌버포스 주교와 토론을 벌였던 유명한 생물학자 토머스 헨리 헉슬리 교수 밑에서 공부를 하게 된다.

이 모든 것에도 불구하고 웰스가 즐거운 기분으로 런던을 향해 떠났다고 할 수는 없다. 그 중요한 모험에서 부모의 지지를 받지 못하자 그는 깊은 슬픔에 잠겼다. 어머니는 자신이 공부에서 실패하기를 바라고 있음을 그는 알고 있었다. 그녀는 웰스 가의 아들들은 피륙상인이 천직이고, 자기 남편처럼 그렇게 문제가 많은 사람에게서 천재가 나오는 것은 불가능하다는 확고한 믿음을 갖고 있었다. 그의 아버지는 그 나름대로, 실패도 행복처럼 누릴 수 있다고 믿는 산 증인이었다. 그들이 함께 지내던 여름, 나이 때문에 크리켓을 그만둔 아버지는 자기 삶에 의미를 부여한 유일한 것에 계속 집착하면서 거추장스러운 환영처럼 경기장을 돌아다녔다. 웰스는 바다 한가운데서 대포를 맞고 침몰해 가는 도자기 가게와는 아무 상관이 없다는 듯, 아버지가 장갑, 방석, 정강이 받침과 공이 가득 들어 있는 행상인의 큰 가방을 들고 다니는 것을 보고 적잖이 놀랐다. 그러나 누가 더 독특한 소음을 내는지 경쟁하는 것처럼 보이는 하숙집에서 지내는 웰스에게 그런 상황들은 별로 중요한 것이 아니었다.

그가 경험한 세상은 언제나 그에게 불쾌한 상황들만 제공했기에, 숙모인 메리 웰스가 유스턴 로드의 자기 집에서 머물라고 제안했을 때 자연스레 뭔가 속셈이 있는 게 아닐까 하는 의심이 들었다. 그 집은 겉으로 보기에는 정상적이고 따스하고 친절하고 유쾌한 조화를 이루는 것 같았고 지금까지 그가 살아왔던 촌스러운 분위기와는 많이 달랐다. 마침내 끝없는 전쟁의 연속 같던 그의 삶에 휴전이 온 것 같았다. 그런 삶에 대한 감사로 숙모의 딸 이사벨에게 청혼을 해야 한다는 의무감을 느꼈다. 이사벨은 집에서 눈에 띄지 않는 온화하고 부드러운 소녀였다. 그러나 웰스는 곧 성급한 결정을 후회했다. 무미건조하고 지루한 형식 속에 신속하게 치러진 결혼식이 끝나자마자 웰스는 자신과 사촌 사이에는 공통점도 전혀 없다는 사실을 확인했을 뿐만 아니라 이사벨은 완벽한 아내가 되기 위해 키워졌다는 사실을 발견했다. 다시 말해 그녀는 침대에서 흥을 북돋우는 것만 빼고 남편이 필요로 하는 모든 것을 제공해 줄 수 있는 현모양처가 되기 위한 교육을 받았다. 침대에서 그녀는 생산을 위한 이상적인 기계 같은 냉정함을 유지했지만 즐거움에 관한 한 철저히 무능력했다.

아내의 얼어붙은 성적욕구는 남편이 다른 침대를 찾아가면 쉽게 보상받을 수 있는 작은 결점이었다. 웰스는 세상에는 환상적인 그의 말솜씨에 쉽게 열리는 즐거운 상대들이 많다는 것을 발견하고, 하향곡선을 그리는 것 같은 인생을 즐기기로 했다. 그는 자신이 받은 장학금으로 육체적 즐거움뿐만이 아니라, 문학과 예술 같은 그때까지 탐구해 보지 않은 쾌락의 분야로까지 영역을 넓혔다. 그리고 사우스 켄싱턴에서 땀 흘린 결과로 얻은 삶을 매 시간 즐기는 데 몰두할 뿐 아니라, 「사이언스 스쿨 저널」에 단편소설을 출간함으로써 세상에 그의 숨겨진 꿈을 알리기 시작했다.

그의 단편소설 『크로닉 아르고호』에는 니보기펠 박사라는 정신이 이상한 과학자가 주인공으로 등장한다. 그는 자신이 발명한 타임머신을 통해 과거로 돌아가 살인을 저지르려 한다. 시간여행이라는 콘셉트는 그리 독창적인 것이 아니다. 디킨스가 그의 단편 『크리스마스 캐롤』에서 이미 사용했고 미국인 에드거 앨런 포가 『고자질쟁이 심장』에서도 사용했다. 하지만 두 소설에서는 항상 꿈을 꾸거나 착각 상태에서 여행을 했다. 반면 웰스의 소설에 나오는 주인공은 마음대로 여행하고 시간여행을 위해 처음으로 역학적인 기계를 이용했다. 결론적으로, 그의 아이디어는 독창적이었다. 그러나 작가로서 자신을 실험해 보려는 그 첫 번째 조심스런 시도는 그의 삶을 바꾸지 못하고 실망스럽게도 예전과 전혀 다름없는 일상이 이어졌다. 하지만 그 첫 번째 단편은 그의 독자 중 아마도 앞으로도 없을, 가장 특별한 독자를 만나게 해 주었다. 책을 출간하고 며칠 후 웰스는 그와 함께 차를 마시고 싶다는 어떤 독자의 초대장을 받았다. 초대장에 나타난 이름을 보고 그는 전율했다. 그는 바로 코끼리 인간으로 알려진 조지프 메릭이었다.

웰스는 사우스 켄싱턴의 생물학 강의실에 들어서자마자 메릭에 대한 소문을 듣기 시작했다. 메릭은 인체와 그 메커니즘에 대한 연구를 위한 자연의 걸작품, 가장 잘 세공한 다이아몬드, 그 발명의 재능이 어디까지 도달할 수 있는지에 대한 살아 있는 증거 같은 존재였다. 이 '코끼리 인간'은 몸의 형태가 흉하게 변하는 병을 앓아 괴물과 비슷한 몰골이 사나운 생명체로 변했다. 의료계의 최대 관심사였던 이상한 질병으로 그는 신체의 오른쪽 손발, 뼈와 장기들은 거대하게 성장했지만 왼쪽은 정상이었다. 심하게 돌출한 오른쪽 두개골 때문에 머리 모양이 일그러졌고, 가득한 주름과 뼈의 돌기가 얼굴의 절반을 짓눌렀으며, 귀의 위치도 바꿔 버렸다. 그런 기형적 형상 때문에 메릭은 토템의 사나운 표정밖에는 지을 수가 없었다. 그런 비대칭 구조로 그의 척추는 오른쪽으로 기울어졌는데, 오른쪽 장기의 무게가 무척 많이 나가서 움직일 때마다 그로테스크한 모습을 띠었다. 그것도 모자라 그의 피부는 햇볕에 말라비틀어진 상자처럼 두껍고 주름이 가득한 분화구와 돌출부, 사마귀 투성이의 유두종으로 덮였다. 처음에 웰스는 그러한 인간이 존재한다는 사실을 믿지 못했으나, 그를 찍은 사진들이 강의실에 비밀스럽게 돌아다니고 있었고, 그것이 이야기의 진위를 확인해 주었다. 사진은 메릭이 반평생을 비참하게 서커스와 여러 곳을 다니며 구경거리가 된 뒤, 현재 머물고 있는 런던 병원의 직원으로부터 사거나 훔친 것들이었다. 여기저기 얼룩이 져서 뚜렷하게 보이지 않는 그 사진들은 옷을 별로 걸치지 않은 여인들의 사진과 함께 사람들 손에서 손으로 전해졌는데, 이유는 다르지만 볼 때마다 전율이 일어나는 건 마찬가지였다.

그런 사람이 차를 마시자고 초대하다니 이상한 기분이 들었다. 놀라움과 초조함이 뒤섞인 기분이었다. 그렇다 해도 화이트채플에 단단하고 엄격하게 버티고 있는 런던 병원에 제시간에 도착했다. 현관 입구는 무엇 때문인지 오가는 환자와 의사들로 장사진을 이루었다. 웰스는 발레단원들처럼 모두가 조화롭게 움직이는 모습에 놀라서 그들을 방해하지 않으려고 모퉁이를 찾았다. 붕대를 들고 그의 앞을 지나가는 간호사는 생사의 갈림길에서 사투를 벌이는 환자의 수술실로 들어가고 있는지도 모르는 일이다. 다년간의 경험으로 그녀는 어떤 극단적인 상황에도 흔들림 없이 평소 버릇대로 침착하게 성큼성큼 걸어가는 것 같았다. 메릭의 담당의인 닥터 트레비스가 나타났을 때 웰스는 관찰하기 유리한 곳에서 끊임없이 부산하게 움직이는 무리의 움직임을 약간 놀란 표정으로 바라보고 있었다. 트레비스는 서른다섯 살의 외과의사로 키가 작고 열정적이며 울타리처럼 조심스럽게 다듬은 무성한 수염 뒤로 동안의 얼굴을 감추고 있었다.

"웰스 씨?" 의사는 생각보다 젊은 웰스의 모습에 당황한 표정을 감추며 물었다.

웰스는 트레비스가 자기 환자의 방문객들에게 요구하는 연륜을 갖추지 못한 것에 대해 사과하는 듯한 표시로 어깨를 움츠리며 고개를 끄덕였다. 그러고 나서 그런 바보스런 행동을 즉시 후회했는데, 자신이 그 병원의 특별한 환자를 만나고 싶다고 요청한 것은 아니기 때문이다.

"메릭 씨의 초대에 응해 주셔서 감사합니다." 트레비스가 악수를 청하면서 말했다.

처음에 느낀 당혹감에서 벗어나자 외과의는 신속하게 중개자의 역할로 다시 돌아왔다. 웰스는 대부분의 인간들에게 금지된 영역을 탐구하는 그가 내미는 민첩하고 예민한 손을 극도의 존경심을 표하면서 잡았다.

"제 책을 읽은 유일한 독자를 어떻게 거절할 수 있겠습니까?" 그가 농담을 했다.

트레비스는 작가들의 허영심과 농담 따위는 전혀 관심이 없다는 듯 딴전을 피우면서 고개를 끄덕였다. 다른 걱정거리가 많았다. 세상에는 거의 초인적인 능력을 발휘해 그가 치료해야 하고, 수술실에서 단호한 결정을 내릴 필요가 있는 새롭고 독창적인 질병들이 매일같이 생겨난다. 그는 웰스에게 병원의 위층으로 올라가는 계단을 따라오라고 군대의 지휘관처럼 손짓했다. 마주치는 분주한 간호사들 덕분에 웰스는 몇 차례 계단에서 구를 뻔했다.

"모든 사람들이 조지프의 초대를 받아들이지는 않지요. 분명히 거부할 만한 이유도 있지만요." 트레비스가 큰 소리로 말했다. "하지만 이상하게도 그는 슬퍼하지 않지요. 때때로 조지프는 인생에서 얻을 수 있는 아주 작은 것으로도 만족하는 거 같아요. 마음속으로는 괴물 같은 모습 때문에 레스터의 평범한 사람은 감히 생각할 수도 없는 런던의 유명인사들과 만날 수 있다는 사실을 알고 있어요."

웰스는 트레비스의 생각이 섬뜩하다고 생각했지만, 그것에 대해 어떠한 의견도 말하지 않았다. 그의 말이 옳다는 것을 곧 깨달았기 때문이다. 메릭은 흉한 외모 덕분에 은둔하고 비참한 삶을 살 수밖에 없었지만, 바로 그런 이유로 런던 사회의 가장 뛰어난 사람들과 동등한 교제를 나눌 수 있었다. 그가 자신의 기형적인 모습이 런던의 상류층과 교제하는 대가로는 지나치게 값비싸다고 생각하든, 아니든 결과적으로는 그렇게 되었다.

위층에서도 아래층과 비슷한 상황이 전개되었으나 어두운 통로를 몇 번 돌아서 소란에서 벗어날 수 있었다. 웰스는 트레비스를 따라 점점 인적이 드문 끝없이 이어지는 복도로 향했다. 거의 병원 끝까지 가자 환자나 간호사 수가 많이 줄어 있었다. 그것은 출입제한이 엄격한 그곳의 병실과 연구실들이 더 특별하다는 뜻이다. 하지만 웰스에게는 그런 분위기가 동화에 나오는 괴물의 소굴에 감도는 끔찍한 황량함처럼 느껴졌다. 새의 사체와 뼈다귀만 있으면 딱 그런 풍경이 연출될 것 같았다.

그들이 가는 동안 트레비스는 어떻게 그 특별한 환자를 만나게 되었는지 설명했다. 그의 단조로운 어투 속에는 똑같은 이야기를 여러 차례 되풀이해야 하는 것에 대한 성가심이 담겨 있었다. 그는 4년 전, 병원의 외과의 대표로 임명되었을 때 메릭을 만났다. 병원 근처 야외에서 서커스 공연이 있었는데, 관객들을 가장 많이 끌어모으는 코끼리 인간에 대해 온 런던이 이야기를 하고 있었다. 소문대로라면 그는 세상에서 가장 흉하게 생긴 인간일 것이다. 트레비스는 서커스의 주인들이 어두운 조명으로 분별하기 힘들게 가발과 어려운 분장을 이용해서 괴물들을 직접 만든다는 사실을 알고 있었다. 하지만 또한 그러한 축제가 기형으로 태어나 사회로부터 멸시를 받는 불행한 사람들이 갈 수 있는 마지막 도피처라는 것도 씁쓰름하지만 인정했다.

그가 처음 그 쇼에 갔을 때 그는 별로 큰 기대를 하지 않았다. 그곳에 간 건 자유로울 수 없는 직업상의 호기심 때문이었다. 하지만 코끼리 인간은 전혀 속임수가 아니었다. 한 쌍의 곡예사들이 힘겨운 공연을 마친 뒤, 조명이 희미해지고 큰 북이 부족의 북소리를 어설프게 흉내 내는 동안 긴 안내 방송이 흘러나왔다. 그 모든 조잡한 환경에도 불구하고 관객석에서는 긴장감이 넘쳐흘렀다. 그러고 나서 트레비스는 마침내 그 쇼의 주인공이 들어오는 광경을 놀란 눈으로 지켜보았다. 런던에 파다한 소문은 실제를 제대로 반영하지 못하고 있었다. 밝은 빛이 도는 원형의 바닥을 절룩거리면서 걷는 그의 충격적인 모습은 도깨비와 비슷한 비대칭의 흉측한 괴물처럼 보였다. 공연이 끝나자 트레비스는 서커스 단장에게 그를 만나게 해 달라고 설득했다. 소박한 이륜마차에서 외과의는 조지프의 두개골의 혹들이 두뇌에 손상을 입혀서 지능이 떨어질 거라고 예상했지만 만나고 보니 그렇지 않았다. 끔찍한 모습 뒤에 교양 있고 교육수준이 높은 감수성이 예민한 사람이 있다는 사실은 그와 몇 마디를 주고받자마자 알 수 있었다. 그는 외과의에게 코와 윗입술에서부터 시작된 혹 때문에 사람들이 자신을 코끼리 인간이라고 부른다고 설명했다. 작은 나팔처럼 생긴 20센티미터에 이르는 그 혹 때문에 음식을 먹는 게 힘들어서 몇 년 전에 사람들이 강제로 뽑아 버렸다고 했다. 트레비스는 그가 당한 형벌이나 학대에도 불구하고, 인류에 대한 온화한 태도를 유지하는 그에게 깊이 감동했다. 마차를 잡지 못하거나 극장에서 자리를 잡지 못할 때 자신도 모르게 거의 반사적으로 튀어나오는 얼굴 없는 인류에 대한 원망이나 원한 따위는 그에게서는 찾아볼 수 없었다.

외과의는 한 시간 뒤 서커스단을 떠난 다음 메릭을 거기서 꺼내서 그에게 인간다운 생활을 제공하기 위해 할 수 있는 모든 일을 했다. 그럴 이유가 충분했다. 세상의 다른 어떠한 병원에도 메릭처럼 심한 기형을 가진 사람의 기록은 없기 때문이다. 그의 이상한 질병이 무엇이든지 지구의 수많은 사람 중에 그의 육체만이 그 병을 앓고 있었다. 그의 병은 그 불행한 인간을 유리 속에 넣어서 세상으로부터 보호를 받아야 하는 나비의 표본으로 변모시켰다. 메릭은 가능한 빨리 서커스를 떠나서 과학의 손으로 들어와야 한다. 하지만 트레비스는 자비심 때문에 결정한 칭찬받아 마땅한 목표를 달성하기 위해서는 지칠 수밖에 없는 힘겨운 십자군전쟁을 치러야 한다는 사실을 의심하지 않았다. 병리학회에 메릭을 소개하기 시작했으나, 학회의 뛰어난 멤버들은 환자에게 이런저런 실험을 하면서 그 신비한 질병에 대해 열띠지만 소득 없는 논쟁만 벌일 뿐이었다. 논쟁은 서로 모욕적인 언사를 하는 경지에 이르렀고 그중에는 꼭 오래된 논쟁을 다시 시작하는 사람들이 있었다. 그럼에도 불구하고 트레비스는 좌절하기는커녕 더욱 강건한 마음을 먹었다. 그는 사람들이 메릭의 생명을 더 소중하게 여기도록 분위기를 조성하고 그를 서커스 공연의 불안한 세계에서 구하는 일에 더 매진했다.

다음 행보는 메릭을 자신이 근무하는 병원에 입원시키는 것이었다. 거기서는 편하게 연구를 할 수 있을 것이다. 그러나 불행히도 만성 환자를 입원시킬 병실이 없었다. 병원 지도부는 트레비스의 의도를 칭찬해 주기는 했지만 팔짱만 끼고 있었다. 상황에 아무런 변화도 생기지 않자 메릭은 그에게 등대지기나 세상에서 격리된 곳에서 일할 수 있게 해 달라고 요청했다. 하지만 트레비스는 포기하지 않았다. 절망적인 상태에서 그는 언론에 호소했다. 몇 주 만에 코끼리 인간이라는 별명을 가진 사람의 슬픈 사연이 온 나라를 감동시켰다. 후원금이 밀려왔으나 트레비스가 원한 건 돈뿐만이 아니었다. 그는 메릭에게 인간다운 거처를 마련해 주고 싶어 했다. 결국 사회를 옥죄는 불합리한 법 위에 군림하는 왕권에 호소하기로 했다. 케임브리지 공작과 웨일스 공주가 메릭을 만나도록 주선했다. 교양이 넘치는 메릭의 세련되고 온화한 태도가 그들의 마음을 움직이는 데 한몫을 했다. 이것이 코끼리 인간이 영원한 손님의 자격으로 지금 그들이 들어가는 병원의 곁채에 머물게 된 사연이다.

"여기서 조지프는 행복하지요." 트레비스가 갑자기 몽상가적인 어투로 말했다. "그에게 하는 많은 연구들이 효과는 없어도 그는 별로 걱정하지 않는 것 같아요. 조지프는 자기 어머니가 임신 말기에 행진을 구경할 때 코끼리에 치여 넘어지는 바람에 이런 병이 생긴 거라고 믿고 있지요. 웰스 씨, 슬프게도 이건 힘겨운 승리라는 거예요. 저는 메릭에게 거처를 마련해 주었지만 그 질병이 더 이상 진행되지 않도록 막는 방법은 모릅니다. 그의 두개골이 계속 커져서 곧 엄청나게 무거운 머리를 지탱하지 못할까 걱정이 됩니다."

메릭의 죽음을 냉담하게 예견하는 트레비스의 태도와 외따로 떨어져 있는 병원의 곁채가 웰스를 질식할 듯 고통스런 상태로 몰아넣었다.

"가능한 한 그가 편안한 여생을 보내기를 바랍니다." 외과의가 웰스의 안색이 창백해진 것도 모른 채 말을 이었다. "하지만 너무 많은 걸 바라는 것 같긴 해요. 매일 밤 이곳의 이웃들은 창가에 모여서 그에게 욕을 하고 놀려 대지요. 그들은 그가 창녀들을 잔인하게 살해해서 장기를 적출한 살인범이라고 생각하기도 해요. 미친 사람들 아닌가요? 메릭은 파리 한 마리도 죽이지 못합니다. 감수성이 무척 예민하다고 이미 말씀드렸지요. 그가 제인 오스틴의 소설을 즐겨 읽는다는 걸 아세요? 가끔씩 시를 쓸 때도 있어요. 당신처럼 말이지요, 웰스 씨."

"저는 시가 아니라 소설을 씁니다." 웰스는 자신에게 점진적으로 엄습하는 고통 때문에 머뭇거리며 모든 것을 의심스럽게 만드는 작은 소리로 중얼거렸다.

트레비스는 문학처럼 하찮은 주제에 이견을 제시하는 웰스를 찌푸린 얼굴로 쳐다보았다.

"그래서 이런 방문을 허용하지요." 애도를 표하는 사람처럼 고개를 흔든 뒤 말을 이었다. "이런 게 그에게 많은 도움이 된다는 것을 알기 때문입니다. 가장 불행한 사람들도 그의 모습을 보면 신에게 감사해야 한다는 생각을 하게 되지요. 저는 사람들이 그래서 그를 만나러 온다고 생각합니다. 반면 조지프는 다른 식으로 보지요. 때때로 이러한 방문이 그에게 뒤틀린 즐거움을 준다는 느낌을 받습니다. 매주 토요일, 조지프는 신문을 뒤져서 저에게 초대할 시민들의 명단을 주고, 저는 그의 초대장을 그들에게 보내지요. 주로 귀족, 돈 많은 기업가, 공인, 화가, 배우와 어느 정도 알려진 예술가들이었지요…… 어느 정도 사회적으로 성공한 사람들이고, 그의 말에 의하면 마지막 시험을 거쳐야 할 사람들이지요. 그의 모습을 마주 대하는 시험 말입니다. 이미 설명드렸듯이, 조지프의 기형은 무척 심해서 그를 보는 사람들에게 두 가지 상반된 감정을 불러일으키지요. 슬픔과 반감이요. 방문객들의 반응은 그들이 어떤 종류의 사람인지 알려 준다고 여기는 겁니다. 그들의 심성이 좋은지 아니면 두려움과 열등감에 빠져 있는지요.”

그들은 마침내 복도 끝에 있는 문 앞에 이르렀다.

“여깁니다.” 트레비스는 잠시 경건하게 침묵을 유지한 뒤 말했다. 그리고 웰스의 눈을 바라보고 엄숙하면서도 친밀한 어조로 덧붙였다. “이 문 뒤에는 아마도 당신이 지금까지 보고, 또 앞으로 볼 사람 중에 가장 무시무시한 사람이 당신을 기다리고 있을 겁니다. 하지만 당신이 만나는 그가 괴물인지, 그저 불행한 한 인간인지는 당신에게 달려 있습니다.”

웰스는 약간 현기증을 느꼈다.

“만일 당신이 어떤 부류의 사람인지 알고 싶지 않다면 그냥 돌아가셔도 좋습니다.”

“저에 대해서는 걱정하지 마십시오.” 웰스가 더듬거렸다.

“좋으실 대로.” 트레비스가 아무 상관없다는 듯이 냉담하게 말했다.

웰스는 숨을 죽이고 방으로 들어갔다. 한두 발자국을 떼자마자 뒤에서 외과의가 문을 닫는 소리가 들렸다. 침을 삼키고 트레비스가 그 특별한 의식에서 보조자의 역할을 마친 다음 그를 밀어 넣은 장소를 살펴보았다. 평범해 보이는 다양한 가구들이 여러 방에 있는 넓은 공간이었다. 그 평범한 가구들은 창문을 통해 들어오는 오후의 다정한 빛과 조화를 이루어, 괴물의 은닉처라는 이미지를 깨부수는 뜻밖의 따뜻한 분위기를 연출했다. 웰스는 그곳의 주인이 당장이라도 나타날 것 같아 잠시 꼼짝하지 않았다. 그러나 아무 일도 일어나지 않자 그에게서 무엇을 알고 싶은지 몰라서 방들을 살그머니 돌아다녔다. 메릭이 병풍 뒤에 숨어서 그의 움직임을 엿보고 있을 것 같은 생각이 들었다. 하지만 그것도 의식의 또 다른 과정이라는 것을 느끼며 계속 가구 사이를 돌아다녔다. 그 장소에 특이한 존재가 살고 있다는 것을 알려 줄 만한 것은 아무것도 발견하지 못했다. 껍질이 벗겨진 채 걸려 있는 쥐도 없고 용감한 기사의 갑옷도 매달려 있지 않았다. 그러다가 어떤 방에서 차를 마실 수 있는 작은 탁자와 두 개의 의자가 마련되어 있는 것을 보았다. 악의 없는 그런 장면에 그는 더 당혹감을 느꼈다. 광장에서 봄바람에 불길한 소리를 내며 죄수가 도착하기를 기다리는 교수대가 떠올랐기 때문이다. 그때 창문 바로 아래, 벽 근처의 작은 탁자 위에 있는 기이한 물건에 시선이 멈추었다. 종이 상자로 만든 성당의 모형이었다. 웰스는 다가가서 그 훌륭한 작품을 감탄하며 바라보았다. 모형의 정교한 솜씨에 매료되어 벽에 구부러진 그림자가 나타난 것을 즉시 감지하지 못했다. 오른쪽으로 기울어 탈구된 거대한 두개골을 가진 육체의 그림자였다.

"거리 반대편에 있는 성당이지요. 창에서 보이지 않는 쪽은 상상으로 만들어 내야 했어요."

그의 목소리는 부자연스럽고 불분명했다.

"아름답군요." 빛이 벽에 비추이는 어중간한 실루엣을 향해 간신히 대답했다.

그림자가 힘겹게 고개를 흔들었다. 보통 사람들은 전혀 힘들이지 않고 하는 지극히 간단한 동작을 하기 위해 메릭은 무척 애를 많이 쓴다는 사실을 알 수 있었다. 그는 힘겨운 동작을 하고 지팡이에 기대서 침묵했다. 웰스는 더 이상 그를 등지고 있을 수 없다는 사실을 깨달았다. 몸을 돌려서 주인의 모습을 대면할 순간이 왔다. 트레비스는 메릭이 첫 번째 반응에 특별히 신경을 쓴다는 사실을 경고했었다. 반사적이고 무의식적으로 나오는 반응이야말로 초대받은 사람들이 놀라움을 감추기 위해 급히 만들어 내는 표정보다 더 진실하고 믿을 만하다고 여기는 것이다. 그 짧은 순간 메릭은 방문객들의 영혼을 엿볼 수 있고, 그 이후에 사람들이 어떤 식으로 감정을 숨기려 하든 그에게는 별로 의미가 없다고 생각한다. 첫 반응에서 이미 그들이 구원받았는지 저주받았는지 결판나기 때문이다. 웰스는 메릭의 외모를 보고 슬픔을 느낄지, 아니면 혐오감을 가질지 확신하지 못했다. 혐오감을 느끼지 않기를 바라며 있는 힘을 다해서 이를 악물고 잔뜩 긴장한 채 아무런 표정도 짓지 않으려 노력했다. 놀란 표정을 보이고 싶지도 않았다. 단지 머릿속으로 자신이 보고 있는 장면을 이해하기를, 그래서 끔찍하게 기형적인 모습의 메릭 같은 사람이 자신에게서 불러일으키는 감정을 합리적으로 표현할 수 있을 정도로 최대한의 시간을 갖기를 원했다. 자신이 혐오감을 느낀다 해도 기꺼이 받아들일 것이고 그것에 대해 좀 더 이후에 그곳을 나와서 깊이 생각해 볼 것이다. 그래서 웰스는 숨을 깊이 내쉬고 무의식의 부드러운 바닥에 발을 고정하고 소문의 주인공을 마주 보기 위해 천천히 몸을 돌렸다.

그의 모습에 숨이 멎는 것 같았다. 트레비스가 이미 말했듯이 메릭의 기형적인 모습은 무시무시했다. 대학에서 그의 사진을 보기는 했지만, 사진 속의 뿌연 배경은 자비롭게도 끔찍한 그의 모습을 제대로 보여 주지 않았다는 것을 알게 되었다. 그는 어두운 회색 정장을 입고 지팡이에 기대어 있었다. 그런 의상은 역설적이게도 그를 인간이라기보다 오히려 더 괴물처럼 보이게 하는 효과를 발휘했다. 웰스는 이를 악물고 그의 앞에서 몸이 자꾸 떨리는 것을 참으면서 꼼짝하지 않았다. 심장은 가슴을 뚫어 버릴 것처럼 심하게 뛰었고 등에서는 식은땀이 흘러내렸다. 하지만 그러한 증상이 공포심 때문인지 동정심 때문인지는 알 수 없었다. 긴장한 얼굴이 공포에 질린 표정을 지으려고 입술이 떨리는 것을 감지했다. 하지만 그와 동시에 눈이 촉촉해졌기에 자신의 감정이 정확하게 무엇인지 알 수 없었다. 그러한 상호 탐색의 순간이 영원처럼 길게 느껴졌다. 그사이 웰스는 슬픔을 보여 줄 눈물을 흘림으로써 메릭에게 자신이 여리고 인정이 많다는 것을 보여 주고 싶었지만 그의 눈에 맺힌 눈물은 흘러내리지 않았다.

"제가 두건을 쓰기를 원하시나요, 웰스 씨?" 메릭이 부드럽게 물었다.

마치 바닥에 진흙이 많은 시냇가에 떠다니는 듯이 끈끈한 그의 특이한 목소리에 웰스는 다시금 흠칫 놀랐다. 메릭이 방문객의 반응을 살펴보는 시간이 이미 지나간 것은 아닐까?

"아니오…… 그러실 필요 없습니다." 그가 작은 소리로 대답했다.

그 방의 주인은 다시 거대한 머리를 힘겹게 흔들었고 웰스는 그 동작을 동의의 표시로 해석했다.

"식기 전에 차를 마시지요." 메릭이 방 한가운데 준비되어 있는 탁자로 가면서 말했다.

웰스는 메릭이 걸어가는 모습에 놀라서 잠시 머뭇거렸다. 그에게는 모든 것이 힘겨워 보였다. 그가 의자에 앉기 위해 기울이는 동작을 보고 그 사실을 확인했다. 그를 도와주러 달려가고 싶은 충동을 억눌러야 했다. 노인이나 장애인을 도와줄 때 하는 행동 때문에 메릭이 불편해 할까 봐 참았다. 그가 혼자서 잘하고 있다는 것을 확신하자 웰스는 가능한 자연스럽게 그의 앞에 앉았다. 다시 한 번, 그가 차를 따르는 동안 잠자코 있어야만 했다. 메릭은 질병의 영향을 받지 않은 왼손만으로 주인의 역할을 수행하기 위해 노력했으나, 소소한 동작을 하기 위해서 오른손을 쓰기도 했다. 웰스는 돌덩이만 한 크기의 엉성한 손이 설탕통의 뚜껑을 열고 그에게 각설탕 접시를 건네줄 수 있는지 관찰했다. 메릭의 능숙한 솜씨에 찬사를 보내지 않을 수 없었다.

"이렇게 와 주셔서 감사합니다, 웰스 씨." 그 방의 주인이 한 방울도 흘리지 않고 차를 따르는 힘든 도전을 완수하며 말했다. "제가 당신의 소설을 얼마나 좋아하는지 직접 말씀드릴 수 있어서 기쁩니다."

"매우 친절하시군요, 메릭 씨." 웰스가 대답했다.

책을 출간하고 반응이 시들하자 웰스는 그 책을 읽은 독자들이 왜 그렇게 하나같이 무관심한지 그 이유를 발견하려고 열두 번도 더 읽었다. 매수할 수 없는 비평가의 마음으로 줄거리가 탄탄한지 검토했고, 극적인 전개를 평가했으며, 사용된 단어의 위치나 적절성과 숫자까지 분석했고, 미신적이고 신비스런 숫자는 아닌지 살펴보았다. 우주를 지배하는 조물주가 흰목꼬리감기원숭이의 익살스러운 짓을 보는 듯한 냉정한 시선으로 자신의 첫 번째이자 마지막이 될 수 있는 소설을 보았다. 이제는 분명히 판단할 수 있다. 소설은 가치 없는 배설물이나 마찬가지였다. 글쓰기는 너다니엘 호손의 유사 게르만 스타일을 뻔뻔하게 모방했고, 주인공인 니보기펠 박사는 고딕 소설에 나오는 과장되고 정신 나간 과학자들의 싸구려 복사본이었다. 그래도 메릭에게 소박한 미소를 지으며 그의 칭찬에 감사의 표현을 했는데, 그것이 자기 작품에 대해 듣게 될 유일한 찬사가 아닐까 두려워했다.

"타임머신이라……" 메릭이 그렇게 암시적인 단어의 배합에 대해 즐거워하면서 말했다. "당신은 경이로운 상상력을 갖고 있군요, 웰스 씨."

웰스는 이 새롭고 당황스러운 칭찬에 대해 다시 감사했다. 얼마나 더 많은 찬사를 견뎌야 그 이야기를 그만하자고 요청할 수 있을까?

"만일 제가 니보기펠 박사와 같은 기계를 갖고 있다면," 공상가 메릭이 말을 이었다. "고대 이집트로 여행을 떠날 겁니다."

웰스는 그 말에 친근감을 느꼈다. 보통사람처럼 저 피조물도 자신이 좋아하는 역사적 시대가 있고, 선호하는 과일, 계절과 노래도 있을 것이다.

"왜죠?" 친절한 미소를 지으며 물었다.

"왜냐하면 이집트인들은 동물의 머리를 가진 신들을 숭배했기 때문이지요." 메릭이 부끄러워하면서 대답했다.

웰스는 바보처럼 그를 바라보았다. 그를 더 놀라게 한 것이 무엇 때문인지 알 수 없었다. 메릭의 대답 속에 있는 순진한 소망이었을까, 아니면 멸시당하는 괴물이 아니라 숭배의 대상이 되기를 바라는 철없는 마음에 대해 자신을 비난하는 듯한 의기소침함 때문이었을까? 세상을 향해 증오와 원한을 가질 권리가 있는 사람을 꼽는다면, 웰스는 메릭이야말로 바로 그런 사람이라고 생각했다. 그럼에도 불구하고 메릭은 자신의 슬픔을 질책했다. 마치 창문을 통해 그의 등을 따사롭게 비추는 햇빛이나 하늘에 떠다니는 구름만으로 충분히 행복의 조건을 찾아야 한다고 생각하는 것 같았다. 웰스는 접시에 있는 각설탕을 집어서 자신의 이가 괜찮은지 확인하려는 듯 열심히 씹었다.

"니보기펠 박사가 미래로 여행하기 위해서 기계를 사용하지 않은 이유가 뭐라고 생각하세요?" 메릭이 몰랑몰랑한 치즈에 빠진 것처럼 미끄러지는 듯한 목소리로 물었다. "궁금하지 않으세요? 저는 때때로 백 년 후에는 세상이 어떻게 될까 궁금하답니다."

"사실은……" 웰스는 그 말에 무슨 대답을 할지 몰라서 주저했다.

메릭은 소설의 배경 뒤에 인물들이 춤을 추도록 조정하는 작가가 따로 있다는 사실을 쉽게 잊어버리는 부류의 독자였다. 어릴 적에 그도 역시 그런 독자였다. 하지만 어느 날 작가가 되기로 결심한 뒤부터는 그렇게 순진한 상태로 책의 내용에 빠져드는 것이 불가능했다. 등장인물들의 행동이나 감정은 그들의 것이 아니라는 것을 깨달았다. 그들의 모든 행동과 생각은 실제로 더 상위 존재의 명령에 따르는데, 이 존재는 고독한 방에서 자기 자신이 판 위에 배치한 말들을, 일반적으로 독자들에게 불러일으키려고 하는 감동과는 상관없이 끔찍한 혐오감을 가지고 다룬다. 소설은 인생의 단면을 보여 주는 것이 아니라 상상력을 발휘하고 광택을 내서 각색된 삶을 재생하는 것이다. 지루함과 무기력함, 쓸모없는 행동이 흥미롭고 의미 있는 에피소드들로 대체된다. 때때로 웰스는 어린 시절처럼 자유롭게 책을 읽었으면 하고 바란다. 소설의 장면을 연상하며 책을 읽을 수가 있기 때문이다. 일단 첫 번째 이야기를 쓰고 나면 다시 그 시절로 돌아갈 수 없다. 사기꾼이 되어 버려서 다른 사람을 대할 때도 사기꾼이 아닌가 의심할 수밖에 없는 것이다. 잠시 웰스는 메릭에게 그러한 질문은 니보기펠에게 해야 한다고 대답하려 했지만, 곧 그 생각을 포기했다. 메릭이 그의 대답을 친절한 농담으로 받아들일지 확신이 서지 않았기 때문이다. 만일 메릭이 현실과 단순한 허구를 구별하지 못할 만큼 그렇게 순진하다면? 그가 그토록 강렬하게 느긴 것이 그의 감수성 때문이 아니라 서글픈 무지 때문이라면? 그렇다면 자신의 대답은 그의 천진함을 빈정대는 잔인한 농담에 불과한 것이다. 다행히 메릭이 대답하기 훨씬 쉬운 질문을 던졌다.

"언젠가 누군가 시간여행을 할 수 있는 기계를 만들 거라고 믿나요?"

"그런 일은 가능하지 않다고 봅니다." 웰스가 단호하게 대답했다.

"하지만 타임머신에 대한 책을 쓰셨잖아요?" 방의 주인이 따져 물었다.

"바로 그 때문이지요, 메릭 씨." 자신의 소설에서 근간을 형성하는 뼈대에 대한 아이디어를 어떻게 찾는지 간단하게 설명하려 애쓰며 웰스가 말했다. "만일 타임머신이 가능한 것이라면 절대 그것에 대한 책을 쓰지 않았을 겁니다. 저는 불가능한 일을 쓰는 데만 관심이 있지요."

그 말을 하고 보니 사모사타의 루키아누스가 『진실된 이야기』에서 말한 내용이 떠올랐다. "나는 보지도 않고 확인하지도 않고 알지도 못하는 것을 쓰고, 더 나아가 절대 존재하지 않고 존재할 근거도 없는 것에 대해서 쓴다." 이 구절은 문학에 대해 그가 갖고 있는 생각을 요약했기 때문에 외우지 않을 수 없었다. 그렇다. 그 방의 주인에게 이미 말했듯이, 그는 불가능한 일에 대해서만 쓰고 싶어 한다. 그의 생각에는 디킨스가 그 나머지 것들을 해 줄 수 있을 거라고 말하고 싶었지만 그렇게 하지 않았다. 트레비스는 메릭이 독서광이라고 말해 주었다. 디킨스가 그가 좋아하는 작가 가운데 한 명이라면 그에게 무안을 주고 싶지 않았다.

"그렇다면 당신은 반은 사람이고 반은 코끼리인 저 같은 인간에 대해서는 글을 쓰지 못하겠군요. 안타깝습니다." 메릭이 작은 소리로 말했다.

그의 말은 그를 다시 무장해제시켰다. 그 말을 하고 메릭은 시선을 창가로 돌렸다. 웰스는 그러한 동작이 슬픔을 나타내려는 건지, 아니면 그의 모습을 마음껏 보라는 건지 알지 못했다. 어찌되었든 무의식적으로 그의 눈은 거의 매료되어 이미 충분히 알고 있는 사실을 확인하기 위해 조심성 없이 그에게 쏠려 있었다. 메릭 말이 맞다. 만일 자신의 눈으로 직접 보지 못했다면 그런 생명체가 존재할 수 있다는 생각은 전혀 못 했을 것이다. 아마도 소설의 허구 세계가 아니라면.

"당신은 위대한 작가가 될 거요, 웰스 씨." 방 주인은 창문을 계속 바라보면서 선언하듯 말했다.

"저도 그러고 싶지요. 하지만 그렇게 생각지 않아요." 처참한 첫 번째 시도 이후에 자신의 능력에 대해 심각하게 의심하기 시작한 웰스가 대답했다.

메릭은 그를 다시 쳐다보았다.

"제 손을 보세요, 웰스 씨." 그의 앞에 내밀면서 말했다. "이 손으로 상자로 된 성당을 만들 수 있다고 믿어집니까?"

웰스는 서로 전혀 다른 손을 너그럽게 바라보았다. 오른손은 거대하고 그로테스크하고 왼손은 열 살짜리 어린아이 손 같았다.

"아니요." 대답했다.

메릭은 동의의 표시로 고개를 무겁게 흔들었다.

"중요한 것은 우리의 의지예요, 웰스 씨." 쇠약해진 목소리에 단호한 어조를 가하려고 애를 쓰며 그가 말했다. "그게 가장 중요한 거예요."

그 말을 다른 사람이 했더라면 상투적으로 들렸을 것이다. 하지만 자기 바로 앞에 있는 사람의 말은 반론의 여지가 없는 진리였다. 그는 인간의 의지로 산도 옮길 수 있고 바다도 가를 수 있다는 사실에 대해 반론할 수 없는 증거였다. 세상으로부터 격리된 병원의 곁채에서 의지는 가능한 것과 불가능한 것을 재는 유일한 척도였다. 만일 메릭이 자신의 일그러진 손으로 판지로 된 성당을 만들었다면, 자신에 대한 믿음이 부족한 것 외에 하고 싶은 것을 하는 데 아무런 장애물이 없는 그가 무엇인들 못 하겠는가?

그의 말이 옳다는 말밖에 할 수 없었다. 메릭이 의자에서 움직이는 것으로 보아 그의 말이 메릭에게 만족감을 준 것 같았다. 그는 다 꺼져 가는 어린아이의 목소리를 쥐어짜면서 마분지로 만든 교회는 몇 달 동안 편지를 주고받은 연극배우를 위한 선물이라고 부끄럽게 고백했다. 켄달 부인이라는 사람은 메릭의 중요한 후원자 가운데 한 사람 같았다. 자신의 집에서 멀리 떨어진 세상에서 일어나는 다양한 불행에 대해 동정심이 많은 지체 높은 여성이라는 것을 쉽게 상상할 수 있었다. 코끼리 인간이라는 불행한 사람 이야기를 읽고 자선사업을 위해 기부할 가장 좋은 대상이라는 사실을 발견했을 것이다. 메릭이 그녀가 미국 여행에서 돌아오면 직접 만나고 싶다고 설명했을 때, 웰스는 의식적이든 무의식적이든 그의 말에서 울리는 사랑의 감정 앞에 감동하지 않을 수 없었다. 하지만 또한 커다란 슬픔도 느꼈다. 그는 켄달 부인의 여행 일정이 지연되어 그녀가 미국에 좀 더 머물기를 바랐다. 메릭이 그녀의 편지에서 계속 환상을 누렸으면 했고, 그런 불가능한 사랑 같은 건 오직 소설에서만 가능하다는 사실을 너무 빨리 발견하지 않았으면 하고 바랐기 때문이다.

차를 다 마시자, 메릭은 웰스에게 궐련을 주었고 그는 기쁘게 수락했다. 두 사람은 자리에서 일어나 창가로 다가가 오후가 저무는 것을 지켜보았다. 잠시 동안 두 사람은 길 건너편에 우뚝 솟은 성당을 바라보았다. 메릭은 이 성당의 정면을 세세히 기억하고 있을 것이다. 사람들이 오가고, 행상인은 짐수레에 싣고 가는 물건을 팔려고 소리를 지르고 마차들은 울퉁불퉁한 포장도로 위를 튕기듯이 달리고 있었다. 도로 위에는 매일 그곳을 지나가는 수백 마리 말들이 냄새나는 배설물을 흘려놓았다. 웰스는 메릭이 거의 존경에 가까운 두려운 마음으로 활기찬 삶의 모습을 관찰하는 것에 주목했다.

"아세요, 웰스 씨?" 마침내 그가 입을 열었다. "때로 인생이 공연처럼 생각되어요. 그 안에서 저는 아무 역할도 맡지 못하는 거지요. 제가 다른 모든 사람들을 얼마나 부러워하는지 아신다면……"

"당신이 부러워할 만한 대상들이 아닙니다, 메릭 씨." 웰스는 단호하게 말했다. "당신이 보는 사람들은 단지 먼지 덩어리일 뿐입니다. 그들이 죽으면 어느 누구도 그들이나 그들이 한 일을 기억하지 못할 겁니다. 하지만 당신은 역사에 남을 겁니다."

메릭은 창문의 유리가 보여 주는 일그러진 반영을 관찰하며 자신의 상황에 대해 쓸쓸하게 인식하면서 잠시 그의 말을 되새겨보는 것 같았다.

"그 말이 저에게 위로가 된다고 생각하시나요?" 음울한 슬픔을 보이며 그가 말했다.

"그랬으면 좋겠습니다." 웰스가 대답했다. "고대 이집트인들의 시대는 이미 끝이 났으니까요, 메릭 씨."

계속 거리만 바라볼 뿐, 방 주인은 대답이 없었다. 웰스는 약간은 무뚝뚝할지 모르지만 가장 현실적인 그의 말이 영원히 잔인한 표정을 지을 수밖에 없는 얼굴을 가진 메릭에게 어떤 영향을 끼쳤는지 감지해 낼 수 없었다. 방 주인이 자신의 비극 속에서 뒹구는 동안 그는 방관할 수만은 없었다. 그의 기형은 그를 주류사회에서 내몰았지만, 또한 그 기형 때문에 그가 역사상 아주 남다른 존재라는 자리를 차지하게 되었으며 그것이 메릭이 얻을 수 있는 유일한 위로라는 사실을 그는 확신했다.

"아마도 당신 말이 옳을 겁니다, 웰스 씨." 마침내 메릭이 자신의 흉한 모습에서 눈을 떼지 않고 말했다. "사람들은 자신과 다른 사람들을 두려워해요. 그런 세상에 살고 있으니 아마도 너무 많은 것을 기대해서는 안 되겠지요. 때때로 천사가 성직자 앞에 나타나면, 성직자가 천사에게 총을 쏠 거라는 생각을 해요."

"그럴 수도 있겠네요." 웰스는 자신 안에 있는 작가의 기질이 그 방 주인이 방금 묘사한 이미지에 흥분하는 것을 느끼면서 말했다. 방 주인은 유리에 비춰진 모습에 몰두해 있었다. 그 모습을 보고 그에게 작별인사를 하려고 했다. "차를 대접해 주셔서 감사합니다."

"잠깐만이요." 메릭이 서둘러 말했다. "당신에게 선물을 하고 싶습니다."

작은 붙박이장으로 가서 잠시 안을 뒤지더니 뭔가를 꺼냈다. 웰스는 당황하며 대나무 바구니를 바라보았다.

"켄달 부인에게 바구니를 만드는 사람이 되는 게 꿈이라고 했더니 그 기술을 가르쳐 줄 기술자를 보내 주었지요." 메릭은 바구니를 방금 태어난 아기나 새의 둥지처럼 자기 손에 부드럽게 올려놓으며 설명했다. "그는 친절하고 겸손한 사람으로 런던 선창가 인근 페닝턴 스트리트에 가게를 가지고 있지요. 그는 처음부터 내가 자신과 다르지 않은 것처럼 대해 주었어요. 그렇지만 제 손을 보자마자 제가 바구니를 만드는 것 같은 정교한 일을 할 수 없다고 말했어요. 매우 안타깝지만 우리 둘 다 시간만 낭비할 게 분명하다고 생각했어요. 하지만 꿈을 이루려고 노력하는 시간은 절대 낭비가 아니에요. 그렇게 생각지 않나요, 웰스 씨? '가르쳐 주시오'라고 말했죠. '그러고 나서야 그것이 옳은지 아닌지를 발견할 수 있어요.'라고요."

웰스는 메릭이 보기 흉한 손에 조심스럽게 들고 있는 완벽한 바구니를 보았다.

"그때부터 저는 바구니를 많이 만들어서 제가 초대한 사람들에게 선물했어요. 하지만 이것은 특별한 거예요. 제가 처음 만든 것이니까요. 당신에게 드리고 싶어요, 웰스 씨." 그가 바구니를 내밀며 말했다. "가장 중요한 것은 의지라는 것을 절대 잊지 않기 위해서요."

"감사합니다……." 웰스는 감동받아 더듬거렸다. "영광입니다, 메릭 씨, 정말 영광이에요."

웰스는 애정 어린 미소를 지으며 작별을 하고 문을 향해 갔다.

"마지막 질문입니다, 웰스 씨." 메릭이 그의 등 뒤로 말을 했다.

웰스는 바구니를 보내 준다며 니보기펠의 주소를 물어보지 않기를 기대하면서 그를 향해 돌아섰다.

"당신은 동일한 신이 당신과 나를 만들었다고 믿습니까?" 메릭은 슬픔보다는 실망감을 가지고 물었다.

웰스는 낙담의 한숨을 참아야 했다. 어떻게 대답할 것인가? 웰스가 여러 가지 대답을 생각하고 있는데 갑자기 메릭이 기운이 다 빠질 정도로 몸 전체를 흔들면서 이상한 신음 소리를 냈다. 웰스는 놀라서 그의 목에서 통제되지 않고 쩌렁쩌렁 울리는 쉰 소리가 반복되는 것을 들었다. 그리고 무슨 일인지 알게 되었다. 메릭에게 심각한 문제가 일어난 것이 아니라 그냥 웃고 있는 것이었다.

"농담이에요, 웰스 씨. 그냥 농담." 손님의 놀란 반응을 보고 웃음을 멈추면서 설명했다. "만일 내 모습을 보고 스스로 비웃지 않으면 내가 어찌 되겠소?"

웰스의 대답을 기다리지 않고 그는 자신의 작업탁자로 가서 아직 완성되지 않은 교회 모형 앞에 앉았다.

"내가 어찌 되겠소?" 울적하고 씁쓸한 기분으로 그가 중얼거리는 것을 들었다. "내가 어찌 되겠소?"

그가 손을 엉성하게 움직이면서 마분지를 다루는 것을 보고 웰스는 갑자기 깊은 곳에서 동정심이 솟구쳤다. 극도로 순수하고 부드러운 저 존재가 트레비스가 암시한 죽음과도 같은 시험을 치르게 하려고 유명한 사람들을 초대한다는 사실이 믿어지지 않았다. 오히려 메릭은 단지 그런 식으로 세상과 접촉하면서 약간의 애정과 이해를 얻고자 한다는 확신이 들었다. 그러한 음침한 목적은 트레비스가 꾸민 거라는 생각이 들었다. 그것은 아마도 그를 달갑게 여기지 않는 방문객들에게 겁을 주거나 아니면 메릭에게 없는 교활성을 부여함으로써 지극히 순진한 그의 품성을 가려 주기 위함일 것이다. 아니면, 사람의 순수해 보이는 동기에 대한 환상이 없는 웰스의 생각으로는 그 외과의는 여전히 이기적이고 야망에 찬 사람일지도 모른다. 즉 세상에 자신이 그 생명체의 영혼을 이해할 줄 아는 유일한 사람이라는 사실을 과시하고 싶어 하고, 역사에서 그 생명체의 옆자리를 차지한다는 생각에 그에게 필사적으로 매달리는 것이다. 웰스는 트레비스가 메릭의 얼굴이 절대로 벗을 수 없는 무서운 가면이고, 자신의 진짜 감정을 표현할 수 없는 가면이라는 점을 이용했을 거라는 생각에 화가 났다. 메릭 외에는 아무도 반박할 수 없기에 자신의 의도를 그에게 불어넣었을지도 모르는 것이다. 메릭이 자신을 비웃는 소리를 들은 지금, 웰스는 그 코끼리 인간이라는 사람이 자신이 방에 들어가는 순간부터 환한 미소를 짓고 있지 않았을까 궁금했다. 자신의 모습이 방문객들에게 일으키는 초조함을 진정시키기 위한 미소, 친절하고 부드러운 미소, 세상은 절대 알 수 없는 미소 말이다.

그 방을 나서자 자신의 볼에 눈물이 흘러내리는 것을 느꼈다.

대나무 바구니가 그의 인생에 흘러들어 온 경위는 그랬다. 그리고 곧이어 행운의 돌풍으로 곤경에 처한 웰스를 흔들어 대기 시작하며 그의 옷에 쌓인 지나간 불행의 먼지를 털어 버렸다. 바구니가 등장한 지 얼마 되지 않아서 동물학 분야에서 우등으로 과학 석사학위를 받고 통신대학에서 강의를 하기 시작했다. 그리고 「유니버서티 코러스판던트」의 편집장을 맡고, 「에듀케이셔널 타임스」를 위해서 짧은 토막기사들을 쓰기 시작했다. 짧은 시간에 비교적 놀라운 액수의 돈을 모았다. 그리고 그것은 자신의 책이 큰 반향을 일으키지 못해 느낀 실망감에서 회복하는 데 큰 도움이 되었고 자신감도 회복할 수 있었다. 그리고 매일 밤 오랜 시간을 바구니에 애정 어린 눈길을 보내면서 존경을 표하기 시작했다. 그것은 아직도 제인 몰래 행하고 있는 간단한 의식으로, 자신이 무적처럼 강한 사람 같은 느낌을 주었다. 헤엄 쳐서 대서양을 건널 수도 있고 맨손으로 호랑이도 잡을 수 있을 것 같은 느낌을 줄 정도로 용기를 불어넣어 주었다.

하지만 웰스는 자신이 성취한 것을 즐길 시간이 많지 않았다. 그의 불행한 가족들은 어린 버티가 부자가 되기 시작하는 것을 보고, 상처입고 위협받는 자기들 인생의 짐을 떠안겼기 때문이다. 웰스는 체념하고 가족의 수호자 역할을 받아들였다. 그의 가족 중 자기 외에 그 역할을 할 수 있는 사람이 없다는 것을 알았기 때문이다. 그의 아버지는 결국 도자기 사업이라는 귀찮은 짐에서 벗어나 로게이트 남쪽에 위치한 작은 마을 네우드의 시골집으로 갔다. 그곳에서는 하팅 다운의 구릉과 업파크의 포플라 나무를 볼 수 있었는데, 시간이 지나면서 나머지 가족들도 인생의 조수에 떠밀려 간 폐품처럼 그 작은 집에 모여들었다. 그곳에 가장 먼저 좌초한 사람은 그의 형 프랭크로 몇 년 전에 피륙점을 그만두고 시계 행상을 시작했으나 큰 성공을 거두지 못했다. 그가 가져온 두 개의 커다란 가방은 보란 듯이 네우드의 얼마 안 되는 공간을 차지했고, 그 안에서는 팔지 못한 시계들의 성가신 윙윙거리는 소리가 끊임없이 새어나왔는데, 기계로 된 거미들이 단체로 덜거덕거리는 것 같았다. 얼마 후에 프레드가 나타났다. 프레드는 일하던 회사에서 사장 아들이 회사를 차지할 나이가 되자마자 자신도 모르게 그를 대신해 덥혀 놓았던 자리에서 해고당했다. 형제들이 다시 모여 한 지붕 밑에서 살게 되자, 그들은 서로의 상처를 핥아 주었고 아버지의 무의식적인 행동에 전염되어 인생의 마지막 재앙을 긍정적으로 받아들였다. 마지막으로 도착한 건 그들의 어머니였다. 갑자기 귀가 들리지 않아 쓸모없어지고 신경이 예민해지자 업파크의 작은 파라다이스에서 쫓겨나게 되었다. 프랜시스만이 그곳에 돌아오지 않은 유일한 사람이었는데 아마도 그곳에 어린 시절 작은 관만큼의 자리도 없을 거라고 생각한 것 같다. 그렇다 해도 이미 많은 식구가 그곳에 있었고, 웰스는 프랭크의 시계가 웅웅거리는 이 둥지를 지키기 위해 끊임없이 가르치는 일을 해야 했다. 코담배와 김빠진 맥주의 냄새가 진동하는 유쾌한 사람들의 격리소 같은 이곳에서 거의 초인적인 노력을 기울일 즈음 웰스는 결국 피를 토하고 체링크로스 역 계단에서 쓰러지고 말았다.

진단은 간단했다. 결핵이었다. 회복은 빨랐지만 그 공격은 하나의 경고였다. 수면부족과 과로의 삶을 청산하지 않으면 그다음은 주의로 끝나지 않을 것이다. 웰스는 현실적인 마음으로 그것을 받아들였다. 순풍이 불고 있었고, 먹고 살아갈 다른 많은 방법이 있었고 새로운 삶을 살아갈 방안을 계획하는 데 어려움이 없었다. 결국 교사 일을 포기했고 글쓰는 일에만 몰두하기로 결심했다. 그럴 경우 자신이 부과하는 일정표와 압력 외에 다른 부담 없이 집에서 일을 할 수 있을 것이고, 조용한 삶을 살며 건강을 회복할 수 있을 것이다. 그래서 지역 일간지에 기사를 많이 쓰고 「포트나이틀리 리뷰」를 위해서 에세이를 쓰고 여러 차례의 도전 끝에 「폴 몰 가제트」에 글을 실을 수 있었다. 성공을 이룬 것에 대해 도취되고 허약해진 폐가 요구하는 신선한 공기를 찾아서 서튼에 있는 노스 다운스 근처 시골집으로 이사를 갔다. 그곳은 런던의 외곽지역으로부터 아직 침범을 받지 않은 얼마 되지 않는 지역 가운데 하나였다. 한동안 웰스는 쾌적하고 안전한 생활이 지속될 거라고 믿었지만 그의 예상이 벗어났다. 그것은 단지 평화로움의 허상이었다. 우연은 그를 가장 재미있는 꼭두각시 인형 중 하나로 간주한 것 같았다. 왜냐하면 다시 한 번 그의 인생의 경로를 바꾸려고 했기 때문이다. 비록 이번에는 피할 수 없는 사랑이라는 달콤하고 누구에게나 찾아오는 마치 유약을 바른 것 같은 반전이지만 말이다.

그가 제인이라고 부르는 에이미 캐서린 로빈스는 그의 제자로, 학교에서 그들은 매우 친하게 지냈다. 각자 기차를 타기 위해서 체링크로스 역으로 가는 길에 그녀를 우연히 만난 웰스는 재미있는 말솜씨로 그녀를 매료시켰다. 말을 통해 그렇게 아름답고 사랑스러운 소녀를 황홀하게 할 수 있다는 즐거움을 누리는 것 외에 다른 의도는 없었다. 하지만 그러한 유쾌하고 별다른 뜻이 없는 대화가 예상치 못한 결실을 맺게 되었다. 그와 그의 아내 이사벨은 제인과 그녀의 어머니의 초대로 주말에 푸트니에 갔었는데, 돌아오는 길에 이사벨은 그에게 주의를 주었다. 그가 의도한 바든, 그저 우연이든, 그 소녀가 그에게 완전히 빠져 있다는 것이다. 웰스는 부부관계가 지속되기를 바란다면 옛날 제자와의 관계를 끊으라는 아내의 경고에 눈썹을 치켜뜰 뿐이었다. 자신의 애무를 거부하는 저 여인과 쾌활하고 금욕적으로 보이지 않는 제인 중에 선택하는 것은 어려운 일이 아니라서 웰스는 책, 집기들과 대나무 바구니를 싸서 모닝턴 플레이스의 비천한 소굴로 거처를 옮겼다. 이 지역은 유스턴과 캠든 타운 경계의 런던 동북쪽에 위치한 폐허 지역이었다. 그는 제인과의 격렬한 사랑에 빠져서 가정을 버리기를 원했다. 그가 가정을 버린 진짜 이유는 그녀의 옷 속에 감추어진 작은 몸이 풍기는 유희적인 호기심에 이끌렸기 때문이기도 하지만, 무엇보다도 그것이 단조로운 일상에서 탈출하여 새로운 삶을 발견할 수 있는 기회였기 때문이다. 예전의 삶이 어떤 식으로 바뀔지 그는 알아보고 싶었다.

하지만 그가 받은 첫인상은 사랑 때문에 큰 실수를 저질렀다는 것이다. 그의 연약한 폐로 볼 때 가장 해로운 지역으로 가게 된 것이다. 그 지역은 바람에 실려 오는 석탄 그을음이 북쪽으로 향하는 기관차가 지나가면서 뿜은 연기와 뒤섞여 공기가 오염되어 있었다. 그뿐 아니라 제인의 어머니는 가엾은 딸이 타락한 인간의 마수에 걸려들었다고 확신했다. 웰스가 이사벨과 결혼한 상태로 그들과 함께 살기 위해 이사했기 때문이다. 그녀는 계속해서 혹독한 비난을 퍼부으면서 웰스와 제인의 인내심이 동나게 했다. 그런 예상치 못한 상황과 글을 쓰는 일과 새 가정을 유지하는 것이 불가능하다는 확신이 들자, 웰스는 바구니를 들고 옷장으로 들어갔다. 그곳은 로빈스 여사의 귀찮은 참견에서 벗어날 수 있는 유일한 공간이었다. 거기서 외투와 모자들 사이에 숨어서 몇 시간 동안 바구니를 쓰다듬으며 알라딘이 요술램프에게 하듯이 잃어버린 마법을 되찾으려 했다.

그것이 불합리하고 절망적이고 병적인 전략으로 보일지 모르나 분명한 것은 그 바구니를 그렇게 쓰다듬은 다음날 「가제트」 지의 주간 부록 문학

담당자인 루이스 하인드가 그를 찾았다는 점이다. 그는 과학적인 특징이 있는 소설, 세기를 바꾸려는 과학적 발명이 어디까지 갈 것인지 반영하고 예측할 단편을 쓸 사람을 찾고 있었다. 그는 웰스에게 어릴 적 꿈을 다시 시작하라고, 작가가 될 수 있는지 다시 한 번 시도해 보라고 제안했다. 웰스는 그의 제안을 받아들이고 며칠 만에 『도난당한 바칠루스』를 써내어 하인드를 크게 만족시키고 그 대가로 5기니를 받았다. 그 단편은 「내셔널 옵서버」지의 국장인 윌리엄 어니스트 헨리의 관심을 끌었다. 그는 그 젊은이에게 더 많은 지면을 할애한다면 훨씬 더 야심찬 이야기를 끌어낼 수 있다고 확신하고 그에게 페이지들을 할애해 주었다. 웰스는 그렇게 유명한 잡지에 글을 쓰는 기회가 주어진 것에 대해 기뻐하기도 했지만 겁을 먹기도 했다. 그 당시 그 잡지는 그가 존경하는 콘라드가 『나르시스의 흑인』을 연재하고 있었다. 이제 그는 더 이상 짧은 기사나 단편을 쓰는 사람이 아니었다. 이제는 소설을 쓰는 작가가 상상력을 자유롭게 펼칠 수 있는 공간이 그에게 주어졌기 때문이다.

웰스는 신경이 극도로 예민해져서 헨리와의 약속날짜를 기다렸다. 「내셔널 옵서버」 국장으로부터 연락을 받은 뒤로 백전 연마의 편집장을 감동시킬 독창적이고 매력적인 소재를 찾아서 머릿속에 있는 많은 아이디어들을 되새겨보았지만 획기적인 아이디어가 떠오르지 않았다. 약속날짜는 다가오는데 그에게 제시할 좋은 이야기가 없었다. 그때였다. 그는 빈 바구니에 다가가서 그 속이 소설로 가득 차 있다고 간주했다. 그것은 밑바닥에 가득한 아이디어를 따라내기 위해서 약간 흔들어 주기만 하면 되는 풍요로운 뿔과 같았다. 분명히 과장된 장면이기는 하다. 웰스가 바구니를 바라볼 때 떠오르는 것을 시적으로 포장한 것이었다. 불현듯 메릭과 나눈 대화가 떠올랐다. 믿을 수 없지만 그 대화를 기억할 때마다 강의 웅덩이 밑에 있는 금덩이처럼 소설을 끌고 나갈 만한 아이디어가 떠올랐다. 마치 메릭이 의도적으로, 아니면 우연히 차를 마시자는 핑계를 대고 그에게 몇 년 동안의 아이디어와 줄거리를 제공해 주는 것 같았다. 메릭은 니보기펠 박사가 미래 여행에 관심도 없고, 미래의 미스터리 속으로 들어가려는 용기를 내지 않은 것에 대해 불쾌함을 드러냈었는데, 웰스는 이미 그에 대한 수많은 글을 써왔기 때문에 이제 그런 잘못을 바로잡을 때가 되었다고 생각했다.

그래서 더 이상 생각하지 않고 골치 아픈 니보기펠을 희생시키고 이름도 정하지 않은 다른 존경받는 과학자로 대체하기로 했다. 익명을 사용하는 까닭은 어떠한 발명가라도 자신을 상황에 끼워넣어 볼 수 있고, 다가오는 미래 과학자의 전형적인 인물로 상상해 볼 수도 있기 때문이었다. 시간 여행이란 아이디어를 어린애 같은 단순한 환상 이상의 것으로 변화시키기 위해서, 하인드를 위해 썼던 이야기들에 약간 과학적인 내용을 덧붙이고, 「포트나이틀리 리뷰」에 발표한 지난날의 에세이에서 발전시킨 이론을 이용했다. 오직 3차원만이 보이는 우주에 시간을 추가해 4차원의 세계를 다루는 것이다. 소설의 주인공이 시간의 흐름을 마음대로 다루면서 기구를 사용할 수 있다면, 그 아이디어는 훨씬 더 인상적인 것이다. 몇 년 전에 헨리 슬레이드라는 미국의 영매가 사기를 친다는 판결을 받은 적이 있었다. 그는 죽은 사람들의 영혼과 교류하는 능력 외에도 마술 모자에 연체동물의 관절과 달팽이를 집어넣었다가 그것들을 반대방향으로 나선형을 그리며 다시 꺼냈는데, 마치 거울 속에서 꺼낸 것 같은 솜씨를 자랑했다. 슬레이드는 자기 모자가 4차원으로 가는 비밀 통로를 숨기고 있다고 주장했는데, 그것이 모자에 집어넣은 물건들의 위치가 특이하게 바뀐 것을 설명해 주었다. 놀랍게도 그 영매는 물리학과 천문학 정교수인 요한 졸너 같은 유명한 물리학자들의 지지를 받았는데, 이들은 3차원 관점에서 볼 때 속임수처럼 보이지만 4차원의 세계에서는 그것이 가능하다고 주장했다. 이 재판은 런던 전체를 들끓게 했다. 그것은 존재하는 정사각형이나 정육면체에 시간이라는 n차원의 면을 확장한 하이퍼큐브의 아이디어를 고안해 낸 수학자, 찰스 힌튼의 연구에 힘입었는데, 모든 것이 동시다발적으로 일어나지만 당연히 인간의 케케묵은 3차원 시각으로는 그것을 다 볼 수 없다는 것이다. 웰스에게는 그 4차원의 아이디어가 허공에 떠 있다는 생각이 들었다.

정확히 어떤 식으로 연관되는지 아는 사람은 없었지만 그 말은 신비로운 뭔가를 떠올리게 했다. 이 사회가 갈망하며 실재할 거라고 긍정적으로 생각하는 무언가를. 대부분의 사람들에게 세상은 지루하고 호전적인 곳이었다. 하지만 그것은 그들이 일부밖에 보지 못하기 때문이다. 맛이 없는 불고기에 어떠한 요리가 곁들여지느냐에 따라 맛이 달라지듯이, 우주가 보이는 것에 국한되지 않고 더 확대될 수 있는, 감추어지고 신비한 부분이 있다고 생각하면 위안이 될 것이다. 4차원은 인간이 거주하는 평범한 별에 마법의 분위기를 부여한다. 3차원 세계에서는 불가능한 소원을 품을 수 있는 다른 세계가 존재할 수 있다는 가능성을 열어 주었다. 런던에서 창설된 심리연구학회는 이러한 가능성을 행동으로 뒷받침해 주었다. 한편 웰스는 그 당시 매일 과학학교의 동료들이 벌이는 지루한 논쟁을 견뎌야 했다. 모든 사상가들이 4차원을 자신의 운동장으로 만들어 버렸다. 그들 말대로 하나의 사물은 다른 것으로 연결되었다. 웰스는 3차원 세계와 마찬가지로 다른 공간 차원을 통해 여행하는 것이 가능하다고 생각했다. 그리고 자신의 시간 이론을 전개시키기 위해 그 두 개의 아이디어를 조합하는 데 아무런 어려움도 느끼지 않았다.

웰스가 헨리의 사무실에 들어갈 때쯤에는 자신의 소설에 대해 놀라울 정도로 명확한 아이디어가 떠올랐다. 그는 마치 설교자처럼 확신과 열정에 차서 자신의 책에 대해 설명할 수 있었다. 시간여행자 이야기는 두 부분으로 나뉜다. 첫 부분에서 시간여행자는 반드시 믿음을 주어야 할 사람들, 즉 그의 발명에 회의적인 시각을 가진 선택된 소수의 손님들에게 그 기계의 작용에 관해 설명하게 될 것이다. 이 그룹은 의사, 시장, 심리학자와 중산층의 대표자 한 명으로 구성된다. 마치 자신도 기계의 진실성을 믿을 수 없다는 듯이 매 장마다 기구의 기능에 대해서 상세하게 설명했던 쥘 베른과는 달리, 그의 설명은 간결하고 간단했다. 독자들이 지나치게 추상적인 생각을 하지 않도록 단순한 예를 들었다. 알다시피, 그 발명가는 세 면으로 정의되고 각각은 다른 것들과 직각을 이루는 3개의 공간적인 차원―길이, 넓이와 높이―을 본다. 그러나 정상적인 상황의 3차원 세계에서 인간의 움직임은 완전하지 않았다. 길이와 넓이 쪽으로는 아무런 문제 없이 움직일 수 있지만 기구를 사용할 경우를 제외하고 위나 아래로 이동할 때에는 중력의 법칙에 제한을 받을 수밖에 없었다. 또한 인간은 시간대에 갇혀 있어서 그 안에서는 정신적으로만 이동이 가능했다. 회상을 통해서 과거로, 상상을 이용해서 미래로 여행할 수 있다. 만일 기구 같은 기계가 있다면 그 제약에서 벗어나, 불가능하리라 생각했던 것도 성취할 수 있다. 즉 시간의 속도를 빠르게 하여 미래로 나아가거나 시간의 속도를 줄여서 과거로 돌아가는 것이다. 손님들이 4차원의 개념을 이해할 수 있도록 돕기 위해 발명가는 기압계의 예를 들었다. 수은이 날짜에 따라 올라가고 내려가지만 그 움직임을 나타내는 선은 어떤 공간적 차원에서도 나타나지 않고 시간의 차원에서만 나타나는 것이다.

소설의 2부에서는 주인공이 손님들과 헤어진 뒤 자신의 기계를 시험하기 위해 떠나는 여행에 대한 이야기다. 메릭을 기리기 위한 이 이야기에서 주인공은 미래의 신비스러운 대양으로 향한다. 이것이 웰스가 「내셔널 옵서버」의 편집장 앞에서 빠르지만 웅변조의 말로 그린 미래다. 거구의 헨리는 어린 시절 받은 부주의한 외과수술 때문에 목다리를 짚고 다녀야 했는데, 그는 의구심을 품은 얼굴을 뒤로 빼고는『롱 존 실버』를 쓴 스티븐슨의 이야기에 근거를 두어야 한다고 주장했다. 미래에 대해 말하는 것은 위험했다. 문학계에서는 베른이 미래 세계를 보여 주는『20세기의 파리』라는 책을 썼지만 편집장인 쥘 에첼이 1960년대에 대한 베른의 아이디어가 천진하고 염세적이라는 이유로 출간을 거부했다는 소문이 돌았다. 그 시대에는 죄수들을 전기의자에서 처형하고 전신망이 있어서 복사한 서류를 세계의 어느 곳으로나 보낼 수 있다는 것이 베른의 아이디어였다. 미래를 예측한 작가는 베른뿐만이 아니었다. 많은 사람들이 그러한 시도를 했으나 모두 실패했다. 하지만 웰스는 헨리의 말에 겁먹지 않았다. 그는 의자에 기대어 사람들은 미래에 대해 읽기를 원하고 누군가 첫 번째 소설을 출간해야 한다고 반론을 폈다.

그렇게 해서 1893년에 '타임머신'이 「내셔널 옵서버」에서 연재되기 시작했다. 그러나 곧 웰스에게 절망스러운 사건이 발생했다. 그 소설이 완간이 되기도 전에 잡지 주인들이 회사를 매각한 것이다. 재편작업에 들어간 새로운 이사회는 헨리와 그의 소설 프로젝트도 중단시켜 버렸다. 다행히 웰스의 불행은 오래가지 않았다. 스티븐슨의 제2의 자아처럼 강인한 헨리는 재빨리 「뉴 리뷰」의 키를 쥐게 되어서 시간여행자의 프로젝트를 다시 살리자고 제안했다. 그뿐만 아니라 고집 센 편집장인 윌리엄 하이네만에게 소설을 출간하도록 설득했다.

웰스는 뒤로 물러서지 않는 헨리에게 고무되어 많은 시련을 겪은 소설을 훌륭하게 마무리하기 시작했다. 하지만 이미 습관이 되어 버린 일상적인 문제로 그 일은 다시 중단이 되었다. 그것도 이번에는 훨씬 더 부끄러운 이유로. 의사의 권유로 그는 제인과 함께 시골인 세븐오크스의 소박한 집으로 이사를 갔었다. 하지만 대나무 바구니를 앞세운 상자와 가방들과 버릴 수 없는 집기들 때문에, 결국 로빈스 부인도 동행했다. 그 당시 제인의 어머니는 이루 다 말할 수 없을 정도로 거머리 같은 역할을 하며 딸의 건강에 해를 끼쳤다. 끊임없는 질책으로 제인은 창백하고 마른 넝마처럼 변해 갔다. 로빈스 부인은 웰스와의 소모전에서 다른 지원군이 필요하지 않았지만, 예상치 않게 주인집 여주인을 동맹군으로 얻었다. 그들의 동맹은 여주인이 임대해 준 방에 사는 젊은 남녀의 정체를 알게 되면서 성립되었다. 사실은 그들의 삶이 결혼관계가 아니라 이혼절차를 밟는 타락한 남자와 순진한 소녀의 불경스러운 동거생활이라는 사실을 알게 된 것이다. 두 적과 전투를 벌이느라 웰스는 소설 집필에 집중할 수가 없었다. 그의 유일한 위로는 형태를 갖추어 가는 시간여행자의 줄거리가 지금까지 써온 부분보다 훨씬 더 재미있어서 소설이 사회 풍자 역할을 할 수 있다는 것이다.

시간여행자는 먼 미래의 인류가 과학이나 정신적인 면에서 굉장한 진보를 이룰 거라고 확신하고, 기계를 타고 미래의 초원을 달린다. 그는 우연히 선택된 날짜인 802,701년에 멈출 때까지 달렸는데 그것은 자신이 예측한 것을 증명하기에는 너무 먼 미래였다. 파라핀 램프의 흔들리는 불빛에 놀라고, 창을 통과한 8월의 미풍에 실린 집주인의 위협에 겁을 먹으며, 웰스는 일사천리로 자신의 발명가를 꿈의 정원 같은 세계로 진입시켰다. 마법을 완성하기 위해 그 에덴에는 매우 아름답고 섬세한 인간들인 엘로이 족이 거주하게 했다. 그는 인류의 약점들을 바로잡았을 뿐만 아니라, 추악하고 거칠고 촌스럽고 세련되지 못한 점을 제외시켜 놀라울 정도로 뛰어난 진화의 결과물로 만들었다. 여행자가 확인한 바에 의하면, 이 섬세한 엘로이 인들은 자연과 조화를 이루며 평온한 삶을 살았다. 법도 정부도 없고 질병이나 경제적인 곤궁이나 사람들에게 노력을 강요하는 복잡한 문제도 없었다. 개인소유의 개념도 모르는 것 같았다. 그 동산에서는 모든 것을 함께 나누었다. 그러한 에덴동산 같은 상황은 문명의 도래에 대한 가장 좋은 예측을 암시해 준다. 웰스는 친절하고 낭만적인 조물주처럼, 발명가가 위나라는 여성 엘로이와 우정을 맺게 했다. 그녀가 강에서 익사하려는 순간에 그녀를 구해 준 뒤 그녀는 이방인이 풍기는 카리스마가 주는 황홀경에 빠져서 어린아이처럼 그를 졸졸 따라다녔다. 도자기 인형처럼 연약하고 날씬한 위나는 발명가가 방심한 틈을 타서 그에게 화관을 씌우거나 꽃으로 된 주머니를 만들어 주었을 뿐만 아니라, 발명가가 도저히 이해할 수 없는 달콤하지만 힘이 없는 그들의 언어로는 전할 수 없는 감사의 표현을 하기도 했다.

웰스는 그러한 목가적인 장면을 그리고 나서, 잔인하고 아이러니한 명쾌함으로 그것을 파괴시켰다. 여행자는 엘로이 족과 몇 시간을 함께 지낸 뒤, 실상은 겉으로 보이는 것처럼 완벽하지 않다는 것을 알게 되었다. 여행자는 그들이 무감각하고, 문화적인 면이나 정신적인 면에서 발전하려는 의욕이 없고, 단순함과 향락주의에 젖은 게으름뱅이들이라는 사실을 발견했다. 인간의 영혼에 용기를 불어넣는 위협에서 자유로워진 뒤 인간은 게을러지고, 감각적인 생명체가 되어 버렸다. 변화도 없고 변화의 필요도 없는 그곳에서는 지능이 쇠퇴했기 때문이다. 설상가상으로 타임머신이 사라져 버렸다. 그러자 발명가는 엘로이 족이 그 세계의 유일한 주민들이 아닐지도 모른다고 생각했다. 다른 존재들이 있는 것이 분명했다. 즉 그가 타임머신을 둔 장소에서 그것을 끌고 가서 그 주변에 있는 거대한 스핑크스의 내부에 숨겨둘 정도의 힘이 있는 존재들 말이다. 그의 생각은 틀리지 않았다. 그 거짓된 파라다이스 표면 밑에 몰록 인들이 살고 있는데, 그들은 햇볕을 두려워하는 원숭이 같은 존재로 야만적인 식인풍습의 시대로 후퇴한 존재들이었다. 몰록 인들은 지하세계에서 나중에 잡아먹기 위해서 지상세계의 이웃인 엘로이 인들을 부양하는 당사자들이었다. 하지만 비난할 만한 잔인한 식습관에도 불구하고, 여행자는 그 사나운 종족에 인류의 지능이 약간이나마 남아 있다는 점을 인정할 수밖에 없었다. 지하터널에 있는 기계들을 조정할 필요가 있었기에 그들에게 지능과 이성이 남아 있었던 것이다.

자기 시대로 돌아가지 못하고 미래에서 좌초할까 봐 두려워한 발명가는 오르페우스와 헤라클레스, 아이네아스의 발자취를 따를 수밖에 없었다. 자신의 기계를 찾으러 몰록 인들의 왕국이라고 상상한 지옥으로 내려가기로 한 것이다. 기계를 발견하자 그는 시간을 통해 미래 속으로 깊이 들어가, 거무스레한 하늘 아래 펼쳐진 우수에 잠긴 해변에 좌초할 때까지 미친 듯이 도주했다. 폐를 톡 쏘는 듯한 특이한 공기가 넘치는 그 새로운 미래를 흘끗 본 발명가는 생명체는 두 종자로 분리되었음을 알았다. 거대하고 소란스러운 하얀 나비와 그를 쫓아온 위협적인 집게가 달린 괴물 같은 게들이었다. 이제는 인간의 운명에 대해서는 신경 쓰지 않았다. 인간의 존재는 가차 없이 사라져 버린 것 같았다. 이제 발명가는 지구 자체의 운명에 대해 신경을 쓰며 천 년 앞으로 계속 여행을 했다. 그다음 도착지는 자신의 시대에서 삼천만 년이 지난 미래로, 거의 자전을 하지 않는 황량한 유성이 그를 맞이했다. 그곳은 희미하게 빛을 발하는 태양 빛을 거의 받지 못하는 유성이었다. 희뿌연 수의처럼 생명을 알리는 모든 소리가 사라진 곳을 굼뜬 강설이 뒤덮으려고 했다. 세상의 머리 단을 짜던 새들의 지저귀는 소리, 양들의 울음 소리, 벌레들의 윙윙거림과 개가 짓는 소리가 여행자에게 아련한 기억으로 남아 있다. 그때 앞에 놓인 붉그스름한 바다에서 철벙철벙 물소리를 내는 촉수가 달린 한 생명체를 발견하자 두려움이 몰려왔다. 그는 비탄에 젖은 슬픔을 극복하고 다시 기계에 올라탔다. 타임머신의 조종석에 앉자 끔찍한 공허감이 밀려왔다. 이제 미래에서 그를 기다리고 있을 음산한 장면들을 보고 싶은 호기심도 사라지고 과거로 돌아가고 싶은 마음도 없었다. 이제 인간이 이룩한 모든 성공은 헛된 노력이라는 것을 깨닫고, 실제로 자신이 속한 시대로 돌아갈 순간이 왔음을 알았다. 돌아오는 도중에 눈을 감았다. 이제는 자기 주변의 세상이 녹색을 띠고 태양이 강렬한 빛을 발하고 인류 건축의 업적과 유행을 보여 주는 집과 건물들이 우뚝 서 있는 모습을 예전처럼 볼 수 없을 것 같았기 때문이다. 그는 낯익은 자신의 실험실 벽들에 포위된 것을 느끼고 나서야 다시 눈을 떴다. 핸들을 틀자 세상은 흐릿한 모습을 벗어나 일상의 모습을 보여 주었다.

발명가는 자신의 시대로 돌아오자 사람들의 목소리와 부엌에서 나는 접시소리를 들었다. 기계의 시간이 여행을 떠난 지 일주일이 지난 그 다음 주 목요일에 멈춘 것을 발견했다. 잠시 기운을 되찾기 위해 안정을 취한 발명가는 자기가 초대한 사람들 앞에 나타났다. 하지만 미래에서 어쩔 수 없이 과일 다이어트를 한 후 현실세계에서 참을 수 없는 유혹으로 다가온 맛있는 불고기 냄새에 밀려 그들과 자신의 경험을 공유하고 싶다는 마음은 흔적도 없이 사라져 버렸다. 백짓장처럼 창백한 모습, 그의 얼굴에 난 상처와 재킷에 묻은 많은 얼룩을 초청자들이 놀라서 바라보는 가운데 게걸스럽게 굶주림을 해결한 다음, 여행자는 비로소 자신의 모험을 이야기하기 시작했다. 비록 주머니에 아직도 보관하고 있는 이상한 하얀 꽃들과 애처로운 기계의 모습에도 불구하고, 당연히 아무도 거짓말 같은 그의 모험을 믿지 않았다. 웰스는 소설의 에필로그에서 손님 가운데 한 명인 화자에게 시간여행자가 가져온 이국적인 꽃을 만져 보게 해서, 비록 지혜와 힘이 사라져도 감사하는 마음은 인간의 마음에 계속해서 남아 있을 것이라는 사실을 암시했다.

마침내 『타임머신』이라는 제목의 책이 빛을 보자 이 책은 엄청난 반향을 일으켰다. 8월에 하이네만은 이미 무선제본으로 육천 부, 양장본 천오백 부를 발간했다. 모든 사람들이 그 책에 대해 이야기했다. 웰스는 엄격한 자본주의 사회가 가져올 궁극적인 대가인 파괴적인 비전을 제공하려고 노력했다. 몰록 인들은 바로 아침부터 밤까지 일하는 최악의 근로조건과 피곤한 일과로 사나워진 노동계층의 진화의 결과라는 사실을 누군들 짐작하지 못하겠는가? 우리 사회는 느리고 조심스럽게 이런 노동층을 지하세계로 옮기기 시작했고, 부유계층이 으스대고 걸어 다닐 수 있도록 지상세계를 보존하고 있는 것이다. 웰스는 독자들의 의식을 흔들어 댈 목적으로 사회적 역할도 도치시켰다. 샤를 대제 후예의 왕들처럼 무익하고 아름다운 엘로이 족이 기형적인 모습과 야만성을 가졌음에도 불구하고 먹이사슬을 주관하는 몰록 인들의 먹이가 되게 한 것이다. 그럼에도 불구하고 그가 의도한 사회의식은 시간여행의 아이디어가 일으킨 사회적인 흥분 때문에 중요도가 줄어들었다. 하지만 한 가지는 분명했다. 어찌되었든 그렇게 불리한 상황에서 집필된 소설이, 심지어 광고 카탈로그까지 함께 출판하면서 사만 단어가 약간 넘는 작품이, 그에게 영광의 문을 열어 준 것이다. 그 표현이 과하다면 최소한 그 문 가까이 가게 해 주었다. 그것은 그가 그 사만 단어의 책을 다

썼을 때 가졌던 기대보다 훨씬 엄청난 결과였다.

　성공한 작가라는 확신이 들자 처음으로 한 것이, 청년시절의 부끄러운 작품인『크로닉 아르고호』를 구할 수 있는 만큼 구해서 불태우는 것이었다. 그것은 마치 살인자가 자신의 범죄의 흔적을 지우는 것 같았다. 모든 사람들이 칭송하는『타임머신』에 대한 완벽성이 오랜 기간의 미숙한 노력의 결과물이 아니라 그의 영특한 머리에서 나왔다고 간주해 주기를 바랐다. 그리고 명성을 누리려고 했는데 그것도 쉽지만은 않았다. 성공한 작가라는 사실에는 의심의 여지가 없었지만 그에게는 부양할 가족이 많았다. 비록 제인과 결혼한 후 워킹에 정원이 딸린 집으로 이사를 했지만-바구니는 제인의 모자보관 상자들 사이에 끼여서 두드러진 상태로 여행을 했다-웰스는 경계태세를 늦출 수 없었다. 휴식을 위해 잠신 쉰다는 것은 생각할 수도 없었다. 계속해서 글을 써야 했다. 서점에서 인기를 이어갈 수 있게 할 수만 있다면 어떤 소재든 상관없이 글을 써야만 했다.

　그것은 웰스에게 아무런 문제가 되지 않았다. 바구니에 의지하는 것으로 충분했다. 그의 내부에서 어떤 마술사가 바구니를 휘젓자, 웰스는『놀라운 방문』이라는 소설을 출간했다. 그 소설에서는 어느 8월의 덥고 습기 찬 밤에 하늘에서 쫓겨난 한 천사가 시더퍼드라는 작은 마을의 연못에 내려왔다. 이상한 새가 온 것을 알고 아마추어 조류학자인 마을의 교구목사가 엽총을 들고 나가서 총을 쏘아 그 천사의 아름다운 깃털을 명중시켰다. 그리고는 동정심을 느껴서 치료를 하려고 목사관으로 데려갔다. 친밀한 접촉으로 목사는 비록 다르긴 해도 이 생명체가 본받을 점이 많은 훌륭하고 온화한 존재라는 사실을 깨달았다.

　두세 달 후에 쓰게 될 소설인『모로박사의 섬』과 마찬가지로, 그 작품의 줄거리 역시 그의 것이 아니었다. 웰스는 그것을 훔쳤다고 생각하지 않았다. 단지 조지프 메릭이라는 특별한 사람을 기리기 위한 자신의 특별한 경의의 표시라고 간주했다. 조지프 메릭은 트레비스의 예상대로, 웰스와의 결코 잊을 수 없는 만남을 갖고 2년 뒤 사망했다. 그는 자신의 책은 분명히 외과의가 메릭에게 한 것보다는 더 사려 깊은 애도의 방법이라고 생각했다. 소문에 의하면 그 외과의는 그의 뒤틀린 유골을 런던 병원에 있는 박물관에 전시했다고 한다. 그날 오후 웰스가 그에게 말했듯이 메릭은 역사에 남았다.

그에게 많은 빚을 진 『타임머신』 역시 웰스를 역사에 남도록 해 줄지 누가 알겠는가. 그러는 동안 그에게 놀라움이 밀려왔다. 소설에서 기술한 것과 똑같은 타임머신이 다락방에 숨겨져 있다는 사실이 떠올랐기 때문이다.

구릿빛으로 모든 것을 감싼 석양이 웰스를 포함해 닿는 것마다 고상하게 만들어 주며 세상을 적시기 시작했다. 식당에서 말없이 앉아 있는 그는 마치 밀가루로 만들어 놓은 조각 같았다. 「스피커」의 적의에 찬 비평을 잊어버리기 위해 고개를 저었다. 그날 오후 자신의 편지함에서 발견한 봉투를 집어 들었다. 미래를 예측해 달라는 다른 신문의 편지가 아니기를 바랐다. 『타임머신』을 출간한 이후 언론은 그를 공식적인 권위자로 추대하는 것 같았고, 그에게 그들의 간행물에 미래 예측능력을 펼쳐 보여 달라고 계속해서 부탁을 했다.

그러나 이번에는 미래를 점쳐 달라는 내용이 아니었다. 그 안에는 2000년대를 여행할 3차 원정대를 모집한다고 초대하는 머레이 시간여행사의 광고지와 길리엄 머레이의 명함이 들어 있었다. 웰스는 욕을 하지 않으려고 이를 악물었다. 광고지를 구겨서 잠시 전에 잡지를 던지듯 멀리 던져 버렸다.

구겨진 종이는 날아가다가 그곳에 있어서는 안 되는 한 남자의 얼굴에 부딪혔다. 웰스는 놀라서 식당에 나타난 침입자를 바라보았다. 그는 젊고 우아하며 종이 공에 맞은 볼을 어루만지며 장난을 치는 어린아이를 나무라는 듯이 고개를 저었다. 그를 따라 조금 늦게 다른 사람이 따라 들어왔는데, 먼저 들어온 청년과 닮은 점으로 보아 두 사람은 친척임에 틀림없었다.

작가는 먼저 온 사람을 바라보면서 구겨진 종이 공을 던진 것에 대해 사과를 할지, 아니면 자기 식당에서 대체 무엇을 하느냐고 물어볼지 주저하고 있었다. 하지만 그가 미처 결정하기 전에 청년이 먼저 말을 꺼냈다.

"웰스 씨, 제 생각에," 팔을 들어 그에게 권총을 겨누면서 말했다.

새의 얼굴을 가진 젊은이. 그것이 앤드류가 하이드파크의 숲을 환영처럼 돌아다니는 동안 영국 전체에 혁명을 일으킨 『타임머신』의 작가에게서 받은 느낌이다. 찰스는 현관문이 닫혀 있는 것을 발견하고 초인종을 누르지 않고 앤드류를 뒤편으로 데리고 가서 잘 가꾸지 않은 작은 정원을 살금살금 지나 지금의 작고 좁은 식당으로 들어온 것이다.

"당신들은 대체 누구고 내 집에서 뭘 하고 있는 거요?" 권총을 본 작가가 식탁에서 일어날 생각을 하지 않고 공격적인 질문을 했다. 아마도 그래야만 그의 몸이 자신을 겨누고 있는 권총에 덜 노출되기 때문일 것이다. 찰스는 작가에게서 총부리를 치우지 않고 앤드류에게 고갯짓을 하고 작가를 다시 바라보았다. 그가 연극에 참여할 차례가 왔다. 앤드류는 불만스런 숨을 자제했다. 그는 총을 겨누고 작가의 집에 침입한 것은 지나친 처사라고 생각했다. 그리고 그 집에 도착한 다음에 어떻게 할지 아무런 준비도 없이 그저 사촌의 손에 모든 것을 맡긴 것을 후회했다. 즉흥적으로 행동한 찰스 덕분에 불편한 상황을 만들고 말았다. 하지만 돌아가기에는 이미 너무 늦었다. 앤드류는 즉시 웰스에게 다가갔다. 어떻게 할지에 대해서는 아무런 생각이 없었다. 확실한 것은 자신의 행동이 사촌이 취한 엄하고 단호한 행동과 어울려야 한다는 것이다. 재킷에서 신문 스크랩한 것을 꺼내서 식탁 위 작가의 손 사이에 올려놓았다.

"이 일이 일어나는 것을 막고 싶소." 단호한 어투로 말했다.

웰스는 별 관심 없이 기사를 보고는 시계추처럼 눈알을 굴리면서 침입자들을 바라보더니 결국 그것을 읽어 보기로 했다. 그는 잠시 동안 얼굴에 아무런 표정도 없이 기사를 읽었다.

"안타깝지만 이 비극적인 사건은 벌써 일어났고 이미 과거에 속한 일입니다. 아시다시피 과거란 변할 수 없어요." 스크랩을 앤드류에게 건네주며 그가 무뚝뚝하게 말했다.

앤드류는 잠시 주저한 뒤 누렇게 바랜 종잇조각을 당혹스런 표정으로 받더니 다시 주머니에 집어넣었다. 매우 비좁은 식당은 세 사람이 다닥다닥 붙어 있는 바람에 핀 하나도 들어갈 틈이 없을 정도로 좁고 불편해 보였다. 아니, 만일 날씬하다면 한 사람 정도는 더 들어갈 수 있을지도 모른다. 더 나아가 대유행하기 시작한 자전거의 새로운 모델 중 하나도 들어갈 수 있을 것이다. 알루미늄 바퀴의 살, 편 마름모꼴의 관으로 된 몸체 덕분에 예전 자전거보다 훨씬 더 가벼워진 거라면. 세 사람은 다음 장면을 갑자기 잊어 버린 배우들처럼 바보같이 서로를 바라보았다.

"틀렸소." 찰스가 갑자기 생각난 듯이 말했다. "과거는 변하지 않는 게 아니오. 틀렸소. 만일 시간여행을 할 수 있는 기계가 있다면 말이오."

웰스는 그를 동정과 피로가 뒤섞인 표정으로 바라보았다.

"그렇군요." 이 모든 일이 어떻게 된 일인지 이해한 듯 갑자기 음울하고 낙심한 표정으로 중얼거렸다. "하지만 내가 그런 기계를 가지고 있다고 생각하시면 오햅니다. 난 작가일 뿐이오." 사과의 뜻으로 그가 어깨를 움찔했다. "난 타임머신을 갖고 있지 않아요. 단지 상상했을 뿐이지요."

"믿을 수 없어요." 찰스가 대답했다.

"사실입니다." 웰스가 한숨을 내쉬었다.

찰스는 앤드류가 이 미친 짓거리를 어떻게 이어 나갈지 알 거라는 듯한 표정으로 그를 바라보았다. 하지만 그들은 막다른 골목에 다다랐다. 앤드류는 자전거를 탄 여성이 식당으로 들어오는 것을 보았다. 막 찰스에게 무기를 내려놓으라고 말하려던 참이었다. 날씬하고 키가 작고 놀라울 정도로 아름다운 소녀였다. 평범한 사람들을 만드는 데 싫증을 느낀 조물주가 정교하게 만든 창조물 같았다. 하지만 실제로 앤드류의 관심을 끈 것은 그녀가 가져온 기계였다. 그것은 별다른 노력 없이 조용하게 시골길을 달릴 수 있기에 말의 자리를 빠른 속도로 대체해 나가던 자전거라는 기계였다. 찰스는 그와는 반대로 그 물건에 정신을 빼앗기지 않았다. 즉시 그 소녀가 웰스의 아내임을 알아챈 그는 단숨에 그녀의 팔을 낚아채서 권총부리를 그녀의 왼쪽 이마에 댔다. 마치 평생 그런 행동을 해 온 것처럼 빠르고 능숙한 그의 행동은 앤드류마저 놀라게 했다.

"기회를 한 번 더 주겠소." 찰스가 갑자기 창백해진 작가를 바라보면서 말했다.

곧이어 바보 같은 하찮은 대화가 계속되었는데 별로 중요하지 않지만 그대로 서술하겠다. 왜냐하면 이 이야기의 일부 에피소드만 특별히 중요하게 여겨지는 건 나의 의도가 아니기 때문이다.

"제인." 웰스가 잘 들리지 않는 소리로 말했다.

"버티." 당황한 제인이 말했다.

"찰스……" 앤드류가 말하기 시작했다.

"앤드류." 찰스가 그의 말을 잘랐다.

그리고 침묵. 오후의 빛이 그곳을 비추었다. 창문의 커튼이 약간 흔들렸다. 미풍이 정원에 뒤틀린 창처럼 우뚝 서 있는 나뭇가지를 흔들면서 환영 같은 소리를 자아냈다. 꼴사나운 멜로드라마 장면 같은 그 모습에 당황해서 한 무리의 환영들이 머리를 흔들어 대는 것 같았다. 이 이야기에 등장하게 될 헨리 제임스의 소설 속 장면과도 같았다.

"좋소, 신사 양반들." 마침내 웰스가 의자에서 벌떡 일어서며 우정 어린 어투로 외쳤다. "아무도 다치지 않고 이 문제를 문명인답게 해결할 수 있을 겁니다."

앤드류는 애원하듯 사촌을 바라보았다.

"그건 당신에게 달렸소, 버티." 찰스가 교활한 미소를 지었다.

"그녀를 놓아 주면 타임머신을 보여 드리겠소."

앤드류는 놀라서 작가를 바라보았다. 그렇다면 길리엄 머레이의 의심이 사실이란 말인가? 웰스가 정말로 타임머신을 갖고 있단 말인가?

찰스가 만족스런 미소를 지으며 제인을 놓아 주자, 그녀는 그들을 갈라놓은 얼마 안 되는 거리를 달려가 버티의 품에 안겼다.

"진정해, 제인." 작가가 아버지처럼 그녀의 머리를 쓰다듬으며 말했다. "모든 게 잘 해결될 거야."

"자, 그럼." 찰스가 초조하게 말했다.

웰스는 제인의 팔을 부드럽게 놓아 주고 적대적인 표정으로 찰스를 쳐다보았다.

"다락방으로 따라오시오."

그들은 웰스를 앞세우고 장례식 수행 대열을 갖춘 채 당장이라도 무너져 내릴 것 같은 삐걱거리는 계단을 올라갔다. 다락방은 지붕과 2층 사이의 공간을 이용해서 만들어져서 천장이 낮고 경사져 있었다. 그 안에는 잡동사니들이 어지럽게 널려 있어서 답답한 느낌을 주었다. 환기통 역할을 하는 창문을 통해 태양의 마지막 빛이 들어왔는데, 그 모퉁이에 이상한 기구 하나가 있었다. 무릎만 안 꿇었지 존경스럽게 바라보는 사촌의 눈길로 보아 타임머신이 틀림없었다. 앤드류도 호기심과 걱정이 뒤섞인 표정으로 더 자세히 관찰하려고 기계에 다가갔다.

현재의 인간을 가두고 있는 한계를 무너뜨릴 능력이 있는 기계는 언뜻 보기에 정교한 썰매 같았다. 그럼에도 불구하고 그 위를 나사로 조여 놓은 타원형 목재 발판은 그 허접한 물건의 용도가 공간을 이동하는 것이 아님을 말해 주었다. 공간을 이동하자면 그것을 끌고 가는 방법밖에 없는데, 그 크기로 보아 쉽게 움직일 수 있는 것이 아니었다. 허리까지 오는 놋쇠 바로 가장자리를 둘렀고 그 바를 넘어야 그 중앙에 있는 튼튼한 의자로 갈 수 있었다. 잘 조각된 나무 팔이 달려 있어서 이발소 의자 같은 분위기를 풍기는 의자에는 칙칙한 벨벳천이 씌워져 있다. 의자 정면은 역시 두 개의 재미 있는 장식 놋쇠 바가 지지하는데, 조종 패널 역할을 하는 중간 크기의 원통이 있고, 각각 날짜, 달과 연도를 나타내는 세 개의 화면이 있었다. 원통 오른쪽에 맞대 놓은 바퀴에 섬세한 수정 조종간이 달려 있었다. 기계에 핸들이 없는 것을 보아 조종간을 조작해 모든 것을 움직일 거라고 추측했다. 의자 뒤에는 증류기와 유사한 복잡한 톱니바퀴가 있었다. 거기에 이상한 상징으로 가득 덮인, 회전 접시 같은 거대한 원반을 지탱하는 축이 있었다. 분명 기계를 보호하기 위해 만들어진 것 같은 그 거대한 원반은 스파르타 전사의 방패보다 약간 더 컸고, 의심할 바 없이 그 기묘한 장치에서 가장 눈에 띄는 것이었다. 마지막으로 조종 패널에는 작은 금속판이 나사로 고정이 되어 있는데, 거기에는 '웰스 제작'이라고 씌어 있었다.

"당신이 발명도 합니까?" 앤드류가 멍청하게 입을 벌린 채 물었다.

"그렇지 않아요. 농담하지 마시오." 웰스가 화가 난 척하며 대답했다. "이미 작가일 뿐이라고 말씀드렸는데요."

"그렇다면 이것을 만들지 않았단 말이오? 그럼 이 기계는 어디서 났소?"

웰스는 낯선 사람들에게 설명을 해야 한다는 사실이 불쾌해서 한숨을 내쉬었다. 찰스는 제인의 이마에 권총을 더 가까이 겨누고 말했다.

"내 사촌이 질문을 했잖소, 웰스 씨."

작가는 화가 나서 그를 바라보고 다시 한숨을 내쉬었다.

"책을 출간하고 얼마 안 되어," 그들의 말에 따르는 것 외에 다른 방도가 없다는 것을 깨닫고 말했다. "한 과학자로부터 연락이 왔소. 그는 내 책에서 서술한 것과 매우 유사한 타임머신을 만드느라 수년 동안 비밀리에 작업을 하고 있다고 했습니다. 거의 그 기계를 다 만들었고 누군가에게 보여 주고 싶은데 누구에게 보여 줘야 할지 모르겠다고요. 좋은 의도가 없지는 않겠지만, 그 물건은 사람들의 불건전한 관심을 불러일으킬 수도 있는 위험한 발명품이었지요. 내 소설 때문에 그는 나야말로 비밀을 나누고 이야기할 적임자라는 생각을 하게 된 겁니다. 우리는 서로를 더 잘 알고 서로 믿을 수 있는 사람들인지 확인하려고 몇 번 만났고 곧 그렇다는 확신을 갖게 되었소. 무엇보다도 우리 둘 다 시간여행이 가져올 수많은 위험에 대해 매우 비슷한 의견을 가졌기 때문이지요. 그는 여기 다락방에서 기계를 완성했소. 그 작은 금속판은 내 협조에 대한 그의 진심이 담긴 감사의 표현인 셈이지요. 당신들이 내 책을 기억하는지 모르지만, 이 멋진 기계는 그 표지에 나오는 소름끼치는 기계와는 전혀 상관이 없어요. 당연히 그 기능도 다르고요. 하지만 그것을 어떻게 만드는지는 나한테 물어보지 마시오. 나는 과학자가 아닙니다.

이 기계를 시험해 볼 순간이 다가오자 그런 영광을 차지해야 할 사람은 바로 그라는 데 의견의 일치를 보았소. 난 현재 시간대에서 작동을 감독하기로 했지요. 기계가 여러 차례의 여행을 견뎌낼 수 있을지 몰라서 평화로운 시간대의 먼 과거를 한 번 여행하기로 했습니다. 그래서 로마제국의 침략이 있기 전 시대를 선택했어요. 마법사들과 드루이드 족을 만날 수 있는 시대였는데, 드루이드 족이 우리를 어떤 신에게 희생 제물로 바치지만 않는다면 큰 위험은 없을 거라고 생각한 겁니다. 내 친구가 기계에 올라타고 우리가 정한 날짜로 맞추고 조종간을 내렸지요. 그가 내 눈 앞에서 사라지는 것을 목격했어요. 하지만 두 시간 뒤에 기계만 돌아왔지요. 의자에는 아직도 신선한 피가 튄 자국이 있지만 상태는 온전했습니다. 그 뒤로 내 친구를 다시는 보지 못했죠."

무덤 같은 침묵이 흘렀다.

"당신도 시험을 해 보았소?" 마침내 찰스가 제인을 겨냥하던 총을 잠시 내리고 물었다.

"그렇소." 웰스가 부끄러워하며 인정을 했다. "하지만 약 사오 년 정도 되돌린 짧은 과거 여행이었을 뿐입니다. 시간의 조직에 가져올 수 있는 결과가 두려워서 아무것도 바꾸려는 시도를 하지 않았어요. 미래 속으로 들어가려는 시도조차도 하지 않았지요. 모르겠소. 난 내 소설에 등장하는 발명가와 같은 모험심이 없어서 이 모든 것이 부담이 되었소. 사실은 기계를 파괴하려고 했소."

"파괴한다고요?" 찰스가 난색을 표했다. "왜요?"

웰스는 그 질문에 대한 답이 명확하지 않다는 뜻으로 어깨를 움찔했다.

"내 친구에게 무슨 일이 일어났는지 난 몰라요." 그가 대답했다. "아마도 자신의 이익을 위해서 과거를 바꾸려는 사람들을 가차 없이 처리하는 시간 수호자가 있을지도 모르지요. 잘 모르겠소. 아니면 단순한 사고로 실종된 건지도 모르고요. 어찌되었든 이 난처한 유산을 어떻게 할지 모르겠소." 그는 산책을 하러 나갈 때마다 가지고 가야만 하는 십자가를 바라보듯이 슬픔에 잠겨서 기계를 쳐다보았다. "그것을 세상에 알리고 싶은 용기는 없어요. 그것이 세상을 좋게 변화시킬지, 아니면 나쁘게 변화시킬지 상상조차 할 수가 없어요. 무엇이 인간들을 책임감 있는 존재로 만드는지 자문해 본 적 있소? 감히 말씀드리죠. 그것은 사람들이 뭔가를 한 번에 단 한 번만 할 수 있기 때문입니다. 만일 우리의 가장 어리석은 실수까지 고칠 수 있게 해 주는 기계들이 있다면 세상은 무책임한 자들로 가득할 것입니다. 실제로 그 힘을 고려해 볼 때 지극히 우스운 개인적인 일로만 사용할 수 있지요. 하지만 만일 유혹에 넘어가 과거의 무언가를 바꾼다거나 아니면 현재의 상황을 좋게 만들기 위해 미래로 여행하게 된다면? 그건 내 친구의 꿈을 배신하는 겁니다……." 그가 실망스런 한숨을 내쉬었다. "보시다시피, 그 훌륭한 기계는 내게 방해물이 되기 시작하는군요."

그 말을 하고 앤드류를 머리부터 발끝까지 바라보았는데, 시선만으로 그의 관이라도 짤 것처럼 매서운 눈초리였다.

"한 사람의 생명을 구하기 위해서 사용하면 안 될까요?" 앤드류가 거의 속삭이듯이 말했다.

웰스는 잠시 생각하더니 이렇게 말했다. "어떤 목적이 그것보다 더 고상할 수 있겠어요? 아마도, 그렇게 할 수 있도록 해 드리고, 실제로 그 일이 성공하면, 기계의 존재에 정당성을 부여할 수 있겠지요."

"맞아요. 한 생명을 구하는 것보다 더 고상한 일이 있을 수 있습니까?" 웰스가 뜻밖에도 동의를 해 주자 찰스는 사촌의 말문이 막힌 것을 보고 재차 확인했다. "앤드류가 그 일을 해낼 거라고 자신 있게 말씀드리지요." 그의 옆으로 가서 그의 어깨를 손바닥으로 힘차게 두들겼다. "제 사촌이 잭더 리퍼를 죽이고 마리 켈리를 구할 겁니다."

웰스는 주저했다. 동의를 구하며 그의 부인을 쳐다보았다.

"오, 버티, 도와주세요." 제인이 흥분해서 외쳤다. "너무 낭만적이에요."

웰스는 아내의 말 때문에 마음속에 이는 질투심을 숨기려 하면서 앤드류를 다시 바라보았다. 하지만 제인이 그런 단어를 사용한 건, 단지 청년이 감행하려고 하는 무훈을 묘사하기 위해서라는 사실을 마음속 깊은 곳에서는 알고 있었다. 그의 질서정연한 인생에는 그러한 사랑이 어울리지 않았다. 비극을 유발하거나 거대한 목마들의 존재가 필수적인 그러한 사랑은 전쟁으로 이어지기 마련이다. 사랑은 조금만 발을 헛디뎌도 죽음으로 이끌 수 있다. 아니다, 그는 절대 그것이 무언지 모를 것이다. 통제력을 잃고, 불타오르며 본능에 굴복하는 것이 무엇인지를 그는 알 길이 없을 것이다. 열정에 사로잡히고, 파괴적일 정도로 격렬한 감정이 그에게는 없었다. 그는 불건전한 집념에 빠지는 일이 없도록 안전한 파도만을 타려고 하며 현실적이고 조심성이 많은 편이었다. 그런 기질에도 불구하고 제인은 그를 사랑했다. 그것은 설명이 불가능한 기적, 감사를 해야 할 기적 같았다.

"좋소." 갑자기 기분이 좋아진 웰스는 선언했다. "그렇게 하지요. 괴물을 죽이고 소녀를 구합시다."

찰스는 그렇게 커져 가는 열정에 물들어, 넋을 잃고 있는 사촌의 주머니에서 마리 켈리의 죽음에 대한 기사를 꺼내 함께 의논하려고 작가에게 다가갔다.

"범죄는 1888년 11월 7일 새벽 5시경에 일어났소. 앤드류가 몇 분 전에 도착해서 마리 켈리의 방 근처에서 잭 더 리퍼를 기다리다 그 개자식이 나타나면 총을 쏘면 되지요."

"좋은 계획 같소." 웰스가 인정했다. "하지만 타임머신은 공간이 아닌 시간대를 여행한다는 사실을 염두에 두어야 합니다. 그것은 기계가 여기서는 꼼짝하지 않는다는 뜻이지요. 당신 사촌이 런던에 도착할 수 있도록 몇 시간의 여유를 주어야 합니다."

어린아이처럼 들뜬 웰스는 기계로 가서 조종간을 솜씨 있게 다루었다.

"준비되었소." 날짜를 맞추고 난 뒤 웰스가 외쳤다. "당신 사촌을 1888년 11월 7일로 데려가도록 기계를 맞춰 놓았소. 이제 여행이 시작되는 새벽 2시가 되기만 기다리면 되지요. 그 정도면 시간 안에 화이트채플에 도착해서 범죄를 충분히 막을 수 있을 거요."

"완벽하오." 찰스가 외쳤다.

그런 다음 네 사람은 기계로 다가가 말없이 서로를 바라보았다. 여행이 시작되기까지 남은 시간을 어떻게 사용해야 할지 몰랐지만, 다행히 그들 중에 여성이 있었다.

"신사 분들, 저녁 드셨어요?" 제인이 여성 특유의 현실감각을 보이며 물었다.

　약 한 시간 뒤에, 찰스와 앤드류는 작가가 훌륭한 요리사와 결혼했다는 사실을 알 수 있었다. 그들은 좁은 식당 테이블에 붙어 앉아서 여태까지 맛보지 못한 맛있는 양고기를 먹어치웠다. 그것은 새벽이 오기를 기다리는 가장 쉬운 방법이었다. 저녁식사를 하는 동안 찰스는 2000년으로의 여행에 대해 관심을 보이는 웰스에게 자세히 설명해 주었다. 자신이 매우 좋아하는 황당한 소설의 줄거리를 이야기하는 기분으로, 시간여행자들과 함께 크로노틸루스라는 시간열차를 타고 4차원을 지나서 황폐해진 미래의 런던에 도착한 것과, 바위 뒤에 숨어서 사악한 로봇 솔로몬과 용감한 데릭 새클리턴 대장이 벌이는 마지막 전쟁을 관람한 것을 이야기했다. 찰스가 이야기를 마치자 웰스는 질문을 퍼부었다. 찰스는 그에게 미래의 전쟁 결과에 그렇게 관심이 많으면서 왜 원정대에 한 번도 참여하지 않았느냐고 물었다. 웰스가 갑자기 입을 다물고 침묵을 지키자 찰스는 본의 아니게 그에게 무안을 주었다고 생각했다.

　"저의 호기심을 사과드리죠, 웰스 씨." 그가 서둘러 사과를 했다. "모든 사람이 백 프랑을 갖고 있는 건 아니지요."

　"오, 돈 때문이 아니에요." 제인이 끼어들었다. "머레이 씨가 버티에게 여러 차례 초대장을 보내 주었지만 이이가 모두 거절했어요."

　그녀는 이 말을 하고 웰스를 쳐다보았다. 아마도 남편이 그러한 집요한 거절에 대해 설명해 주기를 기대하는 눈치였다. 그럼에도 불구하고 작가는 얼굴을 찡그리고 양고기에만 시선을 고정했다.

　"호화스런 마차를 타고 여행할 수 있는데 승객이 가득한 열차에서 부대끼며 여행하고 싶은 사람은 아무도 없겠지요." 앤드류가 끼어들었다.

　세 사람은 잠시 당황한 시선으로 앤드류를 바라보았지만 곧 동의한다는 듯이 천천히 고개를 끄덕였다.

　"정말 중요한 것에 대해 이야기하기로 합시다." 웰스가 냅킨으로 양고기의 기름을 닦으면서 활기차게 말했다. "타임머신으로 시간여행을 했을 때였소. 한 번은 6년 전의 과거로 이동했지요. 바로 이 다락방에 나타났는데, 이 집에는 과거에 이곳에 살던 사람들이 살고 있었소. 정원에는 말이 한 마리 묶여 있었던 걸로 기억합니다. 그 세입자들을 깨우지 않으려면 조용히 덩굴손을 타고 내려와야 할 겁니다. 그 말을 타고 있는 힘을 다해 런던으로 가시오. 잭 더 리퍼를 죽인 뒤 다시 이곳으로 돌아온 후, 기계에 올라타고 오늘 날짜로 맞추시오. 조종간을 아래로 잡아당기시오. 아시겠소?"

"네, 잘 압니다……." 앤드류가 더듬거리면서 말했다.

찰스는 의자에 등을 기댄 채 그를 다정스레 바라보았다.

"자네는 과거를 바꿀 거야, 사촌." 몽상가는 말했다. "난 아직도 믿을 수가 없어."

제인이 그때 손님들에게 와인 한 병을 가져와서 한 잔씩 따라 주었다. 그들은 천천히 마시고 눈에 띄게 초조해하며 시계를 바라보았다. 그때 작가가 말했다.

"좋소, 역사를 다시 쓸 기회가 왔소."

잔을 식탁 위에 놓고 엄숙한 표정을 짓고 그들을 다시 다락방으로 데려갔다. 그곳에서 기계가 그들을 계속 기다리고 있었다.

"자, 이거." 찰스가 앤드류에게 권총을 건네주면서 말했다. "총알이 들어 있어. 그 악당에게 총을 쏠 때는 가슴을 쏴. 그게 가장 확실해."

"가슴을." 앤드류가 떨리는 손으로 권총을 받더니 자기가 두려워한다는 사실을 눈치 챌 틈이 없도록 주머니에 재빨리 집어넣으면서 되뇌었다.

두 사람은 앤드류의 팔을 잡고 그를 엄숙하게 기계로 데려갔다. 앤드류는 놋쇠 바를 넘어가서 의자에 앉았다. 비현실적인 느낌에도 기계에 묻은 어두운 핏자국을 의식하지 않을 수 없었다.

"이제 내 말을 잘 들으시오." 웰스가 권위 있는 어투로 말했다. "어느 누구와도 접촉하지 마시오. 아무리 살아 있는 모습을 보고 싶더라도 당신의 연인조차도 만나서는 안 됩니다. 잭 더 리퍼만 죽이고 과거의 당신을 만나기 전에 현실로 다시 돌아와야 합니다. 자연법칙을 거스르는 그러한 만남이 어떤 결과를 초래할지 정확히는 모르지만, 시간의 조직에 재앙을 초래할 거요. 아마도 그건 세상을 파괴하는 재앙이 될 거요. 이제, 말해 보시오. 이해가 됩니까?"

"알겠소, 걱정하지 마시오." 앤드류가 중얼거렸다. 그는 실수하면 마리 켈리를 구하지 못할 수도 있다는 치명적인 결과보다는 웰스의 진지한 태도에 더 겁을 먹었다.

"한 가지 더 있소." 웰스가 이번에는 덜 위협적인 어투로 집요하게 주장하면서 말했다. "여행은 소설 같지는 않을 겁니다. 불행하게도 뒤로 기어가는 달팽이 같은 것들은 보지 못할 거요. 난 사실 너무 낭만적으로 글을 썼어요. 시간여행이 유발하는 효과들은 훨씬 덜 아름답지요. 조종간을 내리자마자 에너지가 톡톡 튀기는 것을 볼 수 있을 겁니다. 거의 눈이 멀 것 같은 엄청난 광채지요. 그게 답니다. 그런 다음 1888년에 있게 됩니다. 이동한 뒤에 현기증 같은 것을 느낄 수도 있는데 총을 쏘는 데 방해가 되지 않았으면 좋겠군요." 그가 빈정대며 덧붙였다.

"명심하지요." 앤드류가 완전히 겁을 먹고 중얼거렸다.

웰스는 만족스런 표정을 지었다. 더 이상 충고할 내용이 없자 잡동사니들이 가득한 바로 옆의 책장으로 갔다. 다른 사람들은 잠자코 그를 관찰했다.

"괜찮으시다면," 마침내 그가 찾던 것을 발견하자 말했다. "신문기사를 이 상자에 넣어둘 겁니다. 당신이 돌아오면 열어 보고 당신이 과거를 바꾸는 데 성공했는지 확인할 겁니다. 당신이 미션에 성공하면 신문에는 잭 더 리퍼가 사망했다는 기사가 실려 있을 겁니다."

앤드류는 살짝 고개를 끄덕이고 그에게 신문 스크랩을 건네주었다. 찰스가 앤드류에게 다가가 어깨에 엄숙하게 손을 얹고 격려의 미소를 지었는데, 앤드류는 그 미소에서 걱정스런 표정 또한 감지한 것 같았다. 사촌이 뒤로 물러나자 제인이 기계로 다가와 그에게 행운을 빌어 주고 볼에 입맞춤해 주었다. 웰스는 눈에 띄게 환한 미소를 지으며 그 장면을 바라보았다.

"당신은 선구자요, 앤드류." 앤드류에게 용기를 북돋워 주는 의식이 끝나자 웰스가 대리석 머릿돌에 새겨 놓을 만한 말로 그 의식을 마무리했다. "여행을 즐기시오. 다음 시대에 시간여행을 일상적으로 할 수 있다면 아마도 과거를 바꾸는 것은 범죄로 간주될 것이요."

그런 다음 웰스는 앤드류의 마음을 진정시키기 위해 다른 사람들에게 뒤로 좀 물러나라고 했다. 앤드류가 조종간을 내릴 때 기계 주변에서 발생할 에너지로 화상을 입을 수도 있었기 때문이다. 앤드류는 혼자라는 두려움을 숨기면서 멀어져 가는 그들을 바라보았다. 그는 두려움과 자신을 에워싸는 분위기를 극복하려고 노력하면서 숨을 깊게 내쉬었다. '마리를 구할 거야.' 용기를 내기 위해 스스로에게 다짐했다. 그녀가 죽은 날 밤으로 돌아가서 살인자가 그녀의 내장을 끄집어내기 전에 그에게 총을 쏠 것이다. 그렇게 역사를 바꾸고 자신이 겪은 고통의 시간, 8년을 지워 버릴 것이다. 조종간에 기록된 날짜, 자신의 삶을 파괴한 저주스러운 날짜를 보았다. 그녀를 구할 수 있을지 믿을 수 없었지만 불신을 극복하기 위해 그 조종간만 내리면 된다. 간단하다. 그러면 시간여행을 믿거나 말거나 어떤 결과가 일어날 것이다. 땀으로 범벅된 떨리는 손으로 조종간을 잡았다. 손바닥에 느껴지는 유리 손잡이의 차가운 기운이 뭔가 믿을 수 없고 불합리하다는 느낌을 주었다. 그토록 친근하면서도 평범한 것이 일으키는 감정은 역설적이었다. 기대하는 표정으로 다락방 문 옆에서 기다리는 세 사람의 형체를 바라보았다.

"어서 시작해, 사촌." 찰스가 그를 격려했다.

앤드류는 조종간을 내렸다.

처음에는 아무 일도 일어나지 않았다. 하지만 곧이어 약하고 지속적인 으르렁거리는 소리, 가벼운 공기가 진동하는 소리가 들렸다. 세상이 분해되는 느낌이었다. 갑자기 잠이 오게 하는 작은 소리가 초자연적인 삐걱거리는 소리로 변하고 푸른빛의 번쩍이는 빛이 다락방의 어둠을 갈랐다. 그리고 다시 번쩍이고 귀가 먹을 정도로 엄청난 소리가 들렸다. 더 큰 소리와 사방으로 탁탁 튀는 소리가 들렸다. 마치 방의 차원들을 확인하는 것 같았다. 갑자기 앤드류는 번개가 계속 몰아치는 푸르스름한 곳의 중앙에 있고 그 반대편에 찰스, 제인과 웰스가 있었다. 웰스는 두 사람을 향해 팔을 뻗고 있으며, 앤드류는 그가 그들을 강렬한 섬광에서 보호하려는 건지, 아니면 자신을 도우러 오는 것을 막으려는 건지 몰랐다. 아마도 시간, 아니면 모든 것이 동시에 그의 눈앞에서 균열이 생기는 것 같았다. 현실 자체가 조각났다. 그때 작가가 그에게 말한 대로, 아무것도 보이지 않을 만큼 강력한 광채가 내리쬐자 다락은 사라졌다. 추락하는 느낌이 들었을 때 그는 소리를 지르지 않으려고 이를 악물었다.

시력을 되찾기 위해서 여러 차례 눈을 깜박거려야 했다. 다락방이 그의 앞에 다시 별다른 이상 없이 나타나자 흥분한 가슴도 진정되기 시작했다. 다행히 어지럽지도 않고 멀미를 하지 않는다는 것도 확인했다. 번갯불에 타서 죽은 사람이 없는 것을 보고―번갯불에서는 단지 허공에 날아다니는 불에 탄 나비 냄새만 남았다―두려움도 사라지기 시작했다. 긴장 때문에 약간 경직되어서 몸이 저렸는데 피하고 싶지는 않았다. 그것이 더 적절하다고 생각했기 때문이다. 야외로 피크닉을 가는 것이 아니다. 과거를 바꾸고 이미 일어난 일을 바꿀 것이다. 자신은 시간을 변화시킬 것이다. 그렇다면 조심하며 긴장하는 것이 더 낫지 않을까?

번쩍이는 불빛의 효과가 사라지자, 앞이 또렷이 보였다. 되도록 소리를 내지 않고 기계에서 내려올 용기가 생겼다. 바닥이 단단해서 놀라웠다. 그는 과거가 이미 소비된 시간의 일부로서, 연기나 안개처럼 실체가 없는 부드러운 물질로 만들어졌을 거라고 기대했었던 것 같다. 하지만 살며시 바닥에 발을 디디자, 좀 전에 두고 온 현실의 바닥처럼 단단하고 실제적이었다. 1888년에 온 것일까? 의심스런 눈초리로 어스름한 다락방을 둘러보고 심지어 냄새에 집중하면서 미식가처럼 공기 몇 모금을 맛보면서 자신이 과거에 있고 시간여행을 실제로 했다는 증거를 찾으려 했다. 창가로 다가가서 그 증거를 발견했다. 거리는 기억하는 그대로였지만, 그들을 그곳까지 데려다 준 마차는 그 어느 곳에도 보이지 않았다. 정원에는 전에 보이지 않던 말 한 마리가 있었다. 바에 묶여 있는 여윈 말은 시간대가 달라졌다는 것을 보여 주는 증거일까? 지나치게 초라하고 싱거운 증거 같았다. 실망해서 어스름하고 잔잔한 하늘을 유심히 살펴보았다. 아무렇게나 던져진 한 움큼의 곡식처럼 별들이 뿌려져 있었다. 거기도 이상한 점이 눈에 띄지 않았다. 별소득 없이 잠시 관찰한 뒤 어깨를 움츠리며 특별한 차이를 발견할 이유가 없다고 스스로에게 말했다. 그는 겨우 8년 전의 과거로 돌아갔을 뿐이기 때문이다.

그리고 고개를 저었다. 곤충학자처럼 시간을 보낼 수는 없었다. 수행해야 할 임무가 있고 시간이 많지 않다. 창문을 열고 덩굴손이 있다는 것을 확인한 후, 웰스의 지시대로 집에 있는 사람들을 놀라게 하지 않으려고 소리를 내지 않으면서 덩굴손을 타고 내려왔다. 전혀 어렵지 않았다. 땅바닥에 내려오자 그가 덩굴손을 타고 내려오는 모습을 물끄러미 바라보던 말에게 살그머니 다가갔다. 앤드류는 혹시 말이 경계심을 갖고 있을지 몰라 말의 갈기를 부드럽게 어루만졌다. 안장이 놓여 있지 않았지만 바에 안장과 마구가 걸려 있었다. 자신의 행운을 믿을 수 없었다. 놀라게 하지 않으려고 조용조용 말에 안장을 얹고 칠흑 같은 어둠 속에 잠긴 집을 계속해서 감시했다. 그리고 말의 고삐를 잡고 상냥하게 속삭이며 거리로 끌고 갔다. 모든 것을 그토록 조용하게 처리한 자신 때문에 놀랐다. 말에 올라타 주위를 마지막으로 둘러보고 모든 것이 실망할 정도로 조용한 것을 확인한 후 런던을 향해 출발했다.

어둠 속에서 빠르게 움직이는 얼룩처럼 한참을 달린 후 앤드류는 마침내 자신이 곧 마리 켈리를 만날 것이라는 사실을 깨달았다. 그 생각에 마음에 동요가 일어나며 긴장되었다. 그렇다, 믿기 어렵지만 바로 그 순간 그녀는 살아 있었다. 그 시간에는 아직 살해당하지 않았다. 그녀는 비겁한 애인을 잊기 위해 술에 취해서 브리타니아 술집에 있을 것이다. 죽음의 팔을 향해 비틀거리는 발걸음을 옮기기 전에. 하지만 그녀를 볼 수도, 안을 수도 없고, 자신의 얼굴을 그녀의 목에 파묻을 수도 없고 그녀의 냄새도 맡을 수 없다는 사실을 기억했다. 안 된다. 웰스는 그러한 것을 금지했다. 그 간단한 애정행위가 시간의 조직을 어지럽히고 세상을 파괴할 수 있다고 했다. 잭 더 리퍼를 죽이는 일만 마치고 작가가 일러준 대로 오던 길로 다시 돌아가야 한다. 그의 행동은 빠르고 치밀해야 한다. 외과수술에서 질병의 뿌리를 뽑아 버리는 것과 같다. 환자가 깨어나야 그 결과를 알 수 있듯이 자신의 시대로 돌아와야만 자신이 제대로 해냈는지 알 수 있다.

화이트채플은 을씨년스러운 정적에 감싸여 있었다. 소란스러운 흔적이 하나도 없어서 이상했다. 하지만 곧 그 당시는 잭 더 리퍼라는 별명을 가진 괴물이 칼을 들고 살인을 저지르면서 좁은 골목을 돌아다니고 있을 때라는 사실을 깨달았다. 화이트채플은 저주받고 무서운 지역이었던 것이다. 그는 도싯 스트리트로 들어가면서 속도를 줄였다. 정적 속에 포장도로를 지나는 말발굽 소리가 대장간에서 쇠를 벼리는 소리 같다고 생각했기 때문이다. 밀러스 코트 아파트 입구에서 이삼 미터 떨어진 곳에서 말에서 내려 사람들의 눈에 띄지 않게 가로등 불빛이 닿지 않는 쇠울타리에 말을 묶었다. 그리고 거리에 아무도 없다는 것을 확인하고 재빨리 아파트 입구의 아치를 통과했다. 세입자들은 모두 잠이 들었고 짙은 어둠 속에서 그를 안내해 줄 빛은 전혀 없었다. 하지만 앤드류는 눈을 감고도 지나갈 수 있을 정도로 그 장소를 속속들이 알고 있었다. 낯이 많이 익은 그 장소로 들어갈수록 침울한 울적함이 엄습하기 시작해서, 마리 켈리가 살던 어두운 방 앞에 멈추었을 때 절정에 도달했다. 하지만 자신의 천국이었고 지옥이었던 그 작은 방 앞에 있는 시간에, 해링턴의 저택에서 과거의 자신은 아버지에게 뺨을 맞고 있었다는 사실을 기억하자 너무 놀라서 향수는 사라져 버렸다. 오늘밤에는 과학의 기적으로 세상에 두 명의 앤드류가 존재하게 되었다. 자기 몸에 간지럼을 태워 보고 손으로 찔러 보면서, 쌍둥이들에게 일어나는 현상이라고 들은 대로, 자신의 다른 자아도 자신을 느끼고 있을까 궁금해 했다.

발자국소리가 들리자 골똘한 생각에서 벗어났다. 걸음아 날 살려라 하고 달려서 옆 집 모퉁이 뒤에 숨었다. 처음부터 그곳에 숨을 생각이었다. 가장 안전하기도 하고 마리의 방 문에서 10미터 거리에 있기 때문인데 더 정확하게 볼 수 있을 뿐만 아니라 잭 더 리퍼에게 더 가까이 갈 용기가 나지 않을 경우 그에게 총을 쏠 만큼 가까운 거리이기 때문이다. 그 뒤에 숨어 등을 벽에 대고 주머니에서 총을 꺼낸 뒤 발자국소리에 바짝 귀를 기울였다. 그를 놀라게 한 발자국소리의 주인공은 부상자나 술에 취한 사람처럼 힘없이 휘청거리며 걸었다. 곧이어 그러한 발자국소리의 주인공이 자기 연인일 수 있다는 생각이 들자 바람에 흔들리는 종잇조각처럼 가슴이 떨렸다. 오늘밤, 지난 여러 날의 밤처럼 마리 켈리는 휘청거리며 브리타니아에서 돌아오고 있을 것이다. 이번에 그의 다른 자아는 그녀의 옷을 벗기고 그녀를 침대에 누이고, 깨어진 인형들이 가득한 시내처럼 술에 취한 그녀의 꿈을 감싸 주려고 그곳에 있는 게 아니었다. 그는 천천히 고개를 내밀었다. 그의 눈동자는 방 문 앞에 멈춘 자기 연인이 휘청대는 모습을 분별할 수 있을 정도로 어두움에 익숙해진 상태였다. 그녀에게 달려가지 않기 위해 애써 참았다. 그의 눈에서 눈물이 흘러내렸다. 술기운 때문에 흔들거리는 몸을 꼿꼿이 하고 비틀거려서 벗겨지려는 모자를 고쳐 쓰고 창문의 구멍으로 팔을 집어넣어 걸쇠를 열려고 애쓰는 그녀를 보았다. 방 문이 열리자 그녀는 안으로 사라지고 문 닫히는 소리가 요란하게 들렸다. 잠시 후 엷은 등잔 빛이 그녀의 방 앞에 소용돌이치던 어둠을 약간 사라지게 했다.

앤드류는 벽에 기대어 눈물을 훔쳤으나 곧이어 다른 발자국소리가 들려서 하던 동작을 멈추었다. 누군가 골목으로 들어오고 있었다. 잭 더 리퍼였다. 정신이 번쩍 들게 하는 냉랭한 기운으로 포장도로 위를 걸어오는 소리가 들렸다. 자신감 있고, 철통같고 자신의 노획물은 탈출구가 없다는 것을 아는 약탈자의 동작이었다. 다시 고개를 내밀고 그 거대한 남자가 취조하는 눈초리로 그 장소를 탐색하면서 자기 연인의 방에 서둘지 않고 다가가는 것을 보고 공포의 전율과 이상한 현기증을 느꼈다. 이미 신문에서 다 읽어서 자기 앞에서 어떤 일이 일어날지 다 알고 있었다. 마치 줄거리를 다 외운 연극 공연을 보는 것 같았다. 이제 그 연극에서 배우들의 연기를 보는 일만 남았다. 그 남자는 문 앞에서 멈추고 창문이 깨어진 곳을 신중히 살폈다. 마치 아직 기록되지는 않았지만 연대기의 매 단계를 조심스레 따라가는 것 같았다. 앤드류는 그 기사를 재킷 주머니에 8년 동안 넣고 다녔다. 시간의 곡예 때문에, 그 당시는 쓰이지도 않았을 그 기사는 이제 사건을 설명한다기보다 예언하는 것 같았다. 하지만 그날 밤과는 다를 것이다. 그는 그 사건을 바꿀 준비가 되어 있었다. 자신이 하려는 행동이 이미 완성된 그림을 다시 고치는 것처럼 느껴졌다. ♪'삼미신'이나 ♪'진주 귀고리를 한 소녀' 같은 명작에 덧칠을 하는 것과 같았다.

자신의 먹잇감이 혼자 있다는 것을 발견한 잭 더 리퍼는 주변을 마지막으로 둘러보고 흥분하며 기뻐하는 것 같았다. 그곳은 조용해서 생각보다 마음 편안히 범죄를 저지를 수 있기 때문이다. 그것을 본 앤드류는 격분해서 총을 쏘기에 적당한 거리인지 고려하지도 않고 숨은 곳에서 튀어나왔다. 갑자기 무기를 가지고 멀리서 그를 죽이는 것이 지나치게 냉혹하고 비인격적이고 불만족스러운 행동이라는 생각이 들었다. 분노가 엄습해서 더 가

♪The Three Graces, 프라도 박물관에 소장된 루벤스 그림.
♪The Girl with a Pearl Earring, 네덜란드 헤이그 마우리츠호이스 미술관에 소장된 요하네스 페르메이르의 작품.

까이 다가가서 죽이고 싶은 충동이 일었다. 그의 손으로 목을 조르든, 권총의 개머리판으로 때리든, 그를 없애는 데 자신이 직접 개입할 수 있고 그의 천박한 인생이 조금씩 사라져 가는 것을 그 자신도 느끼게 해 주고 싶었다. 하지만 그 괴물을 향해서 단호하게 걸어가자 현실을 깨달았다. 아무리 몸싸움을 해서 그를 죽이고 싶어도 거대한 체구의 적과 싸워 본 경험이 없는 그로서는 넓적다리에 대고 있는 총 외에 다른 전략은 바람직하지 않다는 생각이 들었다.

잭 더 리퍼는 작은 방 문에서 호기심을 가지고 그가 다가오는 모습을 차분하게 관찰했다. 그 작자가 도대체 어디서 나왔는지 궁금해 하는 것 같았다. 앤드류는 그에게서 약 5미터 떨어진 곳에서, 마치 사자 우리로 다가가는 어린아이가 사자가 할퀼까 봐 겁을 먹듯이 멈추었다. 어둠 속에서 그의 얼굴을 구분하기가 어려웠다. 아마도 그게 더 나을 것이다. 권총을 들고 찰스의 충고대로 그의 가슴을 겨누었다. 만일 그 순간에 자신이 하는 일에 대해 깊이 생각하지 않고, 그 일이 마치 계획된 안무의 한 동작인 것처럼 총을 쏘았더라면, 모든 일은 아무 문제없이 진행되었을 것이다. 하지만 불행히도 앤드류는 자신이 무슨 짓을 하고 있는지 생각하려고 멈추었다. 사슴도 아니고 술병도 아닌 한 사람에게 총을 쏘고 누군가를 죽이는 것이 그렇게 간단하고 충동적인 행동이라는 것을 갑작스레 의식하자 완전히 압도당했다. 더 가까이 다가가지 못하고 방아쇠에 손가락을 댄 채 완전히 얼어붙었다. 잭 더 리퍼는 놀라면서도 놀리는 듯한 표정으로 고개를 흔들었다. 그때 앤드류는 권총을 들고 있던 손이 떨리기 시작하는 것을 느꼈다. 그의 결심이 약해지는 것과는 반대로 잭 더 리퍼는 앤드류가 주저하는 틈을 타서 빠른 동작으로 외투 속에서 칼을 꺼내 그의 목을 겨누면서 돌진했다. 아이러니하게 그러한 짐승 같은 급습이 앤드류의 손가락의 긴장을 풀어 주었다. 갑작스런 짧고 간결한 폭발음이 밤의 고요를 깨뜨렸다. 그의 가슴 중앙에 총알이 관통했다. 아직도 총을 들고 그를 겨누고 있던 앤드류는 그가 비틀거리며 몇 발자국 뒤로 물러나는 것을 보았다. 앤드류는 자신이 멀쩡하다는 사실을 발견하고 공격을 감행한 것에 놀라서 습하고 뜨거운 총을 떨어뜨렸다. 정확히 말하자면 이 부분은 맞지 않는 것이다. 왼쪽 어깨에서 화끈거리는 통증을 느꼈기 때문이다. 서 있는 곰처럼 계속해서 비틀거리는 잭 더 리퍼에게서 눈을 떼지 않고 손으로는 통증이 있는 부분을 점검해 보았다. 목을 스쳐가던 칼이 빗나가 어깨 높이의 재킷을 뚫고 살을 찔렀다. 피가 솟아나기는 했지만 깊은 상처 같지는 않았다. 잭 더 리퍼는 그가 맞은 총이 치명적인지 아닌지를 확인하는 데 시간이 걸렸다. 엉성하게 몸을 흔든 뒤 고꾸라져 넘어지는 것과 동시에 앤드류의 피가 묻은 칼이 손에서 미끄러져서 포석에 떨어져 튕기며 어둠 속으로 사라졌다. 그리고 나서 쉰 목소리로 신음을 내뱉고 마치 자신을 찌른 살인자가 귀족이라도 되는 것처럼 바닥에 무릎을 꿇고 좀 전의 신음 소리와는 다른 더 높고 불연속적인 소리를 냈다. 상대가 죽어가면서 애를 쓰는 모습이 지겨워진 앤드류는 마침내 그를 발로 쓰러뜨렸다. 잭 더 리퍼는 바닥 위에 벌렁 쓰러지며 앤드류의 발치에 누웠다.

앤드류가 그의 상태를 보려고 무릎을 꿇으려 할 때 소란에 놀란 마리 켈리가 방 문을 열었다. 그녀가 자신을 알아보기 전에 8년 동안 죽어 있던 그녀의 얼굴을 보고 싶은 유혹을 뿌리치고 뒤돌아섰다. 다친 상처는 아랑곳하지 않고 출구를 향해 달리며 그녀가 "살인사건이다, 살인사건이야!"라고 외치는 소리를 들었다. 아치 모양 현관에 도착했을 때에야 뒤돌아보았다. 자신의 연인은 반짝이는 빛 속에서 무릎을 꿇고, 이제는 꿈결처럼 느껴지는 머나먼 시간에 그녀를 난도질해서 알아볼 수 없을 정도로 만들어 놓은 사람의 눈을 부드럽게 감겨 주고 있었다.

말은 그가 두고 온 곳에 그대로 있었다. 뛰어오느라 숨을 헐떡거리며 말에 올라타고 멀리 도망갔다. 흥분한 상태였지만 미로 같은 길을 잘 빠져나와 돌아가는 길을 찾을 수 있었다. 런던을 벗어나자 비로소 마음이 진정되고 자신이 한 행동을 이해할 수 있었다. 한 남자를 죽였다. 하지만 정당방위였다. 게다가 그가 죽인 사람은 평범한 사람이 아니었다. 잭 더 리퍼를 죽임으로써 마리 켈리를 살렸고, 이미 일어난 과거를 변화시켰다. 그는 힘차게 말을 몰았다. 빨리 현 시대로 돌아가 자기가 벌인 행동의 결과를 확인하고 싶었기 때문이다. 만일 모든 것이 잘되었다면, 마리는 살아 있을 뿐만 아니라 아마도 그의 부인이 되었을 것이다. 그녀와의 사이에 아이를 가졌을까? 아마도 두 명, 세 명? 말을 더 세게 몰아 있는 힘껏 달리게 했다. 너무 오래 지체하면 마치 이 아름다운 선물이 환영처럼 사라질까 봐 두려웠다.

워킹은 두세 시간 전과 마찬가지로 정적에 휩싸여 있었다. 하지만 지금은 큰 사고 없이 임무를 마무리하게 해 준 그 고요에 감사했다. 말에서 재빨리 내려 덧문을 열었으나 무언가를 보고 멈추었다. 한 형체가 문 옆에서 그를 기다리고 있었다. 즉시 앤드류는 웰스의 친구에게 일어난 일을 떠올렸다. 아마도 과거를 변화시킨 것 때문에 그를 처형하라는 명령을 받은 시간의 수호자일지도 모른다는 생각이 들었다. 두려움에 빠진 기색을 보이지 않으려고 가능한 재빨리 총을 꺼내 그의 사촌이 잭 더 리퍼에게 하라고 충고한 대로 그의 가슴을 겨누었다. 무기를 소지하고 있는 것을 보고 침입자는 한쪽으로 비켜나 정원을 굴러가며 어둠 속으로 사라졌다. 앤드류는 어떻게 할지 몰라 권총으로 빠르게 움직이는 상대를 겨냥했지만, 그는 바를 뛰어넘어 거리로 달아났다.

발자국소리가 멀어지자 권총을 내려놓고 천천히 숨을 내쉬면서 진정하려 애썼다. 웰스 친구의 살인자일까? 확신이 없지만 그가 도망친 지금으로서는 별로 중요하지 않았다. 앤드류는 그를 잊어버리고 덩굴손을 타고 올라갔다. 한쪽 팔의 부상 때문에 팔 하나만을 사용해 올라가야 했는데, 점점 더 심한 통증을 느껴서 힘을 제대로 쓸 수 없었다. 그래도 결국 다락방에 도착했다. 그곳에 타임머신이 그를 기다리고 있었다. 지치고 피를 흘려서 약간 현기증이 났다. 의자에 앉아 조종간에 돌아갈 날짜를 조정하고 지체하지 않고 유리 손잡이를 내렸다.

이번에는 번개가 쳐도 두렵지 않았다. 집으로 돌아가는 사람이 느끼는 포근함만이 그를 감쌌다.

간 현기증이 났다. 의자에 앉아 조종간에 돌아갈 날짜를 조정하고 지체하지 않고 유리 손잡이를 내렸다.

이번에는 번개가 쳐도 두렵지 않았다. 집으로 돌아가는 사람이 느끼는 포근함만이 그를 감쌌다.

마침내 불꽃이 멈추고 마치 다락방에서 베개 싸움을 한 것처럼 허공에 연기의 서글픈 깃털이 날리자, 앤드류는 놀라서 찰스, 웰스와 그의 아내가 자신이 떠날 때와 같은 자세로 문 옆에 모여 있는 것을 보았다. 그는 그들에게 승리에 찬 미소를 지으며 인사를 했지만 현기증과 갈수록 심해지는 상처의 통증 때문에 미소가 우거지상으로 바뀌었다. 기계에서 내려오려고 일어설 때 다른 사람들은 그의 팔에서 바닥을 적실 정도로 피가 흐르는 것을 볼 수 있었다.

"세상에, 앤드류!" 사촌이 그에게 달려가며 외쳤다. "무슨 일이야?"

"아무것도 아니야, 찰스." 약간 비틀거리며 그에게 기댄 채 대답했다. "약간 스쳤을 뿐이야."

웰스는 그의 다른 팔을 잡았다. 두 사람은 앤드류를 부축해 그가 다락방의 계단을 내려가도록 도왔다. 혼자 힘으로 걸으려고 했으나 여의치 않자 고분고분 그들에게 이끌려 작은 거실로 갔다. 한 무리의 악마들에 이끌려서 지옥에라도 끌려간 것처럼 아무것도 할 수 없었다. 무척 긴장한 데다, 피를 흘리는 몸으로 말을 달리느라 에너지를 다 소진했기 때문이다. 그들은 그를 불이 타오르고 있는 벽난로 가까이에 있는 의자에 앉혔다. 앤드류의 상처를 살펴본 웰스는 아내에게 붕대와 출혈을 멈추는 데 필요한 것을 모두 가져오라고 지시했다. 피가 흘러 카펫을 더럽히지 않도록 서두르라고 요청하는 것은 잊어버렸다. 불꽃의 따스한 기운에 한기가 사라지는 듯했지만 노곤함에 잠이 들 것 같았다. 다행히 찰스가 그의 손에 술 한 잔을 쥐어 주고 입술에 갖다 대도록 도와주었다. 알코올이 들어가니 현기증과 늘어지는 기분이 약간 사라졌다. 잠시 후 제인이 나타나 전쟁터에서 배운 간호 기술로 상처를 치료해 주었다. 가위로 앤드류의 재킷소매를 자르고 상처에 약을 바르자 심한 통증이 몰려와 이를 악물어야 했다. 제인은 붕대를 단단히 묶어 마무리한 후 한두 발자국 물러나서 자기가 한 일을 흐뭇하게 바라보았다. 가장 시급한 일을 해결한 구조대는 앤드류가 반쯤 누워 있는 의자 주변에 기대감을 품은 채 모여들었다. 그들은 앤드류가 겪은 일을 이야기해 주기를 기다렸다. 앤드류는 마치 꿈을 꾼 것처럼 바닥에 쓰러진 잭 더 리퍼의 눈을 마리가 감겨 주는 장면을 회상했다. 그것만으로도 성공을 거두었다고 할 수 있었다.

"해냈어요." 무척 피곤했지만 열정적인 목소리로 말했다. "잭 더 리퍼를 죽였어요."

앤드류의 말을 들은 세 사람은 기쁨의 탄성을 질렀다. 앤드류는 즐거워하는 표정으로 그 모습을 바라보았다. 그들은 열정적으로 손뼉을 치고 서로 부둥켜안고 연말에 축제를 하거나 이교도의 의식에서 찬미의 예찬을 하듯 환호성을 질렀다. 자신들의 반응이 좀 지나치다는 것을 깨달은 그들은 진정이 되자 그를 애정과 호기심 어린 눈초리로 바라보았다. 앤드류는 약간 부끄러워하며 미소를 지어 보였다. 다들 더 이상 아무 말도 하지 않자, 그의 붓터치가 현재라는 그림에 끼친 변화를 보여 줄 무언가를 찾으면서 주위를 평가하는 눈초리로 둘러보았다. 그의 시선이 테이블 위에 놓인 여송연 상자에 머물렀다. 그의 기억으로는 신문 스크랩을 보관하고 있던 장소였다. 모두 그곳을 향해 시선을 옮겼다.

"좋소." 웰스가 그의 생각을 읽고 말했다. "당신은 조용한 연못에 돌을 던졌고 그 행동이 물 표면에 일으킨 물결을 초조하게 기다리고 있지요. 당신이 정말 과거를 변화시켰는지 확인할 순간이 왔소."

의식을 주도하는 역할을 되찾은 웰스는 테이블로 가서 엄숙하게 상자를 들고 앤드류에게 건네면서, 향이 들어 있는 상자를 주는 마법의 왕처럼 뚜껑을 열었다. 앤드류는 심하게 떨리는 손을 진정시키려고 애쓰면서 기사를 집어 들고 마치 심장박동이 멈춘 것처럼 그것을 펼쳤다. 그리고 자신이 수년 동안 읽어 왔던 동일한 기사 제목을 보았다. 빠르게 훑어보았지만 아무 일도 일어나지 않은 것처럼 변함이 없었다. 기사는 마리 켈리가 잭 더 리퍼에 의해 잔인하게 살해당한 것과 그 지역의 치안위원회에 의해 범인이 체포된 내용을 담고 있었다. 앤드류는 당황하여 웰스를 바라보았다. 그럴 리가 없었다.

"그를 죽였는데요." 확고한 자신감은 없지만 항의했다. "이건 사실이 아닐 텐데……."

웰스는 생각에 잠겨 기사를 살폈다. 모든 시선이 그의 판결을 기다리듯 그에게 머물렀다. 작가는 잠시 기사를 세밀하게 살펴본 뒤 이해했다는 듯 중얼거렸다. 자리에서 벌떡 일어나 아무도 바라보지 않고 말없이 주변을 왔다 갔다 했다. 공간이 너무 협소해서 테이블 주위만 여러 차례 돌아야 했다. 주머니에 손을 집어넣고 어찌된 일인지 이해하기 시작했다는 것을 다른 사람들에게 보여 주려는 듯 고개를 끄덕이며 돌아다녔다. 마침내 앤드류 앞에 멈추어 서서 우울한 미소를 지어 보였다.

"당신이 그녀를 구한 건 맞소, 해링턴 씨." 확신을 가지고 진지하게 말했다. "그것에 대해서는 의심의 여지가 없소."

"하지만, 그렇다면……." 앤드류가 더듬거렸다. "그렇다면 왜 아직도 그녀가 죽어 있다고 나오지요?"

"당신이 그녀를 구하기 위해 시간여행을 하려면 그녀는 죽어 있어야 하기 때문이오." 작가는 자명한 사실을 강조하려는 사람처럼 외쳤다.

앤드류는 웰스가 무슨 말을 하려는 것인지 이해하지 못하고 눈을 깜박거렸다.

"잘 생각해 보시오. 만일 그녀가 살아 있다면 우리 집에 당신이 왔겠소? 그녀의 살인자를 죽이고 그녀가 난도질당해서 죽는 것을 막았을 때 당신은 시간여행을 하기 위한 이유도 제거한 거요. 여행이 없으면 변화도 없지요. 두 가지 사건들은 보시다시피 분리할 수 없어요." 웰스가 기사의 원래 제목이 그대로인 것이 자신의 이론을 증명해 준다는 듯 기사를 흔들면서 설명했다.

앤드류는 고개를 천천히 저으며 사촌과 제인을 쳐다보았는데 그들도 잘 이해를 못 하는 것 같았다.

"그렇게 복잡하지 않아요." 웰스가 어리둥절해하는 사람들을 비웃듯이 놀렸다. "다른 방식으로 설명하지요. 당신이 시간여행을 하고 돌아온 뒤에 일어나야만 했을 일을 상상해 보시오. 당신의 다른 자아가 마리 켈리의 방에 도착하지만 이번에는 내장이 적출된 시신의 모습이 아니라 살아 있는 그녀를 보고, 경찰은 잭 더 리퍼라는 한 남자의 시체를 볼 것이오. 다행히 정의감이 강한 사람이 갑자기 나타나서 연인이 피해자가 되기 전에 그를 살해했어요. 그 낯선 인물 덕택에 그는 비록 아이러니하게도 그 빚을 당신, 즉 자신에게 지고 있다는 사실을 절대 모르겠지만, 그녀와 함께 행복하게 살 수 있게 되지요." 이 말을 하고 작가는 씨를 뿌리자마자 나무가 자라기를 기대하는 어린아이처럼 초조하게 그를 바라보았다. 앤드류가 의아한 표정으로 그를 바라보자 덧붙였다. "마치 당신의 행동이 시간에 갈래를 만든 것과 같은데, 일종의 대안적인 우주, 이를테면 평행우주를 창조한 것과 같지요. 마리 켈리는 그 세계에 살고 있고 당신의 다른 자아와 행복을 누려요. 안타깝게도 당신은 다른 우주에 있고요.”

앤드류는 점점 웰스의 설명에 수긍하기 시작한 찰스가 고개를 끄덕이는 것을 보았다. 그러더니 동일한 확신을 갖기를 기대하는 듯 자기를 바라보는 찰스를 바라보았다. 하지만 앤드류가 작가의 말을 이해하기 위해서는 몇 초가 더 필요했다. 고개를 숙이고 상황을 침착하게 정리하기 위해서 다른 사람들의 캐묻는 듯한 눈초리를 무시하려 애썼다. 실제적으로 아무것도 변한 것이 없어 보였다. 시간여행은 불필요해 보일 뿐 아니라 그 일이 실제로 일어났는지도 의심스러웠다. 하지만 그는 알고 있었다. 그 일은 실제로 일어났다. 마리의 실루엣, 총 쏘는 소리나 총을 쏠 때 떨리던 팔과 어깨의 통증은 이 모든 일이 단지 꿈이 아니라는, 반박할 수 없는 증표였다. 그렇다. 모든 일이 실제로 일어났다. 웰스의 말대로, 결과를 보지 못한다 해서 그런 일이 일어나지 않았다고 말할 수는 없었다. 나무의 뿌리가 바위에 부딪히면 뻗어나갈 다른 길을 찾는 것처럼, 공중으로 날아갈 수 없는 그의 행동은 이 세상과 병행하는 다른 세상을 창조했다. 그가 시간여행을 하지 않았더라면 존재하지 않았을 세상에서 그는 마리 켈리와 함께 행복하게 살고 있을 것이다. 그것은 그가 그녀를 구했다는 것을 의미한다. 그가 누릴 수 있는 위안이라고는 실수를 만회하기 위해 최선을 다했고 그녀를 구했다는 것을 알고 있다는 사실뿐이다. 적어도 그의 다른 자아만이라도 그녀와 함께할 수 있다고 체념하며 받아들이기로 했다. 그 다른 앤드류는 본질적으로 바로 그였고 그의 몸이어서 그의 꿈을 낱낱이 실현할 기회를 가질 것이다. 아버지의 반대와 이웃사람들의 악의에 찬 험담에도 불구하고 그녀를 아내로 삼을 것이고, 그것이 의미하는 기적을 경험할 것이고, 그가 자신을 학대하면서 지내던 8년 동안 운이 더 좋은 그 앤드류는 한 순간도 우울해하지 않고 큰 사랑의 끊임없는 결실로 땅을 번식시키며 그녀를 사랑할 것이다.

“이제 이해합니다.” 다른 사람들에게 가벼운 미소를 지으며 작은 소리로 말했다.

웰스는 그를 설득한 기쁨을 억제할 수 없었다.

"잘됐네요." 찰스와 제인이 격려해 주려고 그의 어깨를 토닥이면서 말했다.

"과거로 여행할 때 왜 내가 나를 보는 것을 피한 줄 아시오?" 웰스가 아무도 그의 말을 듣지 않는 것을 개의치 않고 물었다. "만일 그렇게 한다면 살면서 어느 순간에 나 자신에게 인사를 하려고 문으로 들어갔을 거요. 다행히 분별력이 있어서 그런 일은 일어나지 않았지요."

기뻐하는 표정으로 찰스는 사촌을 계속해서 포옹한 뒤 그가 의자에서 일어나는 것을 도와주었다. 제인은 어머니처럼 재킷을 입혀 주었다.

"아마도 우리가 밤에 듣는 소리, 가구가 삐걱거리는 소리라고 생각하는 소리는 자고 있는 우리를 방해하지 않고 몰래 지켜보는 미래의 우리 자신이 내는 발자국소리일 겁니다." 웰스가 기뻐서 떠들어 대는 주위 사람들을 개의치 않고 생각에 잠겨 말했다.

찰스가 그에게 악수를 청했을 때에야 그는 허황된 생각에서 빠져나왔다.

"대단히 감사합니다, 웰스 씨." 찰스가 말했다. "당신 집에 무단으로 침입해서 미안하오, 용서해 주시기 바랍니다."

"괜찮습니다, 괜찮아요. 다 잊어버렸어요." 작가는 권총으로 위협당하기는 했지만 그 일로 한 사람을 치료하고 생명을 구해 줄 수 있었다는 사실에 만족하며 손사래를 치면서 대답했다.

"기계는 어떻게 하실 건가요, 파괴하실 건가요?" 앤드류가 수줍게 물어보았다.

웰스는 너그러운 미소를 머금고 그를 바라보았다.

"아마도 그럴 겁니다. 이제 그것을 발명한 임무를 완수했으니까요."

앤드류는 그의 단호한 말에 감동받았다는 표정을 지었다. 자신의 비극을 해결하는 것이 웰스가 가진 그 발명품이 만들어진 유일한 목적이라고 여길 정도로 중요하게 생각할 거라고는 생각지도 못했다. 하지만 자기를 잘 알지도 못하는 작가가 시간의 법칙을 위반하고 시간의 조직 자체를 변경시킴으로 세상을 위험에 처하게 할 정도로 그 불행에 공감해 준 것에 대해 고마움을 느꼈다.

"저 역시 그게 좋을 거라고 생각합니다, 웰스 씨." 감정을 추스른 앤드류가 말했다. "당신 생각이 맞는 것 같아요. 누군가 과거를 지키면서 시간을 감시해요. 돌아올 때 당신의 집 문에서 그 감시자와 마주쳤어요."

"정말이요?" 웰스가 놀라서 물었다.

"네. 다행히 제가 그를 쫓아버렸지만요." 앤드류가 대답했다.

그리고 진심으로 고마움을 표하며 작가를 포옹했다. 찰스와 제인은 감격에 겨운 표정으로 그 장면을 바라보았다. 앤드류가 격하게 포옹할 때 웰스가 어색하게 꼿꼿이 서 있지만 않았더라면 더 감동적이었을 것이다. 마침내 포옹이 끝나자 찰스는 부부와 작별하고 앤드류가 다시 당황한 작가에게 달려들지 않도록 그를 현관으로 데리고 갔다.

시간의 감시자가 현 시대까지 쫓아와서 어딘가에 숨은 채 자신을 기다리고 있을까 봐 겁을 먹은 앤드류는 경계심을 가지고 손을 주머니에 넣고 권총을 꼭 쥐고 정원을 가로질렀다. 하지만 아무런 흔적이 없었다. 앤드류에게는 마치 몇 세기처럼 여겨지는 두세 시간 전에 그들을 그곳에 데려다 준 마차가 밖에서 그들을 기다리고 있었다.

"저런, 모자를 깜빡했군." 앤드류가 마차에 올라타자 찰스가 말했다. "곧 돌아올게, 앤드류."

앤드류는 멍하니 그러라고 하고는 지쳐서 의자에 앉았다. 마차의 창문을 통해 새벽빛 속에 에워싸인 아직은 어두운 풍경을 바라보았다. 재킷의 팔꿈치가 닳아가듯이, 하늘 모퉁이 한 곳에서 실밥이 풀리기 시작하며 암흑이 천천히 물러나고 차츰 밝고 푸르스름한 빛을 띠었다. 엷은 빛이 어렴풋이 세상을 비추기 시작했다. 만일 마부석에서 졸고 있는 마부만 없다면 금빛과 자줏빛 베일의 그 아름다운 장면이 오로지 그만을 위해서 연출되었다고 할 것이다. 최근 몇 년 동안 앤드류는 하이드파크의 숲속에서 엄숙하게 새벽의 베일이 벗겨지는 장면을 수없이 많이 지켜보며, 그날은 과연 죽음의 날이 될지 자문하곤 했다. 잭 더 리퍼를 죽이기 위해 사용할 거라고는 생각도 못하고 전날 저녁에 진열장에서 훔친 권총으로 드디어 이 고통을 끝낼 수 있는 날이 될지를 말이다. 하지만 이제는 다음날은 살아서 여명을 볼 수 있을지 자문하면서 그 새벽을 맞이할 필요가 없었다. 왜냐하면 그 대답을 알기 때문이다. 이제는 내일, 모레와 계속 이어질 여명을 볼 수 있다. 마리를 구했기에 더 이상 자살할 이유가 없었다. 원래의 계획을 실행에 옮길 것인가? 웰스가 말한 대로 마리가 없는 다른 우주에 있기 때문에 자살해야 할 것인가? 그것은 이유로 그다지 설득력이 없는 것 같았다. 그다지 고상해 보이지도 않았는데, 본질적으로 자신의 시간 쌍둥이에게 어리석은 질투심을 느끼는 것 같았기 때문이다. 결국 시간 쌍둥이도 앤드류 자신이기에 마치 자신의 일처럼 동일하게 그의 행복을 기뻐해 주어야 한다. 그게 안 된다면 그의 행운을 자기 형제나 사촌 찰스의 행복처럼 받아들여야 한다. 어찌되었든 항상 옆집 정원의 풀이 더 푸르다면, 이웃 우주에서는 더 푸른 게 당연하지 않겠는가? 다른 장소에서라도 행복한 것을 즐거워하고 이웃 왕국에서 행복을 얻을 수 있는 것을 기뻐해야 한다.

그러한 결론에 도달하자 예상치 못한 질문이 떠올랐다. 다른 세상에서 자신이 원하는 삶을 살고 있음을 알았다고 이 세상에서 더 이상 그런 노력을 하지 않아도 된다는 말인가? 처음에는 어떻게 대답할지 몰랐다. 하지만 잠시 생각을 한 뒤 그렇다는 결론을 내렸다. 행복이라는 것이 사라졌다. 내면의 깊은 절망을 느끼지 않고 그저 소소한 즐거움을 누리며 평화로운 삶을 사는 것으로 만족할 수 있을 것이다. 진부하게 보이겠지만 다행히 지금과는 다른, 머나먼 어떠한 시간대에 완전한 삶을 살아가고 있다는 것을 생각하면서 늘 위로를 받을 수 있기 때문이다. 비록 지도에도 나오지 않는 다가갈 수 없는 곳이지만 그의 마음속에는 그 세계가 분명히 존재한다. 갑자기 태어날 때부터 가지고 있던 짐에서 벗어난 것처럼 커다란 안도감을 느꼈다. 해방감과 자유, 길들지 않은 야생의 느낌이 샘솟았다. 세상과 다시 연결되고 인류가 지나가는 궤도에 다시 들어가고 싶다는 강렬한 욕구가 끓어올랐다. 찰스와 결혼한 이가 빅토리아인지 매들린인지 확실하지 않지만 그녀의 동생에게 쪽지를 보내 저녁식사 약속을 하고 연극을 보러 가고 공원을 산책하면서 숲속으로 끌고 가 자신의 입술을 그녀의 입술에 포개고 싶다는 마음도 생겼다. 물론 마음 한 구석에서는 자신이 그러지 않을 것임을 잘 알고 있었다. 어느 것도 배척하지 않고, 모든 것이 일어나는 대로 놔두리라. 그것이 우주가 돌아가는 방식 같았다. 비록 그가 그녀에게 키스하려고 해도 다른 앤드류는 그러지 못하게 하고 그가 시간의 비탈길을 계속 구르게 할 것이다. 몇 차례나 다른 자아가 나와, 막다른 절벽에서 고독의 나락으로 굴러떨어져 다른 입술들에 맞닿을 때까지 말이다.

앤드류는 의자에 기대앉아 삶에서 겪는 다양한 우여곡절이 목수가 빗자루로 쓸어버리는 톱밥처럼 쓸모없는 것이 아니라, 그것들이 모두 새로운 인생을 만들어, 어느 것이 진정한 것인지 서로 겨루려고 한다는 사실에 놀라움을 느꼈다. 인생의 교차로에서 자기 옆에서 살아가는 한 무리의 다른 앤드류가 출현한다는 생각에 현기증이 났다. 그의 삶이 끝이 나는 순간에도 그는 그 사실을 알지 못할 것이다. 궁극적으로 세상에 경계가 지어진 것은 인간의 의식이 제한되어 있기 때문이다. 하지만 만일 마법사의 상자처럼 세상이 가짜로 된 바닥을 가지고 있어, 우리가 끝이라고 생각하는 지점을 넘어서 계속된다면? 그것은 아무도 바라보지 않아도 장미가 그 색깔을 유지하는지 묻는 것과 같다. 그가 맞는 것일까, 아니면 헛소리를 하는 것인가?

분명히 수사적인 질문이었다. 하지만 세상은 그것에 대답하기를 꺼려한다. 갑자기 부드러운 미풍이 불어 인도에 깔린 무수한 잎 하나를 들어올리더니, 유일한 관객을 위한 요술의 속임수처럼 물웅덩이 위에서 춤을 추게 했다. 앤드류는 놀라서 사촌의 신발이 그 섬세한 춤을 방해할 때까지 그

잎사귀의 춤을 바라보았다.

"자, 이제 가지." 찰스가 피 흘리는 오리를 흔들어 대는 사냥꾼처럼 승리에 찬 동작으로 모자를 흔들면서 말했다.

의자에 앉은 뒤 찰스는 사촌의 얼굴에 번진 들뜬 미소를 보고 놀라서 눈썹을 찡그렸다.

"괜찮아, 앤드류?" 그가 물었다.

사촌은 그를 애정 어린 눈초리로 바라보았다. 찰스는 하늘과 땅을 움직여 마리 켈리를 구할 수 있게 해 주었다. 앤드류는 최선을 다해 빚을 갚을 것이다. 죽음의 순간이 올 때까지는 살아 있을 것이다. 지금은 부끄럽게 여기는 무기력과 무관심으로 일관한 최근 몇 년 동안 찰스가 보여 준 애정을 그에게 듬뿍 되돌려 줄 것이다. 인생을 끌어안을 것이다. 그렇다. 기대하지 않던 선물처럼 삶을 끌어안고 다른 모든 사람들처럼, 또 찰스처럼 최선을 다해 살아갈 것이다. 석양을 기다리는 평온하고 나른한 일요일 오후처럼 삶을 변모시킬 것이다. 그다지 어렵지는 않을 것이다. 살아 있다는 단순한 기적을 누리는 법을 배울 것이다.

"기분이 최고야, 찰스." 갑자기 기운이 나서 그가 말했다. "기분이 너무 좋아서 자네 집에서 저녁 초대를 해 주면 기꺼이 응할 정도야. 자네의 매력적인 부인의 동생을 초대한다면 언제든지 말이야."

여기서 이야기가 끝날 수도 있다. 앤드류에게는 실제로 여기서 끝이 난다. 하지만 이 책에는 앤드류의 이야기만 있는 게 아니다. 앤드류의 이야기뿐이라면 굳이 내가 개입할 필요가 없을 것이다. 모든 사람이 죽어가며 침대에서 자기 삶을 이야기하듯이 그도 자신의 이야기를 할 수 있다. 하지만 그것은 언제까지나 불완전하고 부분적인 이야기일 뿐이다. 태어나자마자 외딴 섬에 표류한 아이가 한 무리의 토착 원숭이들하고만 지내면서 거기서 자라고 늙고 죽는다면 그는 인생이 조수로 해변에 밀려온 책, 옷과 사진들이 암시하는 것과 똑같다고 생각할 것이다. 원숭이들이 그것들이 든 가방을 동굴에 숨기지 않았을 경우 말이다. 하지만 난파된 아이들과 몇 가지 극단적인 경우를 제외하고, 인간의 삶은 자기 행동의 보이는 면뿐만 아니라 그 이면까지 예리하게 파악하는 다른 많은 영혼들의 삶과 함께 짜여 거대한 융단을 만든다. 만일 이 세상이, 우리가 잠을 자러 갈 때는 움직임을 멈추는 꼭두각시 인형이 가득한 장식품 같은 거라고 생각하는 사람이라면,

삶은 그런 거라고 인정할 수도 있을 것이다. 만일 잠을 자더라도 세상이 계속 진행된다고 믿는다면, 침대에 누워 마지막 숨을 몰아쉴 때 삶에 대한 자신의 지식이 막연하고, 변덕스러우며, 불명확할 수밖에 없으며, 좋든 나쁘든 그에게 영향을 준 것이 있지만, 그것에 대해서는 절대 알지 못한다는 사실을 인정해야만 할 것이다. 한때 아내가 생과자 만드는 사람의 애인이었다는 사실부터 이웃집 개가 밖으로 나갈 때면 항상 자기 집 진달래꽃에 소변을 보는 것까지 말이다. 찰스가 나뭇잎이 물 웅덩이 위에서 섬세하게 왈츠를 추는 것을 보지 못했듯이, 앤드류는 그의 사촌이 아끼는 모자를 어떻게 찾았는지 모른다. 찰스가 웰스의 집에 들어가서 다시 집 안으로 들어간 것을 사과하고, 이번에는 무기를 가지고 오지 않았다고 농담을 하고, 세 사람이 카펫에서 모자를 찾느라 어린아이처럼 기어 다녔을 거라 상상했을 법도 하지만, 알다시피 앤드류는 사촌이 집 안에서 하던 일을 상상할 시간이 없었다. 세상과 마법 상자에 대한 상념에 잠겨 있었기 때문이다.

반대로 나는 원치 않아도 모든 것을 보고 들으며, 짚에서 알곡을 골라내야 하고, 내가 이야기하려고 선택한 것에서 중요한 사건들을 다루어야 한다. 그래서 찰스가 모자를 잃어버린 순간으로 돌아가 작가의 집으로 가야 한다. 아마도 잃어버린 모자를 찾는 일이 왜 그렇게 중요한지 의아해할지도 모른다. 찰스가 덜렁대다가 모자를 잃어버린 것이 사실이라면 이상할 게 전혀 없다. 하지만 일은 항상 겉으로 보이는 것과 같지 않다. 과자가게가 근처에 있든 없든, 정원에 진달래가 있든 없든, 일련의 목록을 가지고 독자들을 괴롭히지는 않을 것이다. 그래서 더 지체하지 말고 찰스를 따라가 본다.

"저런, 모자를 깜빡했군." 사촌이 마차에 오르자 말했다. "곧 돌아올게, 앤드류."

찰스는 빠른 발걸음으로 작은 정원을 지나 작가의 집으로 들어가 비좁은 거실로 향했다. 그가 놓아둔 모자걸이에 그대로 걸린 그의 모자가 그를 기다리고 있었다. 미소를 지으며 모자를 집어 복도로 나왔으나 그는 밖으로 나가는 대신 돌아서서 다락방으로 연결된 계단으로 올라갔다. 거기에서 작가와 그의 아내를 만났다. 그들은 타임머신 근처 바닥에 있는 기름등잔의 음산한 빛 가운데서 움직이고 있었다. 찰스는 헛기침을 하면서 자신의 존재를 알리고 승리에 찬 어조로 말했다.

"모든 일이 잘된 것 같아요. 사촌이 그것을 모두 믿었어요!"

웰스와 제인은 선반의 너절한 물건들 사이에 미리 숨겨놓은 룸코르프 코일을 집고 있었다. 찰스는 입구에서부터 그것들을 작동시키는 스위치를 밟지 않으려고 주의했다. 이 코일들은 그의 사촌을 놀라게 하려고 귀가 먹을 정도로 크게 전기방전을 일으키는 데 사용된 물건이었다. 찰스가 작가에게 도움을 요청하고 그의 협조를 얻어서 실천할 계획을 설명하자, 작가는 그 악마 같은 코일들을 이용하자고 제안했다. 찰스는 걱정이 되었다. 약간 부끄러워하며 그것을 발명한 ♪니콜라 테슬라라는 창백하고 길쭉한 크로아티아인이 소름끼치고 푸르스름한 방전을 일으켜 홀의 공기를 흔들어 대며 그 악마 같은 발명품을 소개할 때 자신은 놀란 생쥐처럼 그 자리를 떠난 많은 구경꾼들 중 하나였다는 사실을 고백했다. 하지만 웰스는 해롭지 않은 기구들은 걱정해야 할 문제 중에 가장 작은 것이라는 점을 주지시켰다. 게다가 세상에 혁명을 가져올 발명품과 익숙해지는 편이 낫다며, 테슬라가 버팔로 시에 전깃불을 끌어들이려고 나이아가라 폭포에 수력발전소를 세운 이야기를 존경심이 깃든 떨리는 목소리로 덧붙였다. 전깃불이야말로 지구에서 어두움을 몰아내는 계획의 첫 단계라고 웰스는 확언했다. 그는 그 크로아티아인이 천재임에 틀림이 없다고 생각했다. 그는 자신의 상상력을 제대로 따라가지 못하는 타이핑 속도 때문에, 그 천재가 귀찮게 손가락으로 자판을 두들기지 않아도 말을 하면 작동하는 타자기를 가능한 빨리 발명했으면 하고 바랐다. 계획이 성공한 지금 찰스는 웰스가 훌륭했다는 사실을 인

♪오스트리아 헝가리 제국 출신 미국의 발명가, 물리학자, 기계공학자이자 전기공학자. 상업 전기에 중요한 기여를 했으며, 19세기 말과 20세기 초 전자기학의 혁명적인 발전을 가능케 한 인물.

정할 수밖에 없었다. 번개의 번쩍이는 빛이 아니었다면 시간여행이 가능하다고 사촌을 속일 수 없었을 것이다. 이 기계의 가짜 조종간 뒤에 있는 마그네슘 가루가 조종간을 내리는 사람의 눈이 순간적으로 보이지 않게 하는 역할을 했다.

"멋졌어요." 웰스가 손에 쥐고 있던 코일을 내려놓고 찰스를 맞이하면서 말했다. "준비가 완벽하지 않았다는 것을 아시지요. 실패할 여지가 많았어요."

"예." 찰스가 인정했다. "하지만 그래 봤자 잃어버릴 건 없고 잘되면 얻을 건 많았지요. 이미 말했지만 모든 일이 잘되면 사촌은 더 이상 자살 생각을 하지 않을 거요." 덧붙이기 전에 그는 진심으로 웰스에게 감탄하며 말했다. "잭 더 리퍼를 죽였는데도 현재가 변하지 않은 걸 정당화하기 위한 평행우주에 대한 이론은 너무 진짜 같아서 나도 믿을 정도였소."

"나도 즐거웠습니다. 하지만 내가 그 모든 걸 다한 건 아니지요. 당신이 가장 힘든 일을 했어요. 배우들을 섭외하고, 권총의 총알을 화약제조가가 만든 가짜 총알로 바꾸고, 무엇보다도 그것을 만들도록 의뢰했으니까요." 웰스는 타임머신을 가리키면서 말했다.

두 사람은 그 기계를 잠시 동안 애정 어린 눈길로 바라보았다.

"맞아요. 그리고 정말 멋진 결과를 얻었죠." 찰스는 농담을 하기 전에 인정했다. "작동하지 않는 게 아쉽지만요."

웰스는 잠시 주저한 뒤 교양 있게 익살스러운 웃음을 지었다. 그의 목구멍에서 호두가 발에 밟힐 때와 비슷한 째지는 소리가 났다.

"이걸 어떻게 할 건가요?" 그는 세상에 유머감각이 있다는 것을 보여 주는 경솔한 행동을 한 뒤 그 병적인 웃음을 되도록 빨리 멈추려는 듯 재빨리 질문을 했다.

"아무 계획도 없어요." 찰스가 대답했다. "당신이 가졌으면 좋겠군요."

"내가요?"

"예. 당신 집보다 더 적당한 곳이 어디 있겠어요? 귀한 도움을 주신 데
대한 선물로 여기세요."

"내게 감사하실 필요는 전혀 없습니다." 웰스가 주장했다. "이 모든 일이
재밌었으니까요."

찰스는 미소를 지었다. 작가에게 도움을 받을 수 있었던 건 행운이었다.
길리엄 머레이의 협조도 행운이었다. 그가 자기 회사는 과거로 가는 시간여
행을 제공하지 않는다고 말했을 때 찰스가 절망에 빠진 표정을 짓는 걸 보
고, 길리엄 머레이는 찰스에게 계획을 기꺼이 돕겠다고 했다. 부유한 사업가
역시 자기 역할을 담당해 주어 모든 일이 더 수월해졌다. 웰스가 타임머신을
가지고 있을지도 모른다는 것을 앤드류가 믿기를 기대하면서 앤드류를 처음
부터 바로 웰스의 집으로 데려갔더라면, 진짜처럼 보이지 않았을 것이다.

"다시 한 번 깊이 감사드립니다." 찰스가 감격해서 말했다. "그리고 우리
가 당신 남편을 위협하는 시늉을 할 때 마부가 옆길에 숨어서 말을 붙들어
맬 수 있도록 지시한 점에 대해서도 감사드립니다."

"저에게 고마워할 필요는 없어요, 윈슬로우 씨. 저도 즐거웠으니까요.
비록 배우에게 당신 사촌을 칼로 찌르라고 한 것은 절대 용서 못 하지만
요……." 어린아이의 장난을 너무 혹독하게 야단치지 않는 어른처럼, 그녀
는 즐거운 미소를 지으며 그를 나무랐다.

"그렇게 심한 상처는 아니었어요!" 찰스가 변명했다. "그 배우는 칼에 관
한 한 전문가지요. 게다가 작은 자극을 주지 않았더라면 앤드류는 절대 그
에게 총을 쏘지 않았을 겁니다. 그의 어깨에 남은 상처는 사랑하는 마리의
생명을 구했다는 것을 잊어버리지 못하게 하는 역할도 하지요. 또한 시간의
수호자 역할을 맡은 배우를 고용한 것도 매우 적절했다고 봅니다."

"당신이 한 일 아닌가요?" 웰스가 놀라서 물었다.

"아닌데요." 찰스가 대답했다. "당신이 섭외했다고 생각했어요."

"아니요, 난……." 웰스가 얼떨떨해서 대답했다.

"그렇다면, 제 사촌이 도둑을 쫓은 셈이군요. 아니면 정말 시간여행자일 수도 있고요." 찰스가 농담을 했다.

"그럴지도 모르겠네요." 웰스가 약간 불편해하며 웃었다.

"중요한 것은 모든 일이 잘되었다는 거지요." 찰스가 결론을 내렸다. 부부에게 연기를 성공적으로 끝낸 것을 축하하고 인사를 나눈 후 작별을 고했다. "이제 가야 합니다. 그렇지 않으면 사촌이 의심할 거예요. 두 분을 만나게 되어서 반가웠습니다. 웰스 씨, 저는 당신의 영원한 독자라는 사실을 잊지 마십시오."

웰스는 그의 말에 절제된 미소를 지으며 감사했고, 그 미소는 찰스의 발자국이 계단 아래로 사라지는 동안에도 그의 입술에 여전히 남아 있었다. 그리고 만족스러운 깊은 한숨을 내쉬고 두 손을 허리에 받치고 타임머신을 바라보았다. 조종간을 부드럽게 만지기 전에 첫아이를 낳은 부모의 부드러운 표정을 지었고, 제인은 그런 그를 감격스런 표정으로 바라보았다. 그 순간에 자기 남편이 혼란스러우면서도 강렬한 감정에 휩싸였다는 것을 알았기 때문이다. 그는 자신의 책 페이지에서 기적적으로 뛰쳐나와 실제가 된 상상의 산물, 즉 그의 꿈을 어루만지고 있었다.

"아마도 의자는 사용할 수 있겠지, 안 그래?" 웰스는 그녀를 바라보며 말했다.

그의 아내는 그렇게 무감각한 사람과 도대체 무엇을 하고 있는지 모르겠다는 듯이 고개를 내저으며 창가로 다가갔다. 작가가 슬픔에 잠긴 표정을 지으며 그녀에게 다가가 어깨에 팔을 얹자, 마음이 누그러진 그녀는 그의 어깨에 머리를 기댔다. 그녀의 남편은 원래 그러한 즉흥적인 애정표현을 하게 할 정도로 어리광을 잘 받아주는 사람이 아니라 제인은 굉장히 놀랐다. 그는 마치 실제로 날 수 없는지 확인하기 위해 두 팔을 벌리고 당장이라도 창문으로 뛰어내려 보고 싶은 것 같았다. 두 사람은 그런 자세로 몸을 맞대고 찰스가 마차에 올라타자 떠나는 마차를 바라보았다. 그들의 시선이 석양의 오렌지빛 화폭 아래 거리 끝으로 사라지는 것을 따라갔다.

"오늘밤 무슨 일을 한지나 알아요, 버티?" 제인이 물었다.

"다락방을 태울 뻔했나?"

여자가 웃었다.

"아니요. 오늘밤 당신은 내가 영원히 자랑스러워 할 만한 일을 했어요." 그를 사랑이 가득한 표정으로 바라보면서 말했다. "당신의 상상력을 이용해서 한 사람의 생명을 구했지요."

제 2 부

친애하는 독자여,
여러분이 과거로 가는 여행을 즐겼다면,
이 감동적인 팸플릿의 다음 페이지에서는
사악한 로봇과 인간 사이에 벌어지는 2000년의 유명한
전쟁을 보기 위해 미래로 여행하는 특권을 누릴 것입니다.

하지만 일부 장면들은 매우 폭력적이라는 점을 미리 경고합니다.
그 전쟁은 인류의 미래를 결정하는 중요한 전쟁입니다.

감수성이 예민한 자녀들을 둔 어머니들은 아마도
내용을 미리 검토하고 자녀들에게 보여 주기 전에
일부 페이지를 찢어 버리기를 원할지도 모르겠군요.

클레어 해거티는 피아노를 배우지 않고, 불편한 옷을 입지 않고, 자신을 따라다니는 구애자들의 무리 중에서 남편을 고르지 않고, 결국은 전혀 예상치 못한 곳에 두고 잃어버리게 될 우스꽝스러운 양산을 들고 다니지 않아도 되는 시대에 태어나면 얼마나 좋을까 하고 생각했다. 이제 막 스물한 살 생일을 지난 젊은 나이이건만 누군가 그녀에게 인생에서 무엇을 기대하냐고 묻는다면 의외의 대답을 듣게 될 것이다. 그저 죽는 것 외에는 아무것도 원하는 게 없다는 대답이다. 그것은 이제 겨우 자신의 인생을 설계하기 시작하는 매력적인 젊은 여성의 입에서 나올 거라고 기대하기 힘든 대답이다. 당연히 아니다. 하지만 전에 보여 주었듯이 나는 아무도 보지 못하는 것을 포함해서 모든 것을 보며, 그녀가 잠자리에 들기 전에 방에서 끝없이 자신에 대한 회의에 잠기는 것을 지켜본 목격자이기도 하다. 사람들은 그녀가 다른 또래 소녀들처럼 거울 앞에서 머리를 빗을 거라고 상상하지만 클레어는 새날이 밝기 전에 왜 죽고 싶은지 자문하면서 창문 밖으로 내린 어두운 밤을 바라보곤 한다. 그녀에게 자살 경향이 있어서도 아니고, 세상 저편에서 저항할 수 없는 인어의 노래로 유혹하는 소리를 들어서도 아니다. 그렇다고 사는 게 참을 수 없을 정도로 불쾌해서 간절히 죽고 싶은 것도 아니다. 절대 그런 것은 아니다. 그녀가 삶에 애착이 없는 이유는 훨씬 더 간단하다. 그녀가 살아온 세상은 그다지 매력적이지 않고, 앞으로도 전혀 매력적일 것 같지 않다는 것. 그것은 그녀가 밤에 숙고하면서 도달하게 된 불길한 결론이었다. 아무리 노력해도 이 세상에는 기쁘고 즐겁고 관심을 가질 만한 것이 없었다. 주변에 있는 것들에 만족하는 척하는 것은 더 지치고 귀찮았다. 자신이 살고 있는 시대는 매력이나 감동이 없고 따분했다. 주변에서 자기와 동일한 실망을 느끼는 사람을 발견하지 못하자 깊은 비탄에 빠졌을 뿐만 아니라 화가 나기까지 했다. 그러한 내적인 불만은 어쩔 수 없이 그녀를 외톨이로 만들었다. 그녀는 비사교적이고 빈정대는 사람이 되었으며, 보름달이 뜨지 않아도 감정이 격해져서 들짐승 같은 존재로 돌변해서 가족들의 모임을 망쳐 놓곤 했다.

클레어는 그러한 격렬한 불만이 생산적이지 못한 과도한 행동인 동시에 아무런 도움이 되지 못한다는 사실을 너무나 잘 알았다. 특히 자신을 부양해 줄 뿐만 아니라 대여섯 명의 자녀를 낳아 자신의 자궁이 건강하다는 것을 세상에 증명해 줄 남편을 만나는 일에 관심을 쏟아야 할 인생의 아주 중요한 순간에 그런 태도는 아무 짝에도 쓸모가 없었다. 친구인 루시는 그녀에게 경고했었다. 그런 식으로 행동하다 보면 구혼자들 사이에 성미가 고약하다는 소문이 돌 거라고, 또한 그녀의 무절제한 매너가 난공불락의 요새와 같다는 사실을 확인한 뒤에는 데이트를 포기하는 이들도 있을 거라고. 그럼에도 불구하고 클레어는 태도를 고칠 수가 없었다. 아니면 고칠 수 있을까?

때때로 그녀는 자신을 갉아먹는 그런 불만족을 극복하기 위해 모든 노력을 다했는지, 아니면 반대로 병적인 즐거움으로 그것에 빠져드는 것은 아니었는지 궁금했다. 왜 루시처럼 세상을 그대로 받아들이지 못할까? 루시는 고생스런 코르셋을 마치 자신의 영혼을 정화하는 형벌인 것처럼 참아내고, 조만간 누군가와 결혼해야 한다는 것을 알고 세심하게 순서를 정해 구혼자들을 만났다. 하지만 그녀는 루시와 달랐다. 악마가 만든 물건 같은 코르셋을 증오했고, 모든 남자들처럼 자신의 두뇌를 활용하고 싶었고, 그녀를 귀찮게 하는 남자들 가운데 아무와도 결혼하고 싶지 않았다. 특히 이 마지막 사항은 끔찍할 정도로 불쾌하다고 생각했다. 비록 어머니의 시대보다는 많이 나아졌지만 말이다. 그 당시에는 여성이 결혼하면 자신이 가진 모든 재산을 빼앗겼다. 일을 해서 버는 수입도 마찬가지였다. 법과 적절하지 못한 관습이 부인의 재산을 즉각적으로 남편의 굶주린 손에 쓸어다 주기 때문이었다. 만일 그녀가 결혼하겠다고 결심하면, 이제는 적어도 자신의 재산은 지킬 수 있고, 이혼할 경우에는 자녀들에 대한 양육권도 가질 수 있다. 아무리 그래도 클레어는 자신이 성경처럼 신성하게 여기는 책, 『여성의 권리 옹호』에서 ♪메리 울스턴이 주장한 것처럼 결혼을 합법적인 매춘으로 여겼다. 클레어는 여성의 잃어버린 존엄성을 회복하기 위해 작가가 치른 치열한 투쟁과, 여성이 더 이상 남자의 하녀 취급당하지 않도록 싸워 온 그녀의 집념을 존경했다. 과학은 남성의 두개골이 더 크니까 뇌가 더 크다는 이유로 남성이 더 지혜롭다고 하지만 그녀는 잘 알고 있었다. 그렇게 크기가 큰 것이 단지 더 큰 모자를 쓸 때에만 중요하다는 사실을 말이다. 하지만 다른 한편으로 클레어는 남성의 보살핌을 받으며 살아가기를 거부할 경우, 스스로 생계를 유지해야 한다는 사실도 잘 알고 있었다. 이를테면 자신과 같은 조건을 가진 사람에게 맞는 얼마 안 되는 일자리 중에서 직업을 찾아야 한다는 것이다. 사무실에서 타자를 치거나 병원에서 간호사 정도의 일을 떠올릴 수 있는데, 두 가지 일 모두 그녀를 예찬하기 위해 줄을 서던 깔끔한

♪18세기 영국 작가로, 여성의 교육적·사회적 평등을 열렬히 부르짖은 것으로 유명하다.

멋쟁이 가운데 한 사람 옆에서 파묻혀 살아가는 삶보다는 덜 매력적이었다.

하지만 결혼이 피할 수 없는 선택이라면 어떻게 하겠는가? 어떤 남성과 진정으로 사랑에 빠진다면 결혼도 견딜 수 있다고 생각하지만 실제적으로 불가능한 일이라고 생각했다. 그녀의 무관심은 그녀를 숭배하는 지루한 무리들에게만 국한된 것이 아니라 지구상의 모든 남성에게 해당되었다. 젊든 나이가 많든, 돈이 많든 가난하든, 잘생기든 못생기든 마찬가지였다. 상세한 신상명세는 중요하지 않았다. 그건 분명했다. 자기 시대의 남성과는 절대로 사랑에 빠지지 않을 것이다. 그럴 수 없는 것이 사랑에 대한 이 시대 남자들의 생각은 그녀가 항복하고 싶은 낭만적인 짜릿함과 비교할 때 너무 약하기 때문이다. 그녀는 격앙된 열정이 자신의 삶을 뒤흔들어 놓고, 격렬한 열기가 자신의 영혼을 불사르고, 격정적인 황홀함이 운명적인 선택으로 자신을 이끌어 가기를 바랐다. 하지만 별다른 기대는 하지 않았다. 오래전부터, 레이스장식이 달린 블라우스처럼 그러한 사랑은 유행이 지났다는 것을 알기 때문이다. 그렇다면 그녀에게 남은 것은 무엇인가. 자신의 삶에 유일하게 의미를 주는 것을 포기하고 살아갈 수 있을까? 아니다, 물론 아니다.

그럼에도 불구하고 며칠 뒤 놀랍게도 그녀의 잠들어 버린 호기심을 일깨우는 사건이 일어났다. 세상에 대한 첫인상에도 불구하고 삶에는 여전히 놀랄 일이 많이 있었다. 루시가 평상시처럼 호들갑을 떨면서 자기 집으로 오라고 그녀를 초대했다. 루시는 취미로 지루한 강신술 모임을 준비하곤 했다. 파리의 여성복을 전문으로 만드는 사람들의 유행에 빠져든 루시는 북미에서 온 그 유행에 열광적으로 빠져들었다. 그 지역의 영매로 유명해진 마르고 거만한 청년 에릭 샌더스가 진행했는데, 클레어는 어두운 방에서 영혼들과 대화를 나누는 척 꾸미는 것이 그다지 불쾌하지 않았다. 샌더스는 자신이 특별한 감수성을 소유하고 있어서 죽은 자들과 대화를 나누는 능력이 있다고 확신했지만, 클레어는 그가 감수성이 예민한 대여섯 명의 미혼 여성들을 테이블 주변에 모아놓고 불빛을 희미하게 하고 우스꽝스러울 정도로 쩌렁쩌렁한 목소리로 겁을 먹게 해서, 아무런 처벌도 받지 않고 그들의 손과 어깨를 만지려 한다는 것을 알고 있었다. 교활한 샌더스는 ♪알랑 카르 덱의 『영혼들의 책』을 충분히 읽었기에 죽은 자들에게 그럴싸한 명쾌한 권위를 가지고 질문할 수 있었다. 그러나 그는 그들의 대답보다는 그곳에 모인 산 자들에게 너무 큰 관심을 가지고 있었다. 클레어가 영혼이라기엔 너무 현실적인 사람의 손이 그녀의 발목을 어루만지는 걸 느낀 후, 그의 뺨을 갈겼다. 그러자 샌더스는 그녀의 의심 많은 태도가 죽은 자들을 혼란스럽게 만들어서 그들과 소통을 잘할 수 없다며 그녀의 참석을 금지했다. 처음에는 샌더스의 초자연적인 떠들썩한 모임에서 제외된 것이 마음 편했지만 얼마 지나지 않아 우울해졌다. 이제 스물한 살인데 이세상과 등졌을 뿐 아니라 저세상에서도 배척당했기 때문이다.

하지만 루시는 그날 오후에는 어떤 강신술 모임도 조직하지 않았다. 이번에는 훨씬 더 관심을 끄는 일을 제안하려고 했다. 루시는 클레어의 손을 잡고 자기 방으로 데리고 가면서 도취된 미소를 지었다. 그녀에게 작은 의자에 앉으라고 하고 기다리라고 했다. 그리고 책상서랍 하나를 뒤지기 시작했는데, 책상 위에는 독서대 위에 다윈의 『비글호 항해기』가 놓여 있었다. 책은 키위새의 그림이 보이는 페이지가 펼쳐져 있는데, 루시는 종이에 그 이상한 새를 그리고 있었다. 그렇게 간단하고 둥그스름한 형태를 그리는 것은 그림에 대한 재능이 전혀 필요 없기 때문일 것이다. 클레어는 그림을 계속 바라보면서 친구가 부르주아 계층이 애호하는 작품이 된 책을 읽는 것에 싫증을 느꼈나 궁금해졌다.

찾던 물건을 발견하자 루시는 서랍을 닫고 상기된 미소를 지으며 그녀에게 다가왔다. 루시에게 죽은 자들과 얘기를 하는 것보다 더 흥분되는 것이 무엇일까, 클레어는 스스로에게 물었다. 루시가 자기 손에 놓아 준 팸플릿

을 보고서야 이해할 수 있었다. 아직 태어나지 않은 사람들과 대화를 나누는 것이다. 루시는 흥분된 표정으로 그녀에게 옅은 하늘색의 팸플릿을 건네주었다. 지금까지 이야기를 읽은 독자들이라면 그것이 무엇인지 짐작할 수 있을 것이다. 그 작은 종이에는 인류의 미래가 걸려 있는 로봇과 인간의 전쟁을 관람하는 시간여행, 구체적으로 2000년으로의 여행단을 모집한다는 머레이 시간여행사의 광고가 실려 있었다. 클레어는 놀라서 팸플릿의 내용을 여러 차례 읽고 바로 그 전쟁을 암시하는 투박한 그림을 살펴보았다. 폐허가 된 건물 사이에서 로봇과 인간들이 세계의 운명을 놓고, 이상한 무기를 들고 서로를 향해 쏘고 있었다. 인간의 군대를 지휘하는 인물이 그녀의 관심을 끌었다. 삽화가는 다른 사람들보다 그를 더 영웅적인 포즈로 그렸는데, 그림 밑에 적힌 내용에 의하면 그는 용감한 데릭 섀클리턴 대장이 틀림없었다.

루시는 그녀가 정신을 차릴 틈도 없이 그날 아침 그 회사에 찾아갔다는 이야기를 꺼냈다. 첫 번째 여행단이 성공한 이후에 조직한 두 번째 여행단에 아직 자리가 남아 있다는 말을 듣고 주저하지 않고 두 사람의 여행을 신청했다고 말했다. 클레어는 놀라서 그녀를 바라보았으나, 친구는 클레어의 의사를 물어보지 않은 것에 대해 한 마디 사과도 없이 부모 몰래 미래 여행을 어떻게 할지 방법을 알려 주느라 정신이 팔려 있었다. 만일 들통나면 그 원정대에 참여하는 것을 금지하거나, 최악의 경우 그녀들과 같이 가겠다고 할 텐데, 루시는 거추장스러운 감시 없이 2000년을 즐기고 싶었다. 이미 모든 것을 생각해 둔 것 같았다. 돈은 문제가 되지 않았다. 두 사람의 티켓 값에 필요한 돈은 용도를 밝히지 않고 돈이 많은 마가렛 할머니에게 도움을 청하고, 심지어 친구인 플로렌스 버넷의 도움을 받는 것도 생각해 두었다. 욕심 많은 플로렌스에게 작은 돈을 주고, 다음주 목요일에 커크비에 초대하는 척해 달라고 부탁했다. 계획대로 되면, 그날 두 사람은 2000년으로 여행을 하고 아무도 모르게 오후 간식 시간에 맞추어서 돌아올 수 있을 거라는 계획이었다. 서둘러서 설명을 마친 루시는 기대에 차서 그녀를 바라보았다.

"괜찮지?" 물었다. "같이 갈 거지?"

클레어는 거절할 수도 없었고, 하고 싶지도 않았고, 거절할 방법도 몰랐다.

그다음 나흘은 여행으로 인한 흥분상태에서 조심스럽게 여행을 준비하며 흘러갔다. 그리고 드디어 클레어와 루시는 머레이 시간여행사의 화려한 건물 앞에 서서 입구에서 나는 불쾌한 냄새에 코를 찡그리고 있었다. 그녀들을 보자 동물의 배설물 같은 것이 묻은 건물 정면을 닦던 직원이 불쾌한 냄새에 대해 사과하고, 손수건이나 스카프로 가리거나 숨을 참으면서 지나가는 게 좋을 거라고 말했다. 루시는 불쾌해서 직원에게 손사래를 쳤다. 그 감격적인 순간에 오점을 남길 만한 것은 무시하고 싶었기 때문이다. 루시가 클레어의 팔을 붙잡았다. 루시가 미래를 향한 문을 통과하도록 클레어를 앞으로 밀 때, 클레어는 친구가 용기를 북돋워 주려는 것인지, 자신의 흥분을 전염시키려는 것인지 어리둥절했다.

건물로 들어서자 클레어는 친구의 들뜬 표정을 곁눈질로 바라보고 미소를 머금었다. 왜 그렇게 초조하게 서두르는지 알고 있었다. 루시는 여행에서 돌아와서 용기가 없어서든지 무관심해서든지 아니면 표를 구하지 못해서든지 재미 없는 현재에 남아 있는 친구들과 가족들에게 미래에 대해 이야기해 주고 싶어서 이미 안달이 나 있었다. 그렇다. 루시에게 그것은 이야깃거리가 많은 즐거운 모험에 불과했다. 폭풍 때문에 갑자기 망친 소풍이나 보통 때보다 사고가 더 많은 작은 배로 항해를 하는 것처럼 말이다. 하지만 친구를 따라 그 여행을 떠나기로 결심한 클레어의 동기는 전혀 달랐다. 루시는 새로운 백화점에 가는 것처럼 여행을 떠났다가 간식을 먹기 위해 정시에 돌아올 것이다. 반면 클레어는 돌아오고 싶은 마음이 전혀 없었다.

걸음걸이가 거만한 비서가 그들을 안내해 주었는데 그곳에서는 그날 아침 2000년으로 여행할 특권을 가진 30명의 사람들이 소란스런 대화를 나누고 있었다. 비서는 펀치 한 잔을 대접한 후 곧이어 머레이 씨가 환영인사를 하고 미래 여행 방법을 설명해 주고 그들이 관람할 역사적인 순간에 대해 알려 줄 거라고 말했다. 말을 마치고 대충 인사를 한 뒤 그들을 넓은 방에 남겨두었다. 모퉁이에 있는 칸막이 관람석과 정면 끝에 있는 무대로 보아 그곳이 한때 극장이었음을 알 수 있었다. 의자를 치우고 작은 탁자들과 불편해 보이는 소파를 들여 놓은 그 장소는 무척 커 보였다. 십여 개의 기름등잔이 있는 천장도 매우 높아 보였는데, 바닥에서 볼 때 그 등잔들은 아래 세계와는 별개로 살아가는 음침한 거미 집단을 연상시켰다. 관절이 약해서 서 있기가 불편한 팔순노인들 외에는 아무도 팔걸이의자에 앉으려고 하지 않았는데, 아마도 그 흥분된 순간에는 서 있는 것이 훨씬 더 나았을 것이다. 그 이외 가구들은 테이블이 전부였다. 부지런한 여성들은 이미 펀치를 마시기 시작했다. 무대 위에 나무로 된 단상 같은 것이 있었는데 문 옆에서 용감한 섀클리턴 대장의 장엄한 동상이 그들을 환영하고 있었다.

루시가 주변을 둘러보며 누구는 마음에 들고 누구는 그렇지 않다면서 참석자들의 이름을 나열하고 있는 동안, 클레어는 아직 태어나지도 않은 남성의 대리석 동상을 경이로운 표정으로 바라보았다. 실제의 두 배로 만들어진 데릭 섀클리턴 대장 동상은 그리스 신들의 특이한 자손처럼 보였다. 그리스 신들은 보통 주춧돌 위에서 무화과 잎 정도로만 가리며 대담하고 늠름한 포즈를 취하고 있는데 반해, 그는 몸을 훨씬 많이 감추고 있었기 때문이다. 조임 못을 박은 요란한 갑옷은 가능한 한 그의 피부를 적에게서 감추기 위해 만들어진 것 같았다. 얼굴을 가리는 복잡한 투구 역시 그의 늠름한 턱만 드러내고 있었다. 인류의 구원자의 얼굴 생김새를 보고 싶어 하는 클레어에게는 실망스러운 면이었다. 클레어는 금속 속에 감추어진 그 얼굴이 자기가 알고 있는 사람들의 얼굴과는 다를 거라고 생각했다. 아직 존재하지 않는, 미래만이 만들 수 있는 얼굴임에 틀림없다고 생각했다. 그녀는 군대를 이끌 만한 능력이 있는 자신감이 넘치는 눈빛을 가진 고상하고 진지한 장군의 모습을 상상해 보았다. 마치 원래 그런 능력을 타고난 것처럼 자연스럽게 배어든 긍지와 불굴의 정신을 드러낼 것이다. 때때로 그를 둘러싼 어두운 황량함이 그의 아름다운 눈을 향수의 눈물로 가리는 것은, 그의 전사 같은 영혼에 아직 감수성이 남아 있기 때문이다. 낭만적인 천성을 벗어나지 못한 클레어는 그의 눈동자에 서린 그리움을 상상했다. 특히 전투와 전투 사이에 엄습하는 끔찍한 고독의 순간을 상상했다. 그렇게 슬퍼 보이는 이유는 무엇인가? 대답은 명확하다. 사랑하는 이의 얼굴, 약해졌을 때 그를 격려해 줄 미소, 위로의 기도처럼 밤에 되뇌는 이름, 전쟁이 끝나면 돌아가 안길 팔이 없기 때문이다.

클레어는 잠시 동안 전장에서 매우 강해 보이는 그 용감하고 패배를 모르는 남자가, 밤중에 의지할 데 없는 어린아이처럼 자신의 이름을 속삭이는 것을 상상했다. "클레어, 나의 클레어……." 그러한 생각에 미소를 머금었다. 바보 같은 생각이었다. 미래의 전사에게 사랑받는다는 상상에 짜릿함을 느끼는 그녀 자신이 놀라웠다. 아직 태어나지도 않은 사람이 그녀의 비위를 맞추려고 줄을 서는 멋쟁이들보다 어떻게 더 강렬한 떨림을 만들어 낼 수 있을까? 대답은 간단했다. 얼굴이 보이지 않는 그 조각상에 자신이 원하지만 얻을 수 없는 모든 것이 있다고 상상했기 때문이다. 아마도 그 새클리턴은 클레어가 상상한 모습과는 다를 것이다. 그뿐 아니라, 그의 사고 방식과 행동, 심지어 사랑하는 방식도 완전히 이해할 수 없고 낯설 것이다. 그들 사이에 존재하는 수백 년의 시간은 과거의 기준으로 볼 때 가치와 관심사가 전혀 이해할 수 없는 다른 형태로 변하기에 충분한 시간이었다. 그것이 인생의 법칙이다. 그의 얼굴을 볼 수만 있다면, 그녀의 생각이 맞는지 확인할 수 있을 거라 생각했다. 새클리턴의 영혼이 그녀가 결코 볼 수 없는 불투명한 유리로 되어 있는지, 아니면 반대로 그들을 갈라놓은 세월이 그다지 중요하지 않은 것인지를 그녀는 알 수 있을 것이다. 인간의 마음속에는 세월이 흘러도 변하지 않는 무언가, 육체에 뿌리를 내린 본질적인 게 있기 때문이다. 아마도 그것은 신이 생명을 불어넣기 위해 자신의 피조물들에게 불어넣는 호흡일 것이다. 하지만 그 빌어먹을 투구가 그 어느 것도 확인하지 못하게 했다. 클레어는 그의 얼굴을 절대 보지 못할 것이다. 그냥 전사 같은 자세, 우람한 등, 투명한 근육질을 보여 주는 구부린 오른쪽 다리와 땅에 굳게 내딛었지만 발뒤꿈치가 받침돌에서 약간 떨어져서 마치 적을 향해 공격을 하려는 순간을 포착한 듯한 왼쪽 다리를 바라보는 것으로 만족해야 할 것이다.

그가 공격하는 방향을 따라가서야 클레어는 그 조각이 문의 왼쪽에 있는 조각과 대치하고 있음을 발견했다. 새클리턴이 도전하는 대상은 그의 크기의 거의 두 배에 가까운 형상이었다. 주춧돌에는 로봇들의 왕이고 대장의 강적인 솔로몬이라고 쓰여 있었다. 런던을 초토화시킨 끝없는 전쟁을 치른 뒤 새클리턴 대장은 2000년 5월 20일 그의 대적에게 승리를 거두었다. 클레어는 로봇들의 엄청난 진보에 놀라서 그 형상을 바라보았다. 어릴 적에 그녀는 아버지를 따라 피에르 자크 드로즈라는 스위스의 뛰어난 시계공이 만든 로봇 가운데 하나인 '글씨 쓰는 소년인형'을 보러 간 적이 있다. 클레어는 아직도 우아한 옷을 입고 책상에 앉아서 잉크병에 펜을 적시고 종이 위에 글을 쓰던, 볼이 토실토실하고 슬픈 표정을 짓고 있던 어린아이를 기억한다. 인형은 시간을 초월해서 살아가는 사람처럼 진득하게 글자 하나하나를 적었고, 때로 새로운 영감이 떠오르기를 기다린다는 듯이 생각에 잠겨 허공을 바라보느라 글쓰기를 멈추기도 했다. 그 이상한 존재가 어떤 황당한 생각을 할지 상상할 때, 인형의 몰두하는 시선은 어린 클레어에게 전율을 일으켰다. 환영 같은 어린아이 등에 글을 쓰도록 하는 핸들이 연결된 봉과 작은 바퀴들이 있었다. 아버지가 그걸 보여 주었을 때도 클레어는 괴로운 감정에서 벗어날 수가 없었다. 세월이 흐르면서 섬뜩해 보이지만 해롭지는 않았던 그 어린아이가 자기 앞에 우뚝 선 괴물 같은 형상으로 변화된 것을 확인할 수 있었다. 피에르 자크 드로즈와는 반대로 솔로몬을 만든 사람은 인간과 가능한 한 비슷하게 만드는 것에는 별 관심이 없고, 두 발을 가진 형상을 만드는 것에만 신경 썼던 것 같다. 로봇이 중세의 갑옷처럼 투박했기 때문이다. 철판을 조립한 로봇의 머리는 종과 비슷한 원통형의 굵은 부품으로 마무리를 했고, 사각형의 구멍을 두 개 뚫어 눈을 표시했고, 우체통처럼 가는 틈으로 입을 흉내냈다.

클레어는 앞에 놓인 형상들이 아직 일어나지 않은 일을 나타낸다는 생각에 현기증이 일었다. 그러한 인물들은 죽기는커녕 아직 태어나지도 않았다. 그 장소에서 만난 사람들은 그것들을 기념물로 생각할 수 있다는 생각이 들었다. 그것을 꼭 실수라고 할 수 없는 것이, 대장이나 그의 적은, 죽은 사람들처럼 경외의 대상에 속하기 때문이다. 그들이 이미 세상을 거쳐간 사람인지, 아직 태어나지 않은 사람인지는 중요하지 않다. 중요한 것은 그들이 현재에는 없다는 것이다.

루시가 그녀의 팔을 잡아끄는 바람에 클레어는 사색에서 벗어날 수 있었다. 루시는 그녀를 멀리서 가로질러 인사를 하는 한 부부에게로 끌고 갔다. 오십 대 정도로 보이는 땅딸막한 남자는 면도를 깔끔하게 하고 푸른색 양복을 입고 있었는데, 그의 뱃살 때문에 화려한 조끼가 금방이라도 터질 것 같았다. 그는 팔을 벌리고 얼굴에는 요란한 표정을 지은 채 루시를 맞이했다.

"루시." 아버지 같은 말투로 외쳤다. "여기서 너를 만나다니 반갑구나. 네 가족이 이번 원정대에 참여한 줄은 몰랐구나. 넬슨 녀석은 배멀미로 고생하는 줄 알았는데!"

"아버지는 오시지 않았어요, 아저씨." 루시는 억지로 슬픈 표정을 지으면서 말했다. "사실 저와 제 친구가 여기 온 것은 절대 들통이 나서는 안 될 작은 비밀이에요."

"당연하지, 아가씨." 퍼거슨은 그녀를 서둘러서 진정시키고 그녀의 심술궂은 행동을 축하해 주었다. 하지만 자기 딸이 그런 행동을 했다면 분명히 벌을 주었을 것이다. "너의 비밀은 지켜 주마, 그렇지 않소, 그레이스?"

그의 아내는 호화스런 붕대처럼 목을 두른 진주목걸이를 흔들면서 끈끈한 미소를 지으며 고개를 끄덕였다. 루시는 그들에게 사랑스런 표정으로 감사인사를 했고 클레어를 소개시켜 주었다. 그 남자가 기름기가 많은 입으로 그녀의 손에 입맞춤을 할 때 클레어는 불쾌감을 감추어야 했다.

"좋아, 좋아." 퍼거슨은 소개가 끝나자 두 소녀를 번갈아 바라보면서 말했다. "정말 신나지 않니? 몇 분 뒤면 우리는 2000년으로 여행을 떠날 거야. 게다가 전쟁도 볼 수 있지."

"위험할까요?" 루시가 약간 불안해하며 물었다.

"오, 전혀 그렇지 않아." 퍼거슨은 손짓으로 불안감을 쫓았다. "내 친한 친구 테드 플리처가 첫 번째 원정대로 여행을 했는데 두려워할 게 전혀 없다고 하더구나. 하나도 위험하지 않아. 우리는 아주 멀리서 전쟁을 구경할 거라서 안전할 거야. 비록 그것이 단점이기는 하지만 말이야. 불행하게도 우리는 전쟁 장면을 자세히 볼 수 없단다. 플리처는 쌍안경을 꼭 가져가라고 했단다. 너희들도 쌍안경 가져왔겠지?"

"아니요." 루시가 낙담하면서 말했다.

"그러면 우리 옆을 떠나지 말고 같이 사용하자꾸나." 퍼거슨이 말했다. "단 하나라도 놓치면 안 되니까. 플리처는 그 전쟁이 우리가 지불한 돈의 값어치를 할 만큼 장관이라고 말해 주었단다."

클레어는 그 뻔뻔한 사람 앞에서 눈썹을 찡그렸다. 아무런 수치심도 느끼지 않고 지구의 운명을 결정 지을 전투를 단순한 구경거리로 축소시켰기 때문이다. 루시가 그때 자기 옆을 지나가며 그들을 부르는 한 부부에게 인사했을 때에야 클레어는 안도의 미소를 지었다.

"이쪽은 내 친구 매들린이야." 루시가 열정적으로 말했다. "그리고 남편 찰스 윈슬로우 씨."

그 이름을 듣자 클레어의 미소가 얼어붙었다. 런던에서 가장 부유하고 잘생긴 청년 중 하나인 찰스 윈슬로우에 대한 이야기를 많이 들었다. 한 번도 소개를 받은 적이 없었지만 잠이 확 달아날 정도는 아니라는 생각이 들었다. 친구들이 그에 대해 하도 많은 이야기를 해서 이미 많은 것을 알고 있다는 생각도 들었다. 그가 우쭐대고 자부심이 강한 청년이라는 사실은 쉽게 짐작할 수 있었다. 그의 주된 관심사는 주변에 있는 소녀들을 달콤한 말로 유혹하는 것일 것이다. 파티에는 많이 참석하지 않았지만 클레어는 비슷한 청년들을 여러 차례 만난 적이 있었다. 그들은 거만하고 버릇이 없으며 부모들의 재산으로 괴짜 같고 무모한 청년기를 지내면서 이 시절을 가능한 오래 즐기려는 부류였다. 다행히도 윈슬로우는 분별력을 갖춘 것 같았다. 그에 대해서 들은 마지막 소식은 부유한 켈러 자매 중 하나와 결혼해서 런던의 많은 젊은 여성들을 슬픔에 잠기게 했다는 것이다. 당연히 그녀는 거기에 포함되지 않았다. 그를 만나고 보니 실제로 그가 잘생겼다는 점을 인정해야 했고 그와의 동행이 다소 흥분되기도 했다.

"우리는 이 모든 것이 얼마나 흥분되는지를 이야기하고 있었지요." 퍼거슨이 대화의 고삐를 다시 잡으면서 말했다. "몇 분 뒤면 폐허가 된 런던을 보게 될 거요. 하지만 다시 돌아오면 아무 일도 일어나지 않은 것처럼 도시는 변함이 없지요. 시간을 질서정연한 사건들의 연속으로 보면 있을 수 없는 일 아닌가요? 그렇게 끔찍한 장면을 보고 나면 이 시끄러운 도시를 더 소중하게 여기게 될 거요. 안 그런가요?"

"글쎄요, 그건 단순한 시각이로군요." 찰스가 그를 쳐다보지 않고 딴전을 피우면서 말했다.

잠시 침묵이 흘렀다. 퍼거슨은 화를 낼지, 참아야 할지 몰라서 비난하는 눈길로 그를 쳐다봤다.

"무슨 뜻이오, 윈슬로우 씨?" 결국 참지 못하고 그가 질문했다.

찰스는 잠시 천장을 바라보았는데, 저 위는 산의 정상처럼 공기가 더 깨끗한지 궁금해하는 것 같았다.

"2000년으로 여행을 가는 것은 나이아가라 폭포를 보러 가는 것과는 다릅니다." 자기 말이 퍼거슨에게 동요를 일으킨 것을 아는 것처럼 편견이 없는 어투로 그가 대답했다. "우리는 미래로, 로봇이 지배하는 세계로 여행을 가는 거지요. 아마도 당신은 관광여행을 다녀온 뒤 그것에 대해 잊어버릴 수 있지요. 그것이 당신과는 상관이 없다고 생각하면서요. 하지만 그곳은 우리 자손들이 살아갈 세상입니다."

퍼거슨은 그를 놀란 표정으로 바라보았다.

"그러니까 우리가 전쟁에 참여해야 한다는 말이오?" 공동묘지 무덤의 시신을 바꾸는 게임이라도 제안받은 듯 그가 호들갑을 떨면서 물었다.

찰스는 처음으로 그의 대화 상대자를 쳐다보았는데 입술에는 조롱 섞인 미소를 띠었다.

"상황에 대해 좀 더 넓은 시각을 가지셔야겠어요, 퍼거슨 씨." 찰스가 그를 나무랐다. "그 전쟁에서 싸울 필요는 없어요. 그것을 막는 것으로 충분하지요."

"그것을 막는다고요?"

"네, 막아야지요. 미래는 항상 과거의 결과가 아니던가요?"

"무슨 말인지 전혀 모르겠소, 윈슬로우 씨." 퍼거슨이 냉담하게 말했다.

"그 잔혹한 전쟁의 싹은 여기에 있어요." 찰스가 고개를 움직이며 자기 주위를 가리키면서 말했다. "우리 손에 앞으로 일어날 일을 막고 미래를 바꿀 방법이 있지요. 근본적으로 런던을 파괴시켜 버릴 그 전쟁은 우리의 책임이지요. 하지만 인간이 그 사실을 안다 해도 그것이 로봇을 제조하지 말아야 할 충분한 이유가 되지는 않을 겁니다."

"말도 안 돼요. 운명은 운명이지요." 퍼거슨이 항의했다. "바꿀 수 없단 말이오."

“운명은 운명이라……” 찰스가 의뭉스럽게 따라했다. “그런데, 정말 그렇게 생각하세요? 정말 우리가 태어날 때부터 어떤 연기를 해야 한다고 연출하는 가상의 작가에게 당신 행동에 대한 책임을 떠넘기고 싶으신가요?” 클레어는 찰스가 질문하는 듯한 시선으로 주변을 둘러볼 때 손발이 저렸다. “저는 아닙니다. 더 나아가 우리의 운명은 이미 정해진 것이 아니라고 굳게 믿습니다. 우리가 매일 하는 행동 하나하나로 우리의 운명을 써 나가지요. 만일 우리가 진정으로 원한다면 미래의 전쟁을 막을 수도 있습니다. 퍼거슨 씨, 비록 당신의 공장에서 역학기계를 만들지 않으면 엄청난 손실이 있을 거라고 생각하지만 말이지요.”

퍼거슨은 옆찌르기를 예상하지 못했다. 그 무례한 청년은 그 공격으로 아직 일어나지 않은 일에 대해 그에게 책임을 돌렸을 뿐만 아니라 그가 누구인지 완벽하게 안다는 것을 알려 주는 기회로 삼았다. 어떻게 대답할지 몰라서 그는 입을 벌리고 찰스를 바라보았다. 찰스가 악의가 있는 평을 쾌활하게 늘어놓자 화가 난다기보다는 망연자실해졌다. 클레어는 찰스가 그렇게 가볍게 자신의 의견을 드러내는 것이 마음에 들었다. 이를 통해 격렬한 반격을 피할 수 있을 뿐만 아니라, 자기의 당돌한 생각이 사실 그 자신도 그다지 진지하게 받아들이지 않는 즉흥적인 의견이라는 인상을 주었다. 퍼거슨은 다른 사람들의 놀라는 모습과 찰스의 능청스러운 미소 앞에 입을 벌렸다 닫았다 했다. 갑자기 무리들 중에 방황하는 한 젊은이를 알아본 것 같았는데, 그것은 그 자리를 피하기 위한 완벽한 구실이 되었다. 어차피 윈슬로우는 어떤 대답도 기대하지 않는 것 같았다. 퍼거슨은 의지할 데 없는 표정의 한 젊은이를 데리고 돌아와서 사람들 속에 등을 떠밀며 그를 런던 경찰청의 형사 콜린 가렛이라고 소개했다.

퍼거슨은 다른 사람들이 형사에게 인사를 하는 동안, 방금 수집한 희귀한 나비를 소개하듯이 흐뭇하게 미소를 지었다. 그는 젊은 형사와 사람들이 서로 소개하며 인사하는 과정이 다 끝나기를 기다렸는데 그것을 통해서 찰스 윈슬로우와의 논쟁이 잊혀지기를 바라는 것 같았다.

"당신을 여기서 만나다니 놀랍군요, 가렛 씨. 형사의 월급이 그 정도가 될 줄은 몰랐는데요."

"아버님이 유산을 좀 남겨 주셨지요." 형사는 변명하려는 듯 말을 더듬었다.

"아, 나는 당신이 미래의 질서를 유지하기 위해서 정부 돈으로 여행한다고 생각했지요. 어찌되었든 2000년이기는 해도 그 전쟁으로 당신이 보호해야 할 런던이 황폐화되는 거잖소. 아니면 시간이 당신의 책임을 면하게 해 줄까요? 현재의 런던만 지켜야 하는 건가요? 흥미로운 질문이지요, 그렇지 않소?" 퍼거슨이 기지를 자랑하며 사람들에게 말했다. "형사의 관할구역에서는 공간만 고려하지 시간은 포함되지 않지요. 말씀해 보시오, 형사님, 범죄가 당신이 담당하는 도시 안에서 일어나면 미래의 범인을 체포하기 위한 영장을 발급할 수 있소?"

청년 가렛은 무슨 대답을 할지 몰라서 난처하게 고개를 저었다. 아마도 그것에 대해 조용히 생각할 수 있다면 만족할 만한 대답을 하겠지만, 그 순간에는 아무 생각도 할 수가 없었다. 좀 과장된 표현을 쓰자면, 아름다운 여자들 속에 끼여 있는 그 순간, 루시 넬슨이라는 여성이 그의 마음을 온통 사로잡아 버려서 다른 것에는 전혀 신경을 쓸 수가 없었다.

"어떻소, 형사님?" 퍼거슨이 조바심을 내며 말했다.

가렛은 그녀에게서 눈을 떼려고 노력했지만 허사였다. 그녀는 자신처럼 돈도 없고 용기도 없는 사람은 차지할 수 없는 아름다운 소녀로 보였다. 그는 여자를 만날 때마다 심할 정도로 부끄러움을 타서 좋은 결실을 얻지 못하곤 했다. 그러니 3주 후에 자신이 그녀의 위에 누워 그녀의 입술에 키스할 정도로 가까운 거리에 있을 거라고는 상상도 하지 못했다.

"제가 달리 질문해 보죠, 퍼거슨 씨." 찰스가 청년을 구해 주면서 끼어들었다. "만일 미래의 범인이 시간여행을 해서 우리가 살고 있는 현재 시대에 범죄를 저지르면, 형사님은 시간의 연대기적으로 아직 태어나지도 않은 사람을 체포할 수 있겠습니까?"

퍼거슨은 대화에 끼어든 찰스에 대한 불쾌감을 애써 감추려 하지 않았다.

"그건 틀린 생각이오, 윈슬로우 씨." 화가 나서 그가 대답했다. "미래의 사람이 우리를 찾아온다는 건 웃기는 발상이오."

"왜 안 된다는 거지요?" 찰스가 쾌활하게 물었다. "우리가 미래를 여행할 수 있다면. 그들의 과학은 우리보다 더 발전했을 텐데, 미래의 인간들이 왜 과거를 여행할 수 없다는 거지요?"

"간단히 말해서 만약 그렇다면 그들은 바로 이곳에 있을 것이기 때문이지요." 퍼거슨이 자명한 사실을 설명하는 사람처럼 대답했다.

찰스는 웃었다.

"그러면 왜 미래 인간이 없다고 생각하시지요? 아마도 눈에 띄지 않고 이곳에 있을지도 모르죠."

"그건 말도 안 돼요!" 퍼거슨이 경동맥이 드러날 정도로 큰 소리로 말했다. "만일 미래에서 온다면 굳이 숨을 필요가 없소. 예를 들어 우리에게 약을 가져오거나, 우리의 발명품을 완성시키면서 우리를 여러 가지 방법으로 도와줄 수 있겠지요."

"아마도 관심을 끌지 않고 우리를 도와주기를 원하겠지요. 레오나르도 다 빈치가 시간여행자의 명령으로 자기 공책에 날아가는 기계나 물속에서 다니는 배를 만들기 위한 지침서를 남겨 놓지 않았을 거라고 확신하세요? 아니면 그 자신이 미래의 사람인데 과학의 발전을 돕기 위해 15세기로 돌아간 것인지도 모르죠. 흥미로운 질문이지요, 그렇지 않나요?" 찰스가 퍼거슨의 목소리를 흉내 내면서 주변 사람들에게 물었다. "아니면 단순히 시간여행자들의 의도가 다른 것일 수도 있지요. 아마도 몇 분 뒤에 우리가 구경할 전쟁을 피하기 위해서 말이지요."

퍼거슨은 찰스가 마치 그리스도를 십자가에 거꾸로 매달게 했다고 설득하기라도 한 것처럼 화가 나서 고개를 저었다.

"아마도 내가 그들 중 하나일지 모르지요." 그때 찰스가 은밀한 목소리로 사람들에게 말했다. 퍼거슨에게 한 발자국 더 나가서 주머니에서 무언가를 꺼내는 시늉을 하면서 덧붙였다. "다름 아닌 섀클리턴 대장이 로봇제작을 중단시키려고 런던의 가장 중요한 장난감 가게 주인인 네이선 퍼거슨의 배를 칼로 찌르라는 임무를 내게 맡겼을 수도 있지요."

퍼거슨은 찰스의 검지손가락이 자신의 배에 닿자 몸서리를 쳤다.

"하지만 난 자동피아노만 만드는데……." 갑자기 창백해진 그가 더듬거렸다.

찰스가 너털웃음을 웃자 매들린은 애정 어린 목소리로 그를 나무랐다.

"자, 여보." 어린아이처럼 사람을 깜짝 놀래키는 일을 즐기는 찰스가 퍼거슨의 배를 우정 어린 손짓으로 두드리며 말했다. "퍼거슨 씨는 내 말이 농담인 걸 잘 알고 계셔. 자동피아노를 두려워할 이유는 하나도 없어. 아니면 정말 두려워해야 하나요?"

"당연히 아니지요." 퍼거슨이 마음을 진정시키며 서둘러 대답했다.

클레어는 웃음을 참았지만, 그녀의 동작은 찰스의 눈에 띄었다. 그는 그녀에게 윙크를 하고 자기 아내의 팔을 잡고 펀치의 맛을 보기 위해 그 자리를 떠났다. 퍼거슨은 그가 떠나자 안도의 숨을 내쉬었다.

"아가씨들, 좀 전의 상황은 용서해 주었으면 좋겠군." 그가 뻔뻔스런 미소를 회복하면서 말했다. "잘 알겠지만, 윈슬로우의 무례함은 런던에서 유명하지. 그의 아버지의 재산이 보호해 주지 않으면……."

웅성거리는 소리가 그의 말을 막았다. 모두 그 장소 앞에 있는 무대를 향했다. 그 순간 길리엄 머레이가 그곳으로 올라갔다.

그는 클레어가 지금까지 본 사람 중에 가장 몸집이 큰 사람 가운데 하나였다. 그의 부츠가 바닥에 만들어 내는 탄식 소리로 보아 몸무게가 130킬로그램 이상은 되는 것 같았지만 동작은 민첩하고 섬세하기까지 했다. 무지갯빛이 감도는 우아한 엷은 자줏빛 양복을 입고 곱슬머리는 뒤로 단정하게 넘기고 세련된 취향의 나비넥타이를 맸는데, 그의 굵은 목을 조이는 것 같았다. 그가 나무라도 뿌리째 뽑을 것 같은 거대한 손을 단 위에 내려놓았다. 그가 자비로운 미소를 지으며 웅성거리는 소리가 잦아들기를 기다리자, 임시로 집을 비울 경우 가구들을 덮어 두는 시트처럼 침묵이 그곳 사람들 위로 내려앉았다. 머레이가 목을 가다듬고 관람석을 향해 바리톤 목소리를 드러냈다.

"신사숙녀 여러분, 여러분이 세기의 가장 중요한 이벤트, 역사의 두 번째 시간여행에 참여하실 거라는 말씀은 굳이 드릴 필요가 없습니다. 오늘 여러분은 여러분을 현재에 묶어 놓는 쇠사슬을 끊을 것이고, 시간의 질서를 바꿔 놓을 것이며, 시간의 법칙을 방해할 겁니다. 그렇습니다, 신사숙녀 여러분. 오늘 여러분은 지금까지 인간이 꿈꿔 오던 시간여행을 할 것입니다. 저는 여러분이 우리 회사에 오신 것을 환영하며 2000년으로 가는 첫 번째 여행이 대단한 성공을 거둔 뒤 조직하게 된 두 번째 탐험에 참여해 주신 것에 감사드립니다. 실망하지 않을 거라고 약속드립니다. 이미 말씀드렸듯이, 여러분은 여러 세기를 통과하고 그 중요한 지평선을 넘어갈 겁니다. 단지 그것만으로도 이미 이 여행을 할 가치가 있지만, 머레이 시간여행사에서는 끊임없이 노력한 끝에 여러분이 인류 역사상 가장 중요한 순간을 경험할 수 있게 할 것입니다. 여러분이 보게 될 것은 바로 용감한 데릭 섀클리턴 대장과 솔로몬으로 알려진 사악한 로봇과의 전투입니다. 여러분은 오늘 이 로봇의 정복 야욕이 대장의 칼에 꺾이는 장면을 지켜볼 것입니다.”

앞줄에서 수줍은 환호성이 들렸지만 클레어는 다른 사람들보다 연사의 마지막 말에 더 큰 관심을 보였다. 그들은 그 머나먼 전쟁의 결과에 대해 무관심할 것이기 때문이다.

“이제, 괜찮으시다면 여러분께 어떻게 2000년으로 여행할지 짧고 간단하게 설명드리지요. 여행은 우리 엔지니어들이 만든 증기 열차인 크로노틸루스를 타고 떠날 겁니다. 이 차량은 현재부터 2000년 5월 20일 정오까지 여행하지만, 104년이 걸리지는 않을 것입니다. 우리 여행은 시간을 초월해서, 즉 그 유명한 4차원을 통해서 하기 때문이지요. 신사숙녀 여러분, 여러분은 그 과정을 보지는 못할 겁니다. 시간열차에 올라타면 검은색으로 칠해진 창문의 유리를 보게 됩니다. 여러분에게 4차원의 세계를 보지 못하게 하려는 것이 아니라, 그곳은 시간이 흐르지 않는, 강한 바람 사이에 존재하는 장밋빛 바위의 넓은 평원이기 때문입니다. 우리가 창문을 가린 이유는 여러분을 위해서라는 사실을 이해해 주시기 바랍니다. 4차원에서는 작은 용과 유사한 괴물 같은 생명체가 사는데, 성질이 별로 온순하지 않습니다. 대개는 우리와 멀리 떨어져 있지만 한 마리 정도는 열차 가까이 다가올

수도 있습니다. 그 무서운 존재를 보면 여성들은 기절할 수도 있지만 걱정
하실 필요는 없습니다. 그런 일은 일어나지 않을 테니까요. 그러한 생명체
들은 시간만 먹기 때문이지요. 그렇지요. 시간은 그들에게 맛있는 식사거
리고, 그래서 열차에 타기 전에 시계를 풀어 놓으라는 요청을 드릴 겁니다.
그래야 시계의 향기에 이끌려서 그것들이 열차로 다가오는 것을 막을 수
있으니까요. 어찌되었든 여러분 눈으로 곧 확인하겠지만, 크로노틸루스의
천장에 있는 작은 탑체에 두 명의 숙달된 사수가 있어서 너무 가까이 다가
오려는 짐승과 적당한 거리를 유지할 수 있게 할 겁니다. 그것은 잊어버리
시고 여행을 즐기시지요. 위험에도 불구하고 4차원은 장점도 있다는 것을
기억하세요. 우리가 4차원을 통과하는 동안 시간은 흐르지 않을 것이고 그
래서 여러분 중 어느 누구도 늙지 않을 겁니다. 친애하는 여성 여러분." 앞
줄에 나이가 있는 마나님들을 향해 억지 미소를 지으며 말했다. "여러분 친
구들은 여러분이 돌아오면 더 젊어졌다는 사실을 발견할 겁니다."

마나님 티를 내는 여성들은 암탉이 우는 소리를 내며 킥킥대고 웃었다.
길리엄은 그런 그녀들을 구경거리처럼 바라보았다.

"이제 여러분에게 이고르 마주르스키를 소개합니다." 그가 키가 작고 뚱
뚱한 사람을 단으로 올라오라고 말했다. "여러분의 미래 여행에 동행할 안
내원입니다. 크로노틸루스가 2000년에 도착하면 마주르스키 씨가 여러분
을 폐허가 된 런던을 지나 작은 언덕으로 안내할 것입니다. 여러분은 거기
서 세상의 미래를 결정할 전쟁을 감상하게 됩니다. 이미 말씀드렸듯이, 탐험
은 전혀 위험하지 않습니다. 하지만 아무런 사고 없이 여행을 마치려면 항
상 마주르스키 씨의 지시를 잘 따라 주시기 바랍니다."

마지막 구절은 약간 협박하는 눈초리로 말했다. 그리고 깊은 한숨을 내
쉰 뒤 단 위에서 긴장을 풀고 몽상가 같은 자세를 취했다.

"여러분 대부분은 미래가 목가적인 세계일 거라고 상상했을 겁니다. 하
늘을 나는 새처럼 고안된 날개 달린 작은 마차가 하늘을 지나다니고, 기계

돌고래가 대양에서 항해하며 떠다니는 도시들을 끌어 주고, 얼룩이 지지 않는 특이한 천으로 만든 옷을 파는 가게에, 빛나는 우산과, 걸어가는 동안 음악이 들리는 모자들이 있는 세계 말이지요. 여러분을 탓하지는 않겠습니다. 저도 2000년의 세계를 기술적인 면에서는 파라다이스라고 상상했으니까요. 안락하고 정의롭게 인간들끼리 자연과 더불어 조화롭게 살아가는 세계라고 말입니다. 어찌되었든 과학은 끊임없이 발전하고 있습니다. 우리 삶을 더 간편하게 만들어 주기 위한 훌륭한 발명품들이 매일 쏟아져 나오니 상당히 그럴듯한 생각이지요. 불행히도 이제 우리는 사실이 그렇지 않다는 것을 알고 있습니다. 2000년은 파라다이스가 아니라는 겁니다. 여러분 두 눈으로 확인하시겠지만 오히려 정반대입니다. 그 여행에서 돌아오면, 여러분 대부분은 아무리 불편한 점이 많아도 우리 시대에 사는 것을 다행으로 여길 겁니다. 광고지에서 보셨듯이 2000년의 세상은 거의 로봇에 의해 지배당하고 인간은 완곡하게 표현해서 로봇이 무찌를 수 있는 대상으로 간주되지요. 실제로 인간은 지구상에서 영원히 사라지지 않으려고 최선을 다하는 작은 존재로 축소됩니다. 이것이 우리를 기다리는 실망스런 미래입니다.”

길리엄 머레이는 의도적으로 말을 멈추고 참석자들이 그 운명적인 침묵의 시간 동안 상상하기를 기다렸다.

“로봇들이 지구를 차지할 수 있다고 믿기는 어려울 겁니다. 우리 모두 전시회나 박람회에서 인간이나 짐승의 모습을 가진 해롭지 않은 로봇을 본 적이 있지요. 저 아이들도 마찬가지지만 여러분 자녀 중 거의 대부분은 장난감 로봇 인형을 가지고 있을 겁니다. 하지만 그 기발한 기계들이 실제 생명력을 가지고 인류에게 위협적인 존재가 될 거라는 생각을 해 보셨습니까? 당연히 안 해 보셨을 겁니다. 하지만 불행하게도 그런 일은 일어날 겁니다. 여러분은 어떻게 생각하실지 모르지만, 저는 그것을 신이 생명체를 만들어서 신과 겨루고자 하는 인간을 혼내 주려는 낭만적인 체벌의 일종이라고 볼 수밖에 없습니다.” 다시 침묵하고 이번에는 자기 말이 야기하는 충격에 대해 만족해하며 안쓰러운 표정으로 주위를 둘러보았다. "우리는 연구를 통해 세상을 끔찍한 상황으로 몰고 간 불길한 사건들을 재구성했지요. 신사숙녀 여러분, 시간을 잠깐 내주시면 아직 일어나지 않은 일을 과거시제로 말씀을 드리지요."

이 말을 하고 길리엄 머레이는 잠시 침묵하고 목소리를 가다듬어 몽상가적인 목소리로 로봇이 어떻게 지구를 차지했는지 이야기하기 시작했다. 서글프게 실감나는 내용으로, 이 이야기는 과학의 로망스라고 불리는 시대에 대단히 유행한 소설들 중 하나의 줄거리를 완벽하게 이루었고, 독자들이 괜찮다면 지금부터 그 이야기를 할 것이다.

로봇의 생산은 급격히 증가해서 20세기 중반에는 그 수와 정교함이 상상을 초월할 지경에 이르렀다. 어느 곳에나 있는 로봇들이 다양한 기능을 수행하고 공장에서는 수십 개의 로봇이 대부분의 기계를 조작하며 청소와 행정일도 맡아 하고 있었다. 일반 가정에서는 적어도 두 개 정도의 로봇이 있는데 아이들을 양육하는 일에서부터 식품을 공급하는 일까지 가사 일을 전담한다. 사람들은 로봇을 당연한 것처럼 자연스럽게 받아들인다. 로봇의 주인들은 로봇을 기계로 된 고분고분한 하인이라고 간주했고, 시간이 지나면서 그것들에 신경을 쓰지 않게 되었다. 심지어 시장에서 새로운 모델을 즐겁게 구입하면서 그들이 자신들의 삶에 침투하도록 방치했는데, 자신들에게 어울리지 않는다고 간주하기 시작한 많은 일로부터 해방시켜 준다는 구실로 로봇을 구입했다. 로봇이 가정일에 참여하면서 생기는 부작용 중 하나는 인간들을 정원이 딸린 이층집이라는 작은 왕국의 거만한 황제로 만들어 버린 것이다. 순종적이고 지치지 않는 기계손 때문에 공장에서 추방당한 인간들은 점점 더 살이 찌고 허약해졌다. 그들의 유일한 일은 세상을 운영하는 사람처럼 오전에 로봇의 태엽을 감아 주는 것뿐이었다. 세상은 이미 인간 없이 작동하는 법을 배웠다.

따분함과 나약함에 눈먼 인간은 자기 로봇들이 살그머니 생명력을 취해 가는 것에 신경을 쓰지 않았다. 처음에는 로봇들의 행동이 그다지 해롭지 않았다. 보헤미아의 유리 기구를 떨어뜨리는 집사 로봇, 고객을 핀으로 찌르는 양복 만드는 로봇, 관을 쐐기풀 광대수염으로 채운 묘지기 로봇. 그들의 반항은 납골함에 갇힌 나비처럼 기계로 된 두개골 밑에서 살그머니 날개를 펴기 시작하는 약간의 의식이 허용하는 자유를 시험하려는 사소하고 무해한 행동에 그쳤다. 하지만 그러한 반란을 시도하는 빈도수가 잦아짐에도 불구하고 인간들은 경각심을 갖지 않았다. 로봇공장에서 물건을 잘 만들지 못한다고 비난만 하고 문제의 로봇을 돌려보내거나 수리를 했다. 더 주의하지 못한 인간들을 비난할 수만은 없다. 원래 로봇들은 어떤 실제적인 해를 끼치기 위해 고안되지 않았고, 이런 단순한 발작 이상의 심각한 해를 끼칠 수 없었기 때문이다.

하지만 정부가 영국의 최고 기술자에게 전투용 로봇을 만들라고 명령했을 때 모든 상황이 변했다. 먼지를 털고 정원의 잡초를 뽑는 것 같은 번거로운 집안일에서 인간을 벗어나게 해 준 것처럼, 인간에게 전쟁이라는 골치 아픈 형벌을 면하게 해 주는 것이 전투 로봇의 존재 목적이었다. 제국을 확대하고, 이웃 국가를 정복하고, 약탈하고, 포로들에게 고문을 가하고, 박해하는 일을 로봇에게 맡기면 더 편리해질 것이다. 그러한 지침을 받은 기술자는 철로 된 로봇을 만들었다. 똑바로 서 있는 곰 크기만 한 로봇으로, 마디가 있는 팔다리가 달려 있고, 가슴에는 한 개의 구멍이 있어 뒤에 탄약통 크기의 대포가 장착되어 있었다. 하지만 진정한 혁신은 로봇 등에 달린 작은 증기모터였는데 그것은 누군가 일정 시간마다 태엽을 감아 줄 필요가 없는 장치였다. 이 로봇이 만들어지자 그 목적을 비밀리에 실험했다. 짐차에 실어 텐트 천으로 가려서 윌리엄 허셜의 천문관측소가 있는 작은 마을 슬라우로 가져갔다. 윌리엄 허셜은 음악가이자 천문학자로 몇 십 년 전에 천왕성을 유성들의 카탈로그에 합류시킨 사람이다. 5킬로미터에 달하는 슬라우에서 인근 윈저까지의 거리에, 수박머리에 양배추와 배추를 씌운 수많은 허수아비를 배치했다. 그리고 로봇에게 그 길을 걸어가면서 숨겨져 있는 인간-야채를 향해 무기를 실험하게 했다. 그 로봇은 방탄조끼에 가득 묻은 수박 부스러기 때문에 꼬여든 파리 떼와 함께 돌아왔다. 하지만 그 등은 못 쓰게 되었다. 그 무적의 파리 떼가 버터인 줄 알고 그 안까지 침범했기 때문이다. 그다음 단계는 왕에게 세계를 정복할 수 있는 절대적인 무기라고 소개하는 것이었다.

왕의 바쁜 일정으로 소개가 몇 주 지연되는 동안 로봇은 창고에 방치되어야 했는데, 그런 상황이 치명적인 결과를 불러왔다. 오랜 기간 동안 감금당한 로봇이 아무도 눈치 채지 못하게 생명력을 얻었을 뿐만 아니라 열망, 두려움과 심지어 강한 신념을 가진 영혼과 유사한 형태로 변해 갔기 때문이다. 그래서 로봇을 왕에게 가지고 갔을 때 그것은 이미 자신이 무엇을 원하는지 충분히 궁리를 했다. 정확하게 알지는 못하더라도 그는 의구심을 갖고 왕좌에 몸을 깊숙이 파묻고 있는 작은 남자를 바라볼 정도는 되었다. 왕은 이마 위의 금빛 왕관을 고쳐 쓰면서 로봇을 찬찬히 살폈다. 기술자가 로봇의 장점을 칭찬하고 그것을 만드는 과정을 상세히 설명하면서 그 장소를 거니는 동안, 로봇은 뻐꾸기시계의 문처럼 자기 가슴의 작은 문들을 열었다. 왕은 기술자의 설명이 지루해서 호기심이 가득한 눈초리로 의자에서 일어나 그 가슴에서 상냥한 새 한 마리가 튀어나오기를 기다렸다. 하지만 거기서 나온 것은 다름 아닌 죽음의 기운이었다. 정확히 표적을 명중한 총알은 왕의 이마에 구멍을 냈다. 그 충격으로 왕은 의자에 쓰러졌다. 뼈가 산산조각이 나서 부서지는 소리가 들리자 기술자는 장황한 설명을 멈추었다. 기술자는 자신의 창조물의 위업을 놀란 눈으로 바라보았다. 곧이어 로봇은 그의 목을 잡고 마른 가지를 쪼개듯 분지르려고 했다. 적어도 죽이는 문제에 있어서 생긴 지 얼마 되지 않은 자신의 영혼이 보여 준 창의성에 흡족해 하며 그를 바닥에 내동댕이쳤다. 왕좌의 홀에 두 발로 서서 살아 있는 존재가 자신밖에 없다는 것을 확인하더니 절족 동물처럼 왕에게 다가가 그의 왕관을 빼앗아 쇠로 된 자신의 머리 위에 엄숙하게 얹었다. 그리고 정면과 측면을 두른 거울에 자신의 모습을 비춰 보았다. 미소를 지을 수는 없지만 고개를 끄덕였다. 그렇게 유혈이 낭자한 사건으로 그의 삶을 시작했다. 비록 살과 뼈로 되어 있지는 않아도 그가 생명체라는 사실은 의심의 여지가 없었다. 살아 있다는 것을 더 느끼기 위한 다음 단계는 이름이었다. 왕의 이름. 잠시 생각을 한 뒤 솔로몬이라고 부르기로 했다. 그는 그 이름이 무척 마음에 들었는데 이 인물이 전설적인 왕일 뿐만 아니라 기계에 대한 창의력을 가진 첫 번째 인간이었기 때문이다. 일부 아랍 성경 사본들에 의하면, 솔로몬의 왕좌는 마법의 가구로 왕의 권력의 상징인 원형 경기장 같은 분위기를 풍긴다. 작은 돌계단 꼭대기에 위치하며 바닥에 꼬리를 추켜세운 단단한 금으로 된 사자 두 마리가 양 옆을 방어하고, 야자나무와 포도덩굴이 왕을 보호해 주었다. 또한 사향의 공기를 발산하는 기계로 된 새들이 있고, 팔걸이의자도 있었다. 돌아가는 정교한 의자는 왕이 지혜의 판결을 내리는 동안 그를 높이 올려 공중에서 흔들어 준다. 적절한 이름을 짓고 난 뒤 솔로몬은 그다음에 무엇을 할지, 어디로 갈지 자문했다. 두 인간의 목숨을 간단하고 냉정하게 없애자 제3의 인물에게도 그렇게 할 수 있다는 생각이 들었고, 제4, 제5, 그리고 노래를 부르는 어린이 합창단에게도 그렇게 할 수 있다는 자신감이 생겼다. 희생자의 수가 갈수록 늘어나도 귀중한 인간의 생명을 빼앗는 것에 대한 도의심 같은 것을 느끼지는 않을 것이다. 그 두 명의 시신은 그에게 파괴의 길을 열어 주었지만 그 길을 가야 하는가? 그것이 자기 운명인가, 아니면 다른 길을 택해야 하는가, 살상보다 좀 더 영예로운 일에 종사할 것인가? 솔로몬은 주저했다. 왕좌의 홀에 있는 수십 개의 거울이 그의 의구심을 배가시켰다. 하지만 그렇게 결정하지 못하는 불확실성이 기쁘기도 했다. 그의 놋쇠 가슴에 솟아난 영혼이 복잡한 감정을 느낄 수 있다는 증거였기 때문이다.

하지만 자신의 운명에 대한 많은 불확실성 때문에, 가장 먼저 해야 할 일이 도망을 쳐서 그곳을 빠져나오는 것이었다. 솔로몬은 눈에 띄지 않게 궁전을 나와서 오랜 시간 동안 숲속을 헤매며 다람쥐를 과녁 삼아 완벽한 명중률을 연습하고, 가끔 동굴에서 잠시 멈추어서 다리의 관절을 방해하는 잡초를 제거하고, 방랑의 길을 멈추고 하늘의 별들을 또렷이 바라보곤 했다. 그곳에는 인간의 운명 외에도 로봇의 운명도 쓰여 있을 것이다. 그동안 그의 위업은 온 도시에 퍼졌다. 특히 기계로 된 존재들 사이에서 그는 더 유명해졌다. 그들은 놀라움과 존경에 찬 시선으로 벽에 붙은 그의 얼굴이 실린 포스터를 바라보았다. 그 모든 것과 상관없이 솔로몬은 자신의 임무가 무엇인지 하는 궁금증 때문에 괴로워서 산을 헤매고 다녔다. 어느 날 아침 밤을 지낸 낡은 격납고에서 나왔을 때 그는 수많은 로봇에 둘러싸여 있었다. 그들은 그를 보자 열광적인 환호성을 질렀다. 그때 그들은 자신들의 운명을 이미 만들어 가고 있음을 깨달았다. 그 추종자들의 무리는 모든 종류의 로봇들로 구성되었다. 공장의 투박한 일꾼에서부터 빛바랜 사무실의 로봇을 포함해서 섬세한 유모에 이르기까지 다양했다. 인간들과 더 많은 접촉을 하기 위해 만들어진 집사, 요리사와 하녀의 역할을 하는 로봇들은 정교하게 인간의 모습을 재현했고, 공장이나 서류뭉치가 쌓여 있는 정부기관의 지하실에서 일하는 로봇들은 철로 된 허수아비보다 약간 더 나은 모습이었다. 하지만 모두 인간제국의 왕을 제거한 그에게 열광적으로 환호성을 보내고 일부는 마치 오랜 세월 기다린 메시아처럼 쇠로 된 그의 방탄조끼를 어루만졌다.

친근감과 혐오감이 뒤섞인 가운데, 솔로몬은 그들을 '소인'이라고 부르기로 했고, 그를 숭배하기 위해 거기까지 오는 수고를 마다하지 않은 그들을 격납고로 초대했다. 그런 자연스런 방법으로 '자유로운 세계의 제1차 로봇 회의'라는 것이 개최되었다. 그 회의에서 솔로몬은 인간들을 향한 증오심이 소인들의 마음에 강하게 들끓고 있는 것을 확인했다. 인간이 로봇들에게 역사를 통해 입힌 모욕은 다양하고 용서할 수 없을 것 같았다. 철학자이며 발명가인 알베르투스 망뉴스의 로봇은 성 토마스 아퀴나스에 의해 악마의 작품이라고 간주되어 가차 없이 파괴되었다. 하지만 더 심한 것은 프랑스인 르네 데카르트의 경우로, 딸 프랑수와를 잃은 고통을 견디기 위해 딸의 모습을 닮은 기계인형을 만들었으나, 그것을 발견한 배의 선장이 바닷속으로 던져 버렸다. 산호들 사이에서 녹이 스는 그 로봇의 서글픈 모습은 소인들을 무기력하게 만들었다. 다른 경우들도 끔찍하기는 마찬가지였다. 이 모든 일들은 오랫동안 품었던 복수의 자양분이 되었는데, 그들은 이제 솔로몬을 그 복수를 단행해 줄 형제로 인식하고 있는 것이다. 인간의 운명은 그들의 투표에 달렸고 그 결과는 기권이나 반대가 없이 단호했다. 몰살이다. 고대 이집트의 신상은 보이지 않는 곳에서 조종되는 기계 팔을 가지고 있었는데, 그것이 시종들 사이에 공포를 일으켰다. 그러한 신들의 예를 견본 삼아 인간들에게 오래된 공포를 심어 줄 때가 왔다. 빚을 갚아 줄 때, 인간들의 통치를 끝낼 때가 온 것이다. 과거에는 인간이 지배자였는지 모르지만 이제 더 이상 인간은 지구에서 가장 강력한 존재가 아니다. 로봇들의 시대가 왔다. 새로운 왕의 지휘 하에 그들은 지구를 정복할 것이다. 솔로몬은 어깨를 움찔했다. '안 될 게 뭐 있겠는가?' 스스로에게 말했다. '나의 백성이 가고 싶어 하는 곳으로 안내하지 못할 이유가 없잖은가?' 그는 자신의 운명을 기쁘게 받아들였다. 실제로 잘 생각해 보면, 절대로 정신 나간 일이 아니었다. 조직만 좀 정비하면 가능한 일이었다. 어찌되었든, 소인들은 적들 사이에서 전략적인 위치를 차지하고 있다. 각각의 가정과 공장, 정부기관 요소요소에 이미 들어와 있어서 인간에게 기습공격을 감행하는 일은 매우 쉬운 일이었다.

실험대상으로 과학에 몸을 바치는 사람처럼 솔로몬은 건설담당 로봇들에게 자신의 몸을 속속들이 연구하도록 지시했다. 그리고 그들은 어둠 속에서, 격납고와 버려진 공장에서 그의 모습과 비슷한 전투 로봇 군대를 만

들기 시작했다. 그동안 소인들은 자기 위치로 돌아가서 적을 공격하기 위해
서 인내심을 가지고 왕의 명령을 기다렸다. 드디어 명령이 내려지자, 소인들
은 공격을 감행했다. 조직적이고 잔혹하고 폭발적인 공격은 기대 이상이어
서 눈 깜짝할 사이에 인류의 수를 확 줄여 놓았다. 그날 자정 인류의 꿈은
갑작스럽고 비참하게 끝나 버렸다. 가위가 목을 찌르고, 망치가 두개골을
때리고, 베개들이 폐의 마지막 호흡을 흡수해 버렸다. 뼈가 부서지는 소리
와 죽음의 신이 만들어 내는 죽음의 덜그럭거리는 소리가 교향곡처럼 울려
퍼졌다. 가정에서 뜻밖의 사망자들이 속출하는 동안 공장들은 불타고, 거
대한 창문 밖으로는 검은 연기가 내뿜어져 나왔다. 솔로몬이 이끄는 전투
로봇 부대가 강한 철의 물결처럼 도시의 거리를 가득 채우는데도 인간들은
별 저항을 하지 못했다. 몇 분 뒤에 그들의 침략은 조용한 행진이 되었다.
그날 새벽 시작된 인류의 몰살은 세상이 황량한 땅으로 줄어들 때까지 몇
십 년 동안 계속되었다. 그 돌 더미 사이에는 놀란 쥐처럼 겁먹고 급격히 줄
어든 인간들이 숨어 있었다.

　　밤이 되면, 솔로몬은 그의 궁전의 발코니에서 자부심 가득한 눈길로 그
들이 파괴해 버린 세상의 황폐한 모습을 바라보곤 했다. 그는 좋은 왕이었
다. 그에게 기대하는 것을 모두 이루었고 잘해냈다. 어느 누구도 그를 비난
할 수 없다. 인간들은 패배했고 그들의 멸종은 이제 시간 문제였다. 갑자
기 그런 일이 일어나면, 인간의 존재가 지구상에서 완전히 사라져 버리면,
지구를 다른 종족에게서 빼앗았다는 것을 보여 줄 방법이 없다는 사실을
깨달았다. 그들에게는 인류가 필요하다. 패배한 적을 대표할 인간의 샘플
을 남겨둘 필요가 있었다. 세상에서 자신의 존재 이유에 대해 궁금해 하
는 동안 불멸을 꿈꾸고, 열망하고, 소원하던 생명체인 인간의 샘플이 필요
했다. 솔로몬은 노아의 방주에서 영감을 받아 폐허 가운데 숨어 있는 작
은 생존자 그룹에서 튼튼한 남녀 한 명씩을 체포하라고 명령했다. 그들에
게 자녀를 낳게 해서 신비하고 모순된 성질을 가진 패배한 종족을 보존하

기 위해서였다.

기념품과 같은 운명에 처한 남녀는 금으로 만들어진 견고한 우리에 갇혔다. 비용에 구애받지 않고 음식을 대접받았고 과다한 보호를 받았는데 임신하라는 독촉을 받았다. 오른손으로는 종족을 보존하기 위해서 인간들 한 쌍을 보호하고, 왼손으로 대량학살을 하는 것이 현명한 방법이라고 솔로몬은 스스로에게 말했다. 그러나 아직 확실하지는 않지만 남성을 잘못 고른 것 같았다. 불평 없이 명령에 순종하는 척하는 강하고 건강한 청년이었다. 그는 죽음에서 구조된 것에 대해서 감사했지만, 자기와 함께 살아야만 하는 여성이 세상에 자신의 후계자를 낳는 날 자기 운명이 끝난다는 것을 알 정도로 현명했다. 하지만 그것은 청년에게 그다지 걱정거리가 되지 않았다. 적어도 그 목적을 이루려면 아홉 달이라는 시간이 있고, 그동안 호화로운 감옥에서 자기 적들을 관찰할 수 있으며, 그들의 관습을 배우고, 그들의 움직임을 연구하며 그들을 전멸시킬 방법을 연구할 수 있기 때문이다. 자유시간에는 처형당할 때를 대비해 몸을 만들었다. 그 여성이 사내아이를 출산하는 날 그는 드디어 자신의 시간이 온 것을 깨달았다.

초조하지만 침착하게 걸으면서 그는 처형당할 벽으로 온순하게 끌려갔다. 솔로몬이 직접 그를 제거할 것이다. 청년이 솔로몬의 앞에 서자 솔로몬은 가슴의 문을 열고 그 속에 숨겨져 있던 총을 쏘기 위해서 기지개를 켰다. 청년은 그에게 미소를 짓고 처음으로 말을 했다.

"자, 나를 죽여. 그다음엔 내가 너를 죽일 거야."

솔로몬은 고개를 갸우뚱하며 그 말에 풀어야 할 비밀이 담겨 있는지, 아니면 그가 그냥 헛소리를 한 것인지 궁금해 했다. 어느 쪽이든 결과는 마찬가지다. 더 이상 지체하지 않고 혐오감을 감추지 않고 무례한 청년에게 총을 발사했다. 총알이 그의 배를 타격해 그를 바닥에 쓰러뜨렸다.

"너를 죽였으니, 이제 네가 나를 죽여 봐라." 그에게 도전했다.

청년이 일어나는지 보려고 몇 분을 기다리다 움직임이 없는 것을 보고 어깨를 움찔하고 하인들에게 시체부터 치우라고 명령했다. 그의 명령에 따라 경호원들은 청년의 몸을 성 밖으로 끌고 가서 쓰레기를 버리듯이 비탈길에 던져 버렸다. 피가 흐르는 그의 몸은 언덕 아래로 굴러 돌 부스러기 있는 곳에서 고개를 위로 향한 자세로 미동 없이 있었다. 아름답고 창백한 노란색 보름달이 어두운 밤하늘을 밝혔다. 청년은 마치 해골이라도 보는 것처럼 달을 보며 미소를 지었다. 궁전에서 탈출하는 데 성공했다. 비록 아직도 갇힌 것이나 다름없지만 말이다. 그곳을 빠져나온 그는 확실한 목표를 가지고 있었다. 그의 운명은 남아 있는 얼마 안 되는 생존자들을 모아서 군대를 조직하고 로봇에 대항해서 싸우는 방법을 가르쳐 주는 것이다. 그 일을 이루려면 복부에 맞은 총알 따위로 죽어서는 안 된다. 그것은 아무런 문제가 되지 않는다. 살겠다는 욕망이 그를 죽이려는 총알의 의지보다 더 크다는 것을 알았다. 자신의 의지가 복부에 박혀 있는 총알보다 더 컸다. 갇혀 있는 동안 그 순간을 위해서, 두려움 없이 그 끔찍한 고통을 받아들이기 위해, 고통을 이해하고 길들이고 총알의 효력이 끝날 때까지 그것을 줄이기 위해 준비했다. 끝이 없는 결투였다. 돌 부스러기 속에서 사흘 밤낮 동안 계속된 극적인 싸움이었다. 총알은 마침내 항복했다. 자기 몸이 평범한 육체가 아니라는 것을 알게 되었다. 청년이 로봇에게 품은 깊은 증오심은 그가 삶에 매달리도록 만들었다.

하지만 그 증오심은 로봇들의 반란 때문이 아니었다. 그들이 자신의 부모와 형제들을 잔혹하게 죽이거나 지구를 미친 듯이 파괴했기 때문도 아니었으며, 솔로몬이 혐오스러울 정도로 냉정하게 그에게 총을 쏘았기 때문도 아니었다. 더 과거로 거슬러 올라가는 뿌리 깊은 증오심의 이유가 따로 있었다. 무척 오래된 해결되지 않은 그 증오심은 세기를 거슬러 올라가고 가계를 거슬러 올라가서, 로봇 때문에 목숨을 잃은 그의 증조할아버지, 첫 번째 섀클리턴까지 닿는 것이었다. 아마도 몇 십 년 전에 터키인 메피스토와 다른 체스 로봇들에 대한 소문을 들었을 것이다. 그들과 마찬가지로 로봇이 없던 파이브스 박사는 마치 자신이 체스를 발명하기라도 한 것처럼 체스의 비밀들을 잘 알고 있었다. 오렌지색 양복을 입고 초록색 나비넥타이를 매고 파란색 모자를 쓴 파이브스 박사는 축제장을 찾아온 방문객들을 탁자로 초대하여 4실링을 걸고 체스 경기를 했다. 남성 경쟁자들을 훌륭하게 물리치고, 여성들에게는 신사답게 져 주자 모든 사람들이 그와 겨뤄 보고 싶어 할 정도로 유명해졌다. 그의 창조자인 앨런 티렐이라는 발명가는 자신의 발명품이 세계 체스챔피언인 미하일 치고린을 이겼다고 자랑했다.

하지만 축제를 돌아다니며 체스 경기로 이익을 얻는 일은 갑자기 끝이 나 버렸다. 그의 상대 중 하나가 그 무례한 로봇이 겨우 다섯 번만 움직이고도 자신을 이기고 나서 기다란 나무 작대기 손을 내밀어 악수를 청하는 것으로 모욕을 더하자 화가 폭발한 것이다. 화가 치민 그 상대는 자리에서 일어나 주머니에서 권총을 꺼내 그곳의 담당자가 저지할 틈도 없이 로봇의 가슴에 총을 쏘아 오렌지색 부스러기 구름을 날렸다. 폭발 소리에 그곳에 있던 사람들이 놀란 틈을 타 공격자는 담당자가 손해배상을 요구할 틈도 없이 살그머니 빠져나갔다. 몇 초 후 담당자는 그곳에, 의자에 약간 기댄 채 앉은 파이브스 박사만이 남아 있다는 걸 깨달았다. 담당자는 티렐 씨에게 그 엄청난 사건을 어떻게 설명할지 난감했다. 파이브스 박사는 평소처럼 미소를 지었지만, 총알이 그의 가슴에 뚫어 놓은 구멍에서는 피가 흘렀다. 담당자는 놀라서 막을 내리고 로봇에게 다가갔다. 두려움에 떨며 로봇을 살핀 뒤 왼쪽 허리에 있는 작은 빗장을 발견했다. 그것을 젖히자 석관처럼 파이브스의 몸을 열 수 있었다. 그 안에서 피범벅이 된 채 완전히 죽은 한 남자를 발견했다. 그는 몇 달을 로봇과 함께 일했지만, 그 사실을 아무도 눈치 채지 못한 것이다. 그의 이름은 마일즈 섀클리턴으로, 가족을 부양하지 못하던 무능력자였다. 그러나 체스에서 발군의 능력을 발휘하는 그의 재능을 알아본 티렐은 그에게 사기 치는 일을 제안했고, 마일즈는 그것을 받아들였다. 텐트로 와서 그 대소동을 본 발명가는 사기혐의로 체포될까 봐 두려워서 경찰에 사건을 알리지도 않았다. 담당자에게 돈을 많이 주고 입단속을 했고 앙심을 품은 경쟁자들에게서 파이브스 박사의 몸 안에 새로 들어갈 사람을 보호하기 위해 철판으로 무장을 했다. 하지만 마일즈의 뒤를 이은 사람은 널판자 안에서 그리 노련하게 움직이지 못했다. 파이브스 박사의 명성은 차츰 시들해졌다. 마치 지구상에서 사라져 버린 마일즈 섀클리턴의 발자취를 따라가는 것 같았다. 그는 아마도 축제를 떠돌아다니다 어떤 도랑에 묻혀 버렸을 것이다. 가족들이 체스 경기 담당자의 입을 통해 마일즈의 슬픈 운명에 대해 들었을 때 그들은 자신들이 할 수 있는 유일한 방법으로 그를 기리기로 결정했다. 그것은 그에 대한 기억을 간직하고, 그의 불행한 이야기가 세대를 거치면서 전해지게 하는 것이었다. 그 횃불이 1세기가 더 지나서 청년의 눈동자에서 다시 타올랐다. 그는 처형당한 뒤 일어나 솔로몬의 왕궁에 증오의 눈길을 보내고 혼자 중얼거렸다. 사실상 그는 역사에 말하고 있었다.

"이제 내가 너를 죽일 차례다."

첫걸음은 비틀거렸지만 그다음은 단호하게, 자신의 운명을 완수하기 위해 그는 돌 무더기 사이로 사라졌다. 그의 운명은 로봇들의 왕을 죽이게 될 데릭 섀클리턴 대장이 되는 것이었다.

길리엄 머레이의 이야기는 마법처럼 참석자들을 황홀한 침묵에 빠지게 한 후 허공에서 서서히 사라졌다. 클레어는 주변을 재빨리 둘러보고 사업가가 비유적인 코드로 해 준 감동적인 이야기가 의심할 바 없이 참석자들에게 그들이 볼 전쟁에 대한 관심을 일깨웠다는 사실을 확인했다. 이것 외에도 새클리턴 대장과 그의 적 솔로몬에 대해 약간의 동정심을 갖게 되는 효과를 발휘했는데, 솔로몬에 대해서는 머레이가 신중하게 인간화시키려고 한 것인지, 아니면 우연의 결과인지 알지 못했다. 어찌되었든, 퍼거슨, 루시, 찰스 윈슬로우를 비롯한 여행자들의 얼굴에는 놀라운 흥분의 표정이 역력했다. 단순한 증인의 자격이지만 그렇게 중요한 사건에 참여하고 적어도 그 이야기의 마지막이 될지 모르는 장면을 지켜보게 되기를 초조하게 기다렸다. 클레어는 비록 동기는 매우 다르지만 자신도 그런 표정을 짓고 있을 거라고 생각했다. 로봇들의 음모, 런던의 파괴나 로봇들이 인간에게 행한 살상 이상으로 그녀를 놀라게 한 것은 새클리턴의 결단, 그의 인간성,

용기였다. 그 남자는 죽음을 극복했을 뿐만 아니라 군대를 만들어 세상에 희망을 돌려주었다. '어떻게 하면 그런 남자를 만나서 사랑할 수 있을까?' 그녀는 궁금했다.

환영연설이 끝나자 사람들은 머레이 씨와 원정대의 안내자를 따라서 시계들이 있는 수많은 회랑을 지나서 크로노틸루스가 기다리는 거대한 창고로 갔다. 깔끔하고 반짝반짝 빛나는 열차를 보고 참석자들은 감탄의 탄성을 질렀다. 형태와 크기를 제외한 모든 면에서 그것은 일반적인 열차와 달랐다. 사방에 부착된 수많은 부속품 때문에 축제 때의 마차와 더 유사하다는 생각이 들었다. 다양한 대갈못과 밸브가 빛나는 크롬 파이프를 따라 달려 있었고, 그 집합체 아래 열차의 대부분이 묻혀 있었다. 열차에서 노출되어 있는 부분은 매우 정교하게 만들어진 마호가니 문뿐이었다. 문 가운데 하나는 승객석으로 이어지는 출입구였고 약간 더 비좁은 다른 문은 조종실로 이어졌다. 클레어는 조종실이 열차의 다른 부분과 분리되어 있을 거라고 추측했다. 그곳의 창문만이 바깥을 가리지 않았기 때문이다. 그녀는 최소한 조종사만이라도 열차가 향하는 곳을 볼 수 있다니 다행이라는 생각이 들었다. 머레이가 말했듯이 열차 객실의 둥근 창은 깜깜하게 가리워져 있었다.

아무도 4차원을 볼 수 없었고, 마찬가지로 4차원의 괴물도 창에 비치는 공포에 질린 사람들의 얼굴을 볼 수 없었다. 열차 앞면에 부착된 것은 쇄빙선 같은 일종의 공성 망치로, 진로를 가로막는 장애물은 무엇이든 뚫고 지나가게 하는 무시무시한 기구였다. 후면의 복잡해 보이는 증기 기관에는 막대기들과 프로펠러, 톱니바퀴들이 연결되어 있었다. 바다생물처럼 이 열차는 가끔씩 쌕쌕거렸고, 장난스럽게 숙녀의 치마를 들어올리는 증기를 내뿜곤 했다. 그러나 도저히 그것을 일반적인 열차라고 묘사할 수 없게 만드는 것이 있었다. 바로 지붕 위에 있는 탑체였다. 옆쪽으로 작은 사다리가 달려 있는 사다리를 타고 기어오르면 각종 장총과 한 박스의 무기를 소지한 무뚝뚝해 보이는 무장한 군인을 볼 수 있었다. 포탑포와 조종실 사이에 잠망경이 있는 걸 본 클레어는 적잖이 놀랐다.

촌스러운 외모와 바보스런 미소를 지닌 젊은 운전수가 차량 문을 열고 한쪽으로 비켜 선 채 단호한 자세를 취하고 있는 안내자 옆에서 기다리고 있었다. 육군 대령이 군대를 검열하듯이 길리엄 머레이는 애정이 담긴 진지한 표정으로 여행자들을 관찰하면서 그들 앞을 천천히 지나갔다. 클레어는 팔에 애완동물을 안고 있는 부인 앞에 그가 멈추는 것을 바라보았다.

"강아지는 데려갈 수 없습니다, 제이콥스 부인." 머레이가 그녀에게 미소를 지으면서 말했다.

"하지만 난 버피를 한 순간도 떼놓지 않을 거예요." 여자가 화를 냈다.

길리엄은 친절하지만 확고한 권위를 가지고 고개를 저으며 마치 썩은 이를 뽑는 사람처럼, 고통을 없애 주려는 듯 빠른 동작으로 개를 빼앗아 비서의 팔에 안겨 주었다.

"리사, 제이콥스 부인이 돌아올 때까지 버피가 아무런 불편이 없도록 잘 돌봐줘."

개를 건네주더니 머레이는 제이콥스 부인의 하나마나 한 저항을 무시하고 다시 검열을 시작했다. 그는 화가 난 표정으로 가방을 들고 있는 두 신사들 앞에서 멈추었다.

"이 여행에서는 가방이 필요 없습니다, 신사양반." 그들에게서 가방을 빼앗으면서 말했다.

그리고 리사가 그들에게 돌리기 시작한 쟁반 위에 시계를 올려놓으라고 요청했다. 그래야만 짐승들에게 공격당할 위험이 적어진다는 이유에서였다. 드디어 모든 것이 제대로라는 생각이 들자, 사람들 앞에 서서 군대를 사지에 보내는 육군원수처럼 감격적이고 의기양양한 미소를 지었다.

"좋소, 신사숙녀 여러분, 2000년을 즐기시기 바랍니다. 여러분에게 말씀드린 사항을 기억하십시오. 항상 마주르스키 씨 말을 따라주시기 바랍니다. 저는 샴페인을 준비하고 여러분이 돌아오기를 기다리겠습니다."

그는 아버지처럼 작별을 하고 뒤로 물어나며 마주르스키에게 주도권을 넘겨주었다. 그는 그들에게 친절하게 시간열차에 탑승하라고 요청했다.

흥분한 승객들은 화려한 차량 내부로 다가갔다. 차량의 벽은 날염한 천으로 씌워져 있고 좁은 통로를 사이에 두고 양쪽에는 나무 벤치가 놓여 있었다. 천장과 벽면의 나사로 고정한 촛대에는 거의 꺼져 가는 희미한 불이 켜져 있어서 마치 교회 같은 어두운 분위기를 풍겼다. 루시와 클레어는 객차 거의 중앙에 있는 벤치에 퍼거슨과 그의 아내 그리고 두 명의 겁먹은 멋쟁이들 사이에 앉았다. 예술을 배우라고 파리와 플로렌스에 이 청년들을 보내주었던 그들의 부모는 이제 그들이 인생에 대한 더 폭넓은 시야를 가질 수 있도록 그들에게 미래를 보여 주기로 결심한 것이다. 나머지 승객들이 자리를 잡는 동안 퍼거슨은 고개를 뒤로 젖히고 객차의 장식에 대해 싱거운 평을 하면서 그녀들에게 말을 걸었다. 루시는 예의 바르게 그의 말에 응대해 주었다. 반면 클레어는 쉽지 않지만 그 중요한 순간을 음미하기 위해 그의 말을 무시하려고 노력했다.

모두 자리에 앉자, 안내인이 객차의 문을 닫고 갤리선의 감독처럼 그들 앞에 있는 작은 의자에 앉았다. 그와 거의 동시에 격렬한 움직임이 차량을 흔들어 대자 승객들은 비명을 질렀다. 마주르스키는 그러한 격렬한 진동은 모터가 시동을 걸고 있기 때문이라고 설명하면서 즉시 그들을 진정시켰다. 실제로 불쾌하게 잡아당기는 느낌은 차츰 줄어들고, 객차의 뒷부분에서부터 미는 것 같은, 지속적이고 가벼운 흔들림으로 변했다. 마주르스키는 잠망경을 쳐다보더니 만족스럽게 미소를 지었다.

"신사숙녀 여러분, 우리가 미래로 출발했다는 사실을 알려드리게 되어 기쁩니다. 이 순간 우리는 4차원을 통과하고 있습니다."

그것을 확인하려는 듯이 차량은 갑작스럽게 흔들렸고 다시 승객 중에 동요가 일었다. 안내인은 도로의 상태에 대해 사과하면서 그들을 진정시켰다. 차량이 4차원을 통해서 나아가는 길을 아무리 치운다 해도, 원래 경사가 급하고 돌출부와 터널이 많은 지역을 지나간다고 설명했다. 클레어는 시꺼면 창문에 비친 자신의 모습을 보면서, 보지 못하게 가려 버린 경치는 어떤 모습일지 궁금해 했다. 하지만 더 이상 궁금해 할 수도 없었다. 밖에서 귀가 먹을 정도의 엄청난 굉음이 들렸기 때문이다. 그 뒤를 이어 총을 발사하는 것 같은 섬광이 비추었고 곧이어 처절한 신음 소리가 들렸다. 루시는 놀라서 클레어의 손을 꼭 잡았다. 마주르스키는 그에 대해 아무 설명도 하지 않았다. 승객들의 놀란 눈초리에도 그러한 울부짖는 소리와 총성은 여행을 하는 동안 자주 경험하게 되니 무시하는 게 낫다는 듯이 침착하게 미소를 지어 보일 뿐이었다.

"좋아요." 모두 어느 정도 진정하자 자리에서 일어나 통로를 지나가면서 말했다. "우리는 곧 2000년에 도착할 겁니다. 이제 정말 주목해 주십시오. 미래에 가면 무엇을 할지 설명해 드릴 테니까요. 머레이 씨가 이미 말씀드렸듯이 시간열차에서 내리면 여러분을 작은 언덕으로 안내해 드릴 겁니다. 거기서 여러분은 인간과 로봇 사이에 벌어지는 마지막 전투를 보게 될 겁니다. 그들은 우리를 보지 못하지만 우리는 함께 모여 있어야 하고 우리 위치가 들통나지 않도록 침묵을 지켜야 합니다. 시간여행이 시간 조직에 어떠한 결과를 가져올지 잘 모르지만 긍정적이지는 않을 겁니다."

외부로부터 큰 소리가 다시 들렸고 겁을 먹게 할 정도의 총성이 그 뒤를 이었지만 마주르스키는 전혀 신경 쓰지 않았다. 그는 같은 설명을 여러 번 반복하는 데 싫증을 느끼는 대학교수처럼 조끼 주머니에 엄지손가락을 집어넣고 생각에 잠긴 듯 벤치 사이를 태연히 거닐었다.

"전투는 대략 20분 가량 지속될 겁니다. 3장으로 구성된 짧은 연극 같지요. 첫 장에서는 솔로몬과 그의 부하들이 등장하고 용감한 새클리턴 대장과 그의 부하들은 매복을 하지요. 짧지만 강렬한 충돌 후 마침내 솔로몬이라는 로봇과 아시다시피 인간의 승리를 가져올 데릭 새클리턴 사이에 결투가 벌어집니다. 결투가 끝나도 박수를 쳐서는 안 됩니다. 이건 절대로 뮤지컬이 아니고 우리가 보아서는 안 될 실제상황입니다. 여러분은 다시 모여서 아무 소리도 내지 말고 저를 따라 차량으로 가야 합니다. 그리고 우리는 다시 4차원을 통과해서 집으로 건강하고 무사하게 돌아올 겁니다. 자 이제 아시겠지요?”

승객들은 거의 동시에 고개를 끄덕였다. 루시는 다시 클레어의 손을 잡고 흥분된 미소를 지었다. 클레어도 그녀에게 미소로 답했지만 친구의 미소와는 전혀 다른 의미의 미소였다. 그건 작별의 미소였다. 루시는 그녀의 가장 좋은 친구였고 결코 잊지 않겠지만, 자신의 길을 가야 한다고 하는 그녀만의 방식이었다. 늘 하는 동작이지만 숨겨진 메시지는 시간이 지나야만 해석할 수 있다. 마치 엄마의 다정한 볼에 했던 입맞춤처럼, 아니면 아버지의 주름진 이마에 했던 부드러운 입맞춤처럼 말이다. 버넷의 시골집으로 떠나기 전의 작별치고는 이상하게 더 침통하고 오래 걸렸지만 그녀의 부모들은 별로 이상하게 생각할 게 없을 정도로 적당한 행동. 클레어는 검은색 창문을 다시 바라보며 미래의 세계, 길리엄 머레이가 설명해 준 황량한 땅에서 살아가기 위한 준비가 되어 있는지 자문해 보았다. 피하고 싶다는 두려움을 느꼈다. 이렇게 가까워진 지금 마음이 약해지면 안 된다. 계획대로 밀고 나가야 한다.

그때 쌕쌕거리는 소리와 함께 열차가 멈추었다. 마주르스키는 모든 것이 완벽하다는 사실을 확인할 때까지 망원경으로 저 밖의 먼 곳을 바라보았다. 그리고 알 수 없는 미소를 지으며 열차의 문을 열고 잠시 눈썹을 찡그리고 밖을 살핀 뒤 승객들에게 말했다.

“신사숙녀 여러분, 이제 저를 따라오시면 2000년을 보여 드리겠습니다.”

여행을 함께한 동료들이 시간열차에서 내리는 동안 클레어는 운전석
에 멈추어 섰다. 어릴 적 생애 처음으로 바다에 발을 들여놓을 때처럼 엄숙
하게 미래의 땅을 향해 오른발을 내디뎠다. 여섯 살 때 그녀는 꽃잎이 떨어
져 나가는 것처럼 보이는 파도를 거의 경외감에 가까운 태도로 조심스럽게
밟았다. 아찔할 정도로 거대한 물이 바다를 침범한 자신을 어떻게 대할지
결정하기라도 하듯이 살그머니 바다로 들어갔다. 그때와 마찬가지로 그녀는
자신이 계속 남아 있으려는 시대로 들어가면서 그 시대 역시 자신을 존중
해 주기를 기대했다. 신발굽이 바닥에 닿자 단단함이 느껴져서 깜짝 놀랐
다. 미래는 아직 일어나지 않은 시간이니 어느 정도 구운 케이크처럼 부드
러울 거라고 예상한 것이었을까? 하지만 두 발자국을 디뎌 보니 그렇지 않
다는 사실을 확인했다. 미래는 견고한 장소이고 의심할 바 없이 현실적이었
다. 비록 이미 확인했듯이 폐허가 되었지만 말이다. 저 폐기물이 쌓인 곳이
정말 런던이란 말인가?

열차는 폐허 가운데 한 장소에서 멈추었는데 과거에는 아마도 작은 광장이었을 것이다. 그곳에는 불에 타고 뒤틀린 나무들만이 남아 있었다. 그곳을 둘러싼 건물들은 모두 파괴되었다. 남은 일부 벽에는 아직도 벽지가 붙어 있고, 그림이나 등잔으로 그다지 어울리지 않게 장식되어 있었다. 계단의 부서진 골조와 이제는 그저 돌 더미에 불과한 잔해를 둘러싼 우아한 철책이 남아 있었다. 인도에 있는 음침한 잿더미들은 아마도 생존자들이 밤에 추위를 이기기 위해 가구를 태운 모닥불의 잔해일 것이다. 클레어는 그 장소가 런던의 어느 지점쯤 되는지 알 만한 단서를 전혀 발견하지 못했다. 오전인데도 햇빛이 전혀 없었기 때문이다. 수십 건의 화재로 발생한 희뿌연 연기가 만든 장막을 뚫고 하늘에서부터 음산한 빛이 비추었다. 입을 쩍 벌린 황무지와 파괴된 세상의 모호한 윤곽 사이를 등잔불처럼 명멸하는 화염이 채우고 있었다. 그 세상은 마치 말라리아에 걸려 바다를 떠돌다 마침내 산호초 사이로 가라앉는 저주받은 운명에 처한 난파선 같았다.

미래가 보여 주는 황량한 모습을 충분히 보았다고 판단한 마주르스키는 그들을 다시 모은 뒤 맨 뒤에 사수를 세우고 그들을 이끌고 어딘가로 향하기 시작했다. 시간여행자들은 광장을 떠나 큰 대로를 지나갔다. 다른 곳보다 훨씬 더 심하게 훼손된 그곳 주변에 돌 부스러기가 많이 쌓여 있었다. 한때 그곳에 건물이 있었다는 것을 보여 줄 만한 흔적은 거의 없었다. 대로의 양옆에는 호화로운 주택들이 즐비하게 서 있었을 테지만 기나긴 전쟁이 런던의 도심을 거대한 쓰레기장으로 만들었다. 웅장한 성당들은 벽돌로 대충 만든 악취 나는 여관들과 구분이 되지 않았다. 그곳에서 인간의 두개골을 발견한 클레어는 공포에 질렸다. 마주르스키는 사람들을 장례식장의 화장터와 비슷한 작은 산으로 안내했는데, 까마귀 몇 마리가 음식을 찾느라 부리로 바쁘게 그곳을 쪼아대고 있었다. 사람들이 오는 소리에 놀라서 새들이 사방으로 흩어지는 바람에 하늘이 더 새까매졌다. 다른 새들은 다 도망가고 한 마리가 그들의 머리 위를 돌면서 하늘에 불길한 메시지를 만들어 내는 것 같았다. 그것은 마치 창조주가 자신의 발명 특허를 다른 사람에게 양도하는 서류에 서명하는 것 같았다.

그러한 자세한 사항에는 신경 쓰지 않고 마주르스키는 기복이 적은 곳이나 유골이 더 적은 길을 골라서 계속 행진했다. 그는 가끔씩 사람들에게 훈계를 하려고 멈추곤 했는데, 큐 왕립 식물원이라도 산책하는 것처럼 남편의 팔짱을 끼고 걸어가는 부인들에게서 웃음을 자아내며 시신에서 풍기는 악취나 자신의 관심을 끄는 다른 뭔가에 대해 농담을 해 대는 퍼거슨이 변함없는 훈계의 대상이었다. 그 폐허의 미로를 걸어가면서 클레어는 아무도 모르게 어떻게 일행에서 멀어질 수 있을지 걱정하기 시작했다. 앞에는 의심스런 소리만 들리면 관심을 집중하는 마주르스키가 있고, 맨 뒤에는 저격수가 어둠 속에서 권총을 흔들고 있어서 살그머니 빠져나오기가 어려워 보였다. 그리고 흥분한 루시가 그녀의 팔짱을 끼었을 때 가능성은 더 희박해졌다.

약 10분 정도 걸어간 뒤, 클레어는 그동안 그들이 원을 그리며 걸어갔다는 의심이 들었다. 좀 전에 본 작은 언덕에 도착했기 때문이다. 다른 곳보다 돌 부스러기가 더 높게 쌓인 그곳으로 올라가는 일은 그다지 어렵지 않았다. 그 잔해들이 정상까지 가는 계단을 이루듯이 모여 있었기 때문이다. 마주르스키의 명령에 따라 사람들은 웃고 미끄러지면서, 야외로 소풍을 가는 사람들처럼 소란스럽게 올라갔다. 안내자는 사람들이 말을 들을 것 같지 않자 아예 조용히 하라는 말도 하지 않았다. 모두가 작은 언덕의 꼭대기에 오르고 나서야 다시 조용히 하라고 한 후 정상을 두르고 있는 돌로 이루어진 난간 뒤로 숨으라고 지시했다. 모두 그의 말에 따르자 안내자는 사람들이 늘어선 줄을 따라가면서 고개를 더 숙이라고 한 후 여성들에게는 양산을 접으라고 말했다. 로봇들이 언덕 꼭대기에서 갑자기 나타난 양산의 꽃무늬에 관심을 갖지 않게 하기 위해서였다. 양옆으로 루시와 흥분한 퍼거슨이 자리를 잡은 가운데 클레어는 자기 앞에 있는 큰 바위 뒤에 숨어서 앞의 황량한 거리를 바라보았다. 그곳은 전쟁을 구경하기 위해 임시로 만든 전망대에 도달하기까지 그들이 헤치고 지나온 거리처럼 돌의 파편으로 어수선하게 뒤덮여 있었다.

"질문 하나 하지요, 마주르스키 씨." 퍼거슨이 말하는 소리가 들렸다.

왼쪽으로 몇 미터 비켜 서서 저격수 옆에 있던 안내자는 그를 보려고 자신의 위치로 돌아왔다.

"말씀해 보세요, 퍼거슨 씨." 그가 한숨을 쉬며 말했다.

"우리가 지구의 운명을 결정 지을 전쟁이 일어나기 바로 전의 미래에 온 것이라면, 첫 번째 원정대와 여기서 만나야 하지 않나요?"

퍼거슨은 사람들의 지지를 기대하면서 주변을 둘러보았다. 일부 승객들은 그의 말을 생각해 본 뒤 천천히 동의했고, 그 문제를 분명히 해 줄 것을 기대하면서 안내자에게 눈길을 보냈다. 마주르스키는 퍼거슨을 잠시 가만히 바라보았는데, 아마도 이 무례한 사람에게 대답할 가치가 있는지 자문하는 것 같았다.

"물론이지요, 퍼거슨 씨. 당신 말이 옳아요." 마침내 그가 대답했다. "하지만 우리가 첫 번째 원정대뿐만 아니라 제3원정대, 제4원정대와 앞으로 계속 여행을 오는 팀과도 만나야 하지요. 안 그런가요? 그래서 테리와 제가 ─손으로 수줍게 인사를 하는 사격수를 가리키면서─사람들이 맞부딪히는 것을 예방하고, 우리 자신들과 여러 차례 만나는 것을 피하기 위해서 각각의 원정대를 동일한 장소로 절대 안내하지 않지요. 굳이 꼭 알고 싶으시다면, 지난번 승객들은 이 순간 저 작은 산에 숨어 있을 겁니다."

모든 사람의 시선이 마주르스키의 손가락을 따라갔다. 그의 손가락은 미래의 전투 장면을 볼 수 있는 인근의 다른 언덕을 가리켰다.

"알겠어요." 퍼거슨이 작은 소리로 말했다. 그리고 그가 밝은 표정으로 소리를 질렀다. "그렇다면 내 친구인 플리처에게 잠시 인사하러 다녀와도 되겠군요!"

"그것은 허락할 수 없습니다, 퍼거슨 씨."

"왜 안 되지요?" 그가 항의했다. "전투는 아직 시작하지 않았는데요. 눈 깜짝할 사이에 다녀오겠소."

마주르스키는 화가 나서 소리를 질렀다.

"갈 수 없다고 분명히 말씀드렸는데요……."

"하지만 잠깐이잖소, 마주르스키 씨." 퍼거슨이 고집을 피웠다. "플리처와 나는 오래전부터 아는……"

"내 질문에 대답해 보시오, 퍼거슨 씨." 찰스 윈슬로우가 그의 말을 막았다.

퍼거슨은 화가 나서 그를 바라보았다.

"당신 친구가 이 여행에 대해 당신에게 이야기해 줄 때, 당신이 인사를 하려고 갑자기 나타났다고 말하던가요?"

"아니오." 퍼거슨이 대답했다.

찰스가 미소를 지었다.

"그렇다면 여기 그냥 계시지요. 당신은 플리처 씨에게 인사하러 가지 않았어요. 그러니 지금도 갈 수 없어요. 당신 자신이 말했듯이 운명은 운명이지요. 바꿀 수 없어요."

퍼거슨은 입을 벌렸지만 아무 말도 하지 않았다.

"이제, 괜찮으시다면," 찰스가 시선을 거리로 향한 뒤 말을 이었다. "우리 모두 조용히 전쟁을 지켜보도록 하지요."

클레어는 찰스의 말이 퍼거슨을 완전히 입 다물게 하는 것을 보고 안도했다. 다른 사람들은 그에게 신경을 쓰지 않고 집중해서 거리를 바라보았다. 클레어는 공감한다는 뜻을 교환하기 위해 루시를 바라보았지만, 그녀는 벌써 이 모든 것들이 지루해진 모양이었다. 그녀는 바닥에서 나뭇가지 하나를 집어서 모래 위에 키위새를 그리기 시작했다. 친구의 오른쪽에 있던 가렛 형사는 마치 기적이라도 목도한 것처럼 황홀한 표정으로 그녀를 바라보았다.

"그 새가 뉴질랜드에서만 산다는 사실을 아시나요, 넬슨 양?" 목소리를 가다듬은 뒤 형사가 말했다.

루시는 형사도 그 새를 안다는 사실에 놀라서 그를 쳐다보았다. 클레어는 미소를 짓지 않을 수 없었다. 키위새를 사랑하는 두 사람에게 사랑이 싹틀 수 있는, 그보다 더 좋은 조건이 어디 있을까?

그때 멀리서 들리는 금속의 굉음이 사람들의 시선을 끌었다. 퍼거슨을 포함해 모든 일행이 사악한 로봇의 도착을 알리는 것이 분명한 그 음침한 큰 소리에 흥분하고 놀라서 도로 끝을 바라보았다.

로봇들은 잠시 후 우주의 주인들처럼 폐허 속을 천천히 걸어서 나타났다. 여행사 홀에 있던 동상의 모습과 똑같았다. 거대하고 꼿꼿하고 불길한 분위기를 풍기는 데다, 등에 달린 작은 증기 모터는 가끔 연기를 품어 댔다. 옛날에 왕이 행차할 때처럼 로봇들이 왕좌에 앉은 왕을 메고서 나타났을 때는 모두가 충격에 빠졌다. 클레어는 그렇게 멀리 숨어서 그 광경을 봐야 하는 걸 안타까워하면서 한숨을 내쉬었다.

"자, 아가씨." 퍼거슨이 쌍안경을 그녀에게 건네주면서 말했다. "나보다 더 관심이 많아 보이는군."

클레어는 그에게 감사를 표하고 퍼거슨의 쌍안경으로 그 행렬을 살펴보았다. 로봇은 모두 여덟이었다. 한 쌍은 앞에서, 다른 한 쌍은 뒤에서 로봇들의 사나운 왕인 솔로몬이 앉아 있는 신성한 왕좌를 호위했다. 다른 로봇들과 이 왕을 구별해 주는 유일한 물건은 철로 된 머리에 쓴 왕관이었다. 행렬은 지나칠 정도로 느렸고 그들은 이제 막 걸음마를 시작하는 아기들처럼 우스꽝스럽게 뒤뚱거렸다. 클레어는 실제로 로봇들은 세상을 정복하면서 걷는 것을 배웠다고 생각했다. 인간은 두말할 나위 없이 그들보다 빠르지만 그 생명체들처럼 불멸의 존재는 아니었다. 그들은 서서히 단호하게 지구를 점령했는데 아마도 그들에게는 영겁의 시간이 있기 때문일 것이다.

행렬이 도로 중간쯤 왔을 때 작은 폭발음이 들리고 솔로몬의 왕관이 허공으로 날아갔다. 모두가 놀라서 바라보는 앞에서 왕관이 반짝거리면서 공중에서 두 바퀴 돌고는 바닥에 떨어졌다. 떨어진 왕관은 계속 돌들 사이에서 춤을 추다가 행렬로부터 이삼 미터 떨어진 곳에서 멈추었다. 놀랐다가 진정한 솔로몬과 경호원들은 그들의 진로를 가로막고 있는 작은 암석에 시선을 고정시켰다. 시간여행자들은 그들의 시선을 따라갔다. 그때 그를 보았다. 암석 위에, 고양이처럼 위엄 있는 모습으로, 홀에 만들어 놓은 동상과 동일한 자세로 용감한 섀클리턴 대장이 그곳에 서 있었다. 탄력 있는 몸을 감싼 번쩍이는 갑옷을 입고 허리에는 길쭉하고 날카로운 칼을 꽂은 채 손잡이가 화려하게 장식된 권총을 강인한 손에 들고 있었다. 인간들의 지도자는 그 모습 자체로 충분히 장엄한 느낌을 주어서 광채를 더해 줄 왕관이 필요 없었다. 솔로몬과 그는 몇 분 동안 침묵을 지켰다. 그동안 폭풍우가 다가올 때처럼 깊은 적대감이 대기를 가득 채웠고, 드디어 로봇들의 왕이 입을 열었다.

"항상 네 용기에 감탄했지, 대장." 금속성의 소리로 그가 말했는데 거칠 것이 없는 가벼운 어조를 띠려고 애쓰는 것 같았다. "하지만 이번에는 네 능력을 과대평가했다는 생각이 드는군. 군대도 없이 어떻게 나를 공격할 생각을 했지? 그 정도로 절망적인 건가, 아니면 부하들이 널 떠난 건가?"

섀클리턴 대장은 적의 말에 실망한 듯 천천히 고개를 흔들었다. 조용하게 확신에 찬 어조로 그가 대답했다. "이 전쟁의 긍정적인 점 한 가지는 과거 그 어느 때보다 인간을 하나로 뭉치게 했다는 것이지."

부드럽고 투명한 리듬을 주어서 말하는 섀클리턴의 목소리는 대사를 낭송하는 연극배우들을 연상시켰다. 솔로몬은 고개를 갸우뚱하고 적이 무슨 말을 하려는지 생각하는 듯했다. 하지만 그는 즉시 그 답을 알 수 있었다. 섀클리턴 대장은 매에게 와서 앉으라고 하듯 왼손을 높이 치켜들었다. 그러자 여러 실루엣들이 폐허 밑 병든 땅에서 싹트는 식물처럼 솟아나왔다. 그들을 숨겨 주던 돌들과 다른 잔해 더미로부터 완전히 모습을 드러내더니 잠시 후 놀란 로봇들을 둘러쌌다. 클레어는 가슴이 뛰는 것을 느꼈다. 인간들은 솔로몬이 그 길로 올 것을 미리 알고 돌 더미 사이에 매복하고 있었다. 로봇 왕은 아무것도 모르고 그의 통치를 끝장낼 덫 속으로 바로 걸어들어온 것이다. 군인들은 거북하게 움직이는 로봇들에 비해 더 빠르고 민첩했다. 그들은 모래에서 장총을 파내더니 먼지를 떨어 버리고 의식을 주재하는 것처럼 침착하게 각각의 과녁을 향해 총을 쏘았다. 문제는 그들이 겨우 네 명에 불과하다는 것이었다. 클레어는 섀클리턴의 유명한 군대가 그렇게 줄어든 것에 놀랐다. 아마도 그런 자살 공격에 지원한 사람들이 별로 없었거나, 아니면 전쟁이 끝나 가는 그 즈음에 그의 군대의 수가 현저하게 줄어들어서 정말로 그런 소규모 숫자만이 남았는지도 모른다. 하지만 적어도 기습의 효과는 있다고 생각했다. 그중 두 사람은 로봇의 행렬 바로 앞에서 나타났고 세 번째는 왕좌의 왼쪽 측면에서, 네 번째 병사는 행렬 뒤에서 나타났다.

그들이 모두 동시에 총을 쏘았다.

선두에 있던 로봇 하나가 가슴 정 중앙에 총을 맞았다. 총격은 쇠로 된 방탄 갑옷을 뚫었다. 바닥에 작은 톱니바퀴들과 막대들이 쏟아지더니 로봇이 굉음을 내면서 바닥에 쓰러졌다. 하지만 그의 동료는 그보다 운이 좋았다. 총알이 어깨만 살짝 스쳤기 때문이다. 행렬 뒤에서 나타난 군인은 총을 더 잘 쏘았는데, 그의 총알이 후방에서 전진하던 보초 가운데 한 로봇의 증기모터를 박살내고 거꾸러트렸다. 바로 그 순간 왕좌를 들고 가던 로봇 가운데 하나도 동일한 운명에 처해졌다. 그는 측면에서 나타난 군인의 탄막 밑에 쓰러졌다. 기둥 하나가 사라지자 왕좌는 위태하게 기울어지면서 바닥에 쓰러졌고, 솔로몬 왕도 함께 떨어졌다.

모든 일이 인간들에게는 더할 나위 없이 순조로웠다. 하지만 로봇들이 저항하기 시작하자 상황은 급변했다. 뒤편에서 쓰러진 로봇의 동료는 공격자의 무기를 빼앗아 마치 유리로 된 것처럼 그것을 산산조각 냈다. 또한 왕좌를 운반하던 로봇 가운데 하나가 자기 가슴의 문을 열고 총을 정확하게 발사해 정면에서 공격하던 군인 한 명을 쓰러뜨렸다. 그가 쓰러지는 것을 본 동료의 주의가 흐트러진 사이, 근처에 있던 로봇이 그의 어깨를 잡고 주먹으로 쳤다. 그러자 군인은 공중을 날아 이삼 미터 거리에 떨어졌다. 새클리턴이 표범처럼 바위에서 뛰어내려 그들에게 달려가, 로봇이 공격하기도 전에 총을 쏘아 로봇을 쓰러뜨렸다. 로봇 넷이 그들의 왕 주변을 방어하는 동안 아직 쓰러지지 않은 두 군인과 싸움에서 약간 떨어져 있던 무장하지 않은 병사 하나가 그들의 대장 옆에서 쓰러졌다. 군사전략에 대해서는 아무것도 모르는 클레어지만 인간들이 기습공격으로 우세한 위치를 차지하자, 승리의 환영이 그들의 눈을 멀게 해서, 로봇들의 세력이 손쉽게 전쟁의 방향을 바꾸어 놓았다는 것을 쉽게 알 수 있었다. 이제 수적으로 우세한 로봇들이 더 유리해졌다. 클레어는 부하들을 안전하게 지키려면 새클리턴이 후퇴를 명령하는 게 논리적이라고 생각했다. 하지만 미래는 이미 정해져 있었다. 그래서 도망가려는 그들에게 솔로몬이 저지하는 말을 했을 때 클레어는 전혀 놀라지 않았다.

"잠깐만, 대장." 솔로몬이 유쾌하게 금속성 목소리로 불렀다. "원한다면 다시 또 다른 매복 계획을 짜오지 그래. 다음에는 더 잘할 수 있을지도 모르겠군. 그래 봤자 네가 할 수 있는 일이란 게 고작 충분히 오래 지속된 이 전쟁을 더 길게 연장할 뿐이지만 말이야. 하지만 그대로 거기 있으면 지금 이 자리에서 이 전쟁을 단번에 끝낼 수 있을 거야."

새클리턴은 그를 진지하게 바라보았다.

"괜찮다면 당신에게 한 가지 제안을 하지, 대장." 솔로몬이 말을 잇자 고철로 된 꽃봉오리처럼 그를 둘러싸고 경호하던 로봇들이 그 포위망을 풀었다. "우리 둘이 결투를 벌일 것을 제안하지."

로봇 하나가 쓰러진 왕좌에서 나무 상자 하나를 꺼내서 솔로몬에게 건

넜다. 엄숙한 동작으로 그는 그 속에서 아름다운 강철검을 하나 꺼냈다. 끝이 뾰족한 검은 하늘에서 비추는 빛을 받아 섬광을 발했다.

"보다시피, 네 것과 똑같은 칼을 만들라고 명령했어. 인간들이 결투에서 수세기 동안 사용하던 무기로 우리 둘이 결투를 하기 위해서지. 최근 몇 달 동안 이걸로 연습하면서 너와 겨룰 순간을 기다리고 있었어." 자신의 말이 진실이라는 것을 보여 주기 위해 그는 칼로 허공을 빠르게 갈랐다. "총과는 달리 칼을 쓸 때는 기술과 손재주와 상대방에 대한 지식이 필요하지. 이 날카로운 칼날로 네 창자를 찌른다면 넌 내 솜씨를 인정하고 기꺼이 죽음을 맞이할 테지."

새클리턴 대장은 잠시 그 제안을 생각했다. 끝없는 전쟁을 치르는 동안 쌓인 피로와 혐오감이 그 어느 때보다 그를 짓누르는 것 같았다. 이제 단 한 번의 게임으로 그 모든 것에 종지부를 찍을 기회가 왔다.

"네 도전을 수락하지, 솔로몬. 여기서 지금 이 전쟁의 결말을 짓자고." 그가 대답했다.

"좋아." 솔로몬이 엄숙하게 외쳤다.

로봇들과 인간들은 두세 발자국 물러나 결투를 벌이는 이들 주변에 원 모양을 그렸다. 마지막 제3장이 시작되었다. 새클리턴은 빼어난 움직임으로 칼을 칼집에서 꺼내 허공에 여러 차례 위협을 가했다. 아마도 다시는 되풀이하지 못할 동작이라는 것을 아는 것처럼. 짧게 칼을 선보인 뒤 냉철하고 침착한 시선으로 솔로몬을 훑어보았다. 솔로몬은 팔다리를 강하게 움직이며 검객들 본연의 늠름한 자세를 취하려고 노력했지만 경직된 팔다리 때문에 제대로 움직이지 못했다.

새클리턴은 포획물 주변을 맴도는 맹수처럼 유연하고 조심스런 걸음으로 어디를 먼저 공격해야 할지 찾으며 로봇 주변을 돌기 시작했다. 솔로몬은 칼을 어정쩡하게 치켜들고 그가 공격하기를 기다렸다. 경쟁자에게 결투를 시작하는 영광을 주려는 것이 분명했다. 새클리턴은 그 제안을 받아들였다. 빠르고 유연한 동작으로 한 발을 내딛고 양손으로 칼을 들어 공중에 활을 그려 로봇의 왼쪽 옆구리를 공격했다. 하지만 그 공격은 허공에 크고 불쾌한 금속성 소리만 만들어 냈고, 한동안 메아리가 잠시 진동했다. 공격이 신통치 않은 것을 보고 새클리턴 대장은 당황하여 몇 발자국 뒤로 물러났다. 그의 공격은 솔로몬을 비틀거리게 만들기는커녕 오히려 금속을 내리친 충격으로 손목이 거의 부러질 뻔했다. 로봇에 비해 자신의 위치가 불리하다는 것을 확인한 새클리턴은 이번에는 오른쪽 옆구리로 다시 공격했다. 결과는 마찬가지였으나 이번에는 다음 공격을 생각할 시간적 여유도 없었다. 솔로몬이 되받아치는 것을 막아야 했기 때문이다. 그의 투구를 살짝 스쳐간 칼끝을 피한 뒤 새클리턴은 상대와 거리를 두고 적을 다시 염탐하기 시작했다. 고개를 천천히 흔드는 모습에는 절망의 빛이 역력했다.

솔로몬의 공격은 느려서 피하기는 쉬워도 만일 한 번이라도 적중하면 그의 갑옷은 로봇처럼 공격을 막아내지는 못할 것이다. 가능한 빨리 적의 약점을 발견해야 했다. 하지만 로봇의 단단한 갑옷을 향해 아무리 공격을 가해도 소용이 없었다. 오히려 팔만 뻣뻣해지고 힘이 빠져서 속도가 느려지고 부주의하게 되어 결국 로봇의 뜻대로 되고 말 것이다. 남은 힘을 다해 새클리턴은 재빨리 로봇의 등 뒤로 몸을 피했다. 그리고 솔로몬이 뒤돌아 서기 전에 솔로몬의 생명의 원천인 증기모터를 있는 힘껏 칼로 찔렀다. 망가진 쇠막대기와 작은 바퀴들이 사방으로 날렸지만 예상치 못한 증기 한 움큼이 새클리턴의 시야를 가려 버렸다. 그사이 솔로몬은 놀랄 정도로 재빨리 몸을 돌려 정신이 없는 적에게 공격을 가했다. 대장의 허리를 강하게 찌른 칼날의 침입에 갑옷의 조각과 금속 부스러기가 떨어져 나갔다. 격렬한 충격으로 그는 바닥에서 넝마처럼 굴렀다.

클레어는 소리를 지르지 않으려고 손으로 입을 틀어막았고 주변에서는 여성들의 한탄하는 소리가 들렸다. 구르던 새클리턴은 다친 허리에 손을 대고 일어나려 했지만 피가 허리 아래쪽으로 흘러내렸다. 힘을 소진한 그는 일어날 수가 없었다. 섀클리턴은 명백한 승리를 즐기면서 그를 향해 천천히 다가오는 솔로몬에게 절을 하듯 무릎을 꿇었다. 솔로몬은 적의 나약한 대항에 실망한 듯 잠시 고개를 저었는데, 대장은 그를 보려고 고개를 들 수도 없었다. 로봇은 양손으로 칼을 높이 들고 대장의 투구 위로 내리치면서 두개골을 박살내려고 했다. 인간들에 대한 로봇의 확실한 우위를 보여 준 그 잔인한 전쟁을 위해 그보다 더 좋은 마무리는 없어 보였다. 있는 힘을 다해서 칼을 그의 머리 위로 내리쳤지만 놀랍게도 섀클리턴 대장은 빠르게 몸을 피했다. 과녁이 없어지자 로봇의 칼은 큰 소리를 내면서 바닥의 돌 사이에 박혔다. 솔로몬은 그것을 꺼내려 했으나 소용이 없었다. 그사이 섀클리턴은 심한 허리 부상에도 불구하고 코브라처럼 위엄 있는 모습으로 그의 옆에 서 있었다. 그는 서두르지 않고, 움직임을 즐기듯이 칼을 들어 냉정하게 솔로몬의 머리와 몸통을 연결하는 접합 부분을 내리쳤다. 삐걱거리는 소리가 들리더니 로봇의 머리가 바닥에 굴러 돌에 부딪히면서 종소리의 교향곡을 만들어 내다가, 그가 통치하는 동안 빛나던 왕관과 부딪히면서 멈추었다. 갑자기 모든 것이 조용해졌다. 머리가 없어 움직이지 못하는 로봇은 돌 부스러기 사이에 박힌 자기 칼 위로 우스꽝스럽게 넘어졌다. 용감한 섀클리턴 대장은 승리를 마무리하기 위해 이미 생명이 끊어진 적의 허리를 발로 걷어차서 바닥에 쓰러뜨렸다. 달구지에 짐을 싣는 고물장수의 불쾌하고 요란한 소리가 지구를 쑥대밭으로 만든 기나긴 전쟁에 종지부를 찍었다.

마주르스키는 새클리턴 대장의 승리를 보고 감격하여 바위 정상
에서 터진 환호성을 잠재우려고 했지만 소용이 없었다. 다행히 전쟁은 몇
미터 떨어진 저 아래 거리에서 일어났으며 거기에서는 군인들이 용감한 대
장을 열광적으로 환호하고 있었다. 주변의 소란에도 개의치 않고 클레어는
바위 뒤에 잠자코 있었다. 바람에 흔들리는 깃발처럼 그녀의 영혼을 흔들
어 대는 감정의 소용돌이에 당황했다. 결투의 결과를 알고 있었음에도, 새
클리턴이 어려움을 겪을 때마다 놀랄 수밖에 없었다. 솔로몬의 칼날이 탐
욕스럽게 새클리턴의 육체를 급습할 때마다, 또는 새클리턴이 그의 칼로 떡
갈나무를 내리치듯 헛되이 솔로몬을 내리치려 할 때, 뛰는 가슴을 진정시
킬 수가 없었다. 그것은 인류가 그 전투에서 패배할까 봐 두려웠기 때문이
아니라, 과연 그에게 어떤 일이 생길까 두려웠기 때문이었다. 새클리턴이 전
략상 중상을 입은 것처럼 과장하고 있다는 사실을 확인할 때까지 도로에
서 벌어지는 일을 계속해서 염탐하고 싶었다. 그러나 마주르스키가 그들의

시대로 다시 돌아가기 위해 모이라고 지시하자 따르지 않을 수 없었다. 시
간여행자들은 무질서한 산양의 무리처럼 작은 언덕을 내려가면서 전쟁의
감동적인 사건에 대해 얘기를 나누기 시작했다.

"이게 다인가요?" 실망한 유일한 승객인 퍼거슨이 물었다. "이 초라한 충
돌이 지구의 운명을 바꿀 전투란 말이오?"

마주르스키는 그에게 아무런 대답도 하지 않은 채, 마나님 티를 내는 부
인들이 내려가다가 부딪혀서 넘어지지 않는지, 본의 아니게 속치마를 펄럭
이며 경사에서 구르지는 않는지 주시하고 있었다. 클레어는 그들 뒤를 따르
며 참기 힘든 퍼거슨의 말이나 다시 그녀의 팔짱을 낀 루시의 말도 무시한
채 말없이 걷고 있었다. 한 가지 생각에만 몰두했다. 일행과 헤어질 순간이
도착했다는 것. 빨리 감행해야 한다. 일단 시간열차에 도착하면 빠져나오는
것은 불가능하다. 뿐만 아니라 잔치 분위기 때문에 일행은 아직 질서정연한
대열을 갖추지 않아서 지금이라면 도망가기 훨씬 쉽다. 그 외에도 새클리
턴이나 군인들에게서 지나치게 멀리 떨어지는 것도 좋지 않았다. 그 폐허의
미로에서 길을 잃는다면 도망가는 것이 결코 도움이 되지 않을 것이다. 행
동에 옮기려면 가능한 빨리 해야 한다. 앞으로 가면 갈수록 성공 가능성이
줄어들기 때문이다. 하지만 그러려면 루시에게서 벗어나야만 했다. 누군가
그녀의 기원을 들은 것처럼 매들린 윈슬로우가 흥분해서 그들에게 다가와
군인들의 군화를 자세히 보았냐고 물었다. 클레어는 그것을 유심히 보지
않았다. 그녀는 미래의 중요한 세부사항에 관심을 기울이지 않은 유일한 사
람 같았다. 루시는 그렇다고 대답하고 곧 그 신발이 암시하는 혁신적인 내
용을 나열하기 시작했다. 클레어는 믿을 수 없다는 듯 잠시 생각에 잠겼다
가 루시가 팔짱을 푼 틈을 타서 일행에서 뒤처졌다. 그녀는 아직 후방으로
가라는 명령을 받지 않아서 주위를 감시하는 일에 신경 쓰지 않고 무심히
걸어가는 저격수 뒤로 처졌다. 저격수 뒤를 대화에 열중한 찰스 윈슬로우와
가렛 형사가 따라가고 있었다. 클레어는 자신이 일행의 맨 마지막 사람이란

걸 확인하고 치마를 걷고 어설프게 뛰어가 벽의 모퉁이 뒤로 숨었다.

그녀는 벽에 등을 기대고 콩콩 뛰는 가슴을 진정시키며 자신이 사라진 것을 눈치 채지 못한 채 차츰 멀어져 가는 일행의 모습을 조용히 지켜보고 있었다. 마침내 그들의 소리가 들리지 않게 되었다. 입에 침이 말랐다. 땀이 난 손에는 양산을 꼭 쥐고, 신중하게 머리를 내밀어 일행이 모퉁이 뒤로 사라진 것을 확인했다. 탈출에 성공했다! 믿을 수 없었다. 비록 그것이 정확히 자신이 원하고 바라던 바라고 생각했지만 그렇게 끔찍한 세상에 혼자 남겨졌다는 생각에 공포가 밀려왔다. 모든 것이 크로노틸루스에 탈 때 계획한 대로 되었다. 만일 일이 틀어지지 않는다면 2000년도에 남아 있을 수 있다. 그것이 자신이 원하던 바가 아니었나? 깊이 한숨을 내쉬고 그녀는 숨어 있던 곳에서 나왔다. 모든 것이 계산대로 진행된다면 일행은 시간열차에 도착하고 나서야 그녀가 사라진 것을 알게 될 것이다. 따라서 새클리턴 일행과 서둘러 만나야 했다. 여행 중에 안내자가 말했듯이, 그들은 2000년에 관객으로만 있을 것이고 미래의 주민들 눈에는 띄지 않을 것이다. 그리고 그들과 어떤 관계를 맺지도 못할 것이다. 대장을 만나는 일이 가장 시급했다. 클레어는 자신의 예상치 않은 행동이 시간 조직에 어떠한 결과를 가져올지 생각하지 않으려고 애쓰면서 일행과 반대쪽으로 걸어갔다. 행복해지려는 자신의 고집이 우주를 파괴하지 않기만을 바랐다.

황량한 세계에 혼자 있다는 사실이 가장 걱정스러웠다. 만일 새클리턴을 만나지 못한다면? 두려움에 떨면서 스스로에게 물었다. 하지만 더 두려운 것이 있었다. 그를 만나는 것이다. 그에게 뭐라고 말할 것인가? 만일 대장이 그녀를 거부하고 자기 일행으로 받아들이기를 거부한다면? 그러지 않을 것이다. 그가 진짜 신사라면 그런 끔찍한 세상에서 여성을 내버려두지는 않을 것이다. 게다가 그녀는 간호에 대한 지식이 있다. 아마 거기서는 다치는 일이 흔하니까 그 점이 그의 마음에 들지도 모른다. 또한 그녀는 세상의 재건을 도울 만큼 용감하고 부지런하기도 하다. 그와 사랑에 빠졌다는 점

외에도 말이다. 물론 그 사실은 그녀가 확신할 수 있을 때까지는 숨길 것이다. 하지만 이 모든 게 현재로는 불확실하고 허황된 생각일 뿐이었다. 실제로 대장을 만났을 때 어떻게 할지 치밀한 계획을 세우지 않았다는 점은 인정해야 했다. 그건 자신이 정말 도주에 성공할지 확신할 수 없었기 때문이다. 하지만 이제 즉흥적으로 계획을 세워야 한다고 스스로에게 말했다. 작은 산 주변을 돌아 치마를 걷고 험준한 오솔길로 들어갔다. 만일 그 방향이 맞다면 그녀는 군인들이 매복한 거리로 들어갈 것이다.

발자국 소리에 그녀는 걸음을 멈추었다. 누군가 그녀가 있는 쪽으로 오솔길을 걸어오고 있었다. 분명히 인간의 걸음걸이였지만, 클레어는 반사적으로 가장 가까운 바위 뒤에 몸을 숨겼다. 가슴이 터질 것 같았다. 숨을 죽였다. 그 발자국의 주인은 그녀가 숨은 곳 가까이에서 멈추었다. 클레어는 자기를 본 그가 손을 들고 나오라고 하거나, 아니면 더 최악의 상황으로 총으로 바위를 겨누고 참을성 있게 숨어서 그녀가 움직이기를 기다릴까 봐 겁이 났다. 하지만 낯선 사람은 노래를 부르기 시작했다. "잭 더 리퍼는 죽었다/ 침대에 쓰러져서/ 목이 잘렸다/ 선 라이트 비누로/ 잭 더 리퍼는 죽었다." 클레어는 눈썹을 치켜떴다. 그 노래를 알고 있었다. 그녀의 아버지는 이스트엔드의 어린아이들에게 그 노래를 배운 뒤, 일요일마다 교회에 가기 위해 면도를 하는 동안 흥얼거리곤 했다. 그래서 클레어는 갑자기 동물 기름 대신 소나무 기름으로 만든 거품이 많이 나는 그 비누향기가 떠올랐다. 그녀는 자기 시대로 돌아가 아버지에게 그가 즐겁게 부르던 그 노래가 다른 모든 것과 달리 백 년 동안 사라지지 않았다고 말해 줄 수 있기를 바랐다. 하지만 자신이 속한 시간으로 결코 돌아갈 수 없을 것이다. 그 생각은 하지 않기로 하고 새로운 삶을 시작하는 지금 이 순간에 집중하기로 했다. 낯선 이는 더 감칠맛 나는 목소리로 계속해서 노래를 불렀다. 목청을 가다듬으려고 한적한 장소를 찾았나? 궁금했다. 어찌되었든 2000년의 주민들과 교류할 시간이 왔다. 이를 악물고 용기를 내어 자기가 좋아하는 노래 가운데 하나를 망치고 있는 낯선 사람에게 나타날 준비를 하고 숨어 있던 곳에서 나왔다.

클레어 해거티와 용감한 새클리턴 대장은 아무 말 없이 서로를 바라보았다. 대치하고 있는 두 개의 거울처럼 놀란 서로의 모습을 반영했다. 대장은 투구를 벗어서 옆에 있는 바위에 걸쳐 놓은 상태였다. 그를 얼핏 본 클레어는 그가 일행과 떨어진 이유가 목소리를 가다듬기 위해서가 아니라 그보다 훨씬 덜 고상한 행동을 하기 위해서라는 사실을 깨달았다. 그가 흥얼대던 노래는 단지 보조 활동에 불과했다. 놀라서 찡그린 채 그녀의 입이 벌어졌다. 바닥에 떨어뜨린 양산이 갑각류의 삐걱거리는 소리를 냈다. 어찌되었든 그녀의 섬세한 눈이 난생처음으로 결혼하기 전에 보아서는 안 된다고 생각했던 그 부분에 머물렀다. 결혼을 해도 그렇게 분명하고 정확하게 보지는 못할 것이다. 놀라움에서 벗어난 새클리턴 대장이 갑옷의 틈새로 신체의 수치스러운 부분을 서둘러 감추는 모습을 보았다. 호기심이 처음의 난처함을 대신하면서 그는 말없이 그녀를 다시 바라보았다.

클레어는 다른 세부적인 사항을 짐작할 수는 없었지만 데릭 새클리턴 대장은 자신의 상상과 동일했다. 조물주가 그녀의 지시에 따라 그를 만들었든지, 아니면 그 남자는 다른 사람들보다 더 훌륭한 혈통을 가진 원숭이로부터 진화된 것 같았다. 확실한 것은 어찌되었든 새클리턴 대장의 얼굴은 분명히 다른 시대의 얼굴이었다. 조각 같은 늠름한 턱과 진지한 표정의 입술, 이제 바로 앞에서 볼 수 있는 그의 눈은 다른 부분과 완벽한 조화를 이루었다. 초록색이 도는 아름답고 큼직한 회색 눈동자는, 어떤 행인이든지 그 안에서 길을 잃게 만드는 바다 안개로 둘러싸인 숲처럼, 세상을 강렬하고 심오한 시선으로 불태워 버릴 것 같았다. 지금까지 만난 사람들 중에 가장 활력 있는 남자라는 생각이 들었다. 그렇다. 철로 된 방탄조끼 아래, 햇볕에 그을린 피부와 그 울퉁불퉁한 근육 밑에, 힘차게 뛰는 심장은 혈관을 통해 죽음조차도 굴복시킬 수 없는 고집스럽고 격렬한 생명을 불어넣어 주었다.

“저는 클레어 해거티예요, 대장님.” 목소리가 떨리지 않도록 애쓰면서 자신을 소개했다. “당신이 세상을 재건하는 일을 도와주려고 19세기에서 왔답니다.”

섀클리턴 대장은 안색이 변해서 그녀를 바라보았다. 런던이 무너지는 것을 보고, 도시를 폐허로 만드는 화재와 산더미처럼 쌓인 시신들을 보고, 인생의 가장 잔혹한 면을 본 다음, 이제는 자신의 앞에 있는 섬세하고 아름다운 그 존재를 어떻게 대할지 모르는 눈길로 말이다.

“해거티 양, 여기 있었군요!” 등 뒤에서 누군가 소리를 질렀다.

클레어는 놀라서 돌아섰다. 경사진 오솔길을 따라 자신을 향해 오고 있는 안내자가 보였다. 마주르스키는 비난의 의미로 고개를 흔들었으나 그녀를 발견해서 다행이라는 표정을 숨길 수는 없었다.

“대열에서 떨어지지 말라고 말씀을 드렸는데요!” 그녀의 옆에 온 그가 거칠게 그녀의 팔을 잡아끌면서 날카로운 소리로 외쳤다. “당신이 사라진 걸 모른 채 출발했다면 무슨 일이 일어났을지 상상해 보세요. 여기서 영원히 남아 있었을 거요!”

클레어는 도움을 요청할 목적으로 섀클리턴을 향해 돌아보았으나 놀랍게도 대장은 이미 사라지고 없었다. 마치 환영처럼 사라져 버렸다. 너무 갑자기 사라져서 마주르스키에게 그들을 기다리는 일행이 있는 곳으로 끌려가는 동안 클레어는 실제로 그를 본 것인지, 아니면 자신의 열정적인 상상이 만들어 낸 환상일 뿐인지 궁금해졌다. 클레어가 일행이 있는 곳에 도착했을 때 안내자는 그들을 일렬로 세우고 저격수를 맨 뒤에 서게 한 뒤 화를 내면서 일행에서 절대 떨어지지 말라면서 크로노틸루스를 향해 길을 떠났다.

“네가 길을 잃어버린 걸 내가 알아채서 다행이야, 클레어.” 루시가 팔짱을 끼면서 말했다. “무서웠니?”

클레어는 숨을 헉헉 내쉬고 회복기에 있는 환자처럼 루시에게 끌려가면서 섀클리턴의 부드러운 눈길 외에는 아무것도 생각할 수 없었다. 대장이 자신을 사랑스럽게 바라보았나? 그녀에게 말은 하지 않았지만 황홀하다고 할 수 있는 그의 당황하는 모습은 그렇다는 것을 의미했다. 그러한 증상은 어떠한 시대든지 갑자기 사랑이 싹틀 때의 특징이었다. 하지만 그것이 사실이라면, 섀클리턴 대장이 그녀와의 사랑에 빠졌다 한들, 이제는 그를 다시 볼 수 없을 텐데 이게 다 무슨 소용이란 말인가? 수동적으로 시간열차로 끌려가면서 그녀는 생각했다. 열차의 시동이 걸리고 증기모터가 격렬하게 흔들리는 것을 의자에 기대어 느끼며, 그녀는 절망 섞인 울음을 터트리지 않으려고 꾹 참았다. 차량이 4차원으로 들어가는 동안 클레어는 이제 다시 그 지루한 시대에서 영원히 살아가야 한다고 생각하니 낙심이 되었다. 함께 살면 행복할 수 있을 것 같은 유일한 사람은 그녀가 죽은 뒤 태어날 것이다.

"신사숙녀 여러분, 집으로 돌아갑니다." 마주르스키가 그 파란만장한 여행의 끝이 다가온다는 만족감을 드러내면서 말했다.

클레어는 화가 나서 그를 바라보았다. 집으로 돌아갈 것이다. 시간의 조직을 위험에 빠트리지 않고 쓸모없는 19세기로 돌아갈 것이다. 마주르스키는 그 바보 같은 소녀가 우주를 파괴하는 것을 막았을 뿐만 아니라, 길리엄에게 받았을지도 모르는 질책에서도 무사할 수 있었으니 기뻐하는 게 당연했다. 그 희생의 대가가 그녀의 행복이라는 점이 뭐 그리 중요한가? 클레어는 너무 격노한 나머지 바로 그 자리에서 안내자의 뺨을 때릴 수도 있을 것 같았지만 마주르스키가 자신의 의무를 다했다는 점만은 인정해야 했다. 우주는 모든 개인의 운명보다도 중요하다. 그 개인이 설사 자신이라 해도. 그녀는 이를 악물며 짜증을 억누른 채 미소 짓는 안내자를 바라보았다. 다행히 자기의 빈 손을 보았을 때 분노가 약간 사라졌다. 어찌되었든 마주르스키는 일을 완벽하게 해내지는 못했다. 양산 하나가 시간의 조직에 얼마나 영향을 줄 수 있을까?

소녀와 안내자가 경사진 오솔길로 사라지자 데릭 섀클리턴 대장은 숨어 있던 곳에서 나와 그녀가 있던 곳을 잠시 바라보았다. 그녀가 환영이 아니었다는 것을 확인해 줄 그녀의 향기나 목소리의 잔재 같은 무언가를 기대했다. 그 만남의 여파로 그는 아직도 정신이 없었다. 그 일이 실제로 일어난 일인지 믿을 수 없었다. 그녀의 이름을 기억했다. "저는 클레어 해거티예요. 당신이 세상을 재건하는 일을 도와주려고 19세기에서 왔답니다." 그녀는 매력적으로 인사하면서 말했다. 마음속에 그녀의 얼굴이 정확하게 새겨진 것에 놀랐다. 창백한 얼굴, 새침한 용모, 윤이 나고 윤곽이 뚜렷한 입술, 흑옥 같은 머리카락, 연약해 보이는 몸매, 그녀의 목소리, 그녀의 눈길까지 기억했다. 무엇보다도 그를 바라보던 표정, 존경심이 깃든 황홀함과 사색에 잠긴 듯한 환희의 눈길 말이다. 자기를 그렇게 바라본 여성은 여태껏 아무도 없었다. 아무도.

그때 양산을 발견했다. 그녀가 왜 그것을 떨어뜨렸는지 떠올리니 부끄러움으로 얼굴이 붉어졌다. 양산에 다가가 금속 둥지에서 떨어진 쇠로 만든 새라도 되는 것처럼 조심스레 집었다. 우아하고 섬세한 양산은 그 주인이 부유하다는 사실을 보여 주었다. 그것으로 무엇을 할 것인가? 한 가지는 확실했다. 거기 그대로 놓아둘 수는 없다는 것.

양산을 들고 일행이 기다리는 곳으로 가면서 그동안 마음을 진정시키려고 노력했다. 다른 사람들에게 의심을 사지 않으려면 그녀와의 만남이 유발한 흥분을 얼굴에서 지워 버려야 한다. 그 순간 큰 바위 뒤에서 솔로몬이 칼을 높이 들고 나타났다. 딴생각을 하면서 걷던 용감한 새클리턴 대장은 양산으로 로봇을 치면서 즉각적으로 반응했다. 금속의 요란한 소리가 복수를 외치는 소리처럼 울렸다. 공격은 솔로몬을 스쳐지나갔지만 깜짝 놀란 솔로몬은 균형을 잃고 잠시 비틀거리다가 등 뒤의 작은 언덕으로 굴러 떨어졌다. 새클리턴은 부러진 양산을 들고 적이 금속성 큰 소리를 내면서 언덕 아래로 구르는 것을 바라보았다. 로봇이 바위 틈에서 넘어지자 굉음은 그쳤다. 솔로몬은 요란하게 넘어지면서 생긴 짙은 흙먼지를 배경으로 잠시 등을 대고 늘어져 있었다. 그러더니 간신히 일어나면서 욕을 했다. 금속성의 음색은 욕이 더 저속하게 들리는 효과를 발휘했다. 그 소란한 소리에 다가온 군인들과 로봇들은 폭소를 터뜨렸다.

"웃지 마, 고약한 것들. 어딘가 부러졌을 수도 있단 말이야!"

솔로몬이 동료들에게 더 큰 웃음을 자아내면서 불평을 했다.

"네가 재미있으라고 그런 거야." 새클리턴이 그가 있는 곳을 향해 내려가 그에게 손을 내밀며 외쳤다. "이렇게 바보처럼 숨어 있는 게 지치지도 않나?"

"시간이 너무 오래 걸렸어, 친구." 로봇이 새클리턴과 두 명의 군인이 이끄는 대로 일어나면서 항의했다. "저 위에서 도대체 무슨 짓을 하고 있었던 거야?"

"소변을 보고 있었어." 새클리턴이 대답했다. "그건 그렇고 축하해. 지난

번보다 훨씬 멋진 결투였어.”

“맞아.” 그가 일어나는 것을 도와준 군인 하나가 말했다. “둘 다 정말 멋졌어. 폐하를 위해서 싸울 때도 그렇게 잘하지는 않았어.”

“맞아. 사실 넌 영국 여왕이 지켜본다는 사실을 알고 있을 때는 자연스럽게 움직이지 못했어. 어찌되었든 이 빌어먹을 갑옷을 입고 움직이는 건 피곤해.” 솔로몬이 머리의 나사를 풀면서 말했다.

갑옷에서 벗어나자 물 마시는 물고기처럼 입을 벌려 공기를 들이마셨다. 붉은 머리카락은 머리에 딱 달라붙어 있었고 큰 얼굴은 땀범벅이었다.

“불평하지 마, 마틴.” 가슴이 부서진 로봇 역시 머리 위에 쓴 투구를 벗으면서 그를 나무랐다. “적어도 너는 주인공 역을 맡았잖아. 나는 군인을 공격할 시간도 없이 죽었다니까. 게다가 가슴에 장착한 화약을 터트려야 했어.”

“하나도 위험하지 않다는 걸 알잖아, 마이크. 어찌되었든 머레이 씨에게 다음에는 역할을 좀 바꿔 달라고 제안해야겠어.” 섀클리턴 대장 역을 맡은 청년이 불만을 진정시키면서 말했다.

“그거야, 톰. 나는 제프 역할을 할 수 있고 그는 내 역할을 맡을 수 있어.” 처음에 넘어진 로봇 역할을 한 남자가 그를 물리치는 역을 한 군인을 가리키면서 찬성했다.

“꿈도 꾸지 마, 마이크. 일주일 내내 네게 총 쏠 때를 기다리면서 지냈다고. 어쨌든 결국은 브래들리가 나를 죽이잖아.” 제프가 왕좌를 들고 가는 역할을 맡은 한 청년을 가리키면서 말했다. 그의 왼쪽 뺨에는 눈에 띌 정도로 큰 흉터가 있었다.

“그게 뭐야?” 그가 톰이 손에 들고 있는 것을 가리키면서 물었다.

“어, 양산이야.” 톰이 일행들에게 보여 주면서 대답했다. “어떤 승객이 잃어버렸을 거야.”

제프는 놀라운 표정을 지었다.

"굉장히 비싸 보이는데." 호기심을 보이며 자세히 관찰하면서 그가 말했다. "우리가 이 일로 받는 돈보다 훨씬 비쌀 거야."

"내 말 믿으라고, 제프. 광산에서 일하거나 맨체스터 운하에서 비참하게 구르는 것보단 이게 더 나아." 마틴이 그에게 대답했다. "오, 굉장한 위로인걸!" 상대가 조롱하며 말했다.

"하루 온종일 여기서 잡담이나 하면서 있을 거야?" 톰이 다른 사람들이 양산에 대해 신경 쓰지 않도록 살그머니 감추면서 물었다. "저 밖에 현재가 우리를 기다리고 있다고."

"맞아, 톰." 제프가 웃었다. "우리의 진짜 시대로 돌아갈까?"

"4차원을 통과하지 않고 말이지." 마틴이 폭소를 터트리면서 말했다.

무거운 로봇의 갑옷을 입는 것에 대해 경의의 표시라도 하듯 열다섯 명은 폐허 사이로 행진을 시작했다. 제프는 걷는 동안 새클리턴 대장이 생각에 잠겨 있는 것을 걱정스레 관찰하고 있었다. 더 이상 비밀을 간직할 필요가 없으니, 이제부터 나는 그를 그의 진짜 이름인 톰 블런트로 부를 것이다.

"아직도 사람들이 이 돌 부스러기 장식을 미래라고 믿고 있다니 정말 웃기는 일이야." 제프가 동료를 어두운 침묵에서 끌어내려고 말했다.

"그들은 다른 쪽에서 우리를 보고 있다는 점을 생각해 봐." 톰이 지나가는 말처럼 대답했다.

제프는 탐문하는 눈초리로 그를 바라보았다. 그가 뭘 걱정하고 있든 잊어버리게 하려면 말을 계속 거는 게 낫다는 결론을 내렸다.

"그건 곡예 연기를 보는 것과 같아." 아직 한 번도 본 적은 없었지만 톰은 그 말을 덧붙여야 할 것 같았다. 한동안 하숙집에서 마술사와 함께 지내면서 그는 마술 세계와 친밀해졌다. 그래서 이 말을 덧붙일 자격이 충분하다고 생각했다. "마술사의 속임수는 아주 놀라워서 정말로 마법이 존재한다고 믿을 정도야. 그렇지만 의심을 품고 잘 살펴보면 마술사들의 속임수를 발견할 수 있지. 하지만 승객들은 머레이 씨의 속임수를 전혀 눈치 채지 못해." 그는 마침 그들이 지나고 있는 기계를 양산으로 가리키면서 말했는데, 그 기계는 여러 장치가 있는 거대한 무대의 천장과 대들보를 감추기 위해 연기를 내뿜는 역할을 했다. "사실, 그들은 의심하지도 않아. 단지 마지막 결과만 볼 뿐이야. 단지 보고 싶은 것만 보는 거지. 만일 2000년의 런던을 보기 원했다면 이 폐허들이 2000년의 런던이라고 믿겠지."

클레어 해거티가 믿었던 것처럼 말이야, 세상을 재건하는 일을 도와주고 싶다고 했던 그녀의 말을 기억하면서 그는 울적해졌다.

"그래, 사장이 계획을 매우 잘 세웠다는 점은 인정해야 해." 마침내 그의 동료가 까마귀가 날아가는 것을 바라보면서 인정했다. "사람들이 이것이 무대장치에 불과하다는 것을 알면 그를 감옥에 보내거나 직접 그에게 린치를 가하겠지."

"그래서 그들이 우리 얼굴을 보지 못하게 하는 게 중요한 거야. 안 그래, 톰?" 브래들리가 끼어들었다.

톰은 전율을 억누르려고 노력하면서 수긍했다.

"맞아, 브래들리." 제프가 그의 동료가 수긍하는 것을 보고 대답했다. "승객들이 런던에서 우리와 마주치더라도 우리를 알아보지 못하게 하려면 이 불편한 투구를 쓸 수밖에 없어. 머레이 씨의 또 다른 안전장치 가운데 하나지. 첫째 날 그가 한 말을 잊어버렸어?"

"당연히 아니지!" 브래들리가 대답하고 사업가의 리드리컬하고 교양 있는 말투를 흉내 내면서 말했다. "헬멧은 여러분의 안전을 보장하는 장치요. 연기하는 동안 벗는 사람은 땅을 치고 후회할 겁니다. 내 말 믿으시오."

"맞아, 난 그 결과를 실험하고 싶지는 않아. 가엾은 퍼킨스를 기억해 봐."

그를 기억하자 브래들리는 공포에 질린 소리를 냈고 톰은 다시 전율을 느꼈다. 일행은 화염에 휩싸인 어설픈 지평선 앞에서 멈추었다. 제프가 앞장서서 벽에 숨겨 놓은 열쇠를 찾아 구름 속에 있는 문을 열었다. 마치 숨 같은 구름 속으로 들어가듯이, 일행은 무대를 떠나 통로를 따라 좁은 분장실로 들어갔다. 들어서자 환호성이 들렸다. 길리엄 머레이는 의자에 깊이 몸을 파묻고 열광적으로 박수를 쳤다.

"멋져! 브라보!" 길리엄이 외쳤다.

일행은 어찌할 바를 모르고 그를 바라보았다. 길리엄은 일어나 두 팔을 벌리고 그들에게 다가왔다.

"축하하오, 신사 분들. 정말 멋진 작업이었소. 여러분의 연기에 감동받아서 우리 고객 가운데 어떤 이들은 여행을 또 하고 싶어 하기도 했소."

그가 등을 두들겨 주자, 톰은 조심스럽게 일행에서 떨어져 나무못과 손잡이가 가득한 색이 칠해진 나무 조각을 무기보관함에 넣었다. 머레이는 로봇의 갑옷 속에 이 미래의 치명적인 총을 숨겨 변신하게 했다. 톰은 옷을 갈아입기 시작했다. 클레어 해거티와 그의 빌어먹을 방광 때문에 일어난 문제를 생각하자 가능한 빨리 그곳을 벗어나고 싶었다. 새클리턴 대장의 방탄조끼를 벗고 그것을 제자리에 놓고 자기 이름이 씌어 있는 상자에서 옷을 찾았다. 재빨리 양산을 재킷에 둘둘 말았다. 그리고 자기 행동을 본 사람이 없는지 확인하려고 주위를 둘러보았다. 톰의 동료들이 옷을 갈아입는 동안, 머레이가 두 명의 웨이트리스에게 주문을 하자 그들은 스테이크와 파이, 구운 소시지와 맥주병을 가득 실은 바퀴 달린 상자를 밀고 의상실로 들어왔다.

톰은 우연히 함께 일을 하게 된 동료들을 다정한 눈빛으로 바라보았다. 말랐지만 탄탄한 근육질의 제프는 쾌활하고 수다스러웠다. 젊은 브래들리는 동안의 볼에 난 큰 흉터 때문에 신경을 많이 쓰는 아직 어린 소년 같았다. 끊임없이 초조한 눈길을 보내는 마이크. 농담을 잘하며 나이를 짐작할 수 없는 붉은 머리의 거구, 마틴의 여윈 얼굴에서는 야외에서 일을 한 삶의 흔적이 남아 있다. 톰은 머레이의 꾸며낸 연극에서는 모두 그를 위해서 목숨이라도 바칠 것처럼 행동하지만 현실에서는 약간의 음식이나 돈 때문에 그의 목을 자를 수도 있다는 사실이 이상하게 느껴졌다. 사실 자기처럼 돈한 푼 없다는 것 외에 그들에 대해서 무엇을 알고 있는가? 그들과 함께 여러 차례 술을 마셨는데, 처음에는 첫 번째 연기의 결과를 축하하기 위해서, 그리고 여왕을 위해서 벌인 공연의 성공을 축하하기 위해서였다. 그 공연이 끝나고 두 배의 보수를 받았고 술잔치의 즐거움에 매료되어 그다음 성공을 미리 축하하려고 다시 술에 취했다. 처음처럼 굉장한 술잔치로 시작해 마무리는 도슨 부인의 창녀집에서 가졌다.

하지만 그렇게 난장판처럼 떠들 때마다 톰은 그런 부류의 사람들과 지나치게 가깝게 지내지 않는 것이 좋다는 깨달음만 얻었다. 안 좋은 사건에 휘말릴 수도 있기 때문이다. 농담은 잘해도 결점이 별로 없어 보이는 마틴 터커를 제외하고 나머지는 별로 신뢰가 가지 않는 소란을 피우는 악당들처럼 보였다. 그와 마찬가지로 하루살이 인생을 살아가는 그들은 돈 버는 일이라면 어떠한 유혹도 뿌리치지 않았다. 며칠 전 제프 웨인과 브래들리 홀로웨이가 수상쩍은 사업에 그를 초대했다. 침입하기 쉬워 보이는 켄싱턴 고어의 저택에서 도둑질을 하자는 제안이었는데 그는 그들과 동행하는 것을 거부했다. 몇 주 전부터 정직하게 돈을 벌기 위해 최선을 다하겠다고 다짐했기 때문은 아니었다. 만약 법을 위반할 거라면 혼자서 하고 싶었기 때문이다. 살아가면서 터득한 게 있다면 자신의 안전에 대해 자신 홀로 책임질 경우에만 생존 가능성이 높다는 것이다. 자신만 의지하면 아무도 그를 배신할 수 없을 테니까. 셔츠의 단추를 잠그기 시작했다. 곁눈질로 길리엄 머레이가 다가오는 것을 보았다. 단추 하나가 막 떨어지려는 참이었다.

"개인적으로 자네를 축하하고 싶군, 톰." 기업가는 흡족해서 그에게 악수를 청했다. 톰은 그와 악수를 하고 억지 미소를 지었다. "이미 알고 있겠지만 이 모든 일은 자네 없이는 할 수 없지. 자네보다 더 새클리턴 대장 역할을 잘해낼 사람은 없을 거야."

톰은 친절하게 미소 지으려고 노력했다. 퍼킨스를 언급하고 싶은 건가? 소문에 의하면 그 퍼킨스라는 사람이 자기보다 앞서 새클리턴 역을 맡기로 계약이 되었다. 하지만 사업가가 하려는 짓을 알았을 때 그 일에 대해 입 다물어 주는 대가로 받는 돈이, 그가 맡은 역할로 받는 돈보다 더 많을 거라는 사실을 깨달았다. 그래서 그의 사무실로 찾아가서 그런 사실을 지적했다. 그러나 길리엄 머레이에게서 돈을 갈취하려는 시도는 별다른 영향을 주지 않았다. 사업가는 그에게 보수가 마음에 들지 않으면 가도 된다며 자존심에 상처를 입었다는 듯이 자신이 생각한 새클리턴 대장은 그렇게 키가 작지 않다고 말했다. 퍼킨스는 위협하듯 미소를 지었는데, 소문에 의하면 그 사무실을 나가자마자 런던경찰청으로 갔다고 한다. 그리고 더 이상 그에 대한 소식을 알 수 없었다. 퍼킨스는 돈을 뜯어내려고 시도한 뒤 사라져 버렸지만 톰과 동료들은 그가 런던경찰청에 도착하지도 못했을 거라고 생각한다. 아마도 머레이의 싸움꾼들이 그를 처리했을 것이다. 소문이 어느 정도 신빙성이 있는지 아무도 모르지만 실험해 보고 싶은 생각은 없다. 자신과 클레어 해거티와의 사이에 일어난 일을 비밀로 해야 하는 것도 그 때문이다. 만일 누군가 승객이 자신의 얼굴을 본 것을 알게 되면 그는 이제 끝장이다. 머레이는 그를 해고하는 것으로 끝내지 않을 것이다. 불행한 퍼킨스에게 했듯이 문제를 뿌리째 뽑으려고 할 것이다. 자신의 잘못이 아니라고 주장해 보았자 아무 소용도 없다. 자신이 살아 있다는 사실만으로도 머레이의 사업에 지속적인 위협이 될 것이고, 그는 그런 위험은 가능한 빨리 제거해 버리는 게 낫다고 생각할 것이다. 만일 사장이 그 사실을 알게 되면 자기가 아무리 퍼킨스보다 키가 크더라도 그와 같은 운명을 맞을 것이다.

"있지, 톰." 다정하게 그를 바라보면서 말했다. "자네를 보면 진정한 영웅을 보는 거 같아."

"맡은 역할을 잘해내려고 노력할 뿐입니다. 머레이 씨." 톰이 바지를 올리며 손을 떨지 않도록 노력하면서 대답했다.

길리엄은 즐거워서 으르렁거리는 소리를 냈다.

"앞으로도 계속 그렇게 하게, 그렇게 말이지." 그가 만족스러운 숨을 내쉬었다.

톰은 그러마고 대답했다.

"실례지만," 모자를 푹 눌러쓰면서 말했다. "제가 좀 바빠서요."

"가려고?" 길리엄이 실망한 듯 물었다. "축하파티에 참석하지 않을 텐가?"

"죄송합니다, 머레이 씨. 가야 해서요." 그가 대답했다.

머레이가 양산을 보지 못하도록 주의하면서 재킷을 집어 들고 분장실 건물 뒤편 좁은 통로로 연결되는 문으로 갔다. 이마에 땀이 나기 시작하는 것을 길리엄이 눈치 채지 못하게 하려면 빨리 사라져야 했다.

"톰, 잠깐!" 사장이 그를 불렀다.

톰은 두근거리는 심장을 진정시키려 애쓰며 돌아섰다. 길리엄은 그를 잠시 심각하게 바라보았다.

"아름다운 아가씨 때문인가?" 그리고 물었다.

"무슨 말씀이신지?" 그가 더듬거렸다.

"자네가 서두르는 이유 말일세. 인류의 구원자와 함께 지내기를 바라는 어떤 아가씨가 자네를 기다리고 있는 건가 해서."

"저는……." 톰은 땀이 갑자기 볼을 타고 흘러내리는 것을 느끼면서 말을 더듬거렸다.

길리엄이 호탕하게 웃었다.

"자네를 이해하네, 톰." 그의 어깨를 두들겨 주면서 말했다. "자네 사생활을 물어보는 게 마음에 들지 않지, 그렇지? 걱정하지 말게, 굳이 대답하지 않아도 되니까. 자 어서 가 보게나. 조심해서 나가는 거, 잊지 말고."

톰은 서둘러 대답하고 동료들에게 손짓으로 작별하는 시늉을 하고 문 쪽으로 갔다. 좁은 통로로 나가 가능한 빨리 그곳을 지나쳤다. 도로로 나가자마자 모퉁이 뒤로 숨었다. 마음을 진정시키며 잠시 좁은 통로의 출구를 엿보았다. 혹시 길리엄이 그를 미행하라고 사람을 내보냈는지 알아보기 위해서였다. 하지만 아무도 나오지 않자 마음이 놓였다. 그것은 사장이 그를 의심하지 않는다는 뜻이었다. 아직은. 적어도 당분간은. 안도의 한숨을 깊게 내쉬었다. 이제는 별들이 클레어 해거티에게서 가능한 멀리 떨어지도록 자신이 갈 곳을 안내해 주기를 바랐다. 그때 긴장해서 신발을 바꿔 신고 나오지 않았다는 사실을 깨달았다. 그는 아직도 용감한 섀클리턴 대장의 부츠를 신고 있었다.

버커리지 스트리트의 숙소는 다 낡아빠진 집으로, 담은 지저분하고 양쪽으로 술집 사이에 끼여 있어 휴식을 취하려는 사람들의 잠을 설치게 하는 곳이었다. 하지만 그가 지내던 동굴 같은 곳들에 비하면 톰 블런트에게 그 더러운 은닉처는 궁전이나 다름이 없었다. 정오가 지난 시간, 거리는 술집에서 풍기는 구운 소시지 냄새로 가득했다. 주머니가 텅 빈 투숙객들에게는 술집에서 흘러나오는 강한 냄새가 고문이나 마찬가지였다. 톰은 개처럼 침을 질질 흘리게 하는 그 냄새를 무시하려고 애쓰면서 여관으로 향했다. 길을 건너며 두려움 때문에 길리엄 머레이가 그들의 수고를 치하하기 위해 베풀어 준 파티에 참석하지 못한 점을 아쉬워했다. 그 파티에 참석했더라면 며칠 동안 위장이 든든해졌을 것이다. 여관 문 옆에서 리터 부인의 노점을 발견했다. 그녀는 슬픔에 잠긴 표정을 띤 미망인으로 사람들의 손금을 보면서 생계를 유지했다.

"안녕하세요, 리터 부인." 그가 예의 바르게 인사를 했다. "오늘 장사는 어떠세요?"

"네 미소는 오늘 오전에 본 모든 미소 중 최고야, 톰." 부인이 그를 보고 반가워서 말했다. "오늘은 아무도 미래에 대해서 알고 싶지 않나 봐. 온 동네 사람들에게 그들의 운명이 어떤 건지 궁금해 하지 않아도 된다고 했니?"

톰은 리터 부인이 좋았다. 그녀가 작은 의자를 가지고 그곳에 점집을 차린 이후 톰은 그녀의 보호자를 자처했다. 그는 동네에 떠도는 소문을 하나하나 끼워 맞춰서 그녀의 비극적인 이야기를 알게 되었다. 그녀는 마치 창조주가 불행한 인생이 무언지 보여 주기 위해서 고용한 직원 같았다. 그녀가 겪어 보지 못한 불행이 없었기 때문이다. 그녀가 이미 고생을 많이 한 것을 알게 된 톰은 힘닿는 대로 도와주려고 코벤트 가든 시장에서 그녀를 위해 사과를 훔치기도 했고, 여관에 드나들 때마다 장사를 격려해 주려고 잠시 멈추어서 그녀와 대화를 나누기도 했다. 하지만 그녀에게 손금은 보지 않았는데, 항상 같은 변명을 댔다. 미래에 대해서 미리 알게 되면 호기심이 사라질 텐데, 그것이 자기가 매일 아침 자리에서 일어나는 유일한 이유라는 것이다.

"사업을 방해하려는 생각은 절대 없어요, 리터 부인." 그가 놀랍다는 듯이 대답했다. "오후에는 잘될 거예요."

"제발 그랬으면, 톰, 제발."

그녀와 작별하고 자기 방이 있는 여관의 가장 위층으로 연결된 삐걱대는 계단을 올라갔다. 문을 열고 처음 보는 것처럼 낯선 눈길로 거의 2년 가까이 살고 있는 작은 방을 바라보았다. 하지만 여주인이 처음 그 방을 보여 주었던 날과 달리, 그는 낡아빠진 침대나, 반쯤 좀먹은 장롱, 군데군데 얼룩이 생긴 거울, 쓰레기가 가득한 물이 고인 뒷골목 풍경이 보이는 비좁은 창문을 평가하려는 것이 아니었다. 그저 문 옆에 서서 그 비참한 공간이 그가 자기 삶에서 얻을 수 있는 모든 것이라는 사실을 갑자기 깨닫기라도 한 것처럼 그 방을 관찰했다. 아무것도 바뀌지 않을 거라는 확신이 엄습했다. 자신의 현실은 그렇게 전혀 돌이킬 수 없이, 시간의 흐름에 아무런 변화도 주지 않고, 그저 조용히 미래 속으로 흘러갈 것이다. 오늘처럼 이상하게 정신이 말똥말똥한 순간에는 그의 인생은 손가락 사이로 흘러나가는 물처럼 그에게서 도망쳐 간다는 사실을 깨닫게 될 것이다.

하지만 운명을 결정하는 카드에 대해 그가 무엇을 할 수 있겠는가. 그의 아버지는 주민들의 뒷마당 우물에 쌓인 대변을 수거하는 일을 맡았을 때 인생에서 중요한 일을 하게 되었다고 믿는 가엾은 존재였다. 매일 밤 여왕이 언젠가 그가 한 일에 대해 손수 축하라도 해 줄 것처럼 도시의 오물을 치우러 나가면서, 그 불쾌한 일이 제국을 발전시키는 토대라고 믿었다. 한 나라가 배설물에 잠기게 되면 미래가 어떻게 되겠는가? 그는 이렇게 말하곤 했다. 그의 친구들은 어이없어 했지만 그의 가장 큰 희망은 더 큰 달구지를 사서 다른 사람들보다 더 많은 대변을 수거하는 것이었다. 톰은 어린 시절 아버지가 새벽에 침대에서 뒤척일 때 풍기던 참을 수 없는 악취가 아직도 기억에 생생했다. 목화공장에서 피곤한 하루를 보내느라 땀에 찐 어머니 가까이 가면 혹시 달콤한 냄새를 맡지 않을까 싶어 어머니 가슴에 코를 들이밀며 그 지독한 냄새를 피하려고 했던 것도 기억났다. 하지만 하수구가 번성하면서 아버지의 우스꽝스러운 꿈이 끝나 버리자 그가 마시기 시작한 싸구려 포도주 냄새보다는 대변 냄새가 더 참을 만했다는 생각이 들었다. 어린 톰은 어머니의 달콤한 냄새로 그 지독한 냄새를 이겨낼 수도 없었다. 갑작스런 콜레라로 어머니가 그의 곁을 영원히 떠났기 때문이다. 가족의 침대는 점점 더 넓어졌지만 톰은 깊이 잠들 수가 없었다. 잠에서 깬 아버지가 세상에 대해 느끼는 분노를 어린 아들의 연약한 등에 언제 발산할지 알 수 없었기 때문이다.

그의 아버지는 그가 여섯 살이 되자 술값을 벌기 위해 그에게 구걸을 시켰다. 다른 사람들의 동정심을 사는 것은 감사할 만한 일은 아니었지만 나름대로 쉬운 일이었다. 아버지가 달구지와 능숙한 삽질 덕분에 얻은 새로운 일을 그에게 도와달라고 명령할 때까지는 자신이 구걸하는 일을 그리워하게 될 거라고 생각도 하지 못했다. 톰은 죽음은 더 이상 추상적이지 않으며, 형태와 무게를 갖추고, 어떠한 불로도 따뜻하게 할 수 없는 냉기를 불어넣는 것임을 이런 식으로 알게 되었다. 하지만 무엇보다도 신기했던 것은 사는 동안 별 가치가 없던 사람이 죽으면 갑작스레 가치가 올라간다는 사실이었다. 그들이 피부 밑에 값비싼 신체 기관을 가지고 있기 때문이다. 그는 크라우치라는 은퇴한 권투선수의 명령에 따라 관과 무덤을 노략질했다. 그는 시신을 외과의에게 팔았는데, 그의 아버지가 술에 취해서 템스 강에서 빠져죽을 때까지 이 일을 계속했다. 하루아침에 톰은 세상에 홀로 남겨졌지만 최소한 그의 인생은 자신의 것이었다. 이제 더 이상 죽은 자들의 단잠을 방해할 필요가 없었다. 이제 자신이 갈 길을 정할 수 있었다.

시체를 훔치는 일을 하면서 그는 강하고 민첩한 청년이 되었고, 더 고상한 일을 찾는 게 어려운 일도 아니었지만, 행운의 빛은 하루살이 인생에서 탈출할 수 있을 만큼 그를 향해 비추어 주지 않았다. 짧은 세월 동안 청소부, 문지기, 빈대 잡는 사람, 심지어 굴뚝청소부 일을 전전하던 그는 동료와 함께 굴뚝 청소하던 집을 털다 발각되는 바람에 몸에 멍만 잔뜩 남긴 채 거리로 쫓겨나게 되었다. 그러다 메건을 알게 되었다. 아름다운 그녀와 헤이그 스트리트의 통풍이 되지 않는 지하실에서 이삼 년을 함께 살았다. 메건은 하루하루가 전쟁 같았던 그의 삶에 쾌적한 휴식을 제공했을 뿐만 아니라 쓰레기통에서 주운 날짜가 지난 신문으로 그에게 글씨를 가르쳐 주기도 했다. 그녀 덕택에 톰은 그 이상한 기호들의 의미를 알게 되었고, 그때 자신이 속하지 않은 세상에도 끔찍한 일이 많이 일어난다는 사실을 알게 되었다. 불행히도 행복은 실패가 뻔한 결말이라 그녀는 그를 차버리고 가난이라는 것의 의미를 모르는 의자 제조업자에게 가 버렸다.

그리고 두 달 후 얼굴에 멍이 가득하고 한쪽 눈이 실명한 채 돌아왔다. 톰은 마치 그녀가 그를 떠난 적이 없다는 듯이 그녀를 맞아 주었다. 하지만 그녀의 배신은 이미 여러 가지로 너덜너덜해진 사랑에 종지부를 찍었다. 톰은 밤낮으로 그녀를 돌보며 통증이 심해지지 않도록 아편으로 물약을 만들어 주고 날짜가 지난 신문들의 기사를 시인처럼 읽어 주었다. 그는 그 일을 평생 동안 할 줄 알았다. 동정심 때문이긴 했지만 그녀 옆에서 그녀를 돌보는 시간이 길어졌다면 아마 다시 애정이 생길 수도 있었을 것이다. 그녀의 눈의 염증이 다시 그의 침대에 빈자리를 만들어 주지 않았다면 말이다.

톰은 비가 내리던 날 정신이상자들을 위한 요양소 근처 작은 교회에 그녀를 묻었다. 그 말고는 무덤 앞에서 울어 주는 사람이 아무도 없었다. 하지만 그날 톰은 묘 구덩이에 메건의 육체 그 이상의 것을 묻었음을 느꼈다. 인생에 대한 믿음, 정직하게 인생에 맞설 수 있다는 순진한 희망, 그의 순수함 같은 것들. 그날 그 싸구려 관 속에 어머니에게서 느꼈던 사랑을 줄 수 있을 것 같은 유일한 사람을 묻으며 옆에 톰 블런트도 같이 묻었다. 그는 갑자기 자신이 누구인지 알 수 없게 되어 버렸다. 그날 밤 담 뒤에 숨어서 의자 제조업자가 오기를 기다리다 그에게 돌진해서 벽에 몰아붙이며 주먹질을 하고, 바닥에 무릎을 꿇리는 행동을 하는 청년, 그 야만적인 존재에게서 자신의 모습을 더 이상 볼 수 없었다. 그가 전혀 알지 못했던 낯선 사람의 신음 소리는 세상에 새로운 톰이 탄생하며 내지른 비명 소리였다. 이 새로운 톰은 무슨 일이든 할 수 있을 것 같았다. 양심의 가책도 없이 그러한 행동을 저지를 수 있었다. 아마도 누군가 그의 영혼을 뿌리째 뽑아서 외과의에게 팔았기 때문일 것이다. 정직하게 살려고 노력했지만 삶은 마치 그가 혐오스러운 벌레라도 되는 것처럼 그를 짓눌러 버렸다. 의자 제조업자를 피투성이로 만든 뒤 다른 식으로 생존해야 할 순간이 왔다고 다짐했다.

이제 스무 살인데 삶은 그의 눈빛에 사나운 상흔을 남겼다. 그의 눈빛은 근육과 조화를 이루어 그가 걸어가면 어딘지 불안하고 위협적인 분위기를 풍겼다. 최악의 고리대금업자인 베스널 그린 밑에서 일을 하는 것이 아무런 문제가 되지 않았다. 톰은 낮에는 그의 지시에 따라 겁을 주어야 할 체납

자들 목록을 갖고 거리를 누볐고, 밤에는 도둑질을 했다. 과거에 그의 행동을 통제하던 도덕성은 이제 돈벌이를 방해하는 무익한 것에 불과했다. 그의 삶에서 이제 이익 외에는 더 이상 다른 것이 존재하지 않았다. 누추한 방을 얻고 성욕을 발산할 창녀를 얻을 돈을 구하기 위해 걸려든 상대에게 폭력을 행사하는 일은 지속적인 일상이 되었다. 증오심, 단 한 가지의 감정에 지배를 받는 인생이었다. 이국적인 꽃을 다루듯 매일 주먹질을 하면서 키워 온 증오심은 혼란스럽지만 강렬했고, 약간만 기분이 상해도 발동이 되어 멍이 든 얼굴로 집으로 돌아가는 날이 잦았고, 그럴 때마다 자기 구역이 아닌 다른 술집으로 가야 했다.

그 세월 동안 톰은 불감증에 걸린 사람처럼, 냉정한 무관심으로 다른 사람들의 손가락을 부러뜨리고 피해자들의 귀에 대고 위협적인 말을 지껄였으나, 다른 대안이 없었다고 자신의 행동을 정당화시켰다. 그가 처한 지금의 환경까지 끌고 간 그 기류에 저항하는 것은 무의미한 몸부림일 뿐이라고 자위했다. 허물을 벗는 뱀처럼, 지옥으로 떨어지는 길을 가며 신의 은총을 포기한 사람처럼 그저 한쪽만 바라볼 수 있었다. 아마도 그의 삶은 그렇게 정해진 것 같았다. 남의 손가락을 부러뜨리고, 불량배들이나 사악한 무리 중에 영예로운 자리를 차지하기 위해 세상에 태어난 것 같았다. 그가 모든 책임에서 벗어나 세상의 더 어두운 가장자리로 계속해서 들어가, 결국 첫 번째 살인을 저지를 정도로 타락하는 것은 시간문제일 것 같았다. 조만간 누군가 그야말로 영웅 역할에 제격이라고 생각하지 않았다면 말이다.

톰은 영문도 모른 채 머레이의 회사로 갔다. 아직도 그 거구의 남자가 놀란 표정을 지으며 그가 들어오는 것을 보고 책상에서 일어서던 모습을 기억한다. 머레이는 기쁨의 탄성을 내지르며 그의 근육을 만져 보고 정신이 이상해진 재단사처럼 그의 턱뼈를 검토하면서 그의 주변을 돌기 시작했다.

"믿을 수가 없군. 내가 묘사한 그대로야." 톰은 그가 무슨 말을 하는지 이해하지 못했는데 그가 말을 이었다. "당신은 데릭 섀클리턴 대장 그 자체요."

길리엄은 그를 거대한 지하실로 데려갔다. 그곳에서는 이상하게 변장한 남자들이 연극 연습을 하는 것 같았다. 그것이 마틴, 제프와 다른 동료들을 처음 본 순간이다.

"신사 여러분, 여러분의 대장을 소개합니다." 길리엄이 그들에게 말했다. "여러분이 생명을 바쳐서 지켜야 할 사람 말이오."

그것이 싸움꾼이며 도둑이자 말썽꾼인 톰 블런트가 하루아침에 인류의 구원자가 된 배경이다. 그 일은 그의 주머니를 두둑하게 만들어 주었지만 그의 삶에 그 이상의 역할을 했다. 그의 영혼을 무기력하게 태우던 지옥의 불에서 구해낸 것이다. 톰은 세계를 구해야 하는 지금, 계속 사람들과 싸우면서 뼈를 부러뜨리는 것이 적절치 않다고 생각했다. 두 가지 일은 완전히 양립할 수 있는 일이었기에 바보 같은 소리지만, 마치 데릭 섀클리턴의 고상한 영혼이 그의 내부를 밝혀 주는 것 같았다. 섀클리턴의 영혼은 본래의 톰 블런트에게서 사라진 영혼이 남긴 자리를 조용하고, 자연스럽게, 아무런 고통 없이 차지했다. 처음 연습을 한 뒤 섀클리턴 대장의 갑옷에서 자유로워졌지만 그는 그 등장인물의 성품을 집까지 가져가기로 결심했다. 어쩌면 그것은 피할 수 없는 무의식적인 행동이었을지도 모른다. 확실한 것은 정말 구원자처럼, 가슴에 용감하고 관용적인 마음을 품은 영웅처럼 세상을 보고 싶어졌다는 것이다. 그래서 바로 그날, 그의 영혼 깊은 곳에서 소멸해 가는 인간성의 작은 불꽃을 일깨운 거구의 사나이 길리엄 머레이의 말대로 좀 더 고상한 일을 찾기로 했다.

하지만 이제 구원에 대한 그의 모든 계획이 그 어리석은 소녀 때문에 물 건너갔다. 침대에 앉아 재킷에 넣어두었던 양산을 펴 보았다. 의심할 바 없이 그 방에 있는 물건 중 가장 비싼 것이다. 만일 그것을 팔면 두세 달 집세를 벌 수 있다는 생각을 하며, 결투하는 동안 마틴이 칼로 터뜨렸던 토마토주스 봉투가 묶여 있던 허리춤의 멍을 만지작거렸다. 그녀가 야기한 곤경을 무시하기는 쉽지 않지만 그녀와의 만남이 좋은 점도 있기는 했다. 그녀를 거리에서 만났을 때 어떤 일이 생길지는 생각하고 싶지도 않았다. 그런 일이 일어난다면 사장이 가장 두려워하는 일이 발생할 것이다. 그녀는 즉시 머레이 시간여행사가 사기라는 것을 알아차릴 것이다. 그것이 최악의 경우지만 그것이 끝은 아니다. 그가 미래의 영웅이 아니라 지금 입고 있는 옷 한 벌밖에 가진 게 없는 비참한 존재라는 사실 또한 그녀가 알게 될 것이다. 그녀가 품고 있던 그에 대한 숭배의 마음은 바로 실망으로 바뀌고, 심지어 감추기 어려울 정도의 극도의 혐오로 바뀌는 것을 바로 앞에서 목격할 것이다. 그것은 마치 나비가 유충으로 변하는 것을 보는 것과 같다. 사기라는 것을 발견하는 것과 비교하면 당연히 별것 아니지만, 그는 후자가 더 안타까울 것 같았다. 사실 그는 자기에게 향하던 그녀의 황홀한 눈길을 회상하는 것이 무척 즐거웠다. 비록 그 눈길이 자신이 아니라 자신이 연기한 영웅, 용감한 섀클리턴 대장, 인류의 구원자에게 향하는 것임을 안다 해도 말이다. 그렇다. 그는 클레어가 그를 누추한 집에 앉아서 전당포 주인이 양산 대신에 얼마나 줄 수 있을지 궁금해 하는 사람이 아닌, 2000년에 세상을 재건하는 인류의 구원자로 상상해 주기를 원했다.

이른 아침에 빌링스게이트 어시장에 가 본 사람은 냄새가 빛보다 더 빨리 퍼진다는 사실을 알 것이다. 밤이 새벽의 첫 빛을 받아들이기 전부터, 해산물의 내장 냄새와 어부들의 달구지에 넘치는 장어의 코를 찌르는 듯한 악취가 차가운 밤공기에서 벌써 진동하기 때문이다. 톰 블런트는 굴 좌판과 1페니에 세 마리라고 외치는 오징어 장사의 좌판을 요리저리 빠져나가며 항구 입구의 철책에 도착했다. 그곳에는 먼 바다에서 도착하는 배의 물건을 내리는 일에 선주의 자비로운 손가락이 그들을 선택해 주기를 바라면서 근육과 강인함을 뽐내고 있는 그와 같은 처지의 불쌍한 악당들이 자리를 잡고 있었다. 그는 재킷으로 추위를 가리며 그들 사이로 섞였다. 금방 패트릭을 알아볼 수 있었다. 패트릭은 키가 크고 건장한 젊은이로 상자를 하역하는 일을 함께 하던 중 우정이 싹텄다. 그들은 반갑게 인사를 나누고 모이주머니를 가득 채우는 비둘기처럼 다른 사람들과 구별되어 선주들의 시선을 받기 위해 노력했다. 보통 그들의 건장한 신체 덕분에 두 사람 다 가장 먼저 선택되곤 했는데 그날 아침도 마찬가지였다. 그들은 희미하게 미소를 지으며 서로에게 축하해 주었고 열두 명의 선별된 부두 노동자들과 함께 화물을 내리는 곳으로 갔다.

톰은 단순하고 정직한 그 일이 마음에 들었다. 그 일은 튼튼한 팔과 빠른 동작 외에는 달리 요구하는 것이 없었고, 템스 강 위에서 여명의 아름다운 풍경을 볼 수도 있었다. 뿐만 아니라 육체적인 일은 활력을 불어넣으면서도 마음을 진정시키는 효과를 일으켰다. 그러다 예상치 않던 길로 생각이 들어설 수도 있었다. 그것은 산책하다 우연히 발견하게 된 런던 외곽에 있는 작은 언덕 해로우 온 더 힐에서 느끼는 감정과 비슷했다. 언덕 꼭대기에는 십여 개의 무덤으로 둘러싸인 백년 된 떡갈나무가 왕관처럼 자라고 있었는데, 마치 그곳에 묻힌 죽은 자들은 인근 작은 공동묘지에 묻히는 사람들에 대해서는 아무것도 알고 싶어 하지 않다는 것 같았다. 그가 자신의 성지라고 여기는 그 작은 풀밭 언덕은, 세상의 시끄러운 소음으로부터 귀를 정화시킬 수 있는 일종의 야외 예배당이었다. 때로 거기서 긍정적인 생각을 하기도 하는데 놀랍게도 보통은 그토록 정의하기 어려운 그의 인생의 의미를 발견하기도 했다. 거기 앉아서 떡갈나무에서 가장 가까운 비석 밑에서 잠들어 있는 존 피치는 어떠한 삶을 살았을지 궁금해 했다. 톰은 자기 삶을 마치 자신의 것이 아닌 것처럼 거리감을 두고 바라볼 수 있었고, 낯선 사람의 인생을 가늠하듯 냉담하게 평가할 수 있었다.

하루 일과가 끝나면 패트릭과 그는 상자 위에 앉아 하루 일당을 기다렸다. 기다리는 동안 이런저런 얘기를 나누었으나 톰은 일주일 내내 머릿속에 다른 생각으로 가득했다. 그것은 클레어 해거티와의 불행한 만남 이후의 시간에 대해서였다. 머레이는 아직 이 일에 대해 모르는 것 같았고, 아마도 절대 알지 못할 테지만, 어찌되었든 그의 삶은 예전 같지 않을 것이다. 사실, 이미 예전과는 달라져 있었다. 그녀를 다시 만나기에는 런던이 너무 큰 도시라는 사실은 알고 있었다. 하지만 모퉁이를 돌다가 그녀를 만날지도 모르는 일이다. 그는 항상 주의를 기울이고 거리를 돌아다녔다. 앞으로 그 바보 같은 소녀 때문에 불안하게 항상 경계하면서 살아야 하다니. 아마도 수염을 기르는 게 나을지도 모르겠다. 가장 사소한 행동이 인생을 바꿀 수도 있다는 사실을 확인하자 그는 고개를 내저었다. 왜 공연하기 전에 미리 방광을 비우지 않았을까?

그가 최근 들어 자주 빠져드는 침묵을 패트릭이 우정 어린 말투로 나무라자 톰은 놀라서 그를 바라보았다. 분명한 것은 패트릭 앞에서 자신의 생각을 감추지 못했다는 것이고, 이제는 무어라 대답을 해야 할지 몰랐다. 수수께끼 같으면서 울적한 미소로 그를 안심시킬 뿐이었다. 그의 동료는 어깨를 움찔하며 자기도 그의 사생활에 깊이 관여할 의도는 없다는 뜻을 내비쳤다. 두 사람은 일당을 받으면 그 이후에 할 일이 없는 사람들처럼 느린 발걸음으로 항구를 떠났다. 걸어가는 동안 톰은 패트릭을 다정하게 관찰하면서, 자신의 비밀이 그의 마음을 아프게 할까 염려했다. 패트릭은 톰보다 두 살 어릴 뿐이었지만 어린아이 같은 얼굴 때문에 훨씬 더 어려 보였다. 그래서인지 톰은 한 번도 가져 본 적이 없는 남동생처럼 본능적으로 그를 돌봐주고 싶은 마음이 생겼다. 비록 패트릭이 자기 몸은 건사할 줄 안다는 사실을 알고 있지만 말이다. 하지만 게으름 때문일 수도 있고, 아니면 수줍음 때문일 수도 있지만, 둘 다 항구 밖에서는 우정을 이어 나가지를 못했다.

"오늘 받은 돈을 합치면 이제 얼마 남지 않았어, 톰." 갑자기 패트릭이 꿈을 꾸는 듯한 목소리로 말했다.

"뭘 하려고?" 궁금해진 톰이 물었다. 패트릭은 한 번도 사업을 하거나 결혼을 한다는 말을 한 적이 없기 때문이다.

패트릭은 알 수 없는 눈길로 그를 바라보았다.

"꿈을 실현하려고." 그가 엄숙하게 말했다.

패트릭이 앞으로 나아가게 해 주고, 아침 일찍 일어나게 해 주는 원동력이 그의 꿈 때문이었다는 사실을 알게 되니 반가웠다. 최근의 그 자신의 삶에는 부족했던 것이었다.

"무슨 꿈인데, 패트릭?" 그가 그 질문을 기다리는 것을 알고 물었다.

패트릭이 조심스레 주머니에서 손때가 묻은 팸플릿을 꺼내 그에게 보여 주었다.

"2000년으로 시간여행을 떠나서 용감한 새클리턴 대장이 사악한 로봇들을 격퇴시키는 것을 볼 거야."

톰은 자신이 이미 잘 알고 있는 내용이 적힌 그 팸플릿을 잡지도 못했다. 그저 패트릭을 서글프게 바라볼 뿐이었다.

"2000년을 알고 싶지 않아, 톰?" 그의 무관심이 이상하다는 듯 물었다.

톰은 한숨을 내쉬었다.

"난 미래에 전혀 관심이 없어, 패트릭." 어깨를 움츠리며 대답했다. "이것이 나의 현재고 내가 알고 싶은 유일한 것이지."

"그렇군." 패트릭이 친구의 좁은 식견을 비판할 엄두를 내지 못하고 말했다.

"아침 먹었어?" 톰이 물었다.

"당연히 아니지." 소년이 크게 외쳤다. "저축하고 있다고 말했잖아. 아침 식사는 내게 허용되지 않은 사치야."

"그럼 내가 살게." 그에게 어깨동무를 하면서 제안했다. "이 근처에 런던 전체에서 가장 좋은 소시지를 파는 곳을 알고 있지."

일주일 동안 배가 고프지 않을 정도로 배부르게 아침을 먹은 뒤, 톰은 다시 빈주머니가 되었다. 그는 패트릭을 위해서 낭비한 것을 자책하지 않으려 애썼다. 그렇게밖에 할 수 없었지만 다음에는 좀 더 절약해야 했다. 아무리 기분 좋은 행동이었더라도 길게 보면 그런 이타적인 행동은 분명히 그에게 피해를 준다. 패트릭과 헤어진 후 다른 할 일이 없어서 코벤트 가든으로 발길을 옮겼다. 거기서는 리터 부인을 위해 사과를 훔치면서 자선활동을 계속할 수 있을 것이다.

그곳에 도착했을 무렵 이미 아침이 밝아 있었다. 신선하고 반짝이는 물건들은 이른 새벽부터 식품저장소를 채우기 위해 런던 곳곳에서 온 굶주린 고객들의 손으로 사라졌다. 날이 밝으면서 상인들이 마차 위에 임시로 초를 뭉쳐 만든 촛불들이 자아내는 으스스한 분위기가 사라졌다. 이제 시장은 시골축제의 분위기를 회복했다. 방문객들은 유령처럼 슬그머니 사라지지 않았고, 하루 온종일 여유롭게 즐거운 시간을 보내며 쇼핑을 했다. 반면 톰은 광장 서쪽에 놓인 꽃바구니에서 풍기는 장미와 헬리오트로프의 향기에 도취되어 있었다. 감자, 당근과 양배추가 가득한 짐마차 사이를 지나가는 사람들과 바우 스트리트와 메이든 레인을 따라서 펼쳐지는 색색의 풍경 사이에서, 톰은 런던토박이 억양을 쓰며 사과바구니를 들고 노점을 배회하는 소녀들 가운데 누군가를 찾고 있었다. 목을 길게 늘어뜨리고 한 무리의 사람들 뒤로 지나가는 어떤 소녀를 발견했다. 그는 그녀가 군중 사이로 사라지기 전에 자기 앞을 가로막는 인간 성벽을 빠져나가기 위해 빠르게 돌면서 그녀를 따라잡으려고 애썼다. 하지만 싸움에서 새클리턴 대장의 생명을 구해 준 그러한 빠른 동작은 코벤트 가든처럼 사람이 많이 모이는 시장에서는 무모한 행동이었다. 그의 앞을 지나가던 여자와 부딪히고 나서야 그 사실을 깨달았다. 그와 부딪히면서 충격을 받은 여자는 바닥에 넘어지지 않으려고 애를 썼다. 톰은 멈추어서 가능한 정중하게 그녀와 부딪힌 점에 대해 사과하려고 돌아섰다. 그때 런던에서 다시는 만나고 싶지 않은 유일한 사람을 만났다는 사실을 깨달았다. 세상이 마술사의 모자처럼 모든 것을 담는 작고 신비로운 장소가 된 것 같았다.

"새클리턴 대장님, 우리 시대에서 뭐하시는 거예요?" 클레어 해거티가 놀라서 물었다.

이번에는 두 사람 사이가 너무 가까워서 톰은 충격을 받아 놀란 그녀의 표정을 바로 앞에서 볼 수 있었다. 그녀의 푸른 눈, 아무리 많은 대양과 하늘을 보아도 세상 어느 곳에서도 발견할 수 없을 거라고 확신하는 깊고 강렬한 푸른색 눈이 보였다. 창조주가 천국을 장식한 색 가운데 하나인 격렬하고 순수한 그 푸른색을 그녀는 자신의 눈동자 속에 보호하고 있었다. 톰은 그녀의 매력적인 눈빛에서 겨우 빠져나오고서야 그 우연한 만남이 그의 생명을 위협한다는 사실을 깨달았다. 누군가 그들을 관찰하고 있는지 살펴보려고 주변을 재빠르게 둘러보았지만 너무 당황한 나머지 집중할 수가 없었다. 그는 다시 소녀의 눈을 바라보았다. 그녀는 그가 왜 그곳에 있는지 대답해 주기를 기다리면서 믿을 수 없는 이 만남에 흥분하여 그를 바라보았다. 하지만 진실을 밝히지 않는다면 어떤 말을 할 수 있을까? 진실은 자신의 사형집행영장에 즉시 서명하는 것과 같지 않은가?

"양산을 돌려주려고 시간여행을 했어요." 그가 둘러댔다.

그 말을 하고 입술을 깨물었다. 우습게 들렸지만 가장 먼저 떠오른 생각이었다. 클레어가 아름다운 눈을 더 크게 뜨는 것을 보고 최악의 상황을 준비했다.

"오, 감사드려요. 매우 친절하시군요." 놀랍게도 그녀는 무척 기쁘다는 사실을 숨기지 않았다. "하지만 그러실 필요까지는 없었는데요. 보다시피 다른 것을 장만했어요." 그가 장롱 서랍에 보관하고 있는 것과 비슷한 다른 양산을 보여 주었다. "하지만 제게 그것을 돌려주려고 시간을 통과하셨으니 기쁘게 받아들이지요. 이건 버리겠다고 약속할게요."

이제 놀란 표정을 숨길 차례가 된 사람은 톰 자신이었다. 자신의 거짓말을 추호의 의심도 없이 믿다니! 머레이가 조직한 연극은 이 젊은 여성이 의심하지 못할 정도로 그렇게 완벽했다. 클레어는 자신이 2000년으로 시간여행을 했다고 믿었다. 진정으로 믿었다! 그러한 확신 때문에 자신이 시간여행자라는 거짓말도 믿게 된 것이다! 너무나 간단했다. 놀라움에서 진정되자 톰은 그녀가 이제 자신의 빈손을 관찰하는 것을 눈치 챘다. 오로지 양산을 돌려주려는 목적으로 1세기를 통과했다는데 도대체 그 양산은 어디 있는지 묻는 것 같았다.

"지금 갖고 있지 않아요." 바보처럼 어깨를 움찔하면서 변명했다.

그녀는 기대하는 눈빛으로 그가 그 문제에 대해 해결책을 제시하기를 기다렸다. 주변이 소란스러웠다. 그러나 그들을 가둔 그 갑작스런 침묵 속에서, 톰의 시선은 그녀의 옷 속에 가려진 날씬하고 가녀린 몸매를 의식했다. 그리고 오랫동안 자신이 여자와 데이트한 적이 없다는 사실을 고통스럽게 인식했다. 메건을 묻고 나서 창녀들의 인위적인 애정만 경험했는데 최근에는 그조차 없었다. 돈으로 얻는 애무조차 잊어버릴 정도로 힘든 삶이었다. 아니면 그렇다고 생각했거나. 지금 그의 앞에 있는 아름답고 세련된 여성, 그와 같은 사람은 절대 꿈도 꾸지 못할 여성은 전에 그를 바라보던 여성들과는 전혀 다른 눈길로 그를 바라보았다. 그 눈길이 난공불락의 요새를 뛰어넘게 해 주는 터널일까? 유사 이래로 남자들은 작은 것을 위해서 위험을 무릅쓰곤 했다. 인간의 내면에서 울리는 격세유전의 욕구에 충실하게. 톰은 자신의 이성이 원치 않는 것을 했다.

"오늘 오후에 돌려드릴 수 있어요. 만일 저와 차를 마실 수 있다면 체링크로스 역 바로 옆 찻집에서요."

클레어의 얼굴이 밝아졌다.

"물론이지요, 대장님." 흥분하며 대답했다. "거기로 갈게요."

톰은 자신의 욕구가 드러나지 않도록 미소를 지으며, 자신의 제의를 수락한 그녀에 대한 놀라움과, 생명을 보존하려면 당장 도망쳐야 할 여성과 만나기로 약속한 자신에 대한 놀라움을 감추려고 애를 썼다. 그렇게 아름다운 여성과 한 번의 관계를 갖기 위해 생명을 위험에 처하게 하다니 자신의 생명은 그다지 중요하지 않은 것이 분명했다. 그 순간 두 사람은 클레어의 이름을 크게 부르는 누군가를 향해 돌아섰다. 한 금발 소녀가 사람들 사이를 뚫고 그들을 향해 다가오고 있었다.

"제 친구 루시예요." 클레어가 귀찮다는 듯 말했다. "한시도 절 그냥 내버려두지 않는다니까요."

"제발 내가 미래에서 왔다는 말은 하지 마세요." 정신을 차린 톰이 그녀에게 서둘러 경고했다. "내가 시간여행자라는 사실이 알려지면 골치 아픈 문제들이 생길 겁니다."

클레어는 놀라서 그를 바라보았다.

"여섯 시에 찻집에서 기다릴게요." 톰은 서둘러 작별하며 덧붙였다. "하지만 혼자 오겠다고 약속해 주세요."

클레어는 주저하지 않고 그러겠다고 약속했다. 그는 찻집에 가 본 적이 없다. 탄산수로 부풀린 빵을 파는 찻집이 개업한 이후로 엄청난 유행이 되었다는 사실은 그도 잘 알고 있었다. 그 찻집은 런던에서 두 젊은 남녀가 안전하게 만날 수 있는 유일한 장소였기 때문이다. 소문에 의하면 그곳은 넓고 쾌적하며 난방도 잘되고 적은 돈으로도 차 두 잔과 빵 몇 개를 주문할 수 있었다. 그런 이유로 추위를 견디며 종종걸음으로 산책하거나, 모친에게 감시당하며 가족 거실에서 부자연스러운 만남을 가져야 하는 젊은 남녀에게 그 찻집은 빠르게 최적의 만남 장소로 알려지게 되었다. 세상에 지나치게 노출되어 있다는 단점이 있지만 톰은 여자 혼자 가는 것에 이의를 달지 않을 만한 다른 장소가 떠오르지 않았다.

루시가 클레어에게 다가갔을 때 톰은 이미 군중들 사이로 사라져 버린 후였다. 루시는 생각에 잠긴 친구에게 같이 이야기를 나눈 그 낯선 사람이 누구냐고 물었다. 클레어는 아무 말 없이 고개를 저을 뿐이었다. 추측할 수 있듯이 루시는 곧 그 일을 잊어버리고, 그녀를 꽃가게로 끌고 갔다. 거기에는 머나먼 정글의 향기를 그들의 방까지 전달하는 헬리오트로프가 가득 쌓여 있었다. 클레어 해거티는 친구에게 끌려가면서 양산을 돌려주기 위해서 시간을 통과하는 것은 지금까지 누군가 그녀를 위해 한 일 가운데 가장 신사다운 행동이라고 생각했다. 코벤트 가든 시장 반대편 끝으로 빠져나온 톰 블런트는 팔꿈치로 사람들을 찌르면서 인파를 뚫고 나오며 불쌍한 퍼킨스 생각은 하지 않기로 했다.

톰은 갑자기 총에 맞아 쓰러진 사람처럼 자신의 돼지우리 같은 방의 야전용 침대에 쓰러졌다. 누워서 술 취한 사람의 알아듣기 어려운 상투적인 말로 자신의 무모한 행동을 저주했다. 집으로 오는 내내 계속해서 저주했다. 혹시 미친 거 아닌가? 그녀를 만나 도대체 무엇을 하려는 것인가? 좋다. 이 질문은 대답하기가 쉽다. 그가 원하는 것은 매우 확실하다. 정확히 말해,

그는 두세 시간 동안 클레어의 아름다움을 바라보기만 하지는 않을 것이다. 마치 진열장에 전시된 얻을 수 없는 물건을 바라보면서 자신은 절대 그녀를 얻지 못할 거라고 속으로 애태우기만 하지는 않을 것이다. 아니다, 절대 그러지 않을 것이다. 더 큰 목적을 달성하기 위해서 그녀가 자기의 다른 자아, 용감한 새클리턴 대장에게 사랑에 빠져 있는 것을 이용할 것이다. 그 짧은 향락을 위해 그 몰상식한 행동이 가져올 불길한 결과를 직면할 자세가 되어 있는 게 놀라웠다. 거기에는 목숨을 잃는 것도 포함되어 있다. 자신의 인생을 그렇게 하찮게 여기고 있나? 그는 한 번 더 되뇌었다. 그렇다, 슬프지만 그게 사실이다. 그에게는 아름다운 여성을 소유하는 것이 그를 기다리고 있는 불행한 미래보다 더 중요했다.

냉정하게 생각한다면 논리적인 것은 약속 장소에 나타나지 않는 것이다. 그것만이 문제를 피하는 방법이라는 사실을 인정해야 했다. 그러나 나가지 않는다 해도 다른 곳에서 그녀와 다시 부딪히지 않으리라고 어떻게 보장하는가. 만약 그녀를 다시 만나면 그가 19세기에서 아직 무엇을 하는지 설명해야 하고, 심지어 찻집에 가지 못한 것에 대한 변명을 꾸며내야 한다. 약속 장소에 나가지 않는다고 문제가 해결되는 건 아니다. 그 문제를 풀기 위한 유일한 방법은 정확하게 그 반대다. 앞으로 그녀를 다시 만나더라도 설명해야 할 필요가 없도록 찻집에 가서 구실을 꾸며내는 것이다. 왜 그녀가 그에게 가까이 다가가지 못하는지, 또 말도 붙여서는 안 되는지 이유를 찾아야 한다고 스스로에게 열정적으로 말했다. 마치 그것이 다른 많은 것들에 손해를 끼치면서까지 그녀를 다시 만나야 할 중요한 이유인 것처럼. 잘 생각해 보면 그 만남은 장기적으로 그에게 이익이 될 수도 있다. 그렇다, 그의 문제를 단번에 해결해 줄 것이다. 한 가지는 확실하기 때문이다. 그 만남이 첫 번째이자 마지막 약속이 되어야 한다. 다른 대안이 없었다. 그들 사이에 어떤 관계가 지속되는 것을 미연에 방지하여, 그녀를 다시 만날 가능성을 차단한다는 것을 전제로, 그는 그녀의 육체를 즐기기로 했다. 왜냐하면 비밀스럽게 관계를 유지할 방법을 알지 못했다. 머레이가 도시에 풀어놓은 수천 명의 스파이들을 따돌리고 비밀리에 그녀를 만날 방법이 떠오르지 않았다. 그러한 만남은 그뿐만 아니라 그녀도 위험에 빠뜨릴 뿐이었다. 그래서 그 만남은 사형수가 즐기는 마지막 파티처럼 여겨졌고, 그는 그것을 최대한 즐기기로 했다.

시간이 되자 자리에서 일어나 양산을 들고 모자를 쓰고 밖으로 나갔다. 거리에 나서자 충동적으로 리터 부인의 좌판 앞에 멈추어 섰다.

"안녕, 톰." 부인이 인사했다.

"리터 부인," 손바닥을 위로 한 채 오른손을 그녀에게 내밀었다. "이제 내 운명에 대해 알아야 할 시간이 온 것 같아요."

그녀는 놀라서 그를 보았지만 곧 톰의 손을 자신의 손 사이에 넣고, 앙상한 검지손가락으로 책의 행을 따라가듯이 손바닥의 선을 천천히 따라갔다.

"세상에, 톰!" 암울하고 당혹스런 눈길로 그를 바라보며 외쳤다. "네 죽음이 …… 보여!"

톰은 체념한 표정으로 불길한 예언을 받아들이고 부인의 손에서 자신의 손을 천천히 빼냈다. 가장 두려워했던 사실을 이제 막 확인했다. 상류층 여성의 치마폭에 들어가는 것은 곧 죽음을 의미한다는 사실. 욕망의 대가랄까. 그는 어깨를 움찔하고, 운명이 그에게는 좀 더 친절을 베풀 것이라고 절대적으로 확신하던, 놀란 리터 부인에게 작별을 고했다. 그리고 클레어 해거티가 기다리고 있는 찻집으로 걸어 내려갔다. 그렇다, 그는 죽을 것이다. 의심의 여지가 없었다. 하지만 지금까지의 자신은 살아 있었다고 말할 수 있을까? 미소를 지으며 발걸음을 재촉했다.

지금보다 더 살아 있다고 느껴 본 적이 없었다.

그가 찻집에 도착했을 때 클레어는 벌써 도착해서, 머리카락 위로 오후의 빛이 비추는 커다란 창문 옆의 안쪽 테이블을 차지하고 있었다. 톰은 저 아름다운 여성이 자신을 기다린다는 사실에 경탄하면서 입구에서부터 그녀를 기쁘게 관찰했다. 여려 보이는 그녀의 외모에 그는 다시 한 번 충격을 받았다. 그녀의 연약한 모습은 활달한 동작과 타오르는 듯한 시선에서 풍기는 인상과 묘한 대조를 이루었다. 그는 다시는 아무것도 싹이 틀 것 같지 않은 황량한 자신의 내면에서 즐거움이 솟아오르는 것을 느꼈다. 적어도 그의 내면이 완전히 죽어 있던 것은 아니었다. 여전히 그는 감동을 느낄 수 있었다. 땀이 나는 손으로 양산을 움켜쥐고, 그날 오후가 끝나갈 무렵에는 그 육체를 자신의 팔로 안기 위해 최선을 다하겠다는 다짐을 하며 테이블 사이를 지나 그녀가 있는 곳으로 갔다.

"잠깐만이요." 그 순간 찻집을 나가던 젊은 여성이 그에게 다가왔다. "어디서 그 부츠를 살 수 있나요?"

당황한 톰은 그녀의 시선을 좇아 자기 발을 쳐다보았다. 그는 아직 새클리턴 대장의 이국적인 부츠를 신고 있었다. 흠칫 놀란 그는 뭐라고 말을 할지 몰라 그녀를 바라보았다.

"파리에서요." 그가 대답했다.

그의 대답에 그녀는 만족한 것 같았다. 마치 유행의 발상지 파리가 아니면 그 신발이 어디서 올 수 있겠냐는 듯이 고개를 끄덕이며 미소를 지었다. 그녀는 친절한 미소를 지으며 알려 주어서 고맙다는 인사를 하고 찻집을 나갔다. 톰은 고개를 흔들고 무대에 나가려는 바리톤 가수처럼 목을 가다듬고 클레어가 있는 쪽까지 가로질러 갔다. 창가에 넋을 놓고 앉아 있는 그녀는 아직 그가 온 사실도 모르고 있었다.

"안녕하세요, 해거티 양." 그가 인사했다.

클레어는 그를 보고 미소를 지었다.

"당신 겁니다." 마치 장미송이처럼 양산을 건네며 그가 말했다.

"오, 감사합니다, 대장님." 그녀가 대답했다. "앉으세요, 앉아요."

약간 당황한 클레어가 양산의 처참한 상태를 검토하는 동안 톰은 빈자리에 앉았다. 급하게 대충 살펴본 뒤 클레어는 마치 작품에서 자기 역할을 다한 물건처럼, 양산을 테이블 한쪽으로 밀어놓았다. 그리고 그가 처음 만난 날부터 눈치 챌 정도의 이상한 열망을 품고 톰을 살펴보았다. 그 대상이 자신이 아니라 자신이 연기하는 사람이라는 사실을 알고 있어도 기분이 좋았다.

"말씀드릴 게 있어요, 대장님. 당신의 변장은 훌륭해요." 그녀가 다 살펴본 뒤 말했다. "이스트엔드의 가난뱅이처럼 보여요."

"어, 그래요? 감사합니다." 톰은 그녀의 말이 준 모욕감을 감추기 위해 억지로 미소를 지으며 더듬거렸다.

놀랄 게 뭐 있는가? 그녀의 말은 자신의 추측을 확인해 주었다. 만일 그가 그 거만한 소녀와 함께 그날 오후를 즐길 수 있다면 그것은 그녀가 자신이 미래에서 온 용감한 군인이라고 믿기 때문이다. 그리고 정확히 그러한 오해 덕분에 그는 다른 상황 같으면 그녀가 절대 허용하지 않을 귀중한 뭔가를 얻어냄으로써, 그녀에게 교훈을 가르쳐 줄 생각이다. 그런 생각이 주는 기쁨을 감추기 위해 그 장소를 둘러보았다. 혹시 소란한 고객들 중에 길리엄의 스파이가 있지 않나 눈여겨보았지만 의심할 만한 사람은 아무도 없었다.

"많이 조심해야 합니다." 다시 클레어를 보면서 말했다. "이미 말했듯이 사람들의 관심을 끌어서는 안 되는데, 갑옷을 입고는 관심을 피할 수가 없지요. 그래서 말인데 당신도 나를 대장이라고 부르지 말아 주셨으면 감사하겠습니다."

"그럴게요." 감탄한 그녀가 말했다. 그녀는 자기만 아는 비밀이 있다는 사실이 흥분되었다. "정말 데릭 섀클리턴 대장을 만나다니 믿어지지 않아요!"

기겁한 톰은 조용히 하라고 부탁했다.

"오, 죄송해요." 그녀가 당황하여 사과했다. "너무 긴장해서 그래요. 아직 …… 세상의 구원자와 차를 마시고 있다는 사실을 믿을 수 ……."

다행히 웨이터가 다가오는 것을 본 그녀가 말을 중단했다. 그들은 차 두 잔과 여러 가지 빵을 주문했다. 웨이터가 그들의 주문을 받고 돌아가자 두 사람은 바보처럼 미소 지으며 잠시 동안 말없이 서로를 바라보았다. 톰은 소녀가 진정하고 몸가짐을 정돈하려는 모습을 관찰하고, 그사이 자신의 계획을 실행에 옮기는 데 도움이 되는, 좀 더 친밀한 방향으로 대화를 이끌어 갈 방도를 생각하고 있었다. 그 찻집을 택한 이유는 거리 반대편에 수수하지만 깨끗해 보이는 여관이 있는데, 그곳이 그들의 육체가 결합할 완벽한 장소라는 생각이 들어서였다. 이제 자신에게 있을지도 모를 유혹의 기술을 모두 발휘해야 하는데, 쉬운 일 같지는 않았다. 아마도 처녀성을 고이 간직하고 있을 클레어 같은 여성이 아무리 섀클리턴 대장이라고 할지라도 낯선 사람과 쉽게 침대에 누우려 하지는 않을 것이다.

"여기까지 어떻게 오셨어요?" 그의 사색과는 아랑곳없이 클레어가 물었다. "아무도 보지 못할 때 크로노틸루스에 탔어요?"

톰은 그 질문에 언짢은 표정을 자제해야 했다. 그것은 그가 지금 가장 하기 싫은 대답이었다. 사랑스런 소녀에 대한 자신의 계획을 실현하기 위해 전에 한 거짓말에 일관성을 부여하는 또 다른 거짓말을 지어내야 했다. 하지만 그녀에게 양산을 돌려주기 위해서 시간여행을 했다고 말할 수는 없었다. 사소한 심부름을 하려고 세기를 건너 왔다 갔다 하는 것을 세상에서 가장 평범한 일인 것처럼 받아들이게 할 수는 없었다. 다행히 웨이터가 그 때 주문한 것을 가지고 오는 바람에 그녀를 만족시킬 만한 대답을 준비할 수 있었다.

"크로노틸루스요?" 그는 마치 시간열차의 존재를 모르는 것처럼 물었다. 만일 그 시대까지 여행하기 위해 그것을 사용했다면 미래로 돌아가기 위해 2000년으로 여행을 떠나는 새로운 원정대를 기다리는 수밖에 없을 것이다. 그러려면 한 달을 기다려야 하고, 그것은 그 만남이 마지막이 될 이유가 없다는 의미이기도 했다.

"4차원이라는 끔찍한 장소를 통과해서 당신의 시대로 여행하게 해 준 증기 차량이요." 클레어가 설명했다. 그리고 잠시 생각에 잠기더니 덧붙였다. "하지만 크로노틸루스로 여행한 게 아니라면 어떻게 여행을 했어요? 시간여행을 할 다른 방법이 있나요?"

"당연히 다른 방법이 있지요, 해거티 양." 톰이 확신에 차서 말했다. 만일 그녀가 길리엄의 거짓말을 믿었다면, 즉 시간여행을 믿었다면 아마도 시간이동에 대해 그가 꾸며대는 다른 거짓말도 믿을 것이다. "우리 과학자들은 즉각적으로 시간을 여행할 수 있는 기계를 발명했어요. 4차원의 골치 아픈 루트를 사용할 필요가 없이요."

"그 기계는 어느 시대든 여행할 수 있나요?" 소녀가 감탄하며 물었다.

"모든 시대로 갈 수 있지요, 어떤 시대든지요." 톰이 마치 세기를 통과하는 여행이 귀찮고 문명의 탄생과 파괴가 그를 따분하게 만든다는 듯이 대수롭지 않게 대답했다.

그는 빵을 하나 집어 흐뭇하게 씹었다. 많은 것들을 보았음에도 불구하고 영국 제과점의 빵처럼 인생의 소소한 즐거움이 그를 늘 감동시킨다는 사실을 알려 주고 싶어 한다는 듯이.

“그것을 가지고 오셨나요?” 그때 클레어가 물었다. “보여 줄 수 있어요?”

“무엇을요?”

“당신이 우리 시대로 여행한 기계요.”

톰은 빵 때문에 목이 막힐 뻔했다.

“아니, 아니.” 그가 서둘러 수정했다. “그건 불가능해요, 절대적으로 불가능해요.”

그녀는 실망해서 찡그린 표정을 지으며 팔짱을 꼈는데, 그 어린애 같은 행동이 그를 놀라게 했다.

“그것을 보여 줄 수 없는 이유는 …… 볼 수 있는 게 아니라서요.” 그녀가 더 화를 내기 전에 풀어 주려고 꾸며댔다.

“볼 수 없다니요?” 소녀가 의심을 품고 물었다.

“시간 속을 돌아다니는 날개 달린 마차 같은 것이 아니라는 뜻이지요.” 그가 설명했다.

“그렇다면 뭔데요?”

톰은 절망의 한숨을 참았다. 그렇다, 그렇다면 무엇인가? 왜 그녀에게 보여 줄 수 없나?

“시간의 기류를 실제적으로 여행하는 기구가 아니라 미래에 고정되어 있어요. 거기로부터, 어 …… 구멍을 열어서 그곳을 통해서 다른 시대로 여행할 수 있어요. 마치 천공기 같은 것인데 어떤 공간에 구멍을 뚫는 것이 아니라 시간의 조직에 터널을 뚫지요. 그래서 보여 주고 싶어도 보여 줄 수 없는 거예요.”

그녀는 말이 없었다.

"시간의 조직에 구멍을 뚫는 기계라 ……" 그 생각에 사로잡혀서 그녀가 중얼거렸다. "당신은 우리 시대에 나타나기 위해 그 터널 중 하나를 통과했나요?"

"그렇지요." 톰이 별 확신 없이 대답했다.

"미래로 돌아가려면 어떻게 해야 하나요?"

"구멍으로 다시 들어가야지요."

"그러니까, 이 순간에 런던의 어느 지점엔가 2000년으로 가는 터널이 있다는 말인가요?"

톰은 대답하기 전에 차를 한 모금 마셨다. 그러한 대화에 피곤해지기 시작했다.

"알다시피 도시에서 그것을 열면 지나친 관심을 끌지요." 신중하게 말했다. "터널은 항상 외곽 지역, 해로우 언덕에서 열려요. 오래된 떡갈나무가 있고 비석으로 둘러싸인 작은 언덕이지요. 하지만 기계는 그렇게 오랫동안 열려 있지는 못해요. 두세 시간 안에 닫히고 저는 그 구멍이 닫히기 전에 그것을 통과해야 합니다."

시간이 부족하니 소녀가 더 이상 질문으로 괴롭히지 않기를 기대하며 슬픈 척하면서 마지막 말을 했다.

"제 행동이 지나치게 대담해 보일지 모르지만," 소녀가 잠시 생각한 뒤 물었다. "저를 2000년으로 데려갈 수 없나요?"

"그럴 수 없어요, 해거티 양." 톰이 한숨을 쉬었다.

"왜요? 약속할게요 ……."

"왜냐하면 시간을 통과해 사람을 데려갈 수 없기 때문이에요."

"하지만, 만일 그런 일에 사용하지 않는다면 왜 타임머신을 발명하나요?"

"왜냐하면 다른 목적으로 발명했기 때문이지요!" 그녀가 그 문제를 잊어버릴 수 없다는 사실에 지쳐서 톰이 그녀의 말을 끊었다. 그녀는 시간여행에 그렇게 관심이 많았나?

즉시 자신의 당돌함을 후회했으나 이미 돌이킬 수 없는 피해를 입혔다. 그의 화가 난 어투에 놀란 그녀가 그를 바라보았다.

"그 목적이 무엇인가요, 혹시 알 수 있다면요?" 그녀도 화가 난 말투로 반격했다.

톰은 한숨을 쉬고 의자에 기대어 점증되는 자신의 분노를 통제하려고 싸우면서 그녀를 바라보았다. 그것을 계속할 의미가 없었다. 대화가 이런 식으로 진행되면 그녀를 여관으로 데려가지 못할 것이고, 자신의 모호한 대답에 지친 그녀가 바로 거기서 그에게 뺨을 때리지 않으면 다행일 것이다. 무엇을 기다리는가? 그는 길리엄 머레이가 아니다. 상상력이 부족한 가엾은 존재일 뿐이다. 시간여행자 역할은 그에게 역량 부족이었다. 항복하고 모든 것을 잊어버리고 아직 시간이 있을 때 예의 바르게 그녀와 헤어지고 예전처럼 존재감 없이 살아가는 편이 나을 것이다. 머레이의 싸움꾼들이 다른 생각을 하지 않는다면 말이다.

"해거티 양." 교양 있게 데이트를 마무리 지을 생각을 하고, 변명을 하면서 말을 시작하는데 그녀가 자기 손을 그의 손 위에 얹었다.

그 행동에 놀란 그는 하려던 말을 잊어버렸다. 자기 손 위에 얌전하게 놓인 그녀의 고운 손을 보았다. 의미를 알 수 없는 조각 같은 찻잔을 사이에 두고 두 사람의 손이 놓여 있었다. 고개를 들자 지극히 다정한 눈길과 마주쳤다.

"대답할 수 없는 질문으로 불편하게 해 드려 죄송해요, 대장님." 소녀가 테이블에 사랑스럽게 몸을 숙이면서 사과를 했다. "제 양산을 찾아주신 것에 대해 너무 무례한 방법으로 감사를 표했어요. 무슨 목적으로 기계를 만들었는지 말씀하지 않으셔도 돼요. 저도 좀 아는 게 있으니까요."

"정말인가요?" 톰이 의아해서 물었다.

"네." 우쭐대는 매력적인 미소를 지으면서 그녀가 그렇다고 했다.

"그 목적이 무엇인지 말해 줄 수 있어요?"

클레어는 두리번거리며 목소리를 낮추고 대답했다.

"퍼거슨 씨를 죽이는 거요."

톰은 눈썹을 치떴다. 퍼거슨? 도대체 퍼거슨이 누구야? 왜 그를 죽여야 하지?

"모른 척하지 마세요, 대장님." 클레어가 웃었다. "그러실 필요 없어요. 저한테는 말이에요."

톰은 그녀의 심문이 야기한 긴장에서 벗어나기 위해 너털웃음을 지으며 그녀와 함께 즐겁게 웃었다. 퍼거슨이 누군지 전혀 몰랐으나 최고의 전략은 그가 누구인지 잘 알고 있는 척하는 것임을 직감했다. 그 사람의 신발 문수나 면도할 때 쓰는 로션까지도 아는 척하면서 말이다. 그리고 그녀가 그에 대해 아무 질문도 하지 않기를 기원했다.

"당신에게는 아무것도 숨길 수가 없군요, 해거티 양. 매우 영리해요."

클레어는 만족스런 표정을 지었다.

"고마워요, 대장님. 하지만 당신 시대의 과학자들이 이 시대를 비밀리에 여행해서 로봇 발명가를 죽이는 기계를 만들었다고 추측하는 건 그리 어렵지 않았어요. 그가 로봇들을 만들어 런던을 파괴하고 많은 사람을 죽이는 일이 일어나기 전에 그를 죽이는 거죠."

미래를 바꾸기 위해 과거로 여행한다고? 그런 일을 할 수 있을까? 톰은 궁금했다.

"맞아요. 클레어. 저는 퍼거슨을 죽이고 세상의 파괴를 막기 위해 선택받았어요."

그녀는 잠시 생각에 잠겨 있다가 덧붙였다.

"하지만 성공하지 못한 거죠. 우리 두 눈으로 직접 미래의 전쟁을 보았으니까요."

"맞았소, 클레어." 톰이 기회를 틈타 어투를 바꾸며 말했다.

“당신의 임무는 실패했어요.” 그녀가 괴로워하면서 속삭였다. 그리고 그를 뚫어지게 바라보며 중얼거렸다. “하지만, 왜? 구멍들이 충분히 오래 열려 있지 않아서일까?”

톰은 소녀의 지혜에 감탄하는 척하면서 두 팔을 벌렸다.

“그래서,” 잠시 무슨 말을 할까 생각하는 동안 이 말을 했다. “퍼거슨을 찾기 위해 여러 차례 시간여행을 했지만 성공하지 못했소. 시간이 너무 부족했던 거지. 내가 미래에 걸어 다니는 것을 당신이 목격한 것도 그래서일 거요. 내가 아직 당신을 알아보지 못하니까 당신은 내게 접근해서는 안 되지만 말이오.”

그녀는 그의 말을 이해하려고 노력하면서 눈을 깜빡거렸다.

“알겠어요.” 마침내 말했다. “이 여행 이전에도 과거 여행을 많이 한 거로군요.”

“맞소.” 그러한 헛소리가 계속해서 효과를 발휘한다는 사실에 용기를 얻은 그가 덧붙였다. “비록 당신의 관점에서 보면 이것이 내 첫 번째 여행 같지만, 그건 사실이 아니오. 이전에 적어도 여섯 번 정도 당신 시대로 왔소. 그보다 더 중요한 사실이 있소. 당신에게는 첫 번째로 보이는 이 여행은 아마도 마지막 여행이 될 거요. 이제는 기계를 사용하는 게 금지되었거든.”

“금지되었다고요?” 클리어가 점점 더 황홀해 하면서 물었다.

톰은 목소리를 가다듬기 위해서 차를 한 모금 마시고 자기 말이 소녀에게 일으킨 황홀함에 고무되어 말을 이었다.

“그렇소, 클레어. 기계는 전쟁 도중에 만들어졌는데 작동을 하지 않자 기계 발명가들이 그 기계를 방치했지. 전쟁이 일어나기 전에 전쟁을 막으려던 이상적인 아이디어를 잊어버리고, 모든 노력을 전쟁을 이기기 위해 로봇의 방탄장치를 파괴할 무기를 발명하는 데 쏟았소.” 소녀는 군인들의 인상적인 무기를 기억하면서 고개를 끄덕였다. “그러자 그 기계는 불필요한 기구처럼 뒷전으로 밀려났소. 하지만 사람들이 허가 없이 과거로 여행해서 마음대로 역사를 바꾸지 못하도록 감시를 했소. 나는 그것을 몰래 사용한 거요. 비록 열 시간 동안만 구멍을 열 수 있었고 이제 닫히려면 세 시간밖에 남지 않았지만 말이오. 그것이 내게 주어진 시간이요, 클레어. 그리고 우리 시대로 돌아가야 하오. 만일 내가 여기 남아 있으면 허가 없이 시간여행을 했다는 이유로 나를 처형하기 위해 암살자가 올 거요. 아무리 영웅이라도 마찬가지요. 그래서 세 시간 안에 …… 나는 영원히 떠날 거요.”

부드럽게 클레어의 손을 꼭 잡으면서 말을 마친 그는 자기 설명에 대해 자축했다. 감탄스럽게도 그녀와의 미래의 만남이 야기할 수 있는 문제를 해결했을 뿐만 아니라 영원히 헤어지기 전에 둘이 함께할 시간이 세 시간밖에 남지 않았다는 사실을 주지시켜 주는 기가 막힌 아이디어를 짰기 때문이다.

“제게 양산을 가져다 주려고 위험을 무릅썼군요.” 그녀가 상황을 정리하듯이 천천히 말했다. 마치 문득 톰이 처한 진짜 위험을 이해했다는 듯이.

“글쎄, 양산은 그저 변명에 불과하오.” 테이블에 몸을 숙이고 그녀의 눈을 열정적으로 바라보면서 그가 대답했다.

절호의 기회가 왔다. 지금 아니면 영원히 기회가 없다.

“당신을 다시 만나기 위해 목숨의 위험을 무릅쓴 건 당신을 사랑하기 때문이오.” 할 수 있는 한 최대한 부드러운 말투로 거짓말을 했다.

그는 할 말을 했다. 이제 그녀가 답변을 할 차례였다. 이제 그녀 역시 자기도 그를 사랑한다고, 즉 용감한 새클리턴 대장을 사랑한다고 인정할 때다.

“저를 알지도 못하면서 어떻게 사랑할 수 있나요?” 소녀가 아양을 떨며 미소를 지었다.

그것은 톰이 기대하던 반응이 아니었다. 차를 한 모금 마시며 불쾌감을 감추었다. 서로에게 몸을 맡기는 것 외에 시간이 없다는 사실을 모른다는 말인가? 세 시간밖에 남지 않았다! 분명하게 모르는 것은 아닐까? 찻잔을 접시에 내려놓고 시선을 길 반대편 깨끗한 시트가 깔린 침대가 있고 점차 실현가능성이 희박해진, 우뚝 솟은 여관으로 향했다. 그녀의 말이 맞다. 그는 그녀를 알지 못하고 그녀 역시 그를 알지 못한다. 서로가 잘 알지 못하는데 어떻게 같이 침대로 가겠는가. 그는 이 전투에서 밀리고 있었다. 하지만 만일 이미 서로에 대해 알고 있었다면? 곰곰이 생각했다. 자신은 미래에서 오지 않았는가? 자신의 관점에서 볼 때 그들은 이미 서로를 알고 있다고 말하면 되지 않는가? 순한 새끼 양처럼 그녀를 여관으로 데려갈 완벽한 전략을 찾았다는 생각이 들었다. 지금의 만남과 2000년의 시간 사이에서 그들은 몇 번이나 만났다고 꾸며댈 수 있다. 그녀는 반박할 수 없을 것이다.

"이번엔 당신이 틀렸소, 클레어. 당신이 생각하는 것보다 나는 당신을 훨씬 잘 알아." 고백하는 어투로 부상당한 참새처럼 양손으로 그녀의 손을 감싸며 말했다. "당신이 누군지, 무슨 꿈을 꾸는지, 무엇을 원하는지, 세상을 어떻게 보는지도 알고 있소. 당신에 대해서 모든 것을 알고 당신은 나에 대해서 모든 걸 알고 있소. 당신을 사랑해, 클레어. 아직은 존재하지 않는 미래의 시간에 나는 당신과 사랑에 빠졌소."

그녀는 놀라서 그를 바라보았다.

"하지만, 우리가 다시 만날 수 없다면," 그녀가 말했다. "어떻게 서로를 알겠어요? 당신이 어떻게 나와 사랑에 빠지겠어요?"

톰은 땀을 흘리면서 자기가 파놓은 함정에 빠져들었음을 깨달았다. 저주스런 말을 억제하고 시간을 벌려고 거리로 눈길을 돌렸다. 이제 뭐라고 대답할 수 있을까? 마차들이 그의 기분은 아랑곳하지 않고 상인들의 짐마차 사이를 지나갔다. 그때 모퉁이에서 빨간색의 단단한 우체통을 발견했는데 앞면에 빅토리아 여왕의 앞 글자가 있었다.

"당신의 편지를 통해 당신을 사랑하게 되었소." 갑자기 이 말이 튀어나왔다.

"내 편지요? 그게 무슨 뜻이에요?" 그녀가 당황하며 물었다.

"요 몇 년 동안 우리가 서로 주고받은 편지 말이오."

그녀가 놀라서 그를 바라보았다. 톰은 자신이 하는 말이 믿을 만하기를 바랐다. 왜냐하면 그녀가 영원히 항복할지, 아니면 화가 나서 그의 뺨을 때릴지는 모두 자기 말에 달려 있기 때문이다. 눈을 감고 희미하게 미소를 지으며 무언가 기억을 떠올리는 척했다.

"그것은 내가 당신 시대로 첫 번째 탐험여행을 했을 때 일어났소." 그가 드디어 말했다. "나는 당신에게 말한 언덕에 나타나 거기서 런던까지 걸어 갔소. 구멍이 열리는 특별한 시간이 되었을 때에 기계는 확실히 믿을 만하다는 사실을 확인했소. 난 2000년에서 1896년 11월 8일로 오는 여행을 했소."

"11월 8일?"

"맞소, 클레어. 11월 8일, 내일 모레요." 톰이 말했다. "그것이 이 시대로의 첫 번째 여행이었소. 하지만 더 이상 시간이 없었소. 구멍이 닫히기 전에 돌아가야 했으니까. 그래서 가장 빠른 시간 내에 언덕으로 돌아가서 2000년으로 돌아갈 터널을 통과하려고 하는 찰나, 전에는 눈에 띄지 않던 것을 발견했소."

"무엇을요?" 그녀가 관심을 갖고 물었다.

"존 피치의 비석 옆 돌멩이 밑에 편지 한 통이 있었소. 그것을 집어 들었는데 놀랍게도 내게 온 것이었소. 그것을 2000년에 도착해서 읽어 보았소. 낯선 여성, 19세기 여성의 편지였소." 톰은 잠시 말을 멈추었다가 말을 이었다. "그녀의 이름은 클레어 해거티였는데, 나를 사랑한다고 했소."

그녀는 마치 공기가 부족하기라도 한 듯이 목이 쉰 한숨을 내쉬었다. 톰은 다정한 미소를 지으며 그녀를 살펴보았다. 그녀는 침을 삼키며 이 모든 상황을 야기한 것이 자신이었거나, 최소한 미래에 자신 때문에 그 일이 일어났다는 사실을 받아들이기 위해 애쓰는 모습이었다. 만일 그가 그녀를 지금 사랑한다면 그건 이미 그녀가 그를 사랑했기 때문이다. 이미 죽었는데 그를 무척 사랑한다고 말하는 다른 세기의 낯선 여성의 편지를 읽으며 당황해 하는 2000년의 그를 볼 수 있기라도 한 것처럼, 클레어는 찻잔에 시선을 고정시켰다. 그녀에게 잠시의 시간도 주지 않고 톰은 말을 이었다. 몇 시간 동안 베고 있던 나무가 마침내 비틀거리기 시작하는 것을 보고 지쳤어도 더 힘을 내 더 강하게 도끼질을 하는 나무꾼처럼 말이다.

"당신의 편지에는 우리가 미래에 서로 알게 될 거라고 쓰여 있었소. 더 정확히 말해 내가 미래에 당신을 알게 될 거라고 쓰여 있었지. 왜냐하면 당신은 이미 나를 알고 있으니까. 또한 내게 답장을 해 달라면서 나에 대해 알고 싶다고 했소. 그 모든 것이 이상해 보였지만 나는 당신의 편지에 답장을 썼고 이틀 뒤 내가 21세기로 다시 여행을 했을 때 그 편지를 비석 옆에 놓아두었소. 세 번째 여행에서 당신의 답장을 발견했소. 그렇게 우리는 시간을 건너 편지를 주고받았소."

"세상에." 소녀가 더듬거렸다.

"나는 당신이 누군지 몰랐소." 톰은 그녀에게 조금의 여유도 주지 않고 말을 이었다. "하지만 그러한 편지를 쓴 여자를 사랑하게 되었소. 눈을 감을 때마다 당신의 얼굴을 상상했지. 밤이면 폐허가 된 내 세계의 돌 무더기 사이에서 당신의 이름을 중얼거렸소."

클레어는 가슴이 답답한 듯 의자에서 뒤척이며 한숨을 길게 내쉬었다.

"우리가 편지를 얼마나 주고받았나요?" 그녀는 겨우 물어보았다.

"일곱 번." 톰이 많지도 적지도 않은 좋은 숫자라는 생각이 들어 둘러댔다. "더 많은 시간을 갖기 전에 기계 사용이 금지되었소. 하지만 충분했다고 말할 수 있어, 내 사랑."

대장이 그렇게 말하는 소리를 듣고 클레어는 깊은 한숨을 내쉬었다.

"당신의 마지막 편지에는 드디어 우리가 만나게 될 날이 2000년 5월 20일이라고 쓰여 있었소. 솔로몬을 이기고 전쟁에 종지부를 찍는 날이었소. 그날 당신의 지시대로 로봇을 물리치고 돌 무더기 사이에 조용한 장소를 찾았소. 그때 당신이 나타났소. 편지에 쓴 것처럼 당신은 양산을 떨어뜨렸고, 나는 그걸 오늘 당신에게 돌려주게 된 거요. 당신의 시대로 온 다음 코벤트 가든의 시장으로 가서 당신을 만나고 찻집에 초대해 모든 것을 이야기하게 된 거요." 톰은 꿈을 꾸는 듯한 어투로 말을 계속하기 전에 잠시 멈추었다. "이제 왜 그래야 했는지 이해할 것 같소. 이 모든 사건이 일어나려면 그래야만 했던 게지. 알겠소, 클레어? 당신은 그 편지를 미래에 쓸 텐데, 그 편지를 써야 한다고 내가 지금 알려 주는 거요."

"세상에." 소녀가 거의 요동이 없이 말했다.

"하지만 당신이 알아야 할 게 또 있소." 톰이 쓰러져 가는 나무에 최후의 일격을 가하려는 듯 선포했다. "당신은 편지에서 우리가 오늘 오후에 어떻게 사랑을 나누는지 적었소."

"뭐라고요?" 그녀가 기어들어 가는 듯한 소리로 간신히 더듬거렸다.

"그래, 클레어. 오늘 오후에 우리는 저 앞 여관에서 사랑을 나눌 거요. 당신은 당신의 인생에서 가장 아름다운 추억이 될 거라고 썼소."

클레어는 믿지 못하겠다는 듯 그를 바라보았다. 양 볼은 붉게 변해 있었다.

"당신이 왜 그렇게 놀라는지 이해하오. 하지만 내 입장을 생각해 보시오. 당신이 우리가 이미 사랑을 나누었다는 내용을 적은 편지를 읽었을 때 난 기절초풍했소. 당신의 관점에서는 이미 일어난 일이지만 내게는 아직 일어나지 않은 일이기 때문이오." 잠시 말을 멈추고 그녀를 향해 다정하게 미소를 지었다. "나는 내 운명을 완성하려고 미래로부터 왔소. 그러니까 당신을 사랑하기 위해, 클레어."

"하지만, 나는 ……" 그녀는 반박하려고 했다.

"아직도 이해하지 못하겠소? 우리는 사랑을 나누어야 해, 클레어. 왜냐하면 사실상 우리는 이미 사랑을 나누었거든." 톰이 말했다.

그것은 마지막 도끼질이었다. 떡갈나무처럼 클레어는 의자에서 비틀거리다 바닥에 쓰러졌다.

톰은 그녀가 사람들의 시선을 끌고 싶었던 거라면 가장 좋은 방법을 택했다고 생각했다. 클레어가 갑작스럽게 기절하면서 테이블보와 함께 바닥에 떨어진 주전자와 찻잔의 요란한 소리가 찻집의 모든 대화를 갑자기 멈추게 했다. 톰은 그 이후에 찻집 안쪽에서 여성들이 클레어의 주변에 모여들어 소란을 떠는 모습을 바라보았다. 그들은 그러한 작업을 수년 동안 해 오던 구조팀처럼 그녀를 소파에 눕히고 다리를 쿠션 위에 얹고 코르셋을 풀어 주고―그 부실한 천이 감동적인 대화를 나눌 때 충분한 공기를 들이마시지 못하게 해서 기절하게 한 유일한 원인제공자로 간주되었다―그녀의 기운을 회복시키려고 소금을 가지러 갔다. 톰은 씩씩거리는 소리와 함께 그녀가 깨어나는 것을 보았다. 여자 요리사들과 그 작전에 가담한 여성 손님들은 신사들이 그녀의 맨살을 보지 못하도록 그녀 주위에 병풍처럼 둘러섰다. 클레어는 몇 분 뒤 유령처럼 창백하게 몸을 비틀면서 일어나 주변을 휘둥그레 둘러보았다. 톰은 안쪽에서 바보처럼 양산을 들어올리며 인사를 했다. 그녀는 잠시 주저한 뒤 자기 주변에 옹기종기 모여 있는 호기심 어린 사람들 사이를 뚫고 그에게 다가갔다. 적어도 자신이 의식을 잃기 전에 그와 함께 차를 마시고 있었다는 사실은 기억하는 것 같았다.

"괜찮아요, 해거티 양?" 그녀가 자기 앞까지 오자 그가 정중하게 물었다. "밖으로 나가서 신선한 바람을 쐬는 게 낫겠어요."

그녀는 고개를 끄덕이고 주인의 토시에 있는 매처럼 온순하게 톰이 내미는 팔에 기댔다. 밖으로 나가 신선한 공기도 쐬고 호기심 어린 여러 사람의 눈초리를 피해 나가는 것이, 그가 여태까지 한 생각 중에 최고의 아이디어라는 듯이. 톰은 그녀를 홀 밖으로 데리고 나가면서 말을 더듬거리며 소란을 일으킨 것에 대해 사과했다. 밖으로 나오자 그들은 인도에서 멈추었다. 위협처럼 바로 앞에 딱 버티고 서 있는 여관을 바라보지 않을 수 없었다. 클레어는 거리의 신선한 공기가 볼에 생기를 회복시켜 주자 체념한 듯 용감한 새클리턴 대장에게 그날 오후에 자신을 바쳐야 한다고 쓰인 장소를 불안하게 살펴보았다. 그는 인류의 구원자고, 아직 태어나지도 않은 남성이지만 마술처럼 그 순간에 자기의 눈길을 피하면서 옆에 서 있었다.

"만일 제가 그 일을 하지 않으면, 대장님?" 그녀가 허공에 대고 물었다. "만일 제가 당신과 저기로 올라가지 않는다면?"

솔직하게 말해 톰은 그녀의 질문에 놀랐다. 왜냐하면 현재 만남이 처참하게 끝난 뒤 정도에서 벗어난 계획이 실현될 기회가 오리라고는 전혀 기대하지 않았기 때문이다. 그러나 그녀가 요란하게 실신한 뒤에도, 그녀는 그가 한 말을 하나도 잊어버리지 않았고 그의 거짓말을 믿고 있는 게 확실했다. 톰은 즉석으로 앞으로 다가올 미래라는 시간의 빈 페이지에 로맨스를 그려넣었다. 이것은 앞으로 일어날 일을 정당화하고, 그녀에게 두려움이나 후회 없이 기꺼이 자신을 바치도록 격려하는 사랑으로, 그녀에게는 유일한 미래가 될 터였다. 그녀는 마치 징벌처럼 그것을 대면할 준비를 하는 것 같았다. 곤경에 처한 그녀의 모습에 후회가 그의 머릿속에 번개처럼 스쳐가면서, 그녀가 이 곤경을 벗어날 수 있도록 도와줄까를 망설였다. 미래는 돌에 씌어 있지 않고 선택할 수 있다고 말할 수 있다. 하지만 이미 잡은 노획물을 거부하기에는 너무 많은 것을 투자했다. 길리엄 머레이가 하던 말을 기억하고 숙명론적인 어투로 수치심 없이 그 말을 되풀이했다.

"그것이 시간의 조직에 어떤 결과를 끼칠지 모르지."

클레어는 놀라서 그를 바라보았다. 그는 모든 책임에서 벗어나려는 듯 어깨를 움찔했다. 어찌되었든 그에게 책임을 물을 수는 없다. 그는 그녀가 편지에 그렇게 썼기 때문에 그곳에 있는 것이다. 그는 클레어가 그들이 이미 했다고 상세하게 말한 무언가를 하기 위해 시간을 통과했다. 그들의 로맨스를 실행에 옮기고, 아직 일어나지 않았지만 이미 일어난 일을 전개하기 위해서 여러 해를 뛰어넘어 여행을 했다. 그녀 역시 동일한 결론에 다다른 것 같았다. 어찌되었든 그것 외에 무엇을 할 수 있겠는가. 도망가서 그녀가 좋아하는 사람과 결혼을 하고 계속 살아갈까? 그녀가 태어날 때부터 꿈꿔 온 삶을 이룰 기회가 자기 앞에 놓여 있다. 위대한 사랑, 시간을 넘어서는 사랑. 그 기회를 잡지 않는 것은 평생을 속이며 살아가는 것과 같다.

"내 인생 최고의 추억." 그녀가 미소를 지었다. "정말 그렇게 썼나요?"

"그래요." 톰이 주저하지 않고 대답했다. "정확히 그렇게 썼소, 클레어."

그녀는 우물쭈물하며 그를 바라보았다. 낯선 사람과 그런 식으로 잠을 잘 수는 없었다. 하지만 이건 특별한 경우였다. 그에게 자신을 바쳐야 한다. 그렇지 않으면 우주가 그 결과를 겪게 될 것이다. 세상을 보존하려면 그녀의 희생이 필요하다. 하지만 정말 그것이 희생일까? 궁금했다. 혹시 그를 사랑하는 것은 아닐까? 그를 볼 때마다 영혼이 감정의 소용돌이에 휩싸이는데 그것이 사랑이 아닐까? 그녀의 내부를 밝히고 다리가 후들거리게 하는 그런 감정은 사랑일 수밖에 없다. 만일 그것이 사랑이 아니라면 무엇을 사랑이라 할 수 있겠는가? 새클리턴 대장은 그녀에게 그날 오후에 서로 사랑을 나누고 그녀가 아름다운 편지를 쓸 거라고 확신했다. 만일 그것이 자신이 하고 싶은 것이라면 왜 그 길을 거부하는가? 이미 그것을 했고, 어찌되었든 그녀 자신이었던 다른 클레어의 발자취 위를 걸어간다는 단순한 이유로 그것을 피해야만 하나? 생각하면 할수록 진심으로 자신이 원하던 것을 거부할 실제적인 이유를 찾지 못했다. 루시나 그녀의 친구들 어느 누구도 낯선 사람과 자려는 것을 이해하지 못할 것이다. 정확히 말해, 그것은 그녀에게 결정된 것이다. 그렇다. 그와 잠을 잘 것이고, 나머지 인생 동안 그를 그리워하고, 그에게 자신의 향기와 눈물이 뿌려진 길고 아름다운 편지를 쓰면서 지낼 것이다. 그녀의 마음속에 사랑의 불씨를 지핀 그를 다시 보지 못한다 해도 그녀의 사랑은 열정적이고 한결같이 강렬하게 타오를 것이다. 그것이 자신의 운명 같았다. 특별한 운명이고, 어찌할 수 없는 불행한 운명이고, 그녀에게 구애하는 멋없는 누군가와 하게 될 따분한 결혼을 견디는 것보다 훨씬 더 기쁜 운명이다. 그녀의 입술은 단호한 표정을 지었다.

"자존심을 상하지 않으려고 과장은 하지 말았으면 해요." 그녀가 농담을 했다.

"그것을 알아볼 수 있는 방법은 하나밖에 없지." 톰이 그녀에게 미소를 지으면서 대답했다.

그녀가 기꺼이 상황에 대처하려고 결심하는 것이 그에게 많은 위안이 되었다. 그녀를 이용하는 것이 이제 그다지 고통스럽지 않았다. 덩굴손의 올가미를 통해 그녀의 육체를 즐길 준비가 되었다. 그런 다음 그녀의 삶에서 영원히 사라질 것이다. 그런 교만한 여자는 그런 속임수를 당해도 싸다고 생각하면서도, 마음속에 모든 걱정이 사라지지 않았음을 알려 주는 언짢은 기분을 느꼈다. 그러나 여전히 그를 괴롭히는 양심의 가책에서 느끼는 불안을 지워 버렸다. 그는 더 이상 죄의식은 느끼지 않았다. 그녀가 미래의 돌 무더기 사이에서 그녀의 이름을 속삭이던 용감한 영웅 새클리턴 대장에게 몸을 바치면서 의심할 여지없는 환희를 경험하려고 결심한 것 같았기 때문이다.

여관의 내부는 깨끗했고 톰이 잠을 자던 여관들과 비교할 때 정겹기까지 했다. 아마도 소녀는 촌스럽고 자신과 같은 계층 사람들에게는 어울리지 않는다고 여길 테지만, 적어도 기겁하고 도망갈 정도는 아니었다. 방을 빌리는 동안 톰은 그녀가 수수한 현관을 장식하고 있는 그림들을 무심코 살펴보는 것을 곁눈질로 바라보았다. 마치 그녀가 런던의 여관에서 미래의 남자들과 잠을 자면서 오후 시간을 보내는 세속적인 여자처럼 보이려고 애쓰는 모습이 기특하게 여겨졌다. 방을 빌리는 절차가 끝나자 두 사람은 위층으로 이어지는 계단을 올라가 좁은 통로로 들어갔다. 그녀가 대담하면서도 순종적인 면이 뒤섞인 태도로 그를 앞질러 걸어가는 것을 지켜보았다. 톰은 무슨 일이 일어날지 처음으로 제대로 알게 되었다. 이제 더 이상 뒤로 물러설 수 없다. 그녀와 사랑을 나눌 것이고 자신의 팔로 열정적이고 갈망에 불타오르는 그녀의 벗은 몸을 안을 것이다. 갑자기 강렬한 욕구가 머리부터 발끝까지 감싸며 온몸에 전율이 흘렀다. 빌린 방 앞에 섰을 때 그는 욕망을 억제하려 노력했다. 갑자기 클레어가 긴장하는 것이 보였다.

"아름다울 거라고 생각해요." 갑자기 용기를 가질 필요가 있다는 듯 그녀가 눈을 지그시 감고 말했다.

"그럴 거요, 클레어." 톰은 한시라도 빨리 그녀의 옷을 벗기고 싶은 욕망을 억제하면서 대답했다. "그렇다고 당신이 고백했지."

그녀는 체념한 듯 한숨을 내쉬면서 동의했다. 더 이상 지체하지 않고 톰이 방 문을 열었다. 예의 바르게 고개를 숙이면서 그녀에게 들어오라고 하고 문을 닫았다. 그들이 사라지자 좁은 복도는 다시 황량해졌다. 청소할 때를 기다리는 때가 낀 유리의 커다란 창문을 통해, 저물기 시작하는 오후의 빛이 들어왔다. 부드럽고 섬세하고 고뇌에 차기까지 한 구릿빛의 희미한 빛이 공기에 떠다니는 먼지들을 투명하게 반짝이는 보석 벌레처럼 변모시켰다. 특정한 방향도 없이 최면에 걸린 듯 공중에 흔들리며 한가롭고 자유롭게 떠다니는 모습이 꽃가루 비 같았다. 어떤 문들 안에서 사랑을 나누는 소리, 목이 쉰 신음 소리, 질식할 것 같은 외침 소리, 심지어 부드러운 엉덩이를 손바닥으로 열정적으로 두들기는 소리가 새어나왔다. 그 모든 소리들이 침대 발판의 리드미컬한 삐걱거리는 소리와 합쳐져서 그곳의 사랑이 부부 간의 사랑이 아님을 알려 주었다. 일부 고객들의 성적인 위업을 나타내는 소리들과 합세해서 다투거나 어린아이들이 우는 소리처럼 평범한 다른 소리들도 세상의 교향곡을 이루었다. 30미터 거리의 복도는 안개가 자욱한 풍경을 그린 그림들이 걸려 있고 벽에는 기름등잔이 달려 있었다. 여관 주인 피카드 씨는―이 소설에 다시는 등장하지 않지만 그를 소개하지 않는 것은 예의가 아니라고 생각한다―바로 그 순간에 평상시 하던 대로 복도가 어둠 속에 묻히지 않도록 등잔에 불을 밝히려던 참이었다. 고객들이 방을 빠져나갈 때 부딪히지 않게 하기 위해서였다.

지금 계단에서 들리는 발자국소리는 그의 것이었다. 그는 계단을 올라가는 게 점점 더 힘이 든다는 사실을 새삼 깨달았다. 세월은 헛되이 흘러가지는 않는 것이기 때문이리라. 계단을 다 올라가면 깊은 한숨을 내쉬지 않을 수 없었다. 피카드 씨는 바지주머니에서 성냥갑을 꺼내 복도를 따라서 드문드문 걸려 있는 여섯 개의 등잔에 불을 붙이기 시작했다. 그는 진득하게 등불을 켰는데 찌르기를 하는 검객처럼 능숙하게 유리갓 밑으로 성냥을 집어넣어 기름에 젖은 심지에 불을 붙였다. 그것은 무표정하게 실행하는 기계적인 의식이었다. 어느 투숙객도 피카드 씨가 등잔을 켜는 의식을 하는 동안 무슨 생각을 하는지 알지 못한다. 그러나 투숙객이 아닌 내게는 다른 등장인물들의 생각과 마찬가지로, 그의 생각도 비밀이 아니다. 피카드 씨는 십 년 전에 돌계단에서 떨어져 죽은 어린 손녀 웬디를 생각하고 있었다. 그는 자신이 불을 켜는 행위를, 창조주가 암흑 속에 남겨지는 사람들에게 아무런 설명이나 고려도 없이, 자기 뜻대로 피조물에게 생명을 주었다가 데려가는 것과 비교하지 않을 수 없었다. 마지막 등잔을 켠 다음에 피카드 씨는 발걸음을 돌려서 다시 한 번 더 계단을 내려갔다. 그리고 이 이야기에 등장할 때처럼 천천히 퇴장했다.

그가 떠나자 복도는 멋지게 불이 밝혀졌지만 다시 황량해졌다. 그것을 다시 서술하는 것이 답답하겠지만 유감스럽게도 나는 그렇게 할 것이다. 그들의 사생활을 침해하는 비열한 목적으로 톰과 클레어가 있는 방 문을 뚫고 들어가고 싶지 않다. 등불이 꽃무늬 벽지 위에 넘실대는 그림자를 만들고 그 주변에서 토끼, 곰이나 강아지가 노는 것을 상상해 보라. 사람들의 염려와는 상관없이 언덕을 구르는 눈덩이처럼 몇 분은 몇 시간이 되고 그렇게 가혹하게 시간이 쌓여 간다.

드디어 방 문이 열리고 톰이 그 안에서 나오는 순간까지 여러분이 동물을 몇 마리나 세었는지 물어보지 않을 작정이다. 그는 입술에 만족스러운 미소를 지으며 셔츠를 바지 속에 집어넣고 모자를 썼다. 그는 시간의 구멍이 닫히기 전에 가야 한다며 클레어의 팔을 부드럽게 뿌리쳤는데, 그녀는 사랑하는 사람에게 마지막으로 입맞춤하는 법을 아는 사람처럼 숭고하게 그에게 입을 맞추었다. 톰 블런트는 그 입맞춤을 기억하며 계단을 내려가기 시작했다. 그는 어떻게 세상에서 가장 행복한 사람과 우주에서 가장 비열한 사람이라는 감정을 동시에 느낄 수 있는지 궁금했다.

그 만남이 있은 뒤 이틀이 지났는데 놀랍게도 톰은 아직 살아 있었다. 아무도 그의 머리에 총을 쏘지 않았고, 소란한 틈을 타서 단도를 휘두르기 위해 거리에서 그를 미행하는 사람도 없었고, 그를 마차로 치려고 하거나 기차가 지나가는 철로로 밀어 넣는 사람도 없었다. 고통스러운 평온의 시간을 보내면서 톰은 시간끌기로 그를 죽이기 전에 고문하려는 것인지, 아니면 그가 한 일에 대해 값을 지불하게 할 의도가 없는 것인지 궁금했다. 때때로 긴장을 참을 수가 없어서, 날카로운 물건으로 목을 베거나 가족의 전통을 따라서 템스 강 다리에서 뛰어내려 스스로 목숨을 끊으려고도 했다. 그런 현실도피성 전략들은 밤에 악몽만 꾸지 않았더라도 괜찮았을 것이다. 꿈속에서 솔로몬은 벌레의 걸음걸이로 외투를 입고 모자를 쓴 인파로 가득 찬 런던 거리를 헤치고, 계단을 힘겹게 기어올라 자신의 방까지 다가왔다. 로봇이 문을 부술 때 잠에서 깨어나 몇 분 동안 혼란스러워하며 자신이 실제로 용감한 섀클리턴 대장이고 1896년에 숨기 위해

2000년을 도망쳐 나왔다고 믿기도 했다. 그러한 꿈에 시달렸지만 달리 할 수 있는 게 아무것도 없었다. 밤새도록 두려움에 떨다가도 낮에는 그것들을 극복할 수 있었다. 머리를 냉정하게 하고 진정하려 애를 썼고, 체념하고 침착하게 운명을 받아들일 준비를 했다. 목숨을 스스로 끊지는 않을 것이다. 살과 뼈로 되어 있든, 쇠로 만들어졌든 사형집행인의 눈을 바라보면서 죽는 편이 훨씬 더 존엄했다.

곧 죽을지 모른다고 생각하니 일거리를 찾으러 방파제로 나갈 필요도 없었다. 주머니가 텅 빈 채 죽는 것은 마찬가지이기 때문이다. 그래서 바람에 날리는 낙엽처럼 여기저기 정처 없이 종일 런던을 돌아다니며 시간을 보냈다. 때때로 게으름뱅이나 술에 취한 사람처럼 공원 풀밭에 누워서 클레어와의 만남을 자세하게 떠올렸다. 그녀의 뜨거운 애무, 취하게 만들 것 같은 키스, 그녀가 진지하고 열정적으로 몸을 바치던 장면을 회상했다. 그녀는 목숨을 바칠 가치가 있었다. 짧은 순간의 행복을 누린 대가를 치르게 하기 위해 자신을 죽이러 오는 이들에게 저항할 생각이 전혀 없었다. 언제 그에게 발사될지 모를 그 총알을 자신의 비열한 행동에 대한 정당한 벌로 여겼기 때문이다.

셋째 날 그의 발걸음은 자주 오르던 한적한 해로우 언덕으로 향했다. 사형집행인들을 기다리기에 그보다 더 적합한 장소가 떠오르지 않았다. 그동안 자기 인생을 구성하는 퇴색된 많은 에피소드들에 일관성과 의미를 부여하려고 노력했다. 비록 그것이 자신을 속이기 위한 속임수에 불과하지만. 그곳에 올라가 떡갈나무 그늘에 앉아서 공기를 깊이 들이마시며 멍한 시선으로 도시를 바라보았다. 언덕에서 바라보는 대영제국의 수도는 항상 그에게 실망만 안겨 주었다. 날카로운 종탑과 연기가 피어나는 공장의 굴뚝은 돛대가 달린 음침한 거룻배 같았다. 천천히 공기를 밀어내면서 배고픔을 잊으려 했다. 어차피 죽임을 당할 거라면 오늘 그들이 왔으면 싶었다. 그게 아니라면 위장의 반란을 잠재우기 위해 밤이 오기 전에 먹을 것을 좀 훔쳐야 했다. 머레이의 싸움꾼들은 어디에 있을까? 수백 번은 생각해 봤다. 그들이 어디에 있든 자신의 조망대에서 그들을 볼 수 있다. 그들에게 최고의 미소를 지어 주고, 셔츠의 단추를 풀고 손가락으로 심장을 가리키며 가능한 수월하게 할 일을 하게 해 주면서 환영할 것이다. "자 어서 나를 죽여."라고 그들에게 말할 것이고, "겁먹지 말고 죽여, 나는 너희들을 다시 죽이지 못하니까. 나는 영웅이 아니야. 나는 톰, 가난하고 비천한 톰 블런트야. 그리고 나처럼 가엾은 악마인 내 친구 존 피치 옆에 나를 묻어 줘."

바로 그때였다. 비석을 향해 고개를 돌리자 그의 시선이 돌 밑 비석 바로 옆에 있는 편지에 머물렀다. 잠시 상상일 뿐이라고 생각했다. 호기심에 그것을 집었다. 꿈을 재현한다는 이상한 기분으로 그것이 데릭 섀클리턴 대장 앞으로 보낸 편지임을 확인했다. 편지를 잠시 손에 들고 어찌 할지 망설였지만 결국 그가 할 수 있는 한 가지를 했다. 봉투를 뜯을 때 마치 다른 사람의 편지를 읽는 것처럼 무례하다는 생각이 들었다. 4절지 종이를 펴자 클레어 해거티의 작고 우아한 글씨가 보였다. 그것을 천천히 읽기 시작하며 각각의 글씨가 무엇을 의미하는지 기억하려고 애썼다. 주변의 다람쥐들에게 인간들의 염려를 알려 주려는 듯이 큰 소리로 낭독했다. 편지의 내용은 이렇다.

클레어 해거티로부터 데릭 섀클리턴 대장에게

사랑하는 데릭,

적어도 열두 번을 다시 썼다 지웠다 반복한 후에야 이 편지를 시작하는 단 한 가지 방법이 있다는 걸 깨달았어요. 그것은 모든 사설은 작파하고 내 마음이 시키는 대로 쓰는 거예요. 데릭, 난 당신을 사랑해요. 다른 누구를 이렇게 사랑해 본 적이 없을 정도로 당신을 사랑해요. 지금 당신을 사랑하고 영원히 사랑할 거예요. 당신에 대한 사랑이 나를 살아 있게 만들어 주는 유일한 거예요.

낯선 여자가 보낸 이 글을 읽으면서 놀라는 당신 얼굴을 상상할 수 있어요. 왜냐하면 난 당신 얼굴을 매우 잘 알고 있거든요. 정말이에요, 내 사랑. 당신을 사랑해요. 아니, 더 정확히 말해 우리는 서로 사랑해요. 비록 당신에게는 이 사실이 아직 이상해 보이겠지만 말이에요. 당신은 아직 내가 누군지 모르고, 당신 역시 나를 사랑하고 있다는 사실, 아니, 몇 시간 안에 나를 사랑할 거란 사실을 모를 테니까요. 당신이 아무리 저항해도, 이 모든 것이 아무리 믿을 수 없어 보여도 당신은 나를 사랑하게 될 거예요. 당신은 선택의 여지가 없어요. 이미 나를 사랑하기 때문에 나를 사랑하게 될 거예요.

우리가 함께했기 때문에 당신에게 이렇게 다정하게 편지를 쓸 수가 있어요. 아직 내 피부는 당신 손가락의 온기를 간직하고 있고, 내 입술은 당신의 향내를 기억하고, 아직 내 안에 있는 당신을 느끼고 있어요. 내가 처음에 느낀 두려움에도 불구하고, 어리석은 어린아이처럼 의심을 품었음에도 불구하고 지금 내게는 당신이 이미 예언한 사랑이, 아니, 더 큰 사랑, 그 어떤 것보다도 큰 사랑이 넘쳐흘러요.

이 무슨 헛소리인지, 당신은 고개를 흔들고 있겠죠. 하지만 아주 간단하게 설명할 수 있어요. 당신에게는 아직 일어나지 않은 일이 내게는 이미 일어났다는 거예요. 세기를 건너뛰어 오가는 시간여행을 하면서 생기는 신기한 상황 가운데 하나예요. 당신은 그것에 대해 다 알고 있지 않나요? 내가 틀리지 않다면 당신은 시간의 구멍에서 나오면서 거대한 떡갈나무 옆에서 이 편지를 발견할 거예요. 그러니 당신에게 설명하는 이 모든 것들을 쉽게 믿을 수 있을 거예요. 맞아요, 당신이 어디에 나타날지 우리 시대에 무엇을 하러 왔는지 나는 알고 있어요. 내가 그 모든 걸 알고 있다는 건 단 한 가지를 의미하죠. 이건 속임수가 아닌 사실이라는 것. 그러니 의심하지 말고 나를 믿어요. 그리고 다른 무엇보다도 우리가 서로 사랑한다는 말을 믿어 주세요. 지금이면 당신은 이미 나를 사랑하기 시작했을 거예요. 그러니 제발 나와 같은 마음으로 답장을 해 주세요. 내게 편지를 써서 다음에 시간여행을 올 때 존 피치의 비석 옆에 놓아 주세요. 그것이 지금부터 우리의 통신수단이 될 거예요. 왜냐하면 우린 아직 여섯 통의 편지를 더 주고받을 테니까요. 지금 눈썹을 찡그리고 있나요? 당신 잘못이 아니에요. 하지만 난 단지 당신이 어제 내게 한 말을 되풀이할 뿐인 걸요. 제발 내게 편지를 써 주세요, 내 사랑. 당신의 편지만이 내게 남은 당신의 유일한 소지품이니까요.

맞아요, 그것은 나쁜 소식이에요. 이제 더 이상 당신을 보지 못할 거예요, 데릭. 그래서 더욱 당신의 편지를 받아야 해요. 요점만 간단히 말할게요. 우리는 단 한 번의 만남으로 서로에게 사랑을 품게 될 거예요. 음, 사실은 두 번이지만 처음은 겨우 몇 분 동안이 될 거예요. 더 길고 중요한 두 번째 만남은 내가 사는 시대에 일어날 텐데, 그 만남은 우리 영혼이 영원히 불타오르게 하는 사랑의 연료가 될 거예요. 이 편지들은 내게는 우리 사랑을 꺼지지 않게 해 주는 수단이 될 거고, 당신에게는 사랑이 시작되게 해 주는 수단이 될 거예요. 하지만 시간의 연대기를 고려한다면 나는 당신을 더 이상 보지 못할 거예요. 비록 우리가 몇 시간 전에 사랑을 나누었음에도 불구하고 당신은 아직 나를 몰라요. 이제 찻집에서 어제 우리가 만났을 때 당신이 그토록 초조해했던 이유를 알 것 같아요. 내가 이런 말로 당신을 부추겼으니까요.

우리는 정확하게 2000년 5월 20일에 처음 만나요. 그 첫 만남에 대한 자세한 내용은 마지막 편지에 알려 줄게요. 그 만남은 모든 것의 시작이 되겠지만 지금 돌이켜 생각해 보면, 그것도 확실하지 않은 것 같아요. 당신은 나를 이 편지로 알게 될 테니까요. 그렇다면 우리 사랑의 역사는 어디에서 시작하는 걸까요? 여기 이 편지와 함께 시작하는 걸까요? 아니, 이것도 시작이 아니에요. 우리는 시간의 원에 갇혀 있어요, 데릭. 원이 어디서 시작하는지 누가 말할 수 있겠어요? 원이 완성될 때까지 우리는 계속 그 위를 돌 수밖에 없어요. 마치 지금 두근거리는 내 심장과 떨리는 손을 진정시키려는 것처럼 말이에요. 그것이 내 몫이고 내가 해야 할 유일한 일이에요. 당신이 무엇을 했는지는 이미 알기 때문이죠. 당신은 이 편지에 답장을 할 거예요. 나와 사랑에 빠지고, 때가 되면 나를 찾아올 거예요. 그 모든 걸 알고 있어요. 단지 그 모든 일들이 일어날 때 놀랄 뿐이죠.

내가 어떤 생김새이고, 어떤 생각을 갖고 있고, 세상을 어떻게 보는지 말하면서 이 편지를 끝내야 할 것 같아요. 왜냐하면 찻집에서 우리가 만났을 때 당신에게 나를 모르는데 어떻게 나를 사랑하느냐고 묻자 당신은 내가 생각하는 것 이상으로 나를 알고 있다고 확신했어요. 당연히 당신은 내 편지로 나를 알았을 거예요. 그러니 이제 내 소개를 할게요. 나는 1875년 3월 15일에 런던 웨스트엔드에서 태어났어요. 날씬하고 키는 중간쯤 되고 푸른 눈동자를 갖고 있고, 요즘 유행과는 다르게 어깨쯤 오는 검은머리를 늘어뜨리고 다녀요. 내 자신에 대해 간결하게 설명하는 것을 이해해 주기 바라요. 내 외모에 대해 자세하게 설명하는 것은 부끄러운 허영 같으니까요. 나의 정신적인 부분에 대해서도 당신이 알았으면 좋겠어요. 내게는 레베카와 에블린이라는 언니 둘이 있어요. 두 사람 다 결혼해서 첼시에 살고 있고 언니들과 비교하면 나에 대해 더 잘 설명할 수 있을 것 같아요. 언제나 나는 다르다고 느꼈어요. 언니들과는 다르게 내가 사는 이 시대에 적응하는 게 힘들었어요. 당신에게 어떻게 설명할지 모르겠는데 이 시대는 너무 따분해요, 데릭. 그건 마치 극장에서 희극을 보고 있고 다른 사람들은 모두 웃는데, 나만 그런 재미에 공감하지 못하는 것 같다고 할까요? 그런 불만 때문에 난 점점 문제아처럼 변했어요. 그냥 가장 좋은 방법은 나를 파티에 초대하지 않는 거죠. 가족 모임에서도 난 감시를 당하는 사람이 되었어요. 여러 차례 내가 살고 있는 사회의 행동 규칙들을 깨뜨림으로써 손님들을 놀라게 했기 때문이에요.

내 주변의 다른 여자들과 또 다른 점은 내가 결혼에 대해 별로 관심이 없다는 거예요. 나는 여성이 가정에서 담당해야 할 역할에 대해 무척 불만이 많아요. 엄마는 내게 그것을 교육시키려고 무척 애쓰고 계세요. 상식이 있는 가정주부로 살아가는 것보다 내 자유로운 영혼에 더 해를 끼치는 행동을 상상할 수가 없어요. 결혼생활을 하며 난 내가 배운 도덕적인 가치들을 자녀들에게 주입할 것이고, 하인들의 일을 감독하겠죠. 감성적이고 연약하다는 이유로 여성들에게 금지된 그 위험한 무대, 노동의 세계에서 남편이 투쟁을 하는 동안 말이에요. 당신도 알다시피 나는 독립적이고 모험심이 강해요. 당신에게는 이상하게 보일지 모르지만 아무에게나 쉽게 반하는 여자도 아니에요. 진실을 말하자면 지금까지 당신과 사랑에 빠진 것처럼 누군가를 사랑해 본 적이 없어요. 솔직히 말해, 난 절대 오지 않는 특별한 기회에 뚜껑이 열리기를 기대하는 와인 창고의 먼지 쌓인 병 같다는 생각이 들어요. 이 모든 일이 일어난 건 다 내 성격 때문인 것 같아요.

당신이 내게 말해 준 대로, 난 내일 모레 당신의 답장을 가지러 여기로 올 거예요, 내 사랑. 그 답장에서 당신의 사랑을 글로 읽고, 억겁의 시간이 우리를 갈라놓아도 당신이 내게 속해 있다는 것을 알게 되기를 바라요.

영원한 당신의 사랑,

C.

글을 읽는 것은 그에게 많은 노력을 요구하는 일이었다. 그럼에도 톰은 클레어의 편지를 세 번이나 읽었다. 그 이유야 다르지만 당연히 그녀가 예상한 대로 놀라웠다. 마지막으로 읽은 뒤 조심스레 봉투에 넣고 그 편지가 마음에 일으킨 감정의 소용돌이를 진정시키려 애쓰면서 나무에 기댔다. 그 모든 거짓말을 믿고 있다니! 그에게 편지를 남겨 놓으려고 이곳까지 왔다니! 자신에게는 모든 것이 끝났지만, 그녀에게는 이제 시작이라는 것을 깨달았다. 이제 자신의 장난이 얼마나 멀리 갔는지 알게 되었다. 결과를 생각하지 않고 그녀와 사랑놀음을 했다. 그리고 이제 그 결과를 알게 되었다. 그렇다. 그 편지는 의도치 않게 그의 장난이 피해자에게 남긴 결과, 그가 차라리 무시하고 싶은 결과에 대해 알려 주었다. 클레어는 그의 거짓말을 믿고 놀이의 다음 단계까지 순종하며 이행했다. 그뿐 아니라 그들의 육체적 만남은 사랑의 불씨가 걷잡을 수 없는 지옥불처럼 활활 타오르게 하는 바람 역할을 했다. 이제 그 불길은 그녀를 태우고 있었다. 톰은 그 짧은 만남이 그토록 큰 사랑을 만들어 냈을 뿐만 아니라, 마치 늑대가 다가오지 못하도록 숲속에서 불을 지피는 사람처럼, 그녀는 그 사랑을 지키기 위해 자신의 인생을 바칠 준비가 되어 있다는 사실에 놀랐다.

하지만 그 무엇보다 더 놀라운 사실은 클레어가 그 모든 것을 그를 위해, 그를 사랑하기 때문에 자발적으로 한다는 것이다. 어느 누구도 그에게 그러한 사랑을 고백한 적이 없었다. 그는 얼떨떨할 뿐이었다. 이제 그러한 감정의 대상이 새클리턴 대장이라는 사실은 그리 중요해 보이지 않았다. 그녀와 함께 자고 그녀의 옷을 벗기고 부드럽게 그녀를 안은 사람은 바로 자신, 톰 블런트였다. 새클리턴은 단지 하나의 표상이고, 하나의 이상이었지만 마지막 순간에 클레어를 사랑한 것은 그를 재현한 자신이었다. 그것이 그에게 어떤 느낌을 주었는가? 스스로에게 물었다. 그렇게 무조건적이고 열정적인 사랑을 받는다는 사실이, 마치 연못을 쳐다볼 때 그 안에 자기 모습이 비치는 것처럼 그에게 동일한 검정을 일으킬까? 그 질문에 뭐라고 답할지 몰랐다. 다른 한편으로 그것에 대해 생각을 많이 할 필요가 없었다. 사실 그날 죽을 수도 있기 때문이다.

다시 손에 들고 있는 편지를 보았다. 그것을 어떻게 할까? 갑자기, 한 가지밖에 할 수 없음을 깨달았다. 답장을 하는 것이다. 자신이 본의 아니게 벌여 놓은 그 이야기에서 연인의 역할을 수락하기 위해서가 아니라, 그녀가 그의 편지 없이는 살 수 없다는 암시를 주었기 때문이다. 톰은 그녀가 마차를 타고 그곳의 작은 언덕에 올라가서 새클리턴 대장의 답장을 발견하지 못하는 장면을 상상했다. 클레어는 그런 갑작스런 반전, 그 예상치 못한 이상한 침묵을 받아들이지 못할 것이다. 몇 주 동안 그곳에 가서 빈손으로 돌아올 경우 그녀가 자신을 사랑하기로 결심했을 때와 같은 열정으로 스스로 목숨을 끊을 수도 있다고 상상했다. 가슴을 날이 선 단도로 찌르거나 독극물을 마실 수도 있다. 그런 일이 일어나게 내버려둘 수 없었다. 원하든 원치 않든 간에, 자신이 벌인 놀이 때문에 그는 클레어 해거티의 인생을 책임질 수밖에 없다. 그녀의 편지에 답장을 해야 한다. 다른 대안이 없었다.

런던으로 돌아오는 길에, 도로가 아닌 들판을 걸으면서 작은 소리에도 멈추고 긴장하는 자신의 모습에 무언가 변화가 있다는 것을 깨달았다. 이제 죽고 싶지 않았다. 그렇다, 이제 죽고 싶지 않다. 삶이 그 어느 때보다 더 소중하게 여겨져서가 아니라 소녀의 편지에 답장을 해야 하기 때문이다. 클레어를 살리기 위해서는 자신의 생명을 보존해야 했다.

도시로 돌아오자, 한 문구점에서 편지지를 훔쳤다. 자기를 미행하거나 따라오는 길리엄의 싸움꾼들이 없는지 확인하고, 버커리지 스트리트의 초라한 방으로 피신했다. 모든 것이 평온해 보였다. 거리에서부터 창문으로 오후의 일상적인 소리들이 올라왔다. 귀에 거슬리는 음표가 한 개도 없어 보이는 조화로운 소리였다. 그는 의자를 임시 책상처럼 침대 앞에 놓고 의자에 종이, 잉크와 훔친 펜을 놓고 깊은 한숨을 내쉬었다. 절망감에 휩싸인 채 4절지 위에서 반 시간 동안 씨름하다가, 편지 쓰기가 생각처럼 쉽지 않음을 깨달았다. 글을 쓰는 것은 읽는 것보다 훨씬 더 힘이 드는 일이었다. 놀랍게도 종이에 자신의 머릿속에 있는 생각을 반영하는 게 불가능함을 발견했다. 무슨 말을 쓰고 싶은지는 알지만 문장을 시작할 때마다 뜻대로 되지 않고 자신이 쓰려는 생각과 더 멀어질 뿐이었다. 아직 메건이 그에게 가르쳐 준 글자의 기초지식은 기억했지만, 정확하게 작성하기 위한 문법적인 지식이 부족했고, 무엇보다 클레어처럼 명확하게 생각을 표현하는 방법을 잘 몰랐다. 하얀 종이를 더럽히는 뒤죽박죽 알아볼 수 없는 글자와 선들을 바라보았다. 유일하게 의미가 있는 것은 매우 흐뭇하게 편지의 서두를 장식한 '사랑하는 클레어'였다. 나머지는 글을 제대로 알지 못하는 남자가 난생처음으로 시도한 것 같은 한심한 작품이었다. 그것이 의미하는 너무나 명백한 사실에 편지를 구겨 버렸다. 만일 클레어가 그런 편지를 받으면 인류의 구원자가 침팬지처럼 글을 쓴 것에 충격을 받아서 목숨을 끊을 것이다.

답장을 하고 싶었지만 할 수가 없었다. 그녀가 이틀 뒤에 떡갈나무 옆에서 편지를 발견하든지, 아니면 스스로 목숨을 끊든지 둘 중 하나다! 침대에 누워서 뭔가를 생각하려고 애를 썼다. 도움이 절대적으로 필요했다. 자신을 대신해서 편지를 써 줄 사람이 필요했다. 하지만, 누구? 글을 쓸 줄 아는 사람을 전혀 알지 못했다. 평범한 사람으로는 충분하지 않다. 학교 선생에게 말을 듣지 않으면 손가락을 부러뜨린다고 위협을 해서 쓰게 할 상황이 아니었다. 종이 위에 정확하게 맞는 표현을 할 줄 알아야 할 뿐만 아니라, 더 나아가 그 놀이에 재미있게 참여할 정도로 상상력이 풍부해야 한다. 또한 소녀가 사용한 열정적인 어투와 동일한 답변을 할 줄 알아야 한다. 그 모든 자격을 갖춘 사람을 어디서 찾을 수 있을까?

갑자기 아이디어가 떠올랐다. 벌떡 일어나 의자를 밀치고 장롱의 맨 끝 서랍을 열었다. 거기에 물 밖에 나와 입을 벌리고 있는 물고기 같은 소설이 한 권 있었다. 머레이를 위해 막 일하기 시작할 때 그 책을 구입했다. 머레이는 그에게 그 책 덕분에 사업이 성공을 이루었다고 말했다. 한 번도 소설을 읽지 않았지만 톰은 주저하지 않고 그 책을 샀다. 하지만 책을 읽는 행위는 그에게는 너무 힘이 드는 일이었다. 세 페이지를 넘기지 못했다. 그러나 그 것을 되팔지 않고 간직했는데, 어찌되었든 그 작가에게 지금 자신의 모습에 대한 빚을 지고 있기 때문이다. 책날개를 펴서 작가의 사진을 검토했다. 그 밑에는 그가 서리 영지의 워킹에 살고 있다는 정보가 나와 있었다. 그렇다. 만일 누군가 그를 도와줄 만한 사람이 있다면 그는 사진의 주인공, H. G. 웰스라는 이름을 가진 새와 닮은 그 젊은이였다.

톰은 마차를 빌릴 돈이 없었다. 서리를 향해 떠나는 기차에 몰래 올라타서 겪을지도 모르는 위험을 감수하고 싶지는 않았다. 걸어가는 것 말고 작가의 집에 도착할 다른 방도가 없었다. 워킹까지 마차로는 약 세 시간이 걸리지만, 걸어서 간다면 세 배가 걸릴 것이다. 즉시 출발하면 새벽에는 목적지에 도달할 것이지만 긴급 상황이 아닌 다음에야 불쑥 찾아가기에 적절한 시간이 아니었다. 클레어의 편지를 주머니에 간직하고 모자를 깊숙이 눌러 쓰고 지체하지 않고 숙소를 떠나 워킹 방향으로 향했다. 다른 대안이 없었을 뿐만 아니라 그 여정이 전혀 겁나지도 않았다. 그에게는 약해지지 않고 긴 여정을 완수할 수 있는 힘과 튼튼한 다리가 있었다.

작가의 집으로 가는 긴 여정 내내 밤이 들판에 찾아올 때면 혹시 머레이의 싸움꾼들이나 솔로몬이 미행을 하나 보려고 뒤를 돌아다보곤 했다. 톰 블런트는 웰스 앞에 나타나는 여러 가지 방법을 생각했다. 마지막에 선택한 방법은 가장 우스꽝스러워 보이는 것이었다. 데릭 섀클리턴 대장이라고 자신을 소개하는 것이다. 어찌되었든 인류의 구원자가 불행한 톰 블런트보다는 훨씬 더 환영받을 테니. 비록 무대는 아니지만 그 어느 것도 그가 이미 클레어에게 완벽하게 성공을 거둔 역할을 맡는 것을 막을 수 없었다. 그래서 섀클리턴이 되어, 작가에게도 클레어를 속이기 위해 만들어 낸 이야기를 똑같이 할 수 있고 그 시대를 처음 방문했을 때 시간의 구멍을 나오면서 그녀의 편지를 발견했다고 말할 수 있을 것이다. 시간여행에 대한 소설을 쓴 웰스라는 사람이 어떻게 그 이야기를 믿지 않겠는가? 그의 거짓말이 신빙성을 얻기 위해서는 자기 자신이나 미래의 다른 사람이 편지를 쓸 수 없는 이유를 정당화시킬 변명거리를 꾸며내야 한다. 즉 2000년에는 아무도 편지를 쓰지 않는데, 그러한 일은 전쟁이 있기 오래전부터 로봇들이 담당하면서 미래의 인간들은 글쓰기 능력을 잃어버렸다고 주장하는 것이다. 어찌되었든 섀클리턴 대장이라고 소개하는 것이 가장 좋은 전략 같았다. 미래의 뛰어난 영웅이 연인의 생명을 구하기 위해 그에게 도움을 요청하는 게 가장 좋은 변명거리다. 왜냐하면 때가 오면 그는 로봇들에게서 지구를 구할 것이기 때문이다. 성욕 때문에 빠져든 골치 아픈 일에서 빠져나가게 해 달라고 간청하기 위해 유명한 작가의 집을 찾아온 가난뱅이로 소개하는 것보다야 훨씬 낫지 않은가.

이미 밤이 깊은 후에야 워킹에 도착했다. 그 지역은 전원의 한적한 고요에 휩싸여 있었다. 선선하지만 아름다운 밤이었다. 거의 한 시간 동안 우체통을 살펴보고서야 웰스라는 성의 우체통을 찾을 수 있었다. 그의 앞에 그리 높지 않은 울타리로 둘러싸인 3층 집이 서 있었다. 집 안의 불은 모두 꺼져 있었다. 잠시 작가의 집을 감상한 뒤 톰은 공기를 한 모금 마시고 철책을 열었다. 더 이상 지체할 이유가 없었다.

예배당으로 들어가듯이 살그머니 아담한 정원을 지나 문 앞에 있는 계단을 올라가 노크하려 했으나, 방울을 잡아당기기 전에 동작을 멈추었다. 적막을 깨뜨린 말발굽 소리에 놀랐기 때문이다. 다가오는 소리에 그는 천천히 몸을 돌렸다. 그 순간 말이 작가의 집 앞에 멈추는 것을 보았다. 전율을 느끼면서 기수가 어두운 실루엣처럼 말에서 내려 덧문을 여는 것을 보았다. 머레이의 싸움꾼 중 하나일까? 기수는 기민한 행동으로 주머니에서 총을 꺼내 톰의 가슴을 겨누었다.

톰은 즉시 한쪽으로 몸을 날려 정원으로 굴러서 어둠 속으로 떨어졌다. 곁눈질로 낯선 사람이 권총을 가진 채 예기치 않은 그의 행동을 따라하려 애쓰는 모습을 관찰했다. 톰은 쉽게 과녁판이 되고 싶은 생각은 없었다. 잽싸게 일어나서 성큼성큼 걸어서 울타리에 도착해 빠르게 기어올랐다. 당장이라도 총알이 등을 관통하는 뜨거운 기운을 느낄 거라고 확신했지만 그런 일은 일어나지 않았다. 자신이 생각보다 더 빨리 도망을 갔나 보다. 거리로 나가 가능한 빨리 달려 들판으로 갔다. 적어도 5분 정도 그렇게 달렸다. 그러고 나서 거친 숨을 몰아쉬며 멈춘 채 길리엄의 싸움꾼이 미행하는지 보려고 뒤를 돌아보았다. 그러나 세상을 감싸는 짙은 어둠 속에서 아무도 발견하지 못했다. 그를 따돌렸고 적어도 당분간은 안심할 수 있었다. 사형집행인이 그렇게 깜깜한 어둠 속에서 자신을 찾을 수 있을지 의심스러웠다. 아마도 그는 런던으로 돌아가 머레이에게 보고할 것이다. 톰은 진정하고 관목들 뒤에 숨은 채 그곳에서 밤을 지내기로 했다. 날이 밝으면 싸움꾼이 정말 사라졌는지 볼 수 있을 것이다. 그리고 계획대로 작가의 도움을 요청하러 그의 집으로 돌아갈 것이다.

"**당신의** 상상력으로 한 사람의 목숨을 구했어요." 제인이 두세 시간 전에 한 말이 아직 웰스의 뇌리에서 맴돌고 있었다. 그때 그는 다락방의 작은 창문으로 들어오는 아침의 밝은 빛이 그곳의 가구들과 타임머신의 의자 위에서 부둥켜안은 두 몸을 구성하는 그리스 조각을 비추는 것을 보았다. 그 의자를 사용할 데가 있을 거라고 그의 아내에게 말했을 때 딱히 그런 식으로 사용하자는 건 아니었지만 최소한 아내를 화나게 만들지는 않았고 지금은 더 그러하다. 웰스는 그녀를 다정하게 바라보았다. 신혼 초의 야성적인 열정을 회복한 제인은 열정적으로 그에게 몸을 바친 후, 숨을 새근거리며 그의 팔에 안겨 잠들어 있었다. 그는 그러한 열정이 영원히 지속되지 않는 사실을 너무나 서글프게 경험했다. 그런 열정은 다른 육체로 전이될 뿐이다. 하지만 불덩이가 때때로 예상치 않은 한 줄기 바람으로 다시 타오를 수 없으리라는 법은 없다. 그런 생각을 하자 작가의 입술에 오랫동안 보이지 않던 바보스런 미소가 떠올랐다. 그리고 그 모든 것은 머릿속에 맴도는 그 말 때

문이었다. "당신의 상상력으로 한 사람의 목숨을 구했어요." 그를 제인 앞에
서 다시 빛나게 한 말이다. 독자 여러분도 절대 잊지 않기를 바란다. 왜냐하
면 이 장면은 이 이야기에서 웰스가 처음 등장한 부분과 연결이 되기 때문
이다. 그것이 마지막이 아닐 거라고 이미 얘기했던 걸 기억하는가?

그의 아내가 아침식사를 준비하러 식당으로 내려갔을 때 작가는 잠시
기계에 앉아 있기로 했다. 만족스럽게 깊은 숨을 내쉬었다. 놀라울 정도로
마음이 즐거웠다. 때로 웰스는 자기 인생의 어느 순간에 자신을 지나칠 정
도로 우스운 사람이라고 분류하곤 했다. 하지만 지금은 자신을 관대하게
바라보는 인생의 한 단계를 지나는 것 같았다. 심지어 감탄하면서 바라보
았다. 그는 제인이 제공한 예상하지 못한 보상과 자신의 특별한 재능 덕분
에 한 생명을 구했다는 사실에 뿌듯함을 느꼈다. 그의 상상력으로 만들어
진 타임머신과 시간을 이동하기 위해 사용되는 섬세한 썰매 모양의 기계는
적어도 앤드류 해링턴을 믿게 하기에는 충분했다. 지금 낮의 밝은 빛에 기
계를 바라보면서 웰스는 책에서 네 번의 막연한 붓놀림으로 그것을 그렸을
때는 그것이 실제로 그렇게 아름다운 기계가 될 줄 몰랐음을 인정했다. 장
난을 친다는 생각으로 의자에 엄숙하게 버티고 서서 한 손을 조종간 오른
편에 있는 유리 손잡이 위에 얹고 우울한 미소를 지었다. 제발 그 싸구려
물건이 작동하기를, 한 시대에서 다른 시대로 이동하기를, 시간을 마음대로
돌아다니기를, 모든 일이 일어나거나 모든 일이 사라져 버린 곳에 도달하기
를. 하지만 다 부질 없는 짓이었다. 실제로 기계는 아무 쓸모가 없었다. 마그
네슘 가루가 퍼지게 하던 메커니즘을 떼어낸 지금은 적의 눈을 멀게 할 수
도 없었다.

"버티?" 아래층에서 제인이 불렀다.

웰스는 벌떡 일어났다. 마치 기구와 놀고 있는 모습을 보이는 것이 부끄
럽다는 듯이. 그는 흐트러진 옷매무새를 가다듬고 총총걸음으로 계단을 내
려갔다.

"한 청년이 당신을 찾아왔어요." 제인이 초조하게 말했다. "데릭 섀클리턴 대장이라네요."

웰스는 계단 밑에 멈추었다. 데릭 섀클리턴? 그 이름을 어디서 들어 보았더라?

"거실에서 기다리고 있어요. 그런데 다른 얘기도 했어요, 버티 ……." 제인이 어떻게 말을 이어갈지 몰라서 어정쩡하게 말했다. "그의 말로는 …… 2000년에서 왔대요."

2000년에서? 그때 웰스는 그 이름을 어디서 들었는지 기억했다.

"좋아, 그러면 매우 시급한 문제임에 틀림없어." 이상야릇한 미소를 지으며 말했다. "그 사람이 왜 왔는지 어서 만나 보자고."

그 말을 하고 유쾌하게 고개를 흔들면서 거실을 향해 갔다. 웰스는 거실에 있는 의자에 앉을 엄두도 내지 못하고 굴뚝 옆에 서 있는 수수한 옷차림의 한 청년을 발견했다. 말을 걸기 전에 그를 위 아래로 훑어본 웰스는 솔직히 좀 놀랐다. 위압적인 근육에, 귀족적인 얼굴에다, 눈에서는 우리에 갇힌 표범의 사나운 기운이 넘쳤다. 간단히 말해 인간의 장엄한 표본 같았다.

"조지 웰스요." 그를 관찰한 뒤 자기소개를 했다. "무엇을 도와드릴까요?"

"안녕하세요, 웰스 씨." 미래에서 온 남자가 그에게 인사를 건넸다. "이렇게 이른 시간에 불쑥 찾아와서 죄송합니다. 하지만 생사가 달린 문제라서요."

웰스는 이미 준비한 소개의 말을 듣고 미소를 지으며 고개를 끄덕였다.

"저는 데릭 섀클리턴이고 미래에서 왔습니다. 정확히 말해 2000년에서 왔지요."

그 말을 한 청년은 그의 반응을 기다리며 빤히 쳐다보았다.

"혹시 제 이름을 들어 보셨나요?" 작가가 별로 놀라는 것 같지 않자 톰이 물었다.

"물론이지요, 대장." 웰스가 책이 가득한 선반 옆에 있는 서류함을 뒤지면서 미소를 지으며 대답했다. 그리고 곧 거기서 꼬깃꼬깃한 종이를 꺼내서 방문객에게 내밀었다. "어떻게 그 이름을 모르겠소? 나는 매주 이 팸플릿을 받지요. 당신은 인류의 구원자, 2000년에 지구를 사악한 로봇의 속박에서 구할 사람이지요."

"맞아요." 청년이 작가의 놀리는 듯한 말투에 의혹을 품고 말했다.

웰스가 주머니에 손을 집어넣고 조롱하듯 방문객을 바라보는 동안 긴장된 침묵이 엄습했다.

"제가 어떻게 이 시대로 왔는지 궁금하실 거라고 생각합니다." 마침내 청년이 대사를 계속하기 위해 구실을 찾아야 하는 사람처럼 말을 했다.

"이제 그 이야기를 할 거잖소, 좋아요." 웰스가 별로 관심이 없다는 투로 말했다.

"좋아요, 설명해 드리지요." 청년은 자기 말을 들어줄 청중의 무관심이 별로 중요하지 않다는 듯 말했다. "전쟁이 시작된 지 얼마 되지 않아 우리 과학자들은 2000년부터 당신의 시대까지 터널을 만들 목적으로 시간의 조직에 구멍을 뚫을 수 있는 기계를 발명했지요. 누군가를 보내 로봇 제작자를 죽여서 전쟁이 일어나기 전에 막으려고 한 거죠. 그러니까, 제가 바로 그 사람이에요."

웰스는 약 1분 정도 진지하게 그를 바라보았다. 그리고 폭소를 터트렸다. 그러자 방문객이 당황하는 모습이 보였다.

"아주 경이로운 상상력을 가지고 있군요, 젊은이." 그가 말했다.

"제 말을 안 믿으시나요?" 청년이 질문이라기보다는 씁쓸하게 확인하는 어투로 물었다.

"물론 믿지 않지요." 작가가 유쾌한 말투로 외쳤다. "하지만 놀라지 말아요. 당신의 거짓말이 신빙성을 줄 만큼 기발하지 않아서는 아니니까."

"하지만 그렇다면 ……" 청년이 혼란스러워하며 물었다.

"사실 나는 2000년으로의 여행도 믿지 않고 그 시대에 인간이 로봇과 전쟁을 한다는 이야기는 더더욱 믿지 못합니다. 그 모든 것이 우스꽝스러운 거짓말에 불과하지요. 길리엄 머레이가 온 영국을 속일 수는 있어도 나는 못 속여요." 웰스가 주장했다.

"그렇다면 …… 당신은 모든 것이 사기라는 것을 안단 말인가요?" 놀라서 정신을 못 차리는 청년이 중얼거렸다.

웰스는 그와 마찬가지로 놀라는 제인에게도 눈길을 보내면서 엄숙하게 고개를 끄덕였다.

"그 사실을 고발하지 않으실 건가요?" 청년이 드디어 물었다.

작가는 아주 오랜 시간 동안 그 질문에 대해 숙고했다는 듯 대답하기 전에 깊은 한숨을 내쉬었다.

"아니오, 나는 그렇게 하고 싶은 마음이 추호도 없소. 만일 사람들이 당신이 놋쇠로 만든 로봇들을 물리치는 것을 보려고 돈을 지불했다면, 아마 그것을 누려야 하니까요. 그리고 미래를 방문했다고 믿는 사람들의 환상을 굳이 깰 필요가 있습니까? 누군가가 그것으로 부자가 된다는 사실 때문에 그들의 꿈을 짓밟을 수는 없는 일 아니겠소?"

"알겠습니다." 방문객이 낮은 소리로 말했다. 그리고 아직도 놀라서 심지어 감탄하면서 덧붙였다. "모든 것이 거짓이라고 생각하는 사람은 당신뿐입니다."

"글쎄요, 나는 다른 사람들에 비해 분명히 장점이 있지요." 웰스가 대답했다.

점점 더 당혹스러운 표정을 짓는 청년을 작가는 너그러운 미소를 지으며 바라보았다. 제인 역시 그를 호기심 어린 눈으로 바라보았다. 작가는 무겁게 한숨을 내쉬었다. 자신의 빵을 제자들과 나눌 때가 왔다. 아마도 제자들은 그가 십자가를 지는 것을 도와줄 것이다.

"1년 전쯤," 웰스가 두 사람을 향해 설명했다. "『타임머신』을 막 출간했을 때 한 남자가 나를 찾아와서 그가 방금 끝낸 소설을 하나 전해 주었소. 『타임머신』처럼 과학적인 로맨스를 다루었지요. 그는 내가 그 원고를 읽기를 원했고 만일 나의 의견이 호의적이면 나의 편집장인 헨리에게 출간 추천을 해 달라고 했소.”

청년은 그 모든 일이 그와 무슨 상관이 있는지 이해하지 못하겠다는 듯 천천히 고개를 끄덕였다. 웰스는 등을 돌리고 거실의 선반을 가득 채우는 책과 서류철을 뒤지기 시작했다. 마침내 찾던 것을 발견했는데 두툼한 원고였다. 그는 그것을 테이블 위로 던졌다.

“그 사람은 길리엄 머레이요. 그가 1895년 10월 그날 오후 나에게 전해 준 소설이오.”

손을 뻗어 청년에게 제목을 읽어 보라고 말했다. 청년은 원고에 다가가 글자 하나하나를 씹기라도 하듯 떠듬떠듬 읽었다.

“『데릭 섀클리턴 대장, 미래 영웅의 진실되고 감동적인 이야기』, 길리엄 머레이 지음.”

“그렇소.” 웰스가 확인했다. “책의 내용이 무언지 알고 싶소? 소설은 2000년을 배경으로 하는데 인간들과 사악한 로봇의 전쟁을 다루고 있소. 인간들은 용감한 데릭 섀클리턴 대장 덕분에 자유를 얻지요. 줄거리가 익숙하지 않소?”

청년은 그렇다고 했다. 하지만 아직도 어리둥절한 그의 표정은 그가 모든 것을 이해하지 못하고 있음을 말해 주었다.

“만일 길리엄이 회사를 만든 뒤 소설을 썼더라면 내가 아무리 타고난 회의주의자라도 그가 말하는 2000년이 사실이라는 것을 의심할 아무런 이유가 없지요. 하지만 그는 이 소설을 1년 전에 나에게 전해 주었소. 무슨 뜻인지 이해하겠소? 길리엄은 자신의 소설을 현실에 옮긴 거지요. 당신은 그 주인공이고요.”

원고를 집어 정확한 페이지를 찾아 읽자 청년은 어안이 벙벙했다.

"데릭 섀클리턴 대장은 위압적인 근육과 늠름한 얼굴을 가진 인간의 장엄한 표본으로, 그의 눈에는 우리에 갇힌 표범의 사나운 기운이 넘쳤다."

청년은 그 내용을 듣고 얼굴이 붉어졌다. 그것이 자신의 모습일까? 자기 눈이 우리에 갇힌 표범의 눈일까? 그럴 법도 했다. 태어나는 순간부터 그는 항상 궁지에 몰렸었다. 그의 아버지, 삶, 불운 그리고 최근에 머레이의 싸움꾼들에게까지. 무슨 말을 할지 몰라 웰스를 바라보았다.

"글솜씨가 전혀 없는 작가의 끔찍한 표현이기는 하지만 당신이 그 인물과 완벽하게 일치한다는 사실은 부인할 수 없겠네요." 웰스가 경멸의 투로 원고를 테이블에 던지면서 말했다.

모두 아무 말도 없었다. 잠시 침묵이 흘렀다.

"어찌되었든 버티," 마침내 제인이 끼어들었다. "이 청년은 당신의 도움이 필요해요."

"아, 그렇군요." 웰스가 탐탁지 않게 대답했다. 노련하게 머레이의 정체를 폭로한 것으로 방문자의 문제를 해결했다고 생각한 그가 물었다.

"진짜 이름은 무엇인가요?" 제인이 청년에게 물었다.

"제 이름은 톰 블런트입니다." 그는 그녀에게 예의 바르게 고개를 숙이며 대답했다.

"톰 블런트." 웰스가 조롱하며 되풀이했다. "영웅의 이름처럼 들리지는 않는데."

제인이 그에게 나무라는 눈초리를 보냈다. 그녀는 남편이 자신보다 신체적으로 우월한 사람 앞에 설 때마다 느끼는 신체적 열등감을 이기기 위해 경멸적인 말투를 쓰는 것을 참지 못했다.

"말해 보시오, 톰." 웰스가 목을 가다듬고 말했다. "무엇을 도와드릴까요?"

톰은 한숨을 쉬었다. 모자에서 즙이라도 짜내듯이 그것을 꼭 움켜쥐고 시선은 겸허하게 바닥을 바라보았다. 이제는 미래의 용감한 영웅이 아니고 가엾은 악마로서, 두 부부에게 오줌을 누기 위해 설치해 놓은 무대에서 좀 떨어진 곳으로 갔다가 생긴 일부터 모두 이야기했다. 그들을 혼란스럽게 하지 않기 위해서 클레어 해거티라는 여성이 그가 투구를 벗으려는 순간에 갑자기 나타났으며 그로 인해 생긴 모든 문제들까지 이야기했다. 그리고 퍼킨스의 예를 들면서 머레이가 배우들이 공연을 망치지 않도록 하기 위해서 좋지 않은 방법을 사용한 것을 폭로했다. 그의 추측을 듣고 작가의 아내는 소름끼치는 비명을 질렀고 작가는 길리엄 머레이는 그러고도 남을 만한 사람이라는 듯 고개를 저을 뿐이었다. 톰은 계속해서 그들에게 클레어 해거티를 시장에서 만난 일과 그 결과를 생각지 않고 남자로서의 본능에만 충실해서 그녀와 만나기로 약속한 것 그리고 그녀가 그를 따라 여관에 가도록 편지에 대해 꾸며낸 일을 말했다. 그는 바닥에서 눈을 떼지 못한 채 자신의 행동이 옳지 않았음을 고백했다. 후회는 하지만 그들이 자기 행동을 판단해서는 안 된다며 자기 행동이 예상치 못한 결과를 가져왔다고 말했다. 소녀는 그와 사랑에 빠져서 그 모든 것이 진실이라고 확신하고, 그의 말에 순종해서 첫 번째 편지를 써서 해로우 언덕에 놓아두었다고 말했다. 그는 그 편지를 꺼내 굳은 얼굴로 이야기를 듣고 있는 웰스에게 건네주었다.

웰스는 편지를 펼치고 요란하게 목소리를 가다듬은 후 호기심이 많은 아내도 들을 수 있도록 큰 소리로 읽기 시작했다. 설교를 하는 신부처럼 감정이 섞이지 않은 목소리로 읽으려고 했으나 어느 부분에서는 감동을 받아 목소리가 떨리지 않을 수 없었다. 너무 아름다운 감정에 그런 사랑을 받을 자격이 없는 자기 앞에 있는 청년에게 질투심을 느낄 정도였다. 웰스는 그토록 절대적인 사랑에 감동을 받아 그 자신의 감정에 대해 점검해 보고, 그가 사랑을 경험하는 모든 방식에 대해 다시 생각하지 않을 수 없었다. 제인의 얼굴에는 동정심이 가득하여 자기 아내도 자신과 비슷한 감정을 느꼈음을 확인할 수 있었다.

"답장을 쓰려고 했어요." 톰이 말했다. "하지만 저는 글을 잘 읽을 줄도 몰라요. 내일 언덕에 편지가 놓여 있지 않으면 해거티 양이 미친 짓을 저지를지도 몰라요.”

웰스 역시 그러한 가능성을 인정해야 했다. 편지의 독특한 어투로 볼 때 충분히 그럴 수 있다.

“저는 당신에게 제 대신 편지를 써 달라는 부탁을 하러 왔어요.” 청년이 그제야 고백했다.

웰스는 황당한 표정으로 그를 바라보았다.

“뭐라고요?”

“세 통밖에 안 돼요, 웰스 씨. 당신에게는 전혀 어려운 일이 아니잖아요?” 청년이 잠시 머뭇거리다 말을 이었다. “돈을 지불할 수는 없지만 언젠가 당신이 문명인답게 해결할 수 없는 문제가 있으면 제가 도와드릴 수 있어요.”

웰스는 그가 하는 말을 믿을 수 없었다. 그런 분쟁에 끼어들고 싶지 않다는 말을 하려는데, 마침 제인의 손이 그의 손을 따스하게 눌렀다. 아내를 쳐다보자 그녀가 좋아하는 로맨틱한 소설을 다 읽었을 때 짓는 꿈을 꾸는 듯한 표정으로 그에게 미소를 지었다. 그리고 톰을 보았다. 그는 기대감에 부풀어 있었다. 대안이 없었다. 상상력을 이용해서 다시 한 생명을 구해야만 했다. 한참 동안 클레어 해거티라는 소녀가 작고 우아한 글씨체로 쓴 편지지를 관찰했다. 사악한 로봇에 맞서서 잔혹한 전쟁을 벌이는 용감한 영웅인 척하며 이 환상적인 이야기를 이어가고 심지어 다른 여성에게 열정적으로 사랑한다고 고백하는 것이 무척 끌리기도 했다. 게다가 자신의 아내가 그 모든 걸 찬성하니 문제될 게 없지 않은가! 갑자기 세상은 인간의 가장 깊은 본능에 따라 사는 걸 계속해서 점검하는 대신 부추기는 곳으로 변해 버린 것 같았다. 온 지구상에서 질투와 편견이 사라지고, 방종은 부드럽고 아름다운 우정으로 승화되어 모두가 조화롭게 살아가는 것이다. 그 일은 분명 그에게 커다란 자극을 주었다. 그 일을 수락하는 것 말고 다른 방도가 없었다. 그 낯선 소녀와 편지를 주고받는 일이 즐겁고 흥분되는 일임을 인정하자 즐거워졌다.

"좋소." 그가 마지못해 말했다. "내일 편지를 줄 테니 일찍 들르시오."

제인이 청년을 문까지 배웅하는 동안 거실에 혼자 남은 웰스가 가장 먼저 한 일은 길리엄 머레이의 원고를 집어서 다시 눈에 띄지 않는 곳에 감추는 일이었다. 비록 표현하지는 않았지만 길리엄이 잔인한 방법으로 꼭두각시 인형극을 계속하는 것을 보고 깊은 충격을 받았다. 그 사업가 주변에 있는 사람들은 입 다물고 비밀을 지켜야 했다. 인센티브로 그 일을 할 수도 있지만, 그에게는 위협이 훨씬 효과적인 것 같았다. 길리엄이 그러한 비열한 방법을 별 문제 없이 사용하는 것을 알게 되자 온몸이 떨렸다. 그 작자가 자기의 적이거나 아니면 적어도 그렇게 보였기 때문이다. 그가 매주 보내 주는 팸플릿을 집어서 씁쓸하게 살펴보았다. 아무리 혐오스러워도 웰스는 그 모든 것이 자기 잘못임을 부인할 수 없었다. 그렇다, 머레이 시간여행사는 그 덕에, 그의 결정 덕에 존재하게 되었다.

길리엄 머레이와는 단 두 번 만났지만 원수가 되기까지 여러 번 만날 필요가 없는 사람들이 있다. 길리엄이 바로 그런 사람이었다. 첫 번째 만남은

4월 어느 날 오후 바로 그 거실에서 이루어졌다. 그날을 떠올리며 길리엄 머레이의 육중한 몸이 앉아 있던 안락의자를 떨리는 눈으로 바라보았다.

길리엄이 그의 집에 나타나 끈끈한 미소를 지으며 명함을 내밀었을 때 소처럼 거대한 그의 몸에 놀랐으나, 뼈가 말랑거리듯이 몸집에 어울리지 않게 기품 있게 움직이는 모습이 더 인상적이었다. 웰스가 그의 앞 팔걸이의 자에 앉았고, 두 사람은 제인이 차를 대접하는 동안 신중하게 예의를 갖추어서 서로를 바라보았다. 아내가 거실을 나가자 낯선 사람은 애교를 부리는 미소를 더 환하게 짓고 그에게 그렇게 빨리 맞아 준 것을 감사하고, 그의 소설 『타임머신』에 대한 찬사를 늘어놓기 시작했다. 무언가를 칭찬할 때 자기 자신을 드러내며 세상에 자신의 뛰어난 감성과 지혜를 자랑하는 사람들이 있는데, 길리엄 머레이가 바로 허영심이 많은 그런 부류에 속했다. 그의 소설을 격렬하게 찬양하고, 격앙된 어투로 그 구성이나 상상의 힘에서부터 주인공이 입은 옷 색깔까지 칭찬을 늘어놓았다. 웰스는 예의 바르게 그의 말을 듣기만 했다. 다른 팬들처럼 정중한 편지에 소설에 대한 평을 적어서 보내는 대신, 그런 식으로 그를 난처하게 만들며 오후 시간을 허비하게 만드는 사람의 의도가 도대체 무엇인지 궁금해졌다. 그러한 열렬한 찬사를 불쾌하지만 해롭지 않은 보슬비를 맞으며 걷는 사람처럼 불편하게 고개를 끄덕이며 응대했다. 그리고 그 지루한 찬사가 빨리 끝나고 일상으로 돌아가기를 바랐다. 하지만 곧이어 그것이 방문의 진짜 이유를 말하기 전에 매끄럽게 진행하기 위한 서론에 불과하다는 사실을 깨달았다. 열정적인 연설을 마치자 길리엄은 서류가방에서 두툼한 원고를 꺼내 성스러운 보물이나 갓 태어난 신생아를 건네주듯 조심스레 그의 양손에 놓아 주었다. 『데릭 새클리턴 대장, 미래 영웅의 진실되고 감동적인 이야기』. 웰스는 놀라서 제목을 읽었다. 그 거인이 그에게 원고를 읽어 보고 마음에 들면 헨리에게 추천해 달라고 했을 때, 어떻게 그와 일주일 후에 다시 만나기로 약속했는지 지금은 기억조차 나지 않았다.

작가는 우연찮게 자신의 손에 들어온 원고를 고문당하는 사람처럼 읽기 시작했다. 흥미를 느끼게 할 능력이 없어 보이는 그 우쭐대는 멋쟁이의 상상력에서 나온 원고는 처음부터 전혀 읽고 싶은 마음이 들지 않았다. 그의 예상이 적중했다. 허세를 부리는 듯한 글을 읽어내려 갈수록 머릿속에 이제 더 이상 팬들과 약속 같은 건 하지 말아야겠다는 결단 외에 따분함이 밀려왔다. 길리엄은 허황되고 최면을 거는 듯한 바보 같은 원고를 전해 준 것이다. 자신의 책에 영향을 받아 서점 진열장을 채우기 시작한 다른 많은 책들처럼 투기성향의 유행을 따른 원고였다. 기술적인 잡동사니, 절정에 오른 과학기술에 영감을 받아, 인간의 가장 비밀스런 욕구를 실현하려는 모든 종류의 허황된 기계들을 보여 주는 책들과 같은 종류. 웰스는 그런 책을 한 권도 읽지 않았지만 헨리가 식사하는 중에 그런 소설들의 우스운 줄거리를 들려 주었다. 그중 하나가 뉴욕 사람 루이스 세나렌의 책으로, 우주선 안에서 주인공들이 지구의 오지를 탐험하며 인디언 부족들을 모두 쓸어 버린다는 내용이다. 하지만 무엇보다도 웰스의 머릿속에 남은 것은 물건의 크기를 크게 하는 기계를 만든 유대인 발명가 얘기였다. 헨리가 별것 아니라는 듯이 들려 주었지만, 나무로 만들어진 거대한 빈대의 공격을 받은 런던의 이미지는 그를 겁에 질리게 하는 데 충분했다.

길리엄 머레이의 소설 줄거리는 그와 유사한 기분을 느끼게 했다. 요란스러운 제목 뒤에 한 정신이상자의 허황된 투기가 있었다. 길리엄은 세월이 흐르면서 로봇들, 런던 시내의 가게에서 파는 어린이를 위한 장난감이 생명을 갖게 된다고 주장했다. 믿기 어렵지만, 인간과 놀라울 정도로 유사한, 나무로 만들어진 두개골 밑에 생각이 기지개를 켤 것이다. 그동안 인간들에게 무시를 받아 온 로봇들이 무서운 원한을 품게 된다는 사실을 발견한 독자들은 깜짝 놀랄 것이다. 마침내 증기로 움직이는 전투 로봇 솔로몬의 지휘하에 그들은 무자비하고 거침없이 인류의 운명을 결정했다. 몰살. 수십 년이 지난 뒤 지구는 폐허가 되고 인류는 한 떼의 놀란 쥐 같은 운명이 되었으나 그중에 한 구원자가 나타난다. 용감한 새클리턴 대장이 등장해 무익한 전쟁을 여러 차례 치른 뒤 칼로 벌이는 우스운 결투를 통해 솔로몬의 정복 야욕에 종지부를 찍었다. 이미 말도 안 되게 터무니없는 그 이야기의 마지막 페이지에서 길리엄은 아주 당혹스런 도덕적 교훈을 집어넣는 만용을 저질렀다. 영국 전체, 아니 최소한 장난감 발명가들 단체가 반성하기를 바란다고 한 것이다. 웰스는 만일 인간이 생명체를 만들어 신에 맞서면 곧 벌을 받는다는 것으로, 그 작품의 교훈을 이해할 수 있었다.

그런 이야기는 풍자적인 기능을 갖고 있겠지만, 문제는 길리엄이 그것을 지나치게 진지하게 다루었다는 점이다. 엄숙한 분위기 때문에 줄거리가 더 우스워졌다. 2000년에 대한 길리엄의 예상은 전혀 진실성이 없어 보였다. 그 외에도 그의 문체는 유치하고 웅변적인 데다 등장인물들은 서글프게 묘사되어 있고 대화는 활기가 부족했다. 결론적으로 누구나 작가가 될 수 있다고 여기는 사람의 소설이었다. 미를 추구하려는 야심 없이 글자를 하나하나 쌓는 것으로는 작가가 될 수 없다. 그렇게 되면 이해할 수는 있으나 읽는 재미가 없다. 길리엄은 글을 잘 쓰는 것은 케이크에 당의를 입혀 장식하는 것과 비슷하다고 믿는 탐욕스러운 독자층에 속했다. 그런 확신으로 그로테스크한 미사여구와 목에서 턱 막혀 버리는 우스운 과시로 가득한 용어를 써 가며 지나치게 멋 부리는 글을 쓴 것이다. 웰스는 마지막 페이지에 다다랐을 때 현기증이 일 정도였다. 그 소설은 벽난로에 던져 버리는 것이 제격이었다. 시간여행을 할 수 있다면, 과거로 가서 그 작자가 그런 작품으로 미래 문학의 명예를 손상하기 전에 그 손을 망치로 때려 주고 싶은 심정이었다. 하지만 길리엄 머레이에게 진실을 이야기하는 걸 자신이 떠맡고 싶지는 않았다. 소설을 편집장인 헨리에게 건네주어서 그것을 거부하는 책임을 회피할 수 있을 테니까. 분명 헨리는 그 책을 거부할 것이고 자신은 아무런 후회도 남지 않을 것이다.

머레이와 다시 만날 날이 다가오는 데도 웰스는 어떻게 할지 아직 결정을 못 내렸다. 길리엄은 그의 집에 거만한 미소를 지으면서 나타났으나 웰스는 과도하게 예의 바른 태도 뒤에 숨겨진 초조함을 엿보았다. 길리엄은 그의 판결을 빨리 듣고 싶어 했으나 두 사람은 예의에 신경을 써야 했다. 인사말을 주고받고, 웰스는 그를 거실로 안내하고, 둘 다 의자에 앉자 제인이 차를 대접했다. 작가는 그 침묵의 시간을 이용해 두툼한 입술에 진지한 미소를 지어 보였다. 갑자기 예기치 않던 힘이 웰스에게 충만해졌다. 소설을 쓰는 행위 뒤에 숨겨진 꿈을 그는 어느 누구보다 잘 알고 있었다. 그리고 그것을 쓰기 위해 작가가 얼마나 많은 밤을 지새우며 고생했는지가 아니라 최종 결과의 장점만으로 작품을 판단하는 사람들의 눈에 그것이 얼마나 하찮게 보이는지도 잘 알고 있었다. 아무리 건설적이라도 부정적인 평가는 작가에게 고통스러울 것이다. 그가 부상당한 용감한 군인처럼 대응하든, 아니면 심연의 밑바닥에 떨어져 자존심이 너덜너덜해진 연약한 작가처럼 대응하든, 충격적이기는 마찬가지였다. 이제, 아브라카다브라. 웰스의 손에 그 낯선 사람의 꿈이 놓여 있다. 그는 그것을 파괴할 수도 보존할 수도 있다. 그 최악의 소설에 대한 판결은 헨리에게 맡길 수 있다. 문제는 자기 힘을 선을 위해서 사용하고 싶은지, 아니면 악을 위해서 사용하고 싶은 건지, 아니면 그 거만한 사람이 진실 앞에서 어떻게 반응하는지 보고 싶은 건지, 아니면 반대로 헨리의 진단을 받을 때까지 자신이 좋은 작품을 썼다고 생각하도록 자비로운 거짓말을 할지에 대한 결정을 내릴 순간이었다.

"자, 웰스 씨?" 제인이 방을 나가자마자 길리엄이 초조하게 물었다. "제 소설이 어떤가요?"

웰스는 갈림길에 다다른 것처럼, 우주가 어떤 길을 가고 어디로 흘러가야 할지 알기 위해 그의 결정을 기다리는 것처럼 방의 공기가 가볍게 진동하는 것을 느꼈다. 그의 침묵은 사건의 흐름을 막고 있는 댐, 방파제 같았다.

아직도 자기가 그때 왜 그런 결정을 내렸는지 모른다. 정말로 어떤 결정을 원해서 내린 것은 아니었다. 어떤 쪽으로도 결정할 수 있었다. 하지만 한

가지 사실은 분명했다. 사악한 마음으로 그렇게 한 것이 아니라 자신의 앞에 앉아 있는 사람이 그렇게 잔인한 충격을 어떻게 받아들일지 궁금해서였다. 그는 자존심에 상처입은 사실을 애서 감추고 교양 있게 웰스의 의견을 받아들일지, 어린아이나 사형선고를 받은 사람처럼 그 앞에서 무너져 내릴지 궁금했다. 어쩌면 격노하여 그의 목을 조르기 위해 그에게 달려들 가능성도 배제할 수 없었다. 아무리 위장한다고 해도 어쨌든 그 가여운 남자의 영혼을 가지고 실험을 하는 것이다. 유익한 발견을 하기 위해 쥐를 희생시켜야 하는 과학자처럼, 웰스는 그 낯선 사람의 대처능력을 알아보고 싶었다. 그것은 그가 작가에게 자기 원고를 읽으라고 주면서 그에게 그들이 사는 비열한 사회의 집행관처럼 행동할 수 있는 무한한 권력을 부여해 주었기 때문이다.

어떻게 할지 결정하자 목을 가다듬고 그의 말이 방문객에게 끼칠 수 있는 부정적인 영향에는 관심이 없다는 듯 예의를 갖추면서도 냉랭한 말투로 대답했다.

"당신의 작품을 매우 주의 깊게 읽었습니다, 머레이 씨. 하지만 그 작품을 읽는 일이 하나도 즐겁지 않았다는 것을 고백합니다. 칭찬하고 박수쳐 줄 만한 점을 전혀 발견하지 못했어요. 당신을 동료로 생각하기에 거짓말은 전혀 도움이 되지 않는다고 판단해서 이렇게 말씀드립니다."

길리엄의 얼굴에서 갑자기 미소가 사라졌다. 볼품없는 손으로 의자의 팔걸이를 새의 발톱처럼 꽉 붙들었다. 웰스는 그의 표정 변화에 주목하고 최대한 예의를 갖추어 그의 상처에 기름을 끼얹었다.

"너무 순진한 생각에서 시작했을 뿐만 아니라 아주 드문 가능성을 활용하지 못하고 매우 불운한 방식의 전개를 택했다고 생각합니다. 당신의 작품은 혼란스럽고 정신이 없으며 장면들이 치밀하게 전개되지 않아서, 독자는 사건들의 서술 방식에 최소한의 논리도 없이 마음 내키는 대로 전개했다는 인상을 받습니다. 줄거리 면에서는 그렇게 불쾌할 정도로 자유분

방한 데다, 제인 오스틴의 낭만적인 소설을 좋아하는 공중인 같은 문체가 합쳐져서 지루하게 느껴질 뿐만 아니라 작품에 대해 심각한 거부반응을 일으키게 합니다.”

그즈음 웰스는 곤충학자처럼 호기심을 갖고 안색이 변하는 방문객을 관찰하려고 말을 멈추었다. 그러한 평을 듣고 폭발하지 않으려면 얼음으로 되어 있어야 한다고 생각했다. 길리엄은 얼음으로 되어 있을까? 그가 충격을 극복하려고 노력하는 모습을 보았다. 입술을 깨물고 젖소의 우유를 짜듯이 주먹을 쥐었다 폈다 했는데 그가 얼음으로 되었는지 아닌지 곧 알게 될 것이다.

“도대체 무슨 소리를 하는 거요?” 드디어 머레이가 의자에서 벌떡 일어서며 목에 힘줄이 돋아날 정도로 갑작스런 분노에 사로잡혀서 따졌다. “내 작품을 대체 어떤 식으로 읽은 거요?”

아니다, 길리엄은 얼음이 아니었다. 완전한 불덩이였다. 웰스는 곧 그가 무너지지 않을 것을 알아챘다. 그의 방문객은 병적으로 거만한 부류에 속한다. 여간해서는 용기를 잃지 않으며, 자부심이 매우 강해서 자기가 제안만 하면 모든 것을 할 수 있다고 믿는 부류였다. 즉 새를 위해 작은 집을 짓는 것이나 과학적인 로망스풍의 소설을 쓰는 일도 말이다. 하지만 유감스럽게도 길리엄은 참새들의 집을 짓는 것만으로 만족하는 사람이 아니었다. 그는 자신이 특별한 상상력을 가지고 있고, 사전에 있는 용어들을 유창하게 사용할 줄 알거나, 완전하지는 않더라도 작가라는 매력적인 직업에 종사할 재능을 받았다고 세상에 보여 주기 위해 모든 노력을 사용하기로 했다. 웰스는 격분하여 거의 울부짖으며 그의 비평을 몰상식하다고 비난하는 자신의 방문객을 진정시키려고 노력했다. 상대가 많이 흥분하면서 움직이는 것을 보고 자신의 선택에 대해 후회하기 시작했다. 만일 계속 그런 방향으로 신랄하게 비판하여 그의 소설을 파괴한다면 더 불쾌한 상황을 맞게 될 것이다. 하지만 다른 대안이 있나? 그 작자가 화가 복받쳐서 그의 머리카락을 송두리째 뽑아 버린다고 자신이 말한 모든 것을 부인할 것인가?

다행스럽게도 길리엄은 곧 평정을 되찾았다. 몇 차례 공기를 들이마신 뒤 고개를 이리저리 돌리고 자세를 바로잡으려는 노력의 일환으로 손을 무릎 위에 내려놓았다. 마음을 진정시키려는 그의 노력이 웰스에게는 몇 년 전에 대극장에서 리처드 맨스필드가 《지킬 박사와 하이드》라는 작품을 공연하면서 보여 준 인상적인 변신의 패러디처럼 보였다. 마음속으로 안도하며 그를 내버려두자, 길리엄은 평정심을 잃은 것에 대해 부끄러워했다. 웰스는 상대가 강한 성향의 기질을 가진 영리한 사람이라는 점을 깨달았다. 길리엄은 인생을 살아오면서 그러한 격노를 조정하는 법을 배웠고 그 자신이 자부심을 느낄 만한 통제력도 지니고 있었다. 하지만 웰스는 그의 허영심에 상처를 입히며 그의 통제력도 완벽하지 않다는 사실을 보여 주면서 그의 아픈 곳을 건드렸다.

"당신은 모든 사람이 좋아하는 소설을 쓸 정도로 운이 좋은 사람인지도 몰라요." 길리엄이 진정하자 전투적인 어투로 말했다. "하지만 다른 사람들의 작품을 평하는 데 필요한 능력은 부족하군요. 질투심 때문이 아닌지 의심이 듭니다. 왕이 어릿광대가 자기 왕좌에 앉아서 자기보다 더 통치를 잘한다고 두려워합니까?"

웰스는 속으로 미소를 지었다. 상대는 분노가 치밀었다가 이제 침착한 척 위장하면서 전략을 바꾸었다. 며칠 전에는 그렇게 칭찬하던 자기 소설을 통속소설로 품격을 떨어뜨렸다. 그리고 자신의 문학적인 재능의 부족과는 관련이 없는 이유, 질투심을 들추어냈다. 그것이 화가 나서 소리를 지르는 것보다 훨씬 낫다. 이제는 말로 하는 검술의 단계로 들어간 것이다. 그것이 작가를 흥분시켰다. 말은 그가 특히 자신 있는 영역이기 때문이다. 그는 자신의 의견을 강하게 표현했다.

"당신은 당신의 작품에 대해 마음대로 생각할 완벽한 자유가 있소, 머레이 씨." 그가 침착하게 말했다. "하지만 저는 당신이 내 집에 당신의 작품에 대한 의견을 구하러 왔다고 생각하는데, 그건 당신이 나의 평가를 인정해 줄 정도로 내가 그 분야에 대해 잘 안다고 간주하기 때문이지요. 당신이 듣고 싶은 말을 하지 않아서 유감이지만 내 생각은 그래요. 당신의 황당한 아이디어의 치명적 약점에도 불구하고 당신 소설을 좋아하는 사람이 있을지 의구심이 듭니다. 아무도 당신이 묘사한 그런 미래를 믿는 사람은 없을 겁니다."

길리엄은 잘 알아듣지 못하겠다는 듯 고개를 갸우뚱했다.

"제가 서술한 미래가 가능성이 없다는 뜻인가요?" 그가 물었다.

"그렇소. 그것이 정확하게 내가 말하려던 것이고, 거기에는 여러 가지 이유가 있소." 웰스는 안색도 변하지 않고 대답했다. "로봇이 아무리 정교하다고 할지라고, 생명을 가질 수 있다는 설정은 우스꽝스럽다고 하지는 못하더라도 받아들일 수 없습니다. 다음 세기에 세계적인 전쟁이 일어난다는 사실도 역시 받아들일 수 없어요. 그것은 절대 일어나지 않을 겁니다. 당신이 고려하지 않은 다른 자세한 것을 언급하지 않더라도, 예를 들면 2000년의 주민들이 계속해서 기름등잔으로 불을 밝힌다는 내용이죠. 누구라도 조만간 전기가 사용될 거라고 추측할 수 있으니까요. 판타지도 진실을 요구합니다. 내 소설을 예로 들어서 죄송합니다. 802,701년을 그리기 위해서 난 논리적으로 생각했어요. 인류가 대립되는 두 종으로 나누어지는데, 엘로이 인들은 게으른 향락주의에 빠져 있고, 몰록 인들은 지하의 괴물 같은 주민들이죠. 이들은 우리의 엄격한 자본주의 사회가 야기할 가능한 결과 중 하나를 시사합니다. 맥이 풀리기는 마찬가지지만 미래의 지구가 당면할 고통은 천문학자와 지리학자들이 매일 잡지에 싣는 암울한 징조에 기초를 두지요. 그것을 바탕으로 추측을 하지요, 머레이 씨. 어느 누구도 나의 802,701년이 완전히 틀렸다고 말할 수 없어요. 물론 다른 결과가 나올 수도 있어요. 무엇보다도 세월과 함께 아직 우리 시대에 예측할 수 없는 요소들이 작용할 경우에 말이지요. 하지만 어느 누구도 내 생각이 틀리다고 할 수 없어요. 반면 당신의 생각은 엄격한 검증을 통과할 수가 없어요."

길리엄 머레이는 한동안 그를 가만히 바라보다가 드디어 입을 열었다.

"웰스 씨, 아마도 당신 말이 옳을 겁니다. 내 소설은 문체와 구성 면에서 많은 수정이 필요할 수 있지요. 첫 작품이니 그럴 수 있습니다. 나도 그것이 훌륭하고 수용할 만하다고 예상하지 않았습니다. 하지만 2000년에 대한 내 가정을 의심한다는 점은 받아들일 수 없습니다. 그건 내 문학적인 재능을 평가하는 것이 아니라 지성을 모욕하는 거니까요. 내가 가정한 미래는 다른 미래와 마찬가지로 정말 실현될 수 있으니까요."

"그 말을 믿지 못하는 것을 용서하시오." 웰스가 냉정하게 대답했는데, 이쯤에서 자비를 베풀 시간은 지났다고 생각했다.

길리엄 머레이는 다시 화가 치미는 것을 참아야 했다. 경련을 일으키듯 그는 의자에서 몸을 뒤척였다. 하지만 잠시 후 다시 느긋하고 심지어 불만스런 자세를 취했다. 잠시 웰스를 마치 생전 처음 보는 희귀한 벌레처럼 호기심을 가지고 관찰하더니 큰 소리로 너털웃음을 웃었다.

"당신과 내가 무엇이 다른지 아시오, 웰스 씨?"

작가는 대답할 필요가 없다고 생각해서 어깨만 움찔했다.

"관점이지요." 길리엄이 말을 이었다. "사건에 대한 관점 말이오. 당신은 순응주의자이지만 난 아닙니다. 당신은 독자들을 당신과 공모자처럼 속이는 것으로 만족하지요. 당신은 독자들이 믿어 주기를 기대하면서 앞으로 일어날 수 있는 사건에 대해서만 쓰지요. 하지만 항상 그것이 소설이고 결과적으로 순전한 허구라는 것을 알고 있소. 하지만 난 그것에 순응하지 않아요, 웰스 씨. 난 안 그래요. 내 생각을 소설로 쓴 것은 순전히 상황적인 이유 때문입니다. 종이와 좋은 손목만 있으면 되니까요. 진지하게 말씀드리자면 내 작품을 출간하느냐 아니냐는 별로 중요하지 않아요. 소수의 독자들이 그 책을 좋아하는지, 내가 거기서 묘사한 미래가 신빙성이 있는지 논쟁하는 것으로는 만족 못 합니다. 왜냐하면 독자들은 그것을 항상 나의 창작물로 간주할 테니까요. 아닙니다. 난 상상력이 풍부한 작가로 인정받는 것보다 훨씬 더 많은 것을 바랍니다. 난 사람들이 그것이 내 창작물인지도 모르고, 2000년은 내가 서술한 모습 그대로일 거라고 믿기를 바랍니다. 당신에게는 진실성이 없어 보일지 모르지만 난 사람들이 실제로 그것을 믿게 할 수 있습니다. 그걸 증명해 보이지요. 웰스 씨, 난 그걸 소설로 보여 주지 않을 겁니다. 그러한 유치한 책략은 당신에게 맡기지요. 당신은 당신의 판타지를 계속 쓰세요. 나는 그것을 현실로 옮길 겁니다."

"현실로?" 웰스가 방문객이 무슨 말을 하는지 이해하지 못하고 물었다. "무슨 뜻인가요?"

"곧 알게 될 겁니다, 웰스 씨. 그 일이 일어날 때 당신이 신사라면 내게 사과하러 찾아올 겁니다."

그는 의자에서 일어나 세상을 그토록 놀라게 한 민첩한 동작으로 재킷을 쭉 폈다.

"안녕히 계시오, 웰스 씨. 나에 대해서나 새클리턴 대장에 대해서도 잊지 마시오. 우리 소식을 곧 듣게 될 거요." 그는 테이블에서 모자를 집어 날렵하게 썼다. "문까지 배웅하지 않으셔도 됩니다. 내가 찾아가지요."

그의 작별인사는 너무나 갑작스러워서 웰스는 의자에 앉은 채 당혹스러워하며 멀어져 가는 그의 발자국소리와 입구의 철책이 열리는 소리를 듣고서도 일어날 수가 없었다. 한동안 의자에 앉아서 머레이의 말을 곰곰이 생각하다가 그런 식으로 자화자찬을 하는 사람에 대해서는 생각할 추호의 가치도 없다는 결론을 내렸다. 그 후 몇 개월 동안 그에 대한 소식을 접하지 못하자 불쾌한 만남에 대해 완전히 잊어버렸다. 머레이 시간여행사의 팸플릿을 받을 때까지. 그때에야 "나는 그것을 현실로 옮길 겁니다."라고 말한 길리엄의 말뜻을 이해했다. 언론에 불평을 터뜨리는 소수의 과학자와 의사들을 제외하고 온 영국이 그의 '진실성이 없는' 창작품을 진짜라고 믿었다. 아이러니한 점은 그런 현상의 일면에는 자신의 소설 『타임머신』이 미래로의 여행에 대해 대중의 기대감을 부추겼다는 사실이다. 그 점이 웰스를 가장 짜증나게 했다.

그때부터 그는 매주 2000년으로 가는 거짓 시간여행에 참여하라는 초대장이 들어 있는 팸플릿을 받았다. 그 사기꾼은 자신이 만들어 낸 정교한 거짓말의 성채로 운영되는 회사에 대해 다른 누구보다 시간여행의 열기를 불어넣은 장본인인 웰스로부터 축하를 받고 싶었을 것이다. 그러나 웰스는 당연히 그럴 마음이 추호도 없었다. 하지만 최악은 그게 아니라 예의 바른 초대 밑에 있는 메시지였다. 길리엄은 웰스가 그 제안을 절대 수락하지 않고 자신의 초대를 하나의 장난과 웃음거리로 여기지만 또한 하나의 위협으로 여긴다는 사실을 확신할 것이다. 그 이유는 그 봉투에는 항상 우표가 없었고, 그것은 길리엄 머레이가 우체통에 직접 넣거나, 아니면 자기 부하 중 누군가에게 시켜서 보내 준다는 뜻이었기 때문이다. 본질적으로는 동일했다. 즉 웰스에게 들키지 않고 그들이 웰스의 집을 쉽게 맴돌 수 있다는 점과 그를 잊어버리지 않았음을 알리고 그를 감시한다는 점을 상기시키려는 것이다.

하지만 그 모든 사건에서 가장 화가 나는 점은 아무리 그가 원한다 해도 톰이 암시한 것처럼 그는 길리엄을 밀고하지 못한다는 것이다. 그 이유는 길리엄이 이겼기 때문이다. 그렇다. 사업가는 자신의 미래가 신빙성이 있음을 보여 주었고, 그는 화가 나서 널빤지 조각들을 내던지는 대신, 선선히 패배를 인정해야 했다. 그가 품위를 지키는 동안 길리엄은 재물의 운을 누렸고 그는 그 모습을 지켜보아야만 했다. 사업가는 그 상황을 무척 즐기는 듯했는데, 일종의 의식처럼 우체통에 등장하는 그 팸플릿으로 자신이 승리를 거두었음을 상기시켰을 뿐 아니라 자신의 정체를 밝히면서 그를 위협한 것이다.

"나는 그것을 현실로 옮길 겁니다." 그가 말했었다. 놀랍게도 그는 그 약속을 지켰다.

그날 오후 웰스는 평소보다 더 멀리 혼자서 자전거를 타고 산책을 했다. 페달을 밟는 동안 생각을 정리하고 싶었다. 그가 즐겨 입는 벨트가 달린 코트를 입고 서리의 좁은 길을 천천히 달리며, 페달을 밟는 다리의 노동과는 상관없이 머릿속으로는 허망한 생각을 품은 클레어 해거티라는 소녀에게 어떻게 답장을 쓸지 구상하고 있었다. 톰이 찻집에서 상상의 이야기를 꾸며냈을 때 설정한 바에 의하면 두 사람 사이에 편지는 일곱 통이 오갈 것이고, 그중에서 그가 세 통, 클레어가 네 통을 쓰게 되고, 마지막 편지에서 그녀는 그에게 양산을 돌려주기 위해 시간을 통과하라고 요청할 것이다. 그 외에는 자신이 원하는 대로 쓸 수 있지만 반드시 톰이 꾸며낸 이야기와 일치해야 한다. 그 이야기를 생각하면 할수록 글을 잘 모르는 그 청년이 무작정 꾸며낸 이야기가 그를 사로잡았다. 암시적이고 아름다웠다. 그리고 무엇보다도 시간의 조직에서 시대 사이에 터널을 만들어 파고들어 갈 수 있는 기계가 존재한다는 설정은 그럴듯했다. 물론 머레이가 구상한 미래에 대한 관점이 사실이라면 말이다. 길리엄 머레이가 그 일에 개입되어 있다는 사실은 가장 마음에 안 드는 점이었다. 그건 마치 자신이 불행한 앤드류 해링턴의 영혼을 구하는 일에 개입한 것과 같았다. 그들의 인생은 가까이에 있는 덩굴손처럼 계속해서 엮여야 할 운명에 처해 있는가? 지금은 자신의 적이 만들어 낸 인물, 데릭 섀클리턴 대장의 마음속으로 들어가야 한다는 점이 아이러니했다. 구약의 신처럼 자신이 그 꾸며낸 창조물의 입술에 생명의 호흡을 불어넣어야 하나?

산책을 하고 기분 좋은 피곤을 느끼며 집에 도착했다. 첫 번째 편지에 어떤 내용을 적을지에 대해 어느 정도 아이디어를 갖고 있었다. 외과의처럼 신중하게 식당 테이블 위에 펜과 잉크와 4절지 종이를 올려놓고 제인에게 방해하지 말라고 요청했다. 테이블에 앉아서 깊게 숨을 내쉬고 자기 생애 최초의 연애편지를 썼다.

사랑하는 클레어,

이 편지의 서론을 여러 번 다시 쓴 후에야, 어색하지만 당신이 요청한 대로 당신을 사랑한다고 말하면서 이 편지를 시작할 수밖에 없다는 사실을 깨달았소. 비록 처음에는 그렇게 할 수 없다고 생각했다는 점과, 당신의 요구가 믿음의 행위라는 사실을 설명하려고 종이를 여러 장 버려야 했다는 사실을 고백하겠소. "당신을 보지도 못했는데 어떻게 당신과 사랑에 빠질 수 있겠소, 해거티 양?" 이렇게 쓰기도 했소. 하지만 내가 얼마나 경계심이 많든지 간에 사실을 직면해야만 했소. 당신은 내가 당신과 사랑에 빠졌다는 주장을 했소. 당신 말대로 난 2000년에서 시간의 구멍으로 나올 때 거대한 떡갈나무 옆에서 당신의 편지를 발견했소. 그러니 어떻게 당신의 말을 의심할 수 있겠소. 당신이 내게 말한 모든 것, 우리가 7개월 안에 서로 알게 된다는 것과 우리 사이에 사랑이 싹튼다는 것이 사실임을 이해하기 위해서 더 이상 다른 증거가 필요하지 않았소. 미래의 내가-항상 나지만-당신을 보자마자 사랑하게 되는데, 지금의 내가 어떻게 그렇게 하지 않을 수 있겠소? 그렇게 하지 않는 것은 내 마음을 불신한다는 뜻이오. 그러니 언젠가 결국 생길 감정이 나타나기를 기다리면서 시간을 낭비할 필요가 없는 거요.

다른 한편으로, 당신은 당신이 증명한 믿음의 행위를 내게 요구하고 있소. 찻집에서의 그 만남에서 나를 믿어야 하는 당사자는 당신이었고 당신 앞에 있는 남자와 사랑에 빠질 것을 믿어야 할 사람도 당신이었소. 그리고 당신은 그 사실을 믿었소. 미래의 나는 당신에게 고마워하지. 이런 편지를 쓰는 나는 아직 당신의 피부의 향을 모르지만 당신을 신뢰할 수 있고 당신이 말하는 모든 것이 확실하다는 것을 믿을 수 있소. 당신이 편지에서 말하는 내용이 일어날 거라고 믿을 수 있는데 어떤 면에서는 이미 일어났기 때문이오. 클레어 해거티, 그래서 나는 단지 당신이 누구이든 당신을 사랑한다고만 말할 수 있소. 바로 이 순간부터 그리고 영원히 당신을 사랑하오.

톰은 작가의 글을 읽으면서 손이 떨렸다. 웰스는 그의 역할을 진지하게 수행했다. 그가 꾸며낸 이야기와 그가 맡은 인물의 과거를 존중했을 뿐 아니라, 그의 편지로 판단해 보건대 소녀가 그, 즉 톰에게, 더 정확히 말해서 용감한 섀클리턴 대장에게 사랑에 빠진 것처럼 그도 소녀에게 흠뻑 빠진 것 같았다. 톰은 작가가 단지 그런 척한다는 사실을 알았으나 그의 거짓말이 자신의 초라한 감정을 훨씬 뛰어넘었다는 사실을 짐작할 수 있었다. 당연히 자신의 감정이 더 커야 했다. 그녀와 잠을 잔 사람은 톰 자신이지 작가가 아니었기 때문이다. 만일 전날 톰이 자기 가슴속에서 날개를 펄럭이는 것이 사랑인지 자문했다면, 이제는 대답할 수 있다. 그것을 비교할 수 있는 측정하는 자, 즉 작가의 말을 가지고 있기 때문이다. 톰은, 웰스가 섀클리턴이 느꼈다고 쓴 감정을 그도 느꼈을까, 잠시 생각해 보았다. 그리고 그런 복잡한 질문에 단 하나의 답이 있다고 결론 지었다. 아니다, 작가는 그것을 느끼지 않았다. 그는 앞으로 만나지 못할 사람에게 그러한 영속적인 사랑을 느낄 사람이 절대 아니다.

편지를 존 피치의 비석 옆에 놓아두고 그 모든 일에 만족을 느끼며 런던으로 돌아갔다. 비록 웰스가 클레어에게 요청한 퇴폐적으로 보이는 편지의 끝부분이 불쾌하기는 했지만. 마지막 구절을 불쾌하게 떠올렸다.

그 어느 때보다 나는 시간이 빨리 흐르기를 바라며 우리가 만나기까지 남은 7개월 동안 시간을 세며 기다릴 거요. 클레어, 당신을 만나기를 고대하는 것만큼이나 당신이 내가 사는 시대로 어떻게 시간여행을 할지도 알고 싶다는 사실을 고백해야 할 것 같소. 그런 일이 정말로 가능하오? 나의 경우, 단지 기다리며 내가 할 일을 할 수밖에 없는데, 즉 당신의 편지에 답장을 하며, 내 몫을 하는 것이오. 이 첫 번째 편지가 당신을 실망시키지 않기를 바라오. 내일 당신의 시대로 여행할 때 떡갈나무 옆에 편지를 놓아두겠소. 나의 다음 여행은 이틀 후가 될 거요. 그때쯤 당신의 편지가 나를 기다릴 거라고 생각하오. 아마도 당신에게 용기가 필요하겠지만, 내 사랑, 그 편지에 우리의 사랑이 이루어진 것에 대해 이야기해 달라고 부탁해도 되겠소? 내게 그런 일이 일어나려면 아직 여러 달이 남아 있다는 것을 생각해 보시오. 내가 인내심을 가질 거라고 믿지만 미래에 당신과 경험할 것을 여러 차례 읽으면서 기다림을 참는 것이 더 아름다운 방법이라고 생각하오. 내게 모든 것을 말해 주시오, 클레어. 제발 하나도 빼놓지 말고. 우리가 처음에 그리고 마지막에 어떻게 사랑할지 말해 주시오. 사랑하는 클레어, 왜냐하면 나도 지금부터 당신이 말해 주는 것을 기억하며 살아갈 것이기 때문이오. 여기는 하루하루 살아가는 게 쉽지 않소. 우리 형제들 수천 명이 로봇들의 엄청난 힘 앞에 쓰러지는데 로봇들은 우리의 업적, 우리 존재의 모든 흔적을 지우려는 것처럼 도시를 파괴하고 있소. 만일 내 임무가 실패하고 이 전쟁이 시작되는 것을 막지 못하면 무슨 일이 일어날지 모르겠오. 내 사랑, 세상이 내 주위에서 무너지더라도 나는 미소를 지을 수밖에 없소. 당신의 무조건적인 사랑이

나를 지구상에서 가장 행복한 사람으로 만들어 주었기 때문이오.

D.

클레어는 놀라서 편지를 가슴에 꼭 쥐었다. 누군가 자신에게 그러한 말을 써 주기를, 자신의 호흡을 멎게 하고 심장을 흔들어 놓을 말들을 얼마나 기다렸는지! 그런데 지금 그 일이 일어나고 있다. 지금 누군가 그녀에게 시간을 초월한 사랑으로 그녀를 사랑한다고 말했다. 현기증이 일 만큼 행복에 사로잡혀서 종이를 꺼내 책상 위에 올려놓고 내가 독자들에게 그들의 프라이버시를 보호하기 위해 이야기하지 않은 내용을 톰에게 쓰기 시작했다.

오, 데릭, 내 사랑 데릭, 당신의 편지가 있어야 할 곳에 '있어서' 그리고 사랑으로 가득해서 얼마나 기쁜지 당신은 모를 거예요. 그것은 추호의 의심 없이 내 운명을 받아들일 수 있게 해 주는 충분한 보상이었어요. 가장 먼저 할 일은 당신의 요구를 시간 낭비하지 않고 들어 주는 것이에요. 분명 무안해서 내 볼이 발갛게 변하겠지만 말이에요. 하지만 사실상 당신 것이기도 한 프라이버시를 어떻게 당신에게 거부할 수 있겠어요? 그래요, 당신에게 모든 일이 어떻게 일어날지 말할게요. 비록 그렇게 함으로써 당신이 해야 할 일, 당신이 어떻게 행동해야 하는지 그 방법을 일러 주는 것이지만 말이에요. 그래서 이 모든 게 이상해요.

우리는 찻집 바로 앞에 있는 피카드 여관에서 사랑을 나누어요. 거기서 나는 당신을 믿기로 결정하고 당신과 동행하기로 승낙해요. 하지만 그럼에도 불구하고, 우리가 빌린 방으로 가려고 복도를 걸어갈 때 당신은 내가 몹시 놀란 걸 알게 되죠. 그 이유를 설명하고 싶었는데, 지금이 바로 그 기회네요. 지금 내 말이 당신을 놀라게 할지는 모르지만, 우리 시대, 특히 우리처럼 부유한 가정에서는 딸들에게 본능을 억제하라고 가르쳐요. 불행하게도 사랑의 행위는 단지 생식을 위해서만 이루어져야 한다는 믿음이 확산되어 있죠. 남성들은 적당한 방법으로 육체적인 접촉이 주는 쾌락을 표현할 수 있지만, 우리 여성들은 철저하게 그런 것들에 무관심해야 하는데, 여자들에게 그런 즐거움은 부도덕하다고 간주되기 때문이죠. 그러한 냉담함은 우리 엄마가 평생 동안 보여 준 것이고 결혼한 내 친구들 대부분이 보여 주는 태도예요. 하지만 나는 달라요, 데릭. 항상 나는 바느질과 마찬가지로 그러한 불합리한 억압을 증오했어요. 남성과 마찬가지로 여성들도 쾌락을 경험할 권리가 있고, 당연히 각자가 합당하다고 여기는 대로 그것을 표현할 권리를 가지고 있어요. 또한 한 남자와 긴밀한 관계를 유지하기 위해서 결혼할 필요는 없다고 생각해요. 내게는 사랑을 하는 것으로 충분하죠. 그게 내 신념이에요, 데릭. 여관의 복도를 지나가는 동안 나는 갑자기 그 신념을 실행에 옮길 수 있는지, 아니면 나 자신을 속인 것인지 그리고 내가 그러한 일에 있어서 경험이 전혀 없어서 두려움을 갖는지 확인할 기회가 왔음을 깨달았어요.

이제 당신은 그 사실을 알기 때문에 나를 매우 섬세하고 부드럽게 다루었다고 생각하지만, 너무 앞서가지는 말아야겠죠. 당신에게 하나하나 제대로 설명하겠지만, 당신을 생각해서 미래형으로 설명할게요. 당신의 관점에서 보면 아직 일어나지 않은 일일 테니까요. 좋아요. 더 이상 지체하지 않을게요.

여관방은 매우 수수하지만 편안할 거예요. 오후가 저물어 어두워지고 그래서 당신은 탁자 위의 등잔을 서둘러 켜요. 나는 문 옆에 꼼짝하지 않고 서서 당신의 행동을 보고 있을 거예요. 그때 당신은 나를 잠시 다정스레 바라볼 거예요. 놀란 고양이를 더 놀라게 할까 두려워하는 사람처럼 안심시키는 미소를 지으며 내게 매우 천천히 다가와요. 그리고 거기서 내 기분을 읽으려는지, 아니면 당신의 기분을 알려 주려는 건지 알 수 없는 표정으로 내 눈을 볼 거예요. 그리고 내 입으로 천천히 몸을 기울이는데 느려서 나는 당신의 입술이 나의 입술에 부드럽고 단호하게 닿는 느낌을 느끼기 전에 당신의 뜨거운 호흡, 당신의 몸속에 흐르는 그 뜨거운 열기를 느낄 수 있을 거예요. 그토록 섬세한 입맞춤은 잠시 내 정신을 빼앗아갈 텐데, 그게 내 첫 번째 키스이기 때문이에요, 데릭. 비록 그것이 어떠할지 상상하면서 많은 밤을 보냈지만, 항상 정신적인 면, 그것이 유발할 붕 뜨는 기분만을 상상했고, 신체적인 면과 다른 사람의 입이 나에게 부드럽게 고동치는 것은 전혀 생각하지 않았어요. 하지만 차츰 나는 그 즐거운 접촉에 빠져들 것이고, 우리가 말보다 더 효과적이고 진지한 방법으로 교류하고 그 작은 육체의 부위에 우리의 모든 것을 집중한다고 느끼면서 당신에게 부드럽게 반응할 거예요. 이제 두 영혼이 키스를 하는 행위, 우리의 욕망을 다른 사람의 욕망으로 생기를 불어넣는 것보다 더 가깝게 하는 게 없다는 사실을 알게 되죠.

그때 기분 좋은 간지러움 같은 것이 내 온몸을 돌아다니고 내 피부 밑으로 침투하고 안에서 범람하기 시작할 거예요. 우리 엄마와 무척 조심스러운 내 친구들이 무시하려고 노력한 그러한 감정의 소용돌이였나? 나는 그것을 느낄 거예요, 데릭. 그것을 맛볼 거예요. 그것을 경험할 거예요. 그것을 처음이자 마지막으로 경험하고 있다는 의식을 가지고 그것을 저장해 놓을 거예요. 왜냐하면 당신 외에 다른 남자는 절대 없을 것이고, 그러한 감정을 내 평생 간직해야 하니까요. 내 발 밑에서 바닥이 무너져 내리는 것 같았는데 내 허리를 잡고 있는 당신 손의 느낌이 아니라면 나는 붕 떠 있다는 느낌이 들었을 거예요.

그때 당신은 내 입술에 당신 입술의 흔적을 남기며 내게서 입술을 뗄 거예요. 그러고 나서 호기심 어린 눈길로 부드럽게 나를 바라볼 거예요. 나는 마음을 진정시키려고 노력하죠. 그리고 우리가 옷을 벗고 침대에 누울 순간이 다가오지만, 당신도 나처럼 많이 주저하며 첫 발을 내디딜 엄두를 내지 못해요. 아마도 내가 두려워할 거라고 생각해서일 거예요. 당신 생각이 맞아요, 내 사랑. 난 남자 앞에서 옷을 벗어 본 적이 한 번도 없었거든요. 순간 나는 두려움과 수치심을 느끼면서 꼭 옷을 벗어야만 하는지 생각하게 되죠. 이모들 말에 의하면 아버지는 엄마의 벗은 몸을 한 번도 보지 못하고 결혼했대요. 당시의 풍습을 쫓아서 기품 있는 해거티 부인은 구멍이 하나 있는 속치마를 벗지 않고 침대에 누웠어요. 아버지는 그 구멍을 통해 엄마에게 다가갈 수 있었죠. 나는 속치마를 올리는 것으로 만족하지 않을 거예요, 데릭. 나는 우리의 만남을 통해 가능한 모든 것을 즐기고 싶어요. 그래서 수치심을 극복하고 당신을 달콤하고 진지하게 바라보면서 옷을 벗기 시작할 거예요. 나는 깃털 모자를 벗어 모자걸이에 걸고 재킷, 깃이 높은 셔츠, 블라우스, 코르셋, 치마가리개, 치마, 폴리손과 속치마를 벗고 슬립만 남게 돼요. 계속 당신을 부드러운 시선으로 바라보면서 어깨끈을 내리면 흰 눈이 가문비나무의 나뭇가지에서 흘러내리듯 옷이 흘러내려 발치에 실꾸리처럼 쌓일 거예요. 그 힘든 의식의 마지막 장처럼 나는 속옷을 벗고 완전히 알몸을 드러내고 내 몸을 당신의 처분에, 당신의 손과 당신의 입술에 맡겨요. 정의로운 남자, 인류의 구원자, 내가 사랑에 빠질 수 있는 유일한 남자인 데릭 섀클리턴 대장에게 나를 맡기고 있음을 확실히 알고 있죠.

그리고 내 사랑, 당신은 예술가의 끌이 대리석 내부에서 아름다운 조각을 숨기고 있는 부스러기들을 제거하면서 조각품이 나오기를 기대하는 것처럼 그 복잡한 절차를 지켜볼 거예요. 그때 당신에게 다가가는 나를 보고 당신은 바람이 그 끈들을 잡아당기듯이 셔츠와 바지를 빠르게 벗을 거예요. 우리는 서로를 포옹하고 따스한 몸을 마주 대고, 단단한 금속과 무기를 다루는 데 익숙한 당신의 손이 내 몸을 부드럽고 천천히 존경심을 가지고 탐색하는 걸 느껴요. 우리는 서로 바라보면서 침대에 누울 거예요. 난 솔로몬이 당신을 죽이기 위해 총으로 쏜 상처를 찾으려고 당신의 배를 더듬을 거예요. 당신은 열병을 이겨낸 사람처럼 살아남았지만, 나는 너무 긴장해서 그 상처를 찾지 못해요. 그때 촉촉하고 굶주린 당신의 입술이 침 자국을 남기면서 나의 몸을 핥으며 지도를 다 그리고 난 뒤 당신은 조심스럽게 내 안으로 들어와 내 속에서 매우 섬세하게 움직일 거예요. 하지만 당신이 아무리 조심해도 난 당신의 침입으로 예상치 못한 통증을 느껴요. 그래서 난 미약하게 저항하고 심지어 당신의 머리카락을 잡아당기기도 하죠. 곧 참을 수 없고 달콤하기까지 한 고문이 시작되고 나는 내 속에서 잠자던 무언가가 마침내 기지개를 켜는 것을 감지하기 시작해요. 그 순간의 느낌을 어떻게 설명할 수 있을까요? 하프에 처음으로 손가락이 닿는 것을 상상해 보세요. 하프가 숨기고 있는 음표를 하나도 놓치지 마세요. 초가 타는 것을 상상해 보세요. 초 끝에서 타오르는 불꽃과는 상관없이 촛농이 촛대를 타고 흘러내리며, 촛대 밑에서 아름다운 모습을 자아내는 장면을 상상해 보세요. 당신에게 말하고 싶은 건 그 순간으로 충분하다는 것이고 내가 그런 멋진 흥분, 내 속의 알 수 없는 곳으로부터 내 몸 전체로 퍼지는 그러한 기쁜 쾌락을 느낄지 전혀 몰랐다는 거예요. 비록 처음에는 수치심 때문에 목으로 올라오는 헐떡거림을 억제하느라 이를 악물어야 했지만 곧 온몸을 휩쓰는 쾌락에 빠져서 그 차가운 불의 급류에 휩싸이며 내 육체가 깨어남을 알리면서 흥분된 신음 소리를 내게 될 거예요. 난 참지 못하고 당신이 빠져나가지 못하도록 당신을 필사적으로 잡아당기며 다리로 당신을 꽉 눌러요. 난 내 몸속에 당신이 부드럽게 들어오는 것을 느끼지 않고 어떻게 그때까지 살 수 있었는지 이해할 수 없기 때문이죠. 마지막 흥분을 느낀 뒤 당신은 시트 위에 흔적을 남기고 내 속에서 나가는데 난 갑자기 불완전하고 고아처럼 길을 잃은 느낌을 느껴요. 눈을 감고 내 속에 당신이 남겨 준 행복의 메아리, 당신 존재의 달콤한 울림을 경험할 거예요. 그것이 천천히 사라진 뒤에는 내게 커다란 고독이 밀려오겠지만 좀 더 숭고하고 좀 더 세속적인 즐거움을 누릴 수 있는 쾌락의 오르가슴을 발견한 것에 대해 무한한 고마움을 느끼기도 하죠. 그때 난 손을 뻗어서 마치 연주를 마친 뒤의 바이올린 줄 같은, 아직도 타오르는 땀에 젖은 당신 피부의 감촉을 느낄 거예요. 내가 거의 알지 못하던 모든 것, 내가 누구인지 가르쳐 준 데 대한 고마움의 미소를 지으며 당신을 바라볼 거예요.

톰은 감격하고 놀라서 읽는 걸 멈추어야 했다. 그가 그녀에게 그러한 감정을 일으킨 장본인이란 말인가? 힘없이 떡갈나무에 기대어 그의 시선은 그를 둘러싼 들판을 바라보았다. 그에게 그녀와의 육체적인 관계는 언제나 기억할 즐거운 경험이었으나 클레어는 그 만남을 마치 숭고하고 지울 수 없는 특별한 경험으로 묘사하고, 그것을 세월이 흘러도 그녀의 사랑이란 대성당을 지지해 줄 주춧돌로 여기고 있다. 전보다 더 자신이 무지하다고 느끼면서 톰은 한숨을 내쉬고 편지를 계속 읽었다.

　　당신의 시대로 어떻게 여행을 할지 지금 말할게요. 우리가 찻집에서 만났을 때 우리가 어떻게 했는지 아직 알지 못하던 당신을 기억하면서 이미 일어난 일을 바꾸지 않으려면 비밀을 유지해야 한다고 생각해요. 당신은 작년에 H. G. 웰스라는 작가가 모든 사람에게 미래를 꿈꾸게 해 준 『타임머신』이라는 멋진 소설을 출간한 사실만 기억하면 돼요. 그리고 누군가 그것을 우리에게 보여 주었다는 사실도. 더 이상 얘기할 수는 없어요. 하지만 내 시대에서의 당신 임무가 마무리되지 않고 당신이 사용한 기계가 금지되더라도, 인간은 로봇과의 전쟁에서 이길 것이고 그건 바로 당신 덕분이라는 걸 말하는 걸로 충분해요. 맞아요, 내 사랑. 당신은 감동적인 결투에서 검으로 사악한 솔로몬을 이길 장본인이에요. 정말이에요. 왜냐하면 내 두 눈으로 그것을 보았으니 내 말 믿으세요. 당신을 사랑해요.

　　C.

　　웰스는 편지를 탁자 위에 내려놓고 클레어의 편지가 그에게 일으킨 질식할 듯한 기분을 숨기려고 애쓰면서 톰을 바라보았다. 고개를 거의 움직이지 않고 그에게 그만 가도 된다는 뜻으로 끄덕였다. 혼자 남게 되자 답장을 해야 할 편지를 다시 집어 들고, 흥분이 고조되는 것을 느끼면서 여관에서 두 사람의 만남이 담긴 상세한 과정을 다시 한 번 읽었다. 그 낯선 소녀 덕분에 마침내 여성들의 환희가 어떤 것인지 이해할 수 있었다. 그것은 여성들을 완전히 압도해 버리거나 아니면 거의 닿지도 못하는, 천천히 밀려오는 감정이었다. 남자들이 저속하고 조잡하게 넙적다리 사이에서 황홀경을 느끼는 것과 비교해 볼 때 얼마나 숭고하고 얼마나 빛나고 영원한지. 하지만 모든 여성들이 그렇게 느끼는 걸까, 아니면 그녀가 특별한 걸까? 그녀는 창조주에게 완벽한 감수성을 선사받아 상상할 수 없는 것까지 도달하는 종자인가? 아니다, 아마도 일반적인 평범한 소녀일 것이다. 하지만 그녀는 다른 여성들은 무모하다고 생각하는 성욕을 즐겼다. 톰 앞에서 완전히 옷을 다 벗기로 결심한 것은 이미 그녀가 대담하고, 성적인 관계가 제공할 수 있는 감정을 모두 경험하고 싶어 하는 영혼의 소유자임을 보여 준다.

그것을 확인하자, 웰스는 평생 동안 알게 된 여성들이 체통을 내세우며 자신에게 몸을 바쳤다는 생각에 실망하고 화가 나기까지 했다. 그의 사촌 이사벨은 속치마에 구멍을 내는 경우에 속한다. 그녀는 침대에서 성관계를 할 때만 그 부분을 보여 주었는데, 그것은 딱 그 부분만 놓고 볼 때 웰스에게는 외계인이 빨아들이는 것 같은 입구처럼 공포감을 주었다. 제인은 그러한 문제에 있어서 좀 더 자유롭기는 해도, 접촉을 통해서만 그녀의 몸매에 대해 추측을 할 정도지, 완전히 벗은 몸을 그에게 보여 주지는 않았다. 클레어처럼 숭배할 만한 태도를 보이는 여성을 만나지 못했다. 포교하기가 그렇게 쉬운 그런 소녀와 무엇인들 함께하지 못하겠는가? 여성을 육체적 환희의 열광적인 팬으로 만들고, 항상 쾌락을 주고 받아들일 준비가 된 현대적인 신녀로 변화시키기 위해, 섹스가 여성들에게 미치는 의학적인 효과를 찬양하는 것으로 충분할 것이다. 규칙적인 섹스는, 여성의 얼굴에 빛이 나게 하고 표정을 차분하게 해 주고 몸의 모난 것을 둥글게 해 주면서 여성의 외모를 아름답게 해 줄 수 있다는 것을 집집마다 돌아다니면서 가르쳐 주고 싶었다. 그런 여성 옆에 있으면 그는 분명히 충만하고 평온하고 유익한 사람이 될 것이며, 다른 일에 집중할 수 있을 것이다. 청소년기에 남성을 사로잡아 노인이 되어 육체가 쓸모없어질 때까지 붙들고 있는 근질근질함에서 자유로워져서 다른 유익한 일에 전념할 수 있을 것이다. 그래서 그가 다음에 취한 행동을 이해할 수 있다. 웰스는 클레어 해거티라는 소녀가 날씬하고 유연한 몸을 가릴 옷을 하나도 걸치지 않고 자기 침대에 누워 있는 것을 상상한다. 그녀는 고양이처럼 아부하면서 그가 만지도록 허락할 것이다. 예의 바르게 한숨만 내쉬고 있는 제인과는 달리 그녀는 강렬한 애무를 거침없이 즐길 것이다. 자기 아내의 환희에 대해서는 모르면서 그 낯선 소녀의 환희를 이해하는 게 아이러니하게 보였다. 불현듯 아내 생각이 났다. 그녀는 집 안 어디에선가 새로 도착한 편지를 읽어 주기를 기다리고 있을 것이다.

그녀를 찾으러 식당을 나가며 그사이 흥분을 가라앉히려고 호흡을 가다듬었다. 거실에서 책을 읽고 있는 그녀를 발견하고 아무 말 없이 독약이 든 포도주를 놓고 자신의 피해자에게 효과가 나타나기를 기다리는 사람처럼 편지지를 테이블 위에 내려놓았다. 의심할 바 없이 지난번 편지가 그녀의 정신적인 감정을 바로잡은 것처럼 이번에도 효력을 일으켜서 육체적인 사랑에 대해 그녀의 관점을 달라지게 만들 것이다. 밤공기를 마시러 정원으로 나가 하늘을 지배하는 보름달을 보았다. 하늘이 그에게 늘 일으키는 무의미한 감정 외에 이제는 다른 사람, 이번에는 클레어 해거티라는 소녀가 세상과 교류하는, 훨씬 더 효과적이고 즉흥적인 방법이 그가 느끼는 우둔한 감정에 더해졌다. 그는 그 편지가 자기 아내에게 어떠한 영향을 주었는지 확인할 순간이 왔다는 생각이 들 때까지 정원에서 한참 동안 머물렀다.

서둘지 않고 살그머니 집으로 들어가 거실이나 식당에서 그녀를 발견하지 못하자 침실로 올라갔다. 제인이 창가에 서서 그를 기다리고 있었다. 달빛이 그녀의 벗은 몸을 비추었다. 경탄과 욕구가 뒤섞여서 웰스는 그녀의 몸을 살펴보았다. 전에는 늘 분리되어 천 밑에서 살짝씩 보았던 각각의 부위들이, 이제는 커다란 전체 풍경으로 합쳐져서 당장이라도 날아갈 것처럼 자유롭고 날렵한 것으로 변해 있었다. 유연한 가슴, 잘록한 허리, 호젓한 엉덩이, 음부의 검은 부분, 야성적인 다리의 모습에 감탄했다. 제인은 남편이 놀란 눈으로 자기 몸을 관찰하는 것이 기뻐서 환하게 미소를 지었다. 그때 작가는 어떤 행동을 해야 할지 알았다. 욕망의 명령에 따라 허겁지겁 옷을 벗어 달빛에 알몸을 드러내며 마르고 약한 윤곽을 드러냈다. 남편과 아내가 침실 가운데서 포옹을 하며 그 전에는 한 번도 느껴 보지 못한 것처럼 피부의 기분 좋은 접촉을 느꼈다. 그다음에 이어지는 감정들도 배가가 되는 것 같았다. 클레어의 말이 뇌리에 박혀서 각각의 애무와 키스가 그 효과를 배가시키며 실제인지, 아니면 연상의 결과인지 모를 현기증을 일으켰다. 그들은 마침내 열정적이고 탐욕스럽게 서로를 탐색하려는 욕구를 가지고 즐거움이 머무는 정원 너머로 무엇이 있는지 발견하기를 간절히 원하면서 현기증에 몸을 맡겼다.

시간이 흘러 제인이 잠을 자는 동안 웰스는 침대를 빠져나와 발뒤꿈치로 걸으며 식당으로 가서 억제하기 어려운 행복감에 사로잡혀서 글을 쓰기 시작했다.

내 사랑.

당신이 말한 모든 것을 느낄 수 있는 날이 오기를 얼마나 기다리는지. 당신을 사랑하고 당신이 묘사한 대로 사랑을 나눌 거라는 것 외에 무슨 말을 할 수 있을까? 당신에게 부드럽게 키스할 것이고 당신을 천천히 조심스럽게 애무할 것이고 최대한 조심스럽게 삽입할 거요. 클레어, 당신이 느낄 감정을 생각하면 나의 즐거움은 두 배가 될 거요.

톰은 웰스의 활활 타오르는 단어들을 걱정스럽게 읽었다. 작가가 자신의 역할을 하고 있음을 알았지만 그러한 말은 두 사람 다 할 수 있다는 생각을 피할 수 없었다. 웰스는 그것을 즐기고 있는 게 분명했다. 그의 아내는 그것에 대해 어떻게 생각할까? 궁금했다. 편지를 접어 봉투에 넣고 신비스런 피치의 비석 바로 옆 돌 밑에 넣어두었다. 돌아오는 길에 작가의 말을 되새겨보면서 비천한 심부름꾼의 입장으로 물러나 자신이 만든 게임에서 제외된 느낌을 지울 수 없었다.

이미 나는 당신을 사랑하오, 클레어, 이미 당신을 사랑해. 당신을 만나는 것은 단지 과정에 불과하오. 이 잔인한 전쟁에서 우리가 승리한다는 것은 내 기쁨을 두 배로 만들어 줄 거요. 솔로몬과 내가 검으로 결투를 하면서 대결한다고? 며칠 전까지 당신의 분별력을 의심했소, 내 사랑. 우리의 싸움을 그런 선사시대적인 무기로 해결하리라고는 전혀 생각지 못했거든. 하지만 오늘 아침 역사박물관의 유물 사이를 걷고 있는데, 내 부하 한 명이 칼 한 자루를 발견했소. 그는 그 물건이 대장에 버금가는 귀족의 것이라고 생각하고, 당신의 명령대로 그것을 내게 엄숙하게 전해 주었소. 이제 그 칼로 미래의 결투를 위해 훈련을 할 거요. 그 결투에서 나는 승리할 거요. 왜냐하면 당신의 아름다운 눈동자가 나를 바라보면 힘이 된다는 사실을 확실히 알기 때문이오.

미래로부터 나의 사랑을 보내며,

D.

클레어는 기절할 것 같아서 침대에 누워 용감한 새클리턴 대장의 말이 가슴속에 불어넣은 수많은 감정들을 찬찬히 음미해 보았다. 그가 솔로몬과 대치하는 동안 그녀가 그를 관찰한다는 것을 그가 알다니 ……. 그것이 현기증을 일으켜서 회복하기까지 시간이 걸렸다. 몸이 회복되자 편지를 봉투에 조심스레 집어넣었다. 갑자기 연인에게 받을 편지가 한 통밖에 남지 않았다는 사실을 깨달았다. 편지 없이 어떻게 살아갈까?

그것을 생각하지 않으려고 노력했다. 그녀는 아직 두 통의 편지를 더 써야 했다. 그에게 약속한 대로 마지막 편지에 2000년의 만남에 대해서 쓸 것이다. 하지만 지금 쓸 편지에는? 너무 놀라서 처음으로 자기가 원하는 대로 편지를 쓸 수 있다는 걸 깨달았다. 아직 그에게 말하지 않은 것을 어떻게 자기 연인에게 말할 수 있을까? 특히 그에게 말하려는 모든 것이 엄격하게 검토될 것이고, 유리처럼 연약한 시간의 조직을 위험에 처하게 할 정보를 주어서는 안 된다는 점을 고려해야 한다. 잠시 생각해 본 뒤, 그녀는 자신이 어떻게 지내는지, 곁에 없는 연인을 사랑하는 여인의 삶에 대해서 쓰기로 결심했다. 책상 앞에 앉아서 펜을 집었다.

내 사랑,

당신의 편지가 내게 어떤 의미를 갖는지 당신은 아마 모를 거예요. 이제 당신에게 마지막 편지를 받는다는 사실을 알고 있어요. 그 사실이 내게 커다란 슬픔으로 다가와요. 하지만 약속해요. 나는 강해지고 우울해하지 않고 당신을 계속 생각하고 당신이 긴긴날 항상 내 옆에 있다고 생각할게요. 당신을 다시는 만나지 못한다 해도 당연히 다른 남자가 우리의 사랑을 더럽히지 못하게 할 거예요. 당신을 기억하면서 살게요. 비록 우리 엄마가, 그분에 대해서 아무 말도 하지 않았는데-엄마에게는 내 사랑이 별 의미가 없겠죠. 별로 유익하지 않은 환영쯤으로 생각할 테니까요-이 지역의 좀 더 부유한 사람들과 중매를 서려고 아무리 노력해도 말이에요. 나는 그들을 예의 바르게 맞이하기는 해도 그들을 거부하기 위해서 말도 안 되는 결점을 꾸며내기 때문에 우리 엄마는 나를 못미더워 하세요. 나의 명성은 점점 더 나빠지고 나는 가족들이 창피스럽게 생각하는 노처녀가 되어 가고 있어요. 하지만 다른 사람들의 생각이 뭐가 중요하겠어요? 나는 당신의 연인이에요. 비록 당신을 사랑한다는 사실을 숨겨야 하지만 어쨌든 난 용감한 데릭 섀클리턴 대장의 연인이에요.

내 사랑, 그러한 지루한 만남 외에 나머지 시간은 당신에게 바쳐요. 당신은 비록 1세기나 떨어져 있지만 당신이 향기처럼 내 주위를 돌면서 바로 내 옆에 있는 것처럼 느끼는 법을 터득했어요. 매 순간 당신이 부드러운 눈으로 나를 관찰하면서 내 주변에 있다고 느껴요. 비록 때로 당신을 만질 수 없고 당신의 존재가 나와 공유할 수 없는 공허한 기억일 뿐이라서 슬픔에 잠기기도 하지만 말이에요. 당신이 내 팔짱을 끼고 그린파크를 산책할 수 없고, 당신이 내 손을 잡고 서펜타인 연못 위에서 석양을 볼 수 없다는 사실, 우리 정원에서 자라는 수선의 향기를 당신이 맡을 수 없다는 사실이 아쉬워요. 이웃 아주머니들은 그 향기가 성 제임스 스트리트를 온통 향기롭게 한다고 해요.

작가는 다른 때처럼 그를 식당에서 기다리고 있었다. 톰은 그에게 아무 말 없이 편지를 내밀고, 그가 가도 된다고 말하기 전에 물러났다. 그에게 무슨 말을 할 수 있겠나. 마음속에서는 그것이 사실이 아님을 알았지만 클레어가 그가 아닌 작가에게 글을 쓴다는 느낌을 지울 수 없었다. 자신이 그 사랑의 이야기에 침입자처럼, 사과의 썩은 반쪽 같은 느낌이 들었다. 혼자 남은 웰스는 편지를 펼치고 소녀의 정성스런 글자를 의욕적으로 훑기 시작했다.

그래도, 데릭, 내 생명이 꺼질 때까지 당신을 사랑하고 어느 누구도 내가 행복하리라는 것을 부인할 수 없어요. 그럼에도 불구하고 항상 쉽지 않다는 걸 고백할게요. 나는 당신을 다시 보지 못할 텐데 아무리 강한 척해도 참을 수가 없어요. 때로 아마도 당신 말이 틀릴 거라고 생각하면서 나 자신을 극복하려고 노력하기도 하죠. 당신 말을 의심한다는 뜻은 아니에요. 내 사랑, 절대 그런 게 아니에요. 하지만 찻집에서 그 말을 한 데릭은 나에 의해, 이 말에 안내를 받고, 여관에서 나를 사랑한 그 데릭은 서둘러 자기 시대로 돌아갔고, 아직 당신이 아닌 그 데릭은 아마도 나를 더 이상 보지 못하는 것을 견딜 수 없어서 내게 돌아오려고 머리를 써요. 그 데릭이 할 일을 우리는 모르는데, 그의 발걸음이 시간의 원을 벗어나기 때문이죠. 그것이 내가 바라는 거예요, 내 사랑. 순진하지만 꼭 필요한 바람. 제발 당신을 다시 만나기를. 제발 수선의 향기가 당신을 나에게 안내하기를.

웰스는 편지를 접어서 봉투에 넣어 테이블 위에 올려놓고 한참을 바라보았다. 그리고 일어나서 식당을 빙빙 돌고 앉았다가 다시 일어나 다시 돌더니 마침내 워킹 정거장으로 가서 마차를 잡았다. "처리할 일이 있어서 런던으로 갈 거야." 정원에서 일하는 제인에게는 그렇게 말했다. 가는 동안 심장이 터지지 않기를 바랐다.

오후 그 시간에 성 제임스 스트리트는 한적한 고요에 쌓인 것 같았다. 웰스는 거리 입구에서 마부에게 마차를 멈추라고 한 후 그를 기다리라고 지시했다. 모자를 다시 고쳐 쓰고 나비넥타이를 매만지고 사냥개처럼 공기의 냄새를 열심히 맡았다. 냄새를 맡은 뒤 그 추억을 느끼게 하는 말똥 냄새 뒤에서 풍기는, 재스민 향기와 비슷한 희미한 그 냄새가 곧 수선향이라는 것을 직감했다. 그는 그림에 등장하는 꽃의 상징을 좋아했다. 책에서 읽은 바에 의하면 수선(narcissus)이라는 이름은 사람들의 생각과는 달리 나르시스라는 아름다운 그리스 신에서 유래한 것이 아니라 그것의 마취(narcotic) 성분에서 유래되었다고 한다. 수선의 뿌리는 환각을 일으킬 수 있는 알칼로이드 성분을 지니고 있는데 그러한 특성이 웰스에게 매우 적절하다는 생각이 들었다. 환각에 빠진 사람은 그들―소녀, 톰과 자신―이 아니었나? 길고 어두컴컴한 도로를 살펴보고 산책을 하는 사람처럼 한가롭게 인도를 따라 걸었고 그 향기의 발원지 방향으로 다가가면서 입이 마르는 것을 감지했다. 왜 거기에 있는가, 무엇을 하려는가? 그 이유를 잘 몰랐다. 유일하게 아는 것은 그녀를 만나서 활활 타오르는 편지의 수취인에게 자기 얼굴을 보여 주고, 그러지 못할 경우 그녀가 자기에게 그 아름다운 편지를 쓰는 집을 바라보는 것이다. 아마도 그것으로 충분할 것이다.

어느덧 정성스럽게 가꾼 정원 앞에 서 있었다. 한쪽에는 작은 분수가 있고 둘러싼 울타리를 연한 노란색의 크게 열린 꽃잎들이 휘감고 있었다. 그곳보다 더 아름다운 정원이 주변에 없어서 웰스는 자기 앞에 있는 꽃들이 수선임이 틀림없다고 추측했다. 그리고 그 우아한 집은 그가 진심으로 사랑하는 여성에게는 보여 주지 않던 확신으로 사랑에 빠진 척 연기하는 대상, 클레어 해거티의 집이다. 그러한 역설에 대해서는 깊이 생각하기 싫었다. 그

런 모순에도 불구하고, 울타리로 다가가 받침대 사이로 코를 집어넣으며 착
색유리 뒤로 자신이 그토록 서둘러 그곳에 온 이유가 무엇인지 찾으려 했
다.

　바로 그때 정원의 한 모퉁이에서 약간 당황한 표정으로 그를 바라보는
소녀를 발견했다. 태연한 척했으나 웰스의 반응은 부자연스러웠다. 이상하
다는 듯 자신을 바라보고 있는 소녀가 다름 아닌 클레어 해거티라는 사
실을 깨닫고 나니 더 이상하게 행동했다. 마음을 진정시키려 애쓰는 동시
에 그녀에게 순수하고 겸연쩍게 상냥한 미소를 지었다. "아름다운 수선화
네요, 아가씨. 향기가 거리 입구에서부터 풍기는군요." 그녀는 미소를 지으
며 좀 더 다가왔다. 아름다운 얼굴과 가냘픈 몸매를 확인하기에 충분한 거
리였다. 비록 옷을 입고 있지만 드디어 자신의 눈앞에 그녀가 있었다. 그리
스 조각의 진지한 아름다움을 흐트러뜨리는 약간 높이 솟은 콧대에도 불
구하고, 아니 바로 그것 때문에 그녀는 아름다움 그 자체처럼 보였다. 그
소녀가 바로 자기 편지의 수취인이자 자신의 거짓연인이다. "감사합니다,
매우 친절하시군요." 그녀가 그의 칭찬에 고마움을 표했다. 웰스는 무언가
말을 하려고 입을 벌렸으나 곧 다시 다물었다. 그가 하려는 말은 모두 자
신이 참여한 게임의 법칙에 위배되는 것이기 때문이다. 키가 작고 하찮아
보이는 자신이 그녀가 그것이 없이는 살 수 없다고 했던 그 편지를 쓴 장
본인이었다. 그녀가 육체의 환희를 어떻게 경험했는지 자신이 정확하게 안
다고 말할 수도 없었다. 그 모든 것이 속임수에 불과하며 그녀의 머릿속에
만 존재하는 그 사랑에 헌신하지 말라고, 시간여행은 존재하지도 않으니
2000년에 로봇과 전쟁을 벌인 새클리턴 대장 같은 사람은 없다는 말은
더더욱 할 수 없었다. 왜냐하면 그 모든 것이 정교하게 꾸며낸 거짓말이
라고 말하는 것은 그녀에게 심장 한가운데 총을 쏘라고 권총을 건네주는
것과 마찬가지다. 그때 그의 얼굴이 낯이 익은지, 호기심 어린 시선으로
바라보는 것을 느꼈다. 웰스는 정체가 탄로날까 봐 모자를 집고 예의 바

르게 인사를 한 후 너무 빨리 걷지 않으려 노력하면서 산책을 계속했다. 클레어는 잠시 멀어져 가는 그의 모습을 바라보다 어깨를 움찔하고 집으로 들어갔다.

길 건너편 인도에서 톰 블런트는 벽 뒤에 숨어 그녀가 집 안으로 사라지는 모습을 보았다. 그리고 숨어 있던 곳에서 나와 고개를 흔들었다. 웰스가 나타났을 때 좀 놀라기는 했어도 크게 충격을 받지는 않았다. 작가도 그를 거기서 발견해도 그다지 많이 놀라지는 않을 것 같다. 두 사람 모두 소녀의 집을 찾아가고 싶은 유혹을 견디지 못한 것 같았다. 그녀가 새클리턴이 돌아왔을 때 자기를 찾아올 수 있도록 주소를 자세하게 밝혔기 때문이다.

톰은 웰스에 대해 어떻게 생각해야 할지 혼란에 빠져 버커리지 스트리트의 자기 은닉처로 돌아왔다. 그가 그녀를 사랑하게 되었나? 그렇지 않다고 생각했다. 아마도 단지 호기심 때문이었을 것이다. 아마도 자신이 웰스 입장이라면 자기 아내에게도 한 번도 해 보지 못한 표현을 쓴 소녀에게 얼굴을 보여 주고 싶지 않겠는가? 몹시 피곤했다. 야전용 침대에 벌렁 누웠지만 신경 쓰고 늘 긴장한 탓에 두세 시간밖에 잠을 자지 못했다. 날이 밝기 전에 작가의 집을 향해 먼 길을 떠났다. 그러한 긴 여행이 머레이의 훈련보다 건강에 더 좋았고, 그의 자객은 명령을 어긴 파렴치함을 벌하려고 다시 나타나지도 않았다. 그렇다 해도 항상 경계태세를 늦추지 않았다.

웰스는 현관 계단에 앉아 그를 기다리고 있었다. 그도 휴식을 충분히 취한 것 같지는 않았다. 지쳐 보이고 눈 밑이 가무잡잡하고 눈에 이상한 빛이 돌았다. 아마도 지금 손에 들고 있는 편지를 쓰느라 밤을 지새운 것 같았다. 톰을 보자 간단하게 머리를 끄덕이며 인사하고 그의 눈을 쳐다보지 않은 채 편지를 건네주었다. 톰은 그것을 받고, 그 무거운 침묵을 깨고 싶지 않아서 오던 길로 다시 돌아갔다. 그때 웰스의 목소리가 들렸다. "답장을 쓸 필요가 없어도 그녀의 마지막 편지를 가져올 거죠?" 톰은 돌아서서 그를 비통하게 바라보았다. 그 안타까움이 그를 위한 것인지, 아니면 자신을 위한 것인지, 아니면 클레어를 위한 것인지조차 알지 못했다. 마침내 가슴 아프게 그러겠다고 대답하고 작가의 집을 떠났다. 멀리 왔다는 생각이 들자 편지를 꺼내 읽기 시작했다.

> 내 사랑,
>
> 나의 세계에는 수선이 존재하지 않고 다른 꽃의 흔적도 남아 있지 않지만, 확신하건대 당신의 편지를 읽으면 그 향기를 맡을 수 있소. 그래요, 당신이 말한 정원에서 당신 옆에 있는 내 자신을 그려볼 수 있소. 아마도 분수에서 나오는 재잘거리는 노랫소리가 들리고 진주처럼 새하얀 당신의 손으로 정성스레 가꾼 정원이겠지. 어쨌든 내 사랑, 당신 때문에 여기, 시간의 반대편에서도 그 향기를 맡을 수 있다오.

톰은 그러한 말들이 소녀를 많이 감동시킬 거라고 상상하면서 맥이 빠져서 고개를 저었다. 소녀에게는 안타까운 마음이 들었고 자신에게는 혐오감을 느꼈다. 소녀는 그런 속임수의 대상이 될 수 없었다. 그 편지들이 그녀의 목숨을 살리는 것은 확실하지만, 결과적으로는 자기 사타구니의 흥분을 해소하려는 그의 이기심으로 그녀에게 끼친 피해를 보상해 줄 뿐이었다. 그녀의 자살을 막았다고 자축할 수가 없었다. 클레어가 거짓말 때문에 인생을 망치고, 망상에 사로잡혀 산 채로 매장되도록 결심하게 내버려두면서 그 문제를 잊어버릴 수도 없었다. 언덕까지 긴 산책을 하는 동안 생각을 정리할 수 있었다. 양심의 가책을 느끼지 않게 해 줄 유일한 속죄의 방법은 그녀를 진심으로 사랑하고, 자신을 희생하려는 그 사랑을 현실로 만드는 것이다. 즉 새클리턴이 머나먼 2000년에서 돌아와 클레어가 간절히 바라는 대로 그녀를 위해 목숨을 거는 것이라는 결론에 도달했다. 그것이 자신의 잘못을 완전히 뉘우칠 수 있는 유일한 방법이다. 하지만 그가 할 수 없는 유일한 선택이기도 했다.

그런 생각을 하고 있을 때 놀랍게도 떡갈나무 옆에서 소녀를 발견했다. 거리가 멀었지만 그녀를 알아볼 수 있었다. 멍하니 그 자리에 멈추었다. 놀랍게도 클레어가 거기 나무 밑동에서 그가 시간여행을 통해 가져온 양산을 쓰고 햇볕을 가리고 있었다. 언덕 아래에 마차도 있었는데, 마부석에 앉은 마부는 지루해서 고개를 흔들고 있었다. 두 사람 중 한 사람이라도 자신을 발견할까 봐 관목 뒤로 달려가 숨었다. 클레어는 왜 거기에 있을까? 궁금했다. 대답은 분명했다. 그녀는 그를 기다리고 있었다. 그렇다. 클레어는 그를 기다리고 있었다. 더 정확히 말해 섀클리턴이 2000년의 대기에 균열을 일으키고 그곳으로 갑자기 튀어나오기를 기다리고 있었다. 그의 부재를 견딜 수 없어서 소녀는 운명에 맞서 행동하기로 결심한 것이다. 대장이 편지를 가지러 나타나는 장소로 오는 것보다 더 간단한 방법이 무엇이겠는가. 절망은 클레어가 게임의 법칙을 위반하고 움직이도록 만들었다. 톰은 관목 뒤에 숨어서 그토록 영리하고 대담한 소녀가 그런 일을 벌일 가능성을 고려하지 않은 자신을 저주했다.

오전 내내 거기 숨어서 그녀가 떡갈나무 주위를 맴돌다가 결국은 지쳐서 마차를 타고 런던으로 돌아가는 모습을 슬프게 바라보았다. 톰은 그때서야 숨어 있던 곳에서 나와 돌 밑에 편지를 놓고 역시 도시로 돌아왔다. 걸어가는 동안 웰스가 마지막 임무를 마무리하며 쓴 슬픈 구절을 떠올렸다.

내 사랑, 이것이 당신에게 쓰는 마지막 편지라는 생각에 한없는 고통이 나를 사로잡고 있소. 당신도 그렇게 말했고 나 역시 그러리라 믿소. 우리가 다음 5월에 만날 때까지 당신에게 계속해서 편지를 쓰고 싶지만, 이 모든 것을 통해서 발견한 사실은, 미래는 결정되어 있고 당신은 이미 그것을 경험했다는 거요. 그러니 어떤 일이 생겨서 내가 더 이상 편지를 쓰지 못하게 될 거라고 상상하오. 기계를 사용하는 것이 금지되고 아무런 결실을 얻지 못한 내 임무도 취소될 거라고 생각하오. 내 감정은 지금 당신이 상상하는 대로 모순적이오. 한편으로 내게는 이것이 영원한 작별인사가 아니라서 기쁘오. 조만간 당신을 만날 거니까. 하지만 다른 한편으로 당신이 더 이상 내 소식을 듣지 못하는 것을 생각하면 내 마음이 찢어진다오. 비록 그렇다고 내 사랑이 사라진다는 뜻은 아니지만. 여기서 계속될 거요, 클레어. 약속하오. 내가 확신하는 한 가지는 당신을 계속 사랑한다는 거요. 꽃이 없는 나의 세계에서 당신을 계속 사랑할 거요.

    D.

클레어의 볼에 눈물이 주르륵 흘러내렸다. 그녀는 책상에 앉아 깊은 한숨을 내쉬고 펜을 잉크병에 적셨다.

이것 역시 내 마지막 편지가 될 거예요, 내 사랑. 비록 당신을 무척 사랑한다고 말하면서 편지를 시작하고 싶지만, 내 자신에게 정직해야겠죠. 이틀 전 무모한 행동을 했음을 부끄럽게 고백할게요. 맞아요, 데릭. 난 생각처럼 강하지 않았나 봐요. 당신이 나타나기를 기다리면서 떡갈나무로 갔어요. 당신이 없다는 사실이 너무 고통스러워요. 비록 그 일이 시간의 조직을 손상시킨다 해도 당신을 보고 싶었어요. 하지만 당신은 오전 내내 나타나지 않았어요. 엄마의 감시를 더 오래 벗어날 수 없었어요. 마부인 피터가 눈치 채지 못하게 하는 것만으로도 충분히 어려운 일이었죠. 마법처럼 떡갈나무 옆에 당신이 나타나는 것을 그가 봤다면 무슨 생각을 했겠어요? 모든 일이 발각되고 그것은 시간에 엄청난 재앙을 초래하겠죠. 이제 내가 어리석고 무책임했음을 깨달았어요. 맞아요, 마부인 피터가 아무것도 보지 못했을지라도―그에게 거기로 데려가 달라고 할 때마다 나를 이상한 눈으로 쳐다보고, 비록 아직은 우리 엄마한테 비밀을 지키고 있지만 말이에요―우리의 갑작스런 만남은 시간의 조직을 변화시킬 거예요. 그렇다면 2000년 5월 20일은 당신이 나를 처음으로 만나는 날이 아니겠죠. 그래서 모든 것이 갑자기 엉망이 되고 일어나야 할 일이 일어나지 않게 되겠죠. 내게는 슬프지만 다행스럽게도 당신은 나타나지 않았어요. 그래서 걱정할 필요가 없죠. 당신이 오후에 도착했을 거라고 생각해요. 왜냐하면 다음날 그곳에 당신의 아름다운 마지막 편지가 있었으니까요. 내 어리석음을 용서해 주기 바라요, 데릭. 난 당신에게 아무것도 숨기고 싶지 않아서 내 잘못을 고백했으니까요. 나를 용서해 주기를 바라는 마음을 담아서 선물을 보내요. 당신은 이제 꽃이 무엇인지 알 수 있을 거예요.

그 편지를 쓰고 자리에서 일어나 선반에서 『타임머신』을 꺼내서 펼치고 책갈피에 말리려고 넣어둔 수선화를 꺼냈다. 편지를 다 쓴 뒤 그 연약한 꽃잎에 입을 맞추고 그것을 봉투에 조심스레 넣었다.

피터는 이번에도 아무것도 묻지 않았다. 그녀가 말하지 않아도 해로우 언덕으로 향했다. 클레어는 그곳에 도착하자 떡갈나무까지 올라가 돌 밑에 편지를 살그머니 감추었다. 그리고 잠시 주변의 경치를 바라보고 한동안 행복의 장소였던 그곳과 작별한다고 생각했다. 강한 오전 햇볕 아래 녹색으로 변하는 고요한 들판과 황금선으로 지평선을 강조하는 저편에서 보이는 밀밭과도 작별을 고했다. 존 피치의 비석을 바라보고 그 낯선 사람은 어떤 인생을 살았을지 궁금했다. 진정한 사랑을 했는지, 아니면 사랑을 못 해 보고 죽었는지 궁금했다. 공기를 한 모금 마시자 주변을 떠다니는 사랑하는 데릭의 향을 맡을 수 있을 것 같았다. 마치 그가 여러 차례 나타나 그곳을 정화할 흔적을 남겨 놓은 것 같았다. 하지만 그것은 그를 다시 만나고 싶은 간절한 마음에서 비롯된 가정에 불과하다. 현실을 인정해야만 했다. 그의 사랑이 시간 저편에서 어떻게 울리는지 들으려 애쓰면서 그가 없는 나머지 인생을 살아갈 준비를 해야 한다. 다시는 그를 만날 수 없을 테니. 그날 오후, 내일, 아니면 아마도 내일 모레, 보이지 않는 손이 그녀의 마지막 편지를 가지고 사라질 것이다. 더 이상 편지는 오지 않을 것이고 오로지 고독만이 무한한 카펫처럼 그녀의 발 앞에 전개될 것이다.

마차로 가서 피터에게 아무 말도 하지 않고 올라탔다. 그럴 필요가 없었다. 체념한 표정을 짓고 있는 그녀가 마차 안에서 자리를 잡는 동안 마부는 런던으로 출발했다.

마차가 멀리 사라지자 톰은 올라가 있던 나무에서 내려왔다. 그녀의 마지막 모습을 볼 수 있었다. 비록 허용되지 않지만 심지어 손을 내밀면 그녀를 잡을 수도 있을 것 같았다. 이제 그런 변덕을 부리고 나서 그녀와 영원히 헤어져야 한다. 돌 밑에서 편지를 꺼내 나무에 기대 앉아 슬픈 표정으로 읽기 시작했다.

데릭, 당신이 추측한 것처럼 곧 기계사용이 금지될 거예요. 당신이 사악한 로봇을 이길 때까지 당신은 더 이상 시간여행을 하지 못해요. 그 이후 당신은 내가 사는 시대로 여행하기 위해 목숨을 걸고 숨어서 기계를 사용해요. 하지만 미리 앞서가지는 말아요. 우리의 첫 만남이 어떻게 일어날지 그리고 앞으로 당신이 어떻게 해야 할지는 마지막에 말해 줄게요. 이미 말했듯이 우리는 2000년 5월 20일에 만날 거예요. 그날 아침, 당신과 부하들은 솔로몬 주변에 매복을 해요. 처음에는 부하들의 지혜로운 태도에도 불구하고 당신들에게 전쟁이 그다지 유리하지 않았어요. 하지만 걱정하지 마세요. 그 상황이 끝날 때쯤 솔로몬은 당신에게 칼로 결투를 신청하면서 전쟁을 영원히 끝내자고 제안할 거예요. 내 사랑, 주저하지 말고 그의 제안을 받아들이세요. 왜냐하면 당신이 결투에서 이길 테니까요. 그 결투로 당신은 영웅이 되고 인간에 대한 로봇의 지배를 끝낼 그 전쟁은 새로운 시대의 시작으로 간주될 거예요. 그래서 우리 시대의 시간여행자들을 위한 완벽한 관광지가 될 거예요. 우리는 그 역사적인 광경을 보려고 흥분해서 찾아갈 거예요.

나는 그 여행에 참가해 돌 무더기에 숨어서 솔로몬에 대항해 싸우는 당신 모습을 지켜볼 거예요. 하지만 결투가 끝난 뒤 다른 사람들과 함께 돌아오는 대신, 난 당신의 세계에 남기 위해 폐허 사이에 숨어요. 당신도 알다시피 난 내가 사는 시대에 매력을 못 느껴요. 맞아요, 내게 유익할 거라고 한 번도 생각해 본 적이 없는 불쾌감처럼, 내 평생 나를 따라다니는 그 불만족감 때문에 우리가 만나게 돼요. 비록 우리 만남이 상상하는 것만큼 낭만적이지는 않았지만요. 특히 당신에게는 매우 부끄러운 상황이었죠. 그것을 회상하면 아직도 웃음이 나요. 하지만 당신의 부적절한 행동에 대해 더 이상 말을 하지 말아야 할 것 같아요. 그렇게 하면 아마도 당신의 행동에 영향을 끼치기 때문이죠. 짧은 만남 동안 당신은 내가 양산을 떨어뜨린 사실만 기억하면 돼요. 당신은 나를 만나고 사랑하기 위해 시간을 통과해요. 그때 당신은 양산을 돌려주기 위해 왔다고 핑계를 대는데, 그래서 나는 당신을 만나러 찻집에 가게 되죠. 일어나야 할 이 모든 사건이 일어나야만 하듯이, 우리가 도는 원을 완성하기 위해서 당신은 우리가 편지를 주고받기 전에 내가 사는 시대에 나타나야 해요. 당신도 알다시피 당신이 나중에 하는 일은 아무 핑계를 댈 수 없어요. 왜냐하면 내게 편지를 쓰라고 격려할 사람이 바로 당신이니까요. 당신은 정확하게 1896년 11월 6일에 나타나서 그날 오후에 내게 데이트를 신청해요. 그러려면 코벤트 가든 시장에서 정오에 나를 찾아야 해요. 그 나머지는 이미 당신도 알고 있죠. 만일 당신이 그 모든 일을 하면 원을 완성하게 되고 이미 일어난 모든 일이 다시 일어날 거예요.

내 사랑, 그것이 다예요. 두세 달 안에 우리 이야기가 당신에게 시작될 거예요. 내게는 이 편지를 끝마치는 지금이 끝이겠죠. 하지만 우리가 다시 만날 모든 희망을 차단하는 '영원히 안녕'이라는 말로 끝을 맺지는 않을 거예요. 이미 말했듯이 당신이 나를 찾으러 올 거라는 희망을 품고 살 거예요. 당신이 할 일은 봉투에 들어 있는 꽃의 향기를 따라오는 것뿐이에요.

나의 온 사랑을 바쳐,

C.

웰스는 비탄의 한숨을 내쉬고 톰이 전해 준 편지를 접어서 테이블 위에 놓았다. 봉투를 뒤집어서 손바닥 위에 털어 보았지만 아무것도 없었다. 무엇을 기대했는가. 꽃은 그를 위한 것이 아니었다. 식당에 앉아 오후의 햇빛을 받으면서 너무 많은 기대를 했다는 사실을 깨달았다. 그는 시간을 초월한 그 연애의 주인공이 아니었다. 우습게 펼쳐진 빈손에서 자신을 보았다. 마치 집 안으로 비가 내리는지를 확인하려는 것 같았다. 자신이 그 이야기의 침입자, 사과의 썩은 반쪽 같다는 느낌을 지울 수 없었다.

톰은 최대한 조심하면서 부서지기 쉬운 꽃잎을 그가 가진 유일한 책인 『타임머신』 책장 속에 간직했다. 편지를 대필해 준 웰스의 수고에 대한 고마움의 표시로 편지는 그에게 선물하려고 했는데, 사실 그것은 웰스의 것이나 마찬가지라고 생각했기 때문이다. 하지만 마지막 봉투에 들어 있는 수선은 자기가 갖기로 마음먹었다. 그 꽃은 자신을 위한 것이라고 간주했기 때문이다. 결국 그녀의 편지보다는 꽃향기가 더 의미 있는 것이니까.

야전용 침대에 누워서 클레어 해거티는 미래의 남성과 실제로 연애를 한다고 확신하며 편지를 쓰는 일이 마무리된 지금 어떻게 지내고 있을까 궁금했다. 매일 아침부터 저녁까지 자기를 생각하고 있는 그녀를 상상했다. 그러는 동안 그녀가 살아야 할 진정한 삶은 자신도 모르게 그냥 흘러가 버릴 것이다. 이런 잔인한 운명을 만드는 데 그 자신이 일조했거나, 그렇게 되도록 이끌어왔다는 사실에 크나큰 슬픔을 느꼈지만 그 문제를 더 악화시키지 않고 해결할 방법이 떠오르지 않았다. 클레어가 편지에서 행복하게 죽을 것이라고 말한 것만이 그의 유일한 위안이었다. 아마 그것이 가장 중요한 것일 것이다. 그녀의 구애자 가운데 누군가와 결혼하는 것보다 불가능한 그 연애를 기억하며 사는 것이 더 행복할지도 모른다. 만일 그게 사실이라면, 그러니까 절대 거짓말이 들통 나지 않고, 그녀가 속았다는 사실을 모른 채, 데릭 새클리턴 대장을 사랑하고 그에게 사랑받았다고 믿으면서 생을 마감할 수 있다면, 거짓말로 행복을 얻었다는 사실은 별로 중요하지 않을 것이다.

소녀의 운명에 대한 생각에서 빠져나와 자신의 운명을 생각했다. 클레어의 생명을 구할 때까지는 죽지 않을 거라고 맹세했고, 들판에 몸을 피해 잠을 자면서 생명을 유지했고, 그렇게 약속을 지켰다. 이제, 죽기 위한 준비가 되어 있다. 심지어 죽음이 다가오기를 기다리고 있다. 세상에서 비참하게 살아가는 일 외에 다른 할 일이 없기 때문이다. 그런 삶은 끔찍하게 피곤한 일이고 의미도 없다. 게다가 영혼에 클레어에 대한 기억을 갖고 하찮은 부스러기처럼 살아가는 것은 더 고상하지 못하다. 런던의 전경이 보이는 찻집에서 클레어와 만난 지 12일이 지났지만 길리엄이 보낸 살인자는 아직 그를 찾지 못했다. 자신의 꿈 속에 등장하는 솔로몬도 빼놓을 수 없다. 하지만 누군가 그를 죽이기 전에 굶어 죽을 지경이었다. 사형집행인의 일을 수월하게 해 주어야 하나? 그러한 불확실함에 한 가지 문제가 더 있었다. 12일 후에 2000년으로 3차 원정대가 떠난다. 곧 연습이 시작된다는 말이다. 길리엄은 제 발로 그릭 스트리트에 나타난 톰을 직접 죽이려고 기다리고 있나? 첫 연습에 참가하는 것은 자발적으로 늑대의 입으로 들어가는 것과 같다. 하지만 그럼에도 불구하고 톰은 자신이 그렇게 할 거라는 사실을 알고 있었다. 그것이 자기 운명의 수수께끼를 단번에 해결하기 위한 것일 테니까.

그때 누군가 그의 방 문을 세게 두드렸다. 톰은 용수철처럼 벌떡 일어났다. 문을 열 엄두가 나지 않았다. 온몸의 근육이 긴장한 채 어떠한 사태든 준비하고 기다렸다. 마침내 죽음의 시간이 다가온 건가? 그가 혼잣말을 했다. 잠시 뒤 문을 두드리는 소리가 더 거세졌다.

"톰? 거기 있지, 야 이 건달아?" 밖에서 누군가 으르렁거렸다. "안 열면 문을 부숴 버릴 테다."

제프 웨인의 목소리였다. 웰스의 책을 주머니에 집어넣고 탐탁지 않게 문을 열었다. 제프는 방으로 들어와 그를 안았고 브래들리와 마이크는 층계참에서 그에게 인사를 했다.

"톰, 요즘 대체 어디 숨어 있었어? 애들하고 사방으로 찾으러 다녔어. …… 여자 문제야? 뭐, 상관없어. 제때 찾았으니까. 오늘밤 우리 옛 친구 마이크가 멋진 파티를 열었지 뭔가." 제프는 문 옆에서 딴생각을 하며 기다리는 거인을 가리키면서 말했다.

톰은 제프가 요란하게 설명하는 것을 듣고 며칠 전에 마이크가 머레이를 위해 특별한 임무를 수행했을 거라고 추측했다. 다름 아닌 1888년 가을에 화이트채플에서 다섯 명의 창녀를 살해한 살인마 잭 더 리퍼의 역할을 한 것이다.

"어떤 사람들은 영웅 역을 하려고 태어나고 어떤 사람들은 ……." 제프가 어깨를 움찔하면서 빈정거렸다. "어찌되었든 주인공 역이니 술잔치를 벌일 만하지, 안 그래?"

톰은 고개를 끄덕였다. 어떻게 반대할 수 있겠는가. 그 계획은 분명 마이크의 생각이 아니라 제프의 생각이다. 그는 항상 다른 사람의 주머니를 텅 비게 만드니까. 톰은 그다지 그들과 가고 싶은 마음이 없었지만, 달리 그 계획에 저항할 여력도 없었다. 거의 떠밀다시피 동료들은 그를 끌고 내려가 근처 술집으로 향했다. 예약된 테이블 위에 차려진 소시지와 불고기 접시들이 더 이상 저항을 무기력하게 만들었다. 톰은 그런 모임이 내키지 않았지만 그냥 거기서 나가 버린다면 그의 위장은 그를 용서하지 않을 것이다. 네 사람은 즐겁게 떠들며 테이블에 앉아 늑대처럼 먹기 시작하고 마이크의 임무에 대해 온갖 칭찬을 늘어놓았다.

"쉬운 일이 아니었어, 톰." 체구가 큰 마이크가 그를 보면서 말했다. "총을 피하기 위해 가슴에 철판을 달고 있어야 했다고. 금속판을 두르고 죽은 사람 역할을 하는 것은 너무 어려워!"

동료들은 폭소를 터트렸다. 계속해서 먹고 마시며 접시들이 거의 다 비고 술기운이 돌기 시작하자, 브래들리가 일어나서 의자를 돌려 마치 단상처럼 의자 등에 손을 얹고 동료들을 진지하게 바라보았다. 술잔치에서 항상 브래들리는 누군가의 흉내를 내는 재능을 선보였다. 그 공연을 보려고 의자에 기댔는데 적어도 허기는 채웠기 때문이다.

"신사숙녀 여러분, 여러분은 세기의 가장 중요한 이벤트에 참여하실 겁니다. 오늘 여러분은 시간여행을 할 겁니다." 그가 목소리를 높이며 말했다. "그래요, 그렇게 놀라지 마십시오. 머레이 시간여행사에서는 단지 미래 여행만으로는 만족하지 못합니다. 그럴 수 없지요. 여러분은 인류 역사상 가장 중요한 순간의 증인이 될 겁니다. 용감한 데릭 섀클리턴과 사악한 로봇 솔로몬의 전투로, 이 정복 야욕이 넘치는 로봇의 꿈은 대장의 칼에 의해 종말을 맞을 겁니다."

박수 소리가 들리고 폭소가 터졌다. 브래들리는 동료들을 즐겁게 해 준 자기 연기에 고무되어 머리를 뒤로 젖히고 우스꽝스런 몽상가 같은 표정을 지었다.

"솔로몬이 저지른 큰 실수가 무언지 아십니까? 신사숙녀 여러분, 이제 그것을 말씀드리죠. 그의 실수는 그 종을 영속시키기 위해 잘못된 부류를 선택했다는 거지요. 그렇습니다. 로봇은 선택을 잘못했어요. 아주 잘못된 선택이었죠. 그의 실수는 역사의 흐름을 바꾸었습니다." 그가 조롱하는 표정을 지으면서 말했다. "여러분은 하루 온종일 섹스를 하면서 지내는 것보다 더 끔찍한 운명을 아십니까? 물론 모르시겠지요. 그것이 불행한 청년의 운명이었습니다." 팔을 벌리고 비탄에 잠긴 척하면서 고개를 흔들었다. "그는 그것을 견뎌냈을 뿐만 아니라 더 강해졌고 그의 적을 연구하려고 궁리했습니다. 그의 적은 새로 제작된 로봇 창녀들을 인가하기 위해 도시의 매음굴로 보내기 전에, 매일 밤 그 청년이 성관계를 갖는 장면을 관심 있게 지켜보았지요. 하지만 그 청년은 여자가 아기를 낳은 날 자기 아들이 자라는 걸 보지 못한다는 사실을 알았습니다. 또한 자기 아들 역시 자기 어머니와 간통함으로써 종을 번식시킬 임무를 띠고 세상에 태어났기에 그 자신의 씨앗의 씨앗을 통해서 끊임없이 번식하는 퇴폐적인 원의 서막을 올리게 된 겁니다. 그러나 그 청년은 처형에서 살아남았고 우리와 합세하여 우리에게 희망을 주지요 ……." 그는 덧붙이기 전에 잠시 말을 멈추었다. "그가 우리에게 섹스 실력을 가르쳐 주기를 기다리지만 말이지요!"

웃음 소리가 점점 더 커졌다. 진정되자 제프가 잔을 들었다.

"우리의 최고 대장 톰을 위해서!"

모두 잔을 들어 그를 위해 건배했다. 톰은 동료들의 행동에 놀라서 감정을 감출 수가 없었다.

"좋아, 톰. 이제 우리가 무엇을 할지 너도 알 거야." 축하 인사가 끝나자 제프가 그의 등을 두들겨 주면서 말했다. "우리가 잘 가는 매춘굴에 새로운 여자들이 도착했다는 소리를 들었어. 눈이 찢어졌다더군. 그 소문 들었어? 찢어진 눈 말이지."

"동양 여자와 자 본 적 있어, 톰?" 브래들리가 물었다.

톰은 아니라고 고개를 저었다.

"죽기 전에 한 번 경험해 봐야 해, 친구!" 제프가 테이블에서 일어나면서 웃었다. "그 중국 여자들은 우리나라 여자들이 모르는 쾌감을 느끼게 하는 방법을 수백 가지나 알고 있어."

그들은 시끄럽게 떠들면서 술집을 나왔다. 브래들리는 중국 여자들의 장점을 늘어놓으면서 선두에 섰고, 제프는 그 만남을 기대하면서 벌써부터 군침을 다셨다. 친절하고 애교심이 많은 것 외에도 동양 소녀들은 뼈가 부러지지 않고 온몸을 비틀 수 있는 유연한 몸매를 가지고 있는 것 같았다. 그러한 유혹을 톰은 억제해야 했다. 그 순간 사랑을 나누고 싶은 사람이 있다면 그건 바로 클레어였다. 비록 그녀가 찢어진 눈과 믿을 수 없는 유연함을 가지고 있지 않더라도 말이다. 그녀를 소유할 때 경험한 모든 기억이 아직도 생생했다. 자기 동료들이 아는 원시적인 방법과는 정 반대인 숭고하고 멋진 기분을 느끼는 방법이 있다는 사실을 그 거칠고 촌스러운 동료들이 알 경우 어떻게 생각할지 궁금했다.

마차가 멈추자 그들은 웃으면서 올라탔다. 다른 두 사람이 앞에 앉는 동안, 톰 옆에 있던 마이크는 그를 문으로 거의 몰아넣다시피 한 후 그의 커다란 체구도 자리를 잡고 앉았다. 들떠서 소리를 지르는 제프의 명령에 따라 마차가 출발했다. 그들의 기쁨에 가담하고 싶지 않았던 톰은 시선을 창가로 향한 채 거리를 보았다. 밤이 깊어진 거리는 조용하고 적막했다. 그때 마부가 방향을 잘못 잡았다는 사실을 발견했다. 그쪽은 매춘굴이 아니라 항구로 가는 길이었다.

"어, 제프. 마차가 다른 길로 가고 있어!" 떠들썩한 소란을 뚫고 그의 목소리가 들리도록 외쳤다.

제프 웨인은 굳은 얼굴로 그를 바라보며 협박조의 웃음 소리가 나오도록 미소를 지었다. 브래들리와 마이크는 웃음을 멈추었다. 그들 사이에 이상한 침묵이 맴돌았다. 마치 누군가 그것을 바다의 구덩이에서 끌고 와서 마차의 내부에 부어 놓은 것 같았다.

"아니야, 톰. 길을 잘못 든 게 아니야." 마침내 제프가 침울한 미소를 의미심장하게 지으며 그를 바라보면서 말했다.

"길을 잘못 들었다니까, 제프!" 톰이 주장했다. "이곳은 그곳으로 ……."

그때서야 깨달았다. 왜 더 빨리 알아채지 못했을까. 그 과장된 즐거움, 작별을 고하는 듯한 건배, 마차에서 모두가 유지하던 긴장된 자세 ……. 그렇다, 어떤 단서가 더 필요하겠는가. 마차 내부를 짓누르는 침묵 속에서 세 사람은 침착한 척하면서 그를 관찰하며 그가 상황을 이해하기를 기다렸다. 놀랍게도 톰은 마침내 죽을 시간이 다가왔음을 깨닫자 오히려 죽기가 싫었다. 그럴 만한 이유가 있는 것도 아니었지만 그렇게 죽고 싶지는 않았다. 그런 식으로는 아니다. 그런 방법은 아니다. 한 줌의 지폐로 모든 사람들을 살인자로 바꿀 수 있는 길리엄 머레이의 막대한 권력을 과시할 뿐인, 이들 같은 비정규직 사형집행인들에 의해서는 아니다. 적어도 항상 순수해 보이던 마틴 터커가 그들과 함께하지 않은 게 기뻤다. 그런 조직범죄에 가담하면서 그들의 우정을 해칠 수 없었을 것이다.

톰은 인간 영혼의 가벼움에 실망해서 불길한 한숨을 내쉬고 환멸을 느끼며 제프를 바라보았다. 그의 동료는 앞으로 일어날 일의 책임을 회피하려는 듯 어깨를 움찔했다. 그는 무슨 말인가를 하려고 했다. 아마도 그것이 인생이라는 등의 상투적인 말일 것이다. 하지만 톰의 군화가 그를 의자에 밀치면서 갑자기 그의 목을 차는 바람에 아무 말도 하지 못했다. 가격을 당한 제프는 고통스러운지 신음 소리를 내다가 곧 고음의 윙윙거리는 소리를 냈다. 톰은 그것이 그를 움직이지 못하게 했다는 뜻이 아니라 그의 공격이 그들 모두를 놀라게 할 정도로 갑작스러웠다는 의미임을 알고 있었다. 다른 두 명이 반응하기 전에 온 힘을 다해 아직 자기 옆에 앉아 있던 당황한 마이크의 얼굴을 팔꿈치로 찔렀다. 그 충격으로 그의 턱이 왼쪽으로 돌아갔고 입술에서는 피가 터져 유리 창문에 튀었다. 톰의 격렬한 반응에도 위축되지 않은 브래들리는 주머니에서 칼을 꺼내 그를 공격했다. 동작이 빠르고 날렵하긴 해도 다행히 그들 중 힘은 가장 약했다. 무기가 자신에게 닿기 전에 톰은 그의 팔을 잡아 사정없이 비틀어 칼을 떨어뜨렸다. 그러는 중에 그의 얼굴이 자기 다리에 가까이 온 것을 본 톰은 무릎으로 강하게 얼굴을 차올렸다. 그는 얼굴에서 코피를 흘리며 다시 의자로 돌아가 힘없이 쓰러졌다. 몇 초 만에 몇 번 빠른 동작을 한 뒤 톰은 세 사람을 제압했지만 빠르고 효과적인 공격을 자축할 틈도 없이 힘을 회복한 제프가 다시 일어나 동물처럼 울부짖으며 그를 덮쳤다. 그의 과격한 공격에 톰은 마차 문으로 밀쳐졌고 걸쇠가 단도처럼 그의 오른쪽 허리를 깊이 찔렀다. 좁은 공간에서 한동안 힘겹게 몸부림을 치다가 톰은 등 뒤에서 삐걱거리는 소리를 들었다. 마차 문이 열리며 우스꽝스럽게도 톰은 제프와 얼싸안은 채 허공으로 떨어지는 것을 느꼈다. 마차는 계속 달리고 있었다. 바닥에 떨어질 때의 충격으로 숨이 거의 멎을 것 같았다. 떨어지는 관성으로 두 사람은 잠시 땅에서 구르다가 연인처럼 우습게 포옹하던 자세가 풀렸다.

온몸에 끔찍한 통증을 느끼며 일어나려고 애를 쓰고 있는데, 이삼 미터 떨어진 곳에서 욕을 하고 신음 소리를 내면서 일어나려 애쓰는 제프의 모습이 보였다. 톰은 다른 사람들이 도착하기까지 시간이 길지 않음을 알았다. 일대일 대결의 기회를 놓칠 수는 없었다. 하지만 제프는 너무 빨랐다. 톰이 완전히 자리에서 일어나기도 전에 과격하게 그에게 돌진하면서 다시 그를 바닥에 쓰러뜨렸다. 톰은 등 전체가 삐걱거렸다. 자기 목에 손을 대려는 제프와 실랑이를 벌이는 동안 다리를 펴 발로 제프의 가슴에 대고 그를 밀쳐 버렸다. 하지만 그러느라 넙적다리 근육에 쥐가 났다. 톰은 그것을 무시하고 일어나 상대에게 달려들었다. 마차가 멀리서 멈추었다. 문 하나는 새의 찢어진 날개처럼 매달려 있었다. 브래들리와 마이크가 그들을 향해 달려오고 있었다. 무엇을 할 수 있을지 신속하게 계산한 뒤 가장 좋은 방법은 패배가 분명한 싸움에서 도망을 가는 것이라고 결론 짓고 항구의 적막한 곳을 벗어나 사람들이 더 많이 다니는 거리를 향해 달리기 시작했다.

살고 싶다는 갑작스런 욕망이 어디서 나왔는지 모른다. 두 시간 전만 해도 죽음의 영원한 휴식을 원했지만 이제는 심장의 폐활량과 다리의 고통이 허락하는 한 가능한 빨리 달려 밤의 어둠 속으로 사라지고 싶었다. 그의 뒤에서 추적자들이 쫓아오는 소리를 들으며 첫 번째 거리로 들어갔다. 불행하게도 막다른 골목이었다. 톰은 진로를 가로막는 벽돌담에 욕을 하고 포기하며 천천히 돌아섰다. 그의 동료들은 골목 입구에서 떡 버티고 서 있었다.

좋아, 이제 진짜 싸움이 시작된 거야. 그는 사형집행인들이 기다리는 곳을 향해 침착하고 태연하게, 다리를 절지 않으려 노력하며 허리춤에 주먹을 쥐고 걸어갔다. 세 사람과 대결할 수는 없었다. 하지만 그렇다고 항복할 수도 없었다. 그를 죽이려는 그들의 욕구가 살려는 그의 욕구보다 더 클까?

그들 옆에 다다르자 톰은 그들에게 아이러니한 인사를 했다. 섀클리턴의 칼은 없지만 그의 영혼이 가슴속에서 타오르는 것 같았다. '아무것도 안 하는 것보다 뭐라도 하는 게 낫다. 최선을 다하자'라고 말했다. 가장 가까운 가로등 불빛은 꺼져 가고 있어서 그 장면을 거의 비추지 못했고 그들의 얼굴은 여전히 어둠 속에 남겨진 채였다. 아무도 입을 여는 사람이 없었다. 할 말이 없었기 때문이다. 제프의 명령대로 사형집행인들은 상대를 탐색하는 권투선수들처럼 천천히 그의 주변을 둘러쌌다. 아무도 먼저 시작하지 않자 톰은 그 불공평한 전쟁을 시작할 기회를 그에게 주려나 보다고 생각했다. "누구부터 공격할까?" 하고 그가 말했다. 그동안 동료들은 천천히 그 주변을 맴돌았다. 톰은 마이크에게 팔을 들고 한 발자국 다가서서 위협하는 척하고 무방비 상태의 제프를 공격했다. 그의 얼굴을 주먹으로 공격해 바닥에 쓰러뜨렸다. 톰은 곁눈질로 브래들리가 공격하는 걸 보고, 그가 바로 자신의 정면에 왔을 때 균형을 잃고 휘청대는 그의 배를 주먹으로 쳐서 바닥에 고꾸라뜨렸다. 그러나 마이크 스퍼렐과의 싸움은 그렇게 운이 좋지 않았다. 거구인 마이크의 주먹은 치명적이었다. 머리가 몽롱하고 입에서 피가 흘렀고 넘어지지 않고 균형을 잡기 위해서는 초인적인 힘을 발휘해야 했다. 하지만 거인은 무자비했다. 톰이 정신을 차리기 전에 마이크가 다시 난폭한 공격을 가했다. 이번에는 그의 턱을 공격했다. 턱이 삐걱거리면서 톰이 바닥에 쓰러졌다. 곧이어 그의 갈비뼈를 가루로 만들 것처럼 군화로 옆구리를 찼다. 톰은 그들이 이겼음을 깨달았다. 싸움은 끝이 났다. 우박이 쓰러진 그의 몸 위로 퍼붓고 있었다. 그는 제프와 브래들리가 가세했음을 추측할 수 있었다. 싸우는 동안 주머니에서 떨어졌을 웰스의 책이

그의 옆, 바닥에 고통의 짙은 안개 사이로 보였다. 자기 생명처럼 언제든 꺼
져 버릴 듯 창백한 노란 빛을 띤 클레어의 꽃이 책에서 떨어져 더러운 바
닥에 뒹굴고 있었다.

마침내 상대의 공격이 멈추자 톰은 통증을 무시하려 이를 악물고 손을 펴서 클레어의 꽃을 잡으려고 했다. 그러나 잡을 수가 없었다. 누군가 그의 머리카락을 잡고 일으키려 했기 때문이다.

"잘하던데, 톰. 아주 괜찮아." 제프 웨인이 그의 귀에 대고 작은 소리로 말하면서 웃음 소리인지 아니면 신음 소리인지를 내는 것 같았다. "노력은 가상하다만 어쨌든 넌 죽을 거라고."

그리고 마이크 스퍼렐에게 그의 발을 잡으라고 명령했다. 톰은 사형집행인들에 의해 어디론가 운반되었는데, 의식이 오락가락한 그에게 장소가 어딘지는 별로 중요하지 않았다. 잠시 몸이 흔들린 뒤 그는 짐짝처럼 다시 바닥에 던져졌다. 바다 소리와 배들이 서로 부딪히는 소리가 들렸다. 최악의 가정이 현실로 확인되는 순간이었다. 그를 강에 빠뜨리려는 것이다. 하지만 그들은 잠시 아무 말도, 아무 행동도 하지 않았다. 톰은 무의식에 빠지고 싶었으나 무언가가 그것을 방해했다. 부어오른 자신의 뺨 위로 무언가 부드럽고 미지근한 불쾌한 것이 닿는 것 같았다. 동료 가운데 누군가가 타르를 묻힌 천으로 얼굴의 피를 닦아 주면서 죽음을 준비시키려는 것 같았다.

"에테르노, 당장 이리 오지 못해!" 누군가 소리를 질렀다.

잠시 느낌이 사라지더니 육중하지만 섬세한 발자국이 바닥에서 울리는 것을 들었다. 서둘지 않고 그곳으로 걸어오는 사람의 걸음걸이였다.

"일으켜 세워." 목소리가 명령했다.

그의 동료들은 무자비하게 그를 일으켰으나 자신의 무게를 지탱하지 못한 톰은 바로 고꾸라졌다. 줄이 끊어진 꼭두각시 인형처럼 힘없이 주저앉은 그는 결국 무릎을 꿇었다. 누군가의 손이 그가 다시 바닥에 쓰러지지 않도록 그의 셔츠 깃을 잡아당겼다. 밀려드는 어지럼증을 떨쳐내고 그를 향해 다가오는 길리엄 머레이에게 초점을 맞추려 애를 썼다. 그의 주변을 개가 빙빙 돌고 있었다. 하찮은 일로 한밤중에 침대에서 그를 끌어낸 것처럼 약간 화가 난 표정이다. 마치 그가 그런 일을 시킨 장본인임을 잊어버린 것처럼. 톰에게서 약간 떨어진 곳에 멈추어 그의 한심한 상태를 즐기면서 잠시 동안 조롱하는 미소를 지으며 그를 바라보았다.

"톰, 톰, 톰." 마침내 어린아이를 야단치는 사람의 말투로 말했다. "우리가 왜 이렇게 불쾌한 상황까지 와야 하지? 단순한 지시사항을 따르는 게 그렇게도 어려웠나?"

톰은 침묵을 지켰다. 어려운 질문이라서가 아니라 부어터진 입술, 부러진 이와 피가 가득한 입으로는 아무 말도 할 수 없었기 때문이다. 이제 시야가 회복된 틈을 타서 그들이 부두 끝에서 몇 발자국 떨어지지 않은 선창에 있음을 확인했다. 자기 앞에 있는 길리엄과 그의 뒤에서 명령을 기다리는 동료들을 제외하고 그곳에 아무도 없는 것 같았다. 모든 것이 완전히 비밀리에 일어날 것이다. 그렇게 아무것도 아닌 사람들은 세상 사람들이 잠이 든 한밤중에 강에 버린 쓰레기처럼 은밀히, 아무런 관심도 끌지 못한 채 죽어간다. 그다음 날이 되어도 그가 사라진 사실을 아무도 눈치 채지 못할 것이다. 아무도 말하지 않을 것이다. 잠시, 톰 블런트는 어디 있지? 할지도 모른다. 아니다, 세상의 오케스트라는 그가 없이도 계속 연주를 할 것이다. 사실상 악보에서 그의 파트는 전혀 필요하지 않을 테니.

"이 모든 일 중에 가장 흥미로운 게 무언지 아나, 톰?" 길리엄 머레이가 차분한 목소리로 부두의 끝으로 다가가 검은 물을 바라보면서 물었다. "너의 연인이 너를 밀고했다는 거야."

톰은 이번에도 대답하지 않았다. 문제를 일으키는 모든 것을 간직하는 바닥이 없는 큰 궤 같은 템스 강의 물만 여념없이 바라보았다. 잠시 후 사업가는 자비로우면서 유쾌한 미소를 지으면서 그를 다시 바라보았다.

"그래, 만일 그녀가 원정을 다녀온 다음날 내 사무실에 나타나 섀클리턴 대장의 선조의 주소를 물어보지 않았더라면 너희 연애사실을 전혀 몰랐을 거야."

그는 톰이 자신이 방금 한 말을 이해했는지 확인하려고 잠시 말을 멈추었다. 분명, 머레이가 의심한 대로, 그녀는 절대 그에게 그런 말을 하지 않았을 테니 말이다. 그녀가 왜 그런 말을 하겠는가? 물론 톰의 관점에서 볼 때, 그것은 전혀 중요한 문제가 아니었다. 길리엄에게는 운 좋은 실수였고.

"그녀가 뭘 원하는지 몰랐지." 다시 무용수처럼 짧은 발걸음으로 톰에게 다가가면서 말했다. "야단을 쳐서 돌려보냈어. 그런데 호기심이 생겨서 부하에게 그녀를 미행하라고 시켰다네. 감시를 하라고 한 거지. 나는 내 사업에 사람들이 냄새를 맡는 것이 제일 싫으니까. 하지만 해거티 양은 무언가를 조사하려는 의도는 없어 보였지. 부하가 와서 그녀가 너와 찻집에서 약속을 하고 그리고 그다음 …… 사실, 난 그 말을 듣고 무척 놀랐다네. 좋아, 피카드 여관에서 무슨 일이 일어났는지는 말할 필요 없겠지."

톰은 수치심과 현기증으로 고개를 숙였다.

"내 의심이 들어맞은 거지." 길리엄은 당황하는 그의 모습을 보며 즐거워하면서 말을 이었다. "비록 내 생각과는 정 반대지만 말이야. 네가 상황을 이용해서 이득을 얻은 점은 감탄했지만 난 너를 죽이려고 했어. 그런데 네가 예상 밖의 행동을 한 거야. 웰스의 집으로 갔고, 그것이 내 관심을 끌었지. 네가 무엇을 하려는지 궁금했어. 만일 네가 작가에게 모든 것이 사기라는 사실을 발설하려 했다면, 너는 사람을 잘못 골랐어. 알다시피 웰스는 런던에서 내 사업에 대한 진실을 아는 유일한 사람이니까. 하지만 그게 아니었어. 네 목표는 훨씬 더 고상했어."

길리엄은 톰 앞에서 총총걸음을 걸으며 뒷짐을 지고 말했다. 왔다 갔다 하는 그의 발걸음에 부두의 판들이 삐걱거렸다. 그 장소에서 이삼 미터 떨어진 곳에서 에테르노는 호기심 어린 눈초리로 그의 동작을 바라보았다.

"너는 웰스의 집을 나간 뒤 해로우 언덕으로 가서 돌 밑에 편지를 하나 숨겼지. 내 스파이가 그것을 즉시 가져왔어. 그것을 읽고 모든 걸 이해하게 됐지." 그는 톰을 조롱 섞인 눈빛으로 애처롭게 쳐다보았다. "너희들의 편지를 읽으며 한동안 즐거운 시간을 보냈다는 걸 고백하지. 스파이가 돌 밑에서 꺼내 온 뒤 내가 읽으면 그것을 가지고 가야 할 사람이 나타나기 전에 다시 제자리에 갖다 놓았어. 당연히 마지막 편지만 빼고. 네가 너무 빨리 가져가는 바람에 내 스파이는 웰스가 그렇게 좋아하는 자전거라는 이상한 기구를 타는 동안 그걸 훔쳤지."

걸음을 멈추고 다시 강을 살폈다.

"허버트 조지 웰스," 증오심을 품고 그가 중얼거렸다. "불쌍한 바보. 그 편지들을 다 찢어 버리고 내가 다시 쓰고 싶은 마음이 굴뚝같았다는 사실을 부인하지 않겠어. 그렇게 하지 않은 이유는 웰스가 그런 사실을 절대 알지 못할 것이기 때문이지. 그렇게 하지 않았어도 결과는 마찬가지지만. 그러나 이 문제는 더 다루지 말기로 하지." 갑자기 그가 쾌활하게 소리치며 다시 그의 희생자에게 향했다. "작가들 사이에 벌어지는 일은 너와는 아무 상관이 없으니까, 안 그래, 톰? 분명한 사실은 내가 너희들의 편지를 읽으면서 즐거운 시간을 보냈다는 거야. 그래, 알다시피, 다른 모든 부분보다 어떤 장면에서 말이지. 모두에게 교훈적이었다고 생각해. 하지만, 좋아. 이제 시리즈 이야기는 끝이 났고, 나이 든 여자들은 연인들의 슬픈 운명에 대해 오랫동안 눈물을 짤 테고, 나는 너를 죽일 거야.”

톰 앞에서 웅크리고 앉은 그는 톰의 턱 끝을 섬세하게 잡고 고개를 들게 했다. 그의 손가락에 톰의 터진 입술에서 흐르는 피가 묻었다. 길리엄은 재킷에서 손수건을 꺼내 그를 흥미롭게 관찰하면서 피를 닦았다.

“그것 아나, 톰? 사실 내 속임수가 들통 나지 않도록 일해 준 점에 대해서는 고마워하고 있어. 일부는 네 잘못이 아니라는 사실도 알고 있지. 비록 일부이지만 말이야. 그 바보 같은 계집애가 모든 것을 시작했겠지. 하지만 너는 그 상태로 내버려둘 수도 있었잖아, 안 그래? 하지만 그러지 않았어. 너를 이해해. 너를 이해하지 못할 거라고 생각하지 마. 그 소녀는 네가 그 모든 위험을 무릅쓸 가치가 있었을 거라고 확신해. 하지만 내가 너를 살려 둘 수 없다는 것을 이해할 거야. 각자가 이 작품에서 해야 할 자기 역할이 있다고. 불행한 일이지만 너를 죽이는 게 나의 역할이야. 미래의 충실한 네 군인들에게 이 일을 맡기는 걸 내가 어떻게 거부할 수가 있겠어.”

그는 동료들을 언급할 때 그들에게 조롱 섞인 미소를 지었다. 그리고 톰을 한참 동안 바라보았다. 마치 마지막으로 무엇을 할지 생각하는 것 같았고, 다른 방법으로 일을 진행할 가능성을 타진하는 것 같았다.

“어쩔 수 없네, 톰.” 마침내 어깨를 움츠리고 말했다. “너를 죽이지 않으면 조만간 너는 그녀를 찾아갈 거야. 그럴 거라고 확신해. 그녀를 사랑하니까 다시 찾아갈 거야.”

그 말을 듣자 톰은 놀라서 그를 바라보지 않을 수 없었다. 그 말이 사실일까, 클레어를 사랑하게 된 것일까? 한 번도 깊이 생각해 보지 않은 문제였다. 그 대답이 아무런 도움이 되지 않을 것 같았기 때문이다. 그녀를 사랑하든, 일종의 장난처럼 그냥 지나쳐 버리기 싫은 기회이든, 그녀를 떠나야 하는 건 마찬가지였다. 하지만 이제 인정할 수밖에 없다. 만일 길리엄이 그를 살려준다면 가장 먼저 할 일은 그녀를 찾아가는 것이다. 그것은 그의 대장이 말한 것처럼 그가 그녀를 사랑한다는 뜻이다. 그렇다, 그는 그녀를 사랑했다. 톰은 놀라서 자신이 클레어 해거티를 사랑한다는 사실을 인정했다. 사실은 그녀를 처음 만난 순간부터 사랑했다. 그녀가 그를 바라보는 방식, 피부의 촉감, 그녀가 그를 사랑하는 방식을 사랑했다. 그 거대하고 무조건적인 사랑의 망토로 보호받는다는 것은 너무나 기분 좋은 느낌이었다. 이 마술망토는 그의 영혼이 날마다 겪는 차디찬 무관심과 가장 깊은 내면까지 침투해 끝없이 불어대는 바람으로 인한 삶의 추위로부터 그를 보호해 주었다. 동일한 열정으로 그녀를 사랑할 수 있다면, 그것 외에는 더 바랄 것이 없음을 깨달았다. 그는 인간이 할 수 있는 가장 중요하고 고상한 행동, 태어난 목적이자 삶을 만족스럽고 행복하게 해 주는 행동을 자신이 하고 있음을 느꼈다. 바로 사랑하는 것, 진정으로 사랑하고, 사랑할 수 있기에 느끼는 기쁨 외에 다른 이유가 없는 행위. 사랑이야말로 그의 메커니즘의 줄이고 그의 존재 이유였다. 세상에 비록 자신의 흔적을 남길 수는 없어도 누군가를 행복하게 할 수 있다면 그것보다 더 중요한 게 없고, 다른 사람의 가슴에 흔적을 남기는 것보다 더 중요한 일이 없기 때문이다. 그렇다, 길리엄 말이 옳았다. 그는 그녀를 찾아갈 것이다. 그녀가 자신의 곁에 있기를 바라기 때문이고, 과거의 자신과 다른 사람이 되어 자신의 옆에 그녀가 있기를 바라기 때문이다. 그는 그녀를 찾아갈 것이다. 그렇다, 함께 봄을 맞이하든지, 아니면 심연의 경사를 함께 구르기 위해서든. 그녀를 사랑하기 때문에 그녀를 찾아갈 것이다. 그것은 클레어가 겪고 있는 속임수를 그다지 혹독하지 않도록 만들어 주었다. 결국 그녀가 사랑하는 사람 역시 그녀를 사랑했지만, 새클리턴의 사랑처럼 톰의 사랑 역시 그녀에게 닿을 수는 없었다. 어디에선가 길을 잃어 그녀에게 닿지 못한 것이다. 동일한 시대와 동일한 도시, 세기 말의 부패한 그 런던에서 산다는 것이 뭐 그리 중요한가. 마치 시간의 대양이 그들을 갈라놓은 것처럼 서로 떨어져 있어야 한다면.

"이야기를 질질 끌 필요가 없어." 그의 생각과는 상관없이 사업가가 말하는 소리가 들렸다. "그럴 경우 결말은 더 최악이 되고, 재미는 덜하지 않겠나? 네가 사라지는 게 더 나아, 톰. 이야기는 정해진 대로 끝나고. 그녀는 어찌되었든 행복할 거야."

길리엄 머레이는 거구의 몸을 일으키고 톰이 마치 포르말린 병 속에 들어 있는 것처럼 다시 한 번 관찰자의 관심을 보이며 그를 바라보았다.

"그녀를 해치지 마세요." 톰이 중얼거렸다.

길리엄은 모욕을 당한 것처럼 고개를 저었다.

"물론 그럴 리가 없지, 톰! 이해 못 하겠어? 네가 없으면 그녀는 내게 아무런 위협도 되지 않아. 그리고 너는 그렇게 생각하지 않지만 나는 조심성이 아주 많은 사람이야. 아무나 죽이지 않는다고, 톰."

"내 이름은 섀클리턴이오." 톰이 잇사이로 침을 뱉었다. "데릭 섀클리턴 대장이란 말이오."

사업가가 폭소를 터뜨렸다.

"그렇다면 부활할 테니 아무 걱정 마. 장담하지."

그 말을 하고 마지막 미소를 지으며 그의 동료들에게 손짓을 했다.

"자, 어서. 이 일을 끝내고 가서 쉬라고."

그의 명령에 따라 마이크 스퍼렐이 밧줄로 묶은 커다란 돌을 가져와 그 끝을 톰의 발에 묶는 동안, 제프와 브래들리가 그를 바닥에서 들어올렸다. 그리고 그의 팔을 등 뒤로 하고 밧줄로 묶었다. 길리엄은 만족스런 미소를 지으며 그 과정을 바라보았다.

"자 됐어, 친구들." 제프가 매듭이 잘 매인 것을 확인하고 말했다. "어서 하자고."

그와 브래들리가 부두의 끝으로 다가가 다시 그를 어깨 높이로 들어올렸다. 마이크는 그동안 물속에 집어넣을 돌을 들고 따라갔다. 톰은 멍한 표정으로 검은 물을 쳐다보았다. 자기 인생이 더 이상 자신의 손에 있지 않음을 아는 사람의 이상한 평온이 그를 감쌌다. 길리엄은 그에게 다가가 어깨를 힘껏 쳤다.

"안녕, 톰. 너는 최고의 새클리턴이었어. 하지만 그게 인생이야. 퍼킨스에게 내 안부나 전해 줘." 그가 말했다.

그의 동료들은 그의 몸을 흔들다가 셋 하면서 돌덩이와 함께 그를 물속에 던졌다. 톰은 강 표면에 부딪히기 전에 숨을 깊게 내쉴 수 있었다. 얼음장 같은 물의 냉기가 충격을 주어 몸에 스며드는 무기력을 떨쳐냈다. 그것은 운명의 또 다른 조롱처럼 보였다. 물에 빠져 죽을 일밖에 없는 지금 그렇게 정신이 말똥말똥한 게 무슨 소용이 있나? 처음에는 몸이 수평으로 가라앉았지만 곧 무거운 돌이 그의 발을 잡아당기자 톰은 놀랍게 빠른 속도로 템스 강바닥으로 가라앉기 시작했다. 여러 차례 눈을 깜빡이며 녹색 물 사이로 무언가를 찾아보려고 노력했으나 부두의 유일한 가로등이 그려내는 너울거리는 밝은 원과 표면에 떠 있는 거룻배들의 밑바닥 외에 보이는 것이 없었다. 돌은 곧 바닥에 닿았고, 톰은 줄의 길이가 허용하는 돌 위에서 이십 내지 삼십 센티미터 위에 머무르며 어린아이의 연처럼 천천히 흔들거렸다. 숨을 쉬지 않고 얼마나 더 견딜 수 있을까? 궁금했다.

하지만 다 무슨 소용인가. 불가피한 것에 저항한들 무슨 소용이 있나? 어찌되었든 단지 그의 죽음을 늦출 뿐이라는 사실을 알고 있지만 그는 입을 꽉 다물었다. 다시 한 번 생존에 대한 불쾌한 본능을 느꼈다. 그러나 이제야 그렇게 갑자기 생존본능이 생기는 이유를 깨달았다. 죽음의 가장 나쁜 점은 이제 더 이상 과거를 바꿀 기회를 얻지 못한다는 것이고, 그가 더 이상 존재하지 않을 때 다른 사람들이 유일하게 보게 되는 것은 그의 삶이 보여 줄 혐오스러운 그림일 것이다. 그에게 영원하고 고통스럽게 느껴지는 짧은 시간 동안 그런 상태로 있으며 폐와 관자놀이가 말없이 투쟁하다가 공기의 부족을 느끼기 시작하자 의지와는 상관없이 입을 벌려야만 했다. 물이 그의 폐로 침투하기 시작해 그 속으로 밀려들자 그를 둘러싼 세상이 더 흐릿해졌다. 톰은 이제 끝이라는 사실을 깨달았다. 잠시 후면 의식을 잃을 것이다.

그런 상황에서도 누군가 나타나는 것을 볼 여유는 있었다. 머릿속의 안개 사이로 나타나 무거운 금속성 발걸음으로 강바닥을 걸으며 그를 향해 걸어오는 모습을 보았다. 분명 그의 주변은 온통 물이었다. 그의 뇌가 겪고 있는 산소 부족 현상으로 꿈속에 나타났던 로봇이 현실처럼 보이는 거라고 생각했다. 비록 너무 늦었지만 말이다. 그가 죽는 데 로봇의 개입은 필요 없을 것이다. 로봇이 보태지 않아도 그는 곧 익사할 것이다. 어쩌면 흐릿한 물속에서 마주 보며 그가 죽어가는 모습을 즐겁게 지켜보려고 온 건지도 모른다.

하지만 놀랍게도 그의 옆에 도착하자 로봇은 마치 춤을 출 준비를 하듯이 금속 팔 하나로 그의 허리를 두르고 다른 팔로 그의 발에 묶인 밧줄을 풀었다. 그리고 톰을 물 위로 끌고 갔는데 의식을 막 잃으려던 참이었다. 톰은 그들이 거룻배들의 복부와 가로등의 떨리는 빛으로 다가가는 것을 보았다. 무슨 일인지 깨닫기도 전에 자신의 머리가 갑자기 물 표면 위로 올라왔다.

밤공기가 그의 폐로 들어갔다. 톰은 그것이 진정한 인생의 맛임을 알았다. 한껏 숨을 쉬자 음식을 씹지도 않고 삼키는 배고픈 어린아이처럼 기침이 났다. 로봇은 기운이 빠진 그를 부두로 끌어올렸다. 몸이 얼고 멀미를 하며 바닥에 누워 있는 톰의 가슴을 로봇의 손이 압박하는 것을 느꼈다. 로봇은 그가 삼킨 물을 토해내게 했다. 여러 차례 기침을 하며 더 이상 토해낼 게 없을 때까지 불그스름한 응어리를 토해냈다. 흐느적거리는 그의 육체 속에 서서히 생기가 돌기 시작했다. 다시 살아 있다는 느낌, 좀 전까지만 해도 템스 강의 물로 가득했던 그의 내부를 삶의 부드러운 힘이 흐르는 것을 발견한 것은 즐거운 일이었다. 순간적으로 자신이 불멸의 신기루 같다는 생각을 했다. 마치 죽음으로 빗질을 하고, 그를 둘러싼 죽음의 신의 차가운 손가락을 느끼고, 죽음과 친밀해져서 그 어떤 규칙도 그에게는 더 이상 적용되지 않는 것 같았다. 어느 정도 정신이 들자 톰은 자신의 구원자에게 미소를 지으려 했는데, 그의 금속 머리가 하나밖에 없는 가로등을 등지고 있어서 어스름하고 둥근 덩어리처럼 그의 위에 매달려 있었다.

"고마워, 솔로몬." 간신히 말을 했다.

로봇은 머리에 쓴 것을 벗었다.

"솔로몬이라고? 이건 잠수복이야, 톰."

비록 얼굴이 잘 보이지는 않았지만 분명 마틴 터커의 목소리였다. 그의 목소리를 알아듣자 억누를 수 없는 기쁨이 밀려왔다.

"전에 본 적 없어? 물 밑에서도 공원을 거니는 것처럼 움직일 수 있게 해 주고, 컴프레서를 통해 표면에서 공기를 불어넣어 준 것도 다 이것 덕분이야. 밥이 그 일을 담당했고 우리를 부두로 끌어올려 주었지." 그의 동료는 잘 보이지 않는 곳에 있는 누군가를 가리키면서 설명해 주었다. 그리고 마틴은 잠수복을 옆에 놓고 간호사처럼 주의하며 그의 고개를 들어 유심히 살폈다. "세상에, 엉망이 되었네. 그 친구들이 제대로 공격했군. 하지만 신경 쓰지 마. 그건 길리엄을 속이기 위해 더 그럴듯하게 보이게 하기 위해서였으니까. 그리고 그걸 해냈어. 그 친구들은 길리엄 눈 앞에서 자기들 임무를 다 했으니 이제 약속한 돈을 받았을 거야."

입술이 부어 있지만 톰은 놀라운 표정을 지었다. 그렇다면 그게 모두 속임수였다는 말인가? 그런 것 같았다. 머레이가 그를 템스 강으로 던지기 전에 설명했듯이 사업가는 그들에게 그를 죽이라고 했다. 그러나 그의 동료들은 머레이의 생각과는 달리 그렇게 비굴하지 않았으며, 그렇다고 그의 제안을 거부할 정도로 돈이 많지도 않았다. 마틴 터커가 그들에게 지혜롭게 두 가지를 다 할 수 있다고 설득했을 것이다. 그 큰 남자는 지금 톰의 피 묻은 머리카락을 떼어 주며 아버지처럼 다정하게 바라보았다.

"좋아, 톰. 공연은 끝났어. 너는 공식적으로 죽었으니 이제 자유야. 오늘 밤부터 넌 새로운 인생을 살 수 있어. 그것을 잘 이용해. 그러리라고 믿어."

작별의 의미로 그의 어깨를 살짝 쥐었다. 그리고 잠수복을 들고 그에게 마지막 미소를 지은 뒤 고요한 밤에 금속 발자국의 굉음을 남기며 부두를 떠났다. 그가 떠난 뒤 톰은 서둘지 않고 누워서 일어난 일을 이해하려고 애썼다. 깊은 숨을 내쉬고 아픈 폐를 시험해 보고 머리 위로 펼쳐진 하늘을 바라보았다. 창백한 노란색의 아름다운 보름달이 밤하늘을 비추었다. 지금까지 그를 집어삼키려 했던 죽음의 사신이 마치 톰에게 새로운 생명을 불어넣어 주려는 듯이, 보름달이 그에게 미소를 지었다. 믿기지 않는 일이 일어났다. 죽지 않고도 모든 일이 해결되었다. 그의 시신은 템스 강바닥에 있어야 하는데, 비록 통증을 느끼고 기운이 거의 없기는 하지만, 그는 지금 살아 있다! 강렬한 환희가 밀려왔다. 젖은 옷 때문에 폐렴에 걸릴 것 같아 차가운 바닥에서 일어나려 애를 썼다. 힘겹게 일어났지만 부러진 곳은 한 군데도 없는 것 같았다. 동료들은 그의 중요한 장기를 다치지 않게 하려고 주의를 기울였을 것이다.

주위를 둘러보았다. 고요했다. 싸움이 벌어졌던 막다른 골목 입구, 웰스의 소설 옆에 클레어가 선물한 꽃이 있었다. 조심스럽게 그것을 집어 갈 방향을 지시해 주는 나침반처럼 손바닥에 올려놓았다.

약간 재스민의 향기와 비슷한 달콤하고 아련한 수선의 향기가 그를 부드럽게 밤의 심연으로 인도하며, 해안의 썰물파도처럼 그를 끌어당겨 적막한 아름다운 집으로 이끄는 것 같았다. 그리 높지 않은 그 집의 담장 정면을 덩굴손이 장식하고 있었다. 모험심이 강한 남자들이 침대에서 자고 있는 소녀의 방의 열려진 창문으로 올라갈 때 도움을 주려는 의도 같았다.

톰은 무한한 애정으로 이 세상 그 누구보다 자신을 사랑한 소녀를 바라보았다. 약간 벌어진 그녀의 입술에서 마치 여름의 미풍이 불어오는 것처럼 약하고 부드러운 호흡이 흘러나왔다. 그녀의 오른손은 편지지를 쥐고 있는데, 웰스의 작은 글씨를 알아볼 수 있었다. 다가가 그녀를 애무하자 그의 시선의 무게가 그녀를 깨운 것처럼 그녀가 천천히 눈을 떴다. 침대 옆에 서 있는 그를 보고도 놀라는 것 같지 않았다. 마치 언젠가 그가 수선의 향기를 따라서 나타날 것을 기대했다는 듯이.

"돌아왔군요." 부드러운 한숨을 내쉬며 그녀가 말했다.

"응, 클레어, 돌아왔소." 그도 동일한 톤으로 대답했다. "영원히 돌아왔소."

그의 입술과 볼에 묻어 있는 피를 본 그녀는 그가 자신을 얼마나 사랑하는지를 깨닫고 진지하게 미소를 지었다. 일어나서 침착하게 그에게 다가가 그의 팔에 안겼다. 키스를 하는 동안 톰은 길리엄 머레이의 말과는 달리, 그들이 다시 만나지 못하는 것보다 이것이 훨씬 더 아름다운 결말이라고 생각했다.

제3부

친애하는 신사숙녀 여러분,
감격적인 이야기의
마지막 페이지에 도달했습니다.

*

앞으로 여러분에게 보여 줄 어떤
놀라운 일이 남아 있을까요?

*

그 이야기들을 알고 싶다면
단 한 순간이라도 이 페이지에서
눈을 돌리지 마시기 바랍니다.
아직도 원하는 대로 과거나 미래로
시간여행을 할 수 있기 때문입니다.
독자 여러분이 겁쟁이가 아니라면
이미 시작한 것을 끝낼 용기를 내세요.

*

이 마지막
여행은 떠날 가치가 있음을
약속드립니다.

런던경찰청의 콜린 가렛 형사는 피를 볼 때마다 두려움을 느끼지 않기를 바랐다. 직업상 시체를 봐야 할 때, 특히 살인자가 더 잔혹하고 악랄하게 범행을 저질렀을 경우 매번 뒤로 물러나 구토를 할 수밖에 없기 때문이다. 하지만 불행하게도 그런 일이 너무 자주 일어나서 이 형사는, 아예 아침식사를 하지 않을까 하는 생각도 해 보았다. 구토를 할 상황이 닥친다 해도 토해낼 음식이 별로 없으면 괜찮을 테니 말이다. 피를 잘 보지 못하는 약점에 대한 보상이라도 되듯이 콜린 가렛 형사는 명석한 두뇌의 축복을 받았다. 아니면 적어도 그 말은 전설적인 수사관인 그의 삼촌, 프레데릭 애벌린 형사가 늘 그에게 하던 말인데, 이 형사는 몇 년 전에 흉포한 살인자 잭 더 리퍼를 체포하는 임무를 맡았다. 콜린의 탁월한 지능을 신뢰한 그의 삼촌은 직접 조카의 손에 화려한 추천서를 들려서 런던경찰청의 수사팀 책임자인 금욕적이고 오만한 아널드 총감에게 보냈다. 경찰서에서 일을 하는 첫 해, 가렛은 놀랍게도 그에 대한 삼촌의 신임이 틀리지 않았음을 증명해 냈다. 그레이트 조지 스트리트가 보이는 사무실에서 일을 한 후로 많은 사건들을 해결할 수 있었다. 그리고 별 노력 없이 그런 일을 해냈다. 심지어 사무실을 벗어나지 않고 해낸 것이다. 더운 사무실에서 가렛은 며칠 밤이고 퍼즐을 가지고 노는 아이처럼 부하들이 가져다 준 증거들을 대조하고 맞춰보며, 가능하면 자신이 다루는 자료 뒤에 있는 잔인하고 유혈이 낭자한 현실과 직접 마주치는 일을 피했다. 사무실에서의 일은 그처럼 감수성이 예민한 사람에게 적합하지만 명석한 두뇌가 필수적이기는 하다.

사무실 밖의 으르렁대는 지옥 중에서도 시체공시소는 아마 범죄의 가장 현실적인 면, 만질 수 있고 유기적이고 역겨울 만큼 구체적인 부분, 가렛이 무시하려고 애쓰는 것을 뽐내며 보여 주는 곳일 것이다. 그래서 시신을 확인하기 위해 시체공시소로 향할 때마다 형사는 체념 어린 한숨을 깊게 내쉬고 모자를 눌러 쓰고 이번에는 그의 위장이 토해낸 아침식사 토사물이 법의학자의 신발에 튀기기 전에 제때 해부실을 빠져나올 수 있기를 기원했다.

그날 아침 그가 검토해야 할 시신은 메릴본 지역 경찰이 발견했는데, 부랑자임이 분명한 피해자에게 입힌 잔혹한 흉터에 사용된 무기를 알아낼 수가 없자, 그 사건을 런던경찰청의 두뇌들에게 넘긴 것이다. 가렛은 시경이 이 사건을 이양하면서 그레이트 조지 스트리트의 천재들에게 그들이 받는 돈에 합당한 복잡한 과제를 던져 주었다고 만족하면서 짜증 섞인 미소를 짓는 모습을 상상했다. 그 순간 요크 스트리트의 시체공시소 입구에서는 테렌스 앨콕 박사가 그를 기다리고 있었다. 피 묻은 앞치마를 두르고 있는 그는 시경에게 그 사건이 어려운 수수께끼임을 인정했다. 기회만 있으면 지식을 자랑하려는 법의관이 그렇게 공개적으로 패배를 인정한 것을 보면 정말 흥미로운 사건임에 틀림없었다. 대개 상상력이 부족한 범죄사건이 흔한 현실과 달리, 자신이 좋아하는 셜록 홈즈의 소설에나 나올 법한 그런 사건 말이다.

법의학자는 가렛에게 엄숙한 표정으로 인사를 하고 놀랄 정도로 적막에 싸인 부검실로 안내했다. 가렛은 곧 피해자의 몸에 난 설명하기 어려운 상처가 평상시 법의학자의 탁월한 유머감각을 사라지게 할 정도로 그를 힘들게 만들었다는 사실을 알 수 있었다. 우거지상 때문에 초조해 보이는 인상에도 불구하고 앨콕 박사는 쾌활하고 수다스러웠다. 형사가 시체공시소에 갈 때마다 유쾌하게 맞아 주고 긴 복도로 그를 안내하는 동안 대중가요라도 부르는 것처럼 복강의 조직을 검토하는 순서를 유창하게 읊었다. 복막, 비장, 좌측 신장, 부신 피낭, 방광, 전립선, 정낭, 음경, 정액선 ……. 이 나열은 보통 법의학자가 청결상의 이유로 마지막에 검토하는 장기의 이름으로 끝이 났다. 그 내용물을 다루는 것은 구역질나는 일이기 때문이다. 계속해서 말하지만, 모든 것을 볼 수 있는 나는 박사에게 허세가 있기는 하지만 이 경우 과장은 절대 아님을 확인할 수 있다. 모든 것을 볼 수 있는 능력 덕분에 나는 이 불쾌한 상황을 여러 번 보았다. 피범벅이 된 의사, 시신, 부검 테이블, 심지어 부검실 여기저기 묻은 배설물도 지켜보았다. 하지만 독자 여러분을 존중하는 뜻으로 너무 자세한 설명은 하지 않겠다.

하지만 이번에 법의학자는 울적한 기분이 되어 긴 복도를 지나며, 엄청나게 좋은 기억력의 소유자인 가렛도 기분이 좋을 때면 가끔씩 흥얼거리게 되는, 긴 장기 리스트를 읊어대지 않았다. 복도를 지난 두 사람은 넓은 방으로 들어갔다. 그곳에서는 도저히 무시하기 어려운 썩은 고기 냄새가 진동했다. 천장에는 여러 개의 가스등이 켜져 있지만 가렛은 그렇게 큰 방치고는 조명이 어둡다는 생각을 했다. 그래서인지 그 장소가 훨씬 더 을씨년스러워 보였다. 너무 어두워서 2미터 이상 떨어진 곳에 있는 사물은 알아보기도 힘들었다. 벽돌로 된 벽 대부분은 외과수술 도구가 구비된 가구들로 채워져 있고 짙은 색의 이상한 액체가 담긴 병들이 가득한 선반들도 걸려 있었다. 앞쪽 벽에는 거대한 물통이 있는데, 죽음의 목욕을 하는 사람처럼 앨콕 박사가 거기서 피 묻은 손을 닦는 모습을 여러 차례 목격하기도 했다. 방 중앙에 등불 하나로 밝힌 튼튼한 탁자에 시트로 덮인 물체가 있었다. 법의학자는 항상 걷어올린 소매를 더 올리며, 가렛을 초조하게 하는 세부적인 내용을 늘어놓고 고개를 끄덕이며 탁자로 가까이 오라고 했다. 물체 옆, 바로 옆 탁자에는 해부용 칼, 연골을 깎아내기 위한 도구, 면도용 칼, 여러 개의 메스, 작은 톱, 두개골에 구멍을 뚫는 예리한 끌과 망치, 봉합을 위한 십여 개의 바늘과 수술용 실, 지저분한 천, 저울, 렌즈와 가렛이 보고 싶지 않은 약간 붉은 빛이 도는 물이 담긴 대야가 있었다.

그때 법의학자의 보조원 한 명이 문을 열고 들어오려고 했으나 박사가 화를 버럭 내며 쫓아 버렸다. 가렛은 박사가 그의 보조원으로 일하는 대학에서 갓 졸업한 멋쟁이들을 나무라는 소리를 여러 번 들었다. 그들은 해부용 칼을 깃털처럼 잡고 손가락과 손목만 움직이며 팔은 몸통에 대고서 시신에 섬세하고 작은 절개만 하는데 마치 요리를 하는 것 같다는 것이다. "그런 절개는 해부학 교실에서 선보이려는 사람들에게나 하라고 해." 앨콕 박사는 이렇게 말하곤 했는데, 박사는 팔과 어깨 근육의 단단함을 실험하는 길고 넓은 절개를 신봉하는 광신자였다.

보조원을 들어오지 못하게 한 박사는 탁자 위에 놓인 시신을 덮고 있는 시트를 걷었다. 동일한 속임수를 여러 차례 실시하는 마법사처럼 별다른 의식 없이 그것을 걷어냈다.

"시신은 40에서 50세가량의 남성입니다." 단조로운 목소리로 설명했다. "키는 1미터 70이고, 골격이 가늘고 피하층이 적고 근육이 별로 많지 않지요. 피부색은 창백합니다. 치열의 경우 앞니는 다 있지만 어금니는 여러 개가 빠졌고 있는 것들도 대부분 충치가 있고 잿빛에 가까운 얇은 층으로 덮여 있지요."

보고를 한 다음 형사가 천장을 그만 바라보고 시신을 보기를 기다렸다.

"그리고 여기 상처가 있어요." 소극적인 형사에게 한 번 보라고 격려하면서 열정적으로 말했다.

가렛은 공기를 들이마시고 시선을 천천히 내려 시체의 가슴 중앙에 있는 커다란 구멍을 놀란 표정으로 바라보았다.

"직경이 30센티미터인 둥그런 구멍이지요." 법의학자가 말했다. "피해자의 몸 한쪽에서 다른 쪽으로 관통해서 마치 창문처럼 다른 편을 볼 수 있지요. 그 위로 경사가 졌는지를 확인할 수 있어요."

별로 마음이 내키지 않지만 가렛은 거대한 구멍으로 다가갔다. 그것을 통해 실제로 시신이 누워 있는 탁자를 볼 수 있었다.

"뭔지는 모르지만 가장자리 피부를 끔찍하게 태워 버렸을 뿐만 아니라 그 안에 있던 모든 걸 날려 버렸어요. 가슴뼈 일부, 갈비뼈 연골의 일부, 늑골 대부분, 심장 우심실과 그 부분의 척추까지 말이지요. 남아 있던 일부 폐는 흉벽과 함께 녹았어요. 아직 더 해부해 봐야 알겠지만, 이 구멍이 사망의 직접적인 원인입니다." 법의학자는 판단했다. "문제는 뭘로 이렇게 만들었냐는 거지요. 불의 혀가 이 불행한 사람의 가슴을 관통한 것 같기도 하고 뜨거운 광선이 그렇게 만든 것 같기도 해요. 하지만 미가엘 천사장의 불을 뿜는 칼 외에는 이런 상처를 남길 수 있는 무기를 모르겠습니다."

가렛은 요동치기 시작하는 위장과 싸우면서 고개를 끄덕였다.

"시신의 다른 부위에는 어떤 문제가 있나요?" 물어보는 그의 이마에 땀이 송송 맺혀 있는 것을 느꼈다.

"포피가 보통보다 더 짧아 귀두 끝만 덮고 있지만 그 부위에 아무런 상처도 나지 않았어요." 법의학자가 전문적 지식을 자랑하면서 대답했다. "그것만 제외하면 개도 튀어나올 정도로 큰 구멍 부위가 유일하게 이상한 곳이지요."

가렛은 부검의가 둘러댄 이미지에 혐오감을 느끼면서 고개를 끄덕였다. 자신이 조사해야 할 그 불쌍한 남성의 신상에 대해 더 많은 것을 알고 싶었다.

"대단히 감사합니다, 앨콕 박사님. 새로운 사항을 발견하시거나 그런 구

멍을 만든 흉기가 무엇인지 떠오르는 게 있으면 알려 주세요." 그에게 요청
했다.

그리고 서둘러 법의학자와 작별인사를 나누고 가능한 몸을 꼿꼿이 세
우고 시체공시소를 나갔다. 밖으로 나오자마자 마주친 첫 골목으로 들어가
쓰레기 더미 위에 아침식사 먹은 걸 토했다. 그리고 손수건으로 입을 닦으
며 거리로 나갔다. 창백하기는 해도 그는 안정을 되찾았다. 잠시 멈추어서
공기를 여러 모금 마시고 천천히 다시 내뿜으며 미소를 지었다. 타 버린 살.
소름끼치는 구멍. 법의학자가 어떤 흉기로 그런 끔찍한 상처를 냈는지 모르
는 게 이상하지 않았다.

그렇다, 형사는 2000년으로 여행을 갔을 때 용감한 새클리턴 대장이 손
에 들고 있는 무기를 보았다.

가렛은 아직 태어나지 않은 남자를 체포하기 위한 영장을 내달라고 거
의 두 시간이나 상사를 설득해야 했다. 침을 삼키며 사무실 문 앞에 서자
그 일이 쉽지 않다는 것을 알아차렸다. 토머스 아널드 총감은 삼촌의 절친
한 친구이며, 그를 기꺼이 수사 팀원으로 받아들여 준 장본인이다. 그러나
가렛이 복잡한 사건을 해결했을 때에도 아버지 같은 무뚝뚝한 표정을 살짝
보일 뿐 거리감을 둔 친절 이상을 베풀지 않았다. 그러나 젊은 형사는 상사
가 그의 사무실을 지나치며 집중해서 일하는 그의 모습을 볼 때 그를 향해
미소 짓는다는 걸 알고 있었다. 마치 벽난로가 잘 타고 있는 걸 보며 만족
감을 느끼는 사람처럼 말이다.

그러한 상냥한 미소는 가렛이 2000년 여행에서 돌아온 뒤 총감의 사무
실에 나타나서 로봇의 생산을 시급하게 중단하고 그때까지 제작된 로봇들
을 압수해서 은밀한 곳, 예를 들어 그들을 감시할 수 있는 철조망을 친 출
입금지 구역에 가두라고 제안한 뒤 사라졌다. 아널드 총감에게 그의 이야
기는 말도 안 되는 망상이었다. 퇴직하려면 1년밖에 남지 않은 상태에서 가

장 내키지 않는 일은 자신이 목격하지 않은 이상한 위협을 예방하기 위해 인생을 복잡하게 만드는 것이다. 그 신출내기가 특별한 지능을 가졌다는 많은 증거를 보여 주었기에 내키지는 않지만 그 문제를 위원과 총리에게 보고하겠다고 동의했다. 그때 위에서 가렛에게 내려온 명령은 부정적이었다. 아마도 로봇들은 계속해서 만들어지고 악의 없이 출현하다가 시민들의 집을 공격하고 1세기 뒤에는 지구를 정복할 것이다. 가렛은 한치 앞을 볼 수 없는 상상력이 부족한 그 세 사람의 회의는 농담과 소란한 웃음 속에서 진행되었을 거라고 생각했다. 하지만 이번에는 다르다. 이번에는 다른 생각을 할 수 없을 것이다. 이번에는 로봇들이 인간에게 반기를 들 때 자기들은 지하에서 편안하게 휴식을 취할 거라는 변명으로 책임을 회피할 수 없을 것이다. 왜냐하면 이번에는 미래의 인간이 그들을 찾아왔으며, 그들이 경계해야 할 바로 이 시대에 활동하고 있기 때문이다.

어찌되었든 아널드 총감은 가렛이 사건을 설명하자마자 회의적인 표정을 지었다. 가렛은 과학이 매일 한 단계씩 발전하며 그들의 조부모는 생각지도 못한 것, 축음기나 전화기 그리고 시간여행 같은 것에 대해 다루는 시대에 태어난 것을 특권으로 간주했다. 누가 그의 할아버지에게 손주가 활동할 시대에는 사람들이 자신들의 생명이 끝나는 시간을 넘어서 미래로, 혹은 역사의 페이지에 기록된 과거로 여행을 떠날 수 있다는 말을 할 수 있겠는가? 가렛이 2000년 여행에 흥분했던 것은, 그 여행으로 인류 역사상 중요한 순간−로봇과의 기나긴 전쟁에 종지부를 찍는 순간−을 목격할 수 있어서가 아니라, 과학 덕분에 모든 것이 가능해 보이는 세상에 살고 있다는 깨달음 때문이었다. 지금은 2000년을 보겠지만 죽기 전에 얼마나 더 많은 시대를 볼지 누가 알겠는가. 길리엄 머레이에 의하면 머지않아 시간에 새로운 루트를 열 것이고 아마도 새롭게 건설된 더 나은 미래를 볼 수 있거나 파라오의 시대나 셰익스피어가 사는 런던으로 여행을 떠날 수도 있을 것이다. 그러면 촛불 아래서 신화적인 작품을 쓰는 극작가들을 지켜볼 수도 있을 것이다. 그 모든 것들 덕분에 그의 젊은 영혼은 행복을 느끼고 신에게 계속해서 감사드릴 수 있을 것 같았다. 신을 비난하는 다윈의 주장에도 불구하고 신을 계속 믿고 싶었다. 그래서 매일 밤 잠들기 전에 신이 있다고 상상하고 별들에게 미소를 보냈다. 마치 신이 그에게 보여 주려는 모든 것에 감탄할 준비가 되어 있다고 말하는 것처럼. 그러니 가렛이 과학의 발명에 대해 걱정하는 사람들을 이해하지 못하는 것도 이상할 게 없다. 그는 자기 상사처럼 길리엄 머레이의 놀라운 발명에 대해 무관심한 사람들을 더욱 이해하지 못했다. 그의 상사는 2000년으로 여행하기 위해 짬을 낼 생각도 하지 않았기 때문이다.

"자네 말을 제대로 이해했나 보세. 이것이 그 사건에 대한 유일한 단서란 말인가?" 아널드 총감이 가렛이 전해 준 머레이 시간여행 광고지를 흔들면서 물었다. 그리고 용감한 섀클리턴 대장이 광선총으로 로봇의 몸체에 구멍을 내는 그림을 가리켰다.

가렛은 한숨을 쉬었다. 아널드 총감은 미래 원정대에 참여한 경험이 없다. 그래서 그가 그 문제에 대해 설명해야 했다. 몇 분 동안 2000년에 일어난 일과 미래로 여행한 일을 설명했다. 그리고 그에게 가장 흥미로운 부분이었던 인간들의 무기에 대해 자세히 설명했다. 그러한 무기는 금속을 자를 수도 있어서 인간에게 사용할 경우 메릴본의 시체공시소에 있는 시체의 흉터와 비슷한 효과를 낼 거라고 생각해도 지나치지 않을 것이다. 그가 아는 한 이 시대의 어떠한 무기도 그렇게 잔혹한 상처를 내지는 못할 것이다. 검시 보고서에 의하면 그 점은 앨콕 박사도 확인한 바다. 그 문제에 다다르자 가렛은 아널드에게 자신의 이론을 제시했다. 미래의 그 남성들 중 누군가, 아마도 섀클리턴이라는 사람이 그들을 미래로 데려간 크로노틸루스를 타고 방랑자처럼 여행을 해서 1896년에 죽음의 무기를 들고 자유롭게 돌아다니고 있다. 만일 그것이 사실이라면 두 가지 조치를 취해야 한다고 총감에게 말했다. 하나는 런던을 뒤져서 섀클리턴을 찾는 것인데, 몇 주가 걸리며 성공 가능성이 별로 없는 일이다. 또 한 가지는 그가 있을 거라고 예상되는 곳에서 그를 체포하는 것이다. 즉 2000년의 5월 20일이다. 자신에게 두 형사만 내어준다면 그가 현재로 오기 전에 그를 체포할 수 있다는 것이다.

"그 외에도," 혼돈스러워하며 고개를 젓는 그의 상사를 설득하기 위해 덧붙였다. "제게 미래에 새클리턴 대장을 체포하도록 해 주시면 우리 부서는 모든 찬사와 인정을 받을 겁니다. 왜냐하면 실제적으로 새로운 성과를 얻게 될 테니까요. 그가 범죄를 저지르기 전에 살인자를 체포한다는 것은 사실상 범죄가 일어나는 것을 방지하는 일이기 때문이지요."

아널드 총감은 놀라서 그를 바라보았다.

"만일 2000년으로 여행해서 살인자를 체포한다면 그런 범죄가 …… 일어나지 않는다는 말인가?"

가렛은 아널드 총감 같은 사람이 그런 개념을 이해하는 게 얼마나 어려운지 깨달았다. 자기처럼 시간여행이 야기하는 모순적인 면을 이해하려고 많은 밤을 지새우는 사람이 아니라면 아무도 그가 암시하는 것을 쉽게 이해하지 못할 것이다.

"그럴 거라고 확신합니다, 총감님. 그가 범죄를 저지르기 전에 그를 체포하면 우리의 현재는 분명히 변할 겁니다. 살인자를 체포할 뿐만 아니라 한 생명을 구하게 되는 셈이죠. 부랑자의 시신도 시체공시소에서 즉시 사라질 거라고 확신합니다." 가렛은 자신도 어떻게 그런 일이 일어날지 확신하지 못한 채 그렇게 말했다.

토머스 아널드는 잠시 생각을 하고 런던경찰청이 그런 시간의 곡예에 대해 어떻게 판단할 것인지를 생각했다. 다행히 총감의 제한된 사고력은, 살인자가 체포되면 육체가 사라지고 범죄가 유발한 모든 것이 사라진다는 사실을 이해하지 못했다. 즉 지금 이 순간 그들이 나누는 대화도 없을 것이다. 해결해야 할 살인사건이 없을 테니. 결론적으로 아무 일도 일어나지 않아서 아무런 평가도 없을 것이다. 새클리턴이 과거로 여행을 해서 범죄를 저지르기 전에 미래에서 그를 체포하는 상황은, 예측하기 어려워서 가렛조차도 그것을 분석하기 시작하자마자 현기증을 느꼈다. 범죄를 저지르기 전에 체포한다면, 아무도 기억하지 못하는 살인자의 범죄를 어떻게 할 것인가? 어떤 혐의를 물을 것인가? 그의 미래 여행도 일어나지 못한 일이 사라지는 우주의 하수구로 사라져 버릴까? 가렛은 확신이 없었다. 하지만 자신이 그 모든 것을 추진할 사람이라는 점은 확실했다.

두 시간 동안 대화를 나눈 뒤 머리가 어지러워진 아널드 총감은 가렛에게 그날 오후 의원과 총리를 만나 최선을 다해 그들에게 설명을 하겠다고 약속했다. 그것은 그 다음날 아침 문제가 없으면 2000년에 새클리턴을 체포하기 위한 명령을 받는다는 뜻이었다. 그러면 머레이 시간여행사로 가서 길리엄을 만나 크로노틸루스로 다음 여행을 떠나기 위해 세 좌석을 예약할 것이다.

가렛은 뾰족한 수가 없자 사건을 생각하면서 기다렸다. 비록 이번에는 사건을 해결하기 위해 세부사항을 분석하지는 않았다. 이미 밝혀진 살인자를 분석하는 건 의미가 없다. 대신 새로운 종류의 거미줄처럼 뻗어난 그 신기한 가지들에 감탄할 뿐이었다. 이번에 가렛은 자신의 사무실이 아니라 슬로안 스트리트의 호화로운 저택 앞 산책로의 벤치에 앉아서 그러한 생각에 몰두했다. 그 집은 피아노 제작자인 네이선 퍼거슨의 집이었다. 불행히도 그의 아버지가 퍼거슨과 친분관계가 있어서 그와는 자라는 내내 알고 지냈다. 윈슬로우라는 무례한 청년이 농담을 했듯이 퍼거슨이야말로 미래를 황폐화시킬 전쟁의 궁극적인 원인제공자였다. 그의 집 앞에서 누군가 수상한 사람이 그곳을 배회하는지 보려고 포도를 먹으면서 오후 시간을 보내는 게 전혀 힘들지 않았다. 만일 그런 일이 일어나면 아마도 미래로 여행을 떠나지 않아도 될 것이다. 하지만 우주라는 거대한 조직에서 퍼거슨의 임무가 단지 우스꽝스러운 피아노를 만드는 것뿐이라면 그 순간 새클리턴 대장은 다른 사람의 집을 배회하고 있을 것이다. 왜 부랑자를 죽였을까? 대장은 왜 그 비천한 인물에게 관심을 가졌을까? 그저 사고인가, 우연한 죽음인가, 아니면 시체공시소에 있는 시신은 미래의 퍼즐에서 중요한 조각일까?

그러한 생각이 가렛을 사로잡았으나, 퍼거슨의 집 문이 열리고 그가 나타나자 추측을 그만두었다. 형사는 앉아 있던 곳에서 벌떡 일어나 나무 뒤로 숨었다. 거기서 바로 앞 인도에서 일어나는 일을 또렷하게 볼 수 있었다. 퍼거슨은 자기 집 돌계단에 멈추어 끝이 뾰족한 모자를 쓰고 정복자의 오만한 시선으로 하늘을 바라보았다. 가렛은 옷을 우아하게 입은 퍼거슨을 보고 만찬에 가는 거라고 추측했다. 퍼거슨은 장갑을 낀 다음 현관문을 닫고 돌계단을 내려와 서두르지 않고 거리를 걷기 시작했다. 마차를 타지 않은 걸로 보아 매우 가까운 곳에 가는 것 같았다. 미행해야 할지 말아야 할지 가렛은 망설였다. 하지만 어떻게 할지 결정할 틈이 없었다. 퍼거슨이 그의 집 앞 정원을 둘러싼 울타리를 막 지나가려는 참에 어떤 형체가 관목 사이에서 슬그머니 뛰쳐나왔기 때문이다. 긴 외투와 얼굴을 가리는 모자를 썼지만 가렛은 그의 얼굴을 보지 않고도 그가 누군지 알았다. 그는 자기 생각이 옳다는 것을 말해 주는 첫 번째 인물이었다.

단호한 태도로 그 형체는 외투 주머니에서 총을 꺼내 자기 등 뒤에서 무슨 일이 일어나는지도 모르고 인도를 걸어가는 퍼거슨을 겨냥했다. 가렛은 즉시 반응했다. 숨어 있던 곳에서 뛰쳐나가 거리를 가로질러 갔다. 자기보다 풍채나 힘이 두 배나 되는 새클리턴 같은 사람에게는 기습공격이 최고의 전략임을 알았기 때문이다. 자신의 발걸음소리에 그 형체가 경계심을 갖고 자기 쪽으로 다가오는 가렛을 바라보았는데 총은 계속 퍼거슨을 겨냥하고 있었다. 가렛은 있는 힘을 다해 그를 공격했다. 가렛이 그의 허리를 붙잡자 두 사람은 정원에 떨어졌다. 형사는 새클리턴이 쉽게 감아 쌀 수 있을 만큼 연약한 체격이라는 사실에 깜짝 놀랐다. 그러나 상대의 입과 그의 입이 거의 마주칠 정도로 가까운 거리에서 자기 밑에 깔린 상대방을 보고 나서 그 이유를 알 수 있었다. 상대는 아름다운 소녀였다.

"넬슨 양?" 그가 놀라서 말을 더듬었다.

"가렛 형사님!" 그녀도 놀라서 소리쳤다.

얼굴이 붉어진 가렛은 그 부끄러운 자세에서 벗어나려고 서둘러 일어나고, 그녀도 일어나도록 도와주었다. 권총이 바닥에 떨어졌으나 아무도 그것을 집으려 하지 않았다.

"괜찮으세요?" 형사가 물었다.

"네, 괜찮아요. 걱정하지 마세요." 소녀가 불쾌한 표정을 지으며 숨을 몰아쉬었다. "다행히 아무데도 부러진 곳이 없는 것 같아요."

루시는 옷에 잔뜩 묻은 흙을 털고, 넘어지느라 흐트러진 뒤로 묶어 올린 머리를 풀었다.

"덤벼들어서 죄송해요, 넬슨 양." 가렛이 항아리에서 흘러넘치는 꿀처럼 어깨 위에 흐트러진 아름다운 금빛 머리카락에 매료되어 사과했다. "정말 미안해요, 하지만 …… 퍼거슨 씨에게 총을 쏘려고 했지요, 그렇지 않나요?"

"맞아요. 퍼거슨 씨에게 총을 쏘려고 했어요, 형사님! 오후 내내 여기 숨어 있었어요." 소녀가 화가 나서 대답했다.

그녀가 총을 집으려고 몸을 숙였으나 가렛이 먼저 집었다.

"내가 가지고 있는 게 더 나을 것 같군요." 사과의 미소를 지으며 말했다. "하지만 말해 주시오. 왜 퍼거슨 씨를 죽이려고 했소?"

루시는 한숨을 내쉬고 잠시 생각에 잠겨 바닥을 쳐다보았다.

"저는 사람들이 생각하는 것처럼 철부지 소녀가 아니에요." 마침내 그녀가 슬픈 목소리로 말했다. "저도 다른 사람들처럼 우리가 살고 있는 세상이 걱정스러워요. 미래의 전쟁 책임자를 죽임으로써 그 사실을 증명하려 했어요."

"저는 당신이 경박한 소녀라고 생각하지 않습니다." 가렛이 고백했다. "그렇게 생각하는 사람은 정말 바보지요."

루시는 형사의 말에 기분이 좋아져서 미소를 지었다.

"정말 그렇게 생각하세요?" 아양을 떨면서 물었다.

"물론이지요, 넬슨 양." 형사가 수줍은 미소를 지으면서 단언했다. "당신의 아름다운 손에 피를 묻히는 것보다 더 나은 방법이 있다는 생각을 안 해 보셨나요?"

"당신 말이 옳아요, 가렛 씨 ……." 루시가 형사를 넋을 잃고 바라보면서 인정했다.

"당신도 그렇게 생각한다니 기쁩니다." 가렛이 안심해서 말했다.

그들은 잠시 당혹스런 표정으로 말없이 서로를 바라보았다.

"그러면 이제, 형사님?" 마침내 소녀가 순진한 표정을 지으며 말했다. "저를 체포하실 건가요?"

가렛이 한숨을 쉬었다.

"그렇게 해야 할 것 같군요, 넬슨 양." 그가 마지못해 인정했다.

"하지만 ……."

그가 그 상황을 생각하면서 잠시 말을 멈추었다.

"네?" 루시가 물었다.

"다시는 아무에게도 총으로 쏘지 않겠다고 약속하면 이 문제를 잊어버리지요."

"오, 약속드릴게요, 형사님!" 소녀가 기쁜 표정으로 말했다. "권총을 돌려주시면 다시 아버지 서랍에 넣어둘게요. 제가 그것을 가져간 것을 아무도 눈치 채지 못할 거예요."

가렛은 주저하다가 결국 권총을 그녀에게 돌려주었다. 그것을 주면서 그들의 손가락이 서로 부딪혔고 두 사람은 그 달콤한 접촉을 음미했다. 루시가 권총을 외투 주머니에 집어넣자 가렛은 목소리를 가다듬었다.

“제가 집까지 동행해 드리고 싶은데요, 넬슨 양?” 그녀를 쳐다보지 못하고 물었다. “여자 혼자서 이런 시간에 걸어가는 것은 좋지 않아요. 아무리 주머니에 무기를 가지고 있어도 말이죠.”

루시는 가렛의 제안이 반가워서 미소를 지었다.

“네, 좋아요. 당신은 매우 친절하시군요, 형사님. 게다가 우리 집은 여기서 멀지 않고 오늘은 멋진 밤이에요. 유쾌한 산책이 될 거예요.”

“저도 그렇게 생각합니다.” 가렛이 대답했다.

그 다음날 아침, 콜린 가렛 형사는 사무실에서 꿈꾸는 듯한 표정으로 아침을 먹고 있었다. 그는 루시 넬슨의 아름다운 눈, 금빛 머리카락과 그에게 편지를 써도 되냐고 물어볼 때 짓던 미소를 생각하고 있었다. 그때 한 형사가 사무실에 들어왔다. 그에게 아직 태어나지 않은 남성을 체포하기 위해서 미래로 떠나라는 총리의 사인이 있는 영장을 전해 주었다. 아시다시피 사랑에 빠지면 모두 바보가 되기에, 형사는 그 종이가 무슨 뜻인지 머레이 시간여행사로 가는 마차에 탈 때까지 알지 못했다.

그의 꿈을 실현할 수 있도록 아버지가 남겨준 돈을 가지고 그 여행사의 문턱을 처음으로 넘어갈 때 가렛은 무릎이 떨렸다. 미래, 2000년으로 향하는 티켓. 그러나 이번에는 단호한 발걸음으로 넘어갔다. 그의 재킷 주머니에는 믿기지 않는 것, 유령 같은 인물을 체포하라고 발부된 영장이 들어 있었다. 가렛은 만일 시간여행이 일상이 된다면, 범죄가 런던의 시내에서 일어날 경우, 이 영장은 다른 시대로 가서 범인을 체포하게 해 주는 유사한 긴

리스트의 첫 예가 될 거라고 확신했다. 주머니에 들어 있는 종이에 휘갈겨서 서명한 총리는 그게 뭔지도 모른 채 새로운 시대를 연 셈이다. 가렛의 예상대로, 인간이 춤을 추어야 할 멜로디의 박자를 정하는 것은 과학과 그것의 놀라운 창조물이다.

하지만 그 영장은 그에게 공간에서의 자유도 허용해 줄 것이다. 예를 들어 길리엄 머레이처럼 바쁜 사람이 그를 만나 주기를 기다리면서 지루하게 시간을 낭비할 필요가 없었다. 주머니에 들어 있는 종이의 권위로, 가렛은 머레이의 프라이버시를 지키고 있는 비서들의 항의를 못 들은 척하고 시계가 가득한 긴 복도를 지나 사업가의 사무실로 불쑥 들어갔다. 그의 뒤로 비서들이 숨을 헐떡이며 쫓아왔다. 길리엄 머레이는 카펫에 누워서 덩치가 큰 개와 놀고 있었다. 노크도 없이 나타난 형사를 보고 언짢은 표정을 지었지만 가렛은 겁을 먹지 않았다. 그의 행동은 정당한 것이니까.

"안녕하세요, 머레이 씨. 런던경찰청의 콜린 가렛 형사입니다." 그가 자기소개를 했다. "이런 식으로 사무실에 들어와서 죄송하지만 급히 할 이야기가 있어서요."

머레이는 천천히 일어나서 형사를 의심스레 관찰하고 손짓으로 비서들에게 나가라고 했다.

"형사님, 사과하실 필요는 없습니다. 긴급한 일이니 이렇게 오셨겠죠." 그에게 팔걸이의자에 앉으라고 청하고 거대한 체구를 일으켜 그 자신도 앞에 있는 의자에 앉았다.

두 사람이 의자에 앉자 길리엄은 두 의자 사이에 있는 작은 나무상자를 집어 좀 전의 냉담함과는 대조적으로 갑자기 친절한 태도로 가렛에게 여송연을 권했다. 형사는 정중하게 거절하고 사업가의 태도가 갑자기 바뀐 것에 대해 속으로 미소를 지었다. 그는 짧은 시간 동안 런던경찰청 형사를 무시하는 것이 이익인지 해가 되는지를 가늠해 보고는 아부하는 게 훨씬 더 낫다고 결정한 것 같았다. 그 덕분에 가렛은 지금 안락한 의자에 앉아 있고,

그 옆에 있는 걸상에 앉지 않아도 되었다.

"담배를 피우지 않으신가요?" 길리엄이 상자를 탁자에 내려놓고 거무스름한 이상한 액체가 들어 있는 세공한 유리병을 집으면서 말했다. 그리고 두 잔을 따랐다. "그럼 술을 시도해 봐야겠군요."

가렛은 사업가가 내민 잔 속에 들어 있는 짙은 음료수가 무엇인지 의심쩍어하며 받았다. 머레이는 마시라고 격려하면서 자기 잔을 한 모금 마셨다. 가렛은 그를 따라했다. 이상한 액체가 목구멍을 내려가면서 자극했다. 눈에는 눈물이 맺혔다.

"이게 뭔가요, 머레이 씨?" 갑자기 화가 나는 것을 감추지 못하고 당황해서 물었다. "미래의 음료수인가요?"

"오, 아니요, 형사님. 강장제인데 미국에서 유행하고 있지요. 애틀랜타의 한 약사가 코카잎과 콜라 가루를 섞어서 발명했어요. 어떤 사람들은 저처럼 거기에 소다를 넣어서 마시지요. 우리나라에도 곧 수입될 겁니다."

가렛은 더 이상 마시고 싶지 않아서 잔을 탁자에 내려놓았다.

"이상한 맛이 나네요. 사람들 입맛에 맞을 것 같지는 않네요." 무슨 말이든 해야 했기에 그렇게 말했다.

길리엄은 미소를 지으며 동의했다. 잔을 빨리 비우고 그의 비위를 맞추려 애쓰며 물었다.

"말씀해 보십시오, 형사님. 2000년으로 떠난 여행은 즐거우셨습니까?"

"물론이지요, 머레이 씨." 가렛이 진지하게 대답했다. "이 기회를 이용해서 전 당신의 계획을 전적으로 지지한다는 말씀을 드리고 싶습니다. 일부 신문에서는 우리에게 속하지 않은 시대를 보는 것이 부도덕하다고 지적하지만 말이에요. 저는 개방적인 사고를 갖고 있고 시간여행은 지극히 매력적인 것이지요. 진정으로 다른 시대로 가는 새 루트도 제공해 주시기를 바랍니다."

사업가는 수줍은 미소를 지으며 감사하며, 이번에는 형사가 진짜 방문이유를 밝히기를 기대한다는 듯한 태도로 의자에 앉았다. 가렛은 목을 가다듬고 더 이상 시간을 끌지 않고 그 문제를 털어놓았다.

"우리는 멋진 시대를 살고 있어요, 머레이 씨. 하지만 매우 불안한 것도 사실이지요." 그가 준비한 소소한 서론을 시작했다. "과학은 사건을 만들어 내고 인간은 그것에 적응해야 하지요. 무엇보다도 우리 법이 효과적으로 영향력을 미치려면 세상의 변화무쌍한 면에 맞게 법을 수정하는 게 옳다고 생각합니다. 시간여행의 문제에 관한 한 더 그렇지요. 우리는 놀라운 발명 시대의 여명을 맞고 있는데, 이것은 우리가 아는 세상을 다시 정의할 거예요. 그리고 그 위험은 예측할 수 없고 측정하기가 매우 어렵지요. 제가 온 건 바로 그러한 위험에 대해서 말씀드리기 위해서입니다."

"당신 의견에 전적으로 동의합니다, 형사님." 사업가가 동의했다. "과학은 세상을 변화시켜서 우리의 법을 고치게 할 것이고, 아마도 다른 많은 원칙들도 바꿀 겁니다. 우리가 이미 시간여행을 하고 있듯이 말이지요. 하지만 말씀해 보세요. 말씀하시려는 위험이 무엇인가요? 호기심이 이는군요."

가렛은 의자에서 일어나 목을 가다듬었다.

"이틀 전에, 시경이 메릴본 지역, 맨체스터 스트리트에서 한 남자의 시신을 발견했습니다. 부랑아였는데 그를 죽음에 이르게 한 상처가 너무 기이해서 사건을 우리에게 넘겨주었지요. 가슴 중앙에 직경 30센티미터의 큰 구멍이 났는데 한쪽에서 다른 쪽으로 깨끗하게 관통했고 그 가장자리는 불에 타 버렸지요. 우리 법의학자는 당황해서 그런 상처를 낼 무기는 없다고 주장했습니다."

가렛은 이 말을 한 뒤 효과를 주기 위해 말을 멈추고 심각한 표정으로 머레이를 관찰했다. 그리고 말을 이었다.

"적어도, 여기, 우리 시대에는 말이지요."

"무슨 뜻인가요, 형사님?" 머레이는 의자에서 몸을 뒤척이면서 태연한 목소리로 물었다.

"법의학자들의 말이 옳아요." 가렛이 대답했다. "그런 무기는 아직 발명되지 않았어요. 하지만 저는 그것을 보았어요, 머레이 씨. 어디에서 봤는지 아십니까?"

길리엄은 그를 주의 깊게 관찰만 하고 대답은 하지 않았다.

"2000년에 보았다고요."

"정말입니까?" 기업가가 중얼거렸다.

"예, 머레이 씨. 저는 그 상처는 용감한 새클리턴 대장과 그의 부하들이 사용하는 무기로만 만들 수 있다고 확신합니다. 쇠 갑옷에 구멍을 낼 수 있는 그 뜨거운 광선 말이죠."

"그렇군요 ……." 길리엄이 시선을 허공에 두고 작은 소리로 말했다. "미래 군인들의 무기지요."

"그렇습니다. 그들 가운데 누군가가, 아마도 새클리턴이 당신 모르게 크로노틸루스에 숨어서 과거로 지금 여기 우리 시대, 우리의 거리를 활보하고 있을 겁니다. 그가 왜 부랑아를 죽였는지 그 이유도 모르고, 지금 어디에 숨어 있는지도 모릅니다. 하지만 그건 중요하지 않습니다. 그가 어디에 있는지 정확하게 알고 있는데, 굳이 그를 찾으러 런던 전역을 돌아다니며 시간 낭비를 하고 싶지 않습니다." 재킷 안주머니에서 서류를 꺼내 그에게 건넸다. "이것은 총리의 사인이 들어간 영장입니다. 그가 살인을 저지르기 전에 2000년 5월 20일로 가서 살인자를 체포하라는 허가서지요. 그래서 다음 주에 떠날 원정대에 저는 형사 두 명과 함께 여행을 해야 합니다. 우리가 일단 미래에 도착하면 다른 승객들과 헤어져서 돌아오는 제2원정대를 미행할 겁니다. 그리고 크로노틸루스에 숨는 사람을 몰래 체포할 겁니다."

그 말을 하고 나자 형사에게 전에는 미처 생각지 못했던 아이디어가 떠올랐다. 만일 돌아오는 제2원정대를 기다리기 위해 숨는다면 자기 자신을 볼 것이다. 그것이 피를 볼 때 느끼는 혐오감을 일으키지 않기만을 바랐다. 영장을 유심히 살피는 머레이를 관찰했다. 사업가가 너무 오랫동안 말이 없

자, 가렛은 그가 종이가 충분히 질긴지 시험하고 있는 게 아닌가 하는 생각
마저 들었다.

"걱정하지 마세요, 머레이 씨." 형사가 덧붙였다. "만일 살인자가 새클리
턴 대장이라면 솔로몬과의 결투가 끝난 뒤에 체포하겠습니다. 그러면 전쟁
결과에 변화를 주지 않을 테니 인류는 계속 유익을 누릴 것이고 그 구경거
리도 아무 영향을 받지 않을 겁니다."

"알겠습니다." 길리엄이 서류에서 눈을 떼지 않고 중얼거렸다.

"그렇다면 당신의 도움을 받을 수 있다는 말입니까, 머레이 씨?"

길리엄이 천천히 고개를 들고 가렛을 바라보았다. 가렛은 그의 시선에 경
멸조가 담겨 있었다고 잠시 생각했지만, 사업가가 곧 환한 미소를 짓는 모
습을 보고 자기가 착각한 게 틀림없다고 생각했다. 그가 대답했다.

"물론이지요, 형사님. 다음 원정대에 세 자리를 마련하겠습니다."

"대단히 감사합니다, 머레이 씨."

"이제, 괜찮으시다면," 사업가가 일어나서 서류를 돌려주면서 말했다.
"할 일이 많아서요."

"알겠습니다, 머레이 씨."

대화를 성급하게 끝내는 사업가의 태도에 약간 놀란 가렛은 의자에서
일어나 그의 협조에 감사하고 사무실을 나왔다. 시계들이 가득한 긴 복도
를 지나오면서 그의 입술에 미소가 번졌다. 날아갈 것처럼 즐거운 기분으로
계단을 내려왔다.

"복막, 비장, 좌측 신장, 부신 피낭, 방광, 전립선 ……." 그가 콧노래를 불
렀다.

여름이 왔음을 알리는 미풍이 피부에 닿는 느낌도, 여인의 몸을 애무하는 것도, 물이 차가워질 때까지 욕조 안에서 스카치위스키를 음미하는 것도, 다시 말해 다른 어떤 쾌락도 웰스가 소설 한 권을 다 끝내고 느끼는 기쁨보다 더 큰 만족감을 주지 못한다. 이 최고의 행위는 그에게 항상 짜릿한 만족감을 준다. 글쓰기 자체가 아무리 지루하고 어렵더라도, 소설을 쓰는 일보다 성취감을 주는 일은 없다는 확신에서 나오는 행복감으로 충만하다. 웰스는 글쓰기는 싫어하지만 '글을 썼다'는 것은 좋아하는 그런 작가에 속했기 때문이다.

그는 해먼드 타자기의 롤러에서 마지막 페이지를 꺼내 원고 뭉치 위에 놓고 그 위에 손을 얹었다. 그리고 마치 사냥꾼이 사냥한 사자의 머리 위에 부츠를 올리며 짓는 것 같은 승리의 미소를 지었다. 웰스에게 글쓰기 행동은 갇혀 있으려는 사고에 대항하는 처참한 전투와 비슷했기 때문이다. 그럼에도 불구하고 한 가지 생각이 그를 괴롭히기 시작했다. 아마도 그것은 그 어떤 것보다 좌절스러운 것으로, 노력의 결실과 애초에 목표로 했던 이상 사이에 엄연히 존재하는 결코 좁혀지지 않는 격차다. 그것은 모두가 인정하는 것처럼, 의도적이라기보다는 본능적이다. 작가가 종이에 옮긴 것은 그가 상상한 것의 극히 일부에 불과하다는 것을 경험을 통해 배웠다. 그래서 종이에 옮긴 것이 안내자로서 흠이 없고 결코 달성할 수 없는 오리지널의 절반만 되어도 만족하는 법을 배웠다. 그리고 그것이 모든 책의 이면에 유령의 존재처럼 숨을 쉬고 있다고 상상했다. 그렇다 하더라도 드디어 그 모든 수고의 결과가 나왔다, 그는 속으로 말했다. 마지막 마침표를 찍고, 무언가 만질 수 있는 작품으로 탄생하는 것을 보는 건 멋진 일이라는 생각이 들었다. 내일 그 작품을 헨리에게 전달하면 그것에 대해 잊어버릴 수 있을 것이다.

하지만 의구심은 그것으로 끝나지 않았다. 웰스는 타자를 친 4절지 뭉치 앞에서 자신이 원래 쓰려고 했던 것을 썼는지 궁금했다. 그 소설은 자신의 도서목록 중에 포함되어야만 하는 작품인가, 아니면 우연한 결과물인가? 소설을 쓰는 것이 자신에게 달렸는가, 아니면 인간의 삶을 지배하는 운명에 의한 필연인가? 수많은 질문 중에서도 유독 하나가 그를 괴롭혔다. 자신의 머릿속 어디엔가 자기 내면의 모든 것을 표현할 소설이 과연 존재할까? 그것을 너무 늦게 발견할지도 모른다는 불안감이 그를 괴롭혔다. 바다에 표류하는 난파선의 조각처럼, 더 이상 소설을 쓸 시간도 없는 마지막 숨을 내쉬기 전 죽어 가는 침대에서, 마음 깊은 곳에서부터 놀라운 소설에 대한 아이디어가 샘솟을지도 모르는 일이었다. 항상 깊숙한 곳에서 그를 기다리며, 인생의 소란 속에서 하염없이 그를 부르던 그 소설은 이제 그와 함께 죽음을 맞고, 다시는 누구도 써 줄 이가 없을 것이다. 왜냐하면 그것은 그에게만 맞는 옷과 같기 때문이다. 그보다 더 큰 공포와 서글픈 운명을 생각할 수 없었다.

그러한 불쾌한 의구심을 쫓으려고 고개를 저었다. 그리고 시계를 보았다. 이미 자정이 넘은 시각이었다. 소설의 맨 마지막 페이지 서명 옆에 1896년

11월 21일이라고 적었다. 날짜를 쓰고 나서 잉크 위에 다정스레 입김을 불어 말리고, 의자에서 일어나 탁상 램프를 들었다. 등이 아팠고 극도로 피곤했지만 제인의 조용한 호흡이 기다리고 있는 침실로 향하지는 않았다. 오늘은 잠을 잘 시간이 없을 것이다. 진정으로 흥분된 밤이 그를 기다리고 있다고 입술을 오물거리면서 미소를 지었다. 슬리퍼 차림으로 등불을 들고 복도를 지나 층계가 삐걱대지 않게 조심하며 다락방 계단을 올라갔다.

그곳에 올라가자 열려진 창문으로 들어오는 달빛 속에 빛나고 아름다운 기계가 그를 기다리고 있었다. 그러한 비밀 의식에 익숙해져 있었으나, 아내가 잠든 한밤중에 기계에 앉아서 그런 엉뚱한 장난을 하는 것이 왜 그렇게 좋은지 정확한 이유를 몰랐다. 아마도 정교한 장난감이라는 것 외에도, 그곳에 앉으면 특별하다는 기분을 느끼기 때문일 것이다. 그것을 만든 사람들은 세밀한 부분까지 신경을 썼다. 기계의 영리한 운영 방식 덕분에 조종간에서 어떤 날짜라도 설정할 수 있었고, 시간의 조직을 통해 불가능한 여행의 가상 목적지도 볼 수 있었다.

그때까지 웰스는 조종간에서 엘로이 인들과 몰록 인의 시대인 802,701년을 포함해, 자신이 알고 있는 세계와는 전혀 다르고 가슴 아플 정도로 이해할 수 없는 미래의 시대, 혹은 그가 알고 싶은 드루이드 시대 같은 과거의 날짜만 설정했다. 하지만 오늘밤은 입술에 아이러니한 미소를 짓고, 사기꾼인 길리엄 머레이가 인류 역사상 가장 중요한 전투가 일어난다고 한 2000년, 5월 20일에 맞추었다. 놀랍게도 온 영국이 그 연극을 믿고 있었는데, 어느 정도는 그의 소설도 그런 현상을 부추기는 원인이 되었다. 시간여행에 대한 소설의 작가인 자신만이 시간여행이 불가능하다고 생각하는 유일한 사람이라는 점이 아이러니했다. 모든 영국 사람에게 꿈을 불어넣고는 정작 자신은 그 꿈을 믿지 않았다.

실제로 1세기 후의 세상은 어떨까? 궁금했다. 2000년으로 여행을 떠날 수 있다면 좋을 것 같았다. 단순히 그 시대를 보고 싶다기보다는 카메라를 가지고 사진을 찍어 와서, 머레이 사무실에 줄을 서는 순진한 사람들에게 진짜 미래의 모습을 보여 주고 싶었다. 분명히 불가능한 희망일지라도 의자에 기대앉아 엄숙하게 기계의 조정간을 내리며, 실행에 옮기는 척할 때마다 몸에 전율이 흘렀다.

하지만 이번에는 놀랍게도 조종간을 다 돌리자 갑작스럽게 다락방에 어두움이 내려앉았다. 창문으로 들어오던 달빛이 사라지면서 그는 완전한 어둠 속에 방치되었다. 무슨 일이 일어났는지 깨닫기도 전에 현기증을 느꼈다. 우주 속 어두운 허공 가운데 자유로이 떠다니는 느낌이었다. 의식이 서서히 사라지는 동안 그가 유일하게 생각한 것은 자신이 심장마비를 일으켰거나 아니면 2000년으로 여행을 하고 있다는 것이었다.

의식이 힘겹게 천천히 돌아왔다. 입이 마르고 몸 전체에서 이상하게 답답함을 느꼈다. 시야가 맑아지자 바닥에 누워 있음을 깨달았으나 다락방 바닥이 아닌 돌과 돌 부스러기로 된 황무지였다. 놀라서 간신히 일어나 고개를 움직일 때마다 찌르는 듯한 끔찍한 통증을 느꼈다. 잠시 바닥에 앉아 있기로 했다. 폐허가 된 주변을 놀란 눈으로 바라보았다.

완전히 파괴된 도시에 있었다. 미래의 런던일까? 정말 2000년으로 여행을 한 건가? 타임머신의 흔적은 전혀 없었는데 마치 몰록 인들이 기계를 스핑크스 내부에라도 숨겨 버린 것 같았다. 주의 깊게 살펴본 다음 이제 일어날 때가 되었다고 결심하고, 인류와 가장 많이 닮은 다윈의 원숭이처럼 간신히 일어났다. 다행히 아무데도 부러진 곳이 없었으나 아직도 현기증이 가시지 않았다. 그런 현기증은 타임머신을 타고 1세기를 통과한 부작용 중 하나일까? 하늘은 짙은 안개로 덮여 있고, 안개는 세상을 창백한 석양에 잠기게 했으며, 이 석양은 지평선에서 타오르는 수십 개의 화염에서 나오는 붉은 무늬가 드문드문 있는 회색 담요 같았다. 그의 머리 위에 배회하는 까마귀들은 그런 황량한 풍경에서 거의 필연적인 존재 같았다. 그중 한 마리가 그가 있던 곳까지 내려와 요란한 소리를 내면서 돌 무더기 속에서 열심히 모이를 쪼고 있었다.

좀 더 자세히 보던 웰스는 새의 부리가 인간의 두개골에 구멍을 뚫으려 하는 모습을 보고 깜짝 놀랐다. 그것을 보고 뒤로 몇 발자국 물러섰는데 그가 있는 좁은 장소에 비하면 지나치게 무모한 행동이었다. 그는 즉시 바닥이 꺼지는 것을 느꼈다. 작은 언덕 기슭에서 깨어난 그는 자신이 굴러떨어졌음을 깨달았다. 무엇인가에 맞은 데다 짙은 먼지가 그의 폐까지 침투하자 계속해서 기침을 했다. 아둔한 자신에게 화가 난 웰스는 다시 일어났다. 다행히 이번에도 뼈가 부러진 곳이 하나도 없었다. 대신 바지가 여러 군데 찢어졌을 뿐이다. 그 가운데 하나는 부끄럽게도 마르고 하얀 엉덩이 일부를 드러냈다.

웰스는 고개를 흔들었다. 그를 둘러싼 먼지를 손으로 쫓으며 "더 무슨 일이 일어날 수 있겠어?" 자문했다. 먼지가 사라지자 작가는 잠자코 있으며 연기의 막 속에서 천천히 드러나기 시작하는 실루엣을 놀란 눈으로 바라보았다. 침묵 속에 그를 바라보는 로봇 군대를 발견했다. 적어도 열둘은 되어 보였고, 다른 것들보다 약간 앞장서서 머리에 잘 어울리지 않는 금빛 왕관을 쓰고 있는 로봇을 포함해 모두 거만하고 위압적인 자세를 취하고 있었다. 자신이 어디에 있는지를 깨닫자 혹독한 공포가 그의 내장을 파고들었다. 2000년으로 여행을 한 것이다. 믿을 수 없지만 2000년은 길리엄 머레이가 자기 소설에서 묘사한 장면과 똑같았다. 바로 코앞에 로봇의 사악한 왕이자 그를 둘러싼 폐허를 만든 장본인인 솔로몬이 있었다. 그의 운명은 분명했다. 금속 장난감 총에 맞아 죽는 것이다. 결코 믿고 싶지 않은 그 미래에서.

"지금 이 순간 새클리턴 대장이 그리울 거요, 그렇지 않소?"

이 목소리는 로봇에게서 나오는 소리가 아니었다. 설사 로봇의 소리라 해도 이 상황에서는 놀랄 것 같지 않았다. 그 소리는 그의 등 어디에선가 나왔다. 웰스는 그를 곧 알아보았다. 더 이상 그의 목소리를 듣고 싶지 않았지만, 어찌되었든 직업적인 문제로 조만간 다시 만날 줄 알았다. 웰스에게는 괴롭겠지만 두 사람이 참여하고 있는 그 이이야기에는 만족스러운 결말이 필요하고, 그것은 당연히 독자들의 기대에 부흥할 만한 결말이었다. 작가는 그러한 만남이 미래에서 일어나리라고는 생각지도 못했다. 미래로 여행을 할 수 있다고 믿지 않았기에 더욱 기대 밖의 일이었다. 천천히 돌아섰다. 이 삼 미터 떨어진 곳에서 길리엄 머레이가 유쾌한 미소를 지으며 그를 바라보았다. 성경의 낙원에 사는 전설적인 깃털을 가진 새들과 닮은 끝이 뾰족한 초록색 모자를 쓰고 우아하고 엷은 자줏빛 양복을 입고 있었다. 그의 옆에는 금빛의 거대한 개가 앉아 있었다.

"2000년에 오신 걸 환영합니다. 웰스 씨." 사업가가 쾌활하게 인사했다. "아마도 2000년에 대한 나의 아이디어라고 말해야겠지요."

웰스는 그를 걱정스레 바라보면서 초상화라도 그려 주기를 기다리듯이 환영처럼 꼼짝 않고 있는 로봇들을 계속 감시했다.

"내 훌륭한 로봇들이 두려운가요? 하지만 그런 황당한 미래를 두려워할 일이 뭐 있소?" 길리엄이 아이러니하게 물었다.

사업가는 조용히 걸어가 그룹을 이끄는 로봇에게 다가가 장난을 치려는 어린아이처럼 웰스에게 공범의 미소를 지은 뒤 한 손을 어깨에 대고 그를 밀쳤다. 로봇은 뒤로 넘어지고 그의 뒤에 있는 로봇과 시끄럽게 부딪혔다. 그러자 그것은 또 그 옆에 있는 것과 계속 부딪히며, 차츰 서로 밀치면서 모두 바닥에 쓰러졌다. 그들의 붕괴는 얼음이 녹듯 차분하게 일어났다. 마침내 끝이 나자 길리엄은 소란을 일으켜 미안하다는 듯이 손을 펼쳤다.

"아무도 보는 이들이 없어서 하는 말인데 이건 텅 빈 갑옷들로 위장한 것들이지요." 그가 말했다.

작가는 쓰러진 로봇들을 보고, 그를 둘러싼 비현실의 어지러움을 극복하려고 애쓰면서 다시 길리엄을 바라보았다.

"원치도 않는데 2000년으로 데려온 것을 사과드리오, 웰스 씨." 사업가가 안타까운 척 사과했다. "만일 당신이 내 초청을 받아들였더라면 이럴 필요가 없었지요. 하지만 당신이 수락하지 않아서 별수 없이 다른 방법을 써야 했지요. 내가 이걸 끝내기 전에 당신이 꼭 봤으면 했소. 그래서 부하 한 명을 보내 당신이 자는 동안 클로로포름을 사용하라고 했는데, 들은 바로는 당신은 밤에 다른 일을 한다지요. 다락방의 창문으로 들어오는 그를 보고 많이 놀라셨습니까?"

그 말은 웰스의 혼란한 머리에 빛을 비추어 주었다. 작가는 재빨리 사건의 앞뒤를 맞춰 볼 수 있었다. 그는 즉시 자신이 2000년으로 여행을 한 것이 아님을 깨달았다. 다락방에 보관하는 기계가 단순한 장난감인 것처럼, 그들이 있는 파괴된 런던은 길리엄이 사람들을 속이기 위해 만든 거대한 무대장치에 불과했다. 아마도 자신이 다락방에 들어가는 걸 보고 그의 부하는 타임머신 뒤에 숨어서 기다리고 있었을 것이다. 그에게 힘을 쓰지 못하게 하면서 자신의 임무를 다하려고 기회를 엿보면서 말이다. 하지만 다행히 야비한 폭력을 쓸 필요가 없었다. 그가 아무 의심 없이 기구의 의자에 앉자, 준비해온 클로로포름을 적신 손수건을 사용할 완벽한 기회를 잡았기 때문이다.

자신이 단순한 무대장식을 보고 있으며, 불가능한 시간이동을 하지 않았음을 깨달은 웰스는 당연히 안도감을 느꼈다. 그가 처한 상황이 유쾌하지 않았지만 적어도 이해는 했다.

"내 아내에게 해를 끼치지 않았기를 바라오." 위협적이지 않은 어조로 말했다.

"오, 걱정 마시오." 길리엄이 손사래를 치면서 그를 진정시켰다. "당신 부인은 매우 깊이 잠이 들어 있어서 내 부하들은 놀라울 정도로 조용히 일을 처리할 수 있었지요. 이 순간에도 당신의 사랑스러운 제인은 당신이 없다는 걸 알지도 못한 채 아주 평화롭게 잠을 자고 있을 겁니다."

웰스는 무언가 대답하려고 했으나 결국 입을 다물었다. 길리엄은 자기 발아래 세상을 거느리는 사람들처럼 거만하게 그를 향해 다가왔다. 그들이 마지막으로 만난 이후 흘러간 시간은 무대의 배치를 바꾸어 놓았다. 워킹에 있는 웰스의 집에서는, 웰스가 새로운 장난감을 가진 어린아이처럼 권력의 패권을 높이 들고 있었다면, 이제는 길리엄의 땅딸막한 손가락이 그것을 쥐고 있었다. 사업가는 변했다. 몇 달 동안 완전히 다른 존재로 변했다. 이제는 대가에게 존경을 표해야 할 작가지망생이 아니라 도시에서 가장 돈을 많이 버는 사업의 주인이었고, 런던 전체가 그에게 우스꽝스러운 경의를 표하고 있었다. 웰스는 당연히 그가 그러한 존경을 받을 자격은 없다고 생각하는데, 길리엄이 우월한 어조로 말을 하도록 내버려둔 것은 단지 그가 그럴 만한 권한을 갖고 있다고 생각했기 때문이다. 결국 머레이는 두 사람이 최근 몇 달 동안 벌인 결투의 명백한 승자이기 때문이다. 웰스 역시 자신이 패권을 쥐고 있을 때 그런 어투를 사용하지 않았던가?

길리엄 머레이는 공연 시작을 알리는 서커스단의 우두머리처럼 그를 둘러싼 폐허를 상징적으로 감싸안으며 두 팔을 활짝 벌렸다.

"자, 나의 세상이 어때 보이시오?" 머레이가 물었다.

웰스는 그 장소에 대해 완전히 무관심한 척했다.

"온실 제작자에게는 놀라운 업적이지요, 안 그렇소, 웰스 씨? 왜냐하면 당신이 내게 삶에 대한 새로운 동기부여를 해 주기 전에 난 비닐하우스를 만들었거든."

웰스는 길리엄이 운명을 개척하려고 그렇게 즐거운 방법을 쓰기로 한 것에 대해 자신의 책임이 있음을 통감했다. 하지만 그 문제에 대해 침묵을 지키기로 했다. 길리엄은 그가 동요하지 않는 것에 구애받지 않고 그에게 손짓으로 미래에 한 발자국 내디디라고 초대했다. 작가는 잠시 머뭇거린 다음 내키지 않지만 그를 따랐다.

"당신이 아는지 모르겠지만, 비닐하우스는 매우 이익이 많이 남는 사업이지요." 길리엄이 웰스의 옆에 서자 말했다. "요즘 사람들은 정원에 자신들을 위한 특별한 공간을 남겨두죠. 이곳에서 어른들은 쉬고 싶어 하고, 어린이들은 놀이를 하고, 계절에 관계없이 꽃이나 과일나무를 일 년 내내 심을 수 있소. 비록 내 아버지 세바스찬 머레이는 더 큰 야망을 갖고 있었지만 말이오."

얼마 걸어가지 않아서 작은 벼랑이 그들의 발걸음을 멈추게 했다. 사업가는 굴러떨어질 걱정을 하지 않고 총총걸음으로 경사를 내려가면서 양팔을 들고 균형을 잡았다. 개는 그를 바짝 따라갔다. 웰스는 한숨을 내쉬고 그를 따라 내려갔는데 파이프 조각과 바닥에서 미소를 머금은 튀어나온 두 개골과 부딪히지 않으려고 애를 썼다. 다시 굴러떨어지고 싶지는 않았다.

"아버지는 부자들이 정원에 세우는 이 투명한 온실에서 새로운 미래의 싹이 트는 걸 감지했소." 길리엄은 앞장서서 경사를 내려가면서 그에게 소리를 쳤다. "비밀과 거짓말을 사라지게 할 수정 같은 건물로 된 투명한 도시를 향한 첫걸음! 더 이상 사생활이 없는 더 나은 세상이지요."

아래에 도착하자 웰스에게 손을 내밀었지만 웰스는 그 모든 상황에 대한 불쾌함을 감추지 않고 그의 도움을 거절했다. 길리엄은 그것을 눈치 채고 계속 걸었는데 이번에는 경사가 완만한 곳이었다.

"어릴 적 아버지의 삶의 의미였던 그 아름다운 비전에 난 매료당했지요." 그가 말을 이었다. "한동안 그 비전을 미래의 신실한 이미지로 여겼소. 열일곱 살에 그와 함께 일하기 시작할 때까지요. 그때 그것이 환영에 불과하다는 사실을 깨달았소. 건축가와 원예가들에게 즐거움을 주는 그런 건절대 미래의 건축물이 될 수 없기 때문이었지. 인간들은 더 조화로운 세상을 위해 자신들의 프라이버시를 포기하려 하지 않았을 뿐 아니라 건축가들 역시 유리와 철골 구조를 사용하는 걸 반대했소. 그들은 그러한 새로운 자재들은 건축물을 결정짓는 미학적 가치가 결여되어 있다고 주장했지. 슬픈 진실은 말이오, 아버지와 난 영국 전역에 유리지붕으로 된 철도 정거장을 지었지만 결코 벽돌의 힘을 빼앗을 수 없었다는 것이오. 그래서 난 멋진 온실을 건축하며 내 인생을 낭비하지 않기로 했소. 누군들 그렇게 중요하지 않고 불안한 직업에 만족하겠소, 웰스 씨? 분명 나는 만족을 못 합니다. 하지만 어떤 일에 만족할 수 있을지도 몰랐소. 이십 대 초반이었고, 원하기만 한다면 뭔가 다른 사업을 시작할 만한 충분한 돈도 있었소. 하지만 당신도 짐작하다시피 나는 변덕스러워서 이미 이긴 카드게임을 하는 것처럼 사는 게 지겨워진 거요. 설상가상으로 갑작스런 고열로 아버지가 세상을 떠나자 유일한 상속자인 나는 더 부자가 되었소. 하지만 아버지의 죽음 덕분에 대부분의 사람들이 자신들의 꿈이 뭔지도 모르고 죽는다는 뼈아픈 진실을 깨달았소. 아버지의 인생이 아무리 남들이 보기에 부러움을 살 만해도, 결코 충만하지 않았고 내 삶도 다를 게 없다는 것을 알았소. 나 역시 동일한 불만족한 표정을 지으면서 생을 마감하리라는 걸 확신했지. 아마도 그래서 내가 그토록 독서에 몰입했을 거요. 그렇게 지루하고 내 앞에 무엇이 펼쳐질지 너무 뻔한 삶에서 도망치고 싶었으니까. 모든 사람은 여러 가지 이유로 책에 빠지지요, 안 그런가요? 당신은 어떤 계기로 책을 읽게 되었소, 웰스 씨?"

"여덟 살에 정강이뼈가 부러졌어요." 작가가 무심하게 말했다.

길리엄은 잠시 당황하며 그를 관찰하고는 마침내 수긍한다는 듯 고개를 끄덕였다.

"당신 같은 천재들은 그 나이에 시작했을 거라고 생각하오. 나는 더 오래 걸렸지. 내가 아버지의 넓은 도서관을 본격적으로 탐사할 마음을 먹은 게 스물다섯 살이었소. 일찍 홀아비가 된 아버지가 집 한쪽 끝에 지었는데, 아마도 그렇게라도 하지 않았다면 어머니의 돈을 다른 데 사용해 버리셨을 거요. 내가 아니면 아무도 그 책을 읽지 않았을 거요. 그래서 내가 그것을 모두 다 읽어 버렸지. 그렇게 독서의 즐거움을 발견한 거요. 절대 늦은 게 아니지, 그렇게 생각지 않으시오? 난 꼼꼼한 독자는 아니었소. 다른 사람의 삶에 대한 책들 전부 별로 흥미롭지 않았소. 하지만 웰스 씨, 당신의 소설 은 …… 당신의 소설은 전에 읽은 어떤 책보다 나를 매료시켰지! 당신은 내가 알던 세계에 대해 디킨스처럼 다루지 않았소. 해거드나 살가리처럼 아프리카나 말레이시아에 대해서도 다루지 않았고, 베른처럼 달에 대해서도 말하지 않았어요. 아니지요. 『타임머신』에서 당신은 더 다다를 수 없는 무엇인가에 대해 서술했소. 바로 미래였지. 당신 이전에는 아무도 그것을 보여 줄 엄두를 내지 못했소!"

웰스는 사업가의 칭찬을 듣고 어깨를 움찔하고 개와 부딪히지 않으려고 애쓰며 계속 걸었는데 개는 그들의 발 사이를 이리저리 왔다 갔다 하는 귀찮은 버릇이 있었다. 베른은 당연히 그보다 뛰어난 작가이지만 길리엄 머레이는 그것을 알 필요가 없다. 사업가는 다시 그의 무관심을 무시하면서 걸어갔다.

"아시다시피, 그때 이후로 아마도 당신의 소설에 영감을 받아 많은 사람들이 미래에 대한 비전을 담은 책을 서둘러서 출간했소. 갑자기 서점의 진열장은 수백 권의 과학 로맨스로 넘쳐나게 되었소. 나는 가능한 모든 책을 사들였고 그것들을 읽느라 밤을 지새웠고 그 새로운 문학은 그때 이후로 나의 유일한 독서거리가 되었소."

"그런 별 볼일 없는 소설을 읽느라 시간을 허비하다니 안 됐군요." 그런 문학을 세기말의 불쾌한 군더더기로 여기는 웰스가 중얼거렸다.

길리엄은 놀라서 그를 바라보고 너털웃음을 터트렸다.

"당연히 그러한 저속한 작품들은 장점이 별로 없지요." 웃음을 멈추고 그가 인정했다. "하지만 그건 내게 전혀 중요하지 않아요. 그런 소설을 쓰는 사람들은 탁월한 구절들을 엮어 나가는 능력보다 더 많은 가치를 갖고 있소. 그들의 뛰어난 상상력은 놀라울 정도라 부럽다는 생각이 들죠. 그런 작품들은 대부분 엉뚱한 발명품이 인간의 삶을 어떻게 변화시키는지를 서술해요. 물건의 크기를 증대시키는 기계를 만드는 유대인 발명가의 소설을 읽어 보았소? 정말 끔찍한 소설이지만 하이드파크를 관통하는 딱정벌레-까마귀 떼의 이미지 때문에 많이 놀랐다는 점은 고백하지요. 다행히 모두 그렇지는 않아요. 그런 허황된 것들을 제외하고 일부 소설들은 미래에 대해 제시하며 나 역시 그런 가능성을 재미있게 연구했소. 부인할 수 없는 사실이 있어요. 예를 들어, 디킨스 소설은 다 읽은 후에도 나 역시 거지 어린아이의 역경이나 타르 공장에서 고생하는 소년에 대한 이야기를 쓸 수 있는지 시험해 보고 싶은 마음이 한 번도 들지 않았다는 거요. 약간의 상상력과 시간만 허락하면 누구나 그런 것을 쓸 수 있다고 생각하기 때문이지요. 하지만 미래에 대한 이야기는 …… 웰스 씨, 그건 달라요. 내게는 정말 도전적인 일이었소. 그 일에는 지능, 인간의 추리력이 개입하기 때문이지요. 내가 실현 가능성이 있는 미래를 건설할 수 있을까? 그런 종류의 책을 다 읽고 어느 날 밤 난 자문했소. 당신이 눈치 챘듯이 당신을 내가 따라갈 모델로 삼았지. 우리는 관심사도 비슷한 데다 나이가 같지요. 나는 한 달 동안 매일 나의 통찰력과 추리력을 보여 줄 미래, 과학적 로망스에 대한 소설을 썼소. 당연히 잘 쓰려고 노력했지만 내가 가장 흥미를 느낀 것은 소설의 예언적인 측면이오. 나는 독자들이 내가 상상한 미래가 믿을 만하고 칭찬 할 만하기를 바랐소. 하지만 무엇보다도 내게 길을 제시해 준 작가의 의견이 중요했소. 당신의 의견 말이오, 웰스 씨. 내가 당신 소설을 읽고 자극을 받았듯이 당신도 내 소설을 읽고 지적으로 자극받기를 원했소."

두 사람은 그때 서로의 눈을 바라보았다. 멀리서 들리는 까마귀의 울음소리만이 그 둘 사이의 침묵을 깼다.

"하지만 알다시피, 그런 일은 일어나지 않았지." 길리엄은 애통하다는 듯 고개를 저으며 비탄에 잠겼다. 그의 행동이 웰스의 마음을 움직여 그들이 산책을 하기 시작한 이후 처음으로 그가 진지한 동작을 취했다는 생각이 들었다.

　그들은 돌 부스러기의 거대한 더미 옆에서 멈추었다. 거기서 길리엄은 재킷 주머니에 손을 깊숙이 집어넣고 슬퍼하며 자기 신발을 바라보았다. 아마도 웰스가 자신의 어깨에 손을 얹고, 무당의 노래라도 부르며, 오래전 오후 작가가 그의 자존심에 입힌 상처를 치유하는 위로의 말을 해 주기를 바라는 것 같았다. 그러나 작가는 덫에 걸린 토끼가 몸부림 치는 것을 바라보는 사냥꾼처럼 냉담한 표정으로 그를 바라볼 뿐이었다. 작가는 비록 자신이 그 사건에 일말의 책임이 있을지도 모르지만 자신은 단지 중재자일 뿐이고, 동물의 고통은 잔인한 자연법칙에 의한 것임을 알고 있었다.

　길리엄은 그의 상처를 진정시킬 향료를 제공할 유일한 사람이 그러고 싶어 하지 않는 것을 깨닫자 음울한 미소를 짓고 다시 걷기 시작했다. 거대한 철책과 폐허 사이로 보이는 궁전 같은 건물의 잔해와 호화로운 주택가 도로는 이 모든 폐허와 어울리지 않는다는 느낌을 주었다. 마치 이 땅 위에 인간이 번성하게 된 것은 신의 실수일 뿐이며, 우스꽝스럽게 꽃을 피우다 결국은 대자연의 위력 앞에 필연적으로 죽을 수밖에 없는 운명이라는 암시 같았다.

　"처음에 당신이 작가로서의 내 자질을 의심했을 때는 불쾌했다는 사실을 부인하지 않겠소." 길리엄이 천천히 끈끈한 목소리로 말했다. "자기가 한 일이 무시당하는 것을 좋아하는 작가는 없지요. 하지만 진짜로 내가 화 난 건 당신이 내 소설의 실현 가능성, 내가 열심히 구상한 미래를 문제 삼았다는 거요. 난 완전히 미숙하게 반응했소. 이 자리를 빌려 내 방식대로 당신의 소설에 대해 공격한 점에 대해서는 사과하겠소. 당신 말대로 당신 작품에 대한 내 의견은 변치 않았소. 난 아직도 당신 작품이 천재적이라고 생각하오."

　길리엄의 마지막 말에는 약간 빈정거림이 있었다. 그는 우쭐대는 미소를 회복했지만, 이제 웰스는 그 대단한 거인이 자신을 무너뜨리기 위해 위협하는 전략에 가끔씩 자리한 틈, 작은 결점을 알아차릴 수 있었다. 머레이의 참을 수 없는 오만한 면상에서 그런 것을 유발한 것이 바로 자신이었다는 사실에 거의 자부심까지 느꼈다.

"나는 그날 오후 구석에 몰린 쥐처럼, 나를 방어할 다른 방법이 떠오르지 않았소." 길리엄은 자신을 정당화시키는 말을 했다. "다행히 마음을 진정시키자 약간 다른 방법으로 보게 되었지요. 그래요, 일종의 계시를 경험했다고 할까?"

"정말인가요?" 웰스가 비꼬았다.

"그렇소, 추호의 의심도 없어요. 거기, 당신 앞에 앉아 있을 때, 세상에 미래에 대한 내 생각을 보여 주기 위한 잘못된 방법을 선택했다는 사실을 깨달았소. 소설을 통해서 내 의견을 제시한다면 그건 내 자신이 그것을 소설로 판결해 버리는 것이죠. 칭찬할 만한 소설이지만, 당신이 쓴 몰록 인들과 엘로이 인들의 미래처럼 결국은 소설일 뿐인. 하지만 소설이라는 제한적인 중개자 없이 내 의견을 펼칠 수 있을까? 그것이 진짜처럼 보이게 할 수 있을까? 결국 그럴듯한 소설을 쓴다는 즐거움은 2000년에 대한 내 생각을 온 영국인이 믿게 되었을 때 느끼는 기쁨에 비하면 아무것도 아니라고 생각한 거요. 하지만 그것이 가능한가? 난 사업가로서 냉정하게 물었소. 그 계획을 실현시키기 위한 조건들은 더할 나위 없이 좋았소. 웰스 씨, 당신의 소설은 시간여행에 대한 논란을 부추겼소. 모든 클럽이나 카페에서는 온통 시간여행에 대한 이야기뿐이었으니까. 당신이 비료를 준 땅에 내가 곡식을 심은 건 인생의 아이러니요. 사람들이 그토록 바란다면야, 주면 되지 않나? 사람들에게 '내가 생각하는 미래,' 즉 2000년으로 여행을 떠나게 해 주면 되지 않을까? 그것을 할 수 있을지 확신은 없었으나 한 가지는 확실했소. 시도해 보지 않고는 살아갈 수 없다는 것. 웰스 씨, 인생의 중요한 일들이 우연히 일어나듯이 당신이 내게 살아갈 이유, 목적을 주었소. 내가 그것을 달성하면 내가 바라던 충만감, 온실 제작 따위로는 얻을 수 없던 행복을 얻게 된다는 것이지."

웰스는 그에게 공감의 눈길을 보내지 않으려고 고개를 숙여야 했다. 그의 말은, 별로 애정이 없던 그의 어머니가 그를 평범한 삶에 안주하도록 억지로 잡아두려 했었던 일, 그 속에서 겨우 빠져나와 문학의 사랑스런 품 안에 안겼던 일련의 기적 같은 사건들을 떠올렸다. 요구하지도 않았는데 그에게 주어진 언어 구사 능력 덕분에 그는 인생의 의미를 찾아야겠다는 절실함을 느꼈다. 그 덕분에 그는 삶의 목적이 무엇인지도 모르고 그저 맛좋은 포도주 한 잔을 마시거나 여인을 애무할 때처럼 관습적이고 본능적이며 일상적인 쾌락밖에 느끼지 못하는 사람들이 지나가는 평범한 삶의 궤적에서 벗어날 수 있었다. 그렇지 않았더라면 그 역시 수많은 그림자들 사이를 헤매고 다녔을 것이다. 울적함이 마음을 사로잡을 때면 그가 잡을 수 없을 것 같은 그토록 갈망하던 행복이, 타자기 자판 위의 공 속에 웅크리고 앉아 생명을 불어넣어 주기를 기다리고 있다는 사실도 깨닫지 못한 채 말이다.

"런던으로 돌아오는 길에 난 생각하기 시작했소." 사업가가 말했다. "충분히 사실처럼 보일 수 있다면 불가능한 것도 사람들이 믿을 거라는 확신을 했소. 사실 그건 온실을 제작하는 것과 같아요. 구조물에서 유리는 무척 섬세하고 아름답지만 사실 그 구조물을 지지하는 건 단단한 철골이라는 걸 아무도 눈여겨보지 않아요. 마법처럼 허공에 떠 있는 것처럼 보이지요. 그 다음날 아침 내가 가장 먼저 한 일은 아버지가 자수성가해서 일으킨 사업체를 파는 것이었소. 그 일을 진행하면서 혹시 후회할까 자문해 보았지만 전혀 후회는 없었소. 오히려 정 반대였지. 그것을 팔면 말 그대로 미래를 건설할 수 있다고 생각했는데, 그거야말로 우리 아버지의 꿈이었소. 그것을 판 뒤 이 낡은 극장을 샀소. 이걸 선택한 이유는 바로 뒤에 체링크로스 가가 보이는 버려진 두 개의 건물이 있기 때문이오. 그 건물들도 구입해 버렸지. 그다음 단계는 벽을 허물어서 세 건물을 합쳐 이 거대한 장소를 확보한 거요. 거리에서 볼 수 있듯이 극장은 특별히 큰 건물은 아니라서

2000년의 런던을 보여 주는 거대한 장식이 있을 거라고 아무도 의심을 못 했어요. 그리고 두세 달 만에 내 소설에서 묘사한 무대를 완벽하게 재현하고 세부적인 것까지 신경을 썼소. 실제로 무대는 그렇게 크지 않지만 걸으면서 도니까 거대해 보이지 않습니까?"

자신들이 이야기를 나누는 동안 원을 돌면서 걷고 있었나? 웰스는 짜증을 억누르면서 궁금해 했다. 그렇다면 돌 부스러기들의 미로 같은 배치에 완전히 속아 넘어갔다는 사실을 인정해야 했다. 그것은 안 그래도 거대한 장치를 더 커 보이게 만드는 효과를 발휘했는데 그런 거대한 장치가 허름한 극장 안에 들어갈 수 있을 거라고는 상상도 못했을 것이다.

"이 무대의 제작팀이 좀 전에 당신을 놀라게 한 로봇을 만들었소. 그들이 새클리턴 대장의 인간 군대가 입은 갑옷도 만들었지." 길리엄이 계속 설명하며 파괴된 건물들 사이에 임시로 만든 언덕으로 그를 안내했다. "원래는 인류의 역사를 바꿀 전투를 공연하기 위해서 전문 배우들을 고용하려고 했소. 그리고 가능하면 더 화려하고 재미있는 공연을 위해 내가 직접 무대를 꾸몄소. 하지만 그 아이디어는 곧 포기할 수밖에 없었지. 연극배우들은 대개 괴짜에다 허영심이 많아서 용감하고 전투에 다져진 미래 군인들의 모습을 현실적으로 연기하기에는 부적합했으니까. 하지만 무엇보다도 그들이 해야 할 일이 비윤리적으로 보인다는 문제가 있었고, 그럴수록 그들의 입을 다물게 하는 게 더 힘들어지기 때문이요. 그래서 대신 거리의 불량배들을 고용했소. 그들은 그들이 연기해야 할 강한 군인 역에 더 잘 어울렸소. 그들은 철로 된 무거운 갑옷을 입고 연기하는 것도 별로 개의치 않았고 내 계획이 사기성이 농후하다는 것도 별로 관심을 두지 않았소. 골치 아픈 일이 있기는 했지만, 해결하지 못할 일이란 없지요." 작가에게 의미심장한 미소를 지으며 그가 덧붙였다.

웰스는 사업가가 뒤틀린 미소를 지으며 그에게 말하려던 두 가지를 눈치 챘다. 첫 번째는 해거티 양과 새클리턴 대장 역을 맡은 톰 블런트의 로맨스에 그가 개입되어 있다는 것과 그가 이 청년의 갑작스런 실종에 책임이 있다는 사실. 작가는 일부러 입술을 찡그리며 놀란 표정을 지었는데, 그 모습이 길리엄에게 만족을 준 것 같았다. 하지만 실제로는 톰이 죽지 않고 아직 살아 있다는 사실을 밝힘으로써, 그의 교만한 미소를 걷어내고 싶은 마음이 굴뚝같았다. 톰은 이틀 전에 작가의 집을 찾아와 그를 위해서 해 준 모든 일에 감사를 표하며 혹시 힘이 필요한 일이 있으면 언제든 연락해 달라고 부탁했다.

언덕길은 작은 광장처럼 꾸며진 장소와 연결이 되었고 여기에는 아직도 몇 그루의 나무들이 입이 다 떨어지고 뒤틀린 채 서 있었다. 광장 중앙에는 과하게 장식된 열차 같은 것이 보였는데 그 측면은 크롬으로 도금한 철 파이프가 달려 있고, 거기서 수십 개의 밸브가 나오고 화려한 부속품들이 달려 있었다. 가까이 다가간 웰스는 장식적인 목적 말고도 다른 용도가 있을지 의심스러웠다.

"이것이 크로노틸루스, 30개의 좌석을 갖춘 증기 운송수단이지요." 길리엄이 자신 있게 선포하고 그 측면을 툭 쳤다. "승객들은 옆에 있는 방에서 미래를 여행하려고 여기 올라타지만 2000년이 바로 지척에 있다는 사실을 모르지요. 나는 그들을 이곳까지 데려오기만 하면 됩니다. 당신이 본 50미터 정도의 거리가," 안개 뒤로 보이는 문을 가리키면서 말했다. "그들에게는 1세기인 셈이오."

"하지만 시간여행을 하는 효과는 어떻게 꾸밉니까?" 아무리 호화롭게 꾸며 놓은 열차라지만 그의 고객들이 그것을 타고 짧은 산책을 하고 만족한다는 사실을 믿을 수 없어서 웰스가 물었다.

길리엄은 그 질문이 마음에 든다는 듯 미소를 지었다.

"당신이 지금 추측한 그 골치 아픈 문제를 해결하지 않으면 이 모든 노력이 허사지요. 그건 내가 몇 날 며칠을 밤을 새우면서 고심한 문제요. 당신 소설에서처럼 달팽이들이 산토끼보다 빨리 움직인다거나 달이 잠깐 만에 모든 위상을 통과하는 것을 보여 줄 수는 없었지요. 그래서 그러한 효과를 보여 주지 않고도, 미래로 여행하는 효과를 내는 방법을 찾아야 했는데, 2000년으로 여행할 수 있다고 신문에 일단 광고하면 영국의 모든 과학자들은 그것을 어떻게 하는지 알고 싶어 하겠지요. 대단한 도전이지요, 그렇지 않소? 그 문제를 찬찬히 연구한 뒤 아무도 과학적으로 문제 삼을 수 없는 시간여행 방법이 떠올랐지요. 바로 마법을 이용하는 것이오."

"마법?"

"그렇소. 과학을 모르는데 다른 방법을 어떻게 쓸 수 있겠소? 그래서 거짓 프로필을 만들었지요. 따분한 온실 제작을 그만두고 시간여행사를 세우기 전에 아버지와 나는 탐험대에 자금을 지원하는 회사를 운영했소. 이들은 세계에 단 하나의 비밀도 남김 없이 밝히기 위해 여러 곳으로 탐험을 떠났소. 당연히 우리도 아프리카의 심장에 위치한다고 하는 전설에 나오는 나일 강의 신비로운 원천을 찾아 떠났지요. 우리는 그곳에 우리의 최고 탐험가를 보냈어요. 올리버 트레망콰이는 수차례 힘든 고생을 한 뒤 마법을 통해 차원들 사이의 문을 열 수 있는 인디언 부족과 교류하게 되었소."

그 말을 하고 길리엄은 조롱 섞인 미소를 지으며 작가가 놀라움을 감추려고 노력하는 모습을 보기 위해 잠시 말을 멈추었다.

"구멍은 시간이 멈춘 장밋빛 바람이 많이 부는 평야로 가는 통로로 이어졌는데, 그것은 4차원에 대한 나의 개인적인 표상이지요. 평야는 다른 시대로 가는 일종의 입구로, 그 평야에는 아프리카 주민과 연결시키는 유사한 구멍들이 가득했소. 그 통로 중 하나가 2000년 5월 20일로 연결이 되는데, 그날은 바로 파괴된 런던의 폐허 가운데서 생존한 인간이 로봇에 대항해서 싸우는 날이오. 아버지와 난 그 마법의 구멍에 대해서 알고 난 뒤 그것을 훔쳐서 영국 시민들에게 보여 주기 위해 런던으로 가져올 계획을 세웠소. 그리고 그것을 실천했소. 그 구멍을 특별히 제작한 쇠로 된 거대한 상자에 넣어서 이곳으로 가져왔어요. 이제 과학 기구 없이도 시간여행을 할 수 있는 해결책을 발견한 거요. 미래로 여행하기 위해 해야 할 유일한 것은 크로노틸루스를 타고 차원의 구멍을 통과하고 장밋빛 평야 일부를 지난 다음 2000년으로 이어지는 구멍을 통과하는 것이오. 간단하지요, 안 그렇소? 4차원 모습을 보여 주지 않기 위해 거기에 무시무시하고 위험한 용들을 배치하고, 승객들이 두려워하지 않도록 크로노틸루스의 창문을 검은색으로 칠해야만 했소." 작가에게 소의 눈처럼 시꺼멓게 칠해진 동그란 창문들을 보여 주면서 말했다. "그래서 고객들이 일단 시간열차에 타면 여기 이 경사진 곳까지 데리고 오고, 오보에와 트럼본을 이용해서 평야를 누비는 용들의 으르렁거리는 소리를 냈소. 나는 크로노틸루스 안에서 그 효과를 직접 들어보진 않았지만, 돌아온 승객들의 창백한 얼굴을 보고 무척 실감났을 거라고 판단했소."

"하지만 만일 구멍이 그들을 항상 2000년의 동일한 순간에 이 광장으로 데려오면 ……" 웰스가 말을 하기 시작했다.

"모든 원정대가 다 같이 만나야 하지요." 길리엄이 끼어들었다. "알아요, 알아. 단순한 논리요. 하지만 시간여행 개념은 너무 생소한 거라서 그것의 의미와 역설에 대해서 의문을 갖는 사람은 극소수에 불과하오. 만일 차원의 입구가 항상 미래의 동일한 순간으로 안내하면, 여기에 적어도 두 개의 크로노틸루스가 있어야 하지요. 지금까지 적어도 두 번의 원정이 있었던 걸 고려하면요. 하지만 이미 말했듯이, 모든 사람들이 그 문제를 제기하지는 않소. 어찌되었든, 좀 더 무례한 사람들이 할 수 있는 질문을 예상해서 가이드 역을 맡은 배우에게 교육을 잘 시켰지요. 미래에 도착하자마자, 승객들이 열차에서 내리기 전에 각각의 크로노틸루스를 다른 곳으로 데려간다고 설명하라고요."

사업가는 웰스가 다른 질문을 하고 싶어 하는지 보려고 말을 멈추었으나, 작가는 입을 꼭 다물고 있는데, 슬픈 표정을 지으며 고통스러워하는 것 같았다.

"내 추측대로, 신문에 2000년으로의 여행에 대해 광고를 싣자마자," 길리엄이 말을 이었다. "수많은 과학자들이 인터뷰를 요청했지요. 그들을 보셨을 겁니다, 웰스 씨. 경멸의 표정을 지으면서 왁자지껄하게 몰려와서는 기구의 기능에 대해 비난하려고 했지요. 하지만 나는 과학자가 아니오. 나는 남들이 생각지 않은 것을 발견한 사업가일 뿐이지요. 인터뷰를 한 뒤 대부분은 화가 나서 돌아갔는데 자신들이 분석하거나 반격할 수 없는 시간여행 방법에 대해 화를 참지 못했지요. 마법은 믿을 수도 있고 믿지 않을 수도 있으니까. 당신의 동료 아서 코난 도일의 경우처럼, 어떤 사람들은 내 설명을 완벽히 받아들였소. 과오가 없는 셜록 홈즈를 만든 사람은 나의 용감한 옹호자 가운데 한 사람이었는데, 그는 많은 글에서 내 명분을 옹호해 주었지요."

"도일은 요정도 만들어 낼 거요." 웰스가 딴전을 부리며 말했다.

"가능하지요. 모든 사람은 가능성이 충분히 있어 보이면 무슨 거짓말이든 믿지요. 회의적인 과학자들의 주기적인 방문은 귀찮다기보다는, 오히려 큰 기쁨을 주었지요. 사실 그들이 그럽기도 하죠. 그런 신중한 관객을 어디서 발견할 수 있겠소? 나는 그들에게 트레망콰이의 모험을 여러 차례 얘기해 주었죠. 당신이 예상하는 것처럼, 그건 『솔로몬 왕의 광산』의 저자인 헨리 라이더 해거드에 대한 나의 열렬한 경의의 표시이지요. 사실, 트레망콰이는 그의 소설에서 가장 잘 알려진 등장인물의 성인 쿼터메인의 철자를 섞어서 쓴 거요, 그 모험가는……."

"과학자들 중 구멍을 보고 싶어 한 사람은 없었소?" 웰스가 모든 것이 그렇게 수월했다는 점을 받아들이지 못하고 물었다.

"오, 물론 많은 과학자들이 그것을 보고 싶어 했지요. 하지만 그건 이미 예측했던 일이오. 나는 생존본능으로 내 이야기에서 만들어 낸 것과 동일한 쇠로 된 거대한 상자를 만들었소. 거기에 4차원의 입구를 보관하고 있다고 했지요. 그것을 보여 달라고 요구하는 사람들을 상자까지 데리고 가서 그 안으로 들어가라고 초대했지요. 들어가면 문을 닫아야 한다고 경고하면서 말이오. 상자의 기능 중 하나는 4차원에 사는 사나운 용들이 우리 세계로 침략하는 것을 막는 것이니까요. 그들 가운데 누가 그 안으로 들어갔다고 생각하오?"

"아무도 안 들어갔군요." 웰스가 체념하며 대답했다.

"맞습니다." 사업가가 동의했다. "사실 이건 두려움 외에는 아무것도 숨겨진 것이 없는 빈 상자지요. 낭만적이고 재미있어요. 안 그래요?"

작가는 순진한 동료들이 슬프기도 하고 당황스럽기도 해서 고개를 저었다. 하지만 실증적인 검증을 위해서 위험을 무릅써야 할 소심한 존재들, 용기 없는 과학자들의 존재에 더 큰 서글픔을 느꼈다.

"웰스 씨, 이것이 내가 시간의 흐름을 떠났다가 고객들을 미래로 데려간 방법이오. 연어가 강을 거슬러 올라와서 돌아오는 것과 마찬가지지. 첫 번째 원정대는 대 성공이었소." 사업가가 자부심을 느끼며 말했다. "나 자신도 내 거짓말이 그런 효과를 낸 것에 대해 가장 먼저 놀랐소. 하지만 이미 말했듯이, 사람들은 자신이 보고 싶어 하는 것만을 봐요. 하지만 그것을 축하할 시간이 없었소. 며칠 뒤에 폐하께서 나를 부르셨거든. 그래요, 다름 아닌 여왕 폐하께서 궁전으로 비천한 나를 직접 부르신 거요. 나의 무모함에 대한 처벌을 받을 각오를 하고 체념한 채 그 자리에 가지 않았다고 말한다면 거짓말이지요. 그러나 놀랍게도 폐하께서는 전혀 다른 목적으로 나를 부른 거요. 2000년으로 개인여행을 떠날 수 있도록 준비해 달라고 한 거요."

웰스는 입을 벌리고 그를 바라보았다.

"맞아요. 여왕님과 그 측근들은 온 런던이 얘기하는 미래의 전쟁을 보고 싶어 했어요. 짐작하겠지만 그 주문이 난 별로 마음에 들지 않았소. 무료로 공연을 준비해야 할 뿐만 아니라 우리 관객의 신분을 감안하면 공연이 완벽해야 하기 때문이지요. 다시 말해 가능한 진짜처럼 해야 하는 거지요. 다행히 일이 잘 끝났소. 최고의 공연이었다고 생각하오. 폐허가 된 런던을 볼 때의 폐하의 슬픈 얼굴이 모든 것을 말해 주었소. 하지만 그 다음날, 폐하께서 나를 다시 궁전으로 부르셨소. 속임수가 들통 났다고 상상했지만 폐하께서 나를 다시 부른 이유가 조사를 계속하라고 큰 액수를 기부해 주시려고 불렀다는 걸 알고 다시 한 번 놀랐지요. 그렇소. 방금 얘기했듯이 폐하께서는 내 거짓말에 자금을 대주시려고 한 거요. 다른 구멍도 조사해서 다른 시대로 가는 새로운 루트를 열기를 원하신 거지. 하지만 그게 다가 아니었소. 그분은 4차원에 궁전을 한 채 지어 주기를 바라셨소. 여름별장 같은 것으로 시간의 틈으로 살그머니 빠져나가서 생을 연장하기 위해 오랜 시간을 보낼 수 있는 곳 말이오. 당연히 그 제안을 수락했소. 내가 어떻게 거절할 수 있겠소? 아직 그 궁전을 다 건설하지 못했고, 당연히 그것을 영원히 끝내지 못할 겁니다. 왜 그런지 아시오?"

"4차원에 사는 무서운 용들이 계속해서 공사를 지연시키기 때문이군요." 작가가 혐오스러움을 감추지 않고 대답했다.

"바로 그거요." 길리엄이 함박미소를 지으면서 맞장구를 쳤다. "이제 게임의 법칙을 이해하기 시작했군요, 웰스 씨."

작가는 미소를 짓지 않았다. 그 대신 그들에게서 이삼 미터 떨어진 곳에서 돌 부스러기 사이를 집요하게 파고 있는 개에게 시선을 돌렸다.

"폐하께서 내 거짓말을 믿었다는 건 내 주머니를 두둑하게 해 주었을 뿐만 아니라 단번에 불안감까지 깔끔히 씻어 주었소. 나를 사기꾼이라고 비난하며 신문에 정기적으로 등장하는 과학자들의 편지에 대해서 더 이상 걱정하지 않게 되었고, 이제 사람들은 그 편지에 대해 더 이상 관심을 두지 않았소. 한 번씩 소똥으로 건물 정면을 더럽히는 작자들이 불러일으키는 화도 참을 수 있게 되었소. 이쯤이면 단 한 사람만이 나의 정체를 벗길 수 있었소. 바로 당신이오, 웰스 씨. 하지만 당신은 아직 그렇게 하지 않았고 절대 그러지 않으리라고 생각하오. 시합에 졌을 때 인정할 줄 아는 진짜 신사다운 행동에 대해서는 감탄할 따름이오.”

사업가는 으스대는 미소를 지으면서 웰스에게 고갯짓으로 따라오라고 했다. 그들은 묵묵히 걸으며 광장을 떠났고 그 뒤를 개가 따라왔다. 그리고 돌 부스러기로 길이 막힌 도로에 도착했다.

“이 모든 것의 본질을 한번 생각해 보셨소, 웰스 씨?” 사업가가 물었다. “이런 식으로 생각해 보시오. 이 모든 것을 진짜 2000년으로 소개하는 대신 내가 쓴 미래 예측의 단순한 연극공연으로 광고했다면 범죄를 저지른 것이 아니지요. 그래도 많은 사람들이 그 공연을 보러 왔을 겁니다. 하지만 그들이 집으로 돌아가면 아무도 특별하다고 느끼지 않았을 것이고 세상을 다른 관점에서 보지도 않을 겁니다. 사실 난 그들에게 꿈을 꾸게 한 것이오. 그것 때문에 벌을 받는다는 것이 슬프지 않소?”

“고객들에게 연극공연을 보는 데 똑같은 요금을 낼지 물어보았어야 하지요.” 웰스가 대답했다.

“아니오, 웰스 씨. 잘못 생각하셨소. 그들에게 물어보아야 할 것은 모든 것이 사기니 돈을 돌려받기를 원하는지, 아니면 반대로 2000년을 보았다고 생각하면서 죽기를 바라느냐고 물어야지요. 이것이 진짜 질문이지요. 대부분은 그것을 모르는 것을 택할 거라고 확신합니다. 인생을 더 아름답게 하는 거짓말도 있지 않소?”

웰스는 한숨을 내쉬었으나 길리엄이 옳다는 사실을 인정하고 싶지 않았다. 사람들은 도피할 수 없는 시대보다는, 과정이야 어떠하든 과학이 그들을 2000년으로 데려갈 수 있는 세기에 살았다고 믿기를 바랄 것이다.

“젊은 해링턴을 생각해 보시오.” 그때 사업가가 사악한 미소를 지으면서 말했다. “그를 기억하시오? 내가 틀리지 않다면 그는 거짓말 때문에 아직 살아 있지요. 당신이 개입한 거짓말 말이오.”

웰스는 거짓말의 목적에도 커다란 차이가 있다는 대답을 하려고 했으나 사업가는 새로운 질문으로 그의 말을 막았다.

"내가 당신 다락방에 있는, 당신이 그렇게 좋아하는 타임머신을 만든 당사자라는 사실을 아시오?"

이번에 웰스는 놀라움을 감출 수 없었다.

"맞아요, 찰스 윈슬로우의 부탁을 받고 내가 만들었소. 불행한 해링턴 씨의 사촌 말이지요." 길리엄이 재미있어 하며 고백했다. "윈슬로우 씨는 두 번째 원정대로 여행을 했고, 며칠 뒤 내 사무실로 찾아와 그와 자기 사촌을 위해 1888년 공포의 가을로 개인여행을 조직해 달라고 부탁했소. 그들은 비용이 얼마가 되든 상관하지 않았고 얼마든지 지불할 용의가 있었소. 하지만 나는 불행히도 그 제안을 들어 줄 수 없었소."

그들은 거리에서 벗어나 돌 무더기가 높게 쌓인 곳으로 다가갔는데 그 뒤로 엉성한 지붕의 선들이 보이고, 그들 위로 위협하듯이 떠다니는 회색 구름이 어두운 빛을 비추었다.

"윈슬로우 씨가 과거로 여행하려는 동기가 너무 낭만적이어서 감동을 받아 그를 도와주기는 했지요." 머레이는 빈정거리며 올라가면서 말했다. "그에게 그 여행은 당신 소설에 나오는 타임머신으로만 가능하다고 설명하고, 우리는 둘이서 계획을 짰어요. 그래서 당신이 중요 등장인물이 된 거요. 윈슬로우 씨가 당신이 타임머신을 가지고 있다고 가장하도록 설득하면, 나는 당신 소설 속의 것과 동일한 기계를 만들도록 주문해 주고, 잭 더 리퍼와 그가 죽인 창녀 역을 맡을 배우들도 빌려 줄 수 있다고 했지요. 거짓말도 중독이 되나 봅니다. 나는 내가 꾸민 연극과 비슷한 연극에 당신이 참여하도록 수락할지, 안 할지 기꺼이 지켜보았다는 점을 부인하지 않겠소. 웰스 씨."

웰스는 길리엄의 말에 주의를 기울일 수 없었다. 언덕을 오르는 일은 많은 집중을 요구할 뿐 아니라, 불안감도 느끼게 했다. 머나먼 지평선이 다가오기 시작했다. 손에 잡힐 정도였다. 그 위로 올라가자 그들 앞에 있는 풍경이 단지 벽화에 불과하다는 사실을 확인했다. 놀라서 벽에 있는 그림에 손을 대어 보았다. 길리엄이 다정하게 그를 관찰했다.

"두 번째 원정이 성공한 후에 상황이 많이 진정되기는 했지만, 의문이 생겼소. 내가 원하는 것을 마음껏 보여 준 지금 이것을 계속하는 것이 의미가 있는가? 세 번째 원정대를 조직하는 것에 대해 나 자신을 정당화 할 수 있는 유일한 동기는," 제프 웨인이 새클리턴의 대화를 크게 낭송하던 어투와 총을 돌 위로 높이 치켜들던 마른 모습을 불쾌하게 떠올리며 말했다. "바로 돈이었소. 하지만 열두 번을 더 태어나도 쓰고도 남을 만큼 많은 돈을 모은 지금, 그것 또한 이유가 되지 않아요. 조만간 나를 비난하는 자들이 어떤 식으로든 조직을 정비할 거요. 그때는 아무리 코난 도일이라도 저지하기 힘들 거요."

사업가는 벽에서 삐져나온 문고리를 잡았으나 그것을 돌리려는 시도는 하지 않았다. 그 대신 고통스런 표정으로 웰스를 바라보았다.

"그만두어야 한다는 건 분명하지요." 우울한 어투로 말했다. "회사를 세우기 전부터 준비해 두었던 계획을 이용해서 말이오. 4차원 무대에서 내 자신의 죽음을 꾸미는 것이지요. 직원들이 보는 앞에서 용 한 마리가 나를 잔인하게 죽였다고 위장하고, 비탄에 잠긴 직원들이 언론에 슬픈 소식을 전하는 것이죠. 그런 식으로 다른 이름으로 미국에서 새로운 삶을 시작하고, 미래의 비밀을 밝힌 길리엄 머레이는 온 영국의 애도를 받는 거지요. 그런 아름다운 결말에도 불구하고 그 일을 그만두지 못하게 하는 것이 있어요. 그게 무언지 알고 싶지 않으시오, 웰스 씨?"

작가는 어깨만 움찔할 뿐이었다.

"이해하실지 모르겠지만 가능한 한 잘 설명해 드리지요. 이 모든 것을 시작할 때 미래에 대한 내 예측이 가능성 있다는 점을 보여 주었을 뿐만 아니라, 나를 다른 사람으로 변화시켰소. 내 소설의 등장인물로 변화시킨 거죠. 난 더 이상 가난한 온실 건축자가 아니었지요. 당신에게 나는 광대일 뿐이지만 세상의 다른 사람들에게는 시간의 제왕이고, 아프리카에서 수많은 모험을 한 결단력 있는 탐험가이고, 신비스런 개와 함께 시간이 흐르지 않는 장소에서 잠을 자는 사업가이지요. 나는 회사의 문을 닫고 싶지 않았소. 그건 평범한 사람이 된다는 의미니까. 엄청난 부자지만, 엄청나게 평범한 사람."

이 말을 하고 문고리를 돌려서 구름 속으로 들어갔다.

웰스는 그와 신비스런 개를 따라갔는데 곧이어 여섯 개의 거울에서 기분이 안 좋은 자신의 모습을 보았다. 좁은 길에 상자와 틀이 가득하고 이 틀에 가슴받이, 투구와 방탄조끼가 걸려 있었다. 모퉁이에서 길리엄이 그를 진지한 미소를 지으며 쳐다보았다.

"그런 일을 겪는 게 마땅하다고 생각하지요. 당신이 나를 도와주지 않는다면." 그가 말했다.

마침내 거기에 그를 데려왔다. 웰스가 의심한 대로 길리엄은 그에게 단순한 관광을 시켜 주려고 그토록 많은 불편을 야기하며 그를 거기에 데려온 게 아니다. 그건 절대 아니다. 다른 일이 일어났다. 무언가 일이 꼬였다. 지금 길리엄은 곤란에 처해 있다. 길리엄은 그의 도움이 필요하다. 그것이 사업가가 모든 설명을 다 끝낸 후 꺼낸 본론이다. 그의 도움이 필요했다. 불행하게도 사업가는 단 한 순간도 자신을 낮추지 않고 거의 아버지 같은 어투로 밀어붙여 도움을 얻어낼 것이다. 도움을 받는 것만이 중요하다. 이제 남은 건 그가 과연 어떤 협박을 받게 될지 하는 점이다.

"어제 런던경찰청의 콜린 가렛 형사가 나를 보러 왔소." 사업가가 설명을 시작했다. "그는 그 지역에서 사람이 많이 다니는 메릴본에서 살해된 거지의 사건을 조사하고 있지요. 그런데 이 사건에서 특이한 점은 살인자가 거지를 죽이려고 사용한 무기요. 시체의 가슴 한가운데 커다란 구멍이 나 있는데, 창문처럼 반대편을 훤히 볼 수 있는 정도였소. 마치 뜨거운 광선에 노출된 것 같지. 부검의들은 그런 상처를 낼 만한 무기가 없다고 주장했소. 적어도 우리 시대에는 말이지요. 그런 사실 때문에 그 청년 경찰은 그 가엾은 거지가 미래 무기에 살해당했다고 의심을 합니다. 구체적으로 새클리턴 대장과 그의 군인들이 사용하는 총인데, 그는 그 파괴력을 제2차 원정대에 참여했을 때 확인할 수 있었지요."

한쪽에 있던 작은 무기저장고에서 권총을 꺼내 웰스에게 건네주었다. 작가는 나무 조각에 불과한 그 무기가 열차에 사용한 방법과 마찬가지로 약간의 핸들과 쐐기만 박아놓은 것임을 확인했다.

"보시다시피 그냥 장난감이오. 로봇들의 상처는 방탄조끼 밑에 숨겨놓은 작은 충전기로 만들어요. 하지만 우리 고객들에게는 그건 당연히 강력한 무기요." 사업가가 작가에게서 가짜 권총을 받아 다른 것들과 함께 무기저장고에 다시 집어넣으면서 설명했다. "결론적으로, 가렛 형사는 미래 군인들 중 누군가, 아마도 새클리턴 대장이 크로노틸루스에 몰래 타고 우리 시대까지 시간이동을 했다고 주장했지요. 그래서 범죄가 일어나기 전에 그를 체포하려고 제3원정대에 참여할 생각을 한 거요. 어제는 아직 태어나지 않은 사람을 체포하라고 허가해 준 총리의 명령서를 보여 주었소. 형사는 그와 다른 형사 두 명을 위해 제3원정대에 좌석 세 개를 예약해 달라고 했지요. 아시다시피 거절할 수 없었소. 무슨 핑계로 거절합니까? 그래서 열흘 안에 형사는 살인자를 체포하려고 2000년으로 여행을 하겠지만 결국 세기의 최대 사기극을 발견하게 되겠죠. 아마도 양심도 없는 놈이니 배우 중 아무나 넘겨 주면서 이 난국을 헤쳐 나갈 거라고 생각하겠죠. 하지만 모든 걸 믿을 수 있게 하려면 다른 크로노틸루스를 제작해야 하오. 그뿐 아니라 가렛이 제3원정대에 참여하는 골치 아픈 문제를 해결해야 합니다. 가렛이 미래로 여행을 가지 못하게 막을 유일한 사람은 이미 예상하신 대로, 당신뿐이오, 웰스 씨. 제3원정대의 날짜가 다가오기 전에 범인을 찾아야 합니다."

"내가 왜 당신을 도와야 합니까?" 웰스가 도전적이라기보다는 체념에 가까운 말투로 물었다.

어찌되었든 그것이 모든 것을 확실히 밝힐 질문이다. 두 사람 모두 그것을 알았다. 길리엄은 공포심을 자아내는 침착한 미소를 지으며 그에게 다가갔고 그를 다른 방으로 데려갔다.

"그 질문에 어떤 대답을 할지 많이 생각했지요, 웰스 씨." 온화하고 다정하게 말했다. "당신의 자비에 호소하지요. 그래요, 당신 앞에 무릎이라도 꿇고 나를 도와달라고 간청할 수 있어요. 상상이 되시오, 웰스 씨? 당신 앞에서 불쌍한 어린아이처럼 훌쩍거리면서 사람들이 나를 처형하지 않기를 바란다고 외치며 눈물로 당신의 신발을 적시는 것을 상상해 보시오. 그게 효과가 있다고 확신하오. 나보다 우월하다고 생각하는 당신은 그것을 보여 주고 싶어 안달하겠죠." 길리엄은 미소를 짓고 작은 문을 열며 살짝 밀면서 웰스에게 들어가라고 했다. "하지만 당신의 두려움에 호소할 수도 있소. 만일 나를 도와주지 않으면 매일 오후 자전거를 타고 워킹 주변을 산책하는 당신의 사랑하는 제인이 불행한 사고를 당할 거라고 말할 수도 있지요. 그것 또한 효과가 있으리라고 확신하오. 하지만 난 당신의 호기심에 호소하기로 결심했소. 당신과 나는 이 모든 것이 거대한 속임수라는 것을 알고 있는 유일한 사람들이지요. 아니, 달리 말하자면, 당신과 난 시간여행이 불가능하다는 것을 아는 유일한 사람들이오. 하지만 누군가가 시간여행을 했어요. 궁금하지 않으시오? 런던의 거리를 활보하는 진짜 시간여행자가 있을 수도 있는데, 젊은 가렛이 자기의 모든 노력을 속임수를 추적하는 데 쏟도록 내버려둘 수 있겠소?"

길리엄과 웰스는 서로를 말없이 바라보았다.

"그러지 않을 거라고 확신하오." 사업가가 결론을 내렸다.

그 말을 하고 길리엄은 작가를 1896년 11월 21일에 내버려둔 채 미래의 문을 닫고 사라졌다. 갑자기 웰스는 자신이 머레이 시간여행사의 비참한 뒷골목에 서 있는 것을 깨달았다. 고양이 몇 마리가 쓰레기가 가득한 곳을 오가고 있었다. 2000년으로 떠난 여행이 꿈결처럼 느껴졌다. 반사적인 충동으로 손을 재킷 주머니에 집어넣었으나 비어 있었다. 아무도 그곳에 꽃을 숨겨두지 않았다.

다음날 아침 웰스는 콜린 형사의 사무실로 찾아갔다. 그의 눈에는 이 형사가 수줍음을 타는 소년처럼 왜소해서 모든 것이 그에 비해 커 보였다. 그의 아침식사가 놓인 튼튼한 테이블과 그가 입고 있는 흙색의 조끼 달린 양복까지도. 특히 도시 전역에서 귀찮은 엉겅퀴처럼 늘어나는 살인, 강도와 그 이외 범죄들까지도. 만일 자신의 동료인 도일이 쓰는 작품들처럼 탐정소설을 쓸 의향이 있다면, 절대로 자기 앞에 있는 청년처럼 형사를 묘사하지는 않을 것이다. 사무실로 들어오는 그를 보고 악수를 청할 때의 열정적인 모습에서 추정할 수 있듯이, 열정적으로 감탄의 표시를 하는 물렁하고 연약해 보이는 겁이 많은 인물로는 말이다.

자리에 앉자 웰스는 형사가 그의 소설『타임머신』에 대해 늘어놓는 찬사를 평소대로 겸연쩍은 표정을 지으며 들었으나 젊은 형사는 새로운 분석을 가미해서 칭찬했다.

"이미 말씀드렸지만 당신의 소설을 정말 재밌게 읽었습니다. 웰스 씨."

마치 포식하는 것을 숨기려는 듯이 약간 부끄러워하며 아침식사 쟁반을 한쪽으로 치우면서 그가 말했다. "당신이나 미래 소설을 쓰는 모든 작가들에게는 미래에 대해서 계속 추측할 수 없다는 점이 매우 힘들 거라고 생각합니다. 미래가 어떤 모습인지 알고 있으니까요. 우리가 미래를 알지 못해 계속 헤아릴 수 없이 신비로운 상태로 남아 있다면 미래가 어떨까에 대한 이런 소설들은 장르를 구축하게 되었을지도 모를 텐데요."

"그렇겠지요." 웰스는 청년 형사가 자신은 어렴풋하게도 떠오르지 않는 문제를 제기하는 것에 놀라서 동의했다.

어찌되었든 애송이 같은 겉모습으로 그를 판단한 건 실수였다. 잠시 이야기를 나누고 두 사람은 다정스레 서로 바라보기만 했다. 커다란 창문으로 비치는 햇빛이 그들을 금빛으로 물들였다. 웰스는 형사가 자기에 대한 칭찬을 끝낸 것을 확인하자 그곳에 찾아온 문제를 꺼내기로 했다.

"내 작품의 독자라니 내가 찾아온 이유를 듣고 많이 놀라지 않을 거라고 생각합니다. 살해당한 부랑자 사건에 대해 관심이 있어서요." 그에게 고백했다. "살인자가 시간여행자일 가능성이 있다는 소문을 들었습니다. 그 주제에 대해 내가 전문가라고 말하려는 것이 아닙니다. 단지 당신에게 도움을 줄 수 있지 않을까 해서요."

가렛은 웰스가 무슨 말을 하는지 이해를 못하겠다는 듯이 눈썹을 찡그렸다.

"그러니까 내가 말하고 싶은 건 …… 당신을 도와주려고 왔다는 겁니다."

형사는 그때서야 감동적으로 웰스를 바라보았다.

"매우 친절하시군요, 웰스 씨. 하지만 그러실 필요가 없어요. 제가 이미 그 사건을 해결했거든요."

그는 서랍에서 봉투를 꺼내 카드 묶음처럼 테이블 위에 부랑자 시체의 사진들을 펼쳤다. 계속해서 그것들을 웰스에게 보여 주면서 흥분된 어조로 새클리턴 대장과 그 일부 군인들을 의심하게 된 이유를 상세하게 설명했다. 웰스는 귀담아 듣지 않았다. 형사가 길리엄이 이미 그에게 이야기한 것을 그대로 되풀이하고 있었기 때문이다. 하지만 시신에 난 이상한 상처에 큰 관심을 가지고 관찰했다. 무기에 대해서는 아무것도 몰랐으나 그 끔찍한 구멍이 일반적인 무기로 만들 수는 없다는 사실을 이해하기 위해 굳이 무기 전문가일 필요는 없었다. 가렛과 경찰의 주장대로 상처는 뜨거운 광선이 만든 것 같았다. 마치 인간의 손이 끌어온 용암처럼.

"보시다시피, 다른 설명이 필요 없어요." 가렛이 사진을 봉투에 집어넣으면서 만족스런 미소를 지었다. "사실 저는 제3차 탐험을 떠날 날만을 기다리고 있습니다. 오늘 아침에 두 명의 형사를 범죄현장에 보냈지요."

"알겠소." 웰스가 낙담한 마음을 감추려고 애쓰며 말했다.

새클리턴 대장이 미래의 사람이 아니고 2000년도 파괴된 돌 부스러기로 만든 장식이라는 점을 밝히지 않고, 다른 방향으로 조사를 하라고 어떻게 형사를 설득시킬 수 있을까? 그를 설득하지 못하면 아마 제인은 죽을 것이다. 형사에게 고통을 숨기기 위해 한숨을 참느라 애를 썼다.

그때 한 형사가 사무실 문을 열고 가렛 형사와 단 둘이 할 얘기가 있다고 했다. 형사는 양해를 구하고 복도로 나가서 부하와 대화를 나누었는데 웰스는 알아들을 수 없었다. 대화는 이삼 분 동안 지속되었고 가렛은 오른손에 쥔 종이를 흔들면서 기분이 몹시 언짢아져서 돌아왔다.

"시경은 무능력자들뿐이에요." 가렛이 투덜거리며 화를 냈다. 저런 어린 소년이 그렇게 화를 낼 수 있으리라고는 상상하지 못했기 때문에 웰스는 약간 놀랐다. "형사 중 한 명이 범죄현장에서 벽에 씌어 있는 글씨를 발견했는데 그 작자들은 발견을 못 했지 뭡니까?"

웰스는 그가 책상 모서리에 기대어 고개를 흔들면서 언짢아하며 메모지를 여러 번 읽는 것을 관찰했다.

"분명한 점은 당신이 여기 온 것이 더할 나위 없이 아주 적절하다는 겁니다. 웰스 씨." 마침내 작가에게 미소를 지으면서 말했다. "이것은 소설의 한 소절 같습니다."

웰스가 눈썹을 찡그리며 가렛이 내민 메모를 받았다. 이런 글이 씌어 있었다.

2월 초 겨울 어느 날, 살을 에는 듯한 바람과 함박눈을 뚫고 낯선 사람이 브램블허스트의 기차 정거장에서 걸어 나왔다.

그것을 읽고 작가는 자기를 바라보는 탐정을 향해 시선을 들었다.

"무슨 뜻인지 아시겠어요, 웰스 씨?" 물었다.

"아니, 모르겠소." 작가가 주저하지 않고 대답했다.

가렛은 웰스에게서 메모지를 받아 시계추처럼 다시 고개를 흔들면서 읽었다.

"저도 모르겠어요. 새클리턴은 이것으로 무엇을 말하려는 걸까요?"

그 질문을 던지고 형사는 생각에 잠긴 듯했고 그때를 이용해 웰스는 자리에서 일어났다.

"자, 형사님. 이만 가 보겠습니다. 수수께끼 잘 푸시기 바랍니다."

가렛은 생각에 잠겨 웰스에게 악수를 했다.

"감사합니다, 웰스 씨. 만일 도움이 필요하면 연락드리지요."

웰스는 그렇게 하라며 그의 사무실을 나왔고, 가렛은 책상 모서리에 앉아 불안하게 균형을 잡으며 생각에 잠겼다. 작가는 복도를 지나 계단을 내려가 경찰서를 나와 아무런 생각 없이 마주치는 첫 번째 마차를 탔으며 몽유병자나 최면에 걸린 사람처럼, 아니면 로봇처럼 비틀거렸다. 마차를 타고 워킹까지 가는 동안 창문을 한 번도 내다보지 않았다. 혹시 누군가가, 인도를 걸어가는 낯선 사람이나 길가에서 쉬고 있는 농부가 공포심을 느끼게 하는 의미심장한 시선을 보낼까 두려워서였다. 집에 도착했을 때 자신의 손이 떨리는 것을 발견했다. 제인에게 돌아왔다고 알리지도 않고 복도를 지나 식당으로 들어갔다. 식탁 위에 타자기와『투명인간』이라고 제목을 붙인 자신의 마지막 소설 원고가 놓여 있었다. 눈에 띌 정도로 창백해진 웰스는 식탁에 앉아 어제 끝내고 자신밖에 읽은 사람이 없는 원고의 첫 페이지를 바라보았다.

> 2월 초 겨울 어느 날, 살을 에는 듯한 바람과 함박눈을 뚫고 낯선 사람이 브램블허스트의 기차 정거장에서 걸어 나왔다.

정말 시간여행자가 있었다. 그리고 그와 교류하려고 했다.

그것이 충격에서 벗어난 뒤 도달한 결론이다. 그런 목적이 아니라면 여행자가 왜 그 담벼락에 아직 출간되지 않고, 그 외에는 아는 사람이 없는『투명인간』의 첫 문장을 써놓았을까? 부랑자의 생명을 앗아가기 위해 알려지지 않은 무기를 사용한 것은 경찰의 관심을 끌기 위한 것으로, 도시에서 매일 벌어지는 많은 다른 사건들과 그 살인사건을 구별하려는 것이 분명하다. 하지만 범죄현장에 나타난 그의 소설 구절은 그에게만 전달할 수 있는 메시지였다. 부랑자의 가슴을 관통한 기이한 상처가 가렛이나 부검의가 아직 모르는 이 시대 무기에 의해 생겼을 가능성을 배제할 수 없다고 생각해도, 어느 누구도, 미래에서 온 사람이 아니라면, 자기 소설을 알 수는 없다. 그것은 시간여행자에 대한 그의 의구심을 모두 해소했다. 그것을 알게 되자 그는 온몸에 전율을 느꼈다. 항상 판타지로만 간주하던 시간여행, 다시 말해 미래에나 가능하다고 생각했던 것이 가능하다는 것을 갑자기 깨달았기 때문이며, 그뿐만 아니라 자신이 무시하고 싶은 음흉한 이유로 누군가 그와 접촉하기를 원한다는 사실 때문이기도 하다.

그는 감시를 받고 있다는 불쾌한 느낌 때문에 두려워서 밤새도록 침대에서 뒤척이며 가렛 형사에게 다 얘기를 해야 할지, 아니면 그런 행동이 시간여행자의 심기를 건드릴 것인지 결정을 내리지 못하고 있었다. 날이 밝았을 때도 아직 아무런 결정을 내리지 못했다. 다행히 그럴 필요가 없었다. 그의 집 앞에 런던경찰청의 마차 한 대가 멈췄기 때문이다. 가렛이 그를 찾으러 형사를 보낸 것이다. 다른 시체가 발견되었다.

웰스는 아침식사도 거르고, 입고 있던 옷 위에 외투만 걸치고 어리둥절하여 마차에 올랐다. 마차는 포틀랜드 스트리트에서 멈추었고, 경찰들이 모인 한가운데에서 빼빼 마른 가렛이 그를 기다리고 있었다. 웰스는 대여섯 명의 형사들이 그곳에 모여든 두세 명의 신문기자들과 호기심 많은 수많은 사람들 앞에서 범죄현장을 보존하려고 애쓰는 모습을 보았다.

"이번 피해자는 거지가 아니고," 형사가 악수를 한 뒤 알려 주었다. "인근 주점의 주인으로 테리 챔버스입니다. 동일한 무기로 살해당한 것은 의심의 여지가 없어요."

"살인자가 남긴 다른 메시지가 있습니까?" 웰스가 '나에게'라는 말을 덧붙이고 싶은 것을 간신히 참고 기어들어 가는 목소리로 물었다.

가렛은 불쾌감을 드러내면서 그렇다고 말했다. 젊은 형사는 새클리턴 대장을 체포하러 2000년으로 여행을 떠날 때까지 덜 위험한 오락거리를 찾기를 원했을 것이다. 그 모든 상황에 압도당한 형사는 웰스를 폴리스 라인을 뚫고 범죄현장으로 안내했다. 챔버스라는 사람은 벽에 기대어 약간 비스듬히 앉아 있는데 가슴 중앙에 난 연기 나는 구멍을 통해 벽이 보였다. 그의 머리 위 벽에 누군가 한 구절을 휘갈겨서 써놓았다. 떨리는 마음으로 시체를 밟지 않으려 애쓰면서 그것을 읽었다.

기차는 5월 1일 오후 8시 35분에 뮌헨을 출발해서 그 다음날 오전 일찍 비엔나에 도착했다. 원래는 6시 46분에 도착할 예정이었지만 한 시간이나 도착이 지연되었다.

그 문장이 자기 소설에서 나온 내용이 아닌 것을 확인하고 웰스는 안도와 실망감이 동시에 깃든 한숨을 내쉬었다. 다른 작가에게 보내는 메시지인가? 그렇게 생각하는 게 논리적이었다. 별 의미가 없는 그 구절이 아직 출간되지 않은 어떤 작가의 소설의 첫 부분이라고 확신했다. 아마도 최근에 완성되었을 것이다. 시간여행자는 그 외에 다른 사람들과도 교류하려고 했다.

"무슨 뜻인지 아시겠어요, 웰스 씨?" 가렛이 기대를 걸고 물었다.

"아니오, 형사님. 하지만 신문에 실으세요. 살인자가 우리에게 수수께끼를 내고 있는데 더 많은 사람이 볼수록 더 좋은 생각이 날 테니까요." 그 메시지가 수취인에게 도달하게 하려면 가능한 모든 것을 해 봐야 한다고 생각하며 제안했다.

형사가 시신을 자세히 검토하기 위해 무릎을 꿇는 동안 웰스는 폴리스라인 뒤로 모여 있는 대중을 향해 눈길을 돌렸다. 시간여행자는 19세기의 두 작가에게 무엇을 원하는 걸까? 그는 궁금했다. 아직은 그 이유를 모르지만 조만간 밝혀질 거라고 확신했다. 기다려야 했다. 현재 체스 경기의 말을 움직이는 사람은 시간여행자다.

현실 세계로 돌아오자 갑자기 그를 관찰하고 있는 한 소녀와 눈이 마주쳤다. 스무 살이 갓 넘은 어린 소녀였다. 마르고 창백한, 붉은 머리카락을 가진 소녀가 그를 뚫어지게 바라보고 있었다. 평범한 옷을 입고 망토를 걸쳤으나 그녀의 표정과 그를 보는 모습에 특이한 점이 있었다. 말로 표현할 수 없지만 다른 사람들과 구별이 되었다.

웰스는 자신도 모르게 그녀를 향해 걸어갔다. 그러나 놀랍게도 그의 충동적인 행동이 그녀를 놀라게 한 것 같았다. 그녀는 돌아서서 붉은 머리카락을 미풍에 펄럭이며 사람들 사이로 사라졌다. 작가가 간신히 군중의 벽을 뚫었을 때 이미 그녀의 흔적은 사라진 뒤였다. 사방을 둘러보았지만 그녀를 찾지 못했다. 마치 공중으로 증발한 것 같았다.

"무슨 일 있습니까, 웰스 씨?"

형사의 목소리를 들었을 때 그는 자기도 모르게 소스라치게 놀랐다. 형사는 그의 이상한 행동을 보고 그에게 다가왔다.

"그녀를 보셨소, 형사님?" 거리를 초조하게 살피면서 물었다. "소녀를 보셨어요?"

"어떤 소녀를 말씀하시는 건가요?" 형사가 당황하며 물었다.

"여기 사람들 사이에 있었어요. 그녀에게 무언가 있었는데 ……."

가렛은 그를 이상하다는 듯 관찰했다.

"무슨 말씀이시지요, 웰스 씨?"

작가는 그에게 대답하려 했으나 소녀가 그에게 일으킨 이상한 감정을 어떻게 설명해야 할지 몰랐다.

"그러니까 …… 신경 쓰지 마세요." 체념하며 어깨를 움찔하며 대답했다. "아마도 옛날 제자인지 모르지요. 그래서 낯이 익은 ……."

가렛은 확신이 없이 수긍했다. 웰스의 행동이 이상한 것은 사실이었다. 그렇다 해도 그는 그 다음날 웰스의 것과 다른 작가의 문장 두 개를 런던의 모든 신문에 게재했다. 만일 웰스의 추측이 옳다면 그 기사는 다른 작가의 아침식사를 망쳐 놓을 것이다. 웰스는 그 순간에 자신이 이틀 전에 겪은 충격을 받고 있을 작가가 누구일지 궁금했다. 자신이 시간여행자의 유일한 상대가 아니라는 점이 약간 위로가 되었다. 이제 그 문제에서 혼자라고 생각지 않았고 여행자가 무엇을 바라는지 급하게 알고 싶지도 않았다. 수수께끼는 아직 완성되지 않았음을 확신했다.

그리고 그의 생각이 옳았다.

그 다음날 아침 자기 집 앞에 런던경찰청의 마차가 도착했을 때 웰스는 이미 옷을 차려입고 아침식사를 마친 뒤 현관 계단에 앉아 있었다. 세 번째 시체의 주인공은 샹탈 엘리스라는 재봉 일을 하는 여성이었다. 피해자가 갑자기 남성에서 여성으로 바뀐 것에 가렛은 당황했지만 웰스는 아니었다. 시체들은 별로 중요하지 않고 시간여행자가 메시지를 전하는 단순한 도구에 불과하다는 사실을 웰스는 알고 있었다. 이번에 불쌍한 엘리스 부인이 기대고 있는 웨이머스 스트리트의 벽에는 이런 구절이 씌어 있었다.

그 이야기는 난로 주변에 기대심을 갖고 모인 우리를 흥분시키기에 충분했다. 그것이 크리스마스이브에 낡은 집에서 들려 주는 이야기처럼 소름이 끼쳤다는 점은 분명하다. 정말 이상한 이야기였다. 누군가 그것이 아이에게 유령이 나타난, 그가 아는 유일한 사건이라고 말할 때까지 아무도 말을 꺼낸 사람이 없었다.

"생각나는 게 있나요, 웰스 씨?" 별 기대를 걸지 않고 가렛이 물었다.
"아니오." 웰스가 대답했다. 그 구절의 내용이 어렴풋이 낯이 익지만 작가가 누군지는 모르겠다는 말은 덧붙이지 않았다.
가렛 형사가 십여 명의 형사들과 함께 런던의 도서관에 틀어박혀서 섀클리턴이 엉큼한 속셈을 가지고 인용하고 있는 소설을 찾느라 그 선반에 있는 소설들을 모두 검토하는 동안, 웰스는 시간여행자가 수수께끼를 완성하기 전에 얼마나 더 많은 무고한 사람들을 죽일지 걱정하며 집으로 돌아왔다.
그 다음날 아침에는 런던경찰청의 마차가 그를 찾으러 오지 않았다. 여행자가 자신이 원하는 모든 작가들과 접촉했다는 뜻인가? 대답은 그의 우체통 안에 있었다. 웰스는 거기서 런던의 지도를 발견했다. 그것을 통해 여행자는 그들에게 만남의 장소를 알려 주는 동시에 자기가 마음대로 시간의 흐름에 따라 이동할 능력이 있음을 과시했다. 그것은 1666년의 지도였고 체코의 에칭 판화가 벤첼 홀라르의 작품이었다. 웰스는 이제는 달라진 한 도시의 모습을 보여 주는 그 작품을 보며 감탄했다. 두세 달 이후에 일어나는 화재에 의해 도시는 완전히 파괴되는데, 그가 기억하기로 그 불은 시내의 한 빵집에서 시작해 인근의 석탄, 목재와 술 창고에 옮겨 붙어 급속하게 확산되어 세인트 폴 성당에 이르고 플릿 스트리트가 있는 로마 성벽에까지 퍼졌다. 하지만 웰스가 놀란 것은 그 지도가 그의 손에 들어오기까지 두 세기 이상 지났다는 최소한의 흔적도 보이지 않았다는 점이다. 군인이 강을 건널 때 총을 머리 위로 올리는 것처럼 여행자는 시간의 흐름에도 불구하고 그 지도를 보호했다. 세월이 흐르는 동안 쓸리고 가장자리가 누렇게 변색되고 사용자들의 손때가 묻은 흔적이 하나도 없었다.

웰스는 충격에서 벗어나자 버클리 광장이 가리키는 원을 관찰했는데 그 옆에 50이라는 숫자가 씌어 있었다. 그것은 분명히 세 작가가 여행자와 만나러 가는 약속장소일 것이다. 그는 여행자가 장소 하나는 잘 선택했음을 인정했다. 버클리 광장의 50번지는 런던에서 가장 신비스러운 집이기 때문이다.

버클리 광장 중앙의 작은 공원은, 그 크기에 비해 지나치게 인적이 드물지만 런던 시내에서 가장 오래된 나무들이 자라고 있는 곳이다. 웰스는 그곳의 풍경에 을씨년스러움을 더한 알렉산더 먼로가 조각한 나른한 요정에게 무심하게 고개를 숙이며 거의 행진하듯 걸어갔다. 그리고 정면에 50번지임을 자랑하는 건물 앞에 섰다. 광장을 둘러선 당대의 유명한 조각가들이 디자인한 다른 건물들과 조화를 이루지 못하는 수수한 건물이었다. 그것은 몇 십 년 동안 방치된 인상을 주었으나 정면은 그다지 훼손되지 않은 것 같았다. 그 건물 안에 있는 엉큼한 비밀들을 호기심 어린 시선들로부터 보호하려는 썩은 나무껍질처럼, 위층이나 지하실 창문들은 판자로 막아 놓았다. 혼자서 온 것이 현명한 생각이었을까? 웰스는 자기도 모르게 떨면서 생각했다. 가렛 형사에게 알려야 했을지도 모른다. 그가 그 약속장소에 온 까닭은 일반 시민들을 죽이는 것을 예사로 생각하는 잔인한 살인자를 만날 뿐 아니라 형사에게 그를 잡아서 온전히 넘겨주기 위함이었다. 그래야 형사가

2000년으로 여행하겠다는 황당한 생각을 완전히 단념할 것이기 때문이다.

웰스는 수수한 건물 정면을 유심히 관찰했다. 소문에 의하면 그 집은 런던에서 가장 마법에 많이 걸린 집이라고 하지만, 그 정도로 보이지는 않았다. 「메이페어」 잡지는 세기 초부터 그곳에서 일어나는 기이한 사건들을 다루면서 센세이션을 일으켰는데, 그 집에 들어가는 자들은 죽거나 미쳐 버린다는 것이다. 초자연적인 현상에는 관심이 없는 웰스에게 그 잡지는 대수롭지 않은 으스스하고 진실성이 결여된 긴 소문 리스트 가운데 하나를 인쇄한 지면일 뿐이었다. 기사에는 미쳐 버려 자기가 본 장면을 제대로 설명할 수 없었던 하녀들 이야기, 공격을 당한 선원들이 피신하다가 창문으로 뛰어내려 그 건물을 둘러싼 철책의 창에 찔렸다는 이야기, 그 집이 비어 있는 동안 잠을 이루지 못하는 이웃주민들이 그 집 안에서 벽 뒤로 가구를 계속 끌고 가는 소리를 듣고 창문으로 이상한 그림자를 보았다는 이야기들이 잔뜩 실려 있었다.

으스스한 사건들이 뒤죽박죽 섞인 그 집은 잔인한 유령이 머무는 저주받은 장소라고 알려지면서 전국의 젊은 귀족들이 하룻저녁을 지내면서 용맹을 증명하려는 장소가 되었다. 1840년 모험심이 강한 로버트 워보이스라는 모험가가 그 건물에서 자는 대신 백 기니를 받는 조건으로 친구들의 도전을 수락했다. 워보이스는 권총으로 무장하고 아래층에 있는 종에 끈을 연결해서 위험에 처하면 종이 울리도록 했는데, 그는 조롱 섞인 미소를 지으며 호언장담했다. 종소리는 그가 올라간 지 15분 뒤에 울렸고 곧이어 밤의 정적을 깨는 총소리가 들렸다. 친구들이 그를 구하러 올라갔을 때 귀족은 침대 위에 공포에 질린 표정을 하고 굳은 채 이미 죽어 있었다. 총알은 나무판에 박혀 있었는데 유령의 보이지 않는 몸을 관통했는지도 모른다. 30년 뒤 그 집이 영국의 마법에 걸린 집으로 명성을 얻자 리틀턴 경이라는 용감한 청년이 거기서 밤을 지내기로 했는데, 그는 좀 더 운이 좋았다. 침대에 들어갈 때 가지고 들어간 은 동전이 장전된 총으로 유령을 제때 쏘아 유령의 공격에서 살아남을 수 있었다고 한다. 리틀턴 경은 「의혹과 기록」이라는 유명한 잡지에서 사악한 존재가 바닥에 떨어지는 장면을 보았다고 주장했다. 그러나 그 이후 이루어진 조사에서는 방에서 어떠한 시신도 발견되지 않았다. 웰스는 한 서점에서 그 잡지를 발견하고 재미있어서 뒤적거렸었다. 수백 명의 아이들이 잔인하게 고문을 당해서 저주받은 장소라고 장담하는 사람들에서부터 유령은 이웃사람들이 꾸며낸 얘기고 거기서 들리는 큰 소리는 예전 세입자가 방에 가두어 둔 미친 동생의 소름끼치는 고함 소리라고 주장하는 사람들까지 그 집에 관한 다양한 주장들이 있었다. 웰스가 가장 마음에 들어 한 가설은 마이어스라는 사람이 으슥한 밤에 촛불을 들고 매일 산책을 하는 버릇에서 유령이야기가 비롯되었다고 하는 주장이었다. 그는 약혼자가 결혼식을 앞두고 그를 떠나자 잠을 이루지 못했다. 그러나 지난 십여 년 동안 그 집에서 아무런 사고도 일어나지 않았는데, 아마도 용맹을 증명하고 싶어 하는 청년들의 열심에 유령이 싫증이 난 건지 지옥으로 돌아갔다고 추정하는 것이 터무니없지만은 않을 것이다. 하지만 유령은 웰스의 가장 큰 걱정거리가 아니었다. 저승에서의 일을 걱정하기에는 이승에서의 문제가 너무 많았기 때문이다.

거리를 둘러보았으나 개미 한 마리 보이지 않았다. 초승달이 뜬 하늘은 더 짙은 어둠에 휩싸여 있어서 고딕소설을 읽을 때보다 더 질척하게 느껴졌다. 지도에 약속 시간이 적혀 있지 않아서 웰스는 오후 여덟 시에 가기로 했는데 그 시간이 두 번째 문장에 언급되어 있기 때문이다. 그 시간이 맞기를 그리고 자신이 여행자 앞에 나타난 유일한 사람이 아니기를 바랐다. 혹시 몰라서 고기 자르는 칼을 가지고 갔는데, 여행자가 검색할 경우 날카로운 도구가 눈에 띄지 않도록 끈으로 등에 묶어 두었다. 그런 모습으로 소설에 나오는 영웅들처럼, 제인에게 갑작스럽고 긴 작별 키스를 나누었는데 처음에 그녀는 깜짝 놀랐지만 곧 부드럽게 항복하며 받아들였다.

웰스는 더 이상 지체하지 않고 길을 건너가 공기를 한 모금 깊이 들이마셨다. 그리고 건물 안으로 들어간다기보다 템스 강에 몸을 던지는 기분으로 살짝 문을 열었다. 문은 의외로 가볍게 열렸다. 곧이어 자신이 가장 먼저 온 사람이 아니라는 사실을 발견했다. 입구 중앙에서 양복주머니에 손을 집어넣고, 위층의 어둠 속으로 사라지는 돌계단을 바라보는 사람이 있었는데, 오십 대의 땅딸막한 대머리 남자였다.

그가 들어오는 것을 보고 낯선 사람은 웰스를 향해 몸을 돌려 악수를 청하며 자신을 헨리 제임스라고 소개했다. 저 멋진 사람이 제임스란 말인가? 웰스는 그를 개인적으로 알지 못했는데 제임스가 자주 가는 클럽이나 모임에 잘 가지 않았기 때문이다. 소문에 의하면 거기서 그 새치름한 남자는 자기 동료들의 숨겨진 열정을 찾아내서 그것을 자신의 방식으로 교양이 넘치는 산문으로 옮겼다. 웰스는 그를 만날 기회가 없어도 크게 신경 쓰지 않았다. 오히려 그 반대였다. 웰스는 『애스펀의 편지』와 『보스턴 사람들』을 읽고 난 뒤 제임스가 자신과 멀리 떨어진 세상에 살고 있다는 사실을 발견하고 안심할 수 있었다. 두 작품을 꼼꼼하게 읽고 난 뒤 웰스는 제임스와 자신의 유일한 공통점은, 두 사람 다 타자기를 치면서 시간을 보낸다는 점이라는 결론에 도달했다. 사실 그것은 웰스가 그런 피곤한 작업을 하기에는 지나치게 으스대는 제임스가 타이피스트에게 글을 불러주었다는 사실을 몰랐기 때문이다. 웰스가 제임스에 대해 인정하는 장점이 있다면 별 의미가 없는 글을 쓰기 위해 긴 문장을 사용한다는 점이다. 웰스가 레이스 달린 손수건과 고백하기 어려운 비밀 때문에 고통당하는 게으른 부인들을 그린 제임스의 문학세계를 경멸했듯이, 제임스 역시 웰스의 작품을 멸시했으리라는 점은 불을 보듯 뻔하다. 웰스가 자신을 H. G. 웰스라고 소개했을 때 인상을 찌푸렸기 때문이다. 그리고 두 사람은 몇 초 동안 서로를 의혹의 눈초리로 바라보기만 했다. 드디어 제임스는 그들이 예의범절에 벗어나는 짓을 하기라도 한 것처럼 서둘러 그 불편한 침묵을 깼다.

"우리가 제 시간에 온 것 같군요. 우리를 초대한 주인이 오늘 저녁 분명히 우리를 기다리고 있을 텐데요." 그 장소에 있는 많은 촛대를 가리키면서 말했다. 그것들은 어둠을 완전히 몰아내지는 못할지라도 적어도 입구 중앙에서 모임이 개최된다는 사실만큼은 알려 주었다.

"그런 것 같군요." 웰스가 대꾸했다.

그리고 두 사람은 지붕의 격자 천장을 감상했는데, 그것이 황량한 입구에서 유일하게 감탄할 만한 것이었다. 하지만 다행히 불편한 침묵이 오래가지는 않았다. 곧이어 제3의 작가가 도착했음을 알리며 돌쩌귀가 삐걱거리는 소리를 냈기 때문이다.

납골당에 들어가는 사람처럼 겁을 먹으며 문을 연 사람은 붉은 머리카락을 가진 몸집이 큰 오십 대 남성으로 잘 다듬은 수염이 턱을 강조하고 있었다. 웰스는 그를 즉시 알아보았다. 대극장의 운영을 맡은 아일랜드인이며, 유명한 배우인 헨리 어빙의 대리인이고 런던의 클럽에서는 삽살개로 더 유명한 브람 스토커였다. 슬며시 기어드는 그를 보자 웰스는 스토커가 황금새벽회의 회원이라는 소문을 떠올렸다. 이 단체는 웨일스 작가인 아서 메이첸과 시인 W. B. 예이츠 같은 그의 동료들이 참여했던 신비주의 단체다.

세 작가는 무겁고 어색한 침묵에 빠지기 전에 둥그런 빛이 비치는 중앙에서 악수를 했다. 스토커가 제임스 옆에서 초조하게 서 있는 동안 제임스는 다시 교만한 자세를 취했다. 웰스는 그러한 어색한 만남이 재미있을 따름이었다. 세 사람 모두 각자 자기 방식대로 글을 쓰는 사람들이라서 서로 나눌 이야기가 거의 없었기 때문이다.

"신사 여러분, 모두 오신 걸 확인하니 기쁘기 짝이 없습니다."

높은 곳에서 목소리가 울리자 세 사람은 즉시 고개를 계단으로 향했다. 시간여행자가 서둘지 않고 탄력적인 발걸음을 즐기며 내려오고 있었다.

웰스는 그를 흥미롭게 관찰했다. 중간 정도의 키에 운동선수 같은 체격을 가진 사십 대 남성이었다. 그는 작가들에게 흐뭇한 표정을 지으며 인사를 했다. 광대뼈가 크고 아래턱이 다부진 얼굴에 잘 다듬은 수염은 그의 사나운 표정을 부드럽게 만들어 주었다. 그는 자신보다 약간 더 젊은 두 청년들의 에스코트를 받으며 계단을 내려왔는데, 그들은 이상하게 생긴 권총을 멜빵에 십자 모양으로 메고 있었다. 특이한 은색 재질로 만든 튼튼한 지팡이와 유사한 권총 그 자체보다, 그 무기를 차고 있는 방식 때문에 작가들은 그것이 세 명을 살해한 무기라고 생각했다. 그것을 이해하기 위해서 딱히 탁월한 지성이 필요 없었다.

웰스는 여행자의 평범한 외모에 다소 실망했다. 미래에서 오는 사람은 외모가 괴물 같다거나 적어도 매우 험악하게 생겼을 거라고 예상했기 때문이다. 다윈이 지적한 대로 미래의 인간들은 신체적으로 진화하지 않은 걸까? 몇 년 전에 웰스는 「폴 몰 가제트」 지에 기사 한 편을 실었다. 거기서 그는 세월의 흐름에 따라 달라질 인간의 외모에 대해서 예측했다. 기계 기술이 인간의 신체 역할을 대신하고 화학 장치가 소화기를 쓸모없게 만들고, 귀, 머리카락, 치아와 그 이외 장기들도 같은 운명을 맞을 것이다. 그 느린 투쟁에 살아남는 것은 인간이 가진 매우 중요한 두 기관인 뇌와 손이다. 당연히 그 크기는 무척 커질 것이다. 그러한 추측의 결과는 공포심을 자아냈기에, 앞에 있는 미래의 평범한 인물을 본 웰스는 사기당한 느낌이 들 정도였다. 여행자는 그의 실망을 더 부추기기라도 하듯 부하들과 같이 우아한 밤색의 조끼와 양복을 입고 있었다. 그는 그들 앞에 멈추어 만족스런 침묵 속에서 그들을 관찰하고 부드러운 미소를 지었다. 짙은 검은 눈의 야만적인 시선과 동작 하나하나에서 묻어나는 단호함은, 그가 결코 평범하지 않다는 사실을 드러내는 유일한 특징이었다. 하지만 그러한 면이 현재와 미래의 차이점은 아니라고 웰스는 생각했다. 그러한 것은 그가 살아가는 이 시대의 인간들에게서도 발견할 수 있고, 다행히 그 집에 모인 작은 그룹보다 그들은 더 단호하고 카리스마가 강한 편이었다.

"제임스 씨, 이 장소가 당신 마음에 들 거라고 생각하는데요." 여행자가 미국인에게 의뭉스럽게 미소를 지으며 말했다.

제임스는 눈치가 빠른 사람이라 그에게 교양 있고 겸연쩍은 미소로 응수했다.

"당신 말을 부인하지는 않겠지만, 신중을 기할 겁니다. 저는 위선적인 말은 하지 못하니까요. 이 모임이 끝난 뒤, 라이에서부터 여행하느라 내 등에 심각한 영향을 끼친 데 대한 충분한 보상이 있는지를 보고 판단할 겁니다." 그가 대답했다.

여행자는 제임스의 모호한 대답을 완전히 이해하지 못했다는 듯이 잠시 눈썹을 찡그렸다.

"당신은 누구고 우리에게 무엇을 원하시오?" 그때 스토커가 둥그런 모양의 불빛 가장자리에 두 개의 신성한 그림자처럼 서 있는 여행자의 부하들을 바라보며 잔뜩 겁먹은 목소리로 물었다.

여행자는 아일랜드 사람에게 시선을 돌려 장난기 서린 눈길로 바라보았다.

"겁에 질린 어조로 그렇게 말할 필요는 없습니다. 당신들의 목숨을 구해주기 위해 이곳에 모이라고 한 거니까요."

"그렇다면 우리가 과묵한 것도 용서하시오. 하지만 당신이 우리 주의를 끌기 위해 무고한 세 사람을 살해한 사실을 볼 때 당신의 박애주의적인 목적을 의심하게 된다는 점을 이해해 주시오." 제임스처럼 복잡한 구절을 구사할 수 있음을 보이고 싶은 웰스가 끼어들었다.

"오, 그것은 ……" 여행자가 손사래를 치면서 말했다. "그 세 사람들은 어찌되었든 죽게 되어 있다는 점을 말씀드리고 싶습니다. 메릴본의 거지인 가이는 그 다음날 동료들과 싸우다가 죽게 되지요. 챔버스 씨는 3일 뒤 주점을 나가다가 공격당해 죽게 되고요. 바로 그날 아침 엘리스 부인은 클리블랜드 스트리트로 향하던 마차에 치어 죽게 되고요. 사실 저는 그들의 죽음을 며칠 앞당긴 것뿐입니다. 그들을 선택한 건 그들이 이미 죽을 운명이었고, 내게는 우리 무기로 제거할 세 사람이 필요했기 때문이죠. 그 이유는 아직 출간되지 않은 당신들의 소설의 구절과 함께 그들의 죽음이 언론에 알려져서 당신들에게 전해지기를 원해서였습니다. 일단 내가 미래에서 왔다는 사실을 설득할 수 있다면 그다음은 만날 장소만 알려 주면 된다는 사실을 알았죠. 그 나머지는 여러분의 호기심에 달려 있으니까요.”

“그러니까, 사실이오?” 스토커가 물었다. “당신이 2000년에서 왔다는 게?”

여행자는 즐겁게 미소 지었다.

“저는 2000년보다 더 먼 시대에서 왔지요. 분명 로봇과의 전쟁이 없는 시대요. 제발 우리의 모든 걱정거리가 그 로봇들이기를 바랍니다.”

“무슨 뜻이오?” 스토커가 호들갑스럽게 물었다. “우리 모두는 2000년에 로봇들이 이 도시를 정복할 거라고 알고 있는데 ……” “제가 말하고자 하는 것은 스토커 씨,” 여행자가 그의 말을 가로막았다. “머레이 시간여행사는 완전 사기라는 겁니다.”

“사기?” 아일랜드 사람이 믿을 수 없다는 듯 중얼거렸다.

“그래요, 매우 영리한 사기지요. 하지만 결국은 사기예요. 안타깝게도 시간이 흘러야 밝혀지겠지만 말이에요.” 여행자가 세 명의 작가에게 으스대며 말했다. 그리고 아일랜드 사람의 순진함에 마음이 움직인 것처럼 그를 다시 바라보았다. “피해자들 중 하나가 아니기를 바랍니다, 스토커 씨.”

“아니오, 아니 …….” 작가는 서글픈 안도감으로 중얼거렸다. “나는 티켓을 구할 수 없었어요.”

“그러면 다행으로 생각하시오. 적어도 당신 돈을 낭비하지는 않았으니까요.” 여행자가 그를 격려했다. “2000년으로의 그 여행이 연극에 불과하다는 것을 밝혀서 안타깝지만 긍정적인 면을 보세요. 그 말을 해 준 사람이 진짜 시간여행자라는 사실을요. 왜냐하면 당신들의 우체통에 넣은 지도 덕분에 내가 미래에서 왔을 뿐 아니라 마음대로 시간 흐름의 어느 방향이든

갈 수 있다는 사실을 짐작하실 겁니다."

밖에서는 바람이 으르렁댔지만 마법에 걸린 집 안에서는 촛불의 불꽃이 탁탁거리는 소리만 들리고, 촛불은 벽에 암시적인 그림자를 드리웠다. 시간여행자의 목소리는 이상할 정도로 부드럽게 울렸는데 목 안을 비단으로 감싼 것 같았다. 그가 말했다.

"하지만 어떻게 그렇게 하는지 말씀드리기 전에, 제 소개를 하지요. 미래에는 교육의 기본적인 원칙도 모른다고 생각하지 마세요. 제 이름은 마커스 라이스이고 도서관 사서입니다."

"도서관 사서?" 갑자기 흥미를 느낀 제임스가 물었다.

"네, 도서관 사서요. 매우 특별한 도서관이기는 하지만요. 처음부터 다시 시작하지요. 여러분이 확인하셨듯이 인간들은 시간여행을 할 겁니다. 그러나 제가 온 시대에 당신 소설에 나오는 기계와 유사한 것이 존재한다고 믿지는 마세요, 웰스 씨. 그리고 시간여행이 일정표에 있다고 생각하지도 마세요. 아니오, 다음 세기 동안, 전 세계의 과학자, 물리학자와 수학자는 시간여행이 가능한지 아닌지에 대해 끝없는 논쟁에 빠지고 그것을 실현시킬 수많은 이론들을 발전시키겠지요. 하지만 안타깝게도 그 모든 가설들은 우주의 불변성을 넘어서지 못해 좌절될 겁니다. 가설을 증명하는 데 필요한 많은 물리적 특징을 찾지 못하기 때문이죠. 어떤 면에서 우주는 시간여행이 불가능하도록 만들어진 것 같죠. 마치 신이 그것이 실현될 수 없도록 철저히 방해하는 것 같아 보이지요."

여행자는 잠시 침묵하면서 쥐들의 소굴처럼 검은 짙은 눈으로 청중을 관찰했다. "그럼에도 불구하고, 우리 시대 과학자들은 그것을 인정할 준비가 되어 있고 원하는 방향으로 시간 흐름을 따라 여행할 수 있는, 인간의 오래된 꿈을 실현시킬 방법을 계속 찾을 겁니다. 비록 그 모든 노력들이 결국 아무런 소용이 없지만 말이지요. 왠지 아시오? 왜냐하면 결국 시간여행은 과학을 통해서 이루어지지 않으니까요."

마커스는 작가들의 호기심 어린 시선을 외면하는 척하면서 발 운동을 하려는 듯이 둥근 원을 따라 걷기 시작했다. 마침내 자기 자리로 돌아가 그들에게 칠이 벗겨진 벽의 자국처럼 일그러진 표정의 미소를 지었다.

"아닙니다. 시간여행의 비밀은 항상 우리 머릿속에 있었어요." 그가 기뻐하면서 말했다. "신사 여러분, 우리 두뇌의 능력은 무한합니다."

촛불은 계속해서 탁탁거리고 여행자는 깃털 솜을 넘은 목구멍에서나 나올 것 같은 동정심이 섞인 부드러운 목소리로 말했다. 왜냐하면 작가들 시대의 과학은 고작 두개골에 대해 연구하거나 그 내부에 집중하며 두뇌의 기능을 해독하는 것인데, 이것도 전기자극으로 절단하거나 적용하는 원시적인 방법을 통한 것이기에 인간 두뇌의 무한한 잠재력을 연구하기에는 아직 갈 길이 멀었기 때문이다.

"아, 인간의 두뇌는 ……" 그가 한숨을 내쉬었다. "우주 최대의 수수께끼인 이 두뇌는 겨우 400그램밖에 안 되고 아마도 그중에 단지 5분의 1밖에 사용을 못하지요. 그것을 전부 사용할 수 있을지는 우리에게도 미스터리지요. 우리가 아는 것은 그 피질 속에 감추어진 많은 경이로운 것 중에 시간여행의 능력이 있다는 겁니다." 다시 말을 멈추었다. "우리 과학자들조차도 시간의 흐름을 통해 우리가 이동할 수 있는 메커니즘을 정확하게 파악하지 못했지요. 하지만 한 가지는 확실합니다. 인간은 공간을 통해 움직일 수 있는 것처럼 시간을 통해 움직이게 해 주는 일종의 의식 같은 것을 갖고 있지요. 아직 그것을 사용할 수 있는 방법을 모르지만 말이지요. 그것을 활성화시키는 것은 아시다시피 그 자체로 매우 중요한 성과이지요."

"우리 두뇌에는 ……." 스토커가 어린아이처럼 신나서 중얼거렸다.

마커스는 그를 다정한 눈빛으로 바라보았지만 그가 자신의 설명을 방해하지 못하게 했다.

"누가 제일 먼저 시간여행을 했는지 정확하게 알려지지는 않았어요. 다시 말해, 시간이동을 겪은 첫 번째 사람이 누군지 몰라요. 그건 최초의 이동들이 개별적으로 일어났기 때문이지요. 실제로 초기 시간이동은 과학적이지 않은 현상을 다룬 잡지와 출판물을 통해 알려졌지요. 그럼에도 불구하고 시간이동의 에피소드를 겪었다고 주장하는 사람들의 기사가 꾸준히 늘기 시작하는데, 그때까지 이 기이한 현상은 사람들의 관심을 끌지 못하고, 사회에 진지하게 받아들여지지 않는 편집증 예언자들만 관심을 보였습니다. 그래서 우리 세기의 중반에 세상은 갑자기 어디서 왔는지 모르는 시간여행자들의 열풍에 빠지게 되었지요. 하지만 분명한 것은 시간여행자들이 있었다는 사실입니다. 마치 시간이동 능력이 다윈이 예언한 진화의 다음 단계 같았죠. 어떤 사람들은 극한의 상황에 처하면 마법처럼 두뇌의 일부분을 활성화시켜 시간을 앞뒤로 끌어당겼어요. 소수의 사람들이고 스스로 능력을 통제할 수 없긴 했으나 분명히 위험한 능력이었지요. 여러분이 상상하시다시피 정부는 곧 한 부서를 만들어서 그런 재능이 있는 사람들을 모아서 연구하고, 완벽히 통제된 상황에서 그 능력을 발휘하도록 가르쳤어요. 그 부서에 등록하는 것이 자발적이 아니었다는 점은 두말할 필요도 없지요. 어떤 정부가 그런 능력을 가진 사람들이 자유롭게 돌아다니게 놔두겠어요? 아니, 시간의 인간, 호모 템포리스는 감시를 받아야 했어요. 어찌되었든 그러한 영향을 받은 자들에 대한 연구는 기이한 현상에 대한 정보를 알려 주었지요. 예를 들어 시간이동을 하는 사람들은, 웰스 씨의 기계처럼 추진력이 사라져서 멈출 때까지 동일한 속도로 시간 흐름을 통해 움직이는 게 아니라, 즉흥적으로 한 곳에서 다른 곳으로 움직이지요. 일종의 도약 같은 것으로 그들이 결정할 수 있는 것은 과거나 미래로의 방향뿐이에요. 그들은 뛸 때 느끼는 직감으로 방향을 결정합니다. 한 가지 확실한 것은, 그들이 움직이는 거리가 길면 길수록 이동을 한 뒤 여행자가 느끼는 피로감이 크다는 겁니다. 어떤 이들은 회복하는 데 며칠이 걸리지만 또 어떤 이들은 회복하지 못하고 혼수상태에 빠져 헤어나오지 못하기도 하지요. 또한 고도의 집중력을 발휘하면 뛸 때 물건이나 심지어 사람도 데려갈 수 있다는 사실이 밝혀졌어요. 이럴 경우 두 배로 지치게 되지요. 어찌되었든 시간이동을 가능하게 하는 두뇌의 메커니즘을 깊이 파헤칠 경우 가장 먼저 확인해야 할 것이 있었어요. 과거가 바뀔 수 있는지에 대한 문제였죠. 시간여행이 현실이 되기 전에 열띤 논쟁을 일으킨 문제이고, 시간여행이 가능해진 지금은 더더욱 그 대답이 시급하지요. 많은 물리학자들의 주장에 따르면, 우주는 자동재생을 하고 일관성을 보존하려는 자아의식 같은 게 발동한다고 해요. 예를 들어 우리가 누군가를 죽이기 위해 과거로 여행을 하면, 권총이 우리 손에서 폭발하고 그 사람은 죽지 않게 된다는 거죠. 왜냐하면 과거에 그런 일이 결코 일어나지 않았기 때문이지요. 하지만 가까운 과거에 작은 변화를 주려는 통제된 일련의 실험을 통해, 시간은 보호막이 없다는 사실이 밝혀졌습니다. 시간을 보호하는 것은 전혀 없고, 껍질 속에 갇힌 달팽이처럼 그 실체는 굉장히 약할 뿐이죠. 그 말은 이미 일어난 모든 역사가 바뀔 수 있다는 뜻이지요. 여러분이 상상하다시피 그러한 발견은 시간여행만큼이나 엄청난 소동을 불러일으켰지요. 갑자기 인간은 자기 마음대로 과거를 수정할 능력이 생긴 거니까요. 대부분의 사람들이 그 능력을 인류의 과거 잘못을 수정하라고 준 신의 선물이라고 생각한 것도 당연했어요. 논리적인 해결은 살상과 과거의 고통을 피하고 역사의 잡초를 뽑아내는 것이지요. 말하자면 웰스 씨, 앞으로 다가올 모든 일들은 무척 불쾌해서 당신의 순진무구한 소설의 예상을 훨씬 뛰어넘습니다. 시간여행이 인류에게 가져올 이익을 상상해 보시오. 예를 들어, 아이러니하게 1666년 화재로 진압될 때까지 만 명의 사망자를 내면서 영국을 강타한 페스트를 척결할 수도 있지요.”

“불길에 휩싸이기 전에 알렉산드리아 도서관의 책을 구하는 일도요.” 제임스가 제안했다.

마커스는 조롱 섞인 미소를 지었다.

“네, 수많은 일들을 할 수 있지요. 그래서 주민들의 승인을 얻어 정부가 의사와 수학자로 구성된 팀을 만들어 과거 사건들의 예를 분석해서 어떤 사건들을 수정할지 판단하고 그것이 시간의 조직에 가져올 결과를 예측하게 했습니다. 상황을 더 악화시키지 않기 위해서지요. 하지만 모든 사람들이 만족한 건 아니었습니다. 이른바 '회복 계획'에 반대하는 사람들이 있었지요. 어떤 사람들은 정부가 하려는 과거 수정 방책을 비윤리적이라고 보았고 수단 방법을 가리지 않고 그것을 막으려 했지요. 그 그룹을 보수주의자들이라고 부르기로 하죠. 그들을 지지하는 회원이 매일 늘어났는데 그들은 좋든 나쁘든 과거의 실수를 받아들여야 한다고 주장했어요. 그렇게 되자 정부는 더 이상 그 계획을 지속하기가 어려워졌고 결국 모든 것이 중단되는 사태가 벌어졌어요. 새롭게 등장한 증오 범죄의 피해자가 되는 걸 두려워한 시간여행자들이 시간을 통해 모든 방향으로 도망치기 시작했고, 그들의 혼란스런 이탈은 즉시 사회적 불안을 야기했죠. 갑자기 과거는 개인적인 이득을 얻기 원하는 사람이 수정할 수도 있고 우연히 얼마든지 바뀔 수 있는 연한 점토가 되어 버렸어요. 갑자기 세계 역사가 위기에 처하게 된 거지요."

"하지만, 누군가가 과거를 조작한다는 것을 어떻게 압니까, 조작으로 인해 현재도 바뀐다면요?" 웰스가 물었다. "우리는 누군가가 역사를 조작한다는 사실을 절대 알지 못합니다. 단지 그 결과만 경험할 뿐이니까요."

"역시 예리하시군요. 웰스 씨." 작가의 질문에 놀란 마커스가 말했다. "시간의 특성상, 과거에서 일어난 변화의 영향은 시간흐름을 통해 전해지고 그 과정 중에 모든 것을 수정하죠. 연못에 돌을 던질 때 생기는 물결이 물의 표면을 바꾸는 것과 같은 이치지요. 그것에 의하면 당신이 말했듯이 우리는 조작을 절대 감지할 수 없을 겁니다. 현재나 우리의 기억은 이 조작이 만들어 내는 물결에 의해 영향을 받기 때문이지요." 말을 계속하기 전에 심술궂은 미소를 지으며 잠시 멈추었다. "그것을 비교하기 위해 세계의 안보 사본을 갖고 있지 않다면요."

"안보 사본이요?"

“네, 이름이야 뭐든 상관없지요.” 여행자가 대답했다. “책, 신문과 지금까지 일어난 일, 인간의 모든 역사를 가능한 철저하게 기록한 자료를 한데 모은 것입니다. 우주의 진짜 초상화 같은 것으로 아무리 사소한 변화라도 이상한 점을 곧 발견하기 위해서지요.”

“알겠소.” 웰스가 중얼거렸다.

“그것이 정부가 시간여행자들이 처음 생겼을 때 한 일입니다. 누군가 허락 없이 과거를 조작하지 못하게 하기 위해서지요. 하지만 불편한 점이 있어요. 변화를 일으키는 사악한 무리들이 닿지 않는 안전한 장소가 어디 있겠어요?”

작가들은 그를 호기심 어린 시선으로 바라보았다.

“단 한 곳이 있었지요.” 여행자가 대답했다. “시간이 시작되는 지점.”

“시간이 시작되는 지점이라고요?” 스토커가 물었다.

마커스가 고개를 끄덕였다.

“올리고세, 신생대의 제3기, 정확히 말해 인류가 아직 그 발을 땅에 내딛지 않고 세상에 코뿔소, 마스토돈, 늑대와 영장류의 최초의 모습을 가진 것들이 존재할 때지요. 여행자가 여러 차례 연속해서 뛰기를 한다 해도 그곳에는 도착할 수 없어요. 그 시대가 위험하기도 하고 바꿀 수 있는 게 아무것도 없어서 그곳으로 이동할 흥미도 느끼지 않는 곳이지요. 정부가 시간여행자들의 훈련 프로젝트와 병행해서 철저히 비밀리에 엘리트 그룹을 조직하고 있는데, 노련하고 성실한 여행자들로 구성되어 있습니다. 그 그룹의 임무는 세계의 비망록을 올리고세까지 이동하는 겁니다. 거기서 수많은 여행을 통해 선별된 여행자들은, 여러분이 추측하셨듯이 그중에 저도 있는데, 우주의 지식을 보관할 성지를 건설하는 것입니다. 그것이 우리의 집이기도 하지요. 그 시대 그때 이후로 우리 삶의 대부분이 흘러가기 때문이지요. 인간은 밟는 것도 조심스러운 거대한 대초원에 둘러싸여서 자녀를 낳고 자녀들에게 그들의 능력을 사용하는 것을 가르치며 살아가지요. 우리는 올리고 세에서 시작해서 '회복 계획'을 취소한 바로 그 순간까지의 시간을 지키기 위해 수천 년의 시간을 이동하죠. 그래요. 그곳이 우리의 사법권이 끝나는 지역이지요. 그 순간 너머로 있는 시간은 감시가 부족한 시간여행 이후의 시간대라 특성상 시간여행이 야기하는 모든 종류의 수정이 일어날 수 있습니다. 반면 과거는 성스러운 시간으로 간주되어 변함이 없어야 합니다. 그 조직을 조금이라도 조작하면 시간의 질서에 대한 범죄가 됩니다."

여행자는 팔짱을 끼고 잠시 말을 멈추고 청중들을 따듯한 시선으로 바라보았다. 그의 목소리는 다시 말을 시작할 때 열광적으로 울렸다.

"세계의 비망록이 보관된 곳을 '진실의 도서관'이라고 부르는데, 나는 도서관 사서 중 한 사람이고 19세기를 지키는 일을 담당합니다. 그것을 위해 올리고세에서 여기까지 이동했고 몇 십 년 사이에 소규모 시간의 도약을 통해 모든 것이 질서정연한지를 확인하지요. 하지만 여러분이 상상하다시피 이곳에 도착하는 것이 수십 세기의 도약을 할 수 있는 내게도 힘든 일입니다. 통과해야 할 시간이 이천만 년 이상이고 여러분에게는 미래인 것을 감시해야 하는 도서관 사서들은 더 긴 시간을 통과해야 하니까요. 그런 이유로 우리는 집과 장소들이 밀집되어 있는 둥지라고 부르는 시간대에서 도중에 잠시 쉬기 위해 멈출 수 있지요. 이 건물은 여행자들을 위한 그러한 은닉처 가운데 하나입니다. 여러분이 이미 예상했듯이 수십 년 전부터 사람이 살지 않고 있는 이 집은 세기말까지 계속 그럴 것입니다. 유령의 저주를 받고 있어서 호기심 어린 사람들이 얼씬도 하지 않는 이 건물보다 숨기에 더 적당한 곳이 어디 있겠어요?"

마커스는 다시 침묵했는데 그것으로 자신의 설명이 끝났음을 알렸다.

"오늘날 우리 세계는 어떤가요, 비정상적인 것이 존재합니까?" 스토커가 재미있다는 듯 물었다. "원래보다 파리의 수가 더 많습니까?"

여행자는 아일랜드인의 농담에 웃었으나 쓸쓸한 웃음이었다.

"대개 늘 무언가 문제점이 있기는 하지요." 우울한 말투로 말했다. "실제로 제가 하는 일은 매우 재미있어요. 19세기는 시간여행자들이 복잡하게 얽히는 가장 즐거운 시대 중 하나인데, 아마도 대부분의 시간 조작이 엉뚱한 결과를 가져오기 때문일 겁니다. 아무리 많은 문제를 해결해도, 돌아올 때마다 상황이 원래대로 되어 있지 않은 것을 발견하지요. 당연히 이번에도 마찬가지일 겁니다.”

“무엇이 변해 있을 거 같은가요?” 제임스가 물었다.

웰스는 제임스의 신중한 목소리에서 그가 별로 그 대답을 듣고 싶어 하지 않는다는 점을 감지했다. 그가 태어날 때부터 갖고 있는 점처럼 그를 항상 따라다니는 고독을 달래 주는 화려한 클럽에 대한 것인가? 아마 시간여행자들이 첫 번째 클럽을 만들기로 결정할 때까지 클럽은 존재하지 않았을지도 모를 일이다. 이제는 우주가 그 본래의 모습을 회복하기 위해 모든 클럽을 다 없애 버려야 할지도 모른다.

“아마 놀라시겠지만 잭 더 리퍼를 잡지 말아야 했어요.”

“그게 정말인가요?” 스토커가 물었다.

마커스는 고개를 끄덕였다.

“안타깝지만 그렇습니다. 화이트채플 치안위원회에 제보해서 그를 체포하게 한 사람은 시간여행자였지요. 익명을 원하는 그 ‘증인’ 덕분에 잭 더 리퍼가 체포되었습니다. 하지만 실제적으로 그 일은 일어나지 말았어야 했어요. 1888년 11월 7일 밤, 창녀를 살해한 뒤 시간여행자의 개입이 없었더라면, 잭 더 리퍼로 알려진 선원 브라이언 리즈는 예정된 대로 카리브해로 가는 배를 타려 했겠지요. 마나과에서 여러 사람들을 죽이면서 잔인한 취미를 계속하려 했지만 거리가 멀어서 어느 누구도 그 범죄를 이스트엔드의 창녀들을 살해한 사건과 연관시키지 않을 것이고, 역사적으로 잭 더 리퍼의 정체는 비밀을 간직한 채 그냥 묻혀 버렸겠지요. 그 비밀은 세상에서 가장 유명한 것 가운데 하나가 될 텐데, 그의 칼이 흘린 피만큼이나 기사를 쓰느라 잉크도 많이 사용되어 런던경찰청의 문서보관소를 조사하는 일은 그다음 세기의 연구자와 형사들이 가장 선호하는 취미거리가 되었을 겁니다. 이들은 시간이 괴물 같은 신화로 만든 그 그림자의 실체를 가장 먼저 밝혀내려고 조바심을 내겠지요. 아마도 조사 일부가 왕실을 겨냥한다는 것을 안다면 놀라실 겁니다. 누구든지 창녀들의 내장을 꺼낼 동기가 있을 수 있지요. 이 경우 보시다시피 대중의 상상력은 대단하지요. 그를 제보해서 시간에 변화를 일으킨 여행자는 살인자가 누군지 알고 싶은 호기심을 극복하지 못했다고 봅니다. 웰스 씨, 당신이 예측했듯이 그들은 변화를 감지하지 못했는데 우주의 다른 사람들과 마찬가지로 자신들이 만든 물결의 피해자들이었기 때문이지요. 하지만 이 변화를 해결하는 것은 매우 간단하지요. 11월 7일 밤으로 돌아가서 시간여행자가 조지 러스크가 이끄는 치안위원회에 제보하는 것을 막으면 됩니다. 그렇게 되면 역사는 다시 쓰이겠지요. 아마도 이 변화를 여러분은 별로 기분 좋게 여기지 않겠지만 난 무슨 수를 써서라도 그 신고를 막아야 합니다. 이미 말씀드렸듯이 과거를 변화시키는 어떤 조작도 범죄니까요."

"그러니까 우리가 …… 평행우주에 있다는 말인가요?" 웰스가 물었다.

마커스는 놀라서 그를 바라보고 동의했다.

"바로 그겁니다, 웰스 씨."

"도대체 평행우주가 뭡니까?" 스토커가 물었다.

"그것은 다음 세기까지 정립되지 않을 개념인데, 다음 세기에는 시간여행이 작가들과 물리학자들의 판타지일 뿐이지요." 여행자가 아직도 놀란 표정의 웰스를 바라보면서 설명했다. "평행하는 우주는 보호막이 없는 과거가, 변해서는 안 되는 경우 일어날 수 있는 시간적 모순을 피하기 위한 경로라고 예상되지요. 예를 들어 누군가 시간여행을 해서 자기 어머니가 태어나기도 전에 자기 외할머니를 죽이면 어떻게 될까요?"

"그는 태어나지 않겠지요." 제임스가 즉시 대답했다.

"그의 외할머니가 자기 어머니의 진짜 어머니가 아닐 경우를 제외하고요. 그의 어머니가 입양되었는지를 확인할 수 있는 흥미로운 방법이 되겠군요." 스토커가 농담을 했다.

여행자는 아일랜드인의 말을 묵살하고 설명을 계속했다.

"하지만 만일 그가 태어나지 않았다면, 어떻게 할머니를 죽일 수 있겠어요? 그러한 모순을 해결할 수 있는 유일한 방법으로, 우리 시대의 많은 물리학자들이 과거에서 중요한 변화들이 일어나면 평행우주를 만들 거라고 주장하지요. 그 우주에서 살인자는 그의 외할머니를 죽인 뒤 사라지지 않고 계속해서 살아가는데, 이제 다른 세계에서 살아가지요. 즉 그가 외할머니의 운명을 바꾸면서 방아쇠를 당기는 순간에 그의 우주가 나온 줄기와는 다른 현실에서 말입니다. 하나의 이론일 뿐이지요. 과거에서의 변화가 평행하는 세계를 만들어 내느냐 아니냐는 것을 확인하기 위한 유일한 방법은, 이미 말씀드렸듯이, 우리가 비교할 수 있는 원래 우주의 복사본을 확보하는 것이지요. 만일 우리가 그 복사본을 가지고 있지 않다면, 지금 내가 여기서 잭 더 리퍼의 정체를 나타내는 비밀에 대해 여러분에게 말씀드리지 않을 겁니다. 왜냐하면 비밀이 없을 테니까요."

웰스는 침묵으로 동의했고 스토커와 제임스는 당황해하면서 서로를 바라보았다.

"신사 여러분, 제 말을 계속 들어보십시오. 여러분이 더 잘 이해할 수 있도록 한 가지를 보여 드리지요."

시간여행자는 즐거운 미소를 지으며 계단을 올라가기 시작했다. 잠시 주저하다가 작가들도 그의 부하들의 에스코트를 받으면서 그를 따라갔다. 위층으로 올라가자 마커스는 유연하게 걸어가 그들을 한 방으로 안내했다. 그 방의 벽 한쪽에는 먼지가 쌓인 책들이 가득한 서고가 있고, 망가진 의자 두 개와 낡은 야전용 침대가 있었다. 웰스는 그것이 로버트 워보이스 경, 리틀턴 경과 유령에 대항하려 했던 영국의 어리석은 사람들이 잠을 자던 침대인지 궁금했지만 총알의 흔적을 찾기 위해 그 침대를 조사할 시간이 없었다. 마커스가 곧 벽에 나사로 고정시킨 등잔을 잡아당기자 가짜 서고는 사라지고 그 중간이 열리면서 그 뒤로 넓은 장소가 드러났다.

여행자는 그의 부하들이 야생동물처럼 어둠 속에서 움직이며 등을 밝히기를 기다렸다가 방에 불이 들어오자 그들을 안으로 초대했다. 제임스와 스토커가 머뭇거리자 웰스가 선두로 나서 쥐처럼 살금살금 그 신비스런 장소로 들어갔다. 입구 옆에서 두 개의 떡갈나무로 만든 큰 탁자를 발견했는데 그 위에는 책, 메모가 적힌 공책과 그 시대의 신문들이 쌓여 있었다. 분명 여행자는 범인을 잡으려고 거기서 그들 시대를 연구했을 것이다. 하지만 안쪽에 웰스의 관심을 더 끄는 것이 있었다. 총천연색 끈으로 된 거미줄 같은 것에 신문기사를 오린 것들이 걸려 있었다. 제임스와 스토커도 끈을 엮어 놓은 것의 정체에 관심을 보였다. 여행자가 고개로 따라오라는 시늉을 하자 모두 그곳으로 갔다.

"이게 뭡니까?" 웰스가 그의 옆으로 가서 물었다.

마커스는 자부심을 갖고 미소를 지었다.

"시간의 지도입니다." 대답했다.

작가는 놀라서 그것을 바라보았다. 그는 줄이 엮인 형상을 좀 더 오래 쳐다보며 자세히 검토했다. 멀리서 볼 때는 거미줄 모양 같았는데, 가까이 보니 가문비나무나 생선뼈처럼 보였다. 흰 줄은 대략 바닥에서부터 1미터 50센티미터 높이까지 늘어져 있는데, 그곳의 벽과 벽을 가로지르면서 안내자 역할을 했다. 흰색 줄에서 나온 초록색과 푸른색 끈들은 측면 벽의 못에 걸려 있었다. 그것들은 오려진 신문기사를 장식처럼 달고 있었다. 웰스는 고개를 숙인 채 그 기사들의 제목을 보려고 이리저리 둘러보았다. 마커스가 승낙하자 그의 동료들도 그 기사들을 살펴보기 시작했다.

"흰 줄은," 여행자가 안내역을 맡은 끈을 가리키면서 설명했다. "우주의 본래 모습을 가리키지요. 여행자들이 과거를 바꾸기 전에 존재하던 유일한 역사 말이지요. 제가 보호해야 할 우주이죠."

웰스는 흰색 끈의 한쪽 끝에 희미한 빛을 발하는 사진이 걸려 있는 걸 보았다. 놀랍게도 컬러사진에는 티 없이 맑은 푸른 하늘 아래 우뚝 선 돌과 유리로 된 웅장한 건물이 서 있었다. '진실의 도서관'임에 틀림없었다. 그 끈의 반대쪽 끝에 '회복 계획'의 취소와 과거를 바꾸는 것을 금지하는 법이 통과되는 것을 알리는 기사가 걸려 있었다. 두 증거 사이의 줄을 따라서 중요한 사건을 알리는 기사들이 많이 걸려 있었다. 웰스는 그중 많은 사건들을 알았고 일부는 인도의 반란이나 '피의 일요일'처럼 그가 겪은 것이기도 했다. 줄이 밑으로 내려감에 따라서 기사의 제목들이 점점 더 낯선 내용들이었다. 아직 일어나지 않은 사건들, 시간 흐름의 굽이에서 그를 기다리는 것들이 대부분, 기이하게 불길한 사건들이라는 생각에 갑자기 현기증이 났다.

웰스는 계속 검토하기 전에 그의 동료들도 자기처럼 흥분과 두려운 감정을 경험하는지 보려고 그들을 바라보았다. 스토커는 한 기사만 유독 최면에 걸린 것처럼 읽고 있었고, 제임스는 대충 훑어본 뒤 경멸스런 동작을 취하면서 지도에 관심을 보이지 않았다. 마치 침울하고 난해한 그 미래가 자신이 행운아처럼 살아가고, 교만한 물고기처럼 자유자재로 움직일 수 있는 현실보다 통제하기가 더 어려워 보이는 것 같았다. 미국인은 그 줄에 나타난 끔찍한 세상에서 살아가지 않아도 되는 것에 대해서 크게 안도하는 것 같았다. 웰스도, 미래의 사건에 대해 알게 되면 자신의 행동에 좋지 않은 결과를 가져올까 두려워 기사에서 눈을 떼려고 노력했다. 하지만 다른 사람들이 간절히 갖고 싶어 하는 기회를 얻었기에, 병적인 흥분을 느끼며 허겁지겁 기사들을 읽었다.

그럼에도 불구하고 구체적인 한 기사에서 멈추지 않을 수 없었다. 이 기사의 제목으로 추정하자면, 그것은 시간이동의 첫 번째 사건 가운데 한 기사였다. '시간여행자'라는 놀라운 제목으로 쓰인 그 기사는 1984년 4월 12일 오전에 올센 백화점이 개장했을 때 직원들이 그 안에서 한 여성을 발견한 내용을 실었다. 처음에는 그녀가 도둑이라고 생각했으나 그 안으로 어떻게 들어가게 되었는지 조사한 결과 그 여성은 그냥 그곳에 나타났다고만 대답했다. 하지만 그 사건의 가장 특이한 점은 이상한 옷차림을 한 그 낯선 여성이 미래, 구체적으로 2008년에서 왔다고 주장한 것이다. 여성은 그녀의 집에 강도가 침입해 방까지 쫓아와서 그녀를 가두었다고 말했다. 도둑이 문을 부수려고 두들기는 소리에 놀라서 현기증을 느꼈는데, 잠시 후 올센 백화점에 나타났다는 것이다. 24년 전의 시대에, 바닥에 뻗은 채 저녁에 먹은 것을 토하면서 말이다. 그 여성은 경찰에서 조사를 받을 수가 없었다. 앞뒤가 맞지 않는 말을 한 뒤 다시 신비롭게 사라졌기 때문이다. "미래로 돌아갔을까?"라고 신문기자는 의혹이 섞인 질문을 던진다.

"정부는 그 여성이 모든 것의 시작이라고 추정하지요." 마커스가 경의를 표하며 말했다. "왜 어떤 사람들은 시간여행을 하고 다른 사람들은 하지 못할까, 라고 많은 사람들이 궁금해 했지요. 정부도 그런 질문을 했고 유전적인 분석이 그 질문에 대한 답을 주었어요. 이동을 하는 사람들은 변형유전자를 갖고 있는데, 현재 여러분은 모르는 개념이지요. 몇 년이 지난 뒤 네덜란드의 생물학자가 주장해서 알려질 거라고 생각합니다. 그 유전자가 시간이동을 하는 사람들에게는 두뇌에서 그 기능을 관할하는 부분을 활발하게 하지만 다른 사람들에게는 그것이 금지되어 있는 거지요. 연구에 의하면 유전이라고 하더군요. 시간이동을 하는 모든 사람들은 동일한 조상으로부터 왔다는 것인데, 정부는 그 유전자의 첫 번째 소유자가 누구인지 정확히 규명하지는 못했지만 그 여성일 거라고 추정하지요. 많은 사람들이 그녀가 시간여행을 할 수 있는 남성과 아이를 낳았을 거라고 생각합니다. 그런 식으로 그들의 자손이 강화된 유전자를 물려받아 시간여행자들의 혈통이 시작되었고 다른 주민들과 섞이면서 몇 십 년이 지난 뒤 시간여행자들이 증가하게 된 겁니다. 그럼에도 불구하고 그녀를 찾으려는 어떤 시도도 성공을 거두지 못했어요. 기사에 의하면 그 여성은 올센 백화점에 나타난 지 몇 시간 만에 사라졌고 그녀에 대해서 더 이상 알려진 바가 없습니다. 저를 비롯해서 일부 시간여행자들은 그녀를 성모처럼 존경하지요."

웰스는 놀라고 두려워하는 평범해 보이는 그 여성의 사진을 애정 어린 눈빛으로 자세히 들여다보면서 미소를 지었다. 마커스가 시간여행의 여신이라고 추앙한 그녀는 자신에게 무슨 일이 일어났는지 믿을 수 없어 하며 어리둥절해 보였다. 아마도 자신이 미쳤다는 생각에 자살하지 않았다면 다른 시간이동을 했을 것이고 먼 시대를 헤매 다닐 것이다.

"다른 끈들도 각자 병행하는 세계를 나타내지요." 마커스가 작가들의 주의를 끌면서 말했다. "시간이 흘러야 할 원래 길에서 이탈한 것이지요. 초록색 끈들은 이미 수정된 우주들입니다. 향수 때문에 그것들을 간직하고 있는데 원래 세계로 복구하는 방법을 연구하는 도중에, 솔직히 말해 그 병행하는 현실 가운데 일부는 매력적이라는 사실을 발견했지요."

웰스는 여왕을 그린 여러 개의 초상화와 이미 알고 있는 사진이 걸려 있는 초록색 끈을 관찰했다. 여왕의 어깨에 앉아 있는 오렌지색 털의 작은 원숭이를 제외하고는 그의 시대와 동일한 초상화였다.

"그 끈은 내가 가장 좋아하는 평행우주 가운데 하나지요." 마커스가 말했다. "다람쥐과 원숭이에 심취해 있던 한 사람이 살아 있는 모든 것은 에너지, 신체적인 자기를 만들어 낸다는 별난 아이디어를 폐하께 설득하려 했었죠. 그는 이 에너지는 치료효과를 갖고 있다고 말하는데 특히 앞서 말한 원숭이가 위장질환과 두통에 효능이 있다고 주장했지요. 여러 시대의 신문을 연구하면서 여왕의 사진에서 그런 당혹스런 내용을 발견하고 내가 얼마나 놀랐는지 상상해 보시오. 그게 다가 아닙니다. 여왕 폐하 덕분에 어깨에 작은 원숭이를 데리고 다니는 것이 유행이 되어 런던 거리를 산책하는 것이 매우 즐거운 구경거리가 되었지요. 하지만 불행하게도 역사는 훨씬 더 따분하고 나는 그것을 해결해야 합니다."

웰스는 곁눈질로 제임스를 관찰했는데 원숭이를 등에 지고 다녀야 하는 세계에 태어나지 않은 게 다행이라고 안도의 한숨을 쉬는 것 같았다.

"파란색 줄은 반대로 아직 수정해야 할 시간의 선들입니다." 마커스가 설명을 계속했다. "이 파란색 줄은 지금 우리가 있는 세상인데 원본과 완전히 동일한 세상이지요. 하지만 여기서 잭 더 리퍼는 다섯 번째 희생자를 죽이고 전설적인 인물이 되어 신비스럽게 사라지지 않고 범죄를 저지른 뒤 화이트채플의 치안위원회에 체포됩니다."

작가들은 마커스가 언급한 선을 호기심을 가지고 관찰했는데 그 선은 첫 번째 기사에서 시간의 일탈을 가져온 사건, 잭 더 리퍼의 체포를 다루었다. 그 뒤로 나온 다른 기사들은 창녀들을 살해한 선원 브라이언 리즈의 처형에 대한 내용들이다.

"하지만 보시다시피 그것이 유일한 파란색 줄이 아닙니다." 여행자가 다른 줄에 관심을 기울이면서 말했다. "이 두 번째 줄은 아직 일어나지 않은 일탈을 의미하지만 앞으로 며칠 안에 일어날 예정입니다. 신사 여러분, 그건 여러분과 관계가 있지요. 그래서 여러분이 이곳에 오신 겁니다."

마커스는 게임의 방향을 바꿀 카드를 내밀 때 지체하는 포커 선수처럼 초대자들을 보지 않고 줄에서 첫 번째 기사를 꺼내 손에 쥐고 있었다.

"내년에 멜빈 프로스트라는 무명의 작가가 세 권의 책을 출간할 텐데 하룻밤 사이에 명성을 얻고 문학사에 남게 될 겁니다." 그가 말했다.

말을 멈추고 초대자들을 차례로 바라보다가 그의 시선이 아일랜드인에게 멈추었다.

"스토커 씨, 그중 하나가 『드라큘라』인데 당신이 방금 끝낸 소설이지요."

아일랜드인은 놀란 표정을 지었다. 웰스는 그를 흥미롭게 관찰했다. 『드라큘라』라고? 궁금했다. 무슨 뜻일까? 웰스는 당연히 그것을 알지 못했고, 그 전에 언급한 서너 가지 사항을 제외하고는 스토커에 대해 아는 바가 없었다. 조심스럽고 조직적이고 정중한 그 남자, 낮에는 피곤한 공공생활에 우쭐대는 상사의 비위를 맞추는 노예근성으로 행동하는 그 남자, 밤에는 모든 계층의 창녀들이 주재하는 술잔치에 빠져드는 그 남자에게도 존경할 만한 목표가 있었다. 그것은 아들 어빙 노엘을 낳은 이후 무언극으로 변해 버린 부부의 소원한 관계가 빚은 슬픔을 달래는 것이었다.

"스토커 씨, 당신은 아직 모르지만 그리고 비록 그런 꿈도 꾸지 못하겠지만, 당신 소설은 『성경』과 셰익스피어의 『햄릿』 다음으로 전 세계에서 가장 많이 읽힌 영어로 된 세 번째 작품이 될 겁니다." 여행자가 그에게 말했다.

"당신 작품, 『드라큘라』는 문학의 신전에 들어가게 되고 불멸의 존재가 되지요."

스토커는 미래에 자신의 책이 고전 취급을 받는다는 이야기를 듣고 가슴이 긍지로 부풀어 올랐다. 그의 어머니는 그의 원고를 읽은 뒤 그가 당대 작가들 가운데 큰 명성을 얻을 거라고 예측한 메모를 써서 그에게 주었다. 그때 이후로 그는 그 메모지를 주머니에 항상 지니고 다녔다. 그가 그럴 만한 자격이 없나? 그는 자문했다. 그가 6년이란 긴 시간을 매진한 그 작품은 부다페스트 대학의 동양 언어학 교수이자 심령학 전문가인 아르미니우스 밤베리 박사가 그에게 원고를 빌려 주었을 때부터 시작되었다. 그 원고에서 터키인들은 포로들을 끝이 뾰족한 말뚝에 찔러 죽이면서 그들의 피가 담긴 차를 마시는 취미 때문에 '찔러 죽이는 블라드'로 더 많이 알려진 발라키아 황태자 블라드 테페슈의 잔인한 사건들을 이야기한다.

"프로스트의 다른 소설 제목은 『나사의 회전』이지요." 마커스가 이제 미국인을 향해 말을 이었다. "제목이 낯이 익지요, 제임스 씨?"

미국인은 넋이 나가고 말문이 막힌 채 그를 바라보았다.

"물론 그럴 테지요." 마커스가 말했다. "제임스 씨의 반응이 말해 주다시피 그건 제임스 씨가 방금 끝마친 소설인데, 고전의 반열에 오를 매력적인 유령 소설이지요."

감정을 드러내지 않는 완벽한 능력에도 불구하고, 제임스는 자기 소설의 희망적인 운명을 알게 되자 만족감을 감추지 못했다. 그 소설은 그가 타이피스트의 도움을 받아서 쓴 첫 작품이다. 아마도 그래서 그와 종이 사이에 놓인 상징적인 거리감 때문에, 어린 시절의 두려움 같은 사적이고 고통스런 감정에 대해 감히 말을 할 수 있었다. 그것이 그가 호텔이나 하숙집을 떠나 라이에 구입한 조지 왕조풍의 아름다운 집에서 정착하기로 한 결정과 관련이 있다고 추측했다. 자신의 서재에 있을 때였다. 가을 햇살이 방 가득 비추고, 가냘픈 나비가 창문의 유리에 날개를 퍼덕이고 낯선 여성이 괴물 같은 기계의 자판 위에 손가락을 얹고 그의 말을 기다릴 때 제임스는 비로소 캔터베리의 대주교가 오래전에 그에게 들려 준 이야기에 영감을 받은 소설을 쓸 엄두를 냈다. 고립된 곳에서 옛날 하인들의 사악한 영혼에 괴롭힘을 당하며 살아가는 두 어린아이에 대한 이야기였다.

"프로스트의 세 번째 소설의 제목은," 마커스가 이제 웰스를 쳐다보고 말했다. "『투명인간』으로 당신이 방금 끝낸 작품이지요, 웰스 씨. 그 작품도 역시 현대 신화의 신전에 스토커 씨의 『드라큘라』와 함께 중요한 자리를 차지할 겁니다."

이제 자신이 자부심을 가질 차례인가? 웰스가 자문했다. 하지만 그렇게 할 최소한의 이유도 발견하지 못했다. 그가 하고 싶은 유일한 행동은 아무데나 주저앉아 울면서 몸속에 있는 액체를 모두 다 빼내는 것이었다. 그의 소설이 미래에 얻게 될 성공도, 그가 실패했다고 간주하는 『타임머신』과 『모로박사의 섬』처럼 실패로 볼 수 있기 때문이다. 불행하게도 다른 작품들과 마찬가지로 짧은 시간 안에 써야 했던 『투명인간』은 루이스 하인드가 정한 지침을 따른 작품이다. 이 공상과학 소설의 의도는 세계에 과학의 부당한 사용이 야기할 수 있는 위험에 대해 경각심을 갖게 하는 것이었다. 이것은 과학을 늘 인간을 위해 봉사하는 순수한 연금술의 일종으로 제시했던 베른은 결코 시도하지 않은 작업이었다. 하지만 웰스는 베른처럼 그렇게 마음 놓고 낙관적인 태도를 취할 수 없었다. 그래서 이번 경우에도 과학자를 주인공으로 한 기술 사용에 대한 어두운 우화를 썼는데, 주인공은 투명인간이 된 뒤 미쳐 버리고 만다. 하지만 세상 사람들은 그 작품의 진정한 메시지를 간과한 것이 분명하다. 왜냐하면 인간은 과학을 상상할 수 있는 가장 해로운 방법으로 사용했기 때문이다. 마커스가 암시한 바에 따르면, 또한 시간의 지도에서 안내하는 끈에 표시된 놀라운 기사들을 통해 그 사실을 확인할 수 있었다.

마커스는 그때 웰스에게 기사를 건네주며 읽고 난 뒤 다른 사람들에게 전달하라고 했다. 작가는 기력이 없어서 그 기사에 담겨 있을 칭찬의 글을 읽지 못하고 사진만 쳐다보았다. 거기에 타자기 위에 우스꽝스럽게 기대고 있는 키가 작고 깔끔한 프로스트라는 사람이 보였다. 그 타자기가 그의 소설들이 나오는 샘물인 것 같았다. 그리고 기사를 제임스에게 건네주자 그는 성의 없이 훑어보고 스토커에게 건네주었다. 스토커는 처음부터 끝까지 다 읽었다. 상갓집에서 밤샘할 때 드리워진 것 같은 적막을 깨뜨린 사람은 아일랜드인이었다.

"어떻게 이 작자가 우리와 똑같은 소설을 쓸 수 있습니까?" 믿을 수 없다는 듯이 물었다.

제임스는 축제 때 재롱을 떠는 원숭이들을 향해 보내는 경멸적인 표정으로 그를 바라보았다.

"정말 순진하시군요, 스토커 씨." 그를 나무랐다. "이분이 우리에게 하려는 말은 프로스트 씨에게 그런 소설의 아이디어가 떠오른 게 아니라 우리가 그것들을 출간하기 전에 그가 우리 걸 훔쳤다는 겁니다."

"바로 그겁니다, 제임스 씨." 여행자가 확인해 주었다.

"그렇다면 우리가 그를 고발하는 걸 어떻게 막았을까요?" 아일랜드인이 다시 물었다.

"여러분이 그 대답을 알고 있을 거라고 확신하는데요." 마커스가 대답했다.

웰스는 무기력함을 떨치고 대화에 다시 흥미를 갖기 시작하다가 갑자기 소름이 끼쳤다.

"제 생각이 틀리지 않다면, 라이스 씨가 하고 싶은 말은," 다른 사람들이 겪고 있는 혼란을 해소하기 위해서 설명했다. "누군가의 입을 틀어막는 가장 좋은 방법은 그 사람을 죽이는 거라는 거지요."

"죽인다고요?" 스토커가 호들갑을 떨었다. "그 프로스트라는 사람이 우리 작품을 차지하고 우리를 …… 죽인단 말인가요?"

"그렇다고 생각합니다, 스토커 씨." 마커스가 자신의 말에 불길한 뉘앙스를 풍기면서 말했다. "내가 이 시대로 온 뒤 멜빈 프로스트라는 사람이 그런 소설들을 출간했다는 기사를 발견하고 서둘러 당신들, 즉 실제 작가들은 어떻게 되었는지 알아보았지요. 이런 소식을 알려드리게 되어 안타깝지만 세 사람은 그 다음 달 목숨을 잃게 됩니다. 웰스 씨는 자전거 사고로 목이 부러지지요. 스토커 씨는 극장 계단에서 굴러떨어지고요. 그리고 제임스 씨는 집에서 심장마비를 일으키는데, 다른 두 분의 동료와 마찬가지로 타살에 의한 죽음이지요. 프로스트가 직접 그랬는지, 아니면 그가 고용한 다른 사람이 저지른 짓인지는 모르겠습니다. 다만 프로스트의 체격이 좋지 않으니 두 번째가 더 신빙성이 있어 보입니다. 실제로 프로스트는 시간여행자의 전형으로 자신의 세계로 돌아가기가 겁나서 새로운 삶을 시작하려고 과거 어느 시대에 정착하기로 하지요. 그것은 어느 정도 이해할 수 있고 합법적이지요. 하지만 문제는 그들 대부분이 고전적인 방법으로 돈을 버는 것, 즉 이마에 땀을 흘리면서 일하는 것을 매우 어리석은 일이라고 간주하지요. 더군다나 부자가 될 수 있는 미래에 대한 충분한 지식을 갖고 있을 때는 말이죠. 부자가 되려는 계획을 실행에 옮길 때 대부분은 과거를 수정해서 프로스트처럼 자신을 드러내게 되지요. 그렇지 않으면 우리는 결코 그것을 밝히지 못합니다. 하지만 여러분을 여기에 모이라고 한 건 미래의 죽음에 대해 얘기하면서 겁이나 주려던 것이 아니라 그 일을 사전에 방지하기 위해서입니다."

"그렇게 할 수 있나요?" 스토커가 갑자기 희망을 갖고 물었다.

"할 수 있을 뿐 아니라 그건 내 의무이기도 합니다. 여러분의 죽음은 내가 보호해야 할 시대에 중요한 변화를 일으키기 때문이지요." 마커스가 대답했다. "여러분을 도와주는 것 외에 다른 의도가 없다는 것을 잘 이해하시기 바랍니다. 당신도요, 웰스 씨."

웰스는 놀랐다. 마커스는 자신이 의심을 품고 약속장소에 나온 것을 어떻게 알았을까? 여행자와 그 동료들의 시선을 따라가자 그 대답을 알 수 있었다. 그들은 웰스의 왼쪽 발에 시선을 고정했는데, 그 옆에 그가 등에 묶었던 칼이 떨어져 있었다. 그것을 지탱하는 매듭이 풀린 것 같았다. 웰스는 부끄러워하며 칼을 집어 주머니에 넣었다. 제임스는 못마땅하다는 듯 고개를 저었다.

"여러분 모두는," 여행자가 개의치 않고 말을 이었다. "여러분은 본래의 우주에서는 오랫동안 사실 거라는 점을 분명히 말씀드리죠. 그리고 계속해서 작품을 출간하면서 독자들을 기쁘게 할 겁니다. 나 역시 그중 한 사람이죠. 하지만 다른 정보는 말씀을 드릴 수 없다는 점을 양해해 주십시오. 이 작은 문제를 해결한 뒤 여러분이 자연스럽게 행동하시기 위해서입니다. 실제적으로 여러분 앞에서 내 자신을 드러내지 않고 개입해야 했지만 교활한 프로스트라는 작자는 여러분의 죽음을 막기 위해 필요한 자료를 구하지 못하도록 신중하게 여러분을 제거할 것이기 때문에 어쩔 수 없었지요. 예를 들면 스토커 씨, 언론에서 밝힌 당신의 사망시각 같은 정보 말입니다. 난 단지 당신이 사고를 당한 날짜만 알고 있을 뿐입니다. 제임스 씨의 경우는 그조차도 모릅니다. 당신의 죽음은 이웃사람에게 시신이 발견되고 나서야 알려졌으니까요."

제임스는 마지못해 고개를 끄덕였다. 아마도 자신의 삶을 둘러싼 호락호락하지 않은 사회에 대해서, 오랫동안 겪어 왔던 그 고독에 대해서 처음으로 인식하는 것 같았다. 그의 죽음은 세상 사람들이 그냥 지나쳐 버릴 조용한 사건이 될 것이라는 인식이랄까.

"여러분을 이곳에 모이게 한 것은 절망적인 선택이라고 할 수 있습니다. 여러분의 협조를 구하지 않고 여러분의 죽음을 막을 수 있는 방법이 떠오르지 않기 때문입니다. 여러분이 도와주실 거라고 믿습니다."

"물론이지요." 스토커가 즉시 대답했다. 며칠 안에 죽는다는 사실을 알게 되자 몸이 좋지 않아 보였다. "그럼 어떻게 해야 합니까?"

"오, 아주 간단합니다." 마커스가 대답했다. "프로스트가 여러분의 원고를 발견하지 않는 한 여러분을 죽이지 않을 겁니다. 그러니 가능한 빨리 내게 가져오십시오. 가능하면 내일 말이지요. 그렇게 하면 이 시간대에서 다른 시간의 갈래가 만들어지지요. 프로스트가 여러분을 죽이지 않을 테니까요. 일단 그 소설들을 확보하면 난 1899년으로 여행해서 다음에 어떻게 행동할지 결정하기 위해 다시 현실을 들여다보며 연구할 겁니다."

"훌륭한 계획 같소." 스토커가 말했다. "내일 원고를 가져오지요."

제임스도 그러겠다고 약속했다. 웰스에게는 그것이 마커스와 프로스트 사이에 두는 체스 게임 같았다. 게임에서 그들은 단순한 졸이었고 그 역시 그의 지시를 따를 수밖에 없었다. 그는 일련의 사건들로 너무 혼돈스러워서 마커스의 제안이 가장 좋은 선택인지 판단이 서질 않았다. 그래서 다른 사람들처럼 그에게 내일 원고를 갖다 주기는 하겠지만, 여행자가 결국 프로스트를 체포하고 미래의 횡포를 해결한다 해도 길리엄 머레이와의 문제를 해결하기 전에는 편안하게 자전거를 탈 수 있다는 보장이 없었다. 그렇게 하기 위해서는 다른 수가 없었다. 그의 생명을 구하려 하는 당사자인 마커스를 가렛 형사가 잡게 하는 수밖에.

시간여행자를 잡는 것보다 더 어려운 일이 있다면 틀림없이 런던에서 새벽에 마차를 잡는 일일 것이다. 제임스, 스토커와 웰스는 버클리 광장의 주변을 한 시간가량 돌아다녔지만 아무 소용이 없었다. 춥고 화가 나서 피커딜리까지 갔을 때 2인용 사륜마차를 발견했다. 갑자기 런던을 덮은 짙은 안개를 뚫고 마차가 다가오는 것을 보았다. 마부석에서 마부는 졸고 있고 말이 능숙한 솜씨로 거리를 지나 저승으로 돌아가는 유령처럼 그들을 보지 못하고 지나가려던 참에, 손을 흔들면서 절망적으로 길을 가로막는 붉은 머리의 거구를 마부가 발견했다. 마차가 갑자기 멈추고 그 뒤를 이어 이삼 분의 시간이 흐르는 동안 작가들은 마부에게 목적지를 알려 주었다. 먼저 스토커의 집으로 가야 하고, 다음에는 제임스가 묵고 있는 호텔, 마지막으로 런던을 벗어나 웰스가 사는 워킹으로 가야 했다. 마부가 노선을 이해했다는 신호를 하자—눈을 깜빡거리며 투덜거렸다—세 사람은 마차에 올라타고 의자에 앉아 발을 크게 벌리고 깊은 숨을 내쉬었다. 구명 뗏목을 붙잡고 며칠을 보낸 뒤 마침내 해변에 도착한 조난자들 같았다.

웰스는 최근 몇 시간 동안 일어난 일에 대해 생각하기 위해 숨 돌릴 시간이 필요했지만, 스토커와 제임스가 자신들의 소설에 대해 이야기를 하기 시작하자 좀 더 기다리는 수밖에 없다고 생각했다. 두 사람만 이야기를 나누는 게 기분이 상하기보다 오히려 마음이 놓였다. 그들은 현실 도피로 문학을 하는 사람, 그것도 모자라 등에 부엌칼을 숨기고 약속장소에 나타난 사람에게 아무 말도 할 게 없어 보였다. 그 역시 두 사람이 나누는 이야기에 전혀 관심이 없어서 창문을 통해 인상적인 짙은 안개를 관찰하면서 대화에는 신경을 쓰지 않으려 했다. 하지만 스토커의 목소리가 너무 커서 같은 마차를 타고 있는 이상 무시할 수가 없었다.

"제임스 씨, 내가 소설에서 의도하는 것은," 아일랜드인이 감정이 격해져서 설명했다. "뱀파이어라는 우아한 악의 화신에 대해 좀 더 깊이 있게 그려 보자는 것이지요. 난 이 뱀파이어에게서 낭만적인 아름다움을 모두 제거하고, 대신 피해자들에게 관능적인 전율 이상의 것을 불러일으키는 기괴한 섹스광으로 약간 탈바꿈시켰어요. 난 내 소설의 주인공인 사악한 뱀파이어에게 민간 신화에서 발견되는 원형적 속성을 부여했죠. 거울에 모습이 비치지 않는다는 특징처럼 물론 몇 가지는 내 아이디어를 추가하기는 했지요."

"하지만 스토커 씨, 악은 구체적으로 표현되면 그 신비한 힘을 많이 잃어버리지요!" 제임스가 공격적인 말투로 소리를 지르는 바람에 상대가 움찔했다. "악은 항상 미묘하게 소개되어야 하고, 불확실한 존재가 되어야 하며, 의문과 현실 사이의 모호한 경계선에 머물러야 합니다."

"무슨 말씀이신지 잘 이해를 못 하겠는데요, 제임스 씨." 상대가 진정하자 아일랜드인이 작은 소리로 말했다.

제임스가 깊은 한숨을 내쉬고 이 이야기에 대해 좀 더 깊이 있게 나아갔지만 스토커의 당황하는 표정을 보고 웰스는 아일랜드인이 점점 더 혼란의 늪에 빠지고 있다는 생각을 했다. 마차가 스토커의 집 앞에서 멈추자, 마차에서 내리는 붉은 머리의 거구는 정신이 하나도 없어 보였다. 스토커의 탈영 후―웰스의 눈에는 꼭 그가 탈영한 것처럼 보였다―상황은 더 악화되었다. 두 사람이 다시 무거운 침묵에 빠졌기 때문이다. 하지만 예의 바른 제임스가 호텔로 가는 동안 마차를 함께 타고 가는 사람들끼리 나눌 수 있는 시시콜콜한 대화를 나누도록 말을 걸었다.

마침내 웰스가 혼자 남게 되자 감사의 표시로 하늘을 향해 팔을 벌렸다. 마차가 도시를 뒤로한 채 달리는 동안 그는 곰곰이 생각에 잠겼다. 생각할 게 많았다. 끈에 매달린 미래의 내용들부터 시간을 마치 공간처럼 지도를 그릴 생각을 한 사람이 있다는 놀라운 생각까지, 정말로 중요한 문제들이 많이 있었다. 그런데 그걸 다 잊어버려야 할지, 아니면 기억해야 할지 알 수가 없었다. 그것은 결코 차트로 만들 수 없는 영역인데, 흰 줄의 끝이 어떻게 될지 모르기 때문이다. 아니면 아마도 알 수 있을까? 자기 소설 속의 시간여행자처럼, 실제 시간여행자들이 아주 머나먼 미래, 시간의 가장자리, 맨 끝을 발견한다면? 하지만 그런 것이 존재할까? 시간이 어느 순간에 끝날 수도 있을까, 아니면 영원히 계속될까? 그렇다면 종말은 인간이 멸종하고 지구상에 다른 아무런 생명체도 남아 있지 않을 바로 그 순간이 되어야 하는데, 아무도 그것을 측정할 수 없고 아무도 그 흐름을 알지 못하면 시간은 어떻게 될 것인가? 시간은 단지 낙엽과 아물어 가는 상처와 게걸스럽게 먹는 나무벌레와 점점 커지는 산화물과 지쳐 가는 마음에서만 존재할 것이다. 만일 그것을 지적할 사람이 거기에 없다면 시간은 아무것도 아니며, 절대적으로 아무것도 아니다.

평행우주 덕분에 비록 시간에 신뢰성을 줄 누군가, 아니면 무엇인가가 그곳에 항상 있다고 하더라도 말이다. 틀림없이 평행하는 세상은 존재했다. 지금은 그것을 확실하게 알고 있는데, 그 자신이 20일 전에 앤드류 해링턴의 생명을 구하기 위해서 그에게 말한 것처럼 그 세상들은 과거를 최소한도로 변형시키며 나뭇가지처럼 원래의 우주에서 파생된 것들이다. 그것을 발견한 것이 자기 소설이 성공한다는 사실보다 더 큰 만족감을 주었다. 그의 강력한 직감과 두뇌의 효율적이고 거칠 것이 없는 기능을 말해 주기 때문이다. 아마도 그의 머리는 마커스처럼 시간에서 이동할 메커니즘을 가지고 있지는 않지만 평범한 사람 이상의 훌륭한 추리력은 갖고 있는 것 같았다.

시간여행자가 그들에게 보여 준 지도에는 여러 가지 색깔의 끈으로 마커스가 해결해야 할 평행하는 우주가 나열되어 있었다. 그는 그때 그 지도가 미완성임을 깨달았다. 지도는 여행자의 직접적인 행동에 의해서 생긴 세계만 나타나 있기 때문이다. 그렇다면 우리 자신들의 행동은 어떻게 되었을까? 평행우주들은 신성한 과거를 조작하는 행위에서만 분열되어 나오는 것이 아니라 우리가 내리는 결정 하나하나에서도 나온다. 노란색 줄들이 달린 흰 줄이 있고, 인간의 자유의지에 의해 생긴 세상을 나타내는 많은 줄들이 새롭게 첨가된 마커스의 지도를 상상해 보았다.

마차가 그의 집 앞에서 멈추었을 때 웰스는 생각에서 빠져나와 마차에서 내렸다. 밤이 깊은 시간에 도시를 벗어난 마부에게 팁을 듬뿍 주고 철책을 열고 정원으로 들어가면서 잠을 자야 하나, 말아야 하나 망설이면서 그 선택이 시간의 조직에 어떤 결과를 가져올지 생각했다.

바로 그때 붉은 머리카락의 낯선 소녀를 보았다.

마르고 창백하고 이글거리는 불꽃처럼 어깨 위로 타오르는 붉은 머릿결을 가진 소녀를 며칠 전에 본 기억이 있었다. 마커스의 세 번째 범죄사건 주변에 몰려든 군중 사이에서 그녀를 보았을 때, 그녀는 관심을 끄는 기이한 시선으로 그를 바라보고 있었다.

"당신은?" 웰스가 걸음을 멈추고 외쳤다.

소녀는 아무 말도 하지 않았다. 고양이처럼 사뿐사뿐 걸으면서 그가 있는 곳까지 다가와서 무언가를 내밀었다. 작가는 편지임을 알아챘다. 너무 당황해서 눈처럼 하얀 손에서 그것을 받았다. 'H. G. 웰스에게, 1896년 11월 26일 밤 전달.'이라고 뒷장에 씌어 있었다. 그 소녀는 일종의 메신저인 셈이었다.

"그 편지를 읽으세요, 웰스 씨." 늦은 오후 미풍이 창의 커튼을 흔들 때 내는 소리를 연상시키는 목소리로 그녀가 말했다. "당신의 미래가 거기에 달려 있어요."

그 말을 하고 소녀는 그를 신성한 토템처럼 문 옆에 세워 둔 채 울타리 밖으로 향했다. 웰스는 돌아서서 소녀를 향해 뛰었다.

"이봐요, 잠깐 기다려요!"

그는 가다가 도중에 멈추었다. 소녀는 사라지고 단지 그녀의 향기만이 허공을 맴돌았다. 하지만 웰스는 철책의 삐걱대는 소리를 듣지 못했다. 마치 그에게 편지를 전해 준 뒤 증발한 것 같았다. 감쪽같이 사라진 것이다.

잠시 그곳에 머물면서, 봄의 차분한 고동 소리를 들으며 낯선 여자의 냄새를 맡아 보다가 집 안으로 들어가기로 했다. 숨을 죽이고 거실로 들어가 등불을 켜고 의자에 앉았다. 그 소녀의 출현에 아직도 기분이 얼떨떨했다. 만일 그 소녀가 20센티미터 정도의 키에 등에 잠자리 날개를 달고 있었다면 도일이 만든 요정이라고 착각했을 것이다. 누굴까? 궁금했다. 어떻게 갑자기 사라졌지? 대답이 손에 든 봉투 속에 있을 텐데 그런 추측을 하는 것은 어리석었다. 봉투를 뜯어서 안에 있는 편지지를 꺼냈다. 글자를 보자 소름이 끼치고 가슴이 뛰었다. 그는 천천히 읽기 시작했다.

친애하는 버티,

당신이 이 편지를 손에 들고 있다면 분명히 미래에는 시간여행이 가능하다는 이야기이겠지요. 누가 이 편지를 당신에게 전해 줄지 모르지만 확실한 것은 당신이 추측하듯 그녀는 당신의 혈육이자 나의 혈육이라는 이야기인 셈이죠. 내가 곧 당신이니까요. 난 미래의 웰스요. 매우 먼 미래지요. 당신이 이 편지를 읽기 전에 이 사실을 인정해야 할 거요. 내 글씨가 당신 글씨와 같다는 사실이 충분한 증거가 되지 못한다는 사실을 나도 알아요. 능력이 있는 사람은 누구든 글씨를 모방할 수 있으니까요. 그래서 난 우리가 동일한 사람이라는 점을 당신만이 알고 있다고 말하면서 당신을 설득하고자 합니다. 당신 말고, 부엌에 있는 토마토가 가득한 바구니가 단순한 바구니가 아니라는 사실을 누가 알고 있겠소? 좋아요. 이것으로 충분하오, 아니면 좀 더 비겁하게 당신이 사촌 이사벨과 결혼했을 때 수정궁의 나체 동상들을 떠올리며 자위한 일을 상기시켜 줄까요? 당신 인생의 부끄러운 시절을 언급한 것을 부디 용서하길. 하지만 당신에게 토마토 바구니가 어떤 의미인지 아무에게도 드러내지 않는 것처럼, 이 내용도 미래의 자서전에서 절대 고백하지 않을 거라는 점은 확실하오. 그것으로 내가 당신에 관해서라면 모든 것을 연구한 사기꾼이 아니라는 것이 분명해지지요. 절대로 사기꾼이 아니오. 내가 곧 당신이오, 버티. 그것을 인정해야만 당신이 이 편지를 계속해서 읽을 가치가 있어요.

이제 당신이 어떻게 내가 될지 이야기를 하지요. 내일 마커스에게 원고를 전해 주러 갈 때 좋지 않은 충격을 받을 거요. 여행자가 당신들에게 한 이야기는 모두 거짓말이오. 그가 당신들의 작품의 숭배자라는 사실만 빼고. 그는 당신들이 그의 손에 그 귀중한 전리품을 전해 줄 때 미소를 지을 수밖에 없을 거요. 그리고 부하들 가운데 한 명에게 명령을 내리면 그가 먼저 가엾은 제임스에게 총을 쏠 거요. 이미 그 무기가 신체에 일으키는 효력을 보았으니 자세한 설명은 하지 않겠지만, 당신의 옷에 핏방울과 내장이 튀는 상상을 하지 않기란 어려운 일이지요. 그다음 여러분이 반항할 틈도 없이 부하가 다시 총을 쏘는데, 이번에는 놀란 스토커 차례지요. 결국 그도 미국인과 같은 운명에 처할 거요. 계속해서 당신은 두려움에 떨며 그가 당신에게 총을 겨눈 것을 볼 거요. 마커스가 총을 쏘기 전에 부드러운 손짓으로 그를 저지할 겁니다. 그건 그가 당신을 너무나 존경하기에 죽이기 전에 왜 죽어야 하는지 이유를 알려 주기 위해서요. 어찌되었든 당신은 『타임머신』, 시간여행의 유행을 일으킨 책의 작가이기 때문이오. 최소한 당신에게 설명해 주어야 하기에 그의 부하가 당신을 죽이기 전에 당신에게 진실을 이야기하게 되었소. 비록 세 사람을 속이기 위해 어떤 계획을 세웠는지 큰 소리로 자신을 변명하는 것에 불과하지만 말이오. 그리고 사뿐사뿐한 발걸음으로 현관 입구를 우스꽝스럽게 왔다 갔다 하며, 자신은 시간의 감시자도 아니고 실제로 우연이 아니라면 '진실의 도서관'에 대해서도 몰랐을 것이고 국가가 과거를 보호하고 있다는 사실도 몰랐을 거라는 고백을 할 거요.

마커스는 특이한 백만장자로 자기 마음대로 세상을 돌아다니는 드문 사람들 중 하나인데 '시간 부서'가 창설되자 정부의 연구대상이 되었지요. 모든 계층과 조건의 사람들과 만나야 하지만 그 경험이 그렇게 나쁘지는 않았어요. 만일 그 대가로 자신의 질병의 원인에 대한 정보를 얻는다면 견딜 만하겠지요―그는 극도로 긴장된 순간에 시간이동을 몇 번 한 뒤 그 질병에 대해서 관심을 가졌지요―그리고 무엇보다도 만일 그 질병이 야기할 문제점을 알게 된다면 참을 만하겠지요. 그 부서가 해체되었을 때 마커스는 시간여행을 하면서 자신의 능력을 완벽히 통제하는 법을 배웠어요. 한동안 그는 자기 마음대로 여러 세기를 뛰어넘어 과거를 돌아다녔소. 역사적인 해군 전투를 보고 마녀들을 화형에 처하는 것도 보고 미래인의 정액을 창녀와 이집트 노예들의 뱃속에 넣어 주기도 했지요. 그때 자신의 능력을 서적 애호의 열정을 완성하는 데 사용하기로 했소. 마커스의 저택에 있는 도서관에는 16세기의 초판본과 초기간행본들이 소장되어 있소. 그런데 갑자기 그러한 책들을 수집하는 게 우스워 보이고 가치가 없어 보였지요. 결국 다른 사람이 읽을 수 있는 시구를 그 자신도 읽을 뿐이라면, 바이런 경의 『차일드 해롤드의 여행』 초판본을 가지고 있다는 게 뭐 그리 중요한가, 하는 생각을 하게 되었소. 하지만 세상에 단 하나뿐인 작품, 즉 아직 출간되지 않은 작품을 차지한다면 이야기는 달라지겠죠. 마치 영국 시인이 그에게 선물하려고 쓴 시처럼 말이지요. 이제 그는 최근에 터득한 능력으로 큰 어려움 없이 그걸 얻을 수 있지요. 시간이동을 하면 그가 좋아하는 작가들의 작품이 출간되기 전에 그 원고를 훔치고 그리고 그 작가를 죽이고 우주에는 절대 존재하지 않을 작품으로 구성된 유일한 도서관을 갖게 되겠지요. 자신의 도서관에 자신만의 문학 역사를 만들기 위해서 작가들 몇 명 죽이는 것은 그에게 전혀 문제가 되지 않았소. 마커스는 항상 자신이 좋아하는 소설들을 그 작가들과는 상관없이 무에서 비롯된 것으로 간주했고, 작가들도 인간들이니 다른 인간들처럼 증오의 대상일 뿐이었기 때문이오. 그 외에도 신중을 기하기에는 이미 너무 늦은 감이 있었소. 무엇보다도 그가 전통적인 윤리가 범죄라고 평가하는 방법들을 남용하면서 부를 축적한 것을 고려해 본다면 말이죠. 다행히 그는 다른 사람들의 도의로 자신을 평가할 필요가 없었는데, 이미 오래전에 자기 나름의 윤리를 만들었기 때문이오. 그렇게 하지 않으면 절대 그의 계부를 제거하지 못했을 테니 말이오. 계부가 유언장에 자기 어머니를 포함시키자마자 그를 독살시켰으면서도, 매주 일요일 계부의 무덤에 꽃을 가져다 놓는 걸 멈추지 않았소. 결국 그가 가진 모든 건 계부에게서 물려받은 거지요. 거칠고 폭력적인 계부에게서 상속받은 막대한 유산은 생부의 유산에 비하면 정말 아무것도 아니었소. 시간여행을 할 수 있는 그 귀중한 유전자는 그의 발길을 과거로 향하게 했으니까.

그때 그 자신만의 독특한 도서관을 꿈꾸기 시작했소. 그곳에 『보물섬』, 『일리아드』, 『프랑켄슈타인』, 또는 그가 좋아하는 작가 멜빈 애런 프로스트의 세 작품을 비밀리에 간직하는 것이지요. 그는 프로스트의 『드라큘라』를 집어서 그의 사진을 찬찬히 연구했어요. 그렇지요, 그 마르고 왜소한 남자. 악덕과 약점 투성이인 그의 눈에서는 사악한 기운이 스며 나오고, 그는 글을 쓸 때만 기품을 느낄 수 있는 사람이지요. 그가 마커스의 유령의 도서관 건립을 위해 갑작스러운 사고로 죽게 될 작가들 가운데 첫 번째가 될 예정이었소.

그런 의도로 부하 두 명을 데리고 프로스트가 유명해지기 몇 달 전의 우리 시대로 이동을 했소. 그를 찾아서 원고를 편집자에게 전하지 못하게 해야 하니까. 세상의 명예를 더럽히는 비천한 사람들과 자신을 구별해 줄 유일한 물건을 자신에게 건네라고 그에게 총부리를 겨누려고 했지요. 그리고 사고로 위장해 그의 인생에 종지부를 찍으려고 했소. 하지만 놀랍게도 멜빈 프로스트의 흔적을 찾을 수가 없었소. 그를 아는 사람이 없었지요. 그는 마치 존재하지 않는 사람 같았어요. 프로스트 역시 시간여행자이고 그가 당신들의 작품을 차지할 때까지 정체를 드러내지 않을 거라는 사실을 짐작이나 할 수 있었겠소? 하지만 마커스는 빈손으로 돌아갈 생각은 전혀 없었지요. 프로스트가 자신의 문학을 위한 피의 학살을 시작하려고 선택한 작가였기에 무슨 수를 써서라도 그를 찾으려 했어요. 하지만 그의 계획은 그다지 섬세하지 않았소. 프로스트를 은신처에서 나오게 하기 위해 떠오른 단 한 가지 생각은 아무 상관없는 무고한 사람 세 명을 죽이고, 각각의 시신 옆에 세 작품의 첫 부분을 베껴서 범죄현장에 써 놓는 거지요. 그렇게 하면 프로스트의 관심을 끌 거라고 예상한 것이죠. 문장들은 마커스의 예상대로 곧 언론에 실리게 되었소. 그럼에도 불구하고 프로스트는 나타나지 않았소. 마치 아무것도 모르는 것처럼.

절망하고 화가 난 마커스는 부하들에게 범죄현장에 잠복하게 했지만 아무 소용이 없었소. 그런데 그의 세 번째 피해자의 시체 앞에 모여든 구경꾼 중에 누군가 그의 관심을 끌었지요. 프로스트는 아니었지만 그는 마커스에게 동일한 감정을 일으켰지요. 그 낯선 사람은 다른 구경꾼들처럼 그가 두세 시간 전에 죽인 엘리스 부인의 시신과 시신 옆에 서 있는 런던경찰청의 형사를 바라보았어요. 그 형사는 자기 오른쪽에 있는 중년의 남자를 보았을 때 구토를 참으려고 애쓰는 것 같았지요. 그 남자는 그 시대의 전형이었소. 푸른색의 우아한 양복, 끝이 뾰족한 모자, 외알 안경, 입에 물고 있는 파이프 담배, 그 모든 것들이 일부러 위장했음을 암시하고 있었죠. 그러고 나서 그가 손에 들고 있는 책을 보았지요. 멜빈 프로스트의 아직 출간되지 않은 소설 『나사의 회전』이었소. 저 작자가 어떻게 저것을 가지고 있을까? 그도 시간여행자임이 분명했지요. 흥분을 억제하려고 노력하면서 마커스는 안 그런 척하면서 낯선 사람이 손에 들고 있는 소설과 그가 벽에 써놓은 인용문이 동일하다는 사실을 발견하고 미간을 찡그리는 것을 눈여겨보았소.

낯선 사람은 책을 주머니에 집어넣고 그곳을 떠났어요. 마커스는 그를 따라가기로 결심했지요. 낯선 사람은 버클리 광장의 폐가 같은 집으로 갔는데 아무도 보는 사람이 없다는 것을 확인한 뒤 그 안으로 들어갔소. 마커스와 그의 부하들도 따라 들어갔지요. 잠시 후 낯선 사람을 공격해서 몇 차례 때린 뒤 그가 어떻게 해서 아직 존재하지도 않는 책을 가지고 있는지 고백하게 만들었소. 그때 마커스는 모든 것, '진실의 도서관'의 존재와 그 이외의 사실을 알게 된 거요. 마커스는 자신이 좋아하는 작가를 죽여서 그의 유일한 독자가 되려고 여행을 왔는데 기대 이상의 것들을 발견하게 되었지요. 그의 부하들에게 맞아서 얼굴이 엉망이 되어 그의 앞에 있는 작자는 어거스트 드레이퍼로, 19세기 시간대를 지키는 일을 맡은 진짜 도서관 사서였지요. 그가 그곳에 온 목적은 프로스트라는 시간여행자가 세 명의 작가, 브람 스토커, 헨리 제임스와 H. G. 웰스를 죽이고 그들의 소설을 자기 이름으로 출간함으로써 시간의 조직에 가져온 변화를 바로잡는 것이었지요. 마커스는 멜빈 프로스트가 그 놀라운 소설들의 작가가 아니고 그의 포로가 언급한 작가들은, 그들의 현실에서는 유명해지자마자 죽었지만 원래의 우주에서는 더 많은 소설을 쓰고 있을 거라는 사실을 알고 크게 놀랐어요. 잭 더 리퍼가 체포되지 않았다는 사실을 알았을 때만큼이나 놀랐죠. 마커스는 그가 이집트 노예들과 섹스를 하는 것에만 국한되지 않고, 다른 여행자들과 같은 속도로 한 우주에서 다른 우주로 돌아다니기만 했다는 사실을 알자 형이상학적인 모욕감을 느꼈소. 하지만 그것은 잊어버리고 그의 포로의 설명에 집중하려고 애썼어요. 포로는 세 명의 작가들에게 앞으로 일어날 일에 대해 경고함으로써 그러한 대소동을 해결하려고 했지요. 각자의 우체통에 비록 멜빈 프로스트라는 이름으로 발간되었지만 그들의 소설과 그를 만날 수 있는 지도를 넣어두는 전략을 통해서였지요. 신문들이 마커스의 특이한 살인에 대해 기사를 싣기 시작했을 때 그 계획을 막 시작하려던 참이었고, 그것 때문에 범죄의 현장에 다가간 거지요. 그 이후의 일은 당신도 상상할 수 있을 거요. 마커스는 깊이 생각하지 않고 그를 제거하고 여러분 앞에서 그를 대신하기로 하고, 시간의 감시자인 척한 거지요.

그것이 실제 일어난 일이오. 곰곰이 생각해 보면 몇 가지 점들을 깨달을 수 있을 거요. 마커스가 신중하지 못한 방법으로 여러분과 접촉하려고 한 것이 이상하지 않소? 세 사람을 잔인하게 죽이면서 언론에 알리고 도시의 경찰을 비상사태로 만든 게 이상하지 않소? 어쨌든 며칠 후면 그들이 죽을 운명이라는 점도 의심스럽지요. 하지만 당신이 어떤 생각을 하던 상관이 없어요. 어떤 생각을 해도 당신이 움직여야 할 시점에서는 그렇게 하지 않았을 테니까요. 당신은 생각만큼 그렇게 지혜롭지는 않아요, 버티. 당신에게 이런 말 하는 내 마음이 아플 거라는 생각은 하지 말아요.

무슨 얘기를 했더라? 아, 그렇지. 당신은 당신을 겨냥하는 무기에서 한시도 눈을 떼지 않고 마커스의 설명을 들을 텐데, 맥박이 점점 더 빨라지고, 땀은 등으로 흘러내리고 심지어 이상한 현기증도 느끼기 시작하지요. 만일 제임스와 스토커처럼 그렇게 갑자기 당신에게 총을 발사했다면 아무 일도 일어나지 않았을 거예요. 하지만 그의 긴 설명으로 당신은 상황을 파악하게 되었지요. 설명이 끝나자 그의 부하가 한 발 앞서가서 당신의 가슴 중앙에 총을 쏘고 당신이 갖고 있던 모든 긴장이 폭발해서 하나의 빛이 세상을 감쌌지요. 단 1초 만에 당신은 모든 무게에서 자유로워지고, 외투를 벗어 버린 것처럼 고통과 무익한 산만함에서 빠져나온 느낌과 공기처럼 가벼워진 느낌을 받았어요. 하지만 그 다음 순간에는 다시 당신의 무게를 느낄 거요. 당신을 세상에 붙들어 매는 닻처럼 바닥이 다시 단단해졌다는 생각에 안도감을 느끼겠지만, 잠깐 경험한 유체이탈의 현상에 대한 향수 또한 느낄 거요. 다시 당신은 우주에 대한 당신의 비전이 소멸해 가는 동안, 당신이 몸이라는 유기적인 감옥에 갇혀 있음을 알게 될 거요. 갑작스런 구토가 식도를 지나서 목구멍으로 올라오며 고통스런 구역질을 하지요. 배가 더 이상 뒤틀리지 않자, 당신은 용기를 내어 고개를 들었는데 마커스의 부하가 이미 총을 쏘았는지, 아니면 그 순간을 지체하면서 즐기는지 알지 못했지요. 하지만 당신을 겨누는 총은 어디에도 없었어요. 사실은 당신 주변에 아무도 없었어요. 마커스나 그의 부하들, 스토커나 제임스의 흔적조차 없었지요. 당신은 혼자 현관 입구 어둠 속에 있었는데, 심지어 촛대조차도 사라졌어요. 마치 한바탕 꿈을 꾼 것 같았지요. 하지만 어떻게 그런 일이 일어날 수 있겠소? 버티, 당신에게 말해 주죠. 간단히 말해 이미 당신은 당신이 아니었기 때문이오. 당신은 내가 된 거죠.

이제, 괜찮다면 일인칭으로 일어난 일을 이야기하죠. 처음에는 무슨 일이 일어난 건지 이해하지 못했소. 칠흑 같은 어둠이 감도는 현관 입구에서 두려움에 떨며 어떤 소리라도 들리는지 신경 쓰면서 몇 분이나 기다렸지만 침묵뿐이었죠. 집에는 사람이 살지 않는 것 같았소. 아무 일도 일어나지 않자 난 거리로 나왔는데 역시 적막할 따름이었죠. 완전히 혼란에 빠져 있었지만 한 가지는 확실했어요. 내가 경험한 감정을 꿈의 일부라고 여기기에는 너무 현실적이라는 것. 내게 무슨 일이 일어난 걸까? 그때 예감이 들었어요. 떨리는 손으로 누군가 쓰레기통에 버린 신문을 집어서 날짜를 확인하고 내 의심이 확실하다는 사실을 발견했죠. 내가 경험한 불쾌한 상황들은 시간이동 때문이었소. 믿을 수 없지만 난 1888년 11월 7일에 있었던 거요. 과거로 8년을 여행한 셈이죠!

잠시 동안 놀라서 황량한 광장 중앙에서 일어난 일을 이해해 보려고 노력했지만 시간이 충분하지 않았소. 왜냐하면 곧 익숙한 그 날짜가 잭 더 리퍼가 화이트채플에서 해링턴의 연인을 살해한 날임을 떠올린 거죠. 그 말은 치안위원회에 제보한 그 시간여행자가 …… 나였다는 말인가? 확실하지는 않지만 모든 정황이 그렇다고 말하는 것 같았죠. 내가 아니라면 그날 밤 일을 누가 알겠소? 난 빨리 시계를 보았죠. 잭 더 리퍼가 범죄를 저지르기 반 시간 정도 전이었소. 서둘러야 했죠. 달려가서 마차를 잡은 후 마부에게 화이트채플로 최대한 빨리 가 달라고 했어요. 이스트엔드를 향해 가는 동안 내가 역사를 바꾼 사람인가, 전 우주가 지나가던 원래의 궤적을 버리고 푸른 줄이 나타내는 예상 밖의 일탈을 하게 해서 마커스의 말대로 흰색 줄에서 점점 멀어지게 한 사람이 바로 나인가 궁금했소. 만일 그렇다면 그건 내 의지였나, 아니면 단지 그렇게 씌어 있기 때문에, 이미 이루어진 것이기 때문에 그렇게 한 건지 궁금했소.

난 매우 흥분해서 화이트채플에 도착했고 그곳에 도착하자 어떻게 해야 할지 몰랐죠. 당연히 잔인한 괴물과 만날까 봐 도싯 스트리트를 피하려 했죠. 내 이타심도 한계가 있거든요. 밀러스 코트 아파트에서 잭 더 리퍼를 보았다고 소리치면서 사람이 붐비는 주점으로 뛰어들어 갔어요. 그것이 가장 먼저 떠오른 생각이었지만 어떤 행동을 하는 것이 옳은지 의심스러웠죠. 주변에 몰려든 고객들 중에 조지 러스크라는 금발머리를 늘어뜨린 키가 큰 남자가 나섰을 때 내 행동이 옳았음을 알았소. 그는 내 팔을 비틀고 얼굴을 카운터에 밀치며 내가 거짓말을 한다면 평생 후회하게 만들 거라고 했죠. 그렇게 힘을 과시하고 나를 풀어 주더니 부하들과 함께 서두르지 않고 도싯 스트리트로 갔죠. 난 팔을 문지르고 모든 영광을 차지할 그 달갑지 않은 인간에게 욕을 하면서 나갔소. 그때 거리를 메우는 무리 중에 깜짝 놀랄 사람을 발견했죠. 청년 해링턴이었어요. 그는 유령처럼 창백한 얼굴로 이상한 말을 중얼거리고 경련이 일 듯이 고개를 저으면서 넋이 나간 표정으로 사람들 사이를 지나갔어요. 자기 연인의 내장이 나온 시체를 발견한 뒤라서 그럴 거라고 생각했소. 그는 완전히 절망에 빠져 있었죠. 그에게 다가가 위로하고 싶어 몇 발자국 다가갔지만 과거에 내가 그런 자비로운 행동을 한 뉴스 기사가 없었다는 사실을 기억하고 거리 끝으로 사라지는 그를 바라만 보았소. 다른 어떤 것도 할 수 없었어요. 각본에 충실해야 했으니까. 어떤 것을 즉흥적으로 하면 시간의 조직에 예상치 않은 결과를 가져올 수 있으니까.

그때 등 뒤에서 낯익은 목소리를 들었소. 비단으로 안을 댄 목에서나 나올 수 있는 목소리였죠. "눈으로 직접 보지 않으면 믿을 수 없는 노릇이지, 웰스 씨." 마커스는 권총을 들고 벽에 기대 있었어요. 마치 그가 꿈속에서 나온 것처럼 그를 관찰했죠. "이곳이야말로 당신을 찾을 수 있는 유일한 곳이라고 생각했는데 내 예감이 적중했지. 당신이 치안위원회에 잭 더 리퍼를 체포하라고 제보함으로써 모든 걸 바꾼 여행자였어. 누군들 그런 생각이나 할 수 있었겠소, 웰스 씨? 비록 그것이 당신의 진짜 이름이 아니라고 의심하지만 말이요. 진짜 작가는 어디선가 죽어 있겠지. 하지만 뭐, 좋소. 시간여행자들이 과거를 가면무도회로 만들어 놓는 상황에 익숙해지기 시작했으니까. 분명한 것은 누가 됐든 상관없다는 거요. 당신을 죽일 테니까." 이 말을 하고 미소를 지으며 내게 천천히 총을 겨누는데 마치 날 죽이는 게 급하지 않든지, 아니면 그 순간을 천천히 음미하려는 것 같았죠.

하지만 난 팔짱을 끼고서 그의 총에서 발사되는 빛이 나를 통과하기를 기다리면서 그곳에서 잠자코 기다리지만은 않았어요. 난 돌아서서 전속력으로 지그재그로 거리를 움직이며 사냥에서 도망가는 쥐의 역할을 하기 위해 최선을 다했소. 그때 발사된 용암 광선이 머리 위를 지나가며 머리카락을 그슬렸고 뒤에서 나는 마커스의 웃음 소리를 들었죠. 날 죽이기 전에 즐기는 것 같았소. 난 계속 달리며 죽지 않으려고 안간힘을 썼는데 시간이 지날수록 그런 시도가 좀 더 의욕적으로 느껴졌소. 가슴이 쿵쾅거리면서 마커스가 천천히 등 뒤로 걸어오는데 노획물의 추적을 즐기려는 약탈자 같았죠. 다행히 내가 택한 도로는 인적이 없어서 우리 게임의 치명적인 결과로 인해 다른 피해자가 발생하진 않았어요. 다시 광선이 오른쪽으로 지나가면서 담장 일부를 파손했지요. 왼쪽에서 공기를 가르는 광선을 느꼈는데 가로등도 함께 날아가 버렸어요. 그때 측면 도로에서 나오는 달구지를 보았소. 난 멈추지 않고 더 빨리 달리며 간신히 마차 앞을 지나갔소. 바로 그때 등 뒤에서 나무가 삐걱거리는 굉음을 들었죠. 마커스가 자기 앞을 가로막는 달구지를 향해 총을 쏜 거요. 머리 위로 화염에 휩싸인 말이 날아가는 걸 보고서야 그 사실을 확인했는데 말은 내 앞 몇 미터 바닥에 떨어졌소. 불에 탄 동물을 간신히 피해서 다른 길로 접어들었는데 내 뒤로 계속해서 파괴가 자행되고 있음을 느꼈소. 다음 골목으로 들어설 때 가로등 불빛이 마커스의 기다란 그림자를 앞쪽 벽에 드리웠지요. 난 그가 멈추어 조준하는 광경을 보고 놀란 채 있었죠. 그는 이제 나와의 놀이가 지겨워진 것 같았소. 이삼 초 후면 난 죽을 거라고 생각하면서 계속 달렸지요.

그때 낯익은 현기증이 날 감싸는 걸 느꼈소. 잠깐 동안 땅이 발아래서 사라지고 잠시 후에 다른 모습으로 다시 나타나고, 그와 동시에 앞이 깜깜해졌소. 난 달리기를 멈추고 토하지 않으려고 이를 악물고 우스꽝스럽게 눈을 깜박이며 시야를 확보하려고 애썼죠. 앞이 다시 잘 보이기 시작했을 때 거대한 금속 기계가 앞으로 다가오는 것을 보았지요. 옆으로 몸을 던지고 바닥에서 수 미터를 굴렀어요. 거기서 고개를 드니 괴물 같은 기계가 계속 길을 가는데 그 안에 탄 사람들이 날 술 취한 사람이라고 부르는 거요. 하지만 그 시끄러운 기구가 다가 아니었소. 거리 전체가 그러한 기계들로 가득했는데, 쇠로 된 들소들의 질주 같았죠. 난 바닥에서 일어나 놀라서 주변을 바라보고 마커스의 모습이 보이지 않자 안심했소. 근처 벤치에서 신문을 집어 어디로 새롭게 이동했는지 확인해 보았죠. 난 1938년에 있었소. 실력이 늘어서 이번에는 미래로 40년을 여행한 거죠.

난 화이트채플을 떠나 그 놀라운 런던을 어리둥절한 채 걸었소. 거기서는 버클리 광장이 고대서적 서점으로 변해 있었소. 비록 다행히 아직은 낯이 익었지만 모든 게 달라 보였죠. 몇 시간 동안 정처 없이 돌아다니며 거리를 달리는 괴물 같은 차량들을 보았소. 그것들은 말이 아니라 증기로 움직였고 당신 시대에서 생각하는 것과는 반대로 그 수명이 매우 짧아요. 내게는 시간이 지나지 않았지만, 세상은 40년이란 세월이 흘러 있었소. 맞소, 주변에는 수백 개의 발명품들이 흩어져 있었죠. 당신이 살던 세기말에 뉴욕특허청 사무소장이 이미 모든 것이 발명되었다면서 서비스를 종료한다고 아무리 주장해도, 인간의 고갈되지 않는 상상력을 입증해 주는 수많은 발명품들이 있었소.

마침내 너무 놀라서 공원 벤치에 앉아서 얼마 전에 알게 된 시간여행자의 조건에 대해 생각해 봤죠. 마커스가 말한 미래에 내가 와 있는가, '시간 부서'로 가서 도움을 요청할 수 있을까? 난 그럴 거라고 생각하지 않았소. 난 단지 미래로 40년을 여행했을 뿐이니까. 만일 그 시대에 시간여행자가 있다면, 나처럼 의지할 곳이 없이 홀로 지내겠죠. 난 머리를 재빨리 굴려서 다시 과거, 우리 시대로 돌아가서 당신에게 일어날 일을 알려 줄 수 있을지 궁금했어요. 하지만 몇 차례의 시도가 모두 실패로 돌아간 후, 결국 포기하고 말았죠. 난 이 시대에 갇혀 버린 거요. 하지만 살아 있었고 죽지 않았으니 마커스가 나를 그곳에서 찾는 건 무척 힘들겠죠. 그럼 기뻐해야 하지 않을까요?

그 사실을 인정하고 먼저 해야 할 일은 세상에 무슨 일이 일어났는지 알아보는 것이었죠. 무엇보다도 제인과 내가 알던 모든 것에 대해서 알고 싶었소. 도서관에 들어가서 몇 시간 동안 신문을 보고 그 세상에 대해서 어느 정도 알 수 있었소. 세상이 줄기차게 세계대전을 향해 가고 있다는 사실뿐만 아니라 이미 몇 년 전에 8백만 명의 사망자를 내고 지구의 절반을 피로 물들인 끔찍한 전쟁을 겪었다는 사실을 알게 됐어요. 하지만 세상은 그것으로도 큰 교훈을 얻지 못한 것 같았소. 세상은 공동묘지가 많이 들어섰음에도, 최악의 상황을 예견하는 불안정한 균형을 다시 유지하고 있었죠. 시간의 지도에서 본 일부 끔찍한 제목들을 떠올리자, 제2차 세계대전을 막을 수 있는 것이 하나도 없다는 사실을 깨달았소. 왜냐하면 그건 미래의 인간이 받아들여야만 하는 과거의 실수들 가운데 하나이기 때문이죠. 1년 안에 세상을 가득 채울 수백만의 시체들 중 하나가 되지 않고 살아남기만을 바랄 뿐이었죠.

또한 당혹스럽고 슬픔에 잠기게 할 다른 기사를 발견했소. 작가인 브람 스토커와 헨리 제임스의 사망 25주년을 기념하는 소식이었죠. 기사에는 그들이 버클리 광장의 유령과 대치하면서 하루 저녁을 보내려다가 목숨을 잃었다고 실려 있었죠. 바로 그날 밤 문학계에 또 하나의 비극적인 사건이 발생했는데 『타임머신』의 작가인 H. G. 웰스가 미스터리하게 사라졌고 다시는 그에 대한 소식을 알지 못했다는 기사였어요. '그가 시간여행을 떠난 걸까요?' 기자는 이런 질문을 했는데 자신이 얼마나 진실에 가까웠는지 알지 못한다는 건 아이러니죠. 그 기사에서는 당신을 공상과학의 아버지로 언급해요. 그게 대체 무엇이냐고 궁금해 하겠죠. 그건 1926년 휴고 건즈백이 처음 만들어서 자신의 잡지 「어메이징 스토리스」 표지에 게재한 건데 공상소설을 대체하는 용어요. 이 잡지는 과학적 특징을 지닌 소설만을 다룬 첫 번째 잡지인데, 거기에 당신이 루이스 하인드를 위해 쓴 많은 단편들과 미국인 에드거 앨런 포의 단편과 그 장르의 아버지라는 지위로 당신과 경쟁을 벌이는 쥘 베른의 작품들도 다시 실렸죠. 가렛 형사가 예측한 대로 미래 세계에 대한 예측소설들은 한 장르를 구축했죠. 상당 부분은 웰스 덕분에 가능한 것들이었는데, 그는 머레이 시간여행사가 19세기 최대의 사기극이라는 사실을 발견했어요. 그다음 미래는 주인이 없이 작가마다 자기 마음대로 꾸미는 빈 공간으로 변하고, 미지의 땅, 괴물들이 태어났다고 하는 고대 항해 지도의 땅들처럼 미개척지가 되고 말았소.

그것을 읽고 나의 실종이 일련의 치명적인 사건들을 야기했음을 발견했소. 내 도움을 받지 못한 가렛은 섀클리턴 대장을 체포하기 위해 2000년으로 여행하려다 그 과정에서 길리엄의 속임수를 발견하고 그는 결국 감옥에 가게 됐죠. 난 즉시 제인을 떠올렸소. 수많은 신문과 잡지를 뒤져 보면서 작가 H. G. 웰스의 미망인이 비극적인 자전거 사고로 목숨을 잃었다는 뉴스를 발견할까 봐 두려움에 떨었죠. 하지만 제인은 죽지 않았소. 제인은 남편이 갑자기 사라진 뒤에도 계속해서 살아 있었죠. 그것은 길리엄이 위협을 행동으로 옮기지 않았다는 의미였소. 그녀에 대한 협박은 단지 그를 위해서 일하게 하려는 술수였을까? 그럴지도 모르죠. 아마도 그 위협을 실행에 옮길 시간이 없었거나 그동안 도대체 진짜 범인을 왜 찾아다니지 않느냐고 묻기 위해 온 런던을 헤매며 날 찾아다녔는지도 모르죠. 하지만 아무리 그의 부하가 많았어도 날 찾지 못한 거죠. 어찌되었든 길리엄은 감옥에 갇혔고 내 아내는 살아 있었지요. 비록 이제 내 아내가 아니지만 말이오.

당신에 대한 수많은 기사 덕분에 내가 갑자기 떠난 다음에 그녀가 살아간 삶을 짐작할 수 있었소. 제인은 워킹의 우리 집에서 인내심이 다할 때까지 무려 5년 동안 내가 돌아오기를 기다렸어요. 나 없이 계속 그곳에서 사는 걸 포기하고 런던으로 돌아가 거기서 더글라스 에반스라는 유명한 변호사와 결혼해서 그와의 사이에 딸 하나를 낳아 이름을 셀마라고 지었죠. 우리가 킹 크로스까지 산책하는 동안 날 사랑에 빠지게 했던 미소를 아직 간직하고 있는 매력적인 노인의 모습을 한 제인의 사진을 발견했지요. 첫 반응은 그녀를 찾으러 가고 싶다는 것이었지만 분명히 이성적이지 못한 충동이었죠. 그녀에게 무슨 말을 할 수 있겠소. 이런 상황에 갑작스럽게 나타나게 되면 그녀의 평온한 삶에 공연히 혼란만 초래하겠죠. 이제껏 나의 실종을 잘 이겨냈는데 무엇 때문에 이제 와서 모든 것을 뒤흔들어 놓겠소. 그래서 그녀를 찾으러 가지 않았죠. 덕분에 지금 당신의 머리맡에서 잠을 자고 있을 그 달콤한 사람을 다시는 보지 못했소. 아마도 이 때문에 당신은 이 편지를 읽은 뒤 그녀를 애무하면서 깨우게 되겠죠. 그건 당신 선택에 맡기겠소. 난 당신 결혼생활에 끼어들 사람이 아니니까. 하지만 그녀를 찾으러 가지 않는 것으로는 충분하지 않았죠. 난 런던을 떠나야 했소. 그건 그녀를 만날까 봐, 또는 나를 금방 알아볼 친구들을 만날까 봐 두려워서가 아니라, 완전히 생존의 문제 때문이었소. 가장 큰 가능성은 마커스가 계속 날 찾을 거라는 사실이었소. 내 존재의 흔적을 찾으려고 그는 시간을 훑겠죠.

난 다른 사람 행세를 하기로 했소. 수염을 더부룩하게 기르고 소란을 피우지 않고 새로운 삶을 시작할 장소로 중세의 분위기를 띤 노리치의 작은 마을을 택했죠. 당신이 코웹 씨의 약국에서 배운 지식 덕분에 약국에서 점원으로 일할 수 있었죠. 1년 동안 낮에는 연고와 시럽을 팔고 밤에는 침대에 누워 세계를 변화시킬 전쟁이 서서히 구체화되는 것에 신경을 쓰면서 뉴스를 들었소. 항상 어머니의 고집스러움 때문에 무익하고 평범한 삶에 갇히게 될까 봐 그토록 두려워했는데, 순전히 내 자유의지로 그런 평범한 사람들의 삶을 살기로 한 거요. 마커스에게 들통날까 봐 두려워서 삶의 단조로움을 글이나 쓰며 위안 삼아야겠다는 생각도 할 수 없었죠. 난 재능이 없는 보통사람처럼 살아가야 할 작가였어요. 그보다 더 큰 고문을 떠올릴 수 있을까요? 난 없을 거라고 생각하오. 다행히 그런 삶을 즐겁게 해 줄 누군가가 나타났소. 앨리스라는 이름의 아름다운 여성이었죠. 어느 날 아침 누군가 그 당시 어떤 독일회사가 상용화한 아스피린을 사러 약국에 들어왔는데 그녀는 내 마음도 크라프트지에 싸서 훔쳐갔죠.

사랑은 전쟁보다 급속도로 우리 두 사람 사이에 피어올랐고 전쟁이 일어났을 무렵 우리는 전보다 잃을 게 훨씬 더 많아졌소. 다행히 모든 것이 우리 마을에서 멀리 떨어진 곳에서 일어난 것처럼 보였죠. 우리 마을이 독일에 아무런 위협이 되지 않는 건 분명했으니까. 독일의 새 총리는 그의 핏속에 우월한 인종의 피가 흐른다는 논란의 여지가 있는 주장을 하면서 세상을 정복하려고 했죠. 신문들이 나중에 전해 줄 소식의 전조가 바람에 실려 끔찍한 속삭임처럼 전해져, 우리는 전쟁의 끔찍한 결과를 겨우 파악할 정도였지만, 난 그 전쟁이 이전의 전쟁들과는 다르다는 사실을 이미 잘 알고 있었어요. 과학이 인간들에게 서로를 죽이는 새로운 방법을 제공하면서 그 양상을 완전히 바꾸어 놓았기 때문이죠. 이제 전투는 공중에서 벌어졌소. 하지만 군대들이 기구를 타고 서로에게 총을 쏘면서 누가 먼저 상대의 수소 자루를 터트릴지 경쟁하는 걸 상상하지는 마시오. 그런 것과는 거리가 머니까. 인간은 공기보다 더 무거운, 하늘을 나는 기계로 하늘을 정복했소. 베른이 그의 소설 『정복자 로뷔르』에서 구상한 것과 비슷하지만, 그 기계는 아교 칠을 한 종이 펄프로 된 건 아니고 폭탄도 투하할 수 있어요. 이제 죽음은 폭탄 투하와 함께 오게 되었죠. 복잡한 동맹관계 때문에 70개의 국가들이 그 전쟁에 참여해야 했지만 잠시 후, 영국이 중요한 역할을 차지하고, 나머지 세상은 새로운 질서가 태동하는 걸 지켜보았소. 저항하는 영국에 맞서서 독일은 우리나라에 계속 폭격을 가했죠. 전쟁에서의 공격 순서에 따라 먼저 비행장과 항구를 공격하고 곧이어 도시를 공격했소. 며칠 밤을 공격당한 뒤 우리가 사랑하는 런던은 연기를 내뿜는 폐허로 변했지만, 패배를 모르는 영혼이 되살아난 것처럼 세인트 폴 성당의 원형 지붕은 우뚝 서 있었죠. 맞아요, 영국은 끈질기게 저항했소. 독일 영토에 기습공격을 가하기도 했죠. 트라베 강가에 위치한 역사적인 도시 뤼베크에 심각한 손상을 입히기도 했어요. 그 공격에 격분한 독일이 두 배로 공격의 강도를 높였죠. 그러한 상황에서도 앨리스와 난 전략적 가치가 별로 없는 노리치에서 상대적으로 안전하게 지냈어요. 하지만 노리치는 칼 베데커의 여행안내서에 별 세 개의 중요한 관광지로 이름이 오른 곳이죠. 독일은 우리의 역사적인 유산을 파괴하려 마음먹었을 때 이 안내서를 참조했소. 베데커 여행안내서는 로마네스크 양식의 성당, 17세기 성과 많은 교회를 방문하라고 추천해 주었지만 독일 총리는 그것들을 파괴하고 싶었던 모양이오.

성당에서 헬모어 신부의 설교를 듣고 있던 우리는 독일군의 기습공격에 모두 깜짝 놀랐지요. 신부의 목소리가 갑자기 하늘에서 들리는 윙윙거리는 소리에 흐트러졌어요. 우리를 덮고 있는 부채 모양의 둥근 지붕을 향해 우리는 일제히 고개를 들었죠. 마치 홍예문 틀의 아름다움을 감상하려는 것 같았소. 마침내 우리에게도 신문에서 말하는 전쟁의 공포를 느낄 시간이 다가온 거요. 헬모어 신부는 성당은 독일인들의 첫 번째 공격 목표물이라며 성당을 떠나라고 독려했지만 어떤 사람들은 떠나려 하지 않았죠. 난 그들이 두려움에 발길이 떨어지지 않는 건지, 아니면 그보다 더 나은 피난처는 없다는 믿음에 그런 건지 알 수 없었소. 난 앨리스의 손을 잡고 홀 한가운데 모인 겁에 질린 대중을 뚫고 출구를 향해 나가려고 애를 썼어요. 첫 번째 폭탄이 떨어지기 시작했을 때 겨우 밖으로 나왔죠. 그 공포를 어떻게 설명할 수 있을까요? 아마 신의 노여움도 인간들의 분노에 비하면 별게 아니라고 말할 수 있을 거요. 사람들은 어디로 갈지 몰라 두려워하며 이리저리 뛰었어요. 폭탄의 위력은 땅을 흔들었고 건물들을 무너뜨리고 천둥 소리와 함께 공기를 뒤흔들었죠. 우리 주위에서 세상이 무너지고 찢어지고 갈라졌어요. 안전한 피신처를 찾아보았지만 앨리스의 손을 잡고 그 파괴의 현장에 있는 동안 생각할 수 있는 건 어찌되었든 인간의 삶에서 궁극적 가치가 있는 건 얼마나 적은가 하는 점이었소.

방향도 모르고 달리던 중에 전에 느꼈던 현기증이 나를 감싸는 것을 감지하기 시작했죠. 머리가 고통스럽게 흔들리기 시작하는 동시에 세상이 흐릿해지자 무슨 일이 일어날지 눈치를 챘소. 난 즉시 뛰는 것을 멈추고 앨리스에게 내 팔을 있는 힘껏 붙잡으라고 했어요. 그녀는 날 이상하게 바라보았지만 내 말에 따랐고 현실의 윤곽이 흐려지면서 난 세 번째로 몸무게를 느끼지 못하게 되었죠. 이를 악물고 그녀를 함께 데려가려고 했어요. 어디로 가는지 모르지만 지난번에 제인과 함께했던 내 인생과 내가 사랑하던 모든 것을 남겨둔 것처럼 그녀를 두고 갈 준비가 되어 있지 않았죠. 계속해서 밀려든 감정은 전에 느끼던 것과 같았죠. 짧은 시간 동안 몸에서 빠져나가 허공에 떠오르는 것 같다가 다시 돌아가 뼛속으로 들어갔지만 이번에는 내 손에 다른 손의 따스한 촉감을 느낄 수 있었어요. 눈을 뜨고 껌벅거리면서 구토를 참으려고 노력했죠. 내 손을 잡고 있는 앨리스의 손을 바라보고 행복한 미소를 지었소. 가냘프고 섬세한 손, 사랑을 나눈 뒤 기분 좋은 키스를 하던 손, 금발의 가는 털로 뒤덮인 가는 팔뚝에 연결된 손. 그게 그녀에게서 가져온 유일한 부분이었죠.

난 앨리스의 손을 1982년 노리치에 있는 내가 나타난 바로 그 정원에 묻었소. 광장 중앙에 사망자들을 위한 기념물 외에는 그곳은 폭격을 당한 흔적이 전혀 없었죠. 거기서, 많은 이름들 중에 앨리스의 이름을 찾았어요. 그녀를 죽인 게 전쟁이었는지, 아니면 그녀를 사랑한 남자 오토 리덴브록이었는지 난 항상 그 게 궁금했거든요. 어찌되었든 폭격에서 벗어나 미래로 가면서 난 다시 살아가 라는 선고를 받은 셈이죠. 다시 40년을 여행한 거요. 그 기간이 내가 뛰어넘을 수 있는 한계 기간인 것 같았소.

내가 있는 세상은 외관상 지혜가 넘치는데 다들 자기의 독특한 개성을 만들어 가려고 집착하는 것 같았죠. 인생의 모든 면에 즐겁고 혁신적인 영혼을 보여 주려 애썼죠. 그래요, 업적을 으스대는 어린아이처럼 자축하는 교만한 세상이 었소. 하지만 전쟁은 부끄러운 기억이 되고 예의 바른 표정 이면, 인간의 본질 에는 숨겨야 할 잔인한 면이 있다는 사실을 부끄럽게 인정하는 세상이기도 했 소. 대수술이 필요했죠. 세상은 재건되어야 했고 돌 부스러기들을 치우고 시 신들을 치우면서 건물을 다시 세우고 다리를 수리하고 전쟁이 우리 마음과 가 족에게 남긴 상처를 치유해야 했소. 갑자기 합리적으로 보이던 모든 것이 비합 리적인 것이 되었는데, 마치 음악이 빠진 춤 같은 거였소. 난 환희를 느꼈소. 내 주변 사람들이 그들의 할아버지들을 단죄하는 걸 보고 이제 다시는 내가 겪은 그런 전쟁은 일어나지 않을 거라고 확신했어요. 내 생각이 틀리지 않았 단 걸 고백하죠. 인간은 과거의 실수를 통해서 배워요. 비록 서커스의 동물들 처럼 매를 맞으면서 배우지만.

어찌되었든 난 다시 원점에서 시작해야 했고 처음부터 다른 삶을 시작해야 했 어요. 연결점이 하나도 없는 노리치를 떠나 재건된 런던으로 돌아왔는데, 발 달한 과학기술에 감탄을 금치 못했죠. 거기서 해리 그랜트라는 빅토리아 시대의 한 남자가 할 수 있는 일을 찾기 시작했소. 한 시대에서 다른 시대로 바람에 날리는 나뭇잎처럼 중심을 못 잡고 비틀거리며 시간을 방랑하는 것이 나의 운명일까? 아니야, 이번에는 그렇게 되지는 않을 거야. 맞아요, 난 혼자였소. 하지만 고독은 오래가지 않을 것을 알았죠. 또 다른 만남이 날 기다리고 있었죠. 난 지켜야 할 약속이 있었지요. 비록 그것을 보기 위해 다시 시간이동을 할 필요는 없었지만. 그건 마치 내가 오기를 기다리는 것처럼 매우 가까운 미래에 있었소.

하지만 그 만남 전에 내 일정을 조정하는 미지의 손이 또 다른 약속을 잡아 놓았죠. 그건 내 과거와 매우 특별한 관련이 있는 사건이었소. 그 일은 영화관에서 일어났어요. 맞아요, 버티. 당신도 이미 알고 있겠죠. 뤼미에르 형제들이 1895년 리옹 몽플레지르 공장에서 일하는 노동자들의 모습을 투사한 이래 영화가 얼마나 발전했는지 설명하는 게 쉽지 않군요. 당신 시대에는 영화가 얼마나 발전할지 아는 사람이 별로 없었죠. 하지만 바로 곧 그 신비로움에 대한 호기심이 사라지자 사람들은 화면에서 카드게임을 하는 사람의 모습, 어린아이들의 싸움과 기차가 도착하는 장면 등, 창가에 다가가서 볼 수 있는 일상적인 사건들을 보는 것을 지루해 하며 피아노 반주를 곁들인 사회적인 주제를 다룬 지루한 다큐멘터리 이상의 것을 요구하지요. 그래서 이제 하얀 화면 위에서 영사기는 이야기를 소개해요. 연극 한 편을 촬영하는 기계를 상상해 봐요. 하지만 관람석 앞에서 막이 올라가는 무대에 갇힌 공연이 아니라 세상의 어느 지역이든 무대로 선택할 수 있죠. 만일 감독이 그림이 그려진 무대의 배경만 갖고 있는 게 아니라, 이야기 전개에 필요한 모든 종류의 기술을 구비하고 있어서 우리 눈앞에서 사진 복사의 조작을 통해 등장인물들을 사라지게 할 수 있다고 생각해 봐요. 영화가 뮤직홀을 뛰어넘어 미래의 가장 대중적인 여가생활이 되리라는 것을 이해하게 될 거요. 맞아요, 이제 뤼미에르 형제의 기계보다 훨씬 더 정교한 작품들이 사람들의 삶에 마법을 불어넣고 그 주위에는 엄청난 돈이 움직이는 사업이 생겨나죠.

하지만 내가 이 이야기를 하는 건 단순한 즐거움을 위해서가 아니에요. 때로 영화에서 사용하는 이야기들이 책에서 나왔기 때문이죠. 버티, 깜짝 놀랄 사실이 있어요. 1960년 조지 팔이라는 감독이 『타임머신』이라는 소설을 영화로 만들었소. 맞아요, 당신 글에 이미지를 부여한 거죠. 베른의 작품으로 이미 영화를 만들기는 했지만 그렇다고 내 기쁨이 줄어든 건 아니죠. 그것을 보았을 때, 화면에서 당신이 쓴 이야기가 전개되는 것을 보았을 때의 경험을 어떻게 설명할까요? 화면에 당신의 발명가가 있었고 그 배우에게 당신의 이름을 지어 주었는데 그는 단호하고 몽상가적인 표정을 가진 배우였소. 사랑스러운 위나 역은 아름다운 프랑스 배우가 연기했죠. 그녀는 최면에 걸린 듯한 진지한 표정을 지었어요. 당신이 절대로 상상할 수 없는 가장 무서운 몰록 인이 있었고, 거대한 스핑크스, 신실하고 실리적인 필비, 앞치마를 두르고 새하얀 모자를 쓴 와쳇 부인도 있었죠. 장면들이 바뀌는 동안 난 의자에 앉아서 감격에 겨워 떨면서, 그 모든 것이 당신이 이미 상상하지 않았더라면, 그러한 장면들이 당신 머릿속에서 투사되지 않았더라면 가능하지 않았을 거라고 생각했소. 어느 순간 난 영화를 잠시 잊고 주변에 앉아 있는 사람들의 반응을 살펴보았죠. 당신도 같은 행동을 했으리라고 상상해요, 버티. 당신은 여러 차례 그런 특권을 갖고 싶어 했으니까. 어떤 독자가 당신 소설을 굉장히 즐겁게 읽었다는 말을 했을 때, 당신이 우울해 하던 것을 아직도 기억해요. 왜냐하면 당신이 그것을 직접 확인할 수 없고 무슨 구절이 그런 인상을 주었는지 확인하지 못해, 그가 웃었는지 울었는지도 모르기 때문이었죠. 그것을 알아보려고 당신은 비천한 도둑처럼 도서관에 숨어 있기도 했죠. 대중이 당신이 기대하던 대로 반응하는 걸 본 후에야 안심할 수 있었죠. 하지만 팔 씨의 공로를 무시할 수는 없소. 그는 당신 이야기의 정신적인 면을 놀랍게 잘 포착했소. 비록 시대성을 맞추려고 세세한 면을 약간 변경하기는 했지만 그 영화가 책이 쓰인 후 65년 후에 만들어졌다는 점을 감안하면 어쩔 수 없는 노릇이죠. 당신에게는 미래인 부분이지만 그 당시로서는 이미 과거였으니까. 예를 들어 인간이 과학을 이용해 할 수 있는 일에 대해 당신은 많이 염려하긴 했지만, 전 세계를 끌어들일 전쟁이 일어날 줄은 상상도 못했을 거요. 하지만 그런 일은 일어났고 이미 이야기한 대로 그 후로도 계속 반복되었죠. 팔 씨는 당신의 발명가가 제1차 세계대전과 제2차 세계대전을 겪도록 설정했을 뿐만 아니라 1966년에 제3차 대전도 겪을 거라고 예측했는데 다행히 그의 비관론은 지나친 걸로 판명이 났죠.

당신에게 이미 이야기한 그 이미지에 도취되어 그 영화를 보며 느낀 감동은 이루 말로 다 설명할 수가 없소. 맞아요, 당신이 쓴 내용 때문이죠. 하지만 화면에 나타난 것은 모두 새로웠소. 한 가지만 제외하고. 그건 바로 타임머신이오. 버티, 바로 당신의 기계 말이오. 거기서 그 기계를 발견하고 얼마나 놀랐는지 모를 거요. 잠시 내가 잘못 본 게 아닌지 의심했지만 착각이 아니었소. 아름답고 빛나고 예리한 자태를 보여 주는 당신의 기계였소. 내가 돌아다니던 시대의 기계들이 보여 주지 못한 고상함과 섬세한 예술가의 손길이 엿보이는 악기와도 같은 기구였소. 하지만 어떻게 그 기계가 거기까지 가게 되었는지 알 수가 없었죠. 당신 역을 맡은 로드 테일러라는 배우가 거기서 내린 지 20년이나 지났는데 지금은 어디에 있을까, 궁금했죠.

도서관의 신문을 몇 주 동안 살펴본 뒤 파란만장한 그 기계의 행로를 상상해 볼 수 있었소. 그래서 제인이 기계를 없애려 하지 않고 그것을 런던의 변호사 에반스 씨 집으로 가져간 것을 알게 되었죠. 그 변호사는 엉뚱하고 쓸모가 없어 보이는 그 기구가 자신의 집에 떡하니 들어온 것을 체념하며 바라보았겠죠. 설상가상으로 방금 결혼한 그의 아내에게는 그 기계가 사라진 남편 같은 상징이 되었겠죠. 난 그가 잠이 오지 않을 때 기계 주변을 배회하는 모습을 상상했소. 작동하지도 않는 버튼을 눌러 보고 유리 손잡이를 내려 보고 정말로 아무 쓸모가 없는 건지 궁금해 했을 거요. 자기 아내가 타임머신이라고 말한 그 싸구려 물건에 어떤 비밀이 담겨 있고 왜 만들어졌는지 궁금해 했을 거요. 제인은 분명 그에게 아무런 설명을 하지 않았을 거요. 그 기계는 에반스 변호사에게는 비밀로 간직하고 싶은 프라이버시의 일부였을 테니 말이오. 오랜 세월이 흐른 뒤 조지 팔은 영화를 만들 준비를 시작했는데 한 가지 문제에 봉착했죠. 직원들이 그린 타임머신의 디자인이 전혀 마음에 들지 않았던 거요. 모양이 추하고 그로테스크하고 복잡하고 어떤 것은 전기의자 같았죠. 어떤 디자인도 시간의 초원을 통과하는 발명가를 연상시킬 정도로 우아하고 당당한 기구에 어울리지 않았지요. 그때 부모로부터 상속받은 얼마 안 되는 유산을 낭비하고 파산 일로에 있던 셀마 에반스라는 여성이 이상한 기구를 그에게 팔겠다고 제안한 거요. 그녀가 어릴 적 그녀의 어머니는 매주 일요일 더디고 신성한 의식처럼 그 기계의 먼지를 닦았는데, 그 모습을 볼 때마다 머리카락이 곤두섰었죠. 그 광경은 아버지에게도 동일한 영향을 끼쳤던 것 같소. 팔은 그 기계를 보고 황홀함을 느꼈죠. 그건 정확하게 그가 찾던 바로 그 기계였으니까. 기계는 아름답고 장엄했으며 그가 어린 시절에 타던 썰매처럼 역동적인 분위기를 풍겼소. 언덕을 내려갈 때 얼굴을 때리던 얼음장 같은 바람이 기억났죠. 그는 바람을 마법과 연관시켰어요. 그 기계가 만일 시간을 통과하면 그런 바람이 그를 후려칠 것 같았죠. 하지만 그의 마음을 움직인 것은 조종간의 문갑에 있는 작은 금속판이었소. 거기에 이런 글이 씌어 있었거든요. 'H. G. 웰스 제작.' 작가가 그 기계를 실제로 만들었단 말인가? 그리고 그게 사실이라면 무슨 의도로? 그것은 웰스가 유명해지기 시작한 1896년에 사라져 버렸기 때문에 절대 풀 수 없는 비밀이 되어 버렸죠. 사라지지 않았다면 경이로운 소설들을 얼마나 많이 쓸 수 있었을지 누가 알겠소? 그가 그것을 왜 만들었는지 모르지만 팔은 그 기계를 자기 영화에서 사용하는 게 가장 좋을 거라고 생각했죠. 그래서 스튜디오에 설득해서 그것을 구입하도록 했어요. 그렇게 해서 당신 기계가 영화 스크린에 등장해 불멸성을 얻게 된 거요.

10년 뒤, 스튜디오들은 영화의 소품과 많은 물건들을 모아 공동 경매를 조직했는데, 거기에 타임머신도 포함되었죠. 그 기계는 만 달러에 팔렸고, 그것을 구매한 사람은 미국을 돌아다니며 마을마다 전시하고 이익을 다 취한 다음 오렌지카운티의 고물수집가에게 팔았소. 팔의 영화에서 일하던 직원인 진 워렌이

1974년에 우연히 그것을 발견했소. 한쪽 귀퉁이에 잡동사니처럼 버려진 채 녹슬고 의자도 사라진 상태였죠. 워렌은 그것을 헐값에 사서 큰 애정과 헌신으로 영화에 참여한 모든 사람들에게 큰 의미가 있는 그 장난감을 수리하기 시작했소. 몸체 틀의 색을 칠하고 부서진 부분을 고치고 기억을 되살려 의자도 새로 만들었죠. 수리를 마치자 기계는 예전의 맵시를 회복했고 축제나 공상과학과 관계되는 이벤트에서 전시가 되기도 했죠. 때로는 당신으로 분장한 배우가 운전하기도 했소. 그곳에 올라탄 팔이 「스타 로그」 잡지의 표지를 장식하기도 했죠. 마치 어린아이가 썰매를 타고 눈 내리는 언덕을 내려갈 때 짓는 미소를 지으면서 말이오. 그해 팔은 친구들에게 산타클로스가 타임머신에 올라타고 있는 엽서를 보내 크리스마스를 축하했어요. 아버지가 길 잃은 아들이 방황하다가 언젠가 자기 곁으로 돌아올 것을 알고 지켜보듯이 내가 따뜻한 시선으로 그 기계의 행로를 따라갔으리라는 점은 당신도 상상했을 거요.

1984년 4월 12일, 난 올센 백화점의 약속장소로 갔소. 거기서 혼돈스러워하고 두려워하는 그녀를 봤소. 난 그녀의 손을 잡고 귀에 속삭였어요. "저는 당신을 믿어요. 왜냐하면 저도 시간여행을 할 수 있으니까요." 우리는 혼란을 틈타 비상문을 통해 백화점을 빠져나왔죠. 거리로 나와서 내가 빌린 자동차를 타고 배스로 갔소. 그곳에는 몇 주 전에 내가 미리 구입한 조지 왕조풍의 아름다운 저택이 있었죠. 난 런던에서 멀리 떨어진 그곳에 정착하려 했어요. 그 당시 정부는 그녀를 제거하는 것만이 골치 아픈 문제를 해결할 수 있는 유일한 방법이라고 판단하고 그녀를 제거하라는 명령을 내렸죠. 그래서 미래에서 온 많은 시간여행자들이 그녀를 찾아다닌 거요.

처음에는 내가 옳은 일을 한 건지 확신이 없었소. 내가 올센 백화점에서 그녀를 구해야 하는 사람인지, 아니면 시간여행 여신의 구원자라는 다른 시간여행자의 역할을 빼앗은 것인지 알 수 없었죠. 며칠 뒤 아름다운 봄날 아침에 그것에 대한 대답을 얻었소. 우리는 거실 벽의 페인트를 칠하고 있었는데, 서너 살 된 어린아이가 갑자기 카펫 위에 나타나서 누가 간지럼을 태우듯이 깔깔거리며 웃고 있었소. 그러더니 카펫 위에 갖고 놀던 퍼즐 조각 한 개를 남겨두고 다시 사라졌죠. 우리는 갑작스럽게 아직 태어나지 않은 우리 아들을 아주 잠깐 엿본 거요. 그때 우리는 몇 년 뒤, 아니면 수 세기 뒤 시간여행을 할 수 있는 변종유전자를 만들어 내는 주인공이 바로 우리 자신들임을 깨달았소. 맞아요. 마커스의 말대로 그 고립된 집에서 조용히 시간여행자가 퍼지는 전기가 마련될 거라고 내 자신에게 말했죠. 카펫에 남겨진 퍼즐 조각을 우리 아들이 부지불식간에 주고 간 선물처럼 여겼소. 미래의 그 조각을 부엌 선반 강낭콩 통조림 사이에 간직했지요. 몇 년이 지나 그 일이 일어날 때가 되면, 그것이 카펫 위에 어렴풋이 보이던 그 어린 아이에게 선물할 그 퍼즐임을 알아볼 수 있도록 말이오.

그때 이후론 할 이야기가 많지 않아요. 그녀와 난 소설의 등장인물들처럼 행복한 시간을 보냈죠. 우리는 일상적인 소소한 즐거움을 누리면서 지냈고 서로가 헤어져야만 하는 시간이동을 겪지 않기 위해서 가능한 평안하고 안정된 생활을 하려고 노력했소. 난 진 워렌의 아들이 타임머신을 팔 때 그것을 샀는데 사실 아무 짝에도 쓸모는 없었죠. 난 이미 모든 사람들처럼 날짜의 흐름에 쾌적하게 이끌리면서 시간여행을 했기 때문이오. 그러는 사이 머리가 빠지고 계단을 오르는 것이 점점 더 힘에 부치고 주름도 늘어났죠. 우리 세 아이들이 우리가 평화로운 행복을 누리면서 살았다는 한 가지 증거요. 그중 한 애는 이미 전에 만났죠. 그 아이들의 시간이동 능력이 우리보다 훨씬 우월하다는 건 두말하면 잔소리요. 그들의 통제능력은 불완전했지만 그들의 자손은 완벽한 통제력을 갖게 될 거라는 사실을 알고 있었죠. 그들이 세상에 나오면서 우리 유전자가 퍼져 나가기 시작하는 걸 보니 미소를 짓지 않을 수 없었소. 난 얼마나 많은 시간여행자 세대가 지나야 정부가 이들에게 주목하게 될지 알지 못했소. 하지만 곧 그때가 오리라는 건 알 수 있었죠. 그때 당신에게 이 편지를 써서 우리 손자들 중 한 명에게 전달해 달라고 해야겠다는 생각이 들었소. 공상과학의 아버지인 H. G. 웰스에게 1896년 11월 26일 밤에 이 편지를 전달해 달라고 하는 거죠. 만일 당신이 지금 그 편지를 읽고 있다면 내 생각이 틀리지 않았음이 입증된 거죠. 누가 당신에게 편지를 전해 줄지 모르지만 미리 말했듯이 그는 우리의 피를 이어받았을 거요. 이 이야기는 이미 세상을 떠난 사람의 말이라는 걸 당신도 짐작했겠죠.

아마도 당신에게 어떤 편지도 쓰지 않는 걸 바랄지도 모르겠군요. 아마도 어떤 경고도 하지 않고 그냥 주어진 운명을 향해 가도록 내버려두기를 원할지도 모르겠소. 어찌되었든 당신을 기다리는 운명은 그렇게 나쁘지 않고 나름 행복한 순간도 있었소. 하지만 이 편지를 쓴 것은 어떤 면에서 이런 삶은 당신이 살아가야 할 삶이 아니기 때문이오. 맞아요, 아마도 당신은 제인과 함께 과거에 머물러 있는 게 옳을 거요. 그녀 옆에서 행복을 누리며 시간여행에 대해서는 아무것도 모르는 성공한 작가로서 사는 거죠. 난 이미 어떤 것도 선택할 수 없소. 다른 삶을 택할 수 없으니까. 하지만 당신은 할 수 있어요. 당신은 아직 이 삶과 내가 이야기해 준 삶 가운데서 선택할 수 있어요. 버티로 계속 살아가느냐, 아니면 나로 변화하느냐 하는 점을 선택할 수 있죠. 결국 시간여행이 우리에게 제공한 것은 두 번째 기회, 돌아가서 다른 삶을 살 수 있는 선택권이오.

당신이 내일 마커스와의 약속에 가지 않는다면 무슨 일이 일어날지 많이 생각해 보았어요. 만일 가지 않으면 아무도 당신에게 총을 겨누지 않을 것이고, 당신의 두뇌는 활성화되지 않을 테니 시간여행을 하는 일도 없을 겁니다. 그 결과 잭 더 리퍼가 체포당하는 일도 없을 거고, 앨리스도 알지 못할 것이고, 독일이 폭탄을 퍼부을 때 달리지도 않겠죠. 올센 백화점에서 어떤 여성을 구하지도 않을 거고요. 당신의 협조가 없으면 변형유전자가 만들어지지 못할 것이고 시간여행자들은 절대 존재하지 않을 거요. 그럼 마커스란 사람이 당신을 죽이기 위해서 과거로 여행하지도 않겠죠. 그럼 마커스가 메릴본의 거지를 죽인 이후에 일어난 모든 일이, 거대한 빗자루가 모든 것을 쓸어 버리듯이 사라질 겁니다. 예를 들어 시간의 지도의 하얀 끈에서 나오는 여러 색깔의 끈들이 사라질 겁니다. 왜냐하면 어느 누구도 잭 더 리퍼가 체포를 당하거나 여왕폐하께서 어깨에 원숭이를 얹고 다니는 평행우주를 만들 수 없을 테니까. 세상에, 시간의 지도 자체가 사라지는 거죠! 누가 다시 그것을 만들겠어요? 보다시피, 버티, 만일 당신이 약속장소에 가지 않으면 모든 세상을 전멸시키는 셈이죠. 그렇다고 두려워하지는 말아요. 달라지지 않는 유일한 게 있으니까요. 1984년 올센 백화점에 그녀가 출현할 거라는 사실이지요. 비록 이제 아무도 거기서 그녀의 손을 잡고 탈출해서 조지 왕조풍의 아름다운 집으로 데려가 행복하게 살지는 않겠지만요.

그럼 당신은 어떻게 될까요? 당신의 삶은 시간여행에 영향을 받기 전의 순간으로 즉시 되돌아갈 거라고 생각합니다. 길리엄의 부하가 클로로포름으로 당신을 잠에 들게 하기 전 그 순간일 가능성이 가장 높죠. 만일 마커스가 결코 당신의 시대로 여행하지 않았고 아무도 죽이지 않았다면, 가렛은 절대 섀클리턴을 의심하지 않을 것이고, 따라서 길리엄은 자신을 위험에서 구해 달라고 그의 부하를 보낼 일도 없을 것이고, 클로로포름이 가득 묻은 손수건으로 1896년 11월 20일 밤 당신 코를 막지도 않았겠지요. 어디까지 돌아가든지 간에 당신은, 시간여행으로 발생하는 어떤 신체적인 효과도 느끼지 못할 거라고 생각합니다. 단지 한 장소에서 사라져 마법처럼 다른 장소에 나타날 겁니다. 비록 당신은 그 순간 이후에 경험한 것을 하나도 기억하지 못하지만 말이지요. 당신은 시간여행을 한 것 자체를 모르고 실제로 평행우주가 있다는 것도 모르지요. 만일 당신이 이미 일어난 일들을 바꾸려고 결심한다면, 이런 식이 될 거요. 나에 대해서는 아무것도 모르게 되겠죠. 체스 경기를 하면서 체크메이트를 외칠 때까지 경기를 진행하는 것과 같지요. 어느 순간에, 당신이 비숍을 움직이는 대신 루크를 움직이기로 결심하면 경기는 다른 방향으로 진행되겠죠. 당신이 약속장소에 가지 않으면 당신 삶에 일어나는 변화처럼.

그래서 모든 것이 당신에게 달려 있어요, 버티. 비숍이냐 루크냐. 당신의 삶이냐 내 삶이냐. 당신이 옳다고 생각하는 것을 하세요.

그럼 안녕히.

허버트 조지 웰스

그렇다면 운명은? 운명은 어떻게 될까? 웰스는 궁금했다. 아마도 그의 운명은 시간이동을 하는 것일지도 모른다. 우선은 1888년으로 그리고 전 세계가 참여하게 할 그 잔혹한 전쟁의 시작까지 가고, 편지에 자신에게 이야기한 모든 것을 그대로 따라갈 것이다. 그의 운명은 시간여행자의 혈통을 만드는 것일지도 모른다. 자신의 삶을 희생하기를 거부해서, 즉 원하는 대로 사는 게 여의치 않던 그곳에서 제인과 함께 머물고 싶어서, 인간이 언젠가 시간여행을 하게 되는 것을 방해하고, 미래를 바꿀 권리가 아마도 그에게는 없을지도 모른다. 계속 버티로 살아가기를 원할 권리가 없을지도 모른다.

하지만 이건 단지 그의 선택의 도덕적인 면만을 고려하는 것이 아니라 정말 자신이 선택할 수 있느냐의 문제이기도 하다. 웰스는 미래의 자신이 생각한 것처럼 단순히 자신이 약속장소에 나가지 않기만 하면 문제를 해결할 수 있을지 의심스러웠다. 만일 가지 않으면 마커스가 언젠가 그를 찾아서 죽일 게 분명했다. 『투명인간』의 원고를 꼭 쥐고 결국 지금 그가 하려는 일이 유일한 선택이라고 스스로에게 말했다. 그동안 마차는 그린파크를 지나 그의 생명을 위협하는 사람이 기다리는 버클리 광장을 향해 가고 있었다.

편지를 읽은 다음 봉투 속에 집어넣고 의자에 한동안 앉아 있었다. 그는 미래의 웰스가 생색내는 듯한 태도로 그를 대한 것이 불쾌했지만 그것 때문에 그를 비난할 수는 없었다. 그렇게 말을 하는 사람이 자기 자신이기 때문이다. 그가 그 자리에 있었더라면, 그 모든 경험을 거친 걸 고려한다면, 이제 겨우 세상에 첫발을 내디디기 시작한 과거의 젊은 자신에게 아버지처럼 너그러운 말투를 사용할 수밖에 없었을 것이다. 사실 그러했다. 하지만 그것은 중요하지 않았다. 더 중요한 것에 집중하기 위해서는 되도록 빨리 그 자신이 그러한 편지를 썼다는 놀라운 사실을 받아들일 필요가 있었다. 즉 그 문제에 대해 결정을 내려야 한다. 그 문제에 관해서 모든 형이상학적인 원리를 고려해 결정을 내리고 싶었다.

그의 앞에 있는 두 가지의 삶 중에서 정말 어떤 삶을 살아야 하며, 어떤 길에서 모험을 해야 할까? 그것을 알 수 있는 방법이 있을까? 없었다. 게다가 복합적인 세계의 이론에 의하면 과거에 도입된 변화들은 현재에 영향을 주지 않고 대체되는 또 다른 현재를 만들어 냈는데, 아무런 흠이 없는 원래의 세계와 평행하며 새로운 세상을 형성해 자라간다. 그 주장에 의하면 그에게 편지를 전해 주려고 시간을 통과한 아름다운 메신저는 평행우주에 도착한 것이다. 왜냐하면 진짜 우주에서는 집 밖에 있는 그에게 아무도 접근하지 않았기 때문이다. 결과적으로 그가 약속장소에 가지 않아도, 편지를 받지 않은 세상에 사는 그는 약속장소에 가게 된다는 사실을 의미했다. 그 말은 그의 다른 삶, 미래의 웰스가 편지 속에서 살았던 삶은 사라지지 않을 거라는 뜻이다. 따라서 운명에 굴복하지 않는 삶을 선택해도 결국은 중복될 삶이었다.

그래서 도덕적인 문제는 신경 쓰지 말고 그가 정말 살고 싶은 삶을 결정해야 했다. 제인과 함께 남아서, 소설을 쓰고 내일을 꿈꾸며 살까? 아니면 그 머나먼 시대, 미래의 웰스가 살았던 삶을 택할까? 버티로 살아갈까? 아니면 호모 사피엔스와 호모 템포리스를 연결하는 고리가 될 것인가? 편지가 묘사하는 운명에 조용히 따르는 것이 더 끌린다는 점은 인정할 수밖에 없었다. 노리치의 폭격처럼 그렇게 흥분되는 에피소드가 있는 생활이 더 매력적이라는 사실은 부인할 수가 없다. 그러한 위험한 환경에서 살아남을 것을 이미 알고 있으니 안전에 대해서는 신경 쓰지 않아도 될 것이다. 폭탄이 하늘에서 떨어지는 동안 이리저리 바삐 뛰어다닐 것이다. 인간의 광기가 얼마나 공포스러울 수 있는지 경악하며, 그 파괴 장면의 가장 깊은 곳에 숨겨진 아름다움을 감탄하면서 말이다. 베른은 꿈꿀 수도 없는 발명품으로 가득한 미래를 여행할 수 있다는 황홀함은 말할 것도 없다. 하지만 그것은 제인을 포기해야 한다는 의미며, 무엇보다도 문학을 포기해야 한다는 뜻이다. 그 삶을 택하면 절대로 다시는 글을 쓰지 못할 것이기 때문이다. 그렇게 할 준비가 되어 있는가? 그것에 대해서 한동안 생각한 뒤 마침내 결정을 내렸다. 그리고 침실로 올라가 제인을 애무하면서 깨우고 두더지 소굴 같은 그날 밤의 고통스럽고 축축한 어둠 속에서 마지막인 것처럼 사랑을 나누었다.

"마치 처음 관계를 가질 때처럼 사랑해 주었어요, 버티." 그녀가 다시 잠이 들기 전에 고마움을 표하면서 말했다.

그 말을 듣고 그녀 옆에서 깊은 숨을 내쉬고 웰스는 늘 그랬던 것처럼 그의 아내는 그가 무엇을 원하는지 그 자신보다도 더 잘 안다고 생각했다. 그녀에게 물어보았다면, 결정을 내리느라 그토록 고민할 필요가 없었을 것이다. 그래, 정말 원하는 것이 무엇인지 알 수 있는 가장 좋은 방법은 정 반대를 선택하는 거야. 그는 자신에게 그렇게 말했다.

마차가 버클리 광장 50번지, 런던에서 가장 마법에 많이 걸린 집에 멈추었을 때 그도 하던 생각을 멈추었다. 마침내 그 순간이 다가왔다. 공기를 한 모금 크게 들이마시고 마차에서 내려 서둘지 않고 『투명인간』을 팔에 끼고 건물로 들어가며 오후에 떠다니는 향기를 맡았다. 안으로 들어가자, 스토커 와 제임스가 벌써 도착해서 그들을 죽일 남자와 현관 입구에 놓인 촛대가 자아내는 빛의 둥근 원의 중앙에서 신나게 대화를 나누고 있었다. 미국인 의 초자연적인 관찰력을 칭찬하는 평을 들으면서 폭소를 터트리지 않을 수 없었다.

"아, 웰스 씨." 마커스가 그를 보면서 외쳤다. "오시지 않는 줄 알았어요."

"늦어서 죄송합니다, 신사 여러분." 웰스가 체념하면서 마커스의 두 부하 들을 쳐다보며 사과를 했다. 그들은 바닥에 직사각형의 빛이 비추는 모서 리 끝에 단단하게 선 채 마커스가 그 바보 같은 3인방을 끝내 버리라는 명 령을 내리기를 기다리는 것 같았다.

"아, 괜찮습니다." 주인이 말했다. "중요한 것은 당신이 소설을 가져왔나 는 겁니다."

"가져왔어요." 웰스가 원고를 바보처럼 흔들면서 말했다.

마커스는 기뻐했고 그의 옆에 있는 테이블을 가리키면서 이미 그 위에 놓인 두 개의 원고 위에 내려놓으라고 말했다. 웰스는 태연하게 자신의 원 고를 그 위에 얹고 몇 발자국 물러섰다. 그리고 자신이 마커스와 그의 부하 들 앞에, 제임스와 스토커의 오른쪽에 서게 되었음을 발견했다. 마커스와 부하들에게 총을 맞기에 가장 이상적인 위치에 서게 된 셈이다.

"감사합니다, 웰스 씨." 마커스가 테이블 위에 놓인 전리품들을 만족스럽 게 바라보았다.

웰스는 이제 그가 미소를 지을 것이라고 생각했다. 마커스는 미소를 지 었다. 이제 미소를 멈추고 우리를 갑자기 심각한 표정으로 바라볼 것이다. 그리고 오른손을 올리겠지. 그러나 손을 든 것은 웰스 자신이었다. 마커스 는 호기심 어린 표정으로 그를 관찰했다.

“무슨 일이 있소, 웰스 씨?” 물었다.

“아니오, 아무 일도 일어나지 않기를 바라지요, 라이스 씨.” 웰스가 대답했다. “곧 알게 되겠지만요.”

그 말을 하고 손을 내리는 동작을 취했는데, 이런 종류의 사인을 해 본 경험이 없는 까닭에 동작에 권위가 없어서 마치 향로를 휘젓는 사람처럼 팔을 휘저었다. 하지만 그 역할만큼은 잘 수행했다. 갑자기 위층에서 요란한 소리가 났다. 참석자들은 동시에 층계의 구멍을 향해 고개를 들었는데, 그들 방향으로 흐릿한 인간의 그림자처럼 보이는 것이 떨어졌다. 용감한 데릭 새클리턴 대장이 바닥에, 빛의 원 바로 정 중앙에 착륙했을 때 모두들 그가 사람이라는 걸 확인했다.

웰스는 톰이 바닥에 버티고 서자 미소를 지었다. 무릎을 구부리고 탄력 있는 근육을 자랑하는 톰은 노획물에 공격을 가하려는 고양이 같았다. 촛대의 불빛이 그의 갑옷을 아름답게 비추었다. 그를 완전히 덮은 그 금속 방탄갑옷은 늠름하고 강한 턱만 드러냈다. 진정한 영웅의 모습이었다. 웰스는 그때서야 톰이 왜 그의 옛 동료들에게 갑옷을 구해 달라고 했고, 그날 아침 그들이 길리엄 머레이의 소품 중에서 그걸 슬쩍했는지 이해할 수 있었다. 그곳에 모인 사람들이 무슨 일인지 눈치 채기 전에 새클리턴은 칼을 꺼내 허공에 대고 돌리다가 칼끝으로 마커스의 부하의 배를 찔렀다. 그의 동료가 무기를 겨누면서 대응하려 했으나 두 사람 사이의 거리가 너무 짧아서 여의치 않았다. 그러자 대장은 피해자의 배에서 칼을 꺼내 그것을 다시 우아하게 돌리면서 다른 부하를 겨냥했다. 그 부하는 황홀함과 두려움 속에 대장이 칼을 높이 드는 것을 보았다. 대장이 곧이어 그의 목을 향해 칼을 빠르게 내리쳤다. 놀란 표정을 짓던 그의 머리는 바닥을 굴렀고 불빛이 비추는 곳을 벗어나 어둠 속으로 조용히 사라졌다.

“살인자를 데려온 거요, 웰스?” 제임스가 바로 앞에서 전개되는 유혈이 낭자한 장면을 보고 놀라서 소리쳤다.

웰스는 대꾸하지 않았다. 톰의 동작을 따라 시선을 움직이기에도 바빴다. 마커스가 드디어 반응을 보였다. 웰스는 그가 자기 부하의 무기를 바닥에서 집어서 톰에게 겨누는 광경을 보았다. 톰은 피 묻은 칼을 들고 마커스를 겨냥했다. 두 사람 사이에는 네 발자국 정도의 거리가 있었다. 웰스는 마커스가 총을 쏘기 전에 칼로 공격하기에는 거리가 너무 멀다고 판단했다. 그의 판단이 옳았다. 톰이 한 발자국 내밀기도 전에 가슴에 총을 맞았다. 그의 갑옷은 갑각류의 껍질을 망치로 칠 때처럼 산산조각이 났다. 대장이 뒤로 넘어지면서 헬멧이 벗겨졌다. 총알의 위력 때문에 쓰러진 그는 바닥에서 구르다 마침내 멈췄다. 가슴 중앙의 구멍에서 김이 나오고 있었고 그의 잘생긴 얼굴은 가장 가까운 촛불의 영향으로 빛이 났다. 입술에서는 피가 흐르고 아름다운 초록색 눈에서는 이미 촛불의 불꽃만이 반짝이고 있었다.

마커스가 승리의 탄성을 지르며 정적을 깨뜨렸다. 톰을 바라보던 사람들이 그에게 시선을 돌렸다. 마커스는 믿을 수 없다는 듯이 자기 주위에 흩어진 세 구의 시체를 바라보았다. 잠시 천천히 고개를 흔들고 현관 입구의 반대편에 소대를 편성한 듯 누워 있는 부하들을 보라보았다.

"웰스, 멋진 시도였소." 사나운 미소를 지으며 그들에게 유연하게 걸어오면서 말했다. "날 놀라게 했다는 점은 인정하지. 하지만 당신의 계획은 시체만 더 추가시켰을 뿐이오."

웰스는 대꾸하지 않았다. 마커스가 총을 들어 그의 가슴을 겨누는 것을 보고 갑자기 현기증을 느꼈다. 시간이동을 알리는 현기증임에 틀림 없다고 생각했다. 그러면 이제 그는 1888년으로 여행을 갈 것이다. 그것을 막으려고 노력했지만 자신의 운명에서 벗어날 수 없을 것 같았다. 아마도 새클리턴이 마커스를 죽일 수 있는 또 다른 평행우주가 있을지도 모른다. 그곳에서 그는 시간여행을 하지 않고 계속해서 버티로 살아가겠지만 불행하게도 그는 다른 우주, 미래의 웰스가 살아간 우주와 매우 유사한 곳에 있었다.

그곳에서 웰스는 과거로 8년을 이동할 것이고 새클리턴 대장은 강력한 광선에 맞아서 목숨을 잃을 것이다.

자신의 실수를 확인하자 웰스는 슬프게 미소를 지었고 마커스는 방아쇠를 당겼다. 그 순간 총성이 들렸다. 하지만 전통적인 무기 소리였다. 그다음 슬픈 미소를 지을 사람은 마커스였다. 잠시 후 그는 무기를 든 손을 내려뜨렸다. 무기가 그의 손에서 미끄러져서 바닥에 떨어졌는데 갑자기 쓸모없는 물건이 된 것 같았다. 그리고 사람들이 꼭두각시 인형의 실을 하나하나 끊을 때 쓰러지는 인형처럼 바닥에 무릎을 꿇고 앉더니, 마침내 쓰러진 채 피에 젖은 얼굴로 다른 사람들에게 미소를 지었다. 웰스는 그의 뒤로 김이 나오는 총을 들고 있는 콜린 가렛 형사를 보았다.

형사가 그 시간 내내 그를 감시하고 있었던 건가? 청년의 갑작스런 출현에 놀란 그는 어떻게 된 영문인지 궁금했다. 아니야, 그럴 리가 없어. 만일 원래 우주, 즉 불가피하게 시간여행을 하고 자기 자신에게 편지를 쓰는 우주에서 가렛에게 미행당했다면, 일단 그가 사라진 후 젊은 형사는 그 장면에 개입해서 마커스를 체포했을 것이다. 마커스가 어떤 공간이나 시간을 통해서 도망갔다 해도, 가렛은 모든 음모를 발견했을 것이다. 하지만 웰스는 가렛이 그를 미행하지 않았다는 사실을 알고 있다. 왜냐하면 미래의 자신이 작가인 브람 스토커와 헨리 제임스가 버클리 광장의 수상쩍은 유령과 대치하며 밤을 지낸 뒤 기이한 상황에서 죽은 채 발견되었다는 기사를 읽었기 때문이다. 가렛이 일어난 모든 사건의 증인이라면 그러한 기사는 절대 존재하지 않았을 것이다. 그래서 형사는 그 전에 있지 않았던 것처럼 그 우주에도 그 장면에 존재하지 않았을 것이다. 게임용 탁자 위의 새로운 카드는 새클리턴뿐이다. 웰스는 운명에 맞서서 싸우기 위해 그에게 도움을 요청했다. 그렇다면 가렛이 나타난 것은 새클리턴 때문일 것이다. 웰스는 아마도 형사가 새클리턴을 따라 그곳까지 왔을 거라고 추측했다.

그리고 그의 가정은 틀리지 않았다. 그 점은 모든 것을 보고 있는 내가 확인해 줄 수 있다. 두세 시간 전 가렛이 넬슨 양과 함께 그린파크를 기분 좋게 산책하고 돌아왔을 때, 그는 피커딜리에서 거구의 남자와 부딪혔다. 그와 충돌한 뒤 사과했으나 그 남자는 몹시 바쁜지 멈춰 서지도 않았다. 그렇게 이상하게 서두는 것이 가렛의 호기심을 자극했을 뿐만 아니라 그의 몸이 지나칠 정도로 단단한 점이 이상하게 여겨졌다. 어깨가 심하게 아팠기 때문이다. 부딪힐 때의 충격이 워낙 커서 형사는 그가 입고 있는 긴 외투 속에 중세의 갑옷 같은 것을 입고 있을 거라고 의심했다. 잠시 후 그런 생각이 터무니없지 않다는 사실을 확인했다. 그의 시선이 낯선 사람의 군화에 머물렀을 때 갑자기 소름이 끼쳤다. 자신과 방금 부딪힌 사람이 누군지 기억났다. 믿을 수 없어서 입을 다물지 못했다. 마음을 진정하려고 애쓰면서 부지런히 그를 미행하기 시작했다. 떨리는 손으로 주머니의 권총을 지그시 누르면서 어찌할지를 고민했다. 최선의 방법은 그를 잠시 따라가는 것이라고 생각했다. 적어도 그가 그렇게 바삐 어디로 가는지 알 때까지만이다. 흥분되지만 굉장히 경계하면서 올드 본드 스트리트를 따라갔다. 낙엽을 밟을 때마다 낡은 양피지의 부스럭거리는 소리가 나서 숨을 죽여야 했다. 브루턴 스트리트를 지나 마침내 버클리 광장에 이르렀다. 그곳에 도착하자 섀클리턴은 폐가 같은 건물 앞에 잠시 멈추었다가 그 정면 벽을 타고 올라가서 위층 창문으로 사라져 버렸다. 형사는 나무 뒤에 숨어서 그의 행동을 훔쳐보다가 어떤 행동을 취할지 난감해 했다. 집 안으로 들어가야 하나? 하지만 그 질문에 대답하기 전에 건물의 낡은 정면 앞에 마차 한 대가 멈춰 서더니 놀랍게도 거기서 작가인 H. G. 웰스가 내렸다. 그리고 침착하게 건물로 걸어가 문을 열고 그 안으로 사라졌다. 작가와 미래의 남자가 무슨 약속을 했나? 놀란 가렛은 호기심이 일었다. 그것을 확인하는 방법은 단 한가지뿐이었다. 살그머니 거리를 횡단해서 건물 정면으로 올라가 몇 분 전에 섀클리턴 대장이 들어간 창문으로 들어가는 것이다. 건물의 어두운 실내로 들어가자 들키지 않고 모든 장면을 볼 수 있었다. 그때서야 섀클리턴이 그의 예상처럼 벌을 받지 않고 악을 행하러 온 것이 아니라 마커스라는 시간여행자에 대항해서 웰스를 도와주러 온 것임을 깨달았다. 사악한 마커스의 계획은 작가의 작품 하나를 빼앗는 것임을 추측할 수 있었다.

웰스는 형사가 톰의 시체 앞에서 무릎을 꿇고 다정하게 눈을 감겨 주는 장면을 바라보았다. 가렛은 일어나서 천진한 미소를 지으며 작가에게 무슨 말을 했는데 웰스는 그 말을 알아듣지 못했다. 바로 그 순간에 그 우주가 전혀 존재하지 않았던 것처럼 사라졌기 때문이다.

타임머신의 조종간에서 손잡이를 밀었다. 아무 일도 일어나지 않았

다. 주변을 둘러본 웰스는 1896년 11월 20일에 계속 머물러 있음을 깨달았다. 그는 서글픈 미소를 지었다. 조종간을 만지기 훨씬 전부터 그러한 미소를 짓고 있었다는 이상한 느낌이 들었다. 그리고 자신이 이미 알고 있는 사실을 확인했다. 그 기구의 장엄한 아름다움에도 불구하고 그것은 장난감에 불과하다는 사실. 2000년은-사기꾼 길리엄 머레이가 꾸며낸 것이 아닌 진짜 2000년은-그가 이해할 수 있는 한계를 넘어서 있었다. 다른 모든 미래처럼 말이다. 원한다면 그러한 의식을 수차례 해 볼 수 있지만 항상 실제 같은 연극일 것이다. 절대 시간여행은 하지 못할 것이다. 어느 누구도 할 수 없다. 어느 누구도. 그는 절대 빠져나갈 수 없는 현재에 갇혀 있었다.

울적한 표정을 지으며 기계에서 일어나 다락방의 창가로 갔다. 밤은 고요했다. 순결한 침묵이 어머니처럼 들판과 이웃집들을 감싸고 세상은 고요의 자비에 완전히 항복해 무장해제를 당한 듯했다. 나무들의 순서를 바꾸고 꽃들을 다른 색으로 칠하고 전혀 벌을 받지 않고 다른 짓도 할 수 있다. 휴식을 취하고 있는 그 우주로 다가가자 웰스는 자신이 땅 위에 유일하게 깨어 있는 사람이라는 느낌이 들었다. 귀를 기울이면 해변가로 밀려오는 바다의 으르렁거리는 소리, 풀이 지치지 않고 자라는 소리, 구름이 하늘의 껍질과 부딪히는 소리, 유성이 축을 중심으로 회전할 때 내는 낡은 목재의 삐걱거리는 소리까지 들을 수 있을 것 같았다. 그 고요함은 그의 영혼까지 평화롭게 만들었다.『투명인간』을 마무리했을 때처럼 소설을 마칠 때면 항상 찾아오는 강렬한 평온함이 밀려왔다. 이제 다시 출발점으로 돌아왔다. 작가들을 유혹하고 전율케 하는 그 순간에 서 있다. 공중에 떠다니는 많은 것 중에 어떤 새로운 이야기를 주제로 삼을지, 오랫동안 어떤 줄거리를 엮어 나갈지 결정해야 할 때였다. 신중하게 골라야 한다. 춤을 추기 전에 옷을 고르기 위해 옷이 가득한 옷장 앞에 서 있는 것처럼 침착하게 모든 가능성을 연구해야 한다. 주변에는 항상 위험한 이야기들, 다루어지기를 거부하는 이야기들, 쓰는 동안 작가를 갈기갈기 찢어놓는 것 같은 이야기들, 최악의 경우 황제를 위한 옷처럼 화려하지만 결국 지나고 보니 넝마에 불과한 이야기들이 있기 때문이다. 조심스레 종이에 첫 단어를 쓰기 전에는 무엇이든 다 쓸 수 있다. 그것은 그의 핏속에 자유라는 강렬한 감각을 주입하는 순간이지만, 이 자유는 아름다우면서도 허망하다. 한 이야기를 선택하는 순간에 다른 이야기들은 잃어버린다는 사실을 알기 때문이다.

하늘에 퍼진 별들을 평화로운 미소를 지으며 바라보았다. 갑자기 더럭 겁이 났다. 두세 달 전에 네우드의 집을 마지막으로 방문했을 때 형 프랭크와 나눈 대화가 생각났다. 그곳에서는 다락방의 쓸모없는 도구들처럼 그의 가족들이 떼를 지어 모여 살았다. 다른 사람들이 잠을 자러 가자 프랭크와 그는 담배와 맥주를 들고 현관으로 나가 당당한 장군의 흉배처럼 별들이 가득하고 장엄하게 빛나는 하늘을 바라보았다. 우주의 깊이가 슬쩍 엿보이는 그 덮개 아래서 인간들의 일은 지극히 하찮아 보이고 인생은 한낮

놀이 같았다. 웰스는 맥주를 한 모금 마시면서 프랭크가 그들 사이에 자리 잡은 무거운 침묵을 깨기를 바랐다. 인생이 그를 괴롭히는 고난에도 불구하고, 네우드에 갈 때마다 그의 형은 변함없이 낙관적이었다. 아마도 기본적으로 그런 성격이 그를 붕 떠 있게 해 주는 역할을 하는 것 같다. 그리고 그러한 낙관주의는 대영제국의 국민이라는 자부심처럼 구체적인 것에서 찾을 수 있었다. 그래서 프랭크는 영국 식민지 정책의 업적을 칭찬하기 시작했고 웰스는 자신의 조국이 세상을 차지하는 압제적인 방법을 증오했기에 영국의 식민지 정책이 태즈메이니아의 5천 명의 원주민에게 끼친 해로운 영향을 언급하지 않을 수 없었다. 이 종족은 매우 짧은 시간에 매우 적은 수로 줄어들었다. 웰스는 술에 취한 프랭크에게 태즈메이니아의 원주민들은 인디언 문화의 가치보다 더 월등한 가치를 소유한 국가에 의해 매료당한 것이 아니라, 제국의 강력한 기술을 가진 국가에 의해 정복당한 것이라고 설명하려 했다. 그것은 대영제국이 그보다 더 훌륭한 기술을 가진 국가에 의해 정복당할 수 있는 것과 마찬가지라고 덧붙였다. 그 말에 형은 웃었다. 그는 세상에는 대영제국보다 더 훌륭한 기술을 가진 국가는 없다고 술에 취해 교만하게 말했다. 웰스는 그런 논쟁을 벌이는 것이 불쾌하지 않았으나 프랭크가 안으로 들어갔을 때 별들을 도전적으로 바라보았다. 아마도 그가 살고 있는 세상에서는 그렇지 않을지 모르지만 혹시 다른 세상에서는?

이제 동일한 의구심을 갖고 하늘을 관찰하기 시작했다. 특히 핀의 머리 부분보다 약간 큰 화성을 자세히 쳐다보았다. 하늘에서는 별로 중요하지 않지만, 그와 동시대인들은 화성에 다른 인간들이 살고 있을 가능성이 있다고 생각했다. 그 붉은 별은 희미한 대기의 막으로 둘러싸여 있고 바다는 없지만 만년설이 있었다. 천문학자들은 화성이 지구 다음으로 생명체가 자랄 수 있는 최고의 조건을 갖춘 태양계의 행성이라는 주장에 의견의 일치를 보았다. 그리고 그것은 일부 의심을 품는 사람들을 넘어서서 많은 사람들에게 확고한 사실이 되었다. 이러한 일은 몇 년 전 천문학자 ♪조반니 스키

아파렐리가 화성의 암홍색 표면을 지나가는 줄을 몇 개 발견했을 때 더 확실해졌다. 그 운하들은 화성 공학에 대한 반박할 수 없는 증거다. 만일 화성인들이 존재한다면 이들은 인간들보다 더 우등할까? 만일 신대륙의 인디언들처럼 그 대륙을 정복하러 온 사람들을 환영할 준비가 되어 있는 원시적인 종족이 아니고, 인간들보다 더 지혜로운 종족으로 인간이 원숭이를 바라보듯이 인간들을 바라본다면? 만일 그들이 인간과 같은 정복욕에 사로잡혀서 고도의 기술로 우주를 여행해 지구에 도착한다면 어떻게 될까? 최고의 정복자인 인간들은, 프랭크 같은 무지한 사람들에게 칭송받으면서 그들이 침략한 원주민들의 가치와 자존심을 말살시켰던 것처럼 자신들을 정복하려는 존재들을 보고 어떻게 반응할까? 웰스는 그러한 가능성을 상상하며 콧수염을 어루만졌다. 화성인의 갑작스런 공격에 워킹의 평화로운 풀밭 위로 증기를 내뿜는 원통들이 쏟아져 내리는 상상을 했다.

그것을 자신의 다음 소설의 주제로 삼을까 생각해 보았다. 머릿속에서 느끼는 흥분은 그러라고 지시했으나 편집장은 어떻게 생각할지 걱정이 되었다. 화성 침략? 시간여행을 위한 기계를 만드는 발명가 이야기, 동물들을 여기저기 손봐서 인간성을 부여하는 과학자 이야기, 투명인간이 되어 고통당하는 인간의 이야기를 쓴 다음에 그게 자네에게 떠오른 생각인가? 헨리는 웰스가 최근 소설 『놀라운 방문』으로 호평을 받은 뒤 그의 재능을 칭찬했다. 그가 재능이 있는 건 사실이다. 그는 베른처럼 과학을 하지는 않았지만 '절대적 논리' 같은 걸 사용해 사건들에 신빙성을 부여했다. 1년에 여러 편을 쓸 수 있는 놀라운 업무 능력은 말할 필요도 없다. 하지만 헨리는 그런 속도로 모자에서 뽑아내는 것 같은 책들이 진정한 문학인지 심각한 의구심이 든다고 했다. 만일 그의 이름이 신제품 소스나 비누 이상의 명성을 얻으려면, 독자들의 영혼에 스며드는 데 필요한 절대적 깊이는 부족하고,

---

♪이탈리아의 천문학자. 화성의 직선군에 대한 보고서로 화성에 생명체가 살지도 모른다는 논쟁을 불러일으켰다.

상상력만 넘치는 그런 소설을 쓰느라 그의 굉장한 재능을 더 이상 낭비하지 말아야 한다. 그렇다. 그저 명민하고 재능 있는 작가가 아닌 훌륭한 작가가 되기를 원한다면, 나흘 만에 써내는 그러한 우화보다 더 많은 노력을 기울여야 한다. 그렇다, 문학은 그 이상, 훨씬 이상의 것이다. 진정한 문학은 독자를 움직이고, 상처를 입히고, 사물에 대한 그들의 지각을 변화시키고, 통찰력을 갖도록 자극해야 한다.

하지만 세상의 진실을 추출해서 그것을 전달할 수 있을 정도로 그가 세상에 대해 잘 알고 있을까? 그의 언어로 독자들을 변화시킬 수 있을까? 그리고 만일 그렇다면 어떻게? 더 나은 사람들로 변화시켜야 할 것이다. 하지만 어떤 종류의 이야기로 그렇게 할 수 있을까? 헨리가 말하는 그러한 평가를 받을 판단력이 있는 상태까지 독자들을 끌고 가기 위해서는 무슨 얘기를 해야 할까? 독자들에게 침을 질질 흘리고 눈은 거대하고 소동을 일으키는 촉수를 가진 끈끈한 무리들을 대면시킨다면 그들의 일상이 변할까? 어쩌면, 이라고 그는 혼잣말을 했다. 만일 화성인들을 그런 식으로 소개한다면 제국의 신하들은 문어를 더 이상 먹지 않을 것이다.

밤의 정적을 깨는 소리에 하던 생각에서 벗어났다. 우주 공간에서 도착한 원통은 아니었지만, 셰퍼 부부의 아들의 마차였다. 웰스는 자기 집 앞에서 멈춘 마차의 마부석에서 졸고 있는 소년을 알아보고는 미소를 지었다. 소년은 몇 페니를 벌 수 있다면 새벽 일찍 일어나는 불편도 개의치 않았다. 웰스는 계단을 내려가 외투를 입고 제인을 깨우지 않으려고 조심스럽게 집을 나섰다. 그의 아내는 그가 하려는 일을 허락하지 않을 것이고 그 자신도 왜 그 일을 하는지 설명할 수 없을 것이다. 그건 신사다운 행동이 아니기 때문이다. 소년에게 인사한 후 마차를 바라보았다―소년은 이번에 더 신경을 썼다―그리고 마부석에 올랐다. 소년은 고삐를 당기고 런던으로 향했다.

두 사람은 가는 동안 사소한 얘기도 나누지 않았고 그럴 필요조차 없었다. 웰스는 대부분의 시간을 조용히, 우주에서 온 생명체들에게 공격당해 울부짖는 꿈결 같고 무방비 상태의 세상에 대한 멋진 상상에 사로잡혀 있었다. 셰퍼 부부의 아들을 곁눈질로 바라보았다. 세상은 자기 시선이 닿는 것이 전부라고 믿는 그와 같은 단순한 영혼들은 외계의 공격에 대해 어떻게 반응할지 궁금했다. 화성인의 우주선이 착륙한 장소에, 초조하게 백기를 흔들면서 다가가는 촌사람들의 소규모 파견대를 상상해 보았다. 그리고 그들의 천진난만한 인사에 외계인들은 광선검 같은 불꽃으로 즉시 그들을 전멸시킬 것이다. 그들의 공격은 온 땅 위에 불에 탄 시체와 연기 나는 나무로 뒤덮인 불타오르는 분화구를 남길 것이다.

마차가 잠들어 있는 런던에 도착하자 화성인들의 침략에 대한 생각에서 벗어나 자신이 온 목적에 집중했다. 말발굽 소리를 내면서 밤의 정적을 헤치고 점점 적막한 거리들을 지나서 그릭 스트리트에 도착했다. 웰스는 소년이 마차를 머레이 시간여행사 앞에 세웠을 때 장난기 어린 미소를 짓지 않을 수 없었다. 거리를 둘러보고 아무도 없다는 사실을 확인하고 안심했다.

"좋아, 얘야." 마차에서 내리면서 말했다. "저쪽으로 가자."

그들은 각자 마차 위에 있는 통을 두 개씩 집어서 건물 앞으로 다가갔다. 되도록 소리를 내지 않으려고 노력하면서 솔을 통에 담긴 소똥에 담갔다가 입구 옆의 벽에 덕지덕지 바르기 시작했다. 그 혐오스러운 일은 10분 정도 걸렸다. 다 마치고 나자 구역질나는 냄새가 진동했지만 웰스는 기꺼이 그 냄새를 맡았다. 그건 자신의 분노의 냄새이고, 그가 삼켜야 할 증오의 냄새이며, 그의 내부에서 쉬지 않고 목적도 없이 끓어오르는 혐오의 냄새였다.

"왜 이런 일을 하세요, 웰스 씨?" 소년이 용기를 내어 물었다.

웰스는 잠시 그를 거의 분노가 담긴 시선으로 똑바로 쳐다보았다. 그 아이처럼 단순한 영혼에게도 한밤중에 그가 하는 혐오스럽고 황당한 일이 엉뚱해 보였을 것이다.

"왜냐하면 무언가를 하는 것과 아무것도 하지 않는 것 사이에, 이것이 내가 할 수 있는 전부니까."

소년은 영문 모를 그의 말에 어리둥절해서 고개를 갸우뚱했다. 그는 작가가 그런 행동을 하는 이유를 알고 싶어 한 것을 후회하는 것 같았다. 웰스는 그에게 약속한 돈을 지불하고 워킹으로 돌아가라고 말했다. 그는 아직 런던에서 할 일이 있었다. 소년은 안도하는 모습이었다. 어떤 종류의 일인지 생각하고 싶지도 않았다. 마차에 오른 그는 말을 재촉해서 거리 끝으로 사라졌다.

웰스는 머레이 시간여행사 건물의 희화적인 정면을 바라보고 다시금 어떻게 그 소박한 극장이 톰이 묘사한, 2000년의 황폐한 런던의 거대한 무대장치를 갖고 있는지 의아했다. 조만간 그 수수께끼를 완전히 해결할 생각이었지만 지금 이 순간은 그 점에 대해서는 잊어버려야 했다. 재론의 여지도 없는 머레이의 예민한 성격을 기분 나쁜 방식으로 확인하고 싶지 않다면 말이다. 그 생각을 잠시 밀어두고 고개를 저으며 잠시 동안 자신의 작품을 의기양양해서 감상했다. 그리고 일이 잘된 것에 만족하며 워털루 다리로 향했다. 새벽의 아름다운 경치를 보기에 그보다 더 좋은 곳은 없었다. 하늘의 암흑이 곧 여명의 도래와 더불어 금이 가기 시작할 것이다. 그는 잠시 동안 헨리의 사무실로 가기 전에 그 채색의 결투를 바라볼 수 있었다.

사실 편집장과의 약속에 늦게 가기 위해 어떠한 변명이라도 둘러대고 싶었다. 그의 새 원고는 그를 그렇게 열광시키지는 않을 것이다. 헨리는 당연히 그 책을 출간하겠지만, 그를 문학의 역사에 길이 남을 작가들 모임에 넣고 싶어 하는 그의 충고를 피할 수는 없을 것이다. 왜 그의 충고를 받아들이지 않는 걸까? 갑자기 생각에 잠겼다. 모험소설이나, 창의적인 이야기에 쉽게 감동받는 순진한 독자들을 위한 글은 이제 그만 쓰고 좀 더 교양 있는 독자들을 위한 글을 써야 하는 건 아닐까? 이런 교양 있는 독자들은 대중적인 소설의 즐거움이나 여가거리를 경멸하는데, 그들은 우주에 대해 설명하거나, 심지어 다음 세대에 그들 존재의 불확실성을 설명해 줄 진지하고 심오한 문학을 선호한다. 아마도 다른 종류의 이야기를 용기를 내서 써 봐야 할지도 모른다. 다른 방법으로 독자들의 영혼을 흔들 수 있는 책, 헨리가 원하듯이 계시가 될 수 있는 그런 책 말이다.

웰스는 그러한 생각에 잠겨 채링크로스 가를 지나 스트랜드 가로 갔다. 그때쯤 새날이 조용히 그의 주위에서 움트기 시작했다. 조금씩 하늘의 암흑이 비현실적인 강렬한 푸른색에 양보하고 사라지더니, 곧이어 지평선까지 밝아지면서 연한 자줏빛을 띠다가 오렌지색으로 변했다. 작가는 멀리서 워털루 다리의 실루엣을 보았다. 갈수록 사라지며 빛에 의해 힘을 잃어가는 어둠에 비해 더 선명하게 다리가 윤곽을 드러냈다. 가볍고 신비스런 소리의 교향곡이 귀에 들리자 흐뭇하게 미소를 지었다. 도시가 깨어나기 시작했다. 공기에 기대어 흩어져 있던 작은 소리들이 곧 진지하고 끈기 있는 생명이 솟아나는 소리로 변할 것이다. 그 소리들이 공간 표면에 닿아, 오솔길의 즐거운 벌들의 윙윙거리는 소리로 변하면서 태양계에서 세 번째로 큰 행성에 살고 있다는 사실을 알려 줄 것이다.

다리를 향해서 걸어가는 동안 웰스는 자기 앞에 있는 것을 제외하고는 아무것도 볼 수 없었다. 마치 대단한 연극공연에 참여한 것 같았다. 그 도시의 모든 주민들이 그 연극에 참여하기 때문에 관객은 하나도 없는 그런 연극. 아마도 현미경을 가진 사람이 물방울 위에 가득한 허망한 생명체를 엿보는 것처럼, 인간들의 일을 자세히 조사하느라 바쁜 화성인들을 제외한다면 말이다. 사실, 그의 생각이 맞았다. 그가 스트랜드 가를 따라가고 있을 때, 굴을 실은 수십 척의 거룻배들이, 환영 같은 비밀에 휩싸여 점차 오렌지색을 띠는 템스 강의 물살을 가르며 첼시리치에서부터 빌링스게이트 방향으로 향했다. 항구에서는 수많은 사람들이 방파제를 따라서 육지로 생선을 나르고 있었다. 세련된 빵집과 오랑캐꽃 바구니에서 풍기는 향기에 휩싸인 부유한 지역의 사람들은 화려한 저택에서 나와서 호화로운 사무실로 향했다. 인력거 마차, 2인승 사륜마차, 합승마차와 모든 종류의 바퀴가 달린 차량들이 점점 가득 차기 시작하는 거리를 지나갔다. 이 차량들은 포장도로 위를 리듬 있게 달려갔고, 하늘 높은 곳에서는 공장의 굴뚝들에서 나오는 연기가 강이 내뿜는 바다안개와 합세하며 짙고 끈끈한 안개를 만들었다. 노새가 끌거나 사람들이 손으로 미는 달구지들은 과일, 야채, 장어와 낙지를 가득 실은 채, 코벤트 가든의 시끄러운 고함 소리들 가운데 자리를 잡고 있었다. 가렛 형사는 아침식사를 하다 말고 슬로언 스트리트로 향했다. 그곳에서는 퍼거슨 씨가 전날 밤 누군가 그를 향해 총격을 가한 사건을 신고하기 위해 기다리고 있었다. 퍼거슨은 그의 모자에 총알이 스치면서 생긴 구멍을 보여 주면서, 자신의 통통한 손가락을 구멍에 집어넣었다. 가렛은 그 지역을 순찰하듯 둘러보고 그 집을 둘러싼 정원의 관목 사이로 들어가서 모래에 누군가 키위새를 그려놓은 것을 보고 미소를 지었다. 거리를 둘러보고 그를 보는 사람이 아무도 없다는 걸 확인하자 재빨리 발로 그 그림을 지우고 어깨를 웅크리고 관목에서 나와 낙담한 표정을 지으며, 퍼거슨 씨에게 아무런 단서도 찾지 못했다고 말했다. 바로 그 순간, 베스널 그린 지역의 한 여관방에서는 템스 강에서 익사해서 죽을 뻔할 때까지 톰 블런트로 알려진 존 피치가 사랑하는 여성을 안고 있었다. 클레어 해거티는 그의 강한 팔에 안겨서 그가 자신을 위해서 2000년의 황량한 미래에서 탈출한 것에 대해 만족스러워했다. 2000년에서 거대한 바위에 올라간 순간 데릭 새클리턴 대장은 불쾌할 정도로 큰 소리로, 만일 그 전쟁에 좋은 점이 있다면 그 무엇보다도 인류를 단합하게 만든 것이라고 말했다. 길리엄 머레이는 근심스럽게 고개를 흔들면서 그것이 자신이 조직하는 마지막 원정대가 될 것이라고 혼잣말을 했다. 자기 회사의 정면을 소똥으로 덕지덕지 바르는 쓸모없고 양심 없는 자들 때문에 이제는 지쳤다면서. 그리고 4차원에 사는 불온한 용에게 잡아 먹혔다고 자신의 죽음을 위장할 시간이 되었다고 생각했다. 찰스 윈슬로우는 그 용들의 날카로운 이빨에 잔인하게 물어뜯기는 꿈을 꾸다가 땀에 젖어 놀라서 깨어났다. 소리를 지르는 바람에 그의 침대에서 자던 두 명의 중국 창녀들을 놀라게 했다. 바로 그때 그의 사촌 앤드류는 워털루 다리 위에 팔꿈치를 기대고 날이 밝아오는 것을 지켜보다, 새의 얼굴을 한 낯익은 인물이 그에게 다가오는 것을 보았다.

"웰스 씨?" 그의 옆을 지나는 웰스를 보고 그가 외쳤다.

작가는 멈추어서 잠시 동안 청년을 관찰하며 그를 어디서 보았는지 기억을 더듬었다.

"기억 안 나세요?" 청년이 말했다. "앤드류 해링턴입니다."

그의 이름을 듣자 웰스의 기억이 돌아왔다. 몇 주 전 웰스는, 1888년 가을 화이트채플을 벌벌 떨게 한 살인자 잭 더 리퍼를 죽이는 연극을 꾸며서 자살하려던 그의 생명을 구해 준 적이 있었다.

"네, 해링턴 씨. 당연히 기억하지요." 청년이 아직 살아 있고 자신의 일이 헛되지 않았음을 확인하고 기뻐하면서 말했다. "만나서 무척 반갑습니다."

"저도 마찬가지입니다. 웰스 씨." 앤드류가 말했다.

두 사람은 잠시 말없이 바보처럼 미소만 지었다.

"이제 타임머신을 없앴나요?" 앤드류가 궁금해 했다.

"어 …… 네, 네." 웰스가 허겁지겁 대답하고 주제를 다른 곳으로 돌리려고 했다. "여기는 웬일이세요? 여명을 보러 오셨나요?"

"네." 상대가 하늘을 바라보려고 몸을 돌리면서 말했다. 그 순간 하늘이 오렌지와 자줏빛의 아름다운 화폭처럼 펼쳐졌다. "비록 제가 보려는 것은 그 뒤에 있지만 말이에요."

"그 뒤라고요?" 웰스가 놀라서 물었다.

앤드류가 대답했다.

"제가 타임머신으로 과거에서 돌아왔을 때 저에게 하신 말씀을 기억하십니까?" 그에게 프록코트의 주머니에서 무언가를 찾으면서 물었다. "이 신문기사가 바뀌지 않았더라도 제가 잭 더 리퍼를 죽인 건 변함없다고 하셨지요."

앤드류는 그에게 며칠 전에 워킹의 그의 집 식당에서 보여 준 누런 신문기사를 내밀었다. '잭 더 리퍼, 다시 살인을 저지르다!'라는 제목 밑에, 그 괴물이 청년이 사랑한 화이트채플의 창녀인 다섯 번째 피해자에게 가한 잔혹한 행위가 자세히 서술되어 있었다. 웰스는 그렇다고 대답했다. 그때 이후로 모든 사람들과 마찬가지로, 저 잔인한 살인자는 어떻게 되었나, 왜 그는 갑자기 흔적도 없이 살인을 그만두었는지 궁금했다.

"하지만 제 행동은 시간을 두 갈래로 갈라놓았지요." 앤드류는 기사를 주머니에 집어넣은 뒤 말을 이었다. "평행우주. 그렇게 부르신 것 같아요. 그 세상에서 마리 켈리는 저의 쌍둥이 형제와 함께 행복하게 살고 있겠지요. 불행히도 저는 다른 우주에 있지만 말이지요."

"네, 기억합니다." 웰스는 매우 신중하게 말했는데 청년이 무슨 얘기를 할지 몰랐기 때문이다.

"그래요, 웰스 씨. 마리 켈리를 구함으로써 전 자살은 포기했어요. 그 사건이 계속 살아갈 수 있도록 힘을 주었죠. 제가 지금 하고 있는 거죠, 계속 살아가는 거. 최근에 사랑스런 한 여성과 약혼을 했습니다. 그녀와 함께 인생의 소소한 즐거움들을 즐기려고 노력하고 있지요." 말을 멈추고 다시 하늘을 향해 고개를 들었다. "하지만 매일 새벽마다 여기 와서 당신이 말한 평행우주를 보려고 노력해요. 그곳에서 아마도 저는 마리 켈리와 함께 행복하겠지요. 그것 아세요, 웰스 씨?"

"뭘요?" 작가는 침을 삼키면서, 그렇게 유치하게 속임수에 대한 보복으

로 청년이 갑자기 자기를 공격해서 때리거나 멱살을 잡아 강으로 던져 버릴
까 봐 겁을 집어먹고 물었다.

"가끔 그녀를 볼 수 있어요." 앤드류는 떨며 중얼거리듯 말했다.

작가는 당황해서 그를 쳐다보았다.

"그녀를 본다고요?"

"네, 웰스 씨." 청년은 일종의 계시를 경험한 사람처럼 행복한 미소를 지
으면서 되풀이했다. "가끔 그녀를 봐요."

웰스는 앤드류가 그것을 실제로 믿는 것인지, 아니면 단지 믿기로 결심
한 것인지 알지 못했다. 하지만 그것은 중요하지 않았다. 청년에게 끼친 영
향은 동일한 것 같았기 때문이다. 거짓말이 얼음처럼 그를 꼼짝 못하게 했
다. 작가는 청년이 여명, 아니면 그 '뒤'에 있는 세상을 얼굴을 빛내며 어린
아이처럼 황홀해 하면서 감상하는 모습을 지켜보았다. 그리고 두 사람 중
에 사실상 누가 틀렸는지 궁금했다. 자신이 쓴 것을 믿지 못하는 회의적인
작가인지, 아니면 감탄할 만한 신앙의 행동으로 진실이 아니라고 증명할 수
없는 것에 의지하여 그의 아름다운 거짓말을 믿기로 결정한 절망에 빠진
청년인지.

"다시 만나서 반가웠어요, 웰스 씨." 그때 앤드류가 그를 바라보고 손을
내밀면서 말했다.

"마찬가지입니다." 웰스가 손을 내밀며 대답했다.

웰스는 청년과 작별인사를 나누고 잠시 그가 사라지는 모습을 보았다.
그는 새벽의 금빛 광휘에 휩싸여 다리를 따라 힘없이 걸어갔다. 병행하는
세상들. 청년을 살리기 위해 즉흥적으로 꾸며낸 그 이론을 까맣게 잊고 있
었다. 하지만 그것들이 실제로 존재할까? 인간이 하는 선택들이 정말로 세
상을 갈라놓는 것일까? 사실, 곤경에 처할 때 한 가지 대안만이 있다고 생
각하는 것은 순진한 생각이다. 선택하지 않은 우주, 다른 것보다 존재할 권
리가 적어서 배수구로 버려지는 그 세상들은 어떻게 될까? 웰스는 우주의

구조가 가볍고 소심하고 변덕스런 인간의 의지에 달렸을 것 같지 않았다. 우주는 우리의 감각이 감지할 수 있는 것보다 훨씬 더 풍부하고 깊이를 알 수 없다고 생각하는 편이 더 논리적일 것이다. 인간이 두 개나 그 이상의 선택을 해야 할 때는, 어쩔 수 없이 모든 것을 선택하는 것이나 마찬가진데 인간의 선택 능력은 일종의 착각일 뿐이기 때문이다. 세상은 다른 세상에서 여러 번 나눠지고, 그 세상들은 우주의 광활함과 복잡함을 보여 주고, 우주의 모든 능력을 개발하고, 모든 가능성을 정련하고, 서로가 함께 성장한다. 이 세상들은 아마도 그 이웃 세계와는 별로 중요하지 않은 것, 즉 파리의 숫자 같은 사소한 사실도 서로 다를지 모른다. 왜냐하면 그렇게 불쾌한 벌레 하나를 죽이느냐 마느냐의 문제도 하나의 선택이고, 사소한 행동이지만 그 선택에 따라 새로운 우주를 건설할 것이다.

그는 얼마나 많은 파리를 죽였고, 또 그대로 살려두었을까? 또는 자신의 소설의 딜레마를 해결하기 위해서 유리에 대고 몸부림치는 그 불행한 파리를 몇 마리나 날개를 뜯어 버리면서 불구로 만들었을까? 웰스는 우스운 예라고 생각했다. 그러한 사소한 결정이 돌이킬 수 없을 정도로 세상을 변화시키지는 않았을 거라고 생각했다. 어찌되었든 인간은 역사의 기차가 궤도를 벗어나지 않게 하면서 파리들을 불구로 만드는 데 인생을 허비할 수도 있다. 하지만 분명히 그는 그 기능을 훨씬 더 중요한 선택에 적용할 수도 있다. 길리엄 머레이가 그를 두 번째 만나러 왔을 때를 떠올렸다. 웰스 자신도 두 선택 사이에서 고민하지 않았던가, 그리고 한 가지를 선택하지 않았던가? 웰스는 힘에 도취해서 파리를 납작하게 눌러 버리기로 결심했고 그 결과 하나의 우주가 생겨났다. 거기에서는 미래로의 여행을 파는 회사가 존재했다. 그곳은 지금 그가 갇혀 있는 황당한 우주다. 하지만 만일 그가 다른 선택을 했다면 어땠을까? 만일 그가 머레이의 소설을 출간하도록 도와주었다면? 그러면 지금과 유사한 세상에 살겠지만 시간여행사는 존재하지 않았을 것이고, 태워 버려야 할 공상과학소설의 화롯불에 다른 것 하나를 추가

해야 했을 것이다. 길리엄 머레이의『데릭 섀클리턴 대장, 미래 영웅의 진실되고 감동적인 이야기』.

그래서 웰스는 수많은 다른 세계들로 인해 세상에 일어날 수 있는 일은 모두 다 일어났다고 생각했다. 세상, 문화, 생명체와 상상할 수 있는 상황이 이미 다 존재했을 것이다. 예를 들어 포유류가 아닌 다른 종이 지배하는 세상, 거대한 둥지에서 살아가는 새-인간의 세상과 인간이 알파벳을 손가락으로 셀 수 있는 세계와 잠자는 동안 모든 기억이 지워져서 매일 아침 새로운 삶을 시작하는 세상, 셜록 홈즈 같은 탐정이 실제로 존재하며 올리버 트위스트라는 영리한 소년 도둑이 그의 부관으로 있는 세상, 심지어 타임머신을 만든 발명가가 802,701년에서 부패한 낙원을 발견하는 세상도 있을 것이다. 더 극단적인 경우 어느 곳엔가 뉴턴이 정한 법칙과 다른 물리 법칙에 의해 운행되는 우주도 있을 수 있고, 그런 이유로 요정, 유니콘, 인어와 말을 하는 동물들이 살아가는 세상도 있을 것이다. 왜냐하면 우주에는 모든 것이 가능하기 때문이다. 동화도 작가들의 꾸며낸 이야기가 아니라 평행우주의 모습을 표절한 것일 수도 있다.

그렇다면 이 세상에는 창조라는 것은 없는 걸까? 모든 사람들이 복사를 하는 것에 불과한 것일까? 웰스는 자문했다. 작가는 몇 분 동안 그 문제를 숙고했다.

이제 여러분과 작별할 준비를 해야 한다. 이미 여러분은 무대를 떠나기 전에 손을 흔들기 시작하는 배우들처럼 이 소설의 결말을 예측하고 있을 것이다. 여러분의 관심에 감사드리며 진정으로 공연을 즐겼기를 바란다. 다시 웰스에게로 돌아가 보자. 그는 거의 형이상학적인 오싹함을 느꼈는데, 그러한 뻔뻔스런 추리는 다른 궁금증을 불러일으켰다. 만일 그의 인생이 다른 세계의 누군가에 의해 쓰이고 있다면, 예를 들어 그의 우주와 매우 유사한 우주이지만 시간여행사가 전혀 없고 길리엄 머레이가 천박한 소설의 작가인 우주 말이다. 하지만 그렇다고 누가 신경이나 쓰겠는가? 웰스는 소설의 영웅이 아니다. 만일 로빈슨 크루소처럼 머나먼 열대지방의 섬에서 난파당했다면, 질그릇 하나도 만들지 못했을 것이다. 다른 한편으로 누군가 감동적으로 서술하기에는 그의 인생은 너무 따분하다. 비록 최근 몇 주 동안 흥분된 사건이 많았지만 말이다. 며칠 전에 제인이 드라마틱한 어조로 강조했듯이 그는 상상력을 이용해서 앤드류 해링턴과 클레어 해거티의 생명을 구했지만, 마치 무대 앞쪽의 낮은 관람석을 가득 메운, 자신은 볼 수 없는 관객들을 향해 연기를 한 것 같았다. 앤드류의 경우, 그는 자신의 소설에 등장하는 타임머신을 가지고 있는 척해야 했다. 클레어의 경우에는 사랑의 편지를 쓴 미래의 영웅인 척해야만 했다. 그 모든 것에 소설을 쓸 만한 재료가 있었나? 아마도 그럴지도 모른다. 머레이 시간여행사가 어떻게 세워졌는지 기술하는 소설인데, 불행하게도 그는 그 회사의 설립에 기여했고, 소설 중간쯤 가서 2000년이 돌 부스러기로 만들어진 무대라는 사실이 밝혀질 때쯤이면 독자들은 깜짝 놀랄 것이다. 비록 그것이 단지 그 시대의 독자들에게만 놀라운 일이지만 말이다. 만일 소설이 세월이 흘러도 살아남아 2000년 이후의 독자들이 읽게 된다면, 밝혀야 할 비밀이 하나도 없게 될 것이다. 현실 자체가 소설에서 설계된 미래가 거짓인지 아닌지 밝힐 것이기 때문이다. 그렇다면, 작가는 이미 과거가 된 시대를 배경으로 미래를 추측하는 소설을 쓸 수 없단 말인가? 그런 생각은 서글프다. 독자들이 그 소설을 읽을 때, 그들도 역시 시간여행을 경험하고 있다고 생각하면서, 1896년에 살아가고 있는 것처럼 읽어야 바람직하다고 생각한다. 어찌되었든 웰스는 영웅이 될 재목은 아니기에 그가 조연이 될 소설을 써야 하는데, 언젠가 다른 사람들, 이야기의 주인공들이 그에게 도움을 요청할 것이다.

그는 평행우주에서 누군가 그의 인생에 대한 글을 쓰기 시작했다면, 어떠한 시대이든지, 이게 마지막 페이지이기를 희망했다. 왜냐하면 그의 삶이 예전과 동일할지 많이 궁금했기 때문이다. 아마도 최근 두 주 동안에 그는 감정적으로 너무 많은 경험을 했고, 이제 그의 삶은 다른 작가들처럼 다시 평온하고 지루한 삶으로 돌아갈 것이다.

웰스는 앤드류 해링턴을 바라보았다. 그가 그 가상의 소설을 시작해야 할 인물이 되어야 한다고 생각했다. 입가에 행복한 미소를 짓고, 새벽빛을 받으며 멀어져 가는 그의 모습을 보고, 그 이미지야말로 이야기에 종지부를 찍기에 완벽하다고 생각했다. 그리고 마치 나를 보거나 느낄 수 있는 것처럼, 만일 실제로 그 순간에 누군가 자신에 대한 이야기를 소설로 쓰고 있었다면, 그는 곧 소설 하나를 끝마칠 때 작가들에게 밀려드는 충만한 행복을 경험할 거라고 생각했다. 그것은 어떤 것도 대신할 수 없으며, 물이 차가워질 때까지 욕조에서 스카치위스키를 마시는 것보다, 여인의 육체를 애무하는 것보다, 여름을 알리는 섬세한 미풍이 살결에 닿는 쾌적한 느낌보다도 더 행복한 경험일 것이다.

감사의 말

작가란 가장 고독한 직업이다. 이런 식으로 먹고살기를 선택한 사람들이 처음부터 받아들이는 삶의 방식이다. 우리가 사람들을 만나는 것을 좋아한다면 여행가이드나 호텔 피아니스트 같은 일을 택할 것이다. 그럼에도 불구하고, 나는 이 소설을 통해서 일종의 실험을 하고 싶었다. 다른 이들과 함께 글을 쓸 수 있느냐는 점을 말이다. 나는 그럴 수 있다는 사실을 발견했는데 매우 특별한 두 사람 덕분에 이 소설을 쓰는 내내 누군가와 함께한다는 생각을 그 어느 때보다 많이 할 수 있었다.

친구이자 동료인 로렌소 루엥코는 그 가운데 한 명으로, 자신의 소설처럼 이 소설에 관심을 가져 주었다. 내가 원고를 보내 줄 때마다 세심하고 객관적으로 읽은 뒤 구성, 인물, 시대에 대한 세부적인 내용을 조언해 주었고, 내가 지쳤을 때는 힘을 주고, 계획에 대한 나의 믿음이 흔들릴 때는 믿음을 불어넣어 주었다. 그의 사심 없는 도움 덕분에 소설을 쓰는 방법과 우정이라는 단어가 무엇을 의미하는지 이해할 수 있었다. 그래서 그가 갖고 싶어

하는 다람쥐원숭이를 선물하는 것 외에 그의 덕분에 빛을 발하게 된 책 페이지들에 그의 이름을 첨가함으로써 감사를 전하고 싶다.

또 다른 사람은 여자 친구 소니아다. 그녀는 내가 글을 쓰는 동안 나를 지켜주었다. 소설을 마칠 때까지 원고를 읽지는 않았지만, 줄거리가 싹트기 시작하고 결정적인 형태를 얻기까지 이야기가 자라가는 것을 섬세하게 목격하며 인내심을 가지고 기다려 주었다. 그녀는 소설은 종이 위에서뿐만 아니라 공원을 산책하거나 커피숍에서도 만들어진다는 것을 지켜본 장본인이다. 그녀는 나의 세상이 필요로 하는 평온을 얻게 해 주었고, 그녀의 손은 내가 작품의 미로에서 헤맬 때마다 출구를 찾도록 도와주었다.

이 소설은, 이미 말한 대로 나뿐 아니라 그들의 작품이기도 하다. 그들의 도움이 없었다면 나는 이 소설을 절대 쓸 수 없었을 것이다. 오류들은 전적으로 나의 것이지만 얻은 것이 있다면 역시 그들의 것이다. 두 사람이 내 옆을 절대 떠나지 않고, 이 책으로 누릴 즐거움을 함께 나누기를 바란다.

-펠릭스 J. 팔마

시간의 지도

펴낸날	초판 1쇄 2012년 2월 6일
	초판 3쇄 2014년 5월 26일

지은이	펠릭스 J. 팔마
옮긴이	변선희
펴낸이	심만수
펴낸곳	(주)살림출판사
출판등록	1989년 11월 1일 제9-210호

주소	경기도 파주시 광인사길 30
전화	031-955-1350 팩스 031-624-1356
홈페이지	http://www.sallimbooks.com
이메일	book@sallimbooks.com

ISBN	978-89-522-1666-3 03870

※ 값은 뒤표지에 있습니다.
※ 잘못 만들어진 책은 구입하신 서점에서 바꾸어 드립니다.